A IRMÃ DA LUA

O ARQUEIRO

GERALDO JORDÃO PEREIRA (1938-2008) começou sua carreira aos 17 anos, quando foi trabalhar com seu pai, o célebre editor José Olympio, publicando obras marcantes como *O menino do dedo verde*, de Maurice Druon, e *Minha vida*, de Charles Chaplin.

Em 1976, fundou a Editora Salamandra com o propósito de formar uma nova geração de leitores e acabou criando um dos catálogos infantis mais premiados do Brasil. Em 1992, fugindo de sua linha editorial, lançou *Muitas vidas, muitos mestres*, de Brian Weiss, livro que deu origem à Editora Sextante.

Fã de histórias de suspense, Geraldo descobriu *O Código Da Vinci* antes mesmo de ele ser lançado nos Estados Unidos. A aposta em ficção, que não era o foco da Sextante, foi certeira: o título se transformou em um dos maiores fenômenos editoriais de todos os tempos.

Mas não foi só aos livros que se dedicou. Com seu desejo de ajudar o próximo, Geraldo desenvolveu diversos projetos sociais que se tornaram sua grande paixão.

Com a missão de publicar histórias empolgantes, tornar os livros cada vez mais acessíveis e despertar o amor pela leitura, a Editora Arqueiro é uma homenagem a esta figura extraordinária, capaz de enxergar mais além, mirar nas coisas verdadeiramente importantes e não perder o idealismo e a esperança diante dos desafios e contratempos da vida.

LUCINDA RILEY

A IRMÃ DA LUA

As Sete Irmãs | Livro 5

A História de Tiggy

Título original: *The Moon Sister*

Copyright © 2018 por Lucinda Riley
Copyright da tradução © 2018 por Editora Arqueiro Ltda.

tradução: Simone Reisner

preparo de originais: Lucas Bandeira

revisão: Rachel Rimas e Tereza da Rocha

diagramação: Abreu's System

capa: Raul Fernandes

imagens de capa: Ildiko Neer/ Trevillion Images

CIP-BRASIL. CATALOGAÇÃO NA PUBLICAÇÃO
SINDICATO NACIONAL DOS EDITORES DE LIVROS, RJ

R43i   Riley, Lucinda,
        A irmã da lua / Lucinda Riley; tradução de Simone Reisner. São
Paulo: Arqueiro, 2018.
        592 p.; 16 x 23 cm.   (As sete irmãs; 5)

        Tradução de: The moon sister
        Sequência de: A irmã da pérola
        ISBN 978-85-8041-897-2

        1. Ficção irlandesa. I. Reisner, Simone. II. Título. III. Série.

18-53062   CDD: 828.99153
                                        CDU: 82-3(415)

Todos os direitos reservados, no Brasil, por
Editora Arqueiro Ltda.
Rua Funchal, 538 – conjuntos 52 e 54 – Vila Olímpia
04551-060 – São Paulo – SP
Tel.: (11) 3868-4492 – Fax: (11) 3862-5818
E-mail: atendimento@editoraarqueiro.com.br
www.editoraarqueiro.com.br

PARA JACQUELYN

AMIGA, COLABORADORA E IRMÃ EM OUTRA VIDA

"Seja você a mudança que deseja ver no mundo."

MAHATMA GANDHI

Personagens

ATLANTIS

Pa Salt – *pai adotivo das irmãs [falecido]*

Marina (Ma) – *tutora das irmãs*

Claudia – *governanta de Atlantis*

Georg Hoffman – *advogado de Pa Salt*

Christian – *capitão da lancha da família*

AS IRMÃS D'APLIÈSE

Maia

Ally (Alcíone)

Estrela (Astérope)

Ceci (Celeno)

Tiggy (Taígeta)

Electra

Mérope [não encontrada]

Tiggy

Inverness, Escócia
Novembro de 2007

1

—embro exatamente onde me encontrava e o que estava fazendo quando recebi a notícia de que meu pai morreu.

Os olhos azuis penetrantes de Charlie Kinnaird pousaram em mim.

– Eu também lembro onde estava quando aconteceu comigo.

– Onde você estava?

– No santuário da vida selvagem de Margaret, recolhendo do chão fezes de veado com uma pá. Eu realmente queria poder dizer que estava em um lugar melhor, mas não estava. Embora...

Engoli em seco, perguntando a mim mesma como a morte de Pa Salt aparecera na conversa ou, mais precisamente, na *entrevista*. Eu estava sentada em uma cantina de hospital abafada, em frente ao Dr. Charlie Kinnaird. No instante em que ele entrou, percebi que sua presença atraía a atenção de todos. Isso não se devia apenas a sua beleza marcante, seu físico longilíneo e elegante, de terno cinza bem cortado e cabelos castanho-avermelhados e ondulados; ele simplesmente tinha um ar natural de autoridade. Vários funcionários do hospital, espalhados pelo lugar, interromperam seus cafés e acenaram respeitosamente quando ele passou. Quando o médico chegou perto e estendeu a mão para me cumprimentar, um pequeno choque elétrico atravessou meu corpo. Agora, com ele sentado à minha frente, eu observava seus dedos longos mexendo sem parar no pager, revelando um nível oculto de energia nervosa.

– Embora o quê, Srta. D'Aplièse? – perguntou Charlie, com uma voz gentil e um leve sotaque rural escocês.

Percebi que ele não estava disposto a me deixar escapar da isca que eu havia mordido.

– Hum... É que não tenho tanta certeza de que Pa está morto. Quero dizer, claro que *está*, porque ele sumiu e nunca forjaria a própria morte ou qualquer coisa do gênero, pois sabe quanta dor causaria às filhas, mas eu o sinto perto de mim o tempo todo.

– Não sei se isso vai reconfortá-la, mas acho essa reação perfeitamente normal – respondeu Charlie. – Inúmeros parentes enlutados com quem converso afirmam sentir a presença de seus entes queridos depois da morte deles.

– Claro – concordei, sentindo que era tratada com certa indulgência, embora estivesse conversando com um médico, alguém que lida todos os dias com a morte e pessoas que ficaram para trás.

– É curioso. – Ele suspirou, pegando o pager na mesa com tampo de melamina e girando-o sem parar. – Como já disse, meu pai morreu recentemente, e tenho sido atormentado pelo que só posso descrever como visões assustadoras, em que ele *se levanta* da sepultura!

– Vocês eram próximos?

– Não. Ele era o meu pai biológico, mas nossa relação começou e terminou aí. Não tínhamos mais nada em comum. É claro que você tinha muito em comum com o seu.

– Sim, embora, ironicamente, minhas irmãs e eu tenhamos sido adotadas quando bebês, ou seja, não tínhamos nenhuma ligação biológica com ele. Mas eu não poderia tê-lo amado mais. Meu pai era incrível.

Charlie sorriu.

– Bem, então isso prova que a biologia não desempenha um papel importante no relacionamento que temos com nossos pais. É uma loteria, não é?

– Na verdade, eu discordo – comentei, decidindo que deveria ser fiel a mim mesma, apesar de estar em uma entrevista de emprego. – Acho que somos enviados uns aos outros por algum motivo, não importa se temos o mesmo sangue ou não.

– Você quer dizer que somos todos predestinados?

Ele levantou uma sobrancelha, incrédulo.

– Sim, mas sei que a maioria das pessoas não concorda com isso.

– Acho que sou uma delas. Como cirurgião cardíaco, tenho que lidar diariamente com o coração, que costumamos ligar às emoções e à alma. Infelizmente, aprendi a vê-lo como um naco de músculo... que muitas vezes não funciona direito. Fui treinado para ver o mundo de maneira puramente científica.

– Acho que há espaço para a espiritualidade na ciência – rebati. – Tive uma formação científica rigorosa, mas há muitas coisas que a ciência ainda não explica.

– Você está certa, mas... – Charlie olhou para seu relógio. – Parece que nos desviamos do assunto principal, e preciso atender um paciente em quinze minutos. Por isso, peço desculpas por voltar aos negócios, mas o que Margaret contou sobre a Propriedade Kinnaird?

– Que ela possui mais de 1.600 hectares de área selvagem e que você está procurando alguém que entenda dos animais nativos da região, em especial de gatos-selvagens.

– Certo. Com a morte de meu pai, vou herdar a Propriedade Kinnaird. Meu pai a usava como parque de diversões, caçando, pescando e bebendo tudo que havia nas destilarias locais, sem a menor preocupação com a ecologia. Para ser justo, não foi totalmente culpa dele. Seu próprio pai e inúmeros ancestrais não se acanharam em receber dinheiro dos madeireiros que abasteciam a construção naval no século passado. Eles permitiram que vastas extensões de florestas de pinheiros-da-escócia fossem desmatadas. Naquela época, não tinham consciência, mas, nos dias esclarecidos de hoje, *nós* temos. Estou ciente de que é impossível reverter o processo por completo, certamente não durante a minha existência, mas estou interessado em pelo menos começar. Tenho o melhor administrador das Terras Altas para liderar o projeto de reflorestamento. Também remodelamos o pavilhão de caça, que é onde meu pai morava, e assim poderemos receber os hóspedes pagantes que desejarem uma lufada do ar fresco das Terras Altas e algumas caçadas organizadas.

– Certo – concordei, tentando conter um tremor.

– Você obviamente não aprova a caça.

– Não posso aprovar a morte desnecessária de nenhum animal inocente, não mesmo. Mas entendo por que tem que acontecer – acrescentei depressa.

Afinal, pensei comigo mesma, eu estava me candidatando a um emprego em um local onde o abate de veados não só era prática normal, mas estava dentro da lei.

– Com a sua formação, tenho certeza de que você sabe como o equilíbrio da natureza, na Escócia, foi destruído pelo homem. Não existem predadores naturais, como lobos e ursos, para manter a população de veados sob controle. Hoje em dia, essa tarefa passou a ser nossa. Pelo menos podemos executá-la da maneira mais humana possível.

– Eu sei, mas preciso ser totalmente honesta e confessar que eu nunca seria capaz de participar de uma caçada. Estou acostumada a proteger os animais, não a assassiná-los.

– Entendo sua apreensão. Dei uma olhada no seu currículo e fiquei impressionado. Além de ser formada em zoologia em uma universidade de primeira, você é especializada em conservação?

– Sim, esse é o lado técnico da minha formação. Anatomia, biologia, genética, padrões comportamentais dos animais autóctones, etc., tudo isso foi valioso. Trabalhei no departamento de pesquisa do zoológico de Servion por um tempo, mas logo percebi que estava mais interessada em fazer algo para ajudar os animais do que em apenas estudá-los a distância e analisar seu DNA em uma placa de Petri. Eu... tenho uma empatia natural por eles em carne e osso e, embora não possua nenhuma formação em veterinária, acho que tenho um talento especial para curá-los quando estão doentes.

Dei de ombros sem jeito, envergonhada pelos elogios tecidos a mim mesma.

– Margaret não hesitou em louvar suas habilidades. Ela me disse que você cuida dos gatos-selvagens em seu santuário.

– Eu faço as tarefas do dia a dia, mas a verdadeira especialista é Margaret. Nós esperávamos que os gatos cruzassem nesta temporada, como parte do programa de readaptação à natureza, mas, agora que o santuário vai fechar e os animais vão ser reacomodados, provavelmente isso não vai acontecer. Os gatos-selvagens são extremamente temperamentais.

– Cal, meu administrador, disse a mesma coisa. Ele não ficou muito satisfeito com a adoção dos gatos, mas eles são nativos da Escócia e tão raros que sinto que é nosso dever fazer o possível para salvar a espécie. E Margaret acha que, se alguém pode ajudar os gatos a se adaptarem ao novo hábitat, esse alguém é você. Está interessada em vir com eles e ficar algumas semanas para ajudar na adaptação?

– Estou, mas sei que cuidar deles não vai ser um trabalho de tempo integral. Tem mais alguma coisa que eu possa fazer lá?

– Para ser honesto, Tiggy, até agora não tive muita oportunidade de pensar em planos detalhados para o futuro da propriedade. Com meu trabalho aqui e sendo obrigado a lidar com a papelada desde que meu pai faleceu, não venho tendo tempo para mais nada. Mas, enquanto você estiver conosco, eu adoraria se pudesse estudar o terreno e avaliar a adequação a outras espécies autóctones. Estive pensando na introdução de esquilos-vermelhos e lebres-da-montanha. Também estou investigando a adequação de javalis e alces, o repovoamento do salmão selvagem nos córregos e lagos, a construção de viveiros e assim por diante, para estimular a desova. Há um grande potencial, se tivermos os recursos certos.

– Parece interessante – falei. – Mas devo avisar que peixes não são minha especialidade.

– É claro. E eu devo avisar a *você* que minha realidade financeira só me permite oferecer um salário modesto, além da acomodação, mas eu ficaria muito grato por qualquer ajuda que você pudesse oferecer. Por mais que eu ame o lugar, cuidar de Kinnaird está se revelando uma tarefa trabalhosa e difícil.

– Você sabia que um dia herdaria a propriedade? – arrisquei.

– Sabia, mas na minha cabeça meu pai era um daqueles personagens que não morrem nunca. Tanto que ele nem sequer se preocupou em fazer um testamento. Mesmo eu sendo o único herdeiro, e apesar de se tratar de uma formalidade, tive que lidar com outra pilha de papéis desnecessários. De qualquer forma, tudo estará resolvido até janeiro. Pelo menos é o que diz o meu advogado.

– Como ele morreu? – indaguei.

– Ele teve um infarto fulminante e, por uma ironia do destino, foi trazido de helicóptero até aqui. – Charlie suspirou. – Já estava morto ao chegar, carregado lá para cima em uma nuvem de uísque, de acordo com a autópsia.

– Deve ter sido difícil para você – comentei, estremecendo com a ideia.

– Foi um choque, sim.

Mais uma vez, vi seus dedos agarrarem o pager, traindo sua angústia interior.

– Por que não vende a propriedade, já que não a quer?

– Vender depois de trezentos anos nas mãos dos Kinnairds? – Ele revirou os olhos e deu uma risada. – Todos os espíritos da família me assombrariam pelo resto da vida! Além disso, tenho que pelo menos tentar cuidar dela por Zara, minha filha. Ela é absolutamente apaixonada pelo lugar. Tem 16 anos e, se pudesse, largaria a escola amanhã e iria trabalhar em Kinnaird. Eu disse a ela que precisa terminar os estudos primeiro.

– Entendo.

Encarei Charlie, surpresa, começando a enxergá-lo com outros olhos. Ele não parecia ter idade suficiente para ser pai, muito menos de uma moça de 16 anos.

– Ela vai ser uma excelente senhoria quando ficar mais velha – prosseguiu Charlie –, mas quero que viva um pouco primeiro, que vá para a universidade, viaje pelo mundo e tenha certeza de que quer se dedicar à propriedade da família.

– Eu já sabia o que queria fazer aos 4 anos, quando vi um documentário sobre elefantes que estavam sendo mortos para a retirada do marfim. Não tirei um ano sabático, decidi ir direto para a universidade. Eu quase não viajei – acrescentei, dando de ombros –, mas não há nada como aprender enquanto se trabalha.

– É isso que Zara sempre diz. – Charlie abriu um leve sorriso. – Tenho a sensação de que vocês duas vão se dar muito bem. É claro que eu deveria abandonar isto aqui. – Ele indicou o hospital. – Deveria dedicar minha vida à propriedade até Zara assumir. O problema é que, até o lugar estar numa situação melhor, não faz sentido, financeiramente, diminuir meus dias de trabalho. E, cá entre nós, não sei se nasci para a vida de senhorio.

Ele verificou o relógio de novo.

– Muito bem, preciso ir, mas, se você estiver interessada, é melhor visitar Kinnaird e ver por si mesma. Ainda não nevou por lá, só que isso deve acontecer logo, logo. Mas já aviso: a propriedade fica bem longe.

– Eu e Margaret moramos em uma casa no meio do nada.

– A cabana de Margaret é como a Times Square, comparada a Kinnaird. Vou mandar para você uma mensagem com o número de Cal MacKenzie, meu administrador, e também do telefone fixo da Pousada. Se você deixar mensagens em ambos, ele vai receber alguma delas e acabará entrando em contato.

– Tudo bem. Eu...

Os bipes do pager de Charlie interromperam minha linha de pensamento.

– Bem, eu realmente preciso ir. – Ele se levantou. – Me mande um e-mail se tiver qualquer dúvida e me avise quando for a Kinnaird, pois vou tentar passar lá. E, por favor, pense na minha proposta com carinho. Eu preciso mesmo de você. Obrigado por ter vindo, Tiggy. Até logo.

– Até logo – respondi, e o observei caminhar por entre as mesas em direção à saída.

Eu me senti estranhamente feliz, porque havia experimentado uma verdadeira conexão com ele. Charlie me parecia familiar, como se eu o conhecesse desde sempre. E, já que acreditava em reencarnação, eu provavelmente *conhecia*. Fechei os olhos por um segundo e limpei a mente para tentar me concentrar em qual era a primeira emoção despertada em mim quando pensava nele. Fiquei chocada com o resultado. Em vez de sentir afeto por alguém que poderia representar uma figura paterna, foi outra parte de mim que reagiu.

Não! Abri os olhos e me levantei para ir embora. *Ele tem uma filha adolescente, o que significa que é muito mais velho do que parece e provavelmente é casado*, repreendi a mim mesma enquanto atravessava os corredores iluminados do hospital, penetrando na neblina da tarde de novembro. O crepúsculo já havia começado a baixar sobre Inverness, mesmo sendo pouco mais de três da tarde.

Na fila de espera do ônibus que me levaria à estação de trem, estremeci – não sabia se de frio ou de emoção. Tudo o que eu *sabia* era que meu instinto me dizia para aceitar aquele trabalho, mesmo que fosse temporário. Então procurei o número que Charlie me enviara para contactar Cal MacKenzie, peguei meu celular e liguei.

❀ ❀ ❀

– E aí, como foi? – perguntou-me Margaret, enquanto nos sentávamos de frente para a lareira para tomar o chocolate quente costumeiro.

– Vou visitar a Propriedade Kinnaird na quinta-feira.

– Ótimo. – Os olhos azuis brilhantes de Margaret pareciam dois raios laser em seu rosto enrugado. – O que você achou do senhorio?

– Ele foi muito... gentil. Sim, foi gentil – consegui responder. – Nada parecido com o que eu esperava – acrescentei, esperando não ter ficado vermelha. – Achei que seria um homem bem mais velho. Possivelmente com poucos cabelos e uma barriga enorme de tanto beber uísque.

– Ah, sim. – Ela gargalhou, lendo minha mente. – Ele é um homem muito bonito, isso é verdade. Conheci Charlie quando ele ainda era criança. Meu pai trabalhou para o avô dele em Kinnaird. Era um rapaz lindo, embora todos nós soubéssemos que estava cometendo um erro quando se casou com aquela moça. Ele também era muito jovem. – Margaret revirou os olhos. – A filha, Zara, é muito doce, talvez um pouco rebelde, mas sua infância não foi fácil. Fale mais sobre o que Charlie disse.

– Além de cuidar dos gatos, ele quer que eu pesquise espécies autóctones para introduzir no local. Para ser honesta, ele não me pareceu muito... organizado. Acho que vai ser apenas um trabalho temporário, enquanto os gatos se adaptam.

– Mesmo que por pouco tempo, morar e trabalhar numa propriedade como Kinnaird vai lhe ensinar muito. Talvez lá você comece a aprender que não pode salvar todas as criaturas sob seus cuidados. E isso vale também para os idiotas da espécie humana – acrescentou ela, com seu sotaque escocês carregado e um sorriso amarelo. – Você tem que aprender a aceitar que os animais e os seres humanos precisam seguir seu próprio destino. Você só pode dar o melhor de si, nada mais.

– Eu nunca vou ficar insensível diante do sofrimento de um animal, Margaret. Você sabe disso.

– Eu sei, querida, e é isso que a torna especial. Você é uma coisinha pequenina com um coração gigante, mas cuidado para todas essas emoções não o enfraquecerem.

– E como é esse tal de Cal MacKenzie?

– Ah, ele parece um pouco rude, mas no fundo é gente fina. Ele dá o sangue pela propriedade, e você vai aprender muito com ele. Além disso, se não topar esse emprego, como vai ser? Você sabe que eu e os animais vamos embora antes do Natal.

Devido a uma artrite paralisante, Margaret finalmente ia se mudar para Tain, uma cidade a 45 minutos de carro daquela cabana quase desmoronada onde estávamos agora. Situados às margens do estuário de Firth, seus 8 hectares de encosta haviam abrigado Margaret e seu grupo de animais pelos últimos quarenta anos.

– Você não está triste por ir embora? – indaguei. – Se fosse eu, estaria chorando de soluçar, dia e noite.

– Claro que estou, Tiggy, mas, como tentei ensinar a você, tudo que é bom tem fim. E, se Deus quiser, coisas novas e ainda melhores vão começar. Não tem sentido lamentar pelo que passou, você precisa abraçar o que vem pela frente. Eu já sabia há muito tempo que isso ia acontecer e, graças à sua ajuda, consegui ficar aqui um ano além do esperado. Além disso, minha

18

nova casa tem aquecedores que vou poder ligar quando quiser e um sinal de televisão que funciona o tempo todo!

Ela deu uma risada e abriu um sorrisão, embora eu, que me orgulhava de ser naturalmente intuitiva, não soubesse dizer se ela realmente *estava* feliz com o futuro ou apenas era corajosa. Fosse o que fosse, levantei-me para abraçá-la.

– Você é incrível, Margaret. Você e os animais têm me ensinado muito. Vou morrer de saudades.

– Bem, você não vai sentir saudade de mim se aceitar o trabalho em Kinnaird. Eu vou estar no vale, não muito longe, e sempre pronta para dar conselhos sobre os gatos, se precisar. E você vai ter que visitar Dennis, Guinness e Button, senão eles também vão sentir a sua falta.

Olhei para as três criaturas magricelas deitadas diante do fogo: um gato avermelhado idoso com apenas três pernas e dois cachorros velhos. Todos eles tinham sido cuidados por Margaret quando novos e doentes.

– Vou visitar Kinnaird e, em seguida, tomar uma decisão. Caso contrário, vou passar o Natal em Atlantis e pensar no que fazer da vida. Mas, enfim, quer ajuda para se deitar antes de eu subir para meu quarto?

Era uma pergunta que eu fazia a Margaret todas as noites, à qual ela respondia com o orgulho de sempre.

– Não, vou ficar mais um tempo sentada aqui, perto do fogo.

– Durma bem, querida Margaret.

Beijei seu rosto enrugado como um pergaminho e caminhei até a escada estreita e irregular que levava ao meu quarto. Antes, ele pertencia a Margaret, até ela mesma perceber que subir a escada todas as noites se tornara uma tarefa excessivamente cansativa. Então levamos a cama dela para a sala de jantar no térreo. E talvez tenha sido uma bênção nunca termos dinheiro para transferir o banheiro para o segundo piso, pois ele ainda ficava em uma casinha do lado de fora, no frio cortante, a apenas alguns metros da sala que ela agora utilizava como quarto.

Enquanto seguia minha rotina de vestir várias camadas de roupa antes de me enfiar entre os lençóis gelados, senti-me reconfortada por saber que tomei a decisão certa ao me mudar para o santuário. Como eu disse a Charlie Kinnaird, depois de seis meses no departamento de pesquisa do zoológico de Servion em Lausanne, percebi que queria cuidar dos animais e protegê-los pessoalmente. Então respondi a um anúncio on-line e acabei em uma cabana caindo aos pedaços, à beira de um lago, ajudando uma senhora idosa com artrite a cuidar de seu santuário da vida selvagem.

Confie em seus instintos, Tiggy, eles nunca vão deixá-la na mão.

Foi isso que Pa Salt me disse muitas vezes. "A vida tem a ver com intuição e um pouco de lógica. Se você aprender a equilibrar os dois, qualquer decisão que tomar será naturalmente a correta", acrescentou ele quando estávamos juntos em seu jardim privado em Atlantis, observando a lua cheia irromper acima do lago Léman.

Lembro que estava dizendo a ele que meu sonho era ir para a África, trabalhar com aquelas incríveis criaturas em seu hábitat natural, e não atrás das grades.

Agora, à noite, enquanto enfiava os dedos dos pés num pedacinho quente da cama, percebi como me sentia longe de alcançar meu sonho. Cuidar de quatro gatos-selvagens escoceses não era exatamente a maior das aventuras.

Apaguei a luz e fiquei pensando em como minhas irmãs me provocavam dizendo que eu era a espiritualizada da família. Mas eu não podia culpá-las, porque, quando jovem, eu não entendia que era "diferente", apenas falava sobre as coisas que via ou sentia. Uma vez, ainda bem pequena, avisei a minha irmã Ceci para não subir na sua árvore favorita porque eu a vira cair. Ela achou graça e me disse que já subira ali centenas de vezes e que eu estava sendo boba. Meia hora depois, quando ela *caiu*, não me olhou nos olhos, envergonhada por minha profecia ter se revelado verdadeira. Desde então, aprendi que era melhor manter a boca fechada quando "soubesse" das coisas. Da mesma forma que eu sabia que Pa Salt não estava morto...

Se ele estivesse, eu teria percebido quando sua alma deixou a terra. Mas não senti nada, apenas o choque absoluto da notícia quando recebi o telefonema de minha irmã Maia. Eu estava totalmente despreparada, sem nenhum "aviso" de que algo ruim ocorreria. Então ou minha ligação espiritual estava danificada, ou eu estava em negação por não suportar a verdade.

Meus pensamentos se voltaram para Charlie Kinnaird e a bizarra entrevista de emprego que eu tivera naquele dia. Senti aquele frio na barriga de novo quando minha imaginação conjurou os surpreendentes olhos azuis e as mãos finas, com dedos longos e sensíveis, que salvaram muitas vidas...

– Por Deus, Tiggy! Caia na real! – murmurei para mim mesma.

Talvez sentisse aquilo porque, como levava uma vida isolada, homens inteligentes não batiam à minha porta com muita frequência. Além disso, Charlie Kinnaird era pelo menos dez anos mais velho que eu...

Ainda assim, pensei, fechando os olhos, eu estava realmente ansiosa para visitar a Propriedade Kinnaird.

❊ ❊ ❊

Três dias depois, saí do pequeno trem de dois vagões em Tain e andei até um Land Rover maltratado, o único veículo em frente à pequena estação. Um homem no banco do motorista abriu a janela.

– Você é Tiggy? – perguntou ele, com um forte sotaque escocês.

– Sim. Você é Cal MacKenzie?

– Eu mesmo. Suba a bordo.

E foi o que fiz, mas tive que lutar para fechar a pesada porta do passageiro.

– Levanta ela e depois bate com força – instruiu Cal. – Esta lata-velha já viu dias melhores, como a maioria das coisas em Kinnaird.

Ouvi um latido súbito atrás de mim, e quando me virei dei de cara com um *deerhound* gigantesco no banco de trás. O cão se aproximou e cheirou meus cabelos antes de dar uma lambida áspera em meu rosto.

– Pare, Thistle, pare com isso, rapaz! – ordenou Cal.

– Tudo bem – comentei, coçando a parte de trás das orelhas de Thistle. – Adoro cães.

– Ah, mas é melhor não mimá-lo, ele é um cão de trabalho. Certo, então vamos embora.

Depois de algumas tentativas, Cal conseguiu ligar o motor e cruzamos Tain – uma pequena cidade, com casas de ardósia cinza –, que servia a uma grande comunidade rural e abrigava o único supermercado decente da região. A expansão urbana logo desapareceu e começamos a percorrer uma estrada sinuosa, com subidas suaves por colinas cobertas de moitas de urze e pontilhadas de pinheiros-da-escócia. Os topos das colinas estavam envoltos em uma espessa névoa cinza e, depois de uma curva, um lago apareceu à nossa direita. Em meio à chuva fina, parecia uma enorme poça de água cinzenta.

Eu estremeci, apesar de Thistle – que havia decidido repousar a cabeça peluda em meu ombro – aquecer meu rosto com seu bafo quente, e lembrei-me do dia em que cheguei ao aeroporto de Inverness, quase um ano antes. Eu havia deixado o céu azul-claro da Suíça, com a primeira neve da temporada ainda reduzida no topo das montanhas em frente a Atlantis, e me mudado para uma cópia sombria do lugar de que havia saído. Enquanto o táxi me conduzia à cabana de Margaret, eu me perguntei por que cargas-d'água havia tomado aquela decisão. Um ano depois, tendo passado nas Terras Altas durante as quatro estações do ano, eu já sabia que, quando a primavera chegasse, a urze cobriria as encostas com seu tom de roxo mais suave e o lago teria um brilho azul tranquilo sob um benevolente sol escocês.

De canto de olho, observei o motorista: um homem robusto, musculoso, com o rosto corado e a cabeça coberta por poucos fios ruivos. As mãos grandes que seguravam o volante eram de alguém que as usava como ferramentas: unhas com sujeira enraizada, vários arranhões, os nós dos dedos bem vermelhos devido à exposição ao clima. Levando em consideração o desgaste físico que seu trabalho exigia, concluí que Cal devia ser mais jovem do que aparentava e calculei que teria entre 30 e 35 anos.

Como a maioria das pessoas que conheci naquele lugar, acostumadas a trabalhar na terra, isoladas do resto do mundo, Cal não falava muito.

Mas ele é um bom homem, disse a minha voz interior.

– Há quanto tempo você trabalha em Kinnaird? – perguntei, quebrando o silêncio.

– Desde pequeno. Meu pai, avô, bisavô e trisavô também. Comecei a sair por aí com meu pai assim que aprendi a andar. Os tempos mudaram de lá para cá, disso não tenho dúvida. As mudanças trazem seus próprios problemas. Beryl não está nada feliz em ter seu território invadido por um bando de *sassenachs*.

– Beryl?

– A governanta da Pousada em Kinnaird. Ela trabalha lá há mais de quarenta anos.

– E o que são *sassenachs*?

– Os ingleses. Um bando de gente rica e esnobe vem do outro lado da fronteira para passar o feriado de Hogmanay, a festa do ano-novo, na Pousada. Beryl não está nada feliz. Você é a primeira hóspede desde que ela foi reformada. A esposa do senhorio foi quem cuidou de tudo e não fez nenhuma economia. Só as cortinas custaram uns milhares.

– Bem, espero que Beryl não tenha tido nenhum trabalho extra por minha causa. Estou acostumada a lugares simples – falei, tentando mostrar que eu não era uma princesinha mimada. – Você devia conhecer a cabana de Margaret.

– Ah, eu conheço, fui lá muitas vezes. Ela é prima de meu primo, então temos algum parentesco. A maioria das pessoas aqui é parente.

Caímos em silêncio novamente quando Cal fez uma curva acentuada à esquerda. Vi uma pequena capela, com uma placa quase destruída onde se lia "Vende-se" pregada de qualquer jeito em uma das paredes. A estrada havia se estreitado e agora estávamos atravessando um campo aberto, com muros de pedra nas laterais para manter as ovelhas e o gado em segurança.

Ao longe, vi nuvens cinzentas acima de um terreno ainda mais alto. A estranha casa de pedra aparecia esporadicamente de um dos lados do veículo e se via fumaça saindo das chaminés. O crepúsculo já havia se instaurado. À medida que seguíamos, a estrada ficava esburacada, e a suspensão do velho Land Rover parecia se recusar a trabalhar enquanto Cal passava por uma série de pontes estreitas e arqueadas que cruzavam córregos agitados, as rochas produzindo uma espuma branca quando a água as chicoteava, o que indicava que estávamos subindo.

– Ainda falta muito? – indaguei, olhando para o relógio e percebendo que uma hora inteira já se passara desde que saíramos de Tain.

– Agora não – respondeu Cal, fazendo uma curva acentuada à direita.

A estrada agora era pouco mais que uma pista de cascalho, com buracos traiçoeiros tão profundos que a lama dentro deles espirrava para o alto e sujava as janelas.

– Já dá para ver a entrada logo ali em frente.

Quando passamos por duas colunas de pedra, que brilharam com os feixes de luz dos faróis, desejei ter chegado no início do dia, para poder me orientar.

– Estamos quase lá – tranquilizou-me Cal enquanto sacudíamos e saltávamos a cada solavanco.

Quando o Land Rover pegou uma subida mais íngreme, as rodas derraparam, lutando por alguma aderência no cascalho encharcado. Finalmente, o carro parou e o motor trepidou como se estivesse aliviado.

– Bem-vinda a Kinnaird – anunciou ele, abrindo a porta e saindo.

Observei que Cal era ágil, considerando seu tamanho. Ele deu a volta e abriu a porta do passageiro, oferecendo a mão para me ajudar.

– Eu consigo – insisti, pulando do carro e aterrissando imediatamente em uma poça.

Thistle saltou ao meu lado e me deu uma simpática lambida antes de sair andando para farejar o caminho, obviamente feliz por estar de volta a um território familiar.

Olhei para cima e, ao luar, vislumbrei as linhas da Pousada Kinnaird, seus telhados inclinados e suas chaminés imponentes lançando sombras sobre as luzes acolhedoras que brilhavam atrás de janelas altas e salientes nas robustas paredes de xisto.

Cal pegou minha bolsa na parte de trás do Land Rover e me levou pela lateral da Pousada até a porta dos fundos.

– Entrada de serviço – grunhiu Cal, limpando as botas no capacho do lado de fora. – Só o senhorio, sua família e seus hóspedes usam a porta da frente.

– Certo – respondi enquanto entrávamos, recebidos por um bem-vindo sopro de ar quente.

– Isto aqui está um forno – queixou-se Cal, passando por um corredor que cheirava a tinta fresca. – A esposa do senhorio colocou um sistema de aquecimento muito chique e Beryl ainda não aprendeu a controlar. Beryl! – gritou ele, me conduzindo a uma cozinha grande e ultramoderna, iluminada por vários focos de luz.

Tive que piscar para meus olhos se adaptarem à claridade, e só então notei a enorme área central, as fileiras de armários lustrosos e o que me pareceu serem dois fornos de última geração.

– Isto é muito elegante – comentei com Cal.

– Ah, se é. Você devia ter visto como era antes de o velho senhorio morrer. Acho que tinha uns cem anos de sujeira acumulada atrás dos armários e uma grande família de camundongos. Tudo isso vai estragar, sabe, se Beryl não aprender a mexer nesses fornos modernos. Ela cozinhou a vida toda naquele fogão velho e você precisa entender de computação para usar esses dois aí.

Enquanto Cal falava, uma mulher elegante e magra entrou. Seus cabelos eram brancos como a neve, presos em um coque baixo, e seu rosto era longo e anguloso, com um nariz de falcão e olhos azuis que me avaliavam.

– Srta. D'Alplièse, eu presumo? – disse ela, a voz modulada com um leve sotaque escocês.

– Sim, mas pode me chamar de Tiggy.

– E aqui todos me chamam de Beryl.

Seu nome, que significa berilo, havia me enganado. Eu imaginara um tipo maternal, com seios fartos, bochechas rosadas, mãos ásperas e grandes como as panelas com as quais devia lidar todos os dias. Não aquela bela mulher, um tanto severa, num imaculado uniforme preto.

– Obrigada por me receber aqui esta noite. Espero não ter dado muito trabalho, já que você está tão ocupada – falei, encabulada, como uma criança que se dirige à diretora da escola. Beryl tinha um ar de autoridade que impunha respeito.

– Está com fome? Fiz uma sopa. É só isso que consigo fazer com segurança até entender como funcionam os fornos novos. – Ela deu um sorriso triste para Cal. – O senhorio me disse que você é vegana. Cenoura com coentro serve?

– Está ótimo, obrigada.

– Bem, agora eu vou ter que deixar vocês duas – disse Cal. – Tenho algumas cabeças de cervo para ferver no galpão, da caça de ontem. Boa noite, Tiggy, durma bem.

– Obrigada, Cal, você também – respondi, sufocando uma ânsia de vômito ao ouvir aquelas palavras.

– Então está bem, vou levá-la para o seu quarto no andar de cima – disse Beryl bruscamente, indicando que eu deveria segui-la.

No final do corredor, chegamos a um grande hall de entrada com piso de lajota e uma impressionante lareira de pedra, sobre a qual estava pendurada uma grandiosa cabeça de veado macho, com magníficos chifres. Ela me conduziu pelas escadas recém-acarpetadas, e nas paredes havia uma galeria de retratos dos antepassados de Kinnaird. Passamos por um grande hall superior e ela abriu a porta de um amplo quarto, decorado em tons de bege. Uma enorme cama com dossel de *tartan* vermelho era o destaque do cômodo. Cadeiras de couro com fartas almofadas estavam colocadas junto à lareira, e havia dois abajures antigos de bronze sobre mesas laterais de mogno extremamente lustrado, que cintilavam com suavidade.

– É lindo – murmurei. – Parece que estou em um hotel cinco estrelas.

– O antigo senhorio dormiu aqui até o dia de sua morte. Mas hoje ele não reconheceria o lugar, sabe, especialmente o banheiro. – Beryl indicou uma porta à nossa esquerda. – Ele usava aquele espaço como quarto de vestir. Coloquei ali uma cadeira com um penico quando ele já estava mal de saúde. O banheiro ficava do outro lado do corredor, imagine.

Beryl suspirou com pesar, a expressão revelando que seus pensamentos estavam no passado – um passado do qual talvez sentisse falta.

– Pensei em usar você como cobaia, testar a suíte para verificar possíveis problemas – continuou Beryl. – Eu ficaria muito grata se você tomasse um banho e me avisasse quanto tempo leva para a água esquentar.

– Com prazer. Onde eu moro no momento, água quente é coisa rara.

– Por enquanto, ainda estamos aguardando a mesa da sala de jantar, que está no restaurador, então acho melhor trazer uma bandeja aqui para você.

– Como for mais fácil para você, Beryl.

Ela assentiu e saiu do quarto. Sentei-me na beirada do que parecia um colchão muito confortável e refleti que não dava para decifrar Beryl muito bem. E a Pousada... todo aquele luxo era a última coisa que eu esperava encontrar. Depois de algum tempo, levantei-me da cama e abri a porta do banheiro. Lá dentro, encontrei uma bancada de mármore com duas pias, uma banheira com pés e um boxe com um daqueles enormes chuveiros circulares que eu mal podia esperar para usar, depois de meses utilizando a banheira de esmalte lascado de Margaret.

– Que paraíso!

Respirei fundo enquanto tirava a roupa, abria o chuveiro e passava um tempo indecentemente longo sob a água. Saí, me sequei e vesti o robe atoalhado macio que encontrei pendurado atrás da porta. Com uma toalha enrolada na cabeça para secar meus cabelos indisciplinados, voltei para o quarto e encontrei Beryl já colocando a bandeja sobre uma mesa próxima a uma das cadeiras de couro.

– Eu lhe trouxe um suco de flores de sabugueiro feito aqui em casa para acompanhar a sopa.

– Muito obrigada. A propósito, a água esquentou rapidinho, e estava bem quente.

– Ótimo – respondeu Beryl. – Bem, então vou deixar você comer. Durma bem, Tiggy.

Em seguida, saiu do quarto.

2

*N*enhum facho de luz atravessava o forro pesado das cortinas, e eu, desnorteada, procurava o interruptor para verificar as horas. Para minha surpresa, eram quase oito – muito tarde para quem normalmente se levantava às seis da manhã para alimentar os animais. Consegui pular da enorme cama e atravessei o quarto para abrir as cortinas, deixando escapar um suspiro de deleite pela vista maravilhosa.

A Pousada localizava-se no alto de uma colina, com vista para um vale que descia suavemente até um rio estreito e sinuoso e, em seguida, voltava a subir do outro lado, formando uma cadeia de montanhas com picos cobertos por uma camada fina de neve que mais parecia açúcar de confeiteiro. A paisagem inteira reluzia devido à geada, que refletia o sol. Abri a janela recém-pintada para inspirar profundamente o ar das Terras Altas. Até o aroma era puro – com um ligeiro perfume de terra outonal turfosa da grama e das folhas em decomposição que fertilizavam as novas plantas da próxima primavera.

Tudo o que eu queria era me perder em meio ao milagre da natureza em sua magnificência. Vesti depressa a calça jeans, um suéter, um casaco de esqui, um gorro e um par de botas resistentes e desci até a porta da frente. Estava destrancada e, no instante em que pisei lá fora, deleitei-me no paraíso terrestre etéreo à minha frente, miraculosamente intocado por seres humanos ou suas habitações.

– Tudo isto é meu – sussurrei, enquanto caminhava pela relva grossa e gelada da clareira em frente à casa.

Ouvi um farfalhar nas árvores à minha esquerda e vi um jovem e pequeno cervo, com suas grandes orelhas pontudas, cílios longos e pelos castanho-avermelhados e salpicados, saltitando por ali. Embora o cercado para veados na reserva de Margaret fosse amplo e ela tivesse feito o melhor para deixá-lo parecido com o hábitat dos animais enquanto eles passavam pela readaptação, não deixava de ser um espaço limitado. Em Kinnaird, os veados tinham milhares de hectares para vaguear, selvagens e livres, mesmo enfrentando o perigo dos predadores humanos que substituíram seus inimigos naturais do passado.

Nada na natureza vive em segurança, refleti, nem mesmo os seres humanos – os autoproclamados senhores da terra. Com toda a nossa arrogância, acreditamos ser invencíveis. Entretanto, eu mesma já testemunhara inúmeras vezes como um poderoso sopro de vento dos deuses, lá de seus paraísos, era capaz de varrer milhares de nós com um só golpe durante tornados e furacões.

No meio da colina, parei ao lado de um riacho, engrossado pela chuva fresca da noite passada. Respirei fundo e olhei ao meu redor.

Eu poderia viver aqui por um tempo?

Sim, sim, sim!, respondeu minha alma.

Contudo, mesmo para *mim*, o isolamento total era extremo: Kinnaird *era* outro mundo. Eu sabia que minhas irmãs me achariam louca por ter vindo, que eu deveria passar mais tempo com gente – de preferência, algumas pessoas adequadas do sexo masculino –, mas não era isso que fazia meu coração bater. Estar na natureza fazia com que eu me sentisse viva, aguçava meus sentidos, e eu podia voar, como se flutuasse acima da Terra e me tornasse parte do universo. Em Kinnaird, eu sabia que a parte interior que eu escondia do mundo poderia florescer e crescer a cada manhã em que acordasse diante da dádiva daquele vale mágico.

– O que você acha de eu ter vindo para Kinnaird, Pa? – perguntei aos céus, desejando ardentemente poder refazer aquela ligação invisível e vital com a pessoa que eu mais amava no mundo.

Mais uma vez, eu estava conversando com o ar, tanto física quanto espiritualmente, o que era bastante perturbador.

A poucas centenas de metros da Pousada, eu me vi olhando para baixo, do alto de um penhasco rochoso, para uma área inclinada e toda coberta de árvores. Era um local isolado, mas, quando desci para investigar, ele se revelou facilmente acessível. Era o lugar perfeito para Molly, Igor, Posy e Polson – também conhecidos como os quatro gatos-selvagens – criarem seu espaço.

Passei algum tempo caminhando pela área arborizada, avaliando como a encosta cheia de árvores proporcionaria a sensação de segurança de que os animais precisavam para se sentirem confortáveis o suficiente e se aventurarem, conseguindo, enfim, procriar. Ficava a apenas dez minutos da Pousada e dos chalés que a cercavam – perto o suficiente para fornecermos suas rações diárias, mesmo nas profundezas do inverno. Satisfeita com a escolha, subi de novo a colina pelo caminho estreito e desnivelado que servia como estrada de acesso através do vale.

Então ouvi o som de um motor se aproximando, virei-me e vi Cal pendurado para fora da janela do Land Rover, o alívio estampado em seu rosto.

– Aí está você! Por onde andou? Beryl preparou o café da manhã há muito tempo, mas, quando foi chamá-la em seu quarto, não havia ninguém. Ela está convencida de que você foi levada no meio da noite por MacTavish, o Temerário, o fantasma da Pousada.

– Nossa, me desculpe, Cal. O dia está lindo, então saí para explorar. Consegui identificar um lugar perfeito para os gatos-selvagens. É logo ali embaixo. – Apontei para o declive.

– Então valeu a pena a confusão com Beryl e o café da manhã. Além do mais, não faz nenhum mal atiçar os sentidos e ter algumas emoções, se é que me entende. – Cal piscou para mim quando abriu a porta do passageiro. – É claro, o problema é que ela acredita que é a *verdadeira* senhora da Pousada, e não posso negar que, em muitos aspectos, é mesmo. Venha, vou lhe dar uma carona.

Entrei no carro e lá fomos nós.

– Essas estradas são traiçoeiras quando neva – comentou Cal.

– Eu morei em Genebra a vida inteira, então pelo menos estou acostumada a dirigir na neve.

– Isso é bom, já que você vai ver muita neve por meses seguidos. Olhe. – Cal apontou. – Logo depois daquele córrego, naqueles vidoeiros. É ali que os veados gostam de se refugiar à noite.

– Não parece um local que lhes dê muita proteção – observei, olhando para as árvores esparsas.

– Pois é, esse é o problema. A maior parte das matas naturais desapareceu do vale. Estamos começando o reflorestamento, mas tudo precisa ser cercado, senão os veados começam a mordiscar as mudas. É um trabalho gigantesco que o novo senhorio se propôs a fazer. Caramba, Beryl, não faça isso.

Ouvi um barulho de algo sendo moído quando Cal tentou deslocar o

Land Rover. O carro chacoalhou por alguns segundos, mas voltou a funcionar sem problemas.

– Beryl? – repeti.

– Sim. – Ele riu. – Em homenagem à nossa governanta. Este carro é tão experiente quanto botas velhas e, em geral, confiável, apesar dos percalços.

Quando Cal e eu retornamos à Pousada, pedi mil desculpas a Beryl por desaparecer antes do café da manhã, sentindo-me na obrigação de dar um jeito de comer os sanduíches de patê Marmite que ela havia preparado "no lugar do café da manhã que você não comeu". E eu realmente não era muito fã de patê Marmite.

– Acho que ela não gosta de mim – murmurei para Cal assim que Beryl foi para a cozinha, e ele me ajudou a comer alguns daqueles verdadeiros pesos de porta.

– Ah, Tig, ela só está estressada – disse Cal, sensato, enquanto suas mandíbulas enormes demoliam os sanduíches. – E então, que trem você está pensando em pegar? Tem um às 15h30, mas depende de você.

O toque de um telefone quebrou o silêncio e depois parou. Antes que eu pudesse responder a Cal, Beryl retornou.

– O senhorio quer falar com você, Tiggy. Este é um momento adequado? – perguntou ela.

– Claro.

Arqueei as sobrancelhas para Cal e segui Beryl pelo corredor dos fundos até uma pequena sala que servia como escritório.

– Vou deixá-los a sós – disse ela, indicando o fone que estava na mesa.

A porta se fechou.

– Alô? – falei.

– Alô, Tiggy. Me desculpe por não ter ido encontrá-la em Kinnaird. Tive algumas emergências no hospital.

– Sem problemas, Charlie – menti, já que eu *estava* decepcionada.

– Então, o que você achou de Kinnaird?

– É um dos lugares mais... mais incríveis que já vi. É simplesmente deslumbrante, Charlie. Ah, a propósito, acho que encontrei o lugar perfeito para os gatos.

– Sério?

– Sim.

Expliquei onde ficava o local e as razões de minha escolha.

– Se você acha que é bom, Tiggy, então tenho certeza de que é. E quanto a você? Ficaria feliz em vir com eles?

– Bem... eu adorei isto aqui – respondi, sorrindo para o telefone. – Na verdade, eu não apenas adorei... amei.

– Então você poderia viver aí por algum tempo?

– Sim – respondi na mesma hora. – Sem dúvida.

– Então, bem, isso é... fantástico! Cal, em particular, ficará muito satisfeito. Eu sei que ainda não falamos sobre dinheiro ou benefícios, mas posso lhe enviar um e-mail sobre o assunto? Que tal um período inicial de três meses?

– Combinado, Charlie. Eu vou ler o e-mail e responder.

– Ótimo. Estou ansioso para lhe mostrar a propriedade pessoalmente na próxima vez, mas espero que Beryl a tenha recebido bem.

– Ah, recebeu, sim.

– Ótimo. Bem, então eu vou enviar o e-mail e, se você concordar em trabalhar em Kinnaird, que tal levar os gatos no início de dezembro?

– Perfeito.

Depois de uma despedida educada, terminei a chamada imaginando se eu havia tomado a melhor ou a pior decisão de minha vida.

Depois que agradeci a Beryl com copiosos "muito obrigada" pela hospitalidade, Cal me levou para dar uma olhada rápida no rústico mas encantador chalé que eu dividiria com ele, caso aceitasse o emprego. Depois da visita, entramos em Beryl, o Land Rover, e partimos para a estação de Tain.

– Então você vem para cá com os gatos ou não? – perguntou Cal, sem rodeios.

– Venho, sim.

– Graças a Deus! – Cal bateu no volante. – Gatos-selvagens são a última coisa de que preciso na minha vida, junto com todo o resto que tenho que fazer.

– Vou chegar com eles em dezembro, então você precisa começar a organizar a construção do cercado logo.

– Preciso que você me oriente nisso, Tig, mas é muito bom saber que você vem. Tem certeza de que consegue lidar com o isolamento? – disse ele, enquanto percorríamos aos solavancos a estrada que saía da propriedade.

– Todo mundo responde "não".

Naquele momento, o sol decidiu sair de trás de uma nuvem, iluminando o vale abaixo de nós, que estava envolto em uma névoa etérea.

– Ah, sim, Cal. – Eu sorri, sentindo uma onda de emoção se formar dentro de mim. – Tenho certeza de que consigo.

3

O mês seguinte passou num piscar de olhos: dias repletos de despedidas tristes, quando Margaret e eu dissemos um doloroso adeus aos nossos amados animais. Os veados, dois esquilos-vermelhos, ouriços, corujas e nosso único burro restante foram todos levados para suas novas casas. Margaret estava muito mais calma do que eu. Chorei rios de lágrimas depois da saída de cada um deles.

– Esse é o ciclo da vida, Tiggy, cheio de olás e adeus, e você tem que entender isso o mais rápido possível – aconselhou-me ela, com seu sotaque escocês.

Inúmeros e-mails e telefonemas com consultas sobre a área destinada aos gatos-selvagens chegaram de Cal, que acionou uma empresa para construí-la.

– Parece que dinheiro não é problema – revelou Cal. – O senhorio está tentando obter subsídios e quer muito que os gatos procriem.

Pelas fotos que ele me enviou, vi que eles tinham comprado o que havia de mais moderno: um pavilhão de gaiolas, ligadas por túneis estreitos e rodeadas de árvores, vegetação e esconderijos criados para que os animais pudessem explorar. Haveria quatro pavilhões no total, assim todos tomariam conta de seu próprio território, e as fêmeas poderiam ser mantidas longe dos machos quando engravidassem.

Mostrei as fotos a Margaret enquanto tomávamos uma taça de xerez em nossa última noite juntas.

– Meu Deus! Dá para abrigar um casal de girafas tranquilamente aí, imagina alguns gatos magricelas – observou ela, com uma risada.

– É óbvio que Charlie está levando muito a sério esse programa de reprodução.

– Bem, ele é muito perfeccionista. Pena que seu sonho tenha sido destruído quando era tão jovem. Acho que ele nunca se recuperou totalmente.

Fiquei curiosa.

– De quê?

– Eu não devia ter mencionado isso, mas o xerez soltou a minha língua. Vamos apenas dizer que foi azar no amor. Ele perdeu uma moça para outro sujeito, e aí se casou com aquela mulher, para piorar a situação.

– Você conhece a esposa dele?

– Só a vi uma vez, no dia do casamento, há mais de quinze anos. Trocamos algumas palavras, mas não fui com a cara dela. É muito bonita, mas, como nos contos de fadas, a beleza física nem sempre se traduz em beleza interior, e Charlie sempre foi ingênuo quando se trata de mulheres. Ele se casou aos 21, ainda no terceiro ano de medicina em Edimburgo.

Margaret suspirou e prosseguiu:

– Ela já estava grávida de Zara, a filha deles. Acho que a vida de Charlie antes disso não passou de uma reação ao comportamento do pai. A medicina e o casamento lhe permitiram escapar. Talvez agora seja a vez dele – completou Margaret, tomando um último gole do xerez. – Ele sem dúvida merece.

❂ ❂ ❂

Na manhã seguinte, com muito esforço, encarei a viagem no banco traseiro de Beryl, o Land Rover, com Molly, Igor, Posy e Polson, que uivavam e berravam, protestando dentro de suas caixas de transporte. Fora um trabalho hercúleo colocá-los lá dentro e, apesar de minhas roupas grossas e luvas de proteção, meus pulsos e braços ostentavam vários arranhões profundos. Embora os gatos-selvagens escoceses tenham aproximadamente o mesmo tamanho e a mesma coloração dos gatos malhados domésticos, a similaridade termina aí. Não é à toa que são conhecidos como os "tigres das Terras Altas". Polson, em particular, tinha o costume de morder tudo e todos.

No entanto, apesar da sua natureza mal-humorada e muitas vezes cruel, eu amava os quatro. Eles representavam uma pequena centelha de esperança num mundo onde tantas espécies nativas tinham dado seu último suspiro. Segundo Margaret, evitando o acasalamento deles com gatos domésticos, vários programas de melhoramento genético na Escócia almejavam produzir filhotes de linhagem pura, a fim de recolocá-los na natureza selvagem.

Quando fechei as portas diante dos rosnados de indignação dos gatos, senti o peso da responsabilidade de ser um dos guardiões de seu futuro.

Meu ouriço de estimação, Alice – assim chamada porque havia caído na toca de um coelho quando era bebê e fora resgatada por mim das garras de Guinness, o cão, quando ele a puxou para fora –, estava em sua caixa de papelão no banco da frente, junto com minha mochila, onde guardei as poucas roupas que possuía.

– Pronta? – perguntou Cal, que já estava sentado ao volante, ansioso para partir.

– Sim. – Engoli em seco, sabendo que precisava voltar à cabana e dizer adeus a Margaret, o que seria o momento mais triste de todos. – Você pode me dar cinco minutos?

Cal assentiu em silêncio, compreensivo, e eu corri de volta à cabana.

– Margaret? Cadê você?

Não consegui encontrá-la, então fui até lá fora e a vi sentada no chão, no centro do cercado vazio dos gatos-selvagens, com Guinness e Button montando guarda, um de cada lado dela. Margaret tinha a cabeça enterrada nas mãos e seus ombros tremiam.

– Margaret? – Fui até ela, me ajoelhei e a abracei. – Por favor, não chore, senão também vou chorar.

– Não consigo evitar, querida. Tentei ser corajosa, mas hoje... – Ela tirou as mãos do rosto e vi que seus olhos estavam vermelhos. – Bem, hoje realmente é o fim de uma era, com você e os gatos indo embora.

Ela estendeu a mão retorcida pela artrite, que as pessoas associariam à bruxa má dos contos de fadas, mas que nela transmitia o oposto: a própria bondade.

– Você foi como uma neta para mim, Tiggy. Nunca vou conseguir lhe agradecer por manter meus animais vivos e saudáveis quando eu não tinha força física para fazer isso sozinha.

– Prometo que vou visitá-la em sua nova casa em breve. Afinal, não ficaremos muito distantes uma da outra. – Nós nos abraçamos pela última vez. – Foi um prazer imenso, e eu aprendi muito. Obrigada, Margaret.

– O prazer foi todo meu. E, por falar em aprender, não se esqueça de visitar Chilly enquanto estiver lá. Ele é um velho cigano que vive na propriedade e é uma verdadeira mina de ouro quando se trata de ervas medicinais para animais e seres humanos.

– Sem dúvida. Adeus por agora, querida Margaret.

Levantei-me e, sabendo que também estava prestes a chorar, caminhei depressa em direção à porta. Cal apareceu ao meu lado.

– Faça o que for necessário para esses seus gatos gerarem alguns filhotes, está bem? – gritou Margaret, enquanto, com um último aceno, eu subia em Beryl e rumava para o próximo capítulo de minha vida.

❂ ❂ ❂

– Este é o seu quarto, Tig – disse Cal, depositando minha mochila no chão.

Olhei ao redor no pequeno cômodo, o teto baixo coberto de rachaduras e protuberâncias, como se fossem veias no gesso, que parecia exausto de sustentar o telhado acima dele. Era frio e congelante, além de espartano, mesmo comparado com aquilo a que eu estava acostumada, mas pelo menos tinha uma cama. E uma cômoda, na qual coloquei o ouriço, Alice, que continuava em sua caixa de viagem.

– Posso trazer a gaiola dela para cá também? – ofereceu Cal. – É melhor que ela fique na sala. Se escapar à noite, posso pisar nela sem querer e amassá-la quando for ao banheiro! Ela não deveria estar hibernando?

– Ela estaria, se vivesse em estado selvagem, mas não posso arriscar – expliquei. – Ela não ganhou peso suficiente desde que a salvei e não sobreviveria ao inverno. Tenho que mantê-la aquecida, aconchegada, e ter certeza de que está se alimentando.

Cal trouxe a gaiola e, depois de acomodar Alice de volta em sua casa e lhe dar um saquinho de sua comida favorita, me sentei na cama, tão cansada que meu único desejo era me deitar nela.

– Muito obrigada pela ajuda hoje, Cal. Eu não teria conseguido levar os gatos sozinha até o cercado.

– De nada. – Os olhos de Cal me analisaram. – Você é uma fadinha, não é? Eu jamais pediria que você me ajudasse a consertar cercas ou cortar madeira para queimar no inverno.

– Sou mais forte do que pareço – menti, na defensiva, porque, na verdade, não era. Pelo menos fisicamente.

– *Aye*, tenho certeza de que você tem outros pontos fortes, Tig. – Cal indicou a sala fria e nua. – Esta casa precisa de um toque feminino. Eu não tenho a mínima noção.

– Tenho certeza de que podemos torná-la mais acolhedora.

– Quer comer alguma coisa? Tem guisado de carne de veado na geladeira.

– Ahn... Não, obrigada. Eu sou vegana, lembra?

– Ah, sim. Bem... – Ele deu de ombros quando eu bocejei com força. – Talvez você precise dormir.

– Acho que sim.

– Temos uma banheira, se você quiser se lavar. Vou deixar para você a água quente.

– Não se preocupe, de verdade. Vou me deitar agora. Boa noite, Cal.

– Boa noite, Tig.

Finalmente, ele saiu e fechou a porta. Eu me joguei no colchão bastante usado, que à primeira vista não parecia nem um pouco confortável, puxei o edredom para me cobrir e adormeci no mesmo instante.

❀ ❀ ❀

Acordei às seis horas, desperta tanto pela temperatura congelante quanto pelo meu despertador interno. Ao acender a luz, vi que ainda estava muito escuro lá fora e que o interior das vidraças havia congelado.

Sem precisar me vestir, pois ainda estava usando meu suéter e minha calça jeans imunda, coloquei um casaco extra, botas, gorro e jaqueta de esqui. Entrei na sala cheia de vigas de madeira, que também abrigava uma generosa lareira. Peguei a lanterna que Cal havia me mostrado, pendurada em um gancho na porta da frente, e a liguei, preparando-me para me aventurar do lado de fora. Transitando pelo caminho através da luz e da memória, fui até o enorme celeiro, que continha uma câmara fria, para buscar carcaças de pombos e coelhos para alimentar os gatos. Quando as coloquei em uma cesta, percebi que Thistle dormia em um canto, sobre um fardo de palha. Ao me aproximar, ele acordou e se esticou, ainda sonolento, antes de se levantar e vir me saudar com suas pernas incrivelmente longas, enfiando seu focinho pontudo na palma da minha mão estendida. Ao olhar em seus olhos castanhos e inteligentes, cobertos por uma franja de pelo cinza que dava a impressão quase cômica de que suas sobrancelhas eram compridas demais, meu coração derreteu.

– Aqui, garoto. Vamos ver se podemos encontrar algo para você comer.

Depois de pegar a comida dos gatos e selecionar um osso suculento para Thistle, saí outra vez. O cão tentou me seguir, mas empurrei-o de volta para o celeiro.

– Talvez outro dia, querido.

Não poderia correr o risco de assustar os gatos quando eles mal haviam chegado.

Atravessei o gramado congelado e desci a inclinação até as instalações dos gatos. O negrume do céu era o mais intenso que eu já vira – sem um ponto de luz artificial. Usando a lanterna para me guiar, alcancei a entrada do confinamento.

– Molly? – sussurrei no meio da escuridão. – Igor? Posy? Polson?

Por força do hábito, virei a maçaneta, então me lembrei de que ali, aonde os visitantes poderiam ir no futuro, havia um teclado numérico acima da fechadura, para evitar que pessoas aleatórias entrassem nas gaiolas e perturbassem os animais. Forçando meu cérebro a lembrar o código que Cal me informara, pressionei o que imaginei que fosse a combinação certa até que, na terceira tentativa, ouvi um pequeno clique e o portão finalmente se abriu. Fechei-o assim que entrei.

Chamei os gatos pelos nomes outra vez, mas não vi nem ouvi nada, nem um leve som crepitante de uma pata sobre uma folha. Com quatro grandes compartimentos, os gatos poderiam se esconder em qualquer lugar, e eles, é claro, deviam estar amuados.

– Oi, crianças, sou eu, Tiggy – sussurrei para o ar absolutamente silencioso, minha respiração subindo em vapor à minha frente. – Estou aqui, não tenham medo. Vocês estão seguros, eu juro. Estou aqui com vocês – reiterei em seguida, esperando novamente para ver se eles reagiriam.

Nada aconteceu e, depois de investigar cada pavilhão e ouvir pelo maior tempo possível sem morrer congelada, distribuí a caça, abri a porta e subi de volta.

❀ ❀ ❀

– Aonde você foi tão animada e tão cedo? – perguntou Cal, emergindo da pequena cozinha com xícaras de chá pelando.

– Fui ver como os gatos estavam, mas eles não apareceram. Os coitadinhos devem estar aterrorizados, mas pelo menos ouviram a minha voz.

– Como você sabe, eu não sou um fã de gatos. São animais egoístas, antissociais, que gostam de arranhar e só têm lealdade a quem quer que os alimente. Prefiro um cachorro como Thistle, em qualquer situação.

– Eu o vi no celeiro esta manhã e dei a ele um osso da câmara fria – admiti, bebendo a forte infusão. – Ele sempre dorme lá?

– Sim, ele é um cão de trabalho, não é um cachorrinho de madame.

– Ele não poderia dormir no chalé de vez em quando? Faz muito frio lá fora.

– *Aye*, Tig, você é sentimental demais. Ele está acostumado – ralhou com delicadeza, enquanto caminhava de volta para a cozinha. – Quer torrada e geleia?

– Eu adoraria, obrigada – respondi, enquanto voltava para o meu quarto e me ajoelhava diante da gaiola de Alice para abrir a portinhola.

Vi dois olhos brilhantes tentando enxergar o lado de fora de seu pequeno esconderijo de madeira. Uma de suas perninhas havia se quebrado durante a queda na toca do coelho e não se recuperara totalmente. Ela mancava pela gaiola como uma velhinha, embora tivesse poucos meses de idade.

– Bom dia, Alice – sussurrei. – Como você dormiu? Que tal um pepino?

Voltei à cozinha para buscar um pepino na geladeira – que, percebi, precisava de uma limpeza completa para remover a coloração verde de mofo da parte traseira e das prateleiras. Notei também que a pia estava cheia de panelas e louça sujas. Peguei o pão torrado e espalhei margarina nela em cima da bancada apertada, que estava repleta do que deviam ser migalhas de pão acumuladas por uma semana.

O estereótipo masculino, pensei. Embora eu não fosse fanática por limpeza, aquilo ultrapassava meus níveis de tolerância e meus dedos coçaram para começar a faxina. Após alimentar Alice, eu me sentei com Cal à pequena mesa no canto da sala e comi minha torrada.

– O que você costuma dar para os gatos comerem de manhã? – perguntou ele.

– Hoje eu joguei os pombos e uns coelhos que trouxe comigo.

– Bem, eu tenho um monte de corações de veado guardados no freezer. Vou te mostrar. Estão num galpão no pátio atrás da Pousada.

– Eles vão amar, Cal, obrigada.

– Não entendo, Tig. Você diz que é vegana, então como consegue mexer com carne todos os dias?

– Porque é da natureza, Cal. Os seres humanos já evoluíram o suficiente para tomar decisões conscientes sobre sua dieta, e nós temos uma abundância de fontes de alimento para nos manter vivos, mas os animais não. Alice come carne porque é isso o que a espécie dela faz. O mesmo acontece com os gatos. É simples assim, embora eu admita que não tenho nenhum prazer em manusear corações de veado. O coração é a essência de todos nós, não é?

– Prefiro nem comentar. Gosto do sabor da carne vermelha na boca, sejam as vísceras, seja o melhor dos bifes. – Cal apontou um dedo para mim. – E já vou avisando, Tig: eu nunca vou evoluir, sou carnívoro até a alma.

– Prometo que não vou tentar mudá-lo, embora vá estabelecer um limite na hora de você cozinhar costeletas de carneiro e coisas assim.

– Além disso, eu pensei que todos vocês, franceses, amassem carne vermelha.

– Eu sou suíça, não francesa, talvez isso explique – rebati com um sorriso.

– Margaret me disse que você também é um pouco cientista, não é? Tem diploma e tudo o mais? Garanto que você poderia conseguir um emprego ganhando uma grana em algum laboratório em vez de ficar cuidando de alguns gatos sarnentos. Por que Kinnaird?

– Na verdade, eu trabalhei no laboratório de um zoológico por alguns meses. O dinheiro era bom, mas eu estava infeliz. É a qualidade de vida que conta, não é?

– *Aye*, levando em consideração quanto ganho por todas as horas de trabalho pesado que faço aqui, preciso acreditar que sim. – Cal deu uma risada. – Mas ainda bem que você está aqui, vou adorar a companhia.

– Pensei em fazer uma limpeza no chalé, se você permitir.

– Um pouco de limpeza não faria mal à casa. Sem dúvida. Vejo você mais tarde.

Em sua velha jaqueta Barbour, ele deu de ombros e marchou em direção à porta.

❂ ❂ ❂

Passei o restante da manhã com os gatos – na realidade, sem eles, porque, por mais que os procurasse nas tocas cuidadosamente escondidas em meio à folhagem, não os encontrei.

– Seria um desastre se os animais sob minha responsabilidade morressem na primeira semana – comentei com Cal quando ele apareceu no chalé na hora do almoço para um de seus gigantescos sanduíches. – Eles não estão nem tocando nos alimentos.

– *Aye*, seria mesmo – resmungou ele –, mas parece que eles tinham gordura suficiente para aguentar pelo menos alguns dias. Eles vão se adaptar, Tig.

– Espero que sim, eu realmente espero que sim. De qualquer forma, preciso comprar alimentos e materiais de limpeza. Tem algum lugar aqui por perto?

– Vou com você até o armazém. Aproveito para lhe dar uma aula de direção. Leva um tempinho para se acostumar com o Beryl.

Passei a hora seguinte dirigindo Beryl e aprendendo sobre suas excentricidades na viagem de ida e volta à loja. O local foi uma decepção. Vendia sabe Deus quantas variedades de biscoitos amanteigados para turistas, mas quase nada de valor. Pelo menos consegui algumas batatas, cenouras, repolho, amendoins e bastante feijão cozido.

De volta ao chalé, Cal me deixou sozinha. Procurei sem sucesso um esfregão e uma vassoura, então concluí que era melhor perguntar a Beryl se ela podia me emprestar. Cruzei o pátio e fui até os fundos da Pousada. Bati e não obtive resposta, então abri a porta e entrei.

– Beryl? É Tiggy, do chalé! Você está aqui? – gritei, enquanto atravessava o corredor até a cozinha.

– Estou no andar de cima, querida, dando ordens à nova arrumadeira – disse uma voz lá de cima. – Vou descer em alguns segundos. Você pode colocar a chaleira no fogo para mim?

Segui as instruções de Beryl e, enquanto procurava um bule de chá, ela entrou com uma jovem de rosto bem branco, usando um avental e um par de luvas de borracha.

– Essa é a Alison, que vai manter a Pousada limpinha quando os hóspedes chegarem, não é mesmo, Alison?

Beryl falava devagar, pronunciando bem as palavras, como se a garota tivesse problemas de audição.

– Sim, Sra. McGurk, vou, sim.

– Certo, Alison. Vejo você amanhã de manhã, às oito em ponto. Tem muito a ser feito antes da chegada do senhorio.

– Sim, Sra. McGurk – repetiu a garota, olhando, aterrorizada, para sua nova chefe.

Ela acenou um adeus e saiu correndo da cozinha.

– Que Deus nos ajude – comentou Beryl, abrindo um armário e tirando dali um bule de chá. – Nossa Alison não foi muito abençoada com um cérebro, mas eu também não fui abençoada com uma vasta opção de pessoal para trabalhar aqui por estas bandas. Pelo menos ela pode vir andando do sítio dos pais para o trabalho, o que, no inverno, é essencial.

– Você mora aqui perto? – perguntei, enquanto ela colocava folhas de chá no bule.

– Em uma cabana do outro lado do vale. Imagino que você não tome leite com o seu chá.

– Não.

– Um pedaço dos meus biscoitos caseiros é permitido? Eles levam manteiga. – Beryl indicou alguns tentadores biscoitos cobertos com espessas camadas de caramelo e chocolate. – Afinal, o leiteiro local está bem aí à porta, e eu posso atestar pessoalmente que as vacas são muito bem cuidadas.

– Já que é assim, obrigada, eu adoraria – respondi.

Decidi que não era o momento de tentar explicar que o que eu contestava era o fato de os bezerros recém-nascidos serem separados de suas mães, que eram mantidas prenhes para fornecer níveis nada naturais de leite para os seres humanos.

– Eu não como principalmente carne e peixe. De vez em quando, até consumo laticínios. Amo chocolate ao leite – admiti.

– E quem não ama? – Beryl me entregou um biscoito em um prato com um lampejo de um sorriso, e senti que eu tinha dado um pequeno passo para nos aproximarmos, mesmo que fosse à custa dos meus princípios. – E como é que está lá no chalé?

– Bem – respondi, saboreando cada mordida nos deliciosos biscoitos. – Eu vim perguntar se você teria uma vassoura, um esfregão e, quem sabe, um aspirador de pó para me emprestar, porque preciso fazer uma boa limpeza.

– Tenho, sim. Os homens parecem viver como porcos em sua própria sujeira, não é mesmo?

– Alguns homens, sim, mas meu pai era uma das pessoas mais exigentes que já conheci. Nunca deixava nada fora do lugar, e fazia a própria cama todas as manhãs, embora ele tivesse... *nós* tivéssemos uma camareira para fazer isso.

Beryl me olhou como se estivesse reavaliando o meu status.

– Você é da *gentry*, não é?

– Como assim?

– Desculpe, Tiggy, seu inglês é tão bom que eu esqueço que você deve ser francesa, pelo sotaque.

– Na verdade, sou suíça, mas a minha língua materna é o francês mesmo.

– Eu perguntei se você vem da nobreza, levando-se em consideração que tinha uma camareira.

– Não, ou pelo menos acho que não. Eu e minhas cinco irmãs fomos adotadas por meu pai ainda bebês.

– Verdade? Que fascinante. Seu pai lhe disse de onde você veio?

– Infelizmente, ele morreu há pouco mais de cinco meses, mas deixou uma carta para cada uma de nós. A minha relata exatamente onde ele me encontrou.

– E você pretende ir a esse lugar?

– Não sei. Sou feliz sendo quem sou. Quero dizer, a pessoa que sempre fui, com lembranças maravilhosas de minhas irmãs e de meu pai adotivo, entende?

– E você não quer que nada perturbe isso?

– Não, acho que não.

– Quem sabe? Um dia você pode querer, mas, por ora, sinto muito por sua perda. Bem, os esfregões e as vassouras estão no armário do corredor à sua esquerda. Você pode pegar o que quiser, desde que traga de volta quando terminar.

– Obrigada, Beryl – agradeci, tocada por suas palavras de conforto sobre Pa.

– Pode pegar o que você precisar para tornar sua casa mais habitável. Agora, vou chamar Ben pelo rádio, nosso faz-tudo, e pedir que reabasteça a lenha de Chilly.

– O velho cigano que vive na propriedade?

– Ele mesmo.

– Margaret disse que eu devia conhecê-lo.

– Bem, ele está sempre em casa, querida. Está deformado pela artrite. Nunca vou entender como sobrevive aos invernos no vale. Pelo menos ele tem uma cabana de madeira que o novo senhorio construiu para ele no verão. Como tem isolamento térmico, ele fica aquecido.

– Foi muita gentileza da parte de Ch... do senhorio.

– Bem, eu já avisei que, para a segurança do próprio Chilly, o serviço social deveria levá-lo para a aldeia. O problema é que, cada vez que eles vêm aqui avaliar, ele se esconde e ninguém consegue encontrá-lo. Da próxima vez que vierem, não vou avisá-lo. – Beryl torceu o nariz. – Isso também significa que um de nós precisa visitá-lo todos os dias, levar comida e encher a cesta de lenha. Como se já não tivéssemos o suficiente para fazer. Enfim – disse ela, pegando o rádio –, preciso tratar disso.

Após pegar um esfregão, uma vassoura e o aspirador de pó, atravessei o quintal carregando o material, o que foi ainda mais difícil por causa de Thistle, que me acompanhava animado, andando de um lado para outro.

– Ei, Tig! – Ouvi uma voz que vinha das entranhas do galpão. – Estou aqui fervendo umas cabeças de veado. Você vai fazer um chá agora?

– Sim, mas você vai ter que sair daí e vir pegar. Não pretendo colocar meus pés aí enquanto você faz isso, de jeito nenhum.

– Obrigado, Tig! Dois torrões de açúcar, por favor.

– Sim, Vossa Senhoria – respondi. – Vou só colocar o balde e o esfregão no chão.

Fiz uma reverência antes de abrir a porta do chalé.

4

altavam apenas duas semanas para o Natal e os dias já estavam mais curtos antes mesmo do solstício de inverno. Apesar da geada nas janelas, ainda não nevara, e eu estava feliz por ter conseguido deixar o chalé muito mais agradável do que quando cheguei. No dia seguinte ao empréstimo do esfregão e da vassoura, Beryl apareceu com belas cortinas floridas.

– Pode escolher – disse ela. – Elas ficavam na Pousada antes da reforma e estavam em condições muito boas para serem jogadas fora. Tem alguns tapetes sobressalentes também, que estão um pouco roídos por traças, mas dão algum calor nesses pisos de lajota. Diga a Cal que tem uma cadeira velha de couro no celeiro que ficaria ótima perto da lareira.

– Você é uma boa dona de casa, hein? – comentou Cal, rindo quando viu a sala de estar recém-decorada.

Para minha surpresa, gostei do processo, porque eu nunca tivera uma casa só minha. Agora, à noite, sentada diante do enorme fogo da lareira, em uma cadeira de couro gasto, com Cal deitado no sofá, sentia um grande prazer. Embora de início ele ignorasse a Alice, Cal já estava afeiçoado a ela e muitas vezes a tirava da gaiola e permitia que se acomodasse, satisfeita, na palma de sua mão enorme. Eu ficava um pouco aborrecida por ele aceitar Alice em casa, como hóspede, mas não permitir o mesmo conforto a Thistle.

– Você vai visitar sua família no Natal? – indagou ele enquanto tomávamos juntos o café da manhã, a geada em torno da vidraça formando uma moldura para o espetacular vale aos nossos pés.

– Eu pensei em ir para casa na Suíça e passar uns dias, mas, com os gatos ainda tão instáveis, acho que não devo. Isso só me deixaria ansiosa e, na verdade, nenhuma de minhas irmãs vai para casa este ano, então seria muito estranho estar lá sem elas e Pa.

– Onde elas moram?

– Maia, a mais velha, está no Brasil. Ally, na Noruega. Estrela, no sul da Inglaterra. Ceci aparentemente partiu em uma de suas aventuras. E Electra, a mais nova... bem, pode estar em qualquer lugar. Ela é modelo. Você já deve ter ouvido falar dela. A maioria das pessoas já ouviu.

– Você está falando *da* Electra? Aquela que é ainda mais alta que eu e está sempre nos jornais seminua, pendurada em algum astro de rock?

– Sim, a própria – confirmei.

– Uau, Tig! Você é uma caixinha de surpresas, não é? – Ele me estudou de perto. – É, você não se parece nada com ela.

– Nós todas fomos adotadas, lembra, Cal? Não temos uma única gota de sangue em comum.

– É verdade. Bem, diga a Electra que, se um dia ela quiser visitar a irmã, eu ficaria feliz em acompanhá-la para tomar algumas doses de uísque.

– Vou dizer a ela na próxima vez que nos falarmos – respondi e, vendo seu olhar brilhando, logo mudei de assunto: – Então, o que você vai fazer no Natal?

– O mesmo de todos os anos. Vou ficar com minha família em Dornoch. Você seria bem-vinda à nossa casa, Tiggy. Tenho certeza de que não vai devorar o peru inteiro, não é mesmo? – disse ele, achando graça.

– É muito gentil de sua parte, Cal, mas ainda não decidi o que vou fazer. Eu me sinto mal por nenhuma de nós estar lá com Ma, a mulher que tomou conta de nós desde pequenas. Talvez eu devesse convidá-la para vir aqui.

– Sua Ma não era casada com seu pai?

– Não, mas poderia muito bem ter sido. Não no sentido íntimo – apressei-me em explicar. – Ela foi contratada para ser babá de todas nós quando estávamos crescendo e nunca nos deixou.

– Desculpe a sinceridade, mas você tem uma família estranha, Tig. Pelo menos comparada com a minha.

– Eu sei que tenho, mas amo Ma, Claudia, nossa governanta, e minhas irmãs tanto quanto você ama sua família. Eu realmente não quero que a morte de Pa nos afaste. Era ele que nos mantinha unidas. – Suspirei. – Nós sempre tentamos voltar para casa no Natal.

– *Aye*, família é tudo – concordou Cal. – Podemos odiá-los com toda a nossa força, mas, se alguém de fora os machucar, nós os defendemos até a morte. Se você quer chamar sua Ma para vir aqui, ótimo, e nós vamos fazer tudo para tornar o Natal o mais... natalino possível. Agora é melhor eu voltar para o trabalho nas cercas.

Ele se levantou e acariciou meu ombro quando passou por mim.

Mais tarde naquela manhã, liguei para Ma e a convidei para nosso Natal escocês, mas ela declinou do convite.

– Tiggy, *chérie*, é tão gentil da sua parte se lembrar de mim, mas sinto que não posso deixar Claudia sozinha.

– Ela é muito bem-vinda aqui também, embora possa ficar um pouco apertado.

– Na verdade, nós já convidamos Georg Hoffman. E, claro, Christian também estará conosco.

– Está bem. Se é o que você quer... – respondi, pensando em como era triste que somente os empregados fossem passar o Natal em Atlantis, sem nenhum dos membros da família.

– É, sim, *chérie*. E você, como está? E como é que está o seu peito?

– Está bem. Estou recebendo litros de ar fresco da montanha, Ma.

– Mantenha-se sempre agasalhada e aquecida. Você sabe que seus pulmões não se dão bem com o clima frio.

– Pode deixar, Ma, eu prometo. Tchau, tchau.

❀ ❀ ❀

Alguns dias depois, liguei para Margaret para saber como estavam as coisas, e ela me convidou para o almoço de Natal, um convite que aceitei com gratidão. Aliviada por saber que não precisaria perturbar o Natal em família de Cal ou, para ser honesta, por não ter que lidar com a montanha de cadáveres de aves assadas que seria seu almoço, levei Thistle para uma caminhada pela propriedade. Ele parecia bastante ligado a mim, para o espanto de Cal, e, sempre que não precisavam dele para caçar, o cão me seguia por toda parte, como se fosse minha sombra. De vez em quando, eu o levava escondido para dentro do chalé, quando sabia que Cal não estava. Ele ficava se aquecendo perto do fogo enquanto eu escovava os nós e emaranhados de seu pelo áspero, esperando que seu chefe não percebesse. Eu sempre quis ter um cachorro.

Quando voltei para casa, abri a porta e encontrei Cal colocando uma pequena árvore de Natal no canto da sala de estar.

Ele nos olhou e franziu a testa para Thistle, que me seguira até a porta e agora estava sentado na soleira com uma expressão de súplica.

– Tig, eu já disse a você milhares de vezes que ele não pode entrar na casa, senão vai ficar frouxo.

– Frouxo? – questionei, sentindo-me culpada e me perguntando se Cal já sabia que eu vinha desobedecendo a suas ordens.

– Isso mesmo. Você vai transformá-lo num molenga. Leve-o para fora.

Relutante, conduzi Thistle para o pátio, sussurrando que o veria de novo mais tarde e, em seguida, fechando a porta.

– Achei que essa árvore iria animá-la e deixar o lugar mais festivo. Arranquei lá da floresta, com raízes e tudo, para podermos replantá-la depois. Que tal você ir até Tain amanhã e comprar algumas luzes e enfeites?

Lágrimas brotaram em meus olhos ao ver a pequena árvore de pé, embora torta, enfiada em um balde de terra.

– Cal, isso foi tão gentil... Muito obrigada. – Fui até ele e lhe dei um abraço. – Vou a Tain amanhã, logo depois de alimentar os gatos.

– Bem, faça isso bem cedo. A neve chega amanhã, com certeza. Os *sassenachs* lá do Sul sempre sonham com um Natal branco, mas eu não me lembro de nenhuma época de Yule aqui que não tivesse neve.

– Mal posso esperar – falei, com um sorriso.

✹ ✹ ✹

Como Cal previra, acordei na manhã seguinte com a primeira neve da temporada. Entrei no outro Land Rover, que era ainda mais velho e barulhento que Beryl, e dirigi com cuidado até Tain.

Faltando poucos dias para o Natal, a pequena cidade estava agitada, com muitas pessoas fazendo compras, e, depois que escolhi as luzes e os enfeites para a árvore, peguei um cachecol de *tartan* macio para Cal e um suéter de lã cor-de-rosa para Margaret. Quando cheguei em casa, percebi que havia um Range Rover surrado na frente da Pousada Kinnaird. Beryl estava agitada havia dias porque Charlie e sua família chegariam para passar o Natal na Pousada antes de alugá-la para os primeiros hóspedes pagantes, que viriam para o Hogmanay.

Quando Cal voltou para a casa, nossa pequena árvore estava decorada e iluminada e um fogo aconchegante ardia na lareira. Um CD com canções de Natal que eu havia comprado tocava no antiquíssimo som portátil de Cal.

– Estou esperando que o Papai Noel em pessoa caia da chaminé a qualquer instante – brincou ele enquanto pendurava o casaco, o chapéu e o cachecol nos ganchos que o fiz prender ao lado da porta da frente. – Temos até renas lá fora, Tig, olhe só.

Olhei pela janela e vi que os seis veados que costumavam ficar perto do gramado da Pousada haviam se aproximado para nos visitar. Eles eram mansos o suficiente para serem alimentados, e Cal me explicara que haviam sido criados na propriedade.

– Já está sentindo o espírito natalino, Tig? Espere até provar meu vinho quente. Você certamente vai sentir que é Natal. O que temos para comer?

– Caçarola de vagem. Você pode cozinhar sua própria caça, se quiser. – respondi, saindo da sala em direção à cozinha.

– Tudo bem. A última que você fez estava realmente saborosa.

Comendo a caçarola e bebendo uma garrafa de vinho barato, Cal e eu discutimos o progresso dos gatos.

– Pelo menos os pombos e os corações de veado agora estão desaparecendo de onde eu os deixo todos os dias, mas, exceto por Posy, eles ainda se recusam a se aproximar de mim. Daqui a pouco vou ter que levá-los ao veterinário e não sei nem como vou chegar perto deles.

– Tig, você não pode obrigar os bichos a se adaptarem a um hábitat novo seguindo um cronograma.

– Eu sei. – Dei um suspiro. – Mas eu me sinto sob pressão, Cal. O acasalamento começa em janeiro, mas eles andam tão inseguros que mal saem de suas áreas separadas, que dirá passar um tempo se aproximando. E, para ser sincera, nem sei se eles gostam uns dos outros, para começo de conversa. Nunca percebi nenhuma química.

– Não acho que acasalamento tenha a ver com química. Na época do cio, já vi veados montarem seis fêmeas, uma após outra. É o chamado da natureza, e você só precisa torcer para aqueles seus garotos sentirem o desejo.

– Que beleza de especialista em vida selvagem eu sou – comentei. – Se não aparecerem filhotes quando a primavera chegar, vou decepcionar Charlie.

– Que nada. O senhorio não é nenhum monstro, Tig. Eu o encontrei mais cedo na Pousada e ele disse que vem aqui para ver você e os gatos em algum momento durante o Natal.

– Ai, meu Deus! E se eles não saírem quando ele vier?

– Ele vai entender. Aliás, eu estava querendo pedir sua ajuda, já que você é mulher, e praticamente a Mamãe Noel. Não tenho a menor ideia do que comprar para Caitlin.

– Caitlin?

– Minha garota. Ela mora em Dornoch, mas não vai ser minha namorada por muito tempo se eu não aparecer com algum presente de Natal razoável.

Olhei para Cal sem esconder minha surpresa.

– Você tem namorada? Nossa, por que nunca me falou dela?

– Ah, não falo muito de minha vida pessoal. Além disso, esse assunto nunca surgiu.

– Mas você está sempre aqui na propriedade. Caitlin não fica... irritada porque quase não o vê?

– Na verdade, não. Sempre foi assim. Eu a vejo um fim de semana por mês e toda primeira quinta-feira.

– Há quanto tempo vocês estão juntos?

– Há uns doze anos, mais ou menos – respondeu ele, enfiando mais caçarola na boca. – Eu a pedi em casamento uns dois anos atrás.

– Meu Deus! Então por que ela não está morando com você aqui no chalé?

– Para começar, ela é gerente de uma filial de uma empresa de construção em Tain, que, como você sabe, fica a uma hora de carro daqui. Com o tempo do jeito que é, ela não pode se arriscar a vir até a propriedade, ficar presa numa nevasca e não poder voltar. E ela não quer morar numa espelunca como esta. É verdade que, depois de sua chegada, ela talvez até mude de ideia. – Ele soltou sua risada gutural. – E, agora que você já sabe de mim, conte-me de você. Existe alguém especial em sua vida, Tig?

– Conheci um cara no laboratório do zoológico de Servion e tivemos um lance por um tempo, mas nada sério. Ainda não encontrei "o" cara – afirmei, tomando um gole de vinho. – Você tem sorte. Eu adoraria conhecer Caitlin, Cal. Por que você não a convida para vir aqui uma noite, perto do Natal?

– O problema, Tig – disse Cal, fazendo uma careta –, é que eu talvez tenha mencionado que estou compartilhando minha casa com uma boxeadora barbada, não com uma moça bonita como você. Você sabe como as mulheres são, e eu nunca mais toquei no assunto.

– Mais uma razão para trazê-la aqui. Assim eu posso assegurar a ela que não sou uma ameaça. De qualquer forma, gostaria de conhecê-la em algum momento, pois ela é sua eleita. Ah, e sugiro que você compre uma joia.

– Ela é o tipo de mulher prática, Tig – disse Cal, sem muita certeza. – No ano passado, comprei um par de meias térmicas e luvas à prova d'água. Ela me pareceu bem satisfeita.

– Cal – respondi, sufocando uma risada –, garanto que, por mais práticas que sejam, ou finjam ser, as mulheres adoram uma joia.

Uma hora depois, nós nos despedimos e eu fui me deitar. Fiquei feliz com a revelação de Cal – pela minha experiência, por mais moderna que a sociedade seja, a relação entre macho e fêmea que vivem juntos sempre tem um lado delicado até que as regras do jogo sejam estabelecidas. E isso acabara de acontecer. Não que houvesse qualquer parte de mim sexualmente atraída por Cal, mas eu definitivamente me sentia próxima dele. A boa notícia era que, tendo crescido com cinco irmãs, Cal poderia se tornar agora o que eu sempre desejei ter – um irmão mais velho.

✿ ✿ ✿

Olhei para Polson, que estava sentado numa das plataformas de madeira acima de mim. Ele alisava o próprio pelo ao sol, de costas para mim, ignorando-me solenemente. Não me importei. Pelo menos ele estava fora da gaiola e no espaço aberto, o que me dava esperanças de que finalmente estivesse se recuperando do trauma.

Tirei rapidamente uma foto com minha câmera, só para o caso de o senhorio – a maneira como chamaria Charlie Kinnaird, como todos os demais – querer uma prova de que os gatos estavam vivos.

– Feliz noite de Natal – desejei a Polson –, e talvez amanhã de manhã você realmente se digne a olhar para mim, para que eu possa lhe desejar um feliz Natal olho no olho.

Subi de novo a ladeira, pensando que, se os gatos tinham a reputação de serem arrogantes e caprichosos como a realeza, então Polson era o próprio rei. Quando olhei para cima, vi uma mulher bem magra no topo me observando. Tinha pernas longas como as de uma girafa e estava vestida com o que Cal chamaria de um casaco de esqui de "gente chique", com uma glamorosa lapela de pele. Seus cabelos fartos, de um louro quase branco, brilhavam como um halo à luz do sol, emoldurando um par de grandes olhos azuis e lábios carnudos. Quem quer que fosse, era uma mulher muito bonita. Começou a caminhar ruidosamente em minha direção. Ao vê-la, Polson fugiu de imediato.

– Eu... Oi – cumprimentei-a, enquanto dobrava o ritmo de minha subida. Quando cheguei mais perto, percebi que a linha dos meus olhos ficava no nível de sua barriga. – Sinto muito, senhora, mas o acesso a esta área é restrito.

– É mesmo? – perguntou ela, encarando-me com desdém. – Acho que não.

– Na verdade, está por enquanto, pois temos gatos-selvagens que acabaram de chegar. Estou tentando ambientá-los, mas eles são muito temperamentais e não gostam de estranhos, e comecei a conseguir que saiam de seus esconderijos, por isso...

– E quem é você?

– Meu nome é Tiggy, eu trabalho aqui.

– Trabalha?

– Sim. Não há problema em ficar aí em cima. Quero dizer, eu sei que não dá para ver muito bem daí, mas o senhorio está tentando fazer com que os gatos se reproduzam, porque existem apenas trezentos deles em toda a Escócia.

– Eu sei de tudo isso – disse ela, e percebi o sotaque estrangeiro e uma mal disfarçada antipatia em suas palavras. – Ora, longe de mim querer perturbar o seu pequeno projeto. – Ela deu um sorriso. – Vou fazer o que você disse e bater em retirada. Adeus.

– Adeus – respondi para a cópia de Claudia Schiffer e a observei sair pisando forte de volta até o alto da colina.

Instintivamente, percebi que havia cometido um erro.

❖ ❖ ❖

– Hoje eu encontrei uma mulher quando estava perto dos gatos – comentei com Cal quando ele chegou para almoçar. – Ela era loura e muito alta, parecia uma princesa da Disney.

– Então deve ser a madame – concluiu ele, enquanto tomava a sopa. – A mulher do senhorio, Ulrika.

– Merda! – sussurrei.

– Você não costuma falar assim, Tig. O que aconteceu?

– Talvez eu tenha sido muito rude com ela, Cal. Tinha acabado de conseguir que Polson saísse de seu esconderijo quando ela chegou e o afugentou de volta lá para dentro. Então eu basicamente disse a ela para ir embora.

Mordi o lábio e esperei a reação de Cal.

– Ela deve ter ficado engasgada com isso – respondeu ele, passando um pedaço de pão no prato e enfiando-o na boca. – Provavelmente foi a primeira vez que alguém a mandou dar no pé.

– Meu Deus, Cal, eu só estava tentando proteger os gatos. Ela com certeza vai entender, se souber alguma coisa sobre animais selvagens.

– Ela só sabe daqueles que usa no próprio corpo, Tig. Aquela lá só pensa em roupas da última moda. Ela foi modelo quando era mais jovem.

– Eu devia ter percebido quem ela é quando a vi – me lastimei.

– Não importa quem fosse, você não queria perturbar os gatos. Não se preocupe, Tig, tenho certeza de que ela vai superar isso. De qualquer maneira, garanto que ela não veio visitar os gatos, e sim dar uma olhada em quem está cuidando deles. Provavelmente Charlie falou com ela sobre você e, como a conheço bem, sei que não deve ter ficado muito feliz por uma jovem ter invadido o seu território. Especialmente uma moça tão bonita quanto você.

– Bem, obrigada pelo elogio, Cal, mas duvido que ela se sinta ameaçada por mim.

Apontei para meu corpo pequenino, que jamais ganhara as curvas femininas que deveria ter, coberto por meu velho suéter de tricô desbotado cheio de buracos devido às traças da cabana de Margaret.

– Aposto que você também sabe se arrumar muito bem. E é isso que vai fazer esta noite na festa da Pousada. Esqueci de mencionar que o senhorio vai manter a tradição de oferecer uma festa na véspera de Natal, no salão principal, então você vai precisar usar sua roupa de gala.

– O quê?! – Olhei para Cal, horrorizada. – Eu não tenho nenhuma roupa boa aqui.

– Bem, então pelo menos tome um banho, para não ir cheirando a gato--selvagem.

Naquela noite, percebi que tudo que eu tinha sem marcas de traça era uma camisa xadrez vermelha e calça jeans preta, que eu considerava roupa "de sair". Deixei meus cabelos castanhos soltos, em vez de prendê-los em um rabo de cavalo, e coloquei um pouco de rímel e batom vermelho.

Levei um susto quando me juntei a Cal na sala de estar. Ele usava um kilt verde e azul-escuro, uma bolsa de couro tradicional da Escócia pendurada na fivela do cinto e uma faca escondida na meia.

– Uau, Cal, você está incrível!

– Você também se enfeitou direitinho – disse ele, com ar de aprovação. – Então vamos.

Atravessamos a entrada principal da Pousada, de onde já dava para ouvir o burburinho que vinha do interior.

– Esta é a única ocasião do ano em que os camponeses estão autorizados a cruzar a porta principal – murmurou ele quando entramos.

Observei as luzes da maravilhosa árvore de Natal montada ao pé da escada. Um fogo gigantesco queimava na lareira, e os convidados que chegavam – os homens vestidos de kilt como Cal, as mulheres, com faixas de *tartan* – bebiam vinho quente e comiam tortas de frutas secas oferecidos por Beryl e Alison.

– Você está muito bonita, Tiggy – disse Beryl. – Feliz Natal para você.

– Feliz Natal – respondi, tomando um gole de vinho quente e vasculhando sorrateiramente o salão para ter um vislumbre de Charlie Kinnaird e sua esposa.

– Os dois ainda estão no andar de cima. – Beryl leu meus pensamentos. – A patroa sempre leva um bom tempo para se arrumar. Afinal, ela está se preparando para saudar seus súditos – acrescentou ela, franzindo os lábios.

Beryl seguiu em frente para servir outros recém-chegados e eu fui dar uma volta pelo saguão, observando que a maioria dos convidados parecia já ter idade para se aposentar. Então vi uma adolescente que se destacava em meio às cabeças grisalhas. Ela estava sozinha, segurando um copo de vinho quente e parecendo tão entediada quanto alguém da idade dela ficaria em um evento daquela natureza. Quando me aproximei, vi que ela me parecia familiar – os mesmos olhos azuis brilhantes e a pele perfeita, iguais aos da mulher que conheci de manhã na área dos gatos, mas com cabelos ondulados cor de mogno, cortados bem curtos. Seu moletom e a calça jeans rasgada revelavam que ela não fizera qualquer esforço para se arrumar para a festa.

– Olá. – Sorri enquanto me aproximava. – Eu sou Tiggy. Comecei a trabalhar aqui na propriedade há pouco tempo. Estou cuidando dos gatos-
-selvagens até eles se adaptarem.

– Ah, sim, papai me falou de você. Eu sou Zara Kinnaird. – Os olhos azuis de Zara me avaliaram com atenção, exatamente como a mãe fizera no início do dia. – Você parece muito jovem para ser a especialista em vida selvagem de papai. Quantos anos tem?

– Vinte e seis. E você?

– Dezesseis. Como está a adaptação dos gatos? – perguntou ela, parecendo genuinamente interessada.

– Está demorando um pouco, mas estamos chegando lá.

– Eu bem que gostaria de ser você, que trabalha ao ar livre o dia inteiro na propriedade com os animais, em vez de ficar presa numa sala de aula estudando matemática e outras matérias chatas. Meus pais não me deixam vir trabalhar enquanto eu não terminar os estudos.

– Não falta muito, não é?

– Um ano e meio interminável. E, depois disso, minha mãe provavelmente vai querer que eu me torne editora da *Vogue*, ou algo assim. Eu não quero isso. – Ela bufou. – Você fuma? – sussurrou.

– Não. E você?

– Sim, quando meus pais não estão olhando. Todo mundo fuma na escola. Que tal a gente ir lá fora para eu fumar um cigarro e depois você dizer que queria me mostrar as cabeças de veado no galpão ou algo assim? Está tããão chato aqui.

A última coisa de que eu precisava era ser pega em flagrante atrás do galpão incentivando a filha do senhorio a fumar. Mas tinha gostado daquela menina, então disse que sim, e nós saímos de mansinho pela porta da frente. Zara logo pegou um cigarro meio amassado, escondido no bolso do moletom, e o acendeu. Observei os pesados anéis de prata em seus dedos e o esmalte preto, que me lembraram minha irmã Ceci quando tinha aquela idade.

– Papai disse que eu posso conversar com você enquanto estiver aqui e descobrir o que você fazia no santuário de Margaret – disse ela, soltando um fluxo de fumaça no ar congelado. – Seu nome é uma homenagem ao ouriço das histórias de Beatrix Potter? – prosseguiu ela, antes que eu tivesse chance de responder.

– É daí mesmo que vem meu apelido. Parece que meus cabelos eram espetados como os de um ouriço quando eu era bebê. Meu verdadeiro nome é Taígeta.

– Que nome diferente. De onde vem?

– Minhas irmãs e eu recebemos os nomes das estrelas da constelação das Sete Irmãs das Plêiades. Olhe. – Apontei para o céu noturno perfeitamente limpo. – Lá estão elas, logo acima daquelas três estrelas alinhadas, parecendo uma seta. É o chamado Cinturão de Órion. Diz a lenda que Órion perseguiu as irmãs pelos céus. Consegue ver?

– Sim! – respondeu Zara, com um entusiasmo infantil. – Elas são pequenas, mas se eu olhar com atenção posso vê-las brilhando. Sempre gostei de estrelas, mas não ensinam esse tipo de coisa na escola, não é? E então, você gostou da faculdade de zoologia? Eu quero fazer algo assim na universidade.

– Gostei, e adoraria lhe contar sobre isso, mas você não acha que devíamos voltar lá para dentro? Seus pais podem estar atrás de você.

– Não estão, não. Eles tiveram uma briga daquelas. Minha mãe se recusou a descer e papai está tentando convencê-la. Como sempre. – Zara revirou os olhos. – Ela fica histérica quando papai discorda dela, então ele tem que passar séculos implorando que ela se acalme.

Pelo que eu vira do pai de Zara até aquele momento, achava difícil imaginar uma cena dessas. Ele parecia estar sempre no comando do ambiente. Mas não cabia a mim pedir detalhes, então continuei a contar a Zara tudo que podia sobre minha formação e meu trabalho no santuário de Margaret, e vi que os olhos dela brilhavam ao luar.

– Uau, isso parece incrível! Agora que finalmente papai está no comando, eu disse a ele que devia separar alguns hectares para criar um santuário animal, como o de Margaret. E talvez também um minizoológico para que as pessoas da região tragam seus filhos e os incentivem a desfrutar da propriedade.

– É uma bela ideia, Zara. O que ele disse?

– Que não tem dinheiro para fazer nada no momento. – Zara suspirou. – Eu disse a ele que sairia da escola e viria para cá trabalhar em tempo integral para ajudá-lo, mas ele insistiu que eu precisava terminar os estudos e ir para a universidade. Margaret não é formada, é? Só é preciso amar os animais.

– É verdade, mas um diploma ajuda a abrir caminho para uma carreira, Zara.

– Eu já tenho um caminho para uma carreira! – Os olhos azuis chamejaram de paixão quando ela abriu os braços para abraçar metaforicamente a propriedade. – Quero passar o resto da vida aqui. Você já sabia que queria trabalhar com animais quando tinha a minha idade?

– Sim.

– Os animais são muito melhores do que os seres humanos, não são?

– Do que algumas pessoas, sim, mas um dos gatos-selvagens, Polson, é metido a besta. Honestamente, não sei se gostaria muito dele se fosse humano.

– Parece a minha mãe... – Zara riu. – Vamos, acho melhor eu voltar lá para dentro e ver se aqueles dois já conseguiram descer.

Enquanto caminhávamos de volta à Pousada, pensei em como Zara era a síntese de uma adolescente: desconfortavelmente presa entre menina e mulher.

O saguão agora estava lotado, e observei Zara acenar e mandar beijos para diversos súditos leais, que, a julgar pela idade, deviam conhecê-la desde que nasceu. Afinal, ela era a pequena "princesa" deles – a futura herdeira da Propriedade Kinnaird. Parte de mim sentia inveja, o que era inevitável, porque toda aquela beleza um dia passaria para as mãos dela, mas pelo menos a garota demonstrava uma verdadeira paixão por Kinnaird.

Minha reflexão foi interrompida pela chegada de uma mulher pequena, com olhos azuis circunspectos e uma cabeleira ruiva reluzente.

– Zara, você não vai nos apresentar? – perguntou ela.

Zara virou-se para lhe dar um beijo em cada face.

– Caitlin! Que bom ver você. Tiggy, essa é Caitlin, a cara-metade de Cal. Caitlin, essa é Tiggy. Ela veio trabalhar na propriedade por alguns meses.

– Sim, Cal me falou de você. Como está se virando na casa com ele? Não é o lugar mais confortável do mundo para relaxar depois de um dia de trabalho, é?

– Ah, o lugar é bom, e Cal me recebeu muito bem. O chalé está com uma aparência muito melhor do que antes. Me esforcei bastante para torná-lo agradável para nós dois...

Tiggy, cale essa boca agora!, disse a mim mesma quando vi a expressão de Caitlin.

Zara veio em meu socorro e começou a perguntar a Caitlin sobre seu trabalho na empresa de construção. Alguns segundos depois, Cal juntou-se a nós, com um copo de uísque em cada mão, acompanhado por uma mulher atraente e magra, que calculei ter pouco mais de 40 anos. Percebi como ele se sentia desconfortável vendo a noiva e a colega de casa juntas.

– Vejo que vocês duas já se conheceram. Eu... estava planejando apresentá-las mais cedo, mas não encontrei Tiggy.

Ele deu um sorriso carinhoso para Caitlin, apoiando o braço forte nos ombros delicados da noiva, fazendo com que o uísque se agitasse perigosamente em suas mãos.

– Sim, já nos conhecemos – disse Caitlin, retribuindo com um sorriso que não pareceu muito espontâneo.

– *Aye*, de qualquer maneira – prosseguiu ele, claramente querendo mudar de assunto –, eu trouxe Fiona aqui para apresentá-la a Tiggy. Tiggy, essa é nossa veterinária local, Fiona McDougal. Você disse que precisaria de alguém para examinar os gatos, e ela é a pessoa que você procura.

– Oi, Tiggy, é um prazer conhecê-la.

A voz de Fiona era suave e afetuosa, com um refinado sotaque escocês.

– Igualmente – respondi, grata por desviar a conversa de Caitlin.

Antes que alguém dissesse qualquer outra coisa, fomos interrompidos por um súbito lampejo de cor na escadaria acima de nós. Como todos os outros ocupantes do salão, olhamos para cima. Aplausos eclodiram quando a mulher que conheci na área dos gatos-selvagens – agora exibindo um vestido vermelho justo, com uma faixa de *tartan* presa ao ombro – desceu a escada de braços dados com o marido, Charlie Kinnaird. Em vez do jaleco cirúrgico que usava quando o vi no hospital, ele vestia paletó, gravata-borboleta e um kilt, a própria imagem dos séculos de senhorios que decoravam as pinturas da Pousada.

Quando se viraram no patamar para descer os últimos degraus da escadaria, eu respirei fundo. Não por causa dela, embora estivesse deslumbrante, mas por causa *dele*. Corei de vergonha quando senti o mesmo frio na barriga da última vez que o vira.

Marido e esposa pararam no meio da escada e fiquei observando enquanto a mulher acenava para a multidão abaixo dela, como se tivesse aprendido com o mais antigo soberano britânico. Charlie estava ao lado dela, os ombros revelando a tensão interior que percebi na entrevista. Apesar do sorriso em seus lábios, eu sabia que ele estava desconfortável.

– Senhoras e senhores. – Charlie levantou uma das mãos para pedir silêncio. – Em primeiro lugar, eu gostaria de lhes dar as boas-vindas neste nosso encontro anual da noite de Natal. É o primeiro que organizo, embora tenha comparecido a todos durante os últimos 37 anos. Como sabem, meu pai, Angus, morreu repentinamente durante o sono, em fevereiro, e, antes de mais nada, gostaria que erguessem o copo de uísque que Beryl fez a gentileza de servir a todos para fazermos um brinde a ele. – Charlie pegou um copo da bandeja que Beryl segurava e o levou aos lábios. – A Angus.

– A Angus – repetiram todos, o sotaque escocês reverberando.

– Eu também gostaria de agradecer a cada um de vocês por ajudarem a cuidar da propriedade ao longo dos anos. Muitos de vocês já sabem que, apesar dos meses de incerteza após a morte de meu pai, tenho uma visão para o futuro, que é a de trazer a Propriedade Kinnaird para o século XXI e, ao mesmo tempo, fazer tudo para recuperar sua antiga glória natural. É uma tarefa difícil, mas sei que, com o apoio da comunidade local, serei capaz de realizá-la.

– *Aye*, e será! – gritou um homem ao meu lado, tirando um frasco do bolso do paletó, abrindo-o e tomando um gole demorado.

– E, por fim, gostaria de agradecer à minha esposa, Ulrika, por ficar ao meu lado durante este ano tão difícil. Sem o apoio dela eu não teria conseguido. A você, querida.

Todos levantaram os copos novamente, embora estivessem vazios, e Charlie se apressou a acrescentar:

– E, claro, à minha filha Zara. Zara? – Ele olhou ao redor da sala, e eu fiz o mesmo, mas ela havia desaparecido. – Bem, todos nós sabemos há tempos como ela gosta de desaparecer nos momentos mais inoportunos.

Houve um murmúrio e risinhos gerais após o comentário do senhorio.

– Então só me resta desejar feliz Natal para cada um de vocês.

– Feliz Natal – responderam todos.

– Agora, por favor, completem seus copos, pois vamos tirar os tapetes do caminho e nos preparar para o *cèilidh* dentro de alguns minutos.

– Discurso empolgante, não? – comentou Cal, antes de entrelaçar a mão gigante e peluda como a pata de um urso na mão de Caitlin, murmurando algo sobre os dois buscarem mais bebidas.

– Um homem bom, esse aí – afirmou Fiona, enquanto Cal puxava Caitlin para longe. – E então, como tem sido morar aqui? – Ela voltou a atenção para mim, e fiquei impressionada com o ar inteligente que havia em seus lindos olhos verdes.

– Ainda estou me adaptando. O lugar é tão bonito que às vezes sinto que vou me perder dentro dele. É até estranho estar cercada por tantas pessoas esta noite, após as últimas três semanas de isolamento.

– Entendo o que você quer dizer. Eu experimentei algo parecido quando me mudei de Edimburgo para cá.

– E o que a trouxe da cidade grande para as Terras Altas?

– Eu me apaixonei por um homem daqui – respondeu ela. – Eu estava prestes a terminar o curso de veterinária na Universidade de Edimburgo e estava estagiando numa clínica perto de Kinnaird quando conheci Hamish. Ele tinha um pequeno sítio nas proximidades. Depois que terminei a faculdade, me ofereceram um emprego em uma grande clínica em Edimburgo, mas meu coração falou mais alto e eu me casei com Hamish e me mudei para cá. Fui trabalhar em uma clínica da região e a assumi quando Ian, meu sócio, aposentou-se há alguns anos.

– Entendi. E você tem muito trabalho?

– Bastante, embora aqui eu trate de um tipo diferente de paciente. Há poucos animais domésticos como os que eu via em Edimburgo, e inúmeras ovelhas e vacas.

– Você gosta?

– Ah, eu amo, embora receber chamadas às três da manhã para ajudar uma novilha prenhe presa na neve alta seja um desafio – disse ela, achando graça.

Um rapaz alto, louro e de ombros largos apareceu ao lado dela.

– Oi, mãe, estava procurando por você. – Seus olhos verde-acinzentados, tão semelhantes aos de Fiona que qualquer um poderia ver que eram mãe e filho, brilhavam sob as luzes.

– Oi, Lochie – respondeu Fiona, com um sorriso caloroso. – Essa é Tiggy, a moça que cuida dos novos gatos-selvagens da propriedade.

– Prazer em conhecê-la, Tiggy.

Lochie estendeu a mão para mim e, quando Zara se juntou a nós, vi o rosto dele ficar vermelho.

– Oi, Lochie – disse Zara. – Não vejo você há séculos. Onde andou se escondendo?

– Oi, Zara. – O rubor se intensificou. – Estava na faculdade, em Dornoch.

– Que bom. E o que tem feito agora?

– Procurando emprego como aprendiz. Não há muitos por aqui, então estou ajudando meu pai na plantação.

– Eu disse a ele para conversar com Cal hoje e perguntar se há alguma coisa aqui em Kinnaird – comentou Fiona, incisiva.

– Cal está louco por ajuda – falei, intrometendo-me na conversa.

– Mas papai não tem dinheiro – explicou Zara, suspirando.

– Eu trabalho de graça, apenas pela experiência – retrucou Lochie, e senti seu desespero.

– De graça já é demais – interrompeu a mãe.

– Bem, fale de mim para o seu pai, Zara, por favor.

– É claro. Que tal você pegar uma bebida para mim? – ela pediu ao rapaz.

Lochie assentiu com entusiasmo e foi até a mesa no fundo do salão.

– Caramba, ele cresceu! – sussurrou Zara para mim. – Era baixinho, gordinho e cheio de espinhas! Acho melhor eu ir lá ajudá-lo.

– É mesmo – falei, mas ela já havia me dado as costas.

– Esses adolescentes...

Fiona revirou os olhos e nós duas rimos.

Cal voltou trazendo ainda mais copos de uísque, mas recusei o meu, sentindo-me tonta de repente. Percebei que Charlie e Ulrika estavam cumprimentando os convidados e chegavam cada vez mais perto de onde estávamos.

– Na verdade, estou me sentindo um pouco enjoada – acrescentei. – Deve ser o álcool. Acho que vou sair de fininho.

– Mas, Tig, você tem que ficar para o *cèilidh*. É o grande momento do ano! E eu sei que Charlie quer dar um alô.

– Ele tem um monte de gente para ver, e tenho certeza de que vai haver outra oportunidade para nos falarmos no Natal. Fique aqui, Cal, e se divirta. Vejo você em casa. Fiona, foi um grande prazer conhecê-la.

– Para mim também, Tiggy, e me avise quando quiser que eu visite os seus gatos. Cal tem o meu telefone.

– Aviso, sim, Fiona.

Eu me virei antes que Cal pudesse me impedir e saí, dando de cara com um forte nevoeiro que envolvia as luzes cintilantes da árvore de Natal como teias de aranha. Outro lampejo de luz apareceu a poucos metros da árvore e percebi que havia alguém ali fumando um cigarro.

– Feliz Natal – falei, ao passar pelo vulto.

– Para você também. Hum...

A pessoa caminhou em minha direção e, quando surgiu em meio à névoa, vi que era um homem muito alto, mas, na escuridão, não dava para enxergar mais nada.

– A festa estava boa? – perguntou ele, sua voz traindo um leve sotaque cuja origem não consegui identificar.

– Muito boa, sim.

– Char... O senhorio está lá?

– Sim. Está cumprimentando os convidados junto com a esposa. Você não entrou?

– Não.

– É você, Tiggy? – A luz de uma lanterna nos iluminou. – Procurei você pela sala toda.

Charlie Kinnaird andou até mim e parou abruptamente quando a lanterna revelou o rosto da pessoa com quem eu conversava.

Alguns segundos se passaram antes de ele perguntar:

– O que você está fazendo aqui?

– Eu vim para casa visitar minha velha. Pensei em lhe fazer uma surpresa. Não há nenhuma lei que impeça isso, certo?

Charlie abriu a boca para responder, mas fechou-a novamente. A antipatia que emanava dele era palpável.

– Bem – falei, com toda a falsa alegria que consegui reunir –, então vou indo. Feliz Natal – acrescentei, enquanto me virava e caminhava o mais rápido possível em direção ao chalé.

Ouvi os dois homens conversando, na verdade rosnando um para o outro, quando abri a porta. O tom de voz de Charlie, em geral suave, tinha uma rudeza que demonstrava...

O quê, Tiggy?

– Ódio – sussurrei, com um tremor.

Fechei a porta para bloquear o som das vozes alteradas e do que era obviamente o início de uma briga. O chalé estava congelante, pois o fogo tinha praticamente se apagado e os aquecedores estavam desligados. Reacendi o fogo e me encolhi na frente dele, sentindo-me de repente muito sozinha e me dando conta de que era o primeiro Natal que eu passava longe de Atlantis, de minhas irmãs e de Pa.

Peguei o celular no carregador e, sem tirar o casaco, fui até o banheiro para ver se as fadas do sinal de telefone, com suas duas parcas barras, estavam me visitando. Estavam, e eu consegui ler várias mensagens de minhas irmãs e ouvir o correio de voz de Ma, o que fez com que me sentisse muito melhor.

Digitei algumas palavras.

Que a graça e a alegria do espírito de Natal estejam com você, querida. Com amor, Tiggy...

Enviei o mesmo texto cinco vezes, para todas as minhas irmãs, e deixei uma mensagem para Ma. Então, enquanto eu me sentava diante do fogo, com Alice em meu colo para me fazer companhia, ouvi o sino da capela do outro lado do vale anunciar a chegada do dia de Natal.

Ouvi um ruído na porta e me levantei para deixar Thistle entrar, sabendo que Cal só chegaria bem mais tarde. Ele entrou, contente, e tentou subir em meu colo, enquanto eu me aninhava diante do fogo.

– Thistle – falei, sentindo o fedor que emanava daqueles pelos cinzentos –, você é grande demais.

Ainda assim, fiquei feliz pelo aconchego e pela companhia.

– Duas criaturas solitárias juntas. Feliz Natal, querido – sussurrei, acariciando e beijando suas orelhas macias. – E para você também, Pa, onde quer que esteja.

5

Acordei na manhã de Natal me sentindo bem mais alegre. Caíra mais neve durante a noite, e o primeiro sinal de uma aurora cor-de-rosa no horizonte prometia um amanhecer espetacular.

Eu tinha escutado Cal e Caitlin chegarem da festa às três da manhã. Não queria perturbá-los, então me enrolei numa coberta e saí na ponta dos pés para alimentar os gatos. Apesar de ser feriado para os seres humanos, a natureza não segue as pausas arbitrárias do calendário. Quando cheguei ao topo da ladeira, vislumbrei uma figura alta perto da área cercada, usando um casaco Barbour, gorro de lã, o colarinho virado para cima para proteger-se do frio. Meu coração bateu um pouco mais rápido quando me dei conta de que era Charlie Kinnaird.

– Feliz Natal – falei baixinho, enquanto me aproximava.

Ele se virou para mim, surpreso.

– Tiggy! Não ouvi você, seus passos são muito leves. Feliz Natal para você também – retribuiu ele, com um sorriso.

De perto, percebi as olheiras e a barba por fazer no rosto anguloso.

– Eu vim ver os gatos, mas percebi que não sei a senha para entrar – prosseguiu ele.

– São quatro setes, caso precise no futuro. Eu realmente não quero ser pessimista, mas os gatos raramente saem, mesmo para mim. Eles já devem ter sentido o seu cheiro e talvez você tenha que vir algumas vezes antes que eles se dignem a aparecer.

– Entendo. Cal me disse que você teve que trabalhar duro para encorajá-los a sair. Não quero perturbá-los, Tiggy. Você prefere que eu vá embora?

– É claro que não! Foi você quem lhes ofereceu esta linda casa nova. Eles são muito temperamentais, mas tudo vai valer a pena se conseguirmos que procriem.

– Mesmo que não sejam tão adoráveis quanto pandas gigantes – disse Charlie, com tristeza.

– Esses, sim, *atrairiam* multidões – afirmei, sorrindo.

– Bem, em vez de perturbá-los ainda mais, vamos caminhar um pouco? – sugeriu ele, enquanto eu colocava a dose diária de carne no confinamento.

– Está bem – concordei.

Depois de subir de novo a colina, perambulamos em silêncio até um afloramento rochoso. Subimos nele para ter a melhor vista para assistir ao nascer do sol. Quando os raios luminosos cor de pêssego começaram a surgir atrás dos montes, eu me virei para Charlie.

– Como é a sensação de saber que tudo isso é seu? – indaguei.

– Honestamente?

Ele olhou para mim.

– Honestamente – confirmei.

– Assustador. Prefiro a responsabilidade de salvar uma vida humana a cuidar um dia de Kinnaird. No hospital, pelo menos sei o que estou fazendo. Há uma abordagem metódica que resolve ou não resolve o problema. Enquanto isso aqui – ele indicou o terreno selvagem – está, em grande parte, além do meu controle. Mesmo que eu queira fazer o melhor para Zara e os futuros Kinnairds, pergunto-me se não é demais para mim. Tudo que eu gostaria de fazer parece envolver ainda mais despesas e um prazo muito longo.

– Mas é tão gratificante.

Respirei fundo, incapaz de impedir que meus braços gesticulassem de maneira expansiva diante da incrível paisagem que nos rodeava, brilhando com vida própria sob a luz do sol nascente. Ele olhou para mim por um segundo, seguiu o meu olhar e admirou o lindo vale, inalando profundamente enquanto analisava o que era o seu reino.

– Sabe de uma coisa? – disse ele, depois de uma pausa durante a qual seus ombros pareceram mais relaxados e sua tensão pareceu diminuir. – Você tem razão. Preciso acreditar mais nestas terras e ter noção de como tenho sorte.

– Você tem muita sorte, mas eu compreendo totalmente como essa sensação deve ser avassaladora. Mas estamos todos do seu lado, Charlie, de verdade.

– Obrigado, Tiggy.

Sem perceber, ele estendeu a mão e tocou de leve a manga do meu casaco de esqui. Nossos olhos se encontraram por um instante. Desviei os meus na mesma hora e o momento se desfez tão rapidamente quanto surgiu.

Charlie limpou a garganta.

– Escute, quero lhe pedir desculpas por aquela cena lamentável que você presenciou ontem à noite.

– Não se preocupe com isso. Espero que tudo tenha se resolvido.

– Não foi e nunca será – respondeu ele, abruptamente. – Não dormi nada ontem à noite, por isso me levantei cedo e vim para cá. Achei que um pouco de ar fresco pudesse clarear meus pensamentos.

– Sinto muito, Charlie, por seja já o que tenha acontecido. Meu pai dizia que há alguns problemas que você pode resolver. Quanto aos que não pode, é melhor aceitá-los, fechar a porta e seguir em frente.

– Seu pai devia ser um homem muito sábio. Ao contrário de mim – disse ele, dando de ombros. – Mas ele está certo. Fraser está de volta a Kinnaird por razões desconhecidas e não há nada que eu possa fazer. Bem, é melhor eu voltar, senão o café da manhã escocês de Beryl vai esfriar.

– Ela não vai gostar nada disso – comentei, sorrindo.

– Com certeza não – concordou ele, enquanto nos preparávamos para voltar cada um à sua residência. – Onde você vai passar o dia de Natal?

– Margaret me convidou para almoçar em sua nova casa.

– Mande a ela meus melhores votos, por favor. Sempre gostei muito dela – disse Charlie, quando paramos em frente à Pousada. – Feliz Natal mais uma vez, Tiggy. Obrigado por sua companhia esta manhã. Espero que tenhamos a oportunidade de conversar um pouco mais.

– Eu espero o mesmo. Feliz Natal, Charlie.

✿ ✿ ✿

O bangalô novo de Margaret era tudo que uma casa nova deveria ser, e nós duas rimos de alegria e animação enquanto ela mostrava como saía água quente da torneira num instante, e depois mexíamos nos novos aquecedores e mudávamos os canais da televisão.

– Aqui é tão aconchegante, Margaret – comentei, enquanto ela me guiava até um sofá novo de Dralon cor-de-rosa e me entregava um copo de uísque.

Ela parecia ótima, com um ar descansado, e seus dois cães e o gato dormiam tranquilamente em frente à lareira.

– Preciso dizer que não sinto saudades de acordar de madrugada. Depois de todos aqueles anos, é um verdadeiro luxo ficar deitada até as sete! Agora relaxe, Tiggy. Vou providenciar nosso almoço.

Beberiquei meu uísque, o calor descendo agradavelmente pela garganta, e então a segui até a pequena mesa que ela havia forrado com uma toalha rubi e velas. Enquanto eu degustava meu assado de frutas secas, preparado de um jeito que só ela sabia fazer, Margaret comia um pedaço de peru.

– Como foi o *cèilidh* da véspera de Natal na Pousada ontem à noite? Zara estava lá?

– Eu estava muito cansada, então não fiquei para a dança, mas, sim, conheci Zara. Ela é realmente uma figura – acrescentei, suprimindo um sorriso. – Na verdade, quando saí da Pousada, havia um homem alto parado lá fora. Então Charlie saiu e... bem... – Estremeci. – Charlie não ficou muito feliz ao vê-lo.

– Você disse que ele era alto?

– Muito – confirmei. – E tive a impressão de que seu sotaque era americano.

– Canadense, é mais provável. Não... não pode ser.

Margaret pousou o garfo no prato e olhou fixamente para a luz das velas.

– Ele se chama Fraser. Charlie me disse hoje de manhã.

– Então era ele! Mas que diabos aquele cafajeste está fazendo aqui de novo? Arrá! – Margaret tomou um gole de seu uísque e, em seguida, bateu na mesa. – Aposto que sei.

– Sabe o quê?

– Nada, Tiggy. Mas fique longe dele. Aquele sujeito é um problema ambulante. Pobre Charlie, só lhe faltava essa. Será que *ele* sabe? – Margaret pensou em voz alta, obviamente não disposta a me contar. – De qualquer forma, vamos deixar pra lá. Afinal de contas, hoje é Natal.

Eu assenti, obediente, não querendo deixá-la preocupada. Após o almoço, nos acomodamos no sofá e eu degustei um pedaço de torta caseira de frutas. Assistimos ao tradicional discurso natalino da rainha britânica e, em seguida, Margaret adormeceu enquanto eu lavava a louça. Fiz o melhor que pude para não pensar em Pa e em quanto eu realmente sentia saudades de minhas irmãs e da sensação de pertencimento que elas me passavam. Mesmo sendo um grupo heterogêneo, com zero ligação de sangue, nossos encontros de Natal sempre foram afetuosos e reconfortantes. Éramos unidas por nossas tradições. Costumávamos decorar juntas a árvore de Natal, então Pa levantava Estrela para ela colocar "a si mesma" no topo da árvore. Claudia, nossa governanta, sempre preparava as comidas mais incríveis e, enquanto todos comiam fondue de carne ou ganso, eu comia os pratos veganos que ela fazia só para mim. Então, sentindo-nos deliciosamente satisfeitas e aquecidas, abríamos nossos presentes juntas na sala, vendo, através das janelas salpicadas de neve, as estrelas brilhando no céu. Na manhã de Natal, corríamos ao quarto de Pa para acordá-lo e descíamos para tomar o tradicional café da manhã com crepes doces feitos por Claudia, seguido de uma vigorosa caminhada, aquecendo-nos depois com uma caneca de vinho quente.

Quando Margaret acordou, tomamos uma xícara de chá e comemos uma fatia de seu fantástico bolo de Natal, cujas sobras ela insistiu que eu levasse para compartilhar com Cal. Chamei a atenção dela para o céu que escurecia e os poucos flocos de neve que começavam a cair.

– Acho melhor eu ir.

– É claro, Tiggy. Dirija com cuidado de volta para casa e apareça sempre que vier à cidade.

– Pode deixar, Margaret – prometi, dando-lhe um beijo de despedida. – Obrigada por hoje. Foi delicioso.

– A propósito, você já encontrou Chilly por lá? – perguntou ela, enquanto eu subia no Beryl.

Percebi que, com os preparativos para o Natal, eu havia me esquecido do tal cigano.

– Não, mas pretendo conhecê-lo em breve.

– Não deixe de fazer isso, querida. Até breve.

❂ ❂ ❂

Acordei cedo, como sempre, no dia seguinte e fui alimentar os gatos. A neve estava espessa e, quando joguei a comida, não pude culpá-los por permanecerem firmes em suas caminhas. Fiquei surpresa, mas satisfeita, por encontrar Charlie me esperando quando saí da área cercada.

– Bom dia, Tiggy. Espero que você não se importe por eu ter vindo aqui outra vez. Acordei cedo e não consegui voltar a dormir.

– Sem problemas, Charlie.

– Vamos caminhar um pouco novamente? A menos que você tenha que estar em algum outro lugar.

– Não tenho nada me esperando no chalé, exceto um *deerhound* velho e fedorento e um ouriço coxo. Até Cal me abandonou. Está com a família em Dornoch.

Charlie riu.

– Entendo.

Quando começamos a caminhar, ele parecia muito mais confiante em relação à propriedade, apontando seus lugares favoritos e me contando mais de sua história.

– Havia uma casa incrível, que mais parecia um castelo medieval, logo à direita da Pousada – explicou ele. – Era o lugar onde todos os senhorios e suas famílias moravam até a década de 1850, quando meu trisavô conseguiu incendiá-lo ao adormecer com um charuto enorme aceso na boca. Ele morreu no incêndio. Já tinha bem mais de 80 anos na época. Tudo desmoronou. Você ainda pode ver as fundações no arvoredo perto da Pousada.

– Uau, você tem tantas histórias de família. Eu não tenho nenhuma.

– Eu me pergunto se isso é uma bênção ou uma maldição. Estava sendo um peso nos meus ombros recentemente, com certeza. Embora conversar com você ontem, Tiggy, tenha me ajudado muito. Acho que me tornei quase imune à beleza de Kinnaird nos últimos meses, enxergando a propriedade mais como um problema do que um bem.

– Isso é bastante compreensível, Charlie. É uma responsabilidade enorme.

– Não é só isso. De alguma forma, eu também mudei minha visão sobre meu futuro.

– Qual era a sua visão?

Houve uma longa pausa, como se ele estivesse se questionando se deveria ou não confiar em mim.

– Eu estava pensando em ir para o exterior trabalhar com os Médicos Sem Fronteiras assim que Zara terminasse os estudos. O Serviço Nacional de Saúde britânico é uma organização maravilhosa, mas seus funcionários são massacrados pela burocracia e pelos orçamentos governamentais. Eu só quero ser livre para usar minhas habilidades onde elas forem realmente necessárias, em algum lugar onde eu realmente possa fazer diferença.

– Sei exatamente o que você quer dizer. Sempre sonhei em trabalhar com

espécies ameaçadas de extinção, na África. Não que eu não adore os gatos-
-selvagens, é claro, mas...

– Eu compreendo – interrompeu Charlie, com um sorriso compreensivo. – Isto aqui não é a savana africana. Parece que nós dois temos um
sonho semelhante.

– Bem, os sonhos demoram a ser realizados e, mesmo assim, eles nem
sempre estão nos lugares onde esperamos encontrá-los. Acho que temos
que ser pacientes e nos concentrar no que temos hoje.

– Você tem toda a razão. Por falar nisso, já pensou em quais outras espécies poderíamos introduzir aqui?

– Acho que os esquilos-vermelhos são definitivamente uma boa opção
para o futuro, quando o reflorestamento estiver mais avançado. Estive pes-
quisando sobre o salmão selvagem que você mencionou, mas o repovoamento me pareceu muito complicado e, como eu lhe disse, não sou nenhuma
especialista em peixes, então vou precisar de ajuda. Enquanto isso, acho que
o alce europeu poderia ser o próximo passo. Talvez eu conheça alguém no
zoológico de Servion que possa nos aconselhar. Embora, é claro, precisemos
de um orçamento. Pensei que você poderia se candidatar a alguns subsídios.

– Nem me fale. – Charlie suspirou. – Estou tentando preencher a papelada para conseguir uma subvenção do Programa de Desenvolvimento
Rural aqui da Escócia, além de outros dois da União Europeia, mas eles são
um pesadelo. Eu simplesmente não tenho tempo para reunir em detalhes
todas as informações que eles pedem.

– Eu posso ajudá-lo. Tenho tempo de sobra aqui.

– Sério? Você tem alguma experiência nessa área?

– Sim. Na universidade e no zoológico de Servion, eu me candidatei ao
financiamento de projetos de pesquisa. Fiz apenas alguns, mas tenho alguma noção da burocracia.

– Bem, isso seria incrível. Tenho arrancado os cabelos por causa dessa
papelada. Desde que meu pai morreu, estou sempre ou no hospital ou com
minha cabeça enfiada na papelada jurídica. Minha esposa não desiste de
me convencer a vender o lugar ou transformá-lo em um campo de golfe, e
não posso culpá-la por isso.

– Ouvi dizer que ela cuidou da reforma da Pousada. Ela fez um ótimo
trabalho, ficou maravilhosa.

– Sim, embora o projeto tenha estourado em muito o orçamento inicial.

Mas é injusto de minha parte criticá-la. Não foi fácil para ela, que estava apenas tentando ajudar.

– E eu tenho certeza de que a Pousada vai atrair clientes mais exigentes no futuro – afirmei com segurança, enquanto Charlie consultava o relógio.

– Olha, eu preciso voltar. O que você acha de eu levar os formulários de solicitação ao chalé, com tudo o que já consegui preencher, para você dar uma olhada?

– Quando quiser, Charlie.

❂ ❂ ❂

Quando voltei ao chalé, um vento forte uivava pelo vale. Então, após o café da manhã, acendi a lareira e me aconcheguei no sofá com um livro. Na noite anterior, sabendo que Cal não chegaria tão cedo, eu havia deixado Thistle entrar no chalé, e agora ele estava de volta à minha porta. No instante em que entrou, tentou subir no meu colo, mas consegui impedi-lo e ele se enrolou aos meus pés. Seus roncos e chiados e o suave crepitar do fogo me embalavam enquanto eu lia.

Ao ouvir pisadas no capacho do lado de fora, tive um sobressalto. Se fosse Cal, eu já sabia que ouviria um sermão por causa de Thistle. Só que apareceu à porta um par de olhos azuis brilhantes.

– Oi, Tiggy, estou atrapalhando você? – perguntou Zara.

– Não, eu estava apenas lendo – respondi, enquanto me endireitava no sofá. – Como está sendo o seu Natal?

– É sempre bom quando estou em Kinnaird – disse ela, sentando-se ao meu lado. Thistle logo se acomodou perto dela, colocando a cabeça em seu colo. – Eu dirigi até a Pousada Deanich esta manhã. Meus pais estavam tendo outra de suas brigas, então fui procurar um pouco de paz e sossego. É fantástico lá embaixo, você já foi?

– Não, mas... Zara, você realmente deveria dirigir até lá sozinha não... As estradas são traiçoeiras com essa neve...

– Eu dirijo pela propriedade desde os 10 anos, Tiggy! Esta é a nossa terra, lembra? Não preciso de carteira de motorista ou algo assim aqui. Eu levo um rádio, uma garrafa térmica e outras coisas para o caso de sair algo errado. Conheço as regras, ok? Eu fui entregar a Chilly sua caixa de Natal. Roubei uma garrafa de uísque do meu pai para dar uma melhorada no presente. – Zara me lançou um olhar conspirador e deu uma pisca-dela. – Bebemos um pouco e fumamos. Mesmo que ele seja louco e tenha um cheiro horrível, é mais divertido do que qualquer um aqui. Exceto você, claro.

– Minha amiga Margaret me falou sobre ele ontem. Eu adoraria conhecê-lo.

– Posso levar você até lá quando quiser. Acho que é melhor apresentá--la primeiro e explicar quem você é, porque ele não gosta muito de es-tranhos.

– Um pouco parecido com os meus gatos-selvagens – comentei, sor-rindo para ela.

– Sim, exatamente. Então, o que você acha de eu dizer alô para os gatos e, em troca, levá-la para conhecer Chilly? Eu sei pisar bem de leve, como você, Tiggy, juro, e eu realmente gostaria de conhecê-los. Quais são os no-mes deles?

Eu disse os nomes dos animais, pensando que, se eu levasse *Zara* para vê-los, como explicaria isso a sua mãe depois de não deixar que *ela* se apro-ximasse?

– Acho melhor eu primeiro checar amanhã se vão estar sociáveis. É que fico paranoica com a possibilidade de eles sentirem cheiros estranhos e vol-tarem a se esconder.

– Eu entendo, Tiggy. Vou ficar aqui até o fim do Hogmanay, então ainda tenho alguns dias. E, enquanto estou aqui, queria saber se eu poderia... ser sua assistente ou algo assim. Seguir você e ver o que realmente faz.

– Temo que, no momento, até que tenhamos trazido outros animais para a propriedade, os gatos são o ponto alto do meu dia de trabalho.

Zara verificou a hora em seu celular.

– É melhor eu ir. Tem um monte de vizinhos chegando para jantar e ma-mãe quer me obrigar a usar um vestido! – Ela revirou os olhos, levantou-se e se dirigiu à porta. – Se estiver tudo bem para você, apareço amanhã por volta do meio-dia.

– Você é bem-vinda aqui a qualquer momento. Tchau, Zara.

– Tchau, Tiggy.

❋ ❋ ❋

Zara apareceu no dia seguinte, na hora do almoço, e fiquei feliz em recebê-la. Cal saíra para caçar durante toda a manhã e eu realmente estava me sentindo uma velha solteirona solitária.

– Oi, Tiggy. – Ela sorriu ao entrar. – Vou agora até o vale Deanich para levar o almoço de Chilly, então que tal você vir junto e conhecê-lo?

– Acho ótimo. – Peguei meu casaco. – Quando quiser.

Assim que Zara afivelou o cinto de segurança no banco do passageiro ao meu lado, nós partimos. O vento forte do dia anterior havia diminuído com o passar da noite e a tarde estava fresca e ensolarada, o ar puro. A neve, que brilhava por todos os lados enquanto descíamos a ladeira, cobria inocentemente o gelo traiçoeiro escondido sob ela. Zara me deu as instruções e me contou que o jantar da noite anterior fora insuportável e que ela temia voltar para a escola em North Yorkshire depois do ano-novo.

– Só porque gerações de Kinnairds estudaram lá, isso não significa que seja um lugar bom para mim. Não é ridículo que aos 16 anos você possa se casar legalmente, fazer sexo e fumar, mas, no internato, você ainda seja tratada como uma menina de 10 anos, com luzes apagadas às nove e meia?

– É apenas um ano e meio, Zara. Vai passar muito depressa, de verdade.

– Nossa passagem na Terra não é longa, então por que perder todo esse tempo, tipo, mais de 540 dias, eu contei, num lugar que eu odeio?

Secretamente, eu concordei, mas o adulto sensato dentro de mim sabia que era melhor não confessar uma coisa dessas.

– A vida é cheia de regras ridículas, mas também existem algumas boas para proteger todos nós.

– Você tem namorado, Tiggy? – perguntou Zara, enquanto me orientava para atravessarmos o rio por uma estreita ponte de madeira, a água nas rochas abaixo de nós congelada em incríveis esculturas de gelo.

– Não. Você tem?

– Mais ou menos. Quero dizer, gosto de um menino lá do colégio.

– Como ele se chama?

– Johnnie North. Ele é muito bonito, e todas as meninas da sala estão apaixonadas por ele. Nós nos encontramos algumas vezes no bosque, dividimos alguns cigarros. Mas... ele é um cara rebelde, entende?

– Entendo – murmurei, sem saber por que tantas mulheres se sentiam eternamente atraídas por um tipo de homem que vai usá-las e abusar delas, enquanto os bons rapazes, e há muitos, ficam de fora observando e se perguntando por que as meninas não se interessam por eles.

– Na verdade, acho que ele não é *tão* rebelde assim, só gosta de fingir que é na frente dos amigos. Quando estamos sozinhos, falamos sobre coisas realmente profundas – prosseguiu Zara. – Ele teve uma infância difícil, sabe? Por dentro, é muito sensível e vulnerável.

Notei a expressão sonhadora de Zara e percebi que ela acabara de responder à minha pergunta: toda mulher que se apaixona por um cara mau acha que ele não é assim de verdade, é apenas um incompreendido. Pior ainda, elas acreditam que são as únicas que os compreendem e que podem salvá-los...

– A gente se aproximou muito no semestre passado, mas todos os meus amigos dizem que ele só quer tran... – Zara se interrompeu e corou. – Você sabe o que eu quero dizer, Tiggy.

– Bem, talvez seus amigos tenham razão – respondi.

Estava impressionada com a desenvoltura de Zara. Quando eu tinha aquela idade, jamais sonharia em falar sobre sexo com um "adulto", especialmente alguém que eu mal conhecesse. Parei o Beryl com cuidado e senti os pneus deslizarem levemente sobre a neve congelada, a poucos metros de distância de uma cabana de madeira escondida em uma fenda. As montanhas se elevavam formando um elegante arco em torno de nós, um isolamento ao mesmo tempo assustador e espetacular. Descemos do carro e fomos até a cabana, o ar congelado espetando cada centímetro exposto do meu corpo. Puxei o cachecol para cobrir o nariz, pois meus pulmões doíam quando eu respirava.

– Uau, deve estar fazendo uns 10 graus negativos aqui fora. Como Chilly sobrevive?

– Acho que está acostumado. E, agora que tem uma cabana só dele, está bem. Espere aqui – disse Zara, parando em frente à porta. – Vou entrar e dizer a ele que tem uma visita, mas que você não é do serviço social.

Zara piscou para mim, atravessou a neve e desapareceu pela porta da frente da casa.

Estudei a cabana e constatei que era bem construída, com toras de pinho bem robustas empilhadas umas sobre as outras, como os antigos chalés de esqui nas montanhas da Suíça.

A porta se abriu e Zara olhou ao redor.

– Pode entrar agora – avisou ela.

Ao entrar na casa, senti-me aliviada pela bem-vinda rajada de ar quente e enfumaçado. Meus olhos se ajustaram à pouca luz da sala – as únicas fontes de iluminação eram dois lampiões a óleo e as chamas que oscilavam na lareira. Zara pegou minha mão e me levou até uma poltrona de couro gasto diante do fogo.

– Chilly, essa é minha amiga Tiggy.

Um par de olhos brilhantes cor de avelã virou-se para mim, num rosto tão enrugado que parecia um mapa rodoviário de uma grande cidade. Percebi que o forte cheiro de fumaça não vinha da lareira, mas de um longo cachimbo de madeira que pendia da diminuta boca daquele homem. Sem um único fio de cabelo na cabeça e com a pele áspera, ele parecia um velho monge.

– Olá, Chilly – cumprimentei-o e dei mais um passo em direção a ele, estendendo a mão.

Ele não estendeu a dele, apenas continuou a me encarar. E então meu coração começou a bater mais rápido. Fechei os olhos para me recuperar e uma imagem apareceu em minha mente: eu estava em uma gruta, olhando nos olhos de uma mulher. Ela sussurrava em meus ouvidos e fumaça envolvia seu rosto, vinda de algum lugar próximo, enquanto eu tossia e tossia...

Então, percebi que *estava* tossindo. Abri os olhos e cambaleei um pouco, voltando à realidade. Zara segurou meu braço.

– Você está bem, Tiggy? Acho que o ar é muito pesado aqui.

– Estou bem – respondi, os olhos lacrimejando e fixos em Chilly. Não conseguia afastá-los, mesmo que quisesse.

Quem é você para mim...?

Eu vi seus lábios se moverem quando ele murmurou algo em uma língua que não entendi, e com o dedo ossudo me chamou para perto dele, de forma que fiquei a poucos centímetros do velho.

– Sente-se – disse ele, em um inglês com forte sotaque, apontando para o único outro assento na sala, um tamborete antiquado perto da lareira.

– Vá em frente. Estou bem aqui no chão – disse Zara, pegando um travesseiro da cama de latão para sentar-se no chão de concreto de forma mais confortável.

– Hotchiwitchi! – exclamou Chilly de repente, apontando para mim o dedo indicador, que mais parecia uma garra. Então ele jogou a cabeça para trás e riu como se estivesse encantado. – *Pequeña bruja!*

– Não se preocupe, ele está sempre falando besteiras em inglês e espanhol – explicou Zara, em voz baixa. – Papai me disse que ele fala um pouco do antigo idioma romani também.

– Certo – respondi, mas eu tinha certeza de que Chilly acabara de me chamar de bruxa.

Ele havia finalmente desgrudado os olhos de mim e estava enchendo de novo o cachimbo com o que parecia musgo. Depois que o acendeu, sorriu para mim.

– Você fala inglês ou espanhol?

– Inglês e francês, só um pouco de espanhol.

Chilly fez um muxoxo de desaprovação e tragou.

– Você tem tomado os remédios que o médico lhe receitou? – perguntou Zara, sentada em uma almofada.

Chilly olhou para ela com uma mistura de riso e escárnio nos olhos.

– Veneno! Eles estão tentando me matar com aquele remédio moderno.

– Chilly, são analgésicos e anti-inflamatórios para sua artrite. São bons para você.

– Eu uso os meus próprios métodos – respondeu ele, levantando o queixo para o teto revestido de madeira. – E você também... – Ele apontou para mim. – Me dê as suas mãos – ordenou.

Eu as estendi com as palmas voltadas para cima, e Chilly as segurou, com um toque supreendentemente macio. Senti um formigamento nos dedos, que foi aumentando cada vez mais enquanto ele traçava as linhas das minhas palmas e, com delicadeza, apertava um dedo de cada vez. Finalmente, ele olhou para mim.

– Então a sua mágica está aqui – declarou ele, indicando as minhas mãos. – Você ajuda as pequenas criaturas da terra... *los animales*. Esse é o seu dom.

– Certo – respondi, lançando um olhar intrigado para Zara, que apenas deu de ombros.

– Poder de *bruja*. Mas não completo, porque seu sangue não é puro, entende? O que você faz, Hotchiwitchi?

– Você está falando do meu trabalho?

Ele assentiu e eu expliquei. Quando terminei, ele me olhou e soltou um som gutural.

– Desperdiçado. Seu poder está aqui. – Ele apontou para minhas mãos e meu coração. – Não aqui. – Ele apontou para minha cabeça.

– Ah! – exclamei, ofendida. – Bem, pelo menos minha formação em zoologia me ajuda a entender o comportamento animal.

– Para que servem estatística, papelada, computadores? – Ele balançou o dedo ossudo de novo para mim. – Você escolheu o caminho errado.

– Você comeu o peru que eu trouxe ontem? – interrompeu-o Zara, percebendo a minha evidente aflição.

Ela se levantou e andou até um canto da cabana para abrir uma velha cômoda, que continha uma série de latas amassadas e uma mistura de louças.

– *Sí. Blergh!* – Chilly fez ruídos estranhos. – Peru velho.

– Ah, bem, hoje tem sopa de peru. – Zara deu de ombros enquanto pegava uma pequena tigela, enchia-a com a sopa que trouxera em um frasco, adicionava pão e uma colher e a levava para Chilly. – Certo, você come isto enquanto eu saio para buscar mais lenha.

Zara pegou uma cesta e deixou a cabana.

Observei Chilly encher a boca de sopa, uma colherada após outra, como se não sentisse gosto algum. Quando esvaziou a tigela, ele a colocou de lado, limpou a boca com o braço e acendeu o cachimbo outra vez.

– Você sente o Espírito da Terra, irmã?

– Sinto – sussurrei, surpreendida pelo fato de pela primeira vez ter entendido exatamente o que ele queria dizer.

– Você se pergunta se é real?

– Sim, me pergunto.

– Vou ajudar você a confiar nele antes de ir embora.

– Eu não estou pensando em ir embora de Kinnaird, Chilly. Acabei de chegar!

– Isso é o que você pensa. – Ele gargalhou.

Zara apareceu com o cesto de lenha e jogou-o ao lado da lareira. Então pegou um bolo de Natal e a garrafa de uísque que roubara do pai, que já estava pela metade, e colocou um pouco em uma caneca de lata.

– Tome, Chilly – disse ela, deixando o uísque e o bolo na pequena mesa ao lado da cadeira do cigano. – Nós temos que ir agora.

– Você... – disse ele, apontando para mim. – Volte logo, está bem?

Não era um pedido, mas uma ordem, então eu dei de ombros, sem me comprometer. Nós nos despedimos e voltamos para o Beryl atravessando o caminho congelado. Eu me sentia muito estranha – flutuando, como se tivesse vivenciado algum tipo de experiência extracorpórea. Quem ou o que quer que fosse Chilly, ele parecia me conhecer e, apesar de seu jeito rude, senti uma sinergia estranha com ele.

– O problema é que ele é muito orgulhoso – dizia Zara no caminho de volta. – Ele passou a vida inteira cuidando de si mesmo e agora não pode mais. Meu pai até se ofereceu para colocar um gerador aqui, mas o homem se recusa. A Beryl diz que ele está se tornando um problema e tomando muito do nosso tempo e que, pelo bem dele, devíamos interná-lo em uma casa de repouso.

– Ela comentou comigo, mas o problema, Zara, é que, agora que eu o conheci, entendo por que ele quer ficar onde está. Seria como arrancar um animal de seu hábitat natural, após uma vida inteira em estado selvagem. Se ele fosse mandado para a cidade, provavelmente morreria em alguns dias. E, mesmo que incendeie a cabana sem querer ou tenha um ataque do coração, tenho certeza de que ele iria preferir morrer assim a se ver preso em uma casa de repouso com aquecimento central. Eu certamente iria preferir.

– Você provavelmente está certa. De qualquer maneira, ele pareceu ter gostado de você, Tiggy. Ele a convidou a voltar. Você vai?

– Claro que sim. Sem sombra de dúvida.

6

Na manhã seguinte, bem cedo, cumprindo a minha promessa, encontrei Zara no pátio e descemos a colina com uma cesta de carne para ver os gatos. Achei que não faria mal nenhum. Além disso, havia nevado ainda mais durante a noite e qualquer animal sensato estaria metido em sua toca aconchegante.

– Muito bem – falei, parando no caminho acima das gaiolas. – A partir de agora, faça o maior silêncio possível, está bem?

– Sim, chefe – sussurrou Zara.

Deslizamos pela ladeira escorregadia até a primeira área cercada, destranquei a porta e joguei a caça dentro.

– Molly? Polson? Posy? Igor...? – chamei-os. Com Zara atrás de mim, contornamos as outras áreas cercadas jogando comida em cada uma delas e conversando com meus amigos invisíveis.

Quando indiquei, com um aceno de cabeça, que eles não apareceriam, Zara recusou-se a ir embora.

– Mais cinco minutos, por favor! Posso tentar chamá-los? – implorou ela, num sussurro.

– Está bem, por que não? – respondi, dando de ombros.

Zara se levantou e foi até o cercado mais próximo. Enfiando os dedos enluvados pela cerca de arame, ela pressionou o rosto e chamou os gatos pelos nomes. Eu contornava os cercados enquanto ela falava com os animais. Esperei até que, de repente, percebi um movimento no local favorito de Posy.

– Olhe, é Posy – falei, baixinho, apontando para o caixote envolto pela vegetação rasteira.

Um par de olhos cor de âmbar brilhou em meio à escuridão.

– Ah, meu Deus! – sussurrou Zara, empolgada. Vi quando ela fixou os olhos nos do gato e piscou muito lentamente. – Oi, Posy, eu sou Zara –

disse ela, com suavidade, e, para minha completa e grata surpresa, Posy a imitou e piscou de volta. Em seguida, ouvimos um súbito som de passadas na neve e o gato na mesma hora recuou.

– Droga! – exclamou Zara, zangada. – Achei que ela estivesse prestes a sair.

– Talvez estivesse – afirmei, enquanto refazíamos nossos passos até a colina para ver quem assustara o gato.

No alto da encosta estava Charlie Kinnaird.

– Papai! – Zara correu até lá em cima. – Eu tinha acabado de conseguir que um dos gatos saísse da toca, aí ele ouviu seus passos e sumiu – disse ela, num sussurro exagerado.

– Lamento, querida. Eu vim ver os gatos também – murmurou Charlie. – E ver você, Tiggy. Talvez seja melhor irmos até a casa, onde é mais quente e podemos realmente conversar.

Ele sorriu para mim e senti minhas entranhas derreterem como neve ao sol.

– Bem, aqui estão todos! – disse uma voz vinda lá de cima. Olhei para o alto e vi Ulrika caminhando em nossa direção. – Pensei que esses animais estivessem fora do alcance de todos, exceto do seu – disse ela, apontando para mim. – Que honra para *vocês* – comentou, enquanto Charlie e Zara se esforçavam para chegar ao topo antes de mim. – Fui expulsa alguns dias atrás.

Com as mãos nos quadris e alta daquele jeito, me olhando de cima, Ulrika parecia uma valquíria irritada.

– Ela só me trouxe aqui porque eu implorei muito até ela ficar cansada – explicou Zara, tentando aplacar a ira da mãe.

– Então eu devo me ajoelhar e também implorar na próxima vez? – perguntou Ulrika com suavidade, mas, quando me encarou, seus olhos eram duros e frios.

– Venha até a casa conosco, Tiggy, para tomar um café e conversar – sugeriu Charlie.

– Sinto muito, meu bem, mas preciso que você me leve a Dornoch para visitar a Sra. Murray. Ela está me esperando para o café às onze. Talvez outra hora, Tiggy! – sugeriu Ulrika, com frieza.

– Claro...

– Vou dar uma passada no chalé quando voltar, mais tarde – disse Charlie. – Quero lhe entregar os documentos de candidatura à subvenção e conversar com você sobre a ideia de trazer os alces europeus para a propriedade na primavera.

– Combinado. Tchau, Zara, tchau, Ulrika.

Eu me despedi e bati em retirada para a segurança de meu chalé.

– Uau!

Respirei fundo e me deixei cair no sofá.

– "Uau" por quê? – perguntou Cal, entrando na sala com uma torrada na mão.

– Ulrika Kinnaird. – Suspirei. – Acho que ela não gosta muito de mim.

– Acho que ela não gosta muito de ninguém, Tig. Não leve para o lado pessoal. O que ela disse a você?

Expliquei o que havia acontecido e Cal riu.

– Opa. Acho que você está fora da lista de cartões de Natal dela pelos próximos anos. Ulrika não gosta de ser deixada de fora de nada, principalmente se tiver alguma coisa a ver com o marido. Talvez ela seja apenas insegura, sabe?

– Talvez ela mande o marido me demitir.

– O senhorio tem respeito por você, Tig, não se preocupe. Agora preciso ir. Sua Majestade pediu que eu limpe a neve da entrada e coloque sal para que ela não escorregue e caia em cima do precioso traseiro.

Cal piscou para mim e saiu do chalé.

❂ ❂ ❂

– E aí, o senhorio apareceu para tomar um chá e conversar? – perguntou Cal quando chegou, às oito da noite.

– Não – respondi, servindo o uísque que ele havia pedido e lhe entregando o copo.

– Certo, talvez ele tenha ficado ocupado com outras coisas.

– Talvez, mas a Pousada não fica a milhares de quilômetros a pé e ele podia ter me avisado. Passei o dia sentada aqui, esperando.

– *Aye*, e eles estavam na Pousada. Vi o carro voltar lá pelas três da tarde. Ah, Tig, não fique tão aborrecida.

– Bem, como ele definitivamente não vem agora, vou tomar um bom banho.

Havia apenas água morna, e eu estava ali pensando se o que Chilly dissera, que eu iria embora em breve, tinha algo a ver com a valquíria loura aparecendo de manhã.

De repente ouvi uma batida à porta do banheiro.

– Tig? Você já acabou? Tem uma visita para você.

– Hum, quase – respondi, desligando o chuveiro e saindo. – Quem é?

Prendi a respiração esperando pela resposta de Cal, torcendo para que não fosse Charlie Kinnaird. Eu realmente não queria entrar na sala usando meu velho roupão de lã azul e correr para meu quarto para pegar uma roupa.

– É Zara, e ela está um pouco nervosa – sussurrou ele.

– Está bem, estou indo.

Ao chegar à sala, vi Zara sentada no sofá, a cabeça apoiada nas mãos. Ela soluçava alto.

– Vou deixá-las a sós.

Cal levantou uma sobrancelha e saiu.

– Zara, o que aconteceu? – indaguei, sentando-me no sofá ao lado dela.

– Papai prometeu que eu poderia ficar até a véspera do Hogmanay, mas agora ele está dizendo que vamos embora! Dois dias inteiros que eu poderia passar aqui, e agora eu tenho que voltar para Inverness!

– Por quê?

– Não sei. Um homem foi lá na Pousada hoje de manhã e teve uma discussão feroz com papai. Não tive coragem de descer, mas eu ouvi os gritos. Então papai subiu e me disse que ia voltar para casa. Mas eu não quero ir!

– Você sabe o motivo da discussão? Ou quem era o homem?

– Não, papai não quis dizer.

– Zara, querida – falei, abraçando-a. – Sinto muito. Você tem que lembrar que não falta muito para você completar 18 anos e então, se ficar em Kinnaird for mesmo o seu desejo, ninguém vai poder impedi-la.

– Papai disse que eu poderia passar todo o feriado de Natal aqui se eu quisesse, mas minha mãe não vai me deixar ficar. Ela odeia isto aqui.

– Talvez a rotina na propriedade não seja o tipo de vida de que ela gosta.

– Nada é do tipo que ela gosta, Tiggy. – Zara suspirou, com uma expressão de cansaço e desespero. – Ela sempre diz que seria feliz se o papai fizesse isso ou aquilo, como levá-la para passar férias em lugares chiques com um dinheiro que ele não tem, ou comprar um carro novo ou um quadro de que ela gosta, porque isso vai deixá-la mais feliz. Mas nunca deixa. Ela é só uma pessoa muito triste, entende?

Enquanto acariciava os cabelos sedosos de Zara, eu sabia que, ainda que ela estivesse exagerando devido aos hormônios dramáticos da adolescência, eu tinha visto o suficiente de Ulrika para entender que era uma pessoa difícil. E de repente percebi que, embora eu tivesse sido adotada e vivido sob os cuidados de uma mulher que fora contratada por meu pai adotivo, nas muitas vezes que sonhara em segredo em ser a filha amada de dois pais biológicos casados, aquele era um cenário idealizado. Eu não tinha nenhuma experiência com pais em conflito. Nunca, em Atlantis, ouvi Pa Salt e Ma discutirem. Fomos criadas em total tranquilidade e, pela primeira vez, reconheci como essa situação era rara.

O que Zara estava presenciando era o que acontecia com frequência na vida de muitos amigos meus da escola. Eu e minhas irmãs vivíamos uma fantasia de perfeição em nosso castelo de conto de fadas quando se tratava de nossos "pais". Naturalmente, o que salvara nossa infância fora o fato de nós sermos seis. A harmonia não reinava, suprema, entre tantas irmãs. Alguém estava sempre discordando de alguém, e normalmente esse "alguém" era minha irmã mais nova, Electra...

Seguiu-se um silêncio, e eu continuei a acariciar os cabelos de Zara. Ficamos ali por tanto tempo que cheguei a pensar que ela havia adormecido, mas, de repente, ela levantou a cabeça.

– Já sei! Eu posso pedir a meu pai que me deixe ficar aqui no chalé com você e Cal. Falo que você precisa de mim para ajudá-la até o final do feriado! – Seu rosto se iluminou com entusiasmo diante da ideia. – Posso fazer isso, Tiggy? Prometo que não crio nenhum problema. Durmo aqui no sofá, se Cal não se importar, e tenho certeza de que ele não se importa, porque nos damos muito bem, ele gosta de mim e...

– Eu adoraria ter você aqui, Zara, mas sua mãe mal me conhece e duvido que ela confie sua preciosa menina a uma estranha.

– Bem, a Beryl está na Pousada, e mamãe confia nela, e papai conhece Cal desde que nasceu e...

– Zara, tudo que você pode fazer é falar com seus pais. Se eles deixarem você ficar aqui comigo e Cal, então, sim, ficaremos felizes em ter você conosco.

– Vou falar. E se eles não me deixarem ficar, talvez eu fuja.

– Não diga isso, Zara. É uma ameaça e, se você quiser que todos acreditem que você é madura o suficiente para tomar suas próprias decisões, essa não é a melhor maneira de lidar com isso. Por que você não volta para a Pousada e conversa com eles? Se concordarem, você precisa dar a eles um tempo para falarem comigo antes de irem embora.

– Está bem, eu vou. Obrigada, Tiggy. – Ela se levantou e foi até a porta. – Um dia, eu juro que virei morar aqui em Kinnaird. Para sempre. E nem minha mãe vai ser capaz de me impedir. Boa noite, Tiggy.

Como eu já esperava, não houve nenhuma visita naquela noite, nem de Charlie nem de Ulrika, e a ausência do Range Rover na manhã seguinte confirmou que os três haviam partido para Inverness.

– Pobre menina, perdida no meio de tudo isso – comentou Cal enquanto bebia seu café. – Famílias disfuncionais, hein? A minha não é perfeita, mas eu diria que é bastante normal. Bem, agora tenho que sair.

Ao chegar à porta, Cal se abaixou para pegar um envelope no capacho.

– Carta para você, Tig – disse ele, entregando-me o envelope. Thistle enfiou a cabeça pela porta aberta, desejando entrar. – E você vem comigo, Thistle – ordenou Cal, levando o cão embora.

Abri o envelope e li a curta mensagem.

Querida Tiggy, peço desculpas pela minha partida abrupta e por não ter ido vê-la. Surgiu uma questão jurídica. Prometo que entrarei em contato em breve.
Mil desculpas,
Charlie

Eu não tinha ideia do que ele queria dizer, mas imaginei que tinha alguma coisa a ver com a grande discussão que Zara mencionara.

Fui para o meu quarto. Toda aquela conversa sobre famílias me fez sentir saudades da minha. Abri a gaveta da mesa de cabeceira e tirei dali a carta que Pa Salt havia escrito para mim. Eu já a lera tantas vezes que estava começando a ficar amarelada. Desdobrei-a e comecei a relê-la, reconfortada pela caligrafia desenhada e elegante de Pa.

Atlantis
Lago Léman
Suíça

Minha querida Tiggy,

Agora não faz sentido perder tempo escrevendo as habituais banalidades sobre meu súbito desaparecimento de sua vida – eu sei que você vai se recusar a acreditar que parti. Mas eu parti. Embora eu saiba que você vai sentir a minha presença ao seu lado, você precisa aceitar que nunca mais vou voltar.

Naturalmente, estou escrevendo esta carta diante de minha mesa em Atlantis, ainda aqui, nesta terra, então ainda não posso lhe dizer como é o além, mas se existe algo que não tenho é medo. Você e eu conversamos muitas vezes sobre a mão milagrosa do destino e sobre um poder superior – Deus para alguns – tocando nossas vidas. Isso me salvou quando eu era criança, e a minha crença nisso – mesmo nos momentos mais difíceis de minha vida – nunca vacilou. A sua também não deve vacilar.

Para suas irmãs, tomei o cuidado de só fornecer informações limitadas sobre onde eu originalmente as encontrei, pois não queria perturbar a vida delas. No entanto, com você é diferente. Quando sua família a entregou a mim, me fez prometer que um dia, quando sentisse que era o momento, eu a enviaria de volta para eles.

Você faz parte de uma antiga cultura, Tiggy, que hoje em dia é ridicularizada por alguns. Penso que é porque muitos de nós, seres humanos, nos esquecemos de nossas raízes na natureza, onde moram nossos corações e nossas almas. Você, assim me disseram, vem de uma linhagem especial de talentosos videntes, embora a mulher que a entregou a mim tenha deixado claro que o dom muitas vezes pula uma geração, ou não chega a se concretizar.

Disseram-me para observá-la enquanto crescia, e assim eu fiz. De um bebê doente e irritadiço, você se transformou em uma criança curiosa, que amava, mais do que qualquer coisa, ver-se cercada pela natureza e pelos animais. Apesar de não poder ter seu próprio animal de estimação devido à alergia de Ma, você se dedicava a todos os pardais feridos que encontrava e aos ouriços que alimentava no jardim.

Talvez você não se lembre do momento em que veio a mim, aos 5 ou 6 anos, e sussurrou no meu ouvido que havia conversado com uma fada no bosque. Ela disse que se chamava Lucía e vocês duas dançaram juntas, descalças, na floresta.

Não é incomum que uma criança tão pequena acredite em fadas, mas, no seu caso, foi nesse momento que eu soube que você havia herdado o dom. Querida Tiggy, Lucía era o nome de sua avó.

Então, agora, cumpro a promessa que fiz, revelando que, em algum momento em sua vida, você deve viajar para a Espanha, para uma cidade chamada Granada. Em uma colina, em frente à magnífica Alhambra, em uma área chamada Sacromonte, você deve bater em uma porta azul situada em uma estreita passagem chamada Cortijo del Aire e perguntar por Angelina. Lá você vai encontrar a verdade sobre sua família biológica. E talvez também seu próprio destino...

Antes de encerrar, preciso também lhe revelar que, se não fosse uma frase dita por uma parenta sua, muitos anos atrás, eu não teria recebido o presente de ter minhas amadas filhas. Ela me salvou do desespero e jamais poderei quitar a dívida que tenho com ela.

Todo o meu amor para você, minha querida e talentosa menina. Tenho muito orgulho de você.

Pa

Então peguei o papel que continha as informações que haviam sido gravadas na esfera armilar que surgira do nada, alguns dias depois da morte de Pa, em seu jardim secreto. Cada um dos anéis que a compunham trazia um de nossos nomes, uma citação em grego e um conjunto de coordenadas indicando onde no mundo Pa havia nos encontrado.

A citação de Pa para mim, traduzida por minha irmã mais velha, Maia, trouxe lágrimas aos meus olhos, porque se adequava a mim com perfeição:

Mantenha os pés no tapete fresco da terra, mas eleve sua mente para as janelas do universo.

Quanto às coordenadas, Ally, que era marinheira e estava acostumada com esse tipo de coisa, decifrou todas para nós. A minha correspondia exatamente ao que Pa havia me contado em sua carta. Até aquele dia, eu não tinha realmente me atrevido a entender o que Pa queria dizer sobre eu ter vindo de uma linhagem especial e "talentosa". Entretanto, Chilly parecia saber quem eu era e até afirmara que eu tinha "poder" em minhas mãos.

Eu me levantei e fui até o pequeno espelho pendurado na parede acima da cômoda. Estudei meus traços – meus olhos cor de mel, sobrancelhas escuras e pele morena. Sim, se puxasse os cabelos para trás, eu provavelmente poderia ser confundida com alguém de sangue mediterrâneo. No entanto, apesar de meu cabelo ser escuro, tinha uma tonalidade avermelhada. Todos os ciganos – se era isso o que eu era – que eu tinha visto na TV ou em fotos tinham cabelos muito escuros. Mesmo que eu tivesse algo de romani em mim, como o próprio Chilly dissera, eu não era puro-sangue. Mas quem é puro nos dias de hoje? Dois mil anos de casamentos mistos significam que somos todos mestiços.

Eu não sabia nada sobre ciganos, exceto que muitos tendiam a viver na periferia da sociedade. Sabia que eles não tinham a melhor das reputações, mas, como Pa dissera tantas vezes para mim e minhas irmãs: *"Nunca julguem um livro pela capa. Um mero amontoado de terra pode ocultar a joia mais preciosa..."*

E eu sempre me orgulhei de acreditar no melhor lado de todo mundo até que se provasse o contrário. Na verdade, talvez minha maior fraqueza fosse essa ingenuidade em relação aos outros, ironicamente gerada pela minha melhor qualidade: minha inabalável fé na bondade da natureza humana. As pessoas reviravam os olhos quando eu dizia que o bem sempre triunfa sobre o mal. Afinal, pensando de maneira simplista, se não fosse assim, todas as almas do mal teriam assassinado as boas e, em seguida, assassinado umas às outras, e a espécie humana não existiria mais.

Qualquer que fosse a origem de Chilly, eu sabia que ele tinha uma boa alma. Ele era o primeiro cigano que eu vira de perto e eu definitivamente queria aprender mais, pensei, enquanto guardava a preciosa carta na gaveta de minha mesa de cabeceira.

7

*N*a véspera do ano-novo, acordei ansiosa para a celebração do Hogmanay. Cal ia me levar para a festa na vila, assim eu poderia passar a virada do ano dentro da tradição escocesa. De volta ao chalé, após alimentar os gatos, encontrei Beryl andando de um lado para outro em nossa sala, a aflição estampada em seu rosto como se fosse uma máscara.

– Tiggy, como você está? – disse ela.

– Estou bem, obrigada, Beryl. E você?

Percebi que ela estava preocupada de uma maneira que não era usual.

– Algumas... circunstâncias infelizes surgiram, mas não vou incomodá-la com isso agora.

– Está bem.

Imaginei se as "circunstâncias" teriam a ver com a saída repentina da família Kinnaird, mas eu agora já conhecia Beryl o suficiente para não pressioná-la a me contar.

Ela se recompôs, fazendo um esforço considerável, e prosseguiu:

– No entanto, o meu problema mais imediato é que Alison ligou esta manhã avisando que está doente. Aparentemente, segundo a mãe dela, a garota pegou uma gripe muito forte, mas isso me deixou em apuros. Os hóspedes que vêm para o ano-novo vão chegar hoje às quatro horas, oito ao todo, esperando um belo chá! Eu tenho um monte de lençóis para passar. Tive que trocar todas as roupas de cama, porque o pó das reformas caiu de novo, então cada quarto precisa ser aspirado, o mobiliário, polido, a mesa de jantar e todas as lareiras, arrumadas, sem falar no jantar, que precisa ser preparado, e eu ainda nem depenei o faisão...

– Posso ajudar? – me ofereci, percebendo que Beryl não tinha coragem de me pedir auxílio diretamente.

– Você faria isso, Tiggy? Parece que o cavalheiro que reservou a Pousada por uma semana é bilionário, e muito influente. O senhorio está contando com ele para uma propaganda boca a boca de Kinnaird entre seus amigos ricos e, depois de tudo que aconteceu recentemente, não posso deixá-lo na mão.

– É claro que não pode. Vou para a Pousada com você agora mesmo.

Cal, que escutava a conversa na cozinha, também ofereceu seus serviços, e nós dedicamos o resto do dia a passar lençóis, fazer as camas, aspirar o chão e acender lareiras, enquanto Beryl trabalhava como uma condenada na cozinha. Às três da tarde, nos juntamos a ela para uma xícara de chá, todos exaustos.

– Não sei como agradecer a vocês pelo que fizeram hoje – disse Beryl, enquanto nos deliciávamos com seus biscoitos de caramelo e chocolate quente. – Não sei o que teria feito sem vocês. Pelo menos está tudo preparado para a noite.

Olhei para as travessas de comida dispostas na mesa da cozinha e a infinidade de pratos e panelas nas bancadas.

– Alguém vem ajudar você a servir à noite? – perguntei.

– Não, Alison ia ser minha garçonete também, mas tenho certeza de que dou conta de tudo.

– Ouça, eu vou ficar e ajudar, Beryl. Você não pode fazer tudo sozinha, pelo menos não da maneira como o senhorio deseja.

– Ah, não, Tiggy, eu não vou pedir a você que faça isso. É Hogmanay, e Cal vai levá-la para o *cèilidh*.

– Ele ia, mas eu posso ir outro dia. Beryl, você precisa de mim.

– Sim, preciso... mas o senhorio pediu que os criados usem uniforme.

– Mal posso esperar para ver você vestida como uma criada francesa, Tig – disse Cal, com seu sotaque carregado, piscando para mim.

– Eu me sinto péssima por isso. – Beryl suspirou. – Você é uma especialista em vida selvagem, com diploma e tudo, não uma criada.

– Por falar nisso, uma vez eu trabalhei um verão inteiro em um restaurante com serviço à inglesa em Genebra.

– Então estamos combinadas, mas vou telefonar para o senhorio amanhã e dizer que, se ele quer mesmo abrir um hotel cinco estrelas, então terá que permitir que eu empregue pessoas qualificadas. Não é justo com você... nem comigo.

– Não tem problema, de verdade. Você quer ajuda com o chá da tarde? É melhor eu vestir meu uniforme logo.

Eu sorri quando vi que eram três e meia.

– Não, você vai para casa. Tome um banho e descanse um pouco. O jantar é às oito, mas vou precisar de você às seis para servir as bebidas. Pode ser assim?

– Claro, Beryl.

– Você poderia levar isso para o Chilly antes de sair? – perguntei a Cal enquanto atravessávamos o pátio até nosso chalé, entregando-lhe um pote com faisão recheado que peguei em um dos pratos preparados por Beryl. – Deseje a ele um feliz ano-novo por mim e diga que irei vê-lo em breve.

– É claro. Que pena que não vai poder vir comigo esta noite, mas você conquistou um lugar no coração da Beryl para sempre.

Às seis eu estava de volta à Pousada. Beryl me entregou o uniforme para a noite, com um avental branco.

– Você teria sumido dentro do uniforme de Allison, mas achei esse em uma velha cômoda no sótão. Tem cheiro de naftalina, mas deve caber. Vista-o na lavanderia. E acho que você vai ter que prender os cabelos.

Fiz o que ela pediu e voltei para a cozinha.

– Que tal?

– Você está adorável – respondeu Beryl, mal olhando para mim.

– Eu realmente tenho que usar isto também? – perguntei, segurando a tira branca com uma listra preta que deveria amarrar em minha testa.

– Acho que não vai ser necessário. Eles vão chegar em poucos minutos, então você vai ter que abrir o champanhe. Na geladeira há água com gás e suco de flor de sabugueiro para os que não tomam álcool. As bebidas alcoólicas estão dispostas na parte superior do armário de bebidas, no salão principal. Você só precisa levar um balde de gelo.

– Certo – respondi, saindo com pressa para cumprir minhas funções.

Sempre gostei de atuar no teatro da escola e realmente assumi o papel quando comecei a servir a rodada de champanhe no salão principal, quase desejando adicionar um "Sim, milorde" ou "Obrigada, madame", e fazer uma rápida mesura antes de passar para o próximo convidado. Do local onde eu estava, ao lado do armário de bebidas, tinha uma visão privilegiada e constatei que os hóspedes eram um grupo de ricaços: cinco homens vestidos de black-tie e três mulheres com vestidos longos e joias que pareciam bem caras. Embora falassem inglês quando estavam em grupo, também ouvi uma variedade de sotaques, que iam do alemão ao francês.

– Como estão as coisas? – perguntou Beryl quando eu apareci na cozinha e corri para a geladeira.

– Muito bem, mas as primeiras seis garrafas de champanhe já acabaram.

– Vou chamá-los para o jantar em cerca de vinte minutos. Só espero que o Jimmy da Gaita de Foles se lembre de que ficou de chegar pela porta da frente para tocar na virada do ano.

Voltei ao salão principal com a nova bandeja de champanhe e todos os olhares se voltaram para mim.

– Ah! Aí está ela! Por um momento, achei que os empregados tinham bebido todas as caixas que enviei!

Todos riram e presumi que o homem andando na minha direção era o anfitrião. Quando ele se aproximou, percebi que era mais baixo que os outros, tinha ombros largos, cabelos louro-escuros, traços aquilinos e olhos verdes profundos e singulares.

– Obrigado. – Ele me avaliou de cima a baixo. – Qual é o seu nome?

– Tiggy.

– Bem incomum. É escocês? – indagou ele, estendendo o braço com sua taça de champanhe para que eu a enchesse.

– Não, não, é um apelido. Meu verdadeiro nome é Taígeta. É grego.

Fiquei surpresa ao perceber um fugaz olhar de reconhecimento cruzar seu rosto.

– De fato. É um sotaque francês que estou reconhecendo?

– É, mas eu sou suíça.

– É mesmo? – disse ele, pensativo, estudando-me mais uma vez. – Interessante. Você trabalha aqui?

Em qualquer outra circunstância – por exemplo, se tivéssemos nos encontrado em um bar – eu poderia entender por que ele me fazia tantas perguntas, mas ali, onde ele era o anfitrião, e eu, a "criada", achei estranha aquela atitude.

– Sim, mas normalmente não nesta função. Estou apenas ajudando esta noite, porque a criada ficou doente. Sou a especialista em vida selvagem da propriedade.

– Entendo. Tem certeza de que não nos vimos antes?

– Tenho. Eu nunca me esqueço de um rosto.

– Cadê o champanhe? – gritou um dos convidados do outro lado do salão.

– É melhor eu ir – falei, com um sorriso educado.

– É claro. A propósito, meu nome é Zed. Prazer em conhecê-la, Tiggy.

❂ ❂ ❂

Cheguei em casa às duas da manhã, quase incapaz de colocar um pé na frente do outro, e concluí que as garçonetes eram extremamente desvalorizadas.

– Prefiro que me deem leões e tigres para cuidar – gemi, enquanto tirava a roupa.

Vesti o pijama térmico que Cal havia me dado de presente de Natal e caí na cama.

A boa notícia era que o jantar tinha corrido perfeitamente. Beryl e eu garantimos o sucesso da noite. Fechei os olhos com gratidão enquanto minha pulsação ia desacelerando, mas o sono não vinha. Em vez disso, não conseguia tirar da cabeça os olhos verdes de Zed, que pareciam ter me seguido pelo salão a noite inteira. Pouco antes da meia-noite, quando levei mais champanhe e uísque, Beryl enfiara um pedaço de carvão em minha mão.

– Dê a volta até a porta da frente, Tiggy. Aqui está um *timer* de ovo marcado para tocar às 11 horas, 59 minutos e 50 segundos. Quando ele vibrar, bata com toda a força na porta da frente. Três vezes – acrescentou. – Jimmy da Gaita de Foles já está parado lá.

– O que eu faço com isso? – perguntei, estudando o carvão.

– Quando a porta se abrir, Jimmy vai começar a tocar e você entrega o carvão para a pessoa que abriu a porta. Entendeu?

– Acho que sim. Mas...

– Explico mais tarde. Agora vá!

Então, eu me juntei a Jimmy da Gaita de Foles do lado de fora. Ele cambaleava levemente depois de ter bebido mais do que devia, e esperei até que o *timer* tocasse. Em seguida, bati com força à porta. A gaita de foles começou a tocar em meio ao ar gelado tão logo a porta se abriu e eu vi Zed de pé atrás dela.

– Feliz ano-novo – anunciei, entregando-lhe o pedaço de carvão.

– Obrigado, Tiggy. – Ele sorriu para mim, deu um passo à frente e me deu um beijo suave no rosto. – Feliz ano-novo para você também.

Eu não o vi depois disso porque estava ocupada na cozinha ajudando Beryl na limpeza, mas, quando pensei melhor naquele beijo, percebi como aquele gesto foi estranhamente íntimo para se fazer com uma completa estranha, em especial uma que estava disfarçada de criada...

❋ ❋ ❋

Acordei às sete da manhã. O chalé estava silencioso. Pulei da cama imediatamente. Beryl havia me garantido que daria conta do *brunch*, que seria servido ao meio-dia, mas, ainda assim, depois de alimentar os gatos, fui à Pousada ver se ela precisava de alguma ajuda.

– Só o anfitrião acordou. Servi café a ele no salão principal – afirmou Beryl.

– Certo. Tem certeza de que não quer que eu fique?

– Não precisa. Alison conseguiu se levantar da cama e está preparando a mesa na sala de jantar. Vai ser uma decepção para os convidados depois do seu trabalho de primeira ontem à noite. Bom, se você paga uma ninharia, só consegue contratar... Alison!

– Beryl, por favor, a coitada teve uma gripe horrível. Se você tem certeza de que não há mais nada que eu possa fazer, vou levar o almoço para Chilly.

– Tem mais café, Beryl?

Era a voz de Zed, que surgiu na cozinha com uma xícara na mão. Vestia um suéter verde-jade com gola rulê e calça jeans e parecia completamente descansado.

– Claro.

Beryl pegou a xícara e, enquanto ela servia um café fresco, o olhar dele se voltou para mim.

– Bom dia, Tiggy. Como está?

– Estou bem, obrigada.

Era ridículo, mas eu podia sentir o calor subindo para meu rosto.

– Lindo dia, não é mesmo?

– Sim. É sempre bonito aqui quando o sol brilha.

– Eu nunca estive na Escócia antes, mas acho que me apaixonei – afirmou ele, seu olhar ainda em mim.

– Aqui está o seu café, senhor.

Beryl veio me salvar, com seu timing sempre impecável. Zed desviou os olhos dos meus e pegou a xícara.

– Então *brunch* ao meio-dia... depois, que tal um passeio pela propriedade? – disse ele. – Acho que todos os meus convidados apreciariam um pouco de ar fresco.

– É claro. Cal terá prazer em levar todos no Land Rover – respondeu Beryl.

– Excelente – concordou ele, e consegui perceber nitidamente o sotaque alemão. – Se meus convidados não se levantarem nos próximos trinta minutos, dou-lhe total permissão para jogar um copo de água gelada na cara deles.

Ele deu um aceno formal de cabeça para nós duas e saiu da cozinha.

– Cal já voltou de Dornoch? – perguntou Beryl, tensa.

– Não até eu sair do chalé.

– Então você poderia usar o telefone da Pousada e ligar para a casa dos pais dele? Diga que ele precisa estar aqui antes das duas horas. E sóbrio o bastante para levar nossos hóspedes de carro para conhecer a propriedade sem matá-los no vale. – Beryl indicou o número na lista acima do aparelho. – Vou dar ordens a Alison.

Discando o número, eu me lembrei de um programa inglês sobre um homem excêntrico que dirigia um hotel com apenas dois empregados para ajudá-lo. Só consegui pensar que Cal e eu havíamos nos tornado membros relutantes do elenco.

Depois de falar com a mãe de Cal, que prometeu que o arrancaria da cama imediatamente, embora a noite anterior tivesse sido muito animada, fui ao escritório e verifiquei meus e-mails no computador.

Havia uma linda mensagem de minha irmã mais velha, Maia, do Rio de Janeiro, desejando-me feliz ano-novo e "que todos os seus sonhos se tornem realidade". De muitas formas, ela era a irmã com a qual eu tinha mais em comum – também era uma sonhadora e, de todas nós, era quem provavelmente tinha sofrido mais com a morte de Pa. Mas agora, passados seis meses, ela estava vivendo uma nova vida no Brasil e cada palavra que ela escrevia parecia alegre e confiante.

Escrevi uma mensagem rápida em resposta, desejando-lhe o mesmo e dizendo a ela que precisávamos traçar um plano para irmos todas juntas colocar uma coroa de flores na ilha grega onde nossa irmã Ally acreditava ter testemunhado a morte de Pa no mar. Quando estava prestes a fechar meu navegador de e-mail, uma nova mensagem chegou.

1º de janeiro de 2008

Querida Tiggy,
Antes de tudo, feliz ano-novo! Mais uma vez, estou muito triste por não poder encontrá-la para um bate-papo, como eu havia prometido. Espero conseguir um tempo nas próximas duas ou três semanas para ir aí. Entretanto, enviei os formulários dos pedidos de subvenção para você, junto com o que já consegui preencher.
Além disso, gostaria de lhe agradecer por sua gentileza com Zara durante o tempo que ela ficou em Kinnaird. Eu sei que ela é complicada – todos os adolescentes são. Por isso, lhe agradeço pela paciência. Ela manda um abraço e diz que espera vê-la muito em breve. Assim como eu.
Com meus melhores votos,
Charlie

Escrevi ainda um curto e-mail para meu contato no zoológico de Servion sobre os alces europeus e perguntei qual seria o horário mais conveniente para eu telefonar. Em seguida, fui até a cozinha, que estava vazia. Presumindo que Beryl estivesse ocupada servindo os convidados, coloquei um pouco de *kedgeree* em um pote de plástico e fui visitar Chilly.

– Por onde andava você, Hotchiwitchi? – indagou a voz que vinha da cadeira de couro assim que abri a porta.

– Feliz ano-novo, Chilly – saudei-o, enquanto colocava a comida em sua tigela. – Eu estava ajudando Beryl na Pousada.

– Sério? – Ele olhou para mim quando lhe entreguei uma colher e a tigela. – Aquele lugar guarda coisas de que você gosta, não é?

Ele deu uma gargalhada, como o velho bruxo que era.

– Que ano é agora? – perguntou ele, enfiando o alimento goela abaixo.

– Estamos em 2008.

A colher parou abaixo de sua boca enquanto ele olhava para a lareira.

– Aqueles ricaços vão ter que colocar as contas em dia este ano – disse ele, continuando a comer.

– Que ricaços?

– Deixa pra lá. Você é pobre como eu, mas aqueles gananciosos... todos serão descobertos no final. Notícias do senhorio?

– Recebi um e-mail dele hoje.

– Ele tem sérios problemas. Tome cuidado quando estiver perto dele.

– Vou tomar.

– Quando estiver perto de todo mundo naquela casa. O inverno vem antes da primavera... lembre-se disso, Hotchiwitchi.

– O que é *hotchiwitchi*, Chilly? – perguntei.

– Você é ouriço, o seu nome no idioma romani.

Ele deu de ombros enquanto eu o observava em choque, perguntando-me como ele poderia saber...

– Você vem de longe. *España...*

Fiquei ainda mais impressionada ao ouvir aquelas palavras. Mais uma vez, como ele poderia saber?

– Meu pai contou a mesma coisa, em uma carta que me escreveu antes de morrer. Ele me disse que eu deveria voltar lá e...

Olhei para Chilly, mas ele havia adormecido, então aproveitei e fui até a gruta ao lado buscar lenha. O sol havia subido acima das montanhas, seus dedos delicados de luz descendo para iluminar a pureza branca do vale. Era uma visão mística, um lugar onde era muito fácil desconectar-se da realidade. Enquanto fiquei ali, com o cesto de lenha sobre o braço, fui jogada de volta à imagem de um teto branco acima de mim e o som de uma voz que eu tinha certeza de que reconhecia.

– *Venha, menina, eu vou cuidar de você até você crescer.*

– *Traga-a de volta para casa...*

Eu estava sendo erguida em direção ao teto, mas não estava assustada, porque sabia que os braços que me carregavam eram seguros.

Cambaleei ligeiramente quando voltei a mim e percebi que meus pés estavam firmemente plantados no chão e que estava sozinha na gruta gelada.

Enquanto caminhava de volta para meu chalé, tive certeza de que uma das vozes que ouvira era de Pa Salt.

❀ ❀ ❀

– Tenho uma notícia para você. Na verdade, duas – disse Cal, enquanto jantávamos naquela noite.

– O quê?

– Bem, a primeira é que ontem à noite eu e Caitlin marcamos a data. Vai ser em junho.

– Que beleza, Cal! – Sorri para ele. – Isso é fantástico. Mas vocês não vão ter muito tempo para planejar.

– *Aye*, Caitlin está planejando o casamento há doze anos, ela já teve tempo suficiente.

– Parabéns, Cal! Estou muito feliz por você. E agora você precisa convidá-la para jantar aqui logo. Eu só a encontrei brevemente na véspera de Natal e adoraria vê-la novamente.

– Vou convidar, Tig. O problema é que, agora que vamos nos casar em poucos meses, ela me deu uma bronca e disse que eu devia pedir um aumento e um ajudante ao senhorio. Esse trabalho vai ser a minha morte, ou pelo menos da minha coluna, se eu continuar fazendo tudo sozinho.

– Que tal o filho da veterinária, Lochie? Ele parece um bom rapaz.

– Sim, ele é, e também é bom com a terra. Vou ligar para o senhorio, pedir permissão e depois falar com o rapaz.

– Não aceite um não como resposta, está bem, Cal?

– De jeito nenhum. Amanhã, vou acordar de madrugada para levar os homens para a caça. Passei a tarde observando onde os veados estavam escondidos na propriedade. Nada irrita mais os caras que passar horas vagando pelo vale e não avistar um cervo.

– Bem-feito para eles, por serem tão sanguinários – respondi, com desprezo. – Vou desejar com todas as minhas forças que os cervos consigam se esconder.

– Nada disso, Tig, senão vou ter que aturar os caras reclamando. Todos querem ir para casa com seus troféus e exibir para as mulheres, como se fossem homens das cavernas debaixo das belas roupas. Com alguma sorte, vou sangrar e ferver algumas cabeças de veado amanhã à noite – disse ele, piscando para mim.

– Chega, Cal, eu sei que as coisas são assim e que os veados têm que ser abatidos, mas não tem nenhuma necessidade de me fazer engolir isso.

– Para fazer você se sentir um pouco melhor, aqui está minha segunda novidade.

– O que é...?

Eu ainda estava zangada com ele.

– Bem, garota, acontece que o anfitrião da festa, um tal de Zed, não pôde fazer o passeio pela propriedade com os outros hoje, então ele sugeriu que, enquanto eu estivesse caçando com o pessoal amanhã, você o acompanhasse em seu passeio particular.

– Não seria bem melhor ele esperar um dia e você levá-lo? – Eu fiz uma careta. – Você conhece a propriedade muito melhor do que eu.

– Acho que ele não está interessado na flora e na fauna, mas na guia, Tig. Ele insistiu que é você quem deve levá-lo.

– E se eu não quiser?

– Tig, você está sendo boba. São apenas umas horinhas e, como nós dois sabemos, o senhorio quer estabelecer uma reputação de hospitalidade. Está na cara que o sujeito tem rios de dinheiro. A grana para alugar este lugar para todos os seus amigos por uma semana é mais do que eu e você ganhamos juntos em um ano. Olhe pelo lado positivo: você pode ter conquistado um bilionário.

– Muito engraçado.

Agarrei o prato de Cal antes que ele pudesse ver o calor que subia pelo meu rosto.

– Então você vai? Beryl quer saber.

– Vou.

Suspirei na cozinha enquanto abria a torneira.

– Acho que você devia usar o uniforme da noite passada – sugeriu Cal, caindo na gargalhada.

– Chega, Cal, por favor!

8

Como combinado, apareci na Pousada às dez horas da manhã seguinte. Beryl estava na cozinha, temperando dois salmões enormes, provavelmente para o jantar daquela noite.

– Bom dia, Tiggy. – Ela abriu um sorriso tenso. – Pronta para virar guia turística? Ele está esperando no salão principal.

– Só espero não me perder, Beryl. Nunca dirigi pela propriedade assim sem o Cal.

– Tenho certeza de que você não vai se perder. Mas leve o rádio, caso haja problemas. Há uma garrafa de café quente e uma lata dos meus biscoitos naquela cesta ali.

– Obrigada.

– Bem, agora é melhor você ir. Se começar a nevar demais, volte imediatamente.

– Certo.

Saí da cozinha e atravessei o corredor que levava ao salão principal. Zed estava sentado diante da lareira, e havia um laptop na mesa de centro à sua frente. O ar estava impregnado de um cheiro forte de fumaça de charuto velho e álcool.

– Ah, vejo que minha motorista chegou – disse ele, sorrindo para mim. – Isso é bom, pois estava prestes a jogar meu laptop pela janela. A única conexão de internet confiável é no escritório da Beryl, e eu não gosto de invadir o território dela.

– Tenho certeza de que ela não se importaria.

– Beryl é uma mulher interessante, mas eu diria que não é bom desafiá-la – comentou Zed enquanto se levantava e andava em minha direção. – Não sei se ela vai muito com minha cara.

– Ah, é claro que sim. Ela me disse no ano-novo que considerava o senhor um cavalheiro.

– Então ela não me conhece mesmo. – Ele riu ao ver minha expressão. – Estou só brincando, Tiggy. Então, vamos?

Do lado de fora, peguei o rádio e a cesta de café com biscoitos e pus no banco de trás do Beryl. Em seguida subi ao volante, mostrando a Zed como levantar a porta do passageiro para fechá-la quando ele se instalou no banco ao meu lado.

– Acho que está na hora de o proprietário investir em um transporte novo para os convidados – comentou ele conforme saíamos sacudindo de um lado para outro. – As senhoras voltaram do passeio ontem com as costas bem doloridas.

– Tenho certeza de que isso está na lista de prioridades, mas, como sabe, ele acabou de abrir a Pousada aos hóspedes. Vocês estão confortáveis até o momento?

– Sim, muito, exceto por este carro. – Ele me observou fazer uma curva íngreme. – Você é mais forte do que parece, não é?

– Estou acostumada com a vida ao ar livre.

– O que uma menina da Suíça veio fazer nos confins da Escócia?

Expliquei o mais brevemente possível, enquanto dirigia com cautela, descendo até o vale principal.

– Olhe! – exclamei, levando o carro até uma parada escorregadia, pegando o binóculo no banco de trás e entregando-o a ele. – Lá em cima, na encosta, debaixo daquelas árvores. Tem um pequeno rebanho de corças, está vendo?

Seguindo a direção do meu dedo, Zed observou as árvores cobertas de neve.

– Estou vendo.

– Muitas estão prenhes no momento, por isso ficam longe dos machos, que veremos no lado sul do vale. Eles aproveitam o sol enquanto as fêmeas passam frio na sombra – acrescentei.

– Machos típicos, escolhendo o lugar mais quente para si próprios – comentou ele, rindo e me devolvendo o binóculo.

– Temo que não haja muito que ver aqui nesta época do ano, por causa de toda essa neve. O senhor devia voltar no verão, quando o vale se enche de vida. É realmente lindo.

– Posso imaginar, mas eu sou mais da cidade.

– Onde mora?

– Tenho casa em Nova York, Londres e Zurique, e um barco que mantenho em Saint-Tropez para os verões. Eu viajo muito.

– O senhor parece um homem muito ocupado.

– Sou mesmo. Os últimos meses têm sido particularmente agitados. – Ele deixou escapar um suspiro profundo. – Isso é tudo o que tem para ver? – perguntou, enquanto nos embrenhávamos pela propriedade, que, coberta por gelo e neve, não me deixava muito para mostrar.

– Tem o gado nas Terras Altas, lá na frente, no vale. São animais muito bonitos. E, se tiver sorte, vai ver uma águia-dourada.

– Na verdade, acho que já vi o suficiente, Tiggy. O que eu quero agora é um almoço tranquilo e uma taça de vinho perto de um fogo crepitante. Você conhece algum pub ou restaurante nas redondezas?

– Infelizmente, não. Desde que cheguei, não saí para comer ou beber. E não há nada "nas redondezas" de Kinnaird.

– Então vamos voltar à base, por favor. Estou congelando. Se eu soubesse que o carro não tinha aquecimento, teria usado minha roupa de esquiar.

– Tudo bem – respondi, dando de ombros e fazendo uma curva fechada e escorregadia, que exigiu três manobras. – Tenho certeza de que Beryl pode preparar alguma coisa na Pousada.

– Vou ser honesto com você, Tiggy. Não era o campo que eu queria ver hoje.

Senti os olhos dele me perfurando enquanto eu me concentrava em dirigir na pista congelada. Percebi que ruborizava e me odiei por isso.

De volta à Pousada, segui atrás de Zed, que marchou até a cozinha para falar com Beryl. Ela ficou surpresa. Parecia estar ensinando Alison a fazer tortas e a moça estava coberta de farinha enquanto abria a massa no formato que Beryl exigia.

– Está frio demais lá fora, Beryl – explicou Zed. – E o Land Rover não tem aquecimento. Pensando melhor, devíamos ter pegado o meu carro, mas é tarde demais agora. Eu gostaria do fogo aceso e alguns sanduíches para nós dois no salão principal. Ah, e duas taças do Sauvignon Blanc que eu trouxe.

– Eu realmente preciso fazer algumas coisas... – murmurei.

– É claro que você pode fazer uma pequena pausa para o almoço, não é, Tiggy? Além disso, não quero comer sozinho.

Lancei um olhar desesperado para Beryl, que descaradamente me ignorou.

– O senhor tem razão. Dirijam-se ao salão principal. Vou levar os sanduíches e o vinho. Acompanhe-o, Tiggy, e acenda o fogo, por favor. Chego em alguns minutos.

Não foi um pedido, mas uma ordem, então fiz o que Beryl mandou.

– Bem melhor agora – avaliou Zed, sentando-se em uma cadeira e aquecendo as mãos perto do fogo. – Uma pena não termos vinho quente. Eu gosto de um copo na hora do almoço, para me aquecer nas pistas. Você esquia, Tiggy?

– Nasci na Suíça. É claro que sim.

– Eu adoraria levá-la a um chalé que conheço em Klosters. É o melhor, na minha opinião. Fica perto da pista, assim você pode voltar na hora do almoço, e um chef com estrelas no Guia Michelin prepara um magnífico escalopinho de vitela. A propósito, onde você estudou? – perguntou ele de repente.

Eu disse o nome da escola e Zed assentiu, arrogante.

– É a melhor. Imagino que seu francês seja fluente.

– É minha língua nativa, mas eu e minhas irmãs também falamos bem inglês. E o senhor?

– Alemão, mas eu também aprendi inglês desde o berço, bem como russo e francês. Como minhas casas, eu pertenço a todos os lugares e a lugar nenhum. Em outras palavras, sou um típico cidadão do século XXI, num mundo globalizado – disse ele, enquanto Alison entrava trazendo numa bandeja uma garrafa de vinho branco e duas taças.

– Coloque ali – ordenou Zed, com soberba. – Nós mesmos vamos nos servir.

A garota não disse nada, apenas fez um movimento estranho, que poderia ser uma reverência, e tratou de sair rapidamente da sala.

Observei Zed conferir o rótulo, servir um pouco do vinho em sua taça e, em seguida, cheirá-lo, balançá-lo e prová-lo, antes de assentir e encher a minha taça.

– Perfeito para o almoço. Seco, fresco, com um bom aroma e um saboroso retrogosto. *Santé*.

– *Santé*.

Nós brindamos e Zed tomou um gole bem generoso, enquanto eu apenas bebericava para ser educada, pois não estava acostumada a beber na hora do almoço. Ao olhar para a lareira, senti que ele me observava mais uma vez.

– Você não parece suíça, Tiggy.

– É porque fui adotada. Como todas as minhas irmãs.

Ele assentiu de novo, de uma maneira estranha.

– De onde você é originalmente?

– Espanha, acho. Meu pai morreu no ano passado e ele escreveu uma carta, que o advogado me entregou. Nela, revelou que me encontrou lá.

– Você é uma mulher muito incomum, Tiggy. – Os olhos verdes brilharam à luz do fogo. – As meninas do seu internato caro deviam ser princesinhas ricas, mas você... você certamente não é.

– Não acho que eu e minhas irmãs fomos educadas para ser assim.

– Mesmo tendo tudo do bom e do melhor?

– Tivemos um estilo de vida bastante privilegiado, é verdade, mas aprendemos a reconhecer o valor das coisas e o que realmente importa na vida.

– Que é...? – perguntou ele, enquanto reabastecia a própria taça de vinho e em seguida completava a minha, que ainda estava bastante cheia.

– Em essência, ser uma boa pessoa. Nunca julgar os outros por sua posição, porque, como Pa sempre dizia, a vida é uma loteria, algumas pessoas ganham e outras perdem.

– Em princípio, eu concordo, é claro. – Zed assentiu, seu olhar penetrante ainda sobre mim. – Mas o que você ou eu sabemos sobre batalhar? Tive dinheiro a vida inteira, assim como você. Gostando ou não, sempre soubemos que a rede de segurança estava lá, pronta para nos segurar se caíssemos. Mesmo que possamos viver como se não tivéssemos nada, nunca vamos conhecer o medo que a pobreza de verdade traz.

– Mas pelo menos podemos ter empatia, ser gratos e tentar usar esse privilégio para fazer algum bem no mundo – rebati.

– Eu admiro o seu altruísmo. E você faz o que diz, trabalhando aqui e cuidando dos animais, provavelmente por quase nada.

– É verdade – concordei.

– Quero que você saiba, Tiggy, que suas boas intenções podem se perder em algum lugar ao longo do caminho.

– Jamais – respondi, balançando a cabeça com firmeza.

– Então... – Ele tomou um gole de vinho enquanto me avaliava. – Você está se punindo pelo que tem?

– De jeito nenhum! Estou fazendo o que amo, num lugar que amo, por nenhum outro motivo, muito menos por culpa. Eu vivo do que ganho e esse é o fim da história. – Senti que ele estava tentando me fazer admitir algo que simplesmente não estava dentro de mim. – Eu só... – Dei de ombros – Sou quem sou.

– Talvez seja por isso que acho você tão fascinante.

Percebi que ele aproximara a mão da minha, mas, por sorte, houve uma batida à porta. Eu me levantei para abri-la.

– O almoço – anunciou Beryl, carregando uma bandeja.

– Muito obrigada, Beryl – agradeci, enquanto ela marchava em direção à mesinha diante da lareira e pousava a bandeja.

– Obrigado, Beryl. – Zed sorriu para ela. – Você é muito gentil. Sinto muito se eu estiver atrapalhando a sua rotina.

– Por nada. É para isso que estou aqui. Quer que eu sirva os sanduíches? – perguntou ela.

– Não, Tiggy e eu podemos nos virar. Preciso parabenizá-la, e parabenizar o senhorio, por sua escolha extraordinária de pessoal – disse ele, indicando-me com um aceno de cabeça. – Tiggy e eu temos muito em comum.

– Fico feliz por saber que o senhor está feliz – respondeu Beryl, diplomaticamente. – Espero que gostem da comida.

Ela saiu do salão e Zed sorriu.

– Ela também não é o que parece.

– Sanduíche? – perguntei, colocando um deles em um prato e oferecendo-o a Zed.

– Obrigado.

– Então, o que *o senhor* faz? – indaguei.

– Eu administro uma grande empresa de comunicação.

– Não tenho ideia do que isso quer dizer.

– Às vezes, nem eu. – Zed riu. – Apenas pense em um conglomerado que abrange televisão, internet, celulares e satélites, tudo o que permite que a espécie humana se comunique.

– O senhor é empresário?

– Sou. – Ele mordeu com vontade um sanduíche de camarão e fez um gesto de aprovação com a cabeça. – Confesso que estar aqui nesses últimos dois dias me fez perceber quanto eu precisava de uma pausa. Passo a maior parte do tempo em trânsito, correndo pelo mundo para reuniões.

– Isso soa muito glamoroso.

– Qualquer coisa pode parecer glamorosa vista pelo lado de fora, até que passe a fazer parte da sua vida. Carros velozes, viagens de primeira classe, os melhores hotéis, vinho e comida... Mas tudo perde um pouco da graça depois de certo tempo. Estar aqui, neste... – Zed apontou para a vista das montanhas – põe as coisas em perspectiva, não é mesmo?

– A natureza costuma fazer isso. Passando o tempo todo aqui, tenho um bocado de perspectiva. – Sorri. – Vivo um dia de cada vez, tento viver o presente e apreciá-lo.

– Atenção plena – murmurou Zed. – Um *coach* me deu um livro sobre isso. Definitivamente, não é algo que eu consiga com naturalidade. Afinal, como seria possível, se estou sempre entrando em um avião num dia e chegando a um país diferente no outro? Eu tenho que me preparar, olhar para o futuro, e não apenas me deixar levar por uma névoa de boas intenções.

– Mas seu estilo de vida é sua escolha, não é?

– É, sim. – Ele me olhou como se de repente eu tivesse lhe dado a chave para a própria vida. – Quero dizer, eu tenho bastante dinheiro. Poderia vender o negócio e apenas... parar.

– Poderia. Agora... – Olhei para o meu relógio. – Agora preciso ir, de verdade. Tenho muito trabalho a fazer.

– Tem mesmo? Você praticamente não tocou no vinho.

– Não quero adormecer ao volante. Espero que o passeio desta manhã não tenha sido muito decepcionante.

– Ah, não, não foi decepcionante, de jeito nenhum.

Ele me observou enquanto eu me levantava e ia até a porta.

– Tiggy?

– Sim?

– Vou embora amanhã, mas devo dizer que foi um prazer conhecer você.

– Igualmente. Adeus.

– Adeus.

❀ ❀ ❀

– Você tem estado ocupada, pequena Hotchiwitchi. Sinto cheiro de um homem – disse Chilly mais tarde, enquanto eu servia o almoço em sua tigela de lata.

– Aí está você – respondi, ignorando o comentário e colocando o recipiente na pequena mesa ao lado dele.

– Tome cuidado. – Ele apontou para mim. – Ele não é o que parece. – Chilly fez uma pausa e, com a cabeça inclinada para o lado, prosseguiu: – Ou talvez ele *seja*! – Ele gargalhou. – Você sente cheiro de perigo, Hotchiwitchi? Deveria.

– É mesmo? Eu não tenho certeza se sinto algum cheiro. Eu mal o conheço.

Eu estava me acostumando com as declarações dramáticas de Chilly, mas achei interessante ele ter percebido que havia um homem por perto. E, tive que admitir, eu me sentia desconfortável perto de Zed.

– Agora, sente ali e me conte o que seu pai disse sobre o lugar de onde você veio – ordenou ele, enquanto eu lhe servia uma xícara do café extremamente forte que ele gostava de beber.

– Bem, ele disse que eu tinha que ir a uma cidade chamada Granada e que, em frente a Alhambra, havia um lugar chamado Sacromonte. Eu tenho que bater em uma porta azul e perguntar por alguém chamado Angelina.

De início, pensei que Chilly estivesse tendo algum tipo de ataque, porque ele dobrou o corpo e soltou uns sons guturais estranhos. Mas, quando ele levantou a cabeça, estava rindo, ou chorando, pois havia lágrimas descendo pelo seu rosto.

– O quê? O que aconteceu?

Ele murmurou algo em espanhol para si mesmo e enxugou o rosto com os punhos de forma brutal.

– O quê? O que aconteceu?

– Foi o vento quem soprou você aqui para mim. Depois de todos esses anos, você veio como foi dito.

– O que é que foi dito? – perguntei, franzindo a testa.

– Que você viria e eu a guiaria até sua casa. Sim, você nasceu em uma gruta em Sacromonte, pequena Hotchiwitchi, e eu já sabia disso. – Ele assentiu com veemência. – As sete grutas de Sacromonte... Sacromonte...

Ele repetiu a palavra várias vezes, balançando o corpo magro, os braços envolvendo o peito. Eu me senti estranha e estremeci quando me lembrei das visões, de ser erguida até o teto de uma gruta...

– É... a sua casa – sussurrou ele. – Por que ter medo? Família reconhece família, você foi enviada aqui para mim. Vou ajudá-la, Hotchiwitchi.

– Esse lugar... Sacromonte, por que é tão especial?

– Porque ele é *nosso*. Um lugar que pertence a nós. E também por causa... – seu dedo apontou para a cama de latão – ...daquilo.

Olhei para a cama, mas não vi nada, apenas uma manta de crochê.

– Aquilo, menina. – Chilly moveu o dedo mais para o lado e vi que ele se referia ao violão encostado na parede. – Traga aqui – ordenou. – Eu mostro.

Levantei-me, peguei o instrumento e coloquei-o em suas mãos estendidas. Observei quando ele o acariciou, quase como uma mãe faz com um filho. Era um antigo violão, de um tamanho diferente dos que eu já tinha visto, a madeira escura polida até brilhar, a área ao redor da boca incrustada de madrepérola reluzente.

Os dedos retorcidos de Chilly apertavam o braço do violão contra o peito. Ele desceu os dedos e um som oco e dissonante encheu o ambiente enfumaçado. Repetiu o movimento e eu o observei afinar cada corda, uma das mãos testando o som, a outra lutando para manipular a tensão.

– ¡Ahora! – disse ele, depois de dedilhar a última corda.

Seu pé começou a bater no chão, num ritmo constante, as mãos se movendo pelas cordas, enquanto o pé batia cada vez mais depressa. Então, seus dedos, que pareciam ter sido libertados da artrite simplesmente pelo som alegre que estavam criando, moveram-se com velocidade até que a pequena cabana foi tomada pelo ritmo pulsante do que só poderia ser associado com um único gênero:

O flamenco.

Em seguida, Chilly começou a cantar, sua voz desafinada num primeiro momento, tão cansada e desgastada quanto as cordas que suas mãos manipulavam com tanta habilidade. Aos poucos, o rosnado de anos de escarro acumulado pelo hábito do cachimbo se dissipou e um som profundo e ressonante o substituiu.

Fechei os olhos, meus pés também batendo no chão, a cabana inteira vibrando com o pulsar da música. Eu conhecia aquele ritmo tanto quanto a mim mesma. A batida incessante me dava uma vontade louca de dançar...

Meus braços se ergueram por conta própria e eu me levantei, meu corpo e minha alma respondendo com naturalidade àquela música incrível que Chilly tocava. E eu *dancei* – por alguma alquimia, meus pés e mãos sabiam exatamente o que fazer...

Um último dedilhar das cordas, um "¡Olé!" de Chilly, e então o silêncio.

Abri os olhos, nem um pouco cansada, e vi que Chilly havia caído sobre o violão, arfando pesadamente.

– Chilly, você está bem?

Corri até ele e senti seu pulso, e lá estava ele, batendo rápido, mas de forma constante.

– Quer um pouco de água?

Depois de algum tempo, ele levantou um pouco a cabeça e se virou para mim, os olhos brilhando.

– Não, Hotchiwitchi, mas você pode me trazer um pouco de uísque.

Ele deu um largo sorriso.

9

Na manhã seguinte, acordei e pensei no dia extraordinário que eu tivera. Cada vez que eu visitava Chilly, a experiência tinha aquela qualidade onírica. Quanto a Zed, nenhum homem havia me dedicado tanta atenção e me feito tantos elogios, e eu realmente não sabia como reagir. Sim, ele era bonito e atraente, mas havia algo nele, aquela familiaridade... estranha comigo, que eu não conseguia identificar.

– É como se ele me conhecesse – sussurrei para mim mesma.

Um dos meus grandes problemas era ser muito ingênua em relação aos homens. Tive poucos relacionamentos, e sempre me doei muito a eles. Eu me magoei mais de uma vez por causa disso e agora sentia que precisava fazer perguntas muito profundas a qualquer pretendente, antes mesmo de andar de mãos dadas. Eu já fora chamada de "frígida" por me recusar a ir para a cama dois segundos depois de ter conhecido alguém, mas não me importava. Era melhor do que acordar odiando a mim mesma na manhã seguinte. Eu e minha mente simplesmente não gostávamos de sexo casual. Éramos mais do tipo "amor eterno", esse era o nosso jeito de ser.

Fui até a área cercada dos gatos. Ergui o rosto, apreciando o calor do dia, e vi três deles sentados do lado de fora, tomando sol. Conversei com eles por um tempo enquanto os alimentava e depois caminhei de volta à Pousada. Abri a porta dos fundos e entrei.

– Beryl? – chamei, enquanto atravessava o corredor.

Ela não estava em seu lugar habitual na cozinha, mas percebi que um café da manhã com fritura havia sido preparado, pois havia frigideiras na pia e cheiro de bacon no ar. Abri a geladeira e peguei o almoço de Chilly para levar mais tarde e, em seguida, voltei para o corredor. Beryl provavelmente estava no andar de cima, trocando a roupa de cama, e decidi que voltaria mais tarde para pedir acesso ao computador em seu escritório e fazer uma busca sobre as sete grutas de Sacromonte em Granada.

– Tiggy – disse uma voz atrás de mim, quando eu já estava saindo.

– Oi, Beryl. – Eu me virei e sorri para ela. – Aposto que você está aliviada por todos terem ido embora e a paz ter sido restaurada.

– Bem, era assim que eu estava ontem à noite, mas... – Ela abaixou a voz. – Acordei com um e-mail do senhorio esta manhã, me avisando que Zed aparentemente decidiu ficar aqui por mais algum tempo. Os outros convidados já partiram, mas ele ainda está aqui e, no momento, monopolizando o meu escritório. Uma pousada gigantesca para acomodar uma única pessoa!

– Zed ainda está aqui? – perguntei, incrédula.

– Sim, parece que ele decidiu tirar um período sabático, ficar longe de tudo por um tempo. Foi o que o senhorio disse.

– Meu Deus! – murmurei, mais para mim mesma do que para Beryl. – Bem, então volto em outro momento para usar a internet.

– A propósito – disse Beryl, quando eu estava saindo –, ele me disse esta manhã que a decisão de permanecer tinha a ver com algo que você falou para ele ontem.

– É mesmo? Bem, não tenho ideia do que possa ter sido. Vou ver Chilly agora, Beryl. Tchau, tchau.

Enquanto dirigia até a cabana de Chilly, refleti sobre a decisão de Zed, e senti um frio na barriga.

– Você veio cedo – resmungou Chilly quando bati e entrei, embora não entendesse como ele sabia que era cedo, já que não havia relógio na cabana.

– Fiquei preocupada com você depois de ontem, então vim verificar se está tudo bem.

– Não se preocupe, menina. Ontem foi a melhor noite que tive em anos.

– Chilly, esse lugar, Sacromonte, as grutas... Foi lá que você nasceu?

– Não, eu sou catalão, nasci na praia em Barcelona, sob uma carroça.

– Como é que você sabe de Sacromonte?

– Minha bisavó nasceu lá. Era uma poderosa *bruja*. Primos, tias, tios... muitos parentes eram de lá.

– O que é uma *bruja*?

– Uma mulher sábia, alguém que vê as coisas. Micaela... ela colocou a sua avó no mundo. Foi ela quem me disse que você viria. E que eu ia enviar você de volta para casa. Eu era bem pequenininho e tocava violão para a sua avó. Ela ficou muito famosa.

– Fazendo o quê?

– Dançando, é claro! Flamenco! – Chilly juntou as mãos e bateu num ritmo. – Está no nosso sangue. – Ele pegou o cachimbo e o acendeu. – Nós estávamos em Sacromonte, no grande festival de Alhambra. Ela era uma criança como eu. – Chilly riu, feliz. – Depois de 85 anos esperando, achei que Micaela tinha cometido um erro, que você não viria, mas aqui está você.

– Como você sabe que *sou*... eu?

– Mesmo que seu pai não tivesse deixado a carta, eu saberia.

– Como?

– Rá-rá-rá!

Chilly bateu palmas e, em seguida, bateu o punho no lado da cadeira. Ele me lembrou Rumpelstiltskin. Se estivesse de pé, tenho certeza de que estaria fazendo uma dança estranha e cantando em torno de um caldeirão.

– O quê?

– Você tem os olhos dela, a mesma graça, mas é bonita! Ela era feia, até dançar. Então ficava bonita. – Ele apontou para a velha cama de latão. – Aí debaixo, por favor. Pegue a lata, vou mostrar sua avó.

Levantei-me para fazer o que ele pedira, pensando em como era ridículo estar no meio da terra selvagem escocesa, com um cigano velho e maluco me dizendo que minha chegada já havia sido anunciada. Ajoelhei-me e puxei uma lata de biscoitos enferrujada.

– Vou mostrar.

Coloquei a lata no colo dele e seus dedos artríticos lutaram para abri-la. Quando conseguiram, fotos em preto e branco caíram em seu colo e no chão. Eu as recolhi e entreguei a ele.

– Veja, esse aqui sou eu. Toquei no La Estampa, em Barcelona... Eu era bonitão, *sí*?

Estudei a foto em preto e branco e vi um Chilly de cerca de 70 anos atrás, de cabelos escuros e corpo ágil sob a tradicional camisa de babados, o violão agarrado ao peito. Ele olhava uma mulher à sua frente, braços acima da cabeça, usando um vestido de flamenco e uma grande flor nos cabelos escuros e brilhosos.

– Meu Deus, ela é linda. Essa era a minha avó?

– Não, era a minha esposa, Rosalba. Sim, ela era *muy linda*... Nós nos casamos aos 21 anos... A outra metade do meu coração – disse Chilly, apertando o peito.

– Onde ela está agora?

A expressão de Chilly se entristeceu e ele olhou para baixo.

– Morreu. Na Guerra Civil. Tempos difíceis, Hotchiwitchi. O diabo entrou nos corações e nas mentes dos nossos compatriotas.

– Chilly, eu sinto muito.

– É a vida – sussurrou ele, acariciando o rosto de sua pobre esposa com o polegar imundo. – Ela ainda fala comigo, mas sua voz está mais fraca, porque ela viaja para mais longe.

– Foi por isso que você deixou a Espanha? Quero dizer, depois que perdeu sua família?

– *Sí*. Nada mais lá para mim, então segui em frente. Melhor deixar o passado para trás.

– E veio parar aqui?

– Depois de muitas viagens pela Inglaterra, sim. Agora...

Chilly voltou para a pilha de fotografias. Descartava algumas, que saíam voando para o chão. Quando as peguei, vi que eram todas de violonistas e dançarinos em diferentes bares e clubes, mas o olhar de êxtase no rosto de cada um, capturado pela câmera para a eternidade, era idêntico.

– Aqui! Achei!

Chilly fez um sinal para que eu me aproximasse e me mostrou outra fotografia de uma cena de flamenco. Na frente, havia uma diminuta dançarina, as mãos para o alto, acima da cabeça, mas, em vez do traje tradicional, ela usava uma calça justa e um colete. Sua pele era pálida, seus cabelos eram negros e alisados com óleo, com um único cacho no centro da testa.

– La Candela! A chama que arde no coração de todo o nosso povo. Você está vendo, minha Hotchiwitchi? Veja os olhos dela... São iguais aos seus.

Estudei bem aqueles olhos, aquela mulher pequenina na fotografia, mas era em preto e branco e, para mim, os minúsculos pontos poderiam ser azuis ou verdes.

– É ela! Lucía Amaya Albaycín, sua *abuela*, La Candela, a dançarina mais famosa de seus dias! Nascida em Sacromonte e entregue pelas mãos de Micaela...

Mais uma vez, minha mente conjurou uma imagem fugaz de luz de velas cintilando sob um teto oval, caiado de branco, acima de mim, enquanto eu era erguida em sua direção...

– Agora, Hotchiwitchi, vou contar a história de sua família. Vamos começar em 1912, ano de nascimento de sua avó Lucía...

María

Sacromonte, Granada
Espanha
Maio de 1912

10

O ar estava estranhamente parado, como se até mesmo as aves estivessem prendendo a respiração em meio aos olivais que desciam entre os caminhos íngremes e sinuosos que se entrelaçavam diante das grutas de Sacromonte. Os gemidos de María ecoavam nas paredes de pedra, o silêncio anormal ampliando seus sons guturais.

– Onde está todo mundo? – perguntou María a Micaela.

– No casamento de Paco e Felicia, lembra? – respondeu Micaela.

Os longos cabelos negros da *bruja* estavam presos para trás em um nó na cabeça, que não combinava com o elegante vestido de babados que usava.

– Claro, claro... – murmurou María, enquanto um pano frio era colocado sobre sua testa coberta de suor.

– Não falta muito agora, querida, mas você tem que empurrar novamente. O bebê precisa da sua ajuda.

– Não consigo – gemeu María, sentindo outra contração rasgar seu corpo. – Não tenho mais forças.

– Escute, María – disse Micaela, inclinando a cabeça. – Está ouvindo? Estão começando as *alboreas*. Ouça o ritmo e *empurre*!

María ouviu a batida lenta e constante de mãos em um *cajón*, e sabia que logo o lugar explodiria em alegria. Os violões entraram na música, e o chão abaixo delas começou a sacudir com a batida de cem pés no passo da dança.

– *¡Dios mío!* – gritou ela. – Esse bebê vai me matar!

Ela gemeu quando a criança desceu ainda mais em seu corpo.

– O bebê quer sair e dançar, como sua *mamá*. Ouça, eles estão cantando para vocês. É a *alba*, o alvorecer de uma nova vida!

Minutos depois, quando o ar se enchia com o glorioso som do violão flamenco e das vozes, quando as *alboreas* atingiram seu clímax, o bebê fez sua entrada no mundo.

– É uma menina! – anunciou Micaela, cortando o cordão umbilical com uma faca e se livrando rapidamente da placenta. – É muito pequena, mas parece bastante saudável.

Ela virou o bebê e deu tapinhas em seu pequenino bumbum. Tossindo um pouco, o bebê abriu os pulmões e começou a gritar.

– Tome – disse Micaela, embrulhando habilmente a criança, como se estivesse empacotando um pedaço de carne. – Ela é toda sua. Que a Virgem a abençoe com saúde e felicidade.

– Amém.

María olhou para aquele semblante minúsculo: os grandes olhos, o nariz e os lábios carnudos pareciam muito grandes em seu rosto diminuto. As mãozinhas socavam o ar furiosamente enquanto o bebê dava voz a seus pulmões. Dois pés determinados escaparam da manta e se juntaram aos dois braços para explorar seu primeiro gosto de liberdade após a libertação do ventre.

– Ela é cheia de energia. Tem dentro de si o poder, o *duende*, posso sentir. – Micaela assentiu para o bebê e ofereceu a María alguns panos para estancar o sangramento. Em seguida, lavou as mãos na bacia já suja de sangue. – Vou deixar vocês agora para se conhecerem. Vou avisar José que ele é pai de uma menina e tenho certeza de que logo, logo ele vai voltar da *fiesta* para ver vocês.

Micaela saiu da gruta e María suspirou, colocando o bebê no peito para acalmar o choro. Não é de admirar que a *bruja* estivesse tão ansiosa para o nascimento acontecer depressa: a aldeia inteira de Sacromonte estava no casamento, previsto havia meses, uma vez que a noiva era a neta de Chorrojumo, o falecido rei cigano. O conhaque devia estar fluindo naquela festa digna da realeza. María sabia que o marido não sairia da *fiesta* para ver a esposa e a filha, da mesma forma que não andaria nu pelas ruas de Granada montado em sua mula.

– Somos você e eu, minha pequenina – sussurrou ela, enquanto o bebê finalmente mamava e o silêncio pairava novamente sobre a gruta. – Você nasceu menina, e esse é seu infortúnio.

María cambaleou para fora da cama, o bebê ainda preso a ela, desesperada por um copo de água. Micaela tinha saído com tanta pressa que se esquecera de encher a caneca. Ela foi até a cozinha, na frente da gruta, zonza de sede e do esforço. Pegou o jarro de água e bebeu. Olhando pela pequena janela escavada na rocha, viu que a noite estava linda e que as estrelas brilhavam, emoldurando uma lua perfeita.

– Luz. – Ela sussurrou e beijou o topo da cabeça macia do bebê. – Vou chamar você de Lucía, minha pequena.

Depois de voltar para a cama, segurando o bebê em um braço e o jarro no outro, María finalmente caiu num sono de exaustão, embalado pelo ritmo dos violões de flamenco.

1922, dez anos depois

– Onde você estava, menina levada? – disse María, com as mãos nos quadris, na entrada da gruta dos Albaycíns. – Alicia contou à *mamá* dela que você não foi à escola hoje de novo.

– Alicia é uma diaba traiçoeira que devia se preocupar com a própria vida – praguejou Lucía, os olhos brilhando de raiva.

María viu que a filha imitava sua postura, parada com as mãos nos pequenos quadris.

– Chega dessa petulância, *pequeña*! Eu sei onde você estava, porque Tomás viu você perto da fonte, dançando por moedas.

– E se eu estava? Alguém tem que ganhar algum dinheiro por aqui, não é?

Lucía enfiou algumas pesetas na mão da mãe, jogou os longos cabelos negros para trás, passou por ela pisando firme e entrou na gruta.

María olhou para as moedas, que eram suficientes para comprar verduras e legumes no mercado e até mesmo uma morcela ou duas para o jantar de José. Ainda assim, isso não desculpava a insolência da menina. Sua filha de 10 anos seguia as próprias leis. Podia passar por uma criança de 6 anos, devido à sua pequena estatura, mas aquela embalagem frágil continha um vulcão de temperamento inflamado, que, segundo o pai, só aumentava suas excepcionais habilidades no flamenco.

– Ela nasceu ao som de *alboreas*! O espírito do *duende* vive dentro dela – afirmou José naquela noite, quando levantou a filha, colocou-a sobre a mula e a levou para dançar na praça principal da cidade, ao som de seu violão.

José sabia que o dinheiro que ganharia com a forma minúscula da menina batendo os pés e girando com a música triplicaria as gorjetas habituais que recebia daqueles que bebiam nos bares ao redor.

– Não a traga de volta muito tarde! – gritou María, vendo a mula se afastar pelas curvas sinuosas do caminho.

Então, ela se agachou de novo na terra empoeirada em frente à gruta para continuar tecendo sua cesta usando o esparto que colocara para secar desde a colheita. Apoiando a cabeça na parede por um instante, María desfrutou do suave calor do sol em seu rosto. Abriu os olhos e viu o vale abaixo dela e o rio Darro, que o atravessava, inchado com o degelo da primavera das montanhas da Sierra Nevada. O sol lançou um rico brilho laranja sobre a Alhambra, que ficava acima dela, no lado oposto do vale, suas antigas torres levantando-se acima da floresta verde-escura.

– Embora vivamos apenas um pouquinho melhor do que as mulas, pelo menos temos esta beleza – murmurou ela.

Enquanto trabalhava, uma sensação de calma fluiu por seu corpo, apesar da angústia persistente por José usar Lucía para sustentar a família. Ele era preguiçoso demais para arranjar um trabalho regular, preferindo confiar em seu precioso violão e no talento da menina. Às vezes, eles recebiam uma oferta de um rico *payo*, um não cigano, para se apresentarem em uma festa nas casas grandiosas de Granada. Isso só aumentava os delírios de grandeza de Lucía, que não entendia que os *payos* pertenciam a outro mundo, um lugar que ela jamais poderia frequentar.

No entanto, aquilo parecia fazer Lucía florescer. Era difícil lembrar um momento em que ela não estivesse se movimentando ao som de algum ritmo – mesmo quando era bebê, sentada em sua cadeira de alimentação e segurando sua colher de ferro, seus pés batiam o tempo inteiro. A menina jamais ficava parada. María se lembrava do dia em que, com apenas nove meses de idade, Lucía conseguiu se levantar agarrando a perna da mesa e, determinada, deu seus primeiros passos desequilibrados sem ajuda. Parecia uma boneca de porcelana frágil se levantando para caminhar. Quando María a levava para passear, os moradores de Sacromonte se afastavam, com medo, ao vê-la.

– Criança do diabo – ela ouvira uma vizinha próxima cochichar com o marido.

E, de fato, quando os acessos de raiva de Lucía faziam seus ouvidos doerem, María pensava o mesmo. Desesperada por um pouco de paz, ela acabou descobrindo que a filha só se acalmava ao som do flamenco, tocado ao violão pelo pai, quando ela batia as mãos e os pés pequeninos seguindo o ritmo. Enquanto praticava suas *alegrías* na cozinha, preparando-se para uma *fiesta*, María olhava para baixo e via a filha de 2 anos, pequenina, imitar seus movimentos. Observando a inclinação altiva de seu queixo, a forma como suas mãos varriam graciosamente seu corpo pequeno e a maneira como ela batia ferozmente os pés, a mãe percebeu que Lucía conseguira capturar a essência da dança.

– *¡Dios mío!* – sussurrou José, olhando, abismado, para a esposa. – Você quer aprender a dançar como sua *mamá*, querida? – perguntou ele à criança.

Lucía fixou o olhar intenso no pai.

– *Sí*, Papá, quer dançar!

Oito anos mais tarde, não havia dúvida de que a habilidade de María como artista flamenca – ela era considerada uma das melhores em Sacromonte – havia sido superada por sua prodigiosa filha. Lucía era capaz de bater os pés em um ritmo tão acelerado que, embora implorasse à mãe que contasse, María não conseguia acompanhar sua velocidade. Seu *braceo* – o uso dos braços na posição correta – era quase perfeito e, acima de tudo, havia uma luz em seus olhos, que vinha de uma chama invisível dentro dela e levava seu desempenho a outro nível.

Na maioria das noites, enquanto lufadas de fumaça branca subiam das chaminés de suas muitas grutas, a montanha de Sacromonte ganhava vida com o dedilhar dos violões, as profundas vozes masculinas dos *cantaores* e o bater de palmas e pés dos dançarinos. Não importava que os residentes ciganos fossem pobres e famintos, eles sabiam que o espírito do flamenco poderia animá-los.

E Lucía, mais do que ninguém, encarnava esse espírito. Quando dançava com o resto da aldeia em uma *fiesta* numa das grandes grutas comuns usadas para celebrações, todos paravam para maravilhar-se com o *duende* dentro dela, um poder que não podia ser explicado, que saltava para fora da alma e mantinha o espectador hipnotizado, pois continha toda a gama de emoções humanas.

– Ela é muito jovem para saber que possui isso – disse José uma noite, após Lucía ter se apresentado para uma multidão reunida em frente a sua gruta, atraída pelas batidas dos pés e o piscar dos olhos de uma criança pequena que realmente parecia estar possuída. – E é isso que a torna ainda mais especial.

– Mamá? Posso te ajudar com os cestos? – perguntou Lucía alguns dias mais tarde.

– Se você tiver tempo em sua agenda, sim.

María sorriu, bateu no degrau ao seu lado e entregou à filha algumas folhas de esparto. Elas trabalharam juntas por um tempo, os dedos de María diminuindo o ritmo à medida que era dominada pelo cansaço. Ela acordara às cinco para alimentar a mula, as galinhas e as cabras que viviam na gruta ao lado, que servia de estábulo, depois acendera o fogo para alimentar os quatro filhos e o marido com um café da manhã de papa de milho rala. Suas costas doíam após transportar água das grandes cisternas na base da montanha de Sacromonte, percorrendo as ruas íngremes de pedra da aldeia.

Pelo menos ela agora usufruía de um raro momento de paz, sentada com a filha, trabalhando silenciosamente ao seu lado. Mesmo que em tantas ocasiões María tivesse admirado a nobre Alhambra, sua riqueza e grandiosidade representavam tudo que era tão injusto em sua vida, e ela praguejava contra a fortaleza, contra sua vida de luta constante. No entanto, havia o conforto de estar rodeada por seu próprio povo, aninhado na encosta, em uma pequena comunidade. Eles eram os *gitanos*, os ciganos espanhóis, cujos antepassados haviam sido expulsos das muralhas da cidade de Granada e construíram suas casas na rocha implacável da montanha. Eram os mais pobres dos pobres, os mais baixos dos baixos, aqueles para quem os *payos* olhavam com desdém e desconfiança. Eles só vinham até os *gitanos* por sua dança, suas ferragens ou sua *brujas*, como Micaela, a mulher dos remédios, que as mulheres *payos* consultavam em segredo quando se viam em desesperada necessidade de ajuda.

– Mamá?

– Sim, Lucía?

Lucía apontou para a Alhambra.

– Um dia, eu vou dançar lá, na frente de todo mundo.

María suspirou. Se qualquer outro de seus filhos fizesse tal declaração, ela teria lhe dado um tapa na orelha. Em vez disso, assentiu lentamente.

– Não tenho dúvida, querida, não tenho a menor sombra de dúvida.

❋ ❋ ❋

Naquela mesma noite, quando Lucía finalmente desabou no estrado ao lado da cama dos pais, enfiado no pequeno vão escavado na rocha atrás da cozinha, María conversava com o marido do lado de fora.

– Eu me preocupo com essa menina. A cabeça dela está cheia de sonhos absurdos, inspirados pelo que ela tem visto nas casas dos *payos* onde vocês dançam – afirmou María.

– O que há de errado em sonhar, *mi amor*? – José esmagou com o salto da bota o charuto que estava fumando. – Nesta nossa existência miserável, é tudo o que nos mantém vivos.

– José, Lucía não entende quem ela é, de onde vem e o que isso significa. E você está levando a menina, ainda tão jovem, para ver o outro lado. – María apontou para o início do muro da cidade de Granada ao longo da encosta, a uns 800 metros de distância. – E isso está mexendo com a cabeça dela. É uma vida que ela nunca poderá ter.

– Quem disse que não? – Os olhos de José, tão iguais aos da filha, piscaram furiosamente em meio à pele escura herdada de seus antepassados *gitanos* puro-sangue. – Muitos do nosso povo alcançaram fama e fortuna com seu talento, María. Por que isso não poderia acontecer a Lucía? Ela com certeza tem alma suficiente para isso. Quando eu era violonista em Las Ramblas, em Barcelona, conheci as grandes dançarinas Pastora Imperio e La Macarrona. Elas viviam em grandes casas, como os *payos*.

– São duas entre milhares, José! O resto de nós só pode se dar ao luxo de cantar, dançar e lutar para ganhar o suficiente para colocar comida na mesa. Temo que Lucía se decepcione quando seus grandes sonhos derem em nada. A menina não sabe sequer ler e escrever! Ela se recusa a ir à escola e você não a encoraja nem um pouco.

– Para que ela precisa de palavras e números quando tem o dom? Mulher, você está se transformando numa velha ranzinza que se esqueceu de sonhar. Vou procurar companhia melhor. *Buenas noches.*

José se levantou e seguiu pelo caminho escuro e empoeirado. María sabia que ele iria a um daqueles covis para beber com os amigos, em uma das muitas grutas escondidas onde farreavam até de madrugada. O marido estava saindo à noite com mais frequência nos últimos tempos, e María se perguntava se ele teria uma nova amante. Mesmo que o corpo dele, antes firme, estivesse envelhecendo mais rápido com o passar dos anos, o conhaque e a dureza da vida que levavam, José ainda era um homem bonito.

Lembrava-se vividamente da primeira vez que o viu. Ela era da mesma idade que Lucía, e ele, um rapaz forte de 16 anos, parado em frente à gruta de sua família, dedilhando um violão. Os cabelos encaracolados cor de mogno brilhavam ao sol, e os lábios grossos curvaram-se em um sorriso descontraído quando ela passou. María se apaixonou por ele naquele momento, embora tivesse ouvido coisas ruins sobre *"El Liso"*, "O Suave", seu apelido devido à habilidade no violão. E – como infelizmente ela descobriria depois – pela reputação de ser escorregadio com as mulheres. Aos 17 anos, ele foi para Barcelona em uma aura de glória, contratado para tocar em Las Ramblas, um distrito repleto de bares famosos de flamenco.

María estava convencida de que nunca mais o veria. No entanto, cinco anos depois, ele voltou, com um braço quebrado e vários hematomas amarelados em seu belo rosto. Uns diziam que ele havia entrado numa briga por causa de uma mulher, outros, que o seu contrato com o bar de flamenco fora cancelado por causa de suas bebedeiras e que ele estava trabalhando como lutador para sobreviver. Seja lá o que fosse, o coração de María bateu mais forte quando ela passou pela gruta da família dele, a caminho de Alcaicera, para comprar legumes e verduras em uma barraca do mercado da cidade. E lá estava ele, fumando na porta.

– *Hola*, bonequinha – disse ele quando María passou. – Ouvi dizer que você dança as *alegrías* melhor do que qualquer outra na aldeia. Venha aqui conversar um pouco. Faça companhia a um homem doente.

Tímida, ela se aproximou. José tocou violão e insistiu em que dançassem juntos no olival além da gruta. Depois que bateram palmas, as mãos dele envolveram a cintura de María e a trouxeram para mais perto, seus corpos balançando ao sabor das batidas sensuais e silenciosas de seus corações. María chegou em casa ofegante e maravilhada, depois de ter sido beijada pela primeira vez na vida.

– Onde você esteve? – perguntou Paola, sua mãe, que esperava por ela.

– Em lugar nenhum, Mamá – respondeu María, passando direto, para que a mãe não visse seu rubor.

– Pois eu vou descobrir, senhorita! – Paola apontou um dedo para a filha. – E sei que tem a ver com homem.

María sabia que seus pais desaprovariam totalmente qualquer relacionamento entre ela e José. A família dele, os Albaycíns, vivia na pobreza, enquanto ela, uma Amaya, vinha de uma família rica – pelo menos segundo os padrões *gitanos*. Os pais dela já estavam de olho no filho de um primo. Apenas uma menina vingara das sete gestações da mãe de María, e um herdeiro para o bem--sucedido trabalho de forjador do pai, Pedro, era uma necessidade urgente.

Embora María soubesse de tudo isso – e tivesse sido uma filha atenciosa e obediente até aquele momento –, todas as suas boas intenções batiam asas e voavam à medida que José a perseguia sem trégua.

Enfeitiçada por seus dedos que acariciavam tanto o violão quanto seu corpo, María finalmente deixou-se convencer a fugir da gruta de sua família à noite e se deitar com ele no olival, no sopé da montanha de Valparaíso. Durante todo aquele verão excepcionalmente quente, enquanto a forja de seu pai exalava um calor insuportável, María sentia que sua mente e seu corpo estavam em chamas. Ela só conseguia pensar na longa noite fria que se aproximava, quando José enlaçaria seu corpo ao dela.

Os encontros noturnos foram interrompidos pela ira de seu pai. Embora tivessem sido cuidadosos, alguém de Sacromonte os vira e dera com a língua nos dentes.

– Você trouxe vergonha a esta família, María! – berrou Pedro, depois de arrastar tanto a filha quanto o namorado até a gruta para que enfrentassem a desonra.

– Me perdoe, Papá – suplicou María, chorando –, mas eu o amo.

José colocou-se de joelhos, implorando perdão, e imediatamente pediu a Pedro a mão da filha em casamento.

– Eu amo sua filha, *señor*. Vou tomar conta dela, acredite em mim.

– Não acredito, rapaz. A sua reputação não é boa, e agora você arruinou a de minha filha também! Ela tem apenas 15 anos!

María estava sentada do lado de fora da gruta enquanto o pai e José discutiam seu futuro. O rosto da mãe, tenso de decepção e humilhação, era talvez o pior castigo de todos. A pureza de uma mulher *gitana* era sagrada – a única moeda que ela tinha para oferecer.

Uma semana mais tarde, a aldeia de Sacromonte celebrou uma festa de noivado arranjada às pressas para o casal e, um mês depois, houve uma grande festa de casamento. A celebração tradicional durou três dias. Na última noite, usando um vestido azul e fúcsia com uma longa cauda, os cabelos enfeitados com flores vermelhas de romã, María subiu numa mula, atrás de seu marido, e toda a aldeia formou uma procissão, seguindo-os até a gruta da família dela, para a cerimônia final da noite.

María ainda se lembrava de como tremia de medo diante da perspectiva da cerimônia das *Tres Rosas*. Via o rosto de José acima dela na gruta escura, sentia o cheiro de álcool em seu hálito quando ele a beijava e, em seguida, montava sobre ela. Ouviu risos estridentes do lado de fora e seu batimento cardíaco ficou tão acelerado quanto as batidas dos tambores *cajón*.

– Está feito! – rugiu José, rolando de cima dela e chamando sua mãe.

María ficara ali, esperando que Paola pressionasse um lenço branco em sua parte íntima, sabendo que as três manchas de sua virgindade não iriam aparecer.

– Não faça nenhum som – avisara Paola à filha, num sussurro urgente.

À luz tremeluzente das velas, María assistiu a sua mãe puxar uma pequena lâmina do bolso e apertá-la na carne macia da coxa da filha. Ela sufocou um grito quando viu o sangue da ferida cair no pano que a mãe segurava.

– Você plantou vento, querida, e agora terá que colher tempestade pelo resto de seus dias – disse Paola num sussurro hostil antes de sair da gruta segurando o lenço à sua frente.

Do lado de fora, a aldeia irrompeu em gritos e aplausos quando Paola acenou com o lenço para que todos o vissem.

– Então, mulher. – José reapareceu ao lado dela logo depois, com uma garrafa de conhaque em uma das mãos, um charuto na outra. – Vamos brindar à nossa união?

– Não, José. Eu não gosto do sabor.

– Mas você gosta do sabor disso aqui, não é?

Ele sorriu para a mulher, enquanto baixava as calças e se juntava a ela novamente sob a manta colorida de crochê que María levara um mês para fazer.

Uma hora depois, enquanto María tirava um cochilo, cansada da tensão dos últimos dias, ouviu José deixar a cama e se vestir.

– Aonde você vai?

– Esqueci uma coisa. Durma, *mi amor*, já, já estou de volta.

No entanto, quando María abriu os olhos para a aurora da manhã seguinte, José ainda não havia retornado.

❋ ❋ ❋

María suspirou e foi até a fedida latrina pública usada pelos habitantes das grutas. Se ela acreditava naquela época – dezoito anos antes – que José a amava tanto quanto ela o amava, qualquer pensamento romântico já estava morto havia tempos. Talvez, pensou ela com amargura, José soubesse que o casamento seria muito vantajoso para ele. Os pais dela eram ricos o suficiente para oferecer uma nova gruta – embora muito mais acima na montanha – como presente de casamento, além de um excepcional conjunto de cozinha feito de ferro.

O primeiro filho nasceu prematuro, aos oito meses – foi o que sua mãe mandou que dissesse –, mas não sobreviveu mais de seis semanas. A segunda e a terceira gestações acabaram em abortos espontâneos no segundo mês. Então, finalmente, Eduardo chegou, e María enterrou a si mesma na maternidade. Enfim ela era capaz de se sentar com as outras mulheres para falar sobre remédios para cólicas, febre e a diarreia que atingia jovens e velhos de Sacromonte como uma praga quando a chuva caía no inverno, a lama descia pelas vias estreitas e empoeiradas e as fossas transbordavam. Não importava que seu marido raramente estivesse em casa, ou que não houvesse pesetas na lata que escondiam em um armário de madeira, atrás de uma pintura da Virgem. Pelo menos seu pai já havia prometido que o bebê Eduardo teria um futuro em sua forja, e Paola enviava hortaliças suficientes para manter mãe e filho vivos.

– Não vou mandar nada além disso – dizia a mãe. – Aquele rato do seu marido gastaria em conhaque todo o dinheiro que eu lhe desse.

Emergindo da latrina pública, María sorriu quando uma imagem de Eduardo lhe veio à mente. Ele era um bom menino – agora com 16 anos e trabalhando ao lado do avô. Quanto aos dois outros filhos... não havia dúvida de que eram iguais ao pai. Tinham a mesma veia selvagem que parecia ser inerente aos *gitanos* puro-sangue. Carlos tinha quase 15 anos e ganhava a vida participando de lutas – algo que ele jamais admitia, mas que ficava óbvio para a mãe quando ele aparecia na gruta de manhã com o rosto inchado e o corpo coberto de hematomas. Felipe, agora com 13 anos, fora um bebê doente e tinha uma índole mais suave, embora facilmente influenciado pelo irmão mais velho, a quem adorava. Felipe era um violonista talentoso, em quem o pai depositava grandes esperanças, mas, em vez de desenvolver seu talento, seguia Carlos por toda parte como um cordeiro, ávido por conquistar sua aprovação de qualquer forma. Para confortar a si mesma, María voltou seus pensamentos para a pequena Lucía. Fora uma alegria se ver grávida depois de três anos sem filhos.

– Será uma menina – dissera Micaela quando María foi vê-la no terceiro mês de gravidez. – Ela terá muitos talentos. Será alguém especial.

María sabia agora que cada palavra que Micaela falara era verdade. Como *bruja* – ou feiticeira, como a chamavam os ignorantes *payos* –, seu terceiro olho nunca se enganava. Todos em Sacromonte consultavam Micaela para ouvir as profecias e não gostavam quando ela lhes revelava algo que não era do seu agrado.

Mas María havia cometido um erro ao interpretar as palavras de Micaela. Em sua mente, "especial" e "talentosa" assumiram o significado que ela desejara: outra mulher na casa, talentosa em cuidar do lar e da educação das crianças, uma filha amável, gentil, que a ajudasse e a amparasse em seus últimos anos de vida.

– Esse é o problema dos videntes e suas profecias – murmurou María enquanto se despia à luz bruxuleante da vela e dobrava com cuidado o bolero, o avental, a saia azul e a anágua bordados, antes de vestir a camisola.

Não é que dessem a mensagem errada, mas a pessoa que a recebia podia moldá-la de acordo com o que queria ou precisava ouvir.

María tivera a esperança de que um de seus filhos herdasse o grande dom de sua avó. Ela fora a *bruja* da aldeia antes de Micaela, e esse dom estava no sangue da família. Ela sonhara que Micaela inspecionaria o bebê e lhe diria que sim, "*esta* é a criança que um dia se tornará a próxima *bruja*". Então todos viriam à sua gruta para visitá-la, sabendo que seu bebê tinha o dom de ver e cresceria para ser o mais poderoso membro da comunidade.

De volta à cozinha, María pegou um pouco de água no barril para lavar o rosto. Então, pé ante pé, atravessou a sala. À sua esquerda ficava a área onde os meninos dormiam, separada da cozinha por uma cortina. Segurando a vela à sua frente, ela só conseguiu enxergar a forma de Felipe sob a manta fina, sua respiração ainda pesada devido a uma recente doença respiratória. Ao lado dele, sobre um estrado de palha, estava Eduardo, a mão jogada descuidadamente sobre o rosto enquanto dormia. María reprimiu um suspiro irritado quando percebeu que Carlos ainda não estava em casa.

Foi até seu quarto no fundo da gruta e viu Lucía dormindo pacificamente em seu estrado. Utilizando o que restava da vela, dirigiu-se até a própria cama e se deitou sob a manta. Apagou o resto da chama com os dedos, colocou a cabeça no travesseiro de palha e olhou para a escuridão. Embora a noite estivesse quente, María tremia em meio ao ar fétido e estagnado da gruta. Desejou que os braços de José estivessem ali para abraçá-la, para afastar o medo que sentia do futuro. Mas aqueles braços fortes não queriam uma mulher cujo corpo estava ficando flácido por ter dado à luz cinco filhos e por não ter alimento suficiente. Aos 33 anos, María sabia que parecia muito mais velha do que realmente era.

Para que tudo isso?, perguntou ela aos céus e à Virgem Santíssima. Então, sem receber resposta, María fechou os olhos e dormiu.

11

— Por que eu sempre tenho que ajudar na cozinha? – Lucía fechou a cara quando María a arrastou para lá. – Papá, Carlos e Felipe ficam sentados lá fora, tocando violão, e nós fazemos o trabalho todo!

Era mais uma manhã e María já se sentia exausta só de pensar em tudo o que teria que fazer ao longo do dia.

– Cozinhar é trabalho das mulheres, Lucía. Você sabe muito bem que é assim. – María entregou à filha uma panela de ferro bem pesada. – Os homens saem para ganhar o dinheiro, nós cuidamos da casa. Agora, pare de reclamar e descasque os legumes!

– Mas eu ganho dinheiro também! Quando eu danço com Papá nos cafés, ele recebe moedas do povo e bebe conhaque com elas, mas mesmo assim eu ainda tenho que descascar legumes. Por que eu tenho que fazer as duas coisas? Um dia, eu não vou mais viver em uma gruta como um animal, mas em uma casa grande, com um chão que não é feito de terra e um quarto só para mim – declarou Lucía, olhando com nojo ao redor da gruta dos Albaycíns. – Por que não podemos ter uma máquina que cozinha as coisas? Eu vi uma na cozinha do *señorito* rico quando Papá e eu dançamos na casa dele. Eles tinham uma mulher que fazia toda a comida. Eu vou ter uma dessas também.

Lucía jogou os legumes na panela, que borbulhava sobre o fogo.

– E tinha uma torneira de água só para uma família. Imagine só – prosseguiu a garota, admirada, segurando a última cenoura antes de jogá-la na fervura. – Como deve ser boa a vida dos ricos...

– Continue com suas tarefas – interrompeu María, entregando-lhe um cântaro – e vá buscar água.

– Um dos meninos pode fazer isso, não pode? É uma caminhada longa e eu estou cansada.

– Não tão cansada a ponto de parar de falar – repreendeu María. – Vá logo!

– Um dia, *eu vou* ter uma torneira só para mim! – respondeu Lucía antes de sair.

– E um dia eu vou morrer de exaustão – murmurou a mãe.

Uma tosse veio do quarto dos meninos e, alguns segundos depois, Felipe apareceu andando devagar e esfregando os olhos, sonolento.

– O que tem de café, Mamá? – murmurou ele. – Mingau de novo?

– Sim, e eu fiz outro tônico de menta para o seu peito, querido.

Felipe fez uma careta, sentou-se à mesa e começou a mexer no mingau aguado de milho.

– Eu odeio tônico de menta.

– Mas ajuda você a respirar, por isso beba, senão teremos que chamar Micaela para lhe dar um remédio mais forte.

Felipe arregalou os olhos, assustado, e, relutante, engoliu o líquido na caneca à sua frente.

– Cadê o Carlos? Eduardo me disse que tinha planejado levá-lo para a forja hoje. Ele já tem idade suficiente para começar a aprender o ofício junto com o irmão.

Felipe deu de ombros e continuou a comer seu mingau, recusando-se a olhá-la nos olhos. María sabia que ele jamais revelaria os segredos do irmão.

Como se tivesse ouvido a conversa, Carlos entrou na gruta, um olho roxo destacando-se no rosto.

– *Hola*, Mamá – disse ele, displicentemente, desabando num banquinho ao lado do irmão.

Em vez de lhe entregar uma tigela de mingau, María se abaixou e, hesitante, pressionou a pele macia em torno do olho de Carlos.

– O que é isso, meu filho?! Com quem você andou lutando?

Ele se desviou da mãe.

– Não é nada, Mamá, pare de drama...

– Foi por dinheiro? Eu não sou idiota, Carlos, eu ouço o que está acontecendo nas grutas abandonadas no topo da montanha.

– Foi só uma briga com Juan por causa de uma garota, eu juro.

María estreitou os olhos e entregou a ele o café da manhã. Às vezes ela se desesperava ao perceber que nada que dizia ou fazia tinha qualquer impacto nos homens de sua família, exceto em seu amado Eduardo.

– Você ficou sabendo, *mi amor*?

José entrou na gruta e tirou o chapéu *calañes* preto que protegia seus olhos do reluzente sol da manhã.

– Sabendo do quê?

– Vai ter uma competição de flamenco na Alhambra, em junho.

Ele se sentou na frente dos filhos e mal olhou para o olho roxo de Carlos.

– E daí? – comentou María, colocando uma tigela na frente do marido.

– É aberto a amadores! É o Concurso de Cante Jondo, organizado pelo grande compositor Manuel de Falla, e profissionais acima de 21 anos não podem se inscrever. Como me aposentei há muitos anos, tenho o direito de entrar.

– E eu também – murmurou María.

– Sim, é claro, mas não vê que essa é a oportunidade de Lucía? Todo mundo vai estar lá: Antonio Chacón em pessoa estará no júri, e há rumores de que La Macarrona vai dançar, mesmo que não possa competir.

– Você está pensando em inscrever Lucía?

– Claro!

– Mas, José, ela só tem 10 anos!

– E já dança como uma rainha.

Ele fez uma sequência rítmica de palmas, as mãos batendo levemente para demonstrar sua empolgação.

– Com certeza tem alguma regra sobre crianças se apresentando, José, senão todos os pais orgulhosos levariam suas pequenas Macarronas para exibir na frente dos juízes – comentou María, suspirando.

– Talvez tenha, mas eu vou encontrar uma maneira de mostrar o talento dela para o mundo. Você precisa fazer um vestido para ela com uma cauda que chame atenção – disse José, acendendo um de seus intermináveis charutos.

A fumaça subiu e se enrolou acima da mesa da cozinha enquanto os rapazes engoliam rapidamente o restante do café da manhã, sentindo que haveria uma discussão entre os pais. Eles se levantaram e saíram da gruta assim que terminaram.

– Nós mal temos dinheiro para alimentar nossa família – argumentou María, enfrentando José –, quanto mais para um vestido novo para Lucía!

– Então eu arranjo dinheiro, juro – respondeu José. – Essa pode ser nossa única chance.

– Prometa que não vai roubar, José. Jure – implorou a mulher.

– Juro pela alma do meu pai. E eu não mantenho sempre as minhas promessas?

José sorriu e abraçou a cintura de María, mas ela se desvencilhou e correu para pegar sua cesta quase acabada. Depois, exausta, foi até o estábulo ao lado, onde ficavam seus materiais, junto com a mula magrela e o bode. María havia imposto uma única regra a José e aos filhos durante toda a difícil vida que levavam: nunca roubar. Ela sabia que muitas famílias em Sacromonte recorriam a pequenos furtos no mercado quando estavam desesperadas. Quando os jovens eram imprudentes, acabavam na prisão local e podiam até ser condenados por um implacável juiz *payo* a uma sentença que excedia em muito o crime cometido. Havia pouca misericórdia ou justiça para os *gitanos*.

Até aquele momento, ela acreditara que o marido e os três filhos cumpririam com suas palavras, mas a empolgação nos olhos de José lhe dizia que nada o impediria de conseguir o dinheiro para providenciar um vestido para Lucía.

María observou a Alhambra, lembrando que sua filha afirmara que dançaria lá um dia. Um pensamento lhe veio à mente e ela suspirou, sabendo o que precisava fazer. Isso trouxe lágrimas aos seus olhos, mas ela se controlou e entrou de novo na gruta, onde encontrou José servindo-se de novo do café da manhã.

– Vou cortar meu próprio vestido de flamenco e fazer um para o tamanho dela – afirmou María.

– Vai mesmo? Você faria isso por sua filha?

– Se isso o mantiver fora da prisão, José, faço, sim.

* * *

– Mamá, você já sabe? Vou dançar na Alhambra, exatamente como eu disse que faria!

Lucía enfiou seus pequenos pés na terra e, batendo-os rápido no solo, executou um curto *zapateado*.

– Papá disse que milhares de pessoas vão estar me olhando e eu vou ser descoberta e levada a Madri ou Barcelona para ser uma estrela!

– Já estou sabendo, sim, e fiquei muito feliz.

– Você vai dançar, Mamá? Papá se inscreveu e disse que eu devo entrar

131

no palco quando ele começar a tocar, porque eu sou muito nova para entrar dentro das regras. É um bom plano, *sí*?

– Sim, mas, Lucía... – María colocou os dedos nos lábios dela. – Isso é segredo. Se alguém descobrir o que seu pai está planejando, vai tentar impedir. Você entendeu?

– *Sí*, Mamá. Não vou dizer nada – sussurrou a menina. – Agora, preciso praticar.

Dois dias depois, María pegou a tesoura para cortar seu lindo vestido de flamenco. Ele era de um vermelho intenso, com babados em preto e branco – ela os havia costurado sozinha. Ela se lembrou da alegria que sentia quando era jovem e o usava, de como seu corpo se sentia transformado quando era abraçado pelo espartilho, as delicadas luvas de algodão chegando até os ombros. Era como se estivesse cortando o próprio coração, dizendo adeus a todos os sonhos que tivera um dia na juventude: um casamento amoroso e feliz, filhos satisfeitos, dançando em direção a um futuro dourado com seu lindo marido.

Snip snip snip, fazia a tesoura enquanto, fileira após fileira, os babados da cauda caíam no chão, até que apenas um pequeno pedaço deles – cujo tamanho foi especificado por José – fosse deixado.

Quando terminou, María reuniu as partes internas do vestido. Apesar de saber que cada faixa costurada de maneira intrincada poderia ser reutilizada em um futuro vestido, ou para enfeitar a barra ou o cós de uma de suas saias, ela pegou a tesoura e as cortou novamente, até que nada restasse além de um amontoado de fragmentos. Enfiou-os em sua cesta e os atirou nas chamas.

❀ ❀ ❀

Na fervilhante manhã de junho do dia do primeiro Concurso de Cante Jondo – o Concurso do Canto Profundo –, a população da aldeia de Sacromonte havia aumentado vinte vezes ou mais. Os *gitanos* que chegaram de toda a Espanha e não cabiam nas grutas de amigos e parentes acamparam ao longo do labirinto de caminhos estreitos na encosta e nos olivais ao pé da montanha.

Alguns dos primos de José, que viviam em Barcelona, hospedaram-se em sua casa, gente com um sotaque catalão tão forte quanto seu apetite.

María tinha feito um grande caldeirão de seu famoso *puchero a la gitanilla* – um espesso guisado de carne, legumes e grão-de-bico, aos quais ela, relutante, havia adicionado os pescoços de suas galinhas mais velhas.

Os primos de Barcelona saíram logo após o café da manhã, levando junto Felipe, ansiosos para fazer a longa caminhada até o vale do outro lado do rio Darro e subir a encosta íngreme para a Alhambra.

– Felipe, você precisa se cuidar e não voltar para casa tão tarde – avisara María, enquanto o ajudava a amarrar a faixa azul brilhante na cintura.

Ele se contorcia tentando escapar da mãe, que escovava a sujeira de seu colete.

– Basta, Mamá – murmurou o menino, seu rosto fino avermelhado de constrangimento diante de duas jovens primas que o espreitavam, achando graça.

María os observou sair com vários outros jovens, homens e mulheres da aldeia, todos vestindo suas melhores roupas, as botas lustradas, os cabelos escuros brilhando, cobertos de óleo.

– Nossa aldeia nunca foi tão popular – comentou José enquanto desviava de uma família de seis pessoas que havia montado acampamento na estrada poeirenta bem na frente de sua gruta. – E pensar que a maioria saiu daqui prometendo nunca mais retornar. Eles nos desprezaram naquela época, mas agora todos clamam por voltar – comentou ele, com satisfação, quando passou por María e entrou.

Você também partiu um dia e depois voltou...

Ainda assim, aquele era de fato um momento para ser saboreado: no fim de semana, Sacromonte seria o centro do universo. E porque o flamenco *era* o universo dos *gitanos*, parecia que todos os membros de seu clã haviam se reunido ali, vindos de todas as partes do mundo. Havia fumaça subindo sem parar de cada gruta, as mulheres tentando preparar comida suficiente para manter cheios os estômagos de seus hóspedes. O ar estava tomado pelo cheiro de corpos não lavados e das dezenas de mulas que descansavam à sombra das oliveiras, com as pálpebras caídas devido ao calor, abanando as orelhas grandes para espantar as moscas. Em cada uma de suas muitas viagens para buscar mais água, María era saudada por uma série de rostos que havia anos não via. A pergunta que faziam era sempre a mesma:

– Quando vamos ver você dançar?

Quando ela dizia que não havia entrado na competição, todos ficavam boquiabertos.

– Mas você precisa participar, María. Você é uma das melhores!

Depois de responder às primeiras perguntas com uma débil explicação – que ela havia desistido, que estava muito ocupada com a família, ao que todos respondiam que "ninguém é tão ocupado assim que não possa dançar!", ou "isso fica no sangue para sempre!" –, María percebeu que era melhor não dizer nada. Até mesmo sua mãe, uma das moradoras mais ricas de Sacromonte – uma mulher que virava o nariz para o flamenco porque o via como mais uma forma de os *gitanos* venderem seus corpos para os *payos* –, ficou surpresa quando María disse que não se inscrevera.

– É uma pena que você tenha perdido a sua paixão pela dança. Junto com muitas outras coisas – disse ela, com desdém.

A confusão de violões sendo tocados e pés batendo no chão diminuía lentamente à medida que a aldeia de Sacromonte ia ficando para trás, no topo dos caminhos sinuosos. María observou a fila colorida e barulhenta por algum tempo, tentando captar um pouco daquela exuberância para si mesma, mas era como se sua alma estivesse bloqueada. Na noite anterior, José havia se enfiado na cama de madrugada, cheirando a perfume barato. Ela não vira Carlos desde o almoço do dia anterior, mas pelo menos Eduardo estivera a seu lado para ajudar com as duras tarefas da manhã.

– Eu também preciso ir – disse José, emergindo da gruta, elegante em sua camisa branca de babados, calça preta e faixa. – Você sabe o que fazer com Lucía. Não se atrase – ordenou ele, jogando o violão sobre o ombro e correndo para juntar-se ao resto.

– *¡Buena suerte!* – desejou María, mas ele não olhou para trás.

– Você está bem, Mamá? – perguntou Eduardo. – Tome um pouco de água. Você parece tão cansada!

– Obrigada. – Ela sorriu para o filho, agradecida, pegou a caneca e bebeu com vontade. – Você viu Carlos?

– Mais cedo. Ele estava no bar com alguns amigos.

– Ele vem hoje à noite?

– Quem sabe? – Eduardo deu de ombros. – Ele estava bêbado demais para falar.

– Ele só tem 15 anos. – María suspirou. – Vá com seu pai, Eduardo. Preciso ficar aqui e ajudar Lucía a se vestir.

– Ela está no seu quarto, esperando por você.

– Ótimo.

– Mamá... – Eduardo hesitou por um momento. – Você acha que esse plano do Papá vai dar certo? Minha irmã mal completou 10 anos. Estão dizendo que vai ter uma multidão lá hoje à noite, mais de quatro mil pessoas. Será que ela não vai fazer papel de boba? Envergonhar Papá? E todos nós?

– Eduardo, sua irmã não tem nada de boba e nós dois precisamos acreditar que seu *papá* sabe o que está fazendo. Encontro você na Alhambra quando terminar de vestir Lucía.

– *Sí*, Mamá.

Eduardo saiu da gruta e María voltou para dentro. Mesmo sob o sol forte da tarde, a cozinha estava escura.

– Lucía? É hora de se vestir – avisou María quando abriu a cortina e entrou no negrume de seu quarto.

– *Sí*, Mamá.

María procurou os fósforos e a vela ao lado da cama, reparando que a voz de Lucía soava diferente.

– Você está doente? – indagou ela, quando viu sua pequena filha enrolada como uma bola em seu estrado.

– Não...

– Então o que há de errado?

– Eu... estou com medo, Mamá. Tantas pessoas... E se a gente ficasse aqui juntas? Você podia fazer aqueles bolinhos que eu adoro, nós podíamos comer um prato cheio deles e depois, quando Papá voltasse, podíamos dizer que nos perdemos no caminho.

À luz das velas, os olhos de Lucía estavam arregalados e chorosos de medo. María a tomou nos braços e a sentou no colo.

– Querida, não precisa ter medo – disse ela suavemente, enquanto despia a filha. – É a mesma coisa, não importa quanta gente venha ver você. Apenas feche os olhos e finja que está aqui em casa, dançando na cozinha para Mamá, Papá e seus irmãos.

– O que acontece se o *duende* não vier, Mamá? O que acontece se eu não sentir o *duende*?

María pegou o vestido pequenino que havia feito para Lucía e o enfiou pela cabeça da menina.

– Ele virá, querida. No instante em que você ouvir a batida do *cajón* e do violão de seu pai, você vai se esquecer de tudo. No mesmo instante. – María fechou o último gancho nas costas magras de Lucía. – Levante-se e me deixe dar uma olhada em você.

Ela levantou a filha e Lucía girou, a cauda balançando atrás dela como um tubarão faminto. Nas duas últimas semanas, ela havia ensinado a Lucía como lidar com essa parte do vestido, com medo da desonra de ver a filha tropeçar diante de milhares de pessoas. No entanto, como acontecia com tudo o que se referia à dança, Lucía já sabia o que fazer. María observou a habilidade dela ao afastar a cauda de seu caminho e se virar para a mãe.

– Como estou, Mamá?

– Como a princesa que você é. Agora temos que ir. Você tem que deixar a cauda presa debaixo do manto para ninguém ver. – María se inclinou e esfregou o nariz no da filha. – Pronta? – indagou ela, estendendo a mão.

– Pronta.

María arreou Paca, a mula, e colocou Lucía em seu lombo, certificando-se de que a cauda do vestido estivesse escondida. Elas se juntaram à procissão que ainda descia a montanha. Quanto mais se aproximavam da Alhambra, com Paca ofegando pelo esforço de subir a colina íngreme, mais animada ficava Lucía, que acenava para amigos e vizinhos. Uma mulher idosa começou a cantar, sua voz rouca se levantando na leve brisa de junho, e María e Lucía bateram palmas acompanhando, juntando-se ao coro dos outros moradores.

Duas horas depois de partirem, elas chegaram ao Portal da Justiça. As pessoas se espremiam para atravessar o portão em forma de fechadura que dava na praça principal da Alhambra. María ajudou Lucía a descer de Paca e amarrou a mula debaixo de um cipreste, onde ela ficou pastando alegremente em uma pequena área gramada.

Apesar de serem quase seis horas, o sol ainda forte banhava os intrincados entalhes antigos das paredes. Por toda parte, pessoas anunciavam seus produtos: água, laranja, amêndoas torradas. María segurava com força a mão da filha enquanto seguiam o som de centenas de violões e pés batendo no chão. Atrás da Plaza de los Aljibes, local da competição, os grandes muros vermelhos da Alhambra estavam iluminados, formando um cenário de tirar o fôlego. Ela guiou Lucía em direção ao Portal de Vinho, onde deveriam se encontrar com José. Ao olhar para baixo, María viu que o piso de azulejos havia sido coberto de botões de lavanda, talvez para disfarçar o cheiro de tantos corpos suados apertados uns contra os outros.

– Estou com sede, Mamá. Podemos nos sentar e beber algo?

Lucía sentou-se no chão e María procurou apressadamente em sua cesta o cantil de latão que trouxera. Ela se abaixou ao lado da menina no momento em que uma onda de aplausos eclodiu, indicando que o próximo concorrente acabara de subir ao palco.

– Olhem para ele! Achei que já estava morto! – María ouviu alguém comentar.

E, de fato, enquanto a multidão avançava e ela puxava a filha antes que a menina fosse pisoteada, María viu que a pequena figura de pé com seu violão era um homem muito velho.

– El Tío Tenazas! – anunciou uma voz sem corpo, vinda de algum lugar na frente deles.

O silêncio se espalhou enquanto o homem afinava o violão. Mesmo a distância, María podia ver que as mãos dele tremiam bastante.

– Ele já foi muito famoso – sussurrou a pessoa ao seu lado.

– Alguém disse que ele andou durante dois dias para chegar até aqui – comentou outra.

– Mamá, não consigo ver! – disse Lucía, puxando a saia da mãe.

Ao ouvir isso, um homem ao lado dela levantou Lucía.

O velho no palco dedilhou seu violão devagar e se pôs a cantar com uma voz surpreendentemente forte. Todos que estavam sussurrando e rindo ficaram em silêncio quando ele começou. A música logo fez María voltar ao tempo em que escutava seu avô cantar – uma pungente *cante grande* que ela ouvira muitas vezes. Como o restante da multidão, ela sentia cada palavra dolorosa rasgar sua alma enquanto El Tenazas lamentava a perda do amor de sua vida.

Gritos animados pedindo *¡Otra! ¡Otra!* provavam que o velho agradara o público mais exigente possível.

– Ele tem o *duende*, Mamá – sussurrou Lucía quando foi colocada de novo no chão.

Nesse instante, uma mão agarrou o ombro de María. Ela se virou e viu José.

– Onde você estava? Eu disse para vocês me encontrarem perto do Portal de Vinho. Venha, é a nossa vez depois do próximo *cantaor*.

– Ficamos presas na multidão – explicou María, lutando para não soltar a mão de Lucía no meio da aglomeração enquanto o marido as guiava para o palco.

– Bem, graças aos deuses vocês estão aqui, senão tudo isso teria sido em vão. Esconda-se atrás desse cipreste e arrume os cabelos dela – ordenou José, enquanto a multidão gritava para acolher o próximo candidato. – Preciso ir. Agora, minha Lucía – continuou José, abaixando-se e pegando as mãozinhas da filha –, espere até o quarto compasso, como treinamos. Quando eu gritar "*Olé!*", você corre daqui diretamente para o palco.

– Estou bonita, Papá? – perguntou Lucía quando María tirou a capa dos ombros da menina e soltou a cauda da parte de trás do vestido.

Mas José já estava indo para a lateral do palco.

O coração de María batia no ritmo da música. O marido só podia estar louco por achar que aquele plano funcionaria. Ela olhou para baixo, para sua filhinha, sabendo que, se os nervos de Lucía falhassem e ela corresse do palco, apavorada, eles seriam motivo de piada não apenas em Sacromonte, mas em todo o mundo *gitano*.

Virgem Santíssima, proteja minha amada filha...

Logo em seguida, o *cantaor* fez uma reverência para agradecer por uma recepção não muito animada e, alguns segundos depois, José entrou no palco.

– Eu queria estar usando sapatos, Mamá, as batidas seriam muito mais altas.

Lucía suspirou.

– Você não precisa de sapatos, querida, você tem o *duende* em seus pés. – Quando José começou a tocar, María empurrou a filha para a frente. – Corra, Lucía! – gritou ela, vendo-a sair em disparada no meio da multidão, sua cauda firme por cima do bracinho.

– *¡Olé!* – gritou José, fazendo uma pausa após o quarto compasso.

– *¡Olé!* – repetiu a multidão, quando Lucía saltou no palco e andou, empertigada, até o centro.

Imediatamente, ouviram-se gritos de desaprovação.

– Leve essa criança de volta para o berço! – diziam.

Horrorizada, María viu um homem grandalhão subir os degraus na direção de sua filha, que havia se colocado na posição inicial, os braços levantados acima da cabeça. Então, o som daqueles pezinhos extraordinários batendo no chão começou a despontar. Lucía mantinha a posição enquanto sapateava num ritmo encantador e pulsante. O grandalhão tentou subir no palco para agarrá-la, mas outro homem o impediu, enquanto Lucía se virava, os pés ainda batendo, ainda na posição inicial. No momento em que ela se colocou de novo de frente para o público, suas mãos batiam palmas no ritmo dos pés. Seu queixo estava levantado e os olhos miravam o céu.

– ¡Olé! – gritou ela, enquanto o pai recomeçava a tocar.

– ¡Olé! – respondeu o público.

Os pezinhos continuavam a bater, marcando o ritmo. José viu sua filha tomar o centro do palco e voltar a cabeça de forma majestosa para o público admirado. María procurou os olhos da filha, brilhantes sob os holofotes então virados para ela, sabendo que a menina tinha viajado para um lugar distante, onde não poderia ser alcançada até que sua dança terminasse.

A voz de José – que nunca fora seu ponto forte – subiu pela montanha, acompanhando a dança.

Com um suspiro de exaustão, María olhou para além do marido e da filha, em direção à grande fortaleza da Alhambra, e caiu de joelhos, tomada por uma tontura esmagadora.

Naquela noite, ela soube que havia perdido os dois.

Voltou a si minutos depois, ao som de aplausos que pareciam nunca chegar ao fim.

– A *señora* está bem? Beba. – Um cantil com água foi jogado para ela por uma mulher que estava perto. – Beba um pouco, está muito quente.

María se levantou, recobrando os sentidos lentamente. Ela agradeceu à mulher e colocou-se de pé, ainda um pouco zonza.

– O que aconteceu? – perguntou María, atordoada.

– A menina causou um rebuliço só – explicou a mulher. – Eles a estão chamando de La Candela, porque ela queima de tanto brilho.

– Seu nome é Lucía – sussurrou María, recolhendo seus pertences e ficando na ponta dos pés para ver a filha no palco, onde também havia uma mulher num vestido branco de flamenco todo enfeitado. A mulher estava de joelhos na frente de sua filha.

– Quem é ela? – indagou María a alguém a seu lado.

– Ora, é La Macarrona em pessoa! Ela está se curvando à nova pequena rainha.

María viu La Macarrona se levantar, tomar a mão de Lucía e beijá-la.

Mais aplausos do público se seguiram quando a mulher e a criança fizeram outra reverência e, então, La Macarrona tirou Lucía do palco.

– Quem é ela? – perguntavam-se todos na multidão enquanto María caminhava em direção ao palco para buscar a filha.

– Ela é de Sevilha... Madri... Barcelona...

– Não, eu já a vi dançar junto à fonte, aqui em Granada...

Havia uma multidão no fundo do palco. María não viu sua filha no meio deles, apenas José, que sorria com benevolência. Quando estava prestes a matar alguém para encontrar a menina, José se abaixou e colocou Lucía sobre os ombros.

– Ela está segura, ela está segura – disse María, ofegante, olhando, junto com a multidão, para a criança esfuziante.

– Mamá!

– Eduardo! ¡Gracias a Dios! – exclamou María, lágrimas de alívio caindo pelo rosto enquanto seu filho mais velho a abraçava.

– Foi um triunfo! – murmurou Eduardo. – Todo mundo aqui só fala de Lucía. Vamos lá parabenizar os dois, ela e Papá.

– Vamos, sim, é claro. – María esfregou os olhos marejados e se afastou do abraço do filho. – Ela precisa ir para casa agora, deve estar esgotada.

Levaram mais alguns minutos, empurrados pela multidão que rodeava José e Lucía, para conseguir chegar até os dois. Embora o próximo a se apresentar já estivesse no palco, havia um grupo de admiradores em volta de Lucía.

– Parabéns, querida. Estou muito orgulhosa.

Com a cauda do vestido ao lado do corpo, Lucía olhou para a mãe.

– Gracias, Mamá. O duende... ele veio – sussurrou ela, quando María se aproximou.

– Eu não disse que ele viria?

María agarrou a mão da filha, enquanto José a ignorava e conversava com as pessoas ao redor.

– Você disse, Mamá.

– Está cansada, querida? Quer ir para casa com Mamá agora? Eu posso colocar você na cama, ao meu lado.

– É claro que ela não está cansada! – José balançou a cabeça. – Está, Lucía?

– Não, Papá, mas...

– Você precisa ficar e comemorar sua coroação! – disse José, enquanto alguém lhe entregava um conhaque que ele engoliu de uma só vez. – ¡Arriba!

– ¡Arriba! – ecoou a multidão.

– Lucía, você quer ir para casa comigo? – perguntou María, com suavidade.

– Eu... acho que é melhor ficar aqui com Papá.

– É melhor mesmo. Muitas pessoas estão loucas para conhecê-la, e vão querer que a gente se apresente – disse José, lançando um olhar de advertência para a esposa.

– Então eu vou ter que me despedir, querida. Eu te amo – sussurrou María, soltando a mão da filha.

– Eu também te amo – respondeu Lucía, enquanto a mãe pegava o braço de Eduardo e se afastava.

❀ ❀ ❀

Na manhã seguinte, ao acordar, María se mexeu e instintivamente esticou o braço para o outro lado da cama. Felizmente, havia um corpo deitado ali, roncando feito um porco, como sempre. Virando-se, ela olhou para baixo e viu Lucía, ainda em seu vestido de flamenco, dormindo encolhida no estrado.

Ela fez o sinal da cruz, sem acreditar que não acordara com a chegada do marido e da filha. Estava totalmente exaurida pela viagem de volta e pela tensão do dia. Sorriu ao observar Lucía. Durante o dia, sem dúvida haveria uma procissão interminável de visitantes à sua porta, querendo saber mais sobre "La Candela", como La Macarrona oficialmente apelidara a menina na noite anterior. Eles pediriam a ela que dançasse, é claro – e ela, como mãe de Lucía, poderia desfrutar indiretamente da glória de sua talentosa filha.

– E eu *estou* orgulhosa – disse ela, baixinho, quase para tranquilizar a si mesma de que não tinha ciúme, mas também porque tinha muito medo por sua filhinha. E por seu casamento...

Pouco depois, María se levantou e se vestiu, sentindo o cheiro acre do próprio suor, mas sabendo que não havia tempo para buscar mais água para se lavar. Olhou por trás da cortina, para o quarto dos meninos, e encontrou somente Eduardo dormindo no colchão.

Tentou não entrar em pânico, repetindo a si mesma que metade de Sacromonte devia ter dormido fora de casa na noite anterior. Os três primos catalães de José estavam deitados no chão da cozinha, ainda de botas, um deles abraçado a seu violão, outro a uma garrafa de conhaque. Ela abriu caminho cuidadosamente por cima deles e foi para a gruta ao lado alimentar os animais e recolher gravetos para acender o fogo e poder cozinhar.

Era uma manhã gloriosa, o vale verdejante sob o céu azul como as centáureas. As lantanas selvagens estavam em plena floração, seus tons de rosa, amarelo e laranja brotando acima da grama, e o ar exalava o inebriante aroma de hortelã e sálvia. A aldeia estava tranquila. A maioria das pessoas ainda dormia depois do esforço físico da noite anterior. Havia mais um dia de competição, o que significava que a procissão faria, uma vez mais, a peregrinação através do vale para a Alhambra.

– *Buenos días*, Mamá – disse Eduardo, aparecendo na cozinha quando María preparava o aguado mingau de milho na panela de ferro.

– *Buenos días*. Você viu que nenhum de seus irmãos está em casa?

– Vi. Os dois estavam na Alhambra ontem à noite, mas...

– O quê, Eduardo?

– Nada, Mamá. Tenho certeza de que eles virão para casa quando estiverem com fome.

Eduardo pegou sua tigela de mingau e foi se sentar no degrau externo, enquanto os corpos se remexiam no chão da cozinha.

María passou a manhã preparando infinitas tigelas de mingau para reanimar seus parentes da ressaca e buscando água na base do morro. Na hora do almoço, ainda não havia nenhum sinal de seus outros filhos e, quando José estava pronto para sair, ela implorou a ele que tentasse encontrá-los.

– Pare de se preocupar, mulher. Eles são homens crescidos, podem cuidar de si mesmos.

– Felipe só tem 13 anos, está longe de ser um homem, José.

– Vou usar meu vestido de novo hoje? – perguntou Lucía, surgindo na cozinha e dando um rodopio triunfante, com a cauda da vestimenta na mão.

María notou manchas do que parecia chocolate por todo o rosto da menina, sem contar que os pés dela estavam da cor do chão de terra.

– Hoje não, querida. Venha, vou ajudar você a tirar essa roupa. Não queremos que estrague, não é? E então, quando todos tiverem saído, vou colocar você no barril e esfregar bem – disse María, abrindo um sorriso.

– Use seu vestido, *mi princesa*, e todo mundo vai saber que é você quando a virem de novo hoje – decretou José.

– Ela vai voltar à Alhambra? Você está muito cansada para fazer essa viagem de novo, não está, querida? – perguntou María.

– É claro que não está! – respondeu José em nome da filha. – Ontem à noite ela foi coroada a nova rainha pela própria La Macarrona! Você acha que ela vai deixar de aproveitar o brilho do sucesso e ficar em casa com você? Hein, Lucía? – Ele se virou para a menina e piscou.

– Posso ir, Mamá? Mais tarde eles vão anunciar os vencedores.

– E você não pode ser um deles – murmurou María.

Ela passou um pano úmido no rosto de Lucía e penteou, da melhor maneira possível, os cabelos negros da menina, embora não houvesse tempo para colocar óleo e arrumá-los em um belo coque. Assim que pôde, Lucía se desvencilhou da mãe, os cachos selvagens voando atrás dela.

– Vamos, Lucía! Vou arrear a mula, então partimos para a Alhambra, para cumprimentar seus admiradores.

José estendeu a mão para a filha, que pulou em direção ao pai e a tomou.

– Por favor, não a traga de volta muito tarde! – gritou María na entrada da gruta, os três primos quase a atropelando na cozinha para acompanhar José.

Como já esperava, María teve que lidar com uma enxurrada de visitantes pelo resto do dia. Todos tinham ouvido falar da menina que tinha o espírito do *duende* dentro de si. Mesmo quando María dizia que Lucía não estava em casa, alguns enfiavam o nariz nos quartos, na parte de trás da gruta, apenas para se certificarem de que a menina não se escondera lá. María morria de vergonha – ela ainda não tivera tempo para fazer as camas, e o quarto de dormir fedia a tabaco, suor e álcool.

– Ela vai estar aqui amanhã – prometeu a todos – e, sim, ela pode dançar na gruta grande.

Até Paola arriscou subir a colina para ver a filha e a neta.

– Ouvi dizer que ela deu um show – comentou Paola, bebendo água de uma caneca de lata e enxugando a testa. O calor era opressivo.

– Deu, sim.

– A sua bisavó, a *bruja*, sempre me disse que uma criança especial estava por vir. Talvez seja Lucía!

– Talvez.

– Bem, teremos tempo para ver se a profecia é verdadeira, já que Lucía não pode trabalhar legalmente até crescer. Não que isso impeça muitas famílias por aqui. Espero que impeça a sua.

Os olhos castanhos de Paola pousaram sobre a filha.

– José quer que ela seja uma estrela, e Lucía também quer.

María suspirou, baixando a guarda de costume.

– Mas você é a *mamá* dela! É você quem vai dizer o que acontece sob seu próprio teto. Honestamente, María, às vezes penso que você ficou mais medrosa que um camundongo desde que se casou com José. Ele não bate em você, bate?

– Não – mentiu María, porque às vezes, quando bebia demais, ele a agredia. – Ele só está tentando fazer o que acha melhor para nossa filha.

– E para encher os bolsos dele também. – Paola torceu o nariz. – Eu realmente não entendo o que você viu nesse sujeito, além do que ele traz entre as pernas. E olha que nós estávamos prestes a conseguir um bom casamento para você com o primo de seu pai. Bem, você traçou seu próprio destino e, como eu sabia que aconteceria, agora vive para se lamentar.

Paola fez uma pausa para deixar as palavras surtirem efeito antes de prosseguir.

– Estou aqui para avisar que você e sua família virão comigo amanhã, inclusive Lucía. Temos muitos parentes de Barcelona aqui para o festival, e eles querem conhecer minha neta famosa. Vou preparar uma mesa farta, então pelo menos vocês todos ficarão bem alimentados – disse Paola, lançando um olhar para a miserável pilha de cenouras e um único repolho, tudo o que havia para o jantar naquela noite.

– *Sí*, Mamá – concordou María melancolicamente enquanto a mãe se levantava do banquinho.

– À uma hora em ponto – disse Paola ao sair.

María permaneceu onde estava, à beira das lágrimas. Ela se perguntava como uma vida que começara tão cheia de expectativas havia, de alguma forma, se desintegrado e se transformado naquele momento. Um momento em que sentia que havia fracassado como esposa e mãe. Seus olhos se encheram de lágrimas, mas ela as limpou com severidade. Não tinha ninguém para culpar a não ser a si mesma.

– *Hola*, María.

Ela olhou para a porta e viu Ramón, seu vizinho. Os dois tinham sido amigos quando crianças – ele era um menino meigo, calmo e atencioso, talvez por ser o mais novo de nove irmãos muito barulhentos. Havia se casado com uma prima de Sevilha e os dois se estabeleceram na gruta ao lado. Mas Juliana morrera dando à luz seu terceiro filho, havia dois anos, deixando Ramón viúvo com bocas jovens e famintas para alimentar.

– Entre. – María abriu um sorriso.

– Eu trouxe algumas laranjas para vocês – disse ele, oferecendo a cesta. María salivou diante da visão daquelas esferas cheirosas e reluzentes.

– *Gracias!* Como você as conseguiu?

Ela o observou, franzindo a testa.

– Foi como os *payos* nos pagaram esta semana – resmungou ele, passando as frutas para a cesta dela. – Disseram que o lucro da colheita foi pequeno demais para pesetas. – Ele deu de ombros. – Mas não vou reclamar. Pelo menos o fazendeiro me oferece trabalho honesto e constante o ano todo. Embora eu esteja um pouco cansado de comer laranjas.

– Então obrigada. – Ela foi até a cesta e pegou a laranja mais rechonchuda. Descascou-a e sentiu o aroma luminoso sair de dentro da fruta, depois deu uma mordida, o suco fresco explodindo na boca e descendo pelo queixo. – Parece tão injusto que elas cresçam por toda parte na região e, no entanto, nós não possamos nos dar ao luxo de comprá-las.

– Como nós dois aprendemos, a vida pode ser injusta.

– Posso lhe oferecer um pouco de água? No momento, é tudo o que tenho.

– *Sí*, María, *gracias.*

– Onde estão suas meninas? – perguntou María, entregando a Ramón uma caneca de água.

– Saíram para o concurso com os avós de Sevilha. Parece que todo mundo foi para Granada. E a sua família?

– José e Lucía já estão lá...

– Ouvi de um amigo que ela dançou na noite passada. E que foi uma sensação.

– É verdade. Eduardo foi buscar água e, quanto a Carlos e Felipe, não os vi.

– Bem, pelo menos nós dois temos alguns minutos para sentar juntos e conversar com calma. Você parece cansada, María.

– Todos em Sacromonte estão cansados hoje, Ramón.

– Não, María, a sua alma é que parece cansada.

María notou seu olhar suave, e a preocupação e a compaixão genuínas de Ramón a deixaram com um nó na garganta.

– O que está incomodando você?

– Eu gostaria de saber onde meus filhos estão, se estão seguros. – Ela levantou os olhos para encontrar os dele. – Quando seus filhos forem mais velhos, você vai entender.

– Mesmo quando forem mais velhos, espero que eles ouçam o *papá* deles.

– Pelo seu bem, espero que sim. Bem, agora preciso continuar o meu trabalho.

Quando María fez um movimento para se levantar, Ramón lhe estendeu a mão.

– Se você precisar da minha ajuda, em qualquer momento, por favor me diga. Sempre fomos amigos, *sí*?

– *Sí. Gracias*, mas está tudo bem. E, graças a você, tenho suco de laranja fresco para oferecer a outros visitantes que venham em busca de Lucía.

– E, graças a você, María, pude sair para trabalhar depois que minha mulher morreu, sabendo que meus filhos estavam em boas mãos.

– Somos vizinhos, Ramón, ajudamos uns aos outros.

María o observou sair de sua gruta e se lembrou do menino que um dia ele fora. Sempre que ela estava na aldeia, Ramon aparecia e a convidava para dançar, acompanhada por ele ao violão. Ela sempre recusou, porque o amigo não era muito talentoso.

Quando começou a espremer as laranjas, incapaz de resistir a uma mordida ocasional em um gomo suculento, ela se perguntou se Ramón teria sido apaixonado por ela em algum momento.

– María Luisa Amaya Albaycín – disse a si mesma, zangada. – Você é uma velha triste se prendendo ao passado!

12

—José, acorde! Temos que almoçar na casa dos meus pais, e onde estão os garotos? Você os viu na Alhambra ontem à noite? José!

María chegou a levantar a mão para dar um tapa em José e tirá-lo de seu sono alcoólico. O sol mostrava que já era quase meio-dia, e ela estava angustiada de preocupação com Carlos e Felipe. Sacudiu o marido, suavemente a princípio, e depois, como ele não se mexera, com mais força.

— O que é isso, mulher?! – resmungou José, despertando. – Um homem não pode ter uma boa noite de sono após o maior triunfo de sua vida?

— Pode, se ele diz à esposa se viu seus filhos nos últimos dois dias.

— Lucía não está deitada em segurança ao seu lado? – murmurou ele, apontando para a menina encolhida sobre o estrado ao lado da cama.

— Não estou falando de Lucía, como você bem sabe – prosseguiu María, extraindo coragem das palavras ditas pela mãe no dia anterior. – Onde estão Carlos e Felipe?

— Eu não sei, está bem? Você é a *mamá* deles, é seu dever saber onde eles estão, não é?

María o ignorou e voltou sua atenção para Lucía, tão profundamente adormecida quanto o pai pouco tempo antes. Levantou a criança do estrado e a carregou para a cozinha.

— Venha, Lucía, você precisa acordar. Seus avós estão esperando todos nós em uma hora.

— Mamá?

Lucía pairava entre o sono e a vigília quando María a sentou no colo e tirou um pano da bacia para limpar seu rosto imundo.

— As pessoas te deram chocolate de novo ontem à noite, não deram? – comentou María, passando o pano com força nas bochechas e na boca da menina.

– ¡Ay! Sim. – Lucía sorriu enquanto a mãe tirava seu vestido de flamenco, a cauda marrom de sujeira. – Eu só tinha que dançar, e eles me davam moedas e chocolate.

– E hoje você vai dançar novamente, para seus avós. Mas não nesta roupa – disse ela, colocando a filha nua no chão e, em seguida, enrolando o vestido e o enfiando na cômoda de madeira em que colocava roupa suja. – Aqui. – María pegou um vestido limpo que pelo menos tinha alguns delicados bordados no pescoço e na bainha para distrair o olho da má qualidade do tecido. – Use isto.

– Mas, Mamá, eu usava esse vestido quando tinha 6 anos! É roupa de bebê!

– E, veja, ele ainda serve em você!

María a acalmou, determinada a fazer com que a filha, que certamente seria o centro das atenções após o almoço, não a envergonhasse. Mesmo que seu marido já a tivesse envergonhado e seus filhos estivessem longe de ser encontrados...

– Agora, vou escovar e trançar seu cabelo. Fique sentada, quietinha, enquanto isso e eu lhe dou um copo de suco de laranja fresco.

– Suco de laranja? Como você conseguiu, Mamá?

– Não é da sua conta.

Assim que prendeu os cabelos de Lucía e a mandou para fora com seu suco de laranja, María cuidou de se arrumar, tarefa que consistia apenas em se lavar no barril de água que Eduardo havia reabastecido e vestir uma blusa branca. Esfregou um pouco do precioso óleo de amêndoas em seus longos cabelos negros e, sem um espelho para guiá-la, enrolou-os em um coque na nuca, puxando com cuidado dois cachos perto das orelhas e formando dois caracóis brilhantes que acariciavam seu rosto.

– Precisamos conversar sobre o que aconteceu ontem à noite – disse José, entrando na cozinha.

– Mais tarde, depois de almoçar com meus pais. Veja, escovei o seu melhor colete.

Ela o segurou para José vestir.

– Preciso contar que Lucía e eu recebemos... ofertas de trabalho.

– Que, tenho certeza, você recusou, porque ela é menor de idade.

– Você acha mesmo que alguém se preocupa com isso? Se Lucía puder dançar nos bares e atrair clientes, eles vão dar um jeito.

– E de onde vieram essas ofertas?

– Sevilha, Madri e Barcelona. Eles a querem, María, e seríamos burros se recusássemos.

Enquanto José vestia o colete, ajustando-o sobre a camisa suja e fedida, María parou, surpresa.

– Você não aceitou nenhuma dessas ofertas, não é?

– Eu... Vamos discutir isso mais tarde. Cadê o café da manhã?

María se conteve para não contestar e ofereceu ao marido uma tigela de mingau, tendo antes escondido o resto do suco de laranja, pois sabia que ele beberia tudo de um só gole. Enquanto o marido se afastava e se sentava no degrau do lado de fora para fumar um charuto e comer, María correu em busca de Eduardo, que estava se vestindo.

– Você viu seus irmãos na noite passada?

– No início da noite, sim.

– Eles estavam assistindo à competição?

– Eles estavam no meio da multidão, *sí* – respondeu Eduardo, evitando a todo custo o olhar da mãe.

– E onde eles estão agora?

– Não sei, Mamá. Quer que eu tente descobrir?

– O que você está escondendo de mim? – perguntou María, estudando o filho.

– Nada... – Eduardo amarrou um lenço vermelho de bolinhas ao redor do pescoço. – Vou sair e me informar.

– Não demore muito. Precisamos estar na casa de seus avós daqui a pouco! – gritou ela enquanto ele saía da gruta.

A gruta dos pais de María ficava na parte inferior da colina, o que, em termos de posição social em Sacromonte, significava que tinham alcançado o topo. Tinha uma porta de madeira, pequenas janelas e piso de concreto, sobre o qual Paola havia colocado tapetes coloridos. Na cozinha, havia uma pia decente, que podiam encher com a água do poço que ficava bem perto, além de uma área separada só para cozinhar. O mobiliário fora feito de pinho local pelo pai de María e, quando ela entrou, viu que a mesa estava repleta de tachos com alimentos.

– María, você chegou! E minha pequena Lucía também. – Paola tomou a criança em seus braços. – Aqui está ela, minha gente! – avisou a todos quando entrou na sala ao lado.

María a seguiu e olhou inexpressivamente para um mar de rostos que não reconhecia, mas pelo menos ficou aliviada por Paola ainda não ter percebido que seu marido e seus filhos estavam ausentes.

Lucía foi cercada por parentes, velhos e jovens, e o falatório fez os ouvidos de María zumbirem.

– É claro que ela vai dançar para nós mais tarde, depois do almoço – declarou Paola a todos os presentes.

María viu o pai sentado em sua cadeira habitual e correu para cumprimentá-lo.

– Como você está, Papá?

– Estou bem, querida. E, como você pode ver, sua mãe está adorando tudo isso. – Pedro piscou para ela. – Pessoalmente, vou preferir quando essa coisa toda terminar e nós voltarmos à nossa rotina.

– Como vão os negócios, Papá?

– Bem, muito bem. – Ele assentiu. – Os *payos* gostam de minhas panelas e frigideiras e estou feliz. E seu filho, Eduardo, um dia vai tomar conta dos negócios de seu velho avô e talvez nos mudemos para dentro das muralhas da cidade. Eu disse à sua mãe que temos o suficiente para construir uma pequena casa lá para nós dois, mas ela se recusa. Aqui, ela está no topo, e lá estaríamos no fundo.

Ele levantou as palmas das mãos grandes para o teto.

– Nós, *gitanos*, gostamos de ficar junto de nossa gente, não é, Papá?

– Sim, mas talvez esse isolamento seja excessivo. É por isso que os *payos* não gostam de nós. Eles não nos conhecem, nem conhecem nossos costumes, por isso têm medo de nós. – Ele sorriu gentilmente. – Essa é a verdade. Onde está José?

– Está a caminho, Papá.

– Ele está tratando você bem, querida?

– Sim – mentiu María.

– Bom, bom. Vou dizer a ele que tem um filho do qual se orgulhar. Agora, quero que você veja alguém. Você se lembra de seu primo, Rodolfo? Vocês tocavam juntos quando eram crianças e agora, como você, ele tem um filho, um garotinho da idade de Lucía. O rapaz tem um dom. – Ele sinalizou para um homem, parado ali perto. – Rodolfo! Você se lembra de sua prima, María?

– É claro que sim – respondeu Rodolfo, aproximando-se deles. – Você continua adorável, como sempre – acrescentou, cumprimentando-a com um beijo na mão.

– Estou vendo que aprendeu boas maneiras em Barcelona – comentou Pedro, rindo. – Dê um abraço em sua prima, *hombre*!

Rodolfo a abraçou e, enquanto conversavam, um menino pequeno, não muito mais alto do que Lucía, agarrou-se à perna do pai. Tinha olhos castanho-claros e fundos, e a pele escura de um *gitano* puro-sangue. Seus cabelos arrepiados formavam tufos estranhos, e María percebeu que ele tinha uma aparência peculiar.

– Sei que não sou bonito, senhora, mas sou inteligente – disse ele, encarando María.

A mulher corou, perguntando-se como o garoto sabia o que ela estava pensando.

– Chilly, não seja rude. Essa é María, e ela é sua prima de segundo grau.

– Como ela pode ser minha prima sendo tão velha e triste? – perguntou o menino ao pai.

– Chega! – disse Rodolfo, dando um tapinha de leve na cabeça do filho. – Não preste atenção ao que ele diz, María. Ele precisa aprender a guardar os pensamentos para si mesmo.

– Esse é o menino de quem eu estava falando, nosso pequeno *brujo* – explicou Pedro. – Mais cedo, ele me disse que vou ficar careca quando completar 60 anos. Sinto-me afortunado por ainda ter dez anos de cabelo!

– Por que a senhora está tão triste? – insistiu Chilly, olhando fixamente para María. – Quem a chateou?

– Eu...

– Um de seus filhos está em apuros, senhora, com um problema bem sério.

O garoto assentiu com veemência.

– Eu disse chega, Chilly! – Rodolfo tapou a boca do filho. – Agora, vá procurar sua mãe e pedir a ela o seu violão. Você vai tocar depois do almoço, portanto vá praticar. – Rodolfo deu um tapinha no traseiro dele para fazê-lo andar. – *Perdón* – disse Rodolfo, suando de constrangimento. – Ele é muito pequeno e não sabe o que diz.

O coração de María batia como um *cajón* em seu peito.

– Ele costuma estar certo?

Vendo a aflição da filha, Pedro tocou sua cabeleira abundante.

– Daqui a dez anos nós vamos saber!

– Desculpe-me, Papá, mas vou lá ajudar Mamá.

María fez um meneio de cabeça para Rodolfo e disparou pela cozinha, saindo porta afora, para procurar José. Ainda não havia sinal dele, então ela não podia contar ao marido o que o pequeno *brujo* acabara de dizer.

– O que devo fazer...? – murmurou ela, buscando pelo caminho qualquer sinal de José. – Por favor, meu Deus, faça com que o menino esteja errado – orou ela.

Mas eles nunca estão errados, María..., disse a sua voz interior.

María entrou de novo na gruta dos pais e pelo menos se manteve ocupada ajudando a mãe a servir o almoço para os inúmeros convidados – grandes tigelas de feijão picante e caçarola de linguiça, tortilhas de ovo e *patatas a lo pobre* bem crocantes, que ela teria comido com prazer em qualquer outro dia. Agora, ela mal conseguia engolir. Certificando-se de que Lucía comesse bastante, pois os parentes não saíam de cima dela, mais uma vez María foi verificar se o marido estava chegando. Não o viu, mas encontrou Eduardo correndo em sua direção.

– Tem notícia de seus irmãos? – perguntou ela, andando até o rapaz antes que ele fosse visto pelas pessoas curiosas dentro da gruta.

– Mamá – disse Eduardo, ofegante, inclinado com as mãos nos joelhos para recuperar o fôlego. – Não é uma boa notícia. Eu já imaginava quando os vi na Alhambra no sábado à noite. Eles faziam parte de uma gangue que roubava as pessoas. Os dois foram pegos em flagrante pela polícia, mas Carlos conseguiu escapar. Fui falar com o pai de outro garoto e ele me disse que todos eles ainda estão na cadeia. Vão ser julgados amanhã ou depois de amanhã.

– E Carlos? Onde está?

– Deve ter se escondido – afirmou Eduardo, dando de ombros.

– *¡Dios mío!* – María enterrou o rosto nas mãos. – Meu pequeno Felipe! Diga-me, o que devemos fazer?

– Não há nada que possamos fazer, Mamá. Ele terá que cumprir a sentença que lhe derem.

– Mas você sabe como eles tratam pessoas como nós nas cadeias *payos*! Eles batem nos *gitanos*, abusam deles...

– Foi só um pequeno furto, então talvez a sentença seja curta. E quem sabe assim Felipe aprenda uma lição!

– Se isso não ensinar, eu ensino! – A angústia de María se transformou em raiva. – Talvez ele também aprenda que seguir o irmão mais velho como uma sombra é uma coisa estúpida e perigosa. Você sabe qual é a pena para esse crime?

– Não, mas podemos perguntar ao vovô. Ele tem experiência com os *payos* e talvez conheça alguém capaz de nos ajudar.

– Seu avô é um ferreiro, não um juiz *payo*! Meu pobre, pobre Felipe! Ele só tem 13 anos, ainda é uma criança.

– Sim. Talvez exista alguma lei que diga que crianças não podem ir para a prisão dos adultos.

– E se eles o levarem para longe de mim?! Já ouvi falar de casos assim – disse María, andando de um lado para outro, torcendo as mãos em desespero.

– Mamá, se acalme. Vou tentar descobrir quando eles serão julgados, então talvez você possa ir ao tribunal e suplicar por misericórdia, dizer que Felipe foi influenciado por outros...

– Sim, pelo próprio *irmão*! Vá depressa e, por favor, tente encontrar seu pai também.

María observou o filho sair correndo e controlou-se assim que ouviu sua mãe se aproximando.

– Onde você estava, filha? Onde está José?

– Ele vai chegar a qualquer instante, Mamá, juro.

– Espero que sim, porque todo mundo quer ver Lucía dançar e, claro, José deve acompanhá-la. Nossos parentes vão começar a viagem de volta para casa em pouco tempo.

Paola indicou um trecho de grama na frente da gruta, que levava diretamente ao rio. Havia uma série de carroças estacionadas e mulas pastavam preguiçosamente entre elas. Um grupo grande de pessoas também começara a se reunir ao redor de uma pequena pista de dança improvisada. María viu outras caminhando em direção a elas.

– O que é isso, Mamá?

– Nada, minha filha. – Paola teve a delicadeza de corar. – Eu apenas disse a alguns amigos e vizinhos que Lucía iria dançar um pouco aqui depois do almoço.

– Você quer dizer que espalhou para toda a aldeia que daria seu próprio show – resmungou María. – Bem, isso não será possível sem José.

– Talvez não precisemos dele. Tem alguém aqui que poderia substituí-lo. Vou buscá-lo.

– Mamá, a *abuela* disse que quer que eu dance, mas Papá não está aqui – disse Lucía, aparecendo ao lado da mãe. – Ela quer que *ele* me acompanhe.

María seguiu o minúsculo dedo de Lucía, que apontava para o meio da multidão, e identificou Chilly, o garoto que fizera aquelas inquietantes previsões. Segurava um violão que parecia grande demais para ele.

– *Ele?* – María franziu a testa.

– Na noite passada ele tocou no concurso. Ele é talentoso, mas eu quero que Papá toque para mim.

– *María?* – Uma mão macia agarrou seu ombro. Ela se virou e viu a *bruja* Micaela parada ao seu lado.

– Parabéns pelo sucesso da sua filha. Você deve estar orgulhosa – comentou ela, enquanto Chilly se aproximava. Micaela passou a mão na cabeça do menino. – E este aqui... é igualmente talentoso, à sua maneira. Ele tem o dom, como eu.

– Eu sei – murmurou María, mal ousando olhar para o menino, com medo de que ele lhe dissesse algo que não queria ouvir e não poderia suportar.

– Lucía, vou tocar para você agora, *sí*? – disse Chilly.

– Não, *gracias*. Vou esperar meu *papá*. Ele é o único que sabe tocar para mim – respondeu Lucía, assertiva.

– Chilly vai tocar para você muitas vezes no futuro – previu Micaela. – E...

María encarou a *bruja* e viu que seus olhos estavam revirados, como sempre acontecia quando ela ouvia os espíritos.

– ... este jovem – Micaela bateu no ombro de Chilly – um dia vai guiar sua neta de volta para casa.

– *Minha* neta? – perguntou María, confusa.

– Não. Dela. – Micaela apontou para Lucía. – Lembre-se do que eu falei, pequeno *brujo* – disse ela a Chilly. – Ela virá. Ah, está tão quente! Preciso beber um pouco de água.

Micaela saiu e Lucía olhou, perplexa, para a mãe.

– Eu sou muito nova para ter um neto, Mamá, não sou?

– *Sí*, Lucía. É claro que é. Então, Chilly vai tocar para você ou não? A multidão está crescendo e vai ficar inquieta.

– Seria uma honra tocar, *señorita*.

Chilly abriu um sorriso em que faltavam alguns dentes de leite.

– Acho que não tem outro jeito. – Lucía suspirou. – Vou dançar uma *bulería*, sim, Mamá?

– Acho que seria apropriado.

– Você sabe tocar alguma? – perguntou Lucía a Chilly, desconfiada.

– Eu sei tocar qualquer coisa, *señorita*. Venha. – Chilly agarrou a mão de Lucía. – Vamos fazer isso agora, já que a minha família também tem que fazer a viagem de volta para casa.

Surpreendentemente, Lucía o seguiu sem reclamar. O gramado já estava repleto de curiosos quando os dois artistas em miniatura tomaram seus lugares na plataforma. Alguém se ofereceu para tocar o *cajón* e Chilly se juntou a ele num banquinho, enquanto Lucía se colocava no centro do palco e assumia a posição inicial.

– *¡Olé!* – gritou Lucía.

– *¡Olé!* – respondeu a multidão.

Chilly começou a tocar. Seus olhos nunca abandonavam Lucía, uma vez que precisava seguir os passos dela. Ela começou a bater os minúsculos pés e María apenas assistia, hipnotizada. Não sabia se era por causa do acompanhamento quase delicado do menino, que parecia antecipar cada movimento dela com as cordas de seu violão, ou da confiança de Lucía depois dos elogios que recebera nos últimos dois dias, mas o fato é que nunca tinha visto a filha dançar com tamanha perfeição.

A multidão ficou estupefata e deu gritos de encorajamento para os jovens artistas.

– *¡Vamos ya! Olé!* – gritaram todos.

Quando Lucía terminou sua dança com uma trovejante batida de pé, a plataforma de madeira quase se quebrou.

María aplaudiu quando Lucía fez uma reverência majestosa para seu violonista, em agradecimento.

– Quem é aquela criança que tocou para nossa filha? – perguntou uma voz atrás dela.

– É meu primo de segundo grau, José. Ele é talentoso, *sí*?

O marido ignorou seu comentário.

– Por que ele está acompanhando Lucía?

– Porque você não estava aqui para fazer isso – respondeu María secamente.

José arrotou e apoiou um braço pesado no ombro da esposa para se equilibrar, o hálito fedendo a álcool. Tentou ir até o palco improvisado, mas María agarrou-o pelo colete.

– Não, José! Preciso falar com você urgentemente. Eduardo não encontrou você?

– Não. Me solte.

– Não enquanto você não me escutar. Vamos a algum lugar onde possamos ter uma conversa em particular.

– Não pode ser depois?

– Não pode, não! Vamos conversar ali!

Os dois foram para trás de uma das carroças próximas.

– O que é tão importante, mulher?

– Felipe está numa cela na prisão municipal. Ele e Carlos estavam batendo carteira e foram pegos em flagrante pela polícia no concurso de ontem à noite. Eduardo me disse que outros três meninos da aldeia também foram presos. Eles serão julgados daqui a uns dois dias. Carlos conseguiu escapar, mas nosso pobre Felipe...

María soltou um soluço gutural e percebeu que finalmente tinha toda a atenção do marido.

– *Dios mío...* – José gemeu, desesperado, e levou as mãos à cabeça. Olhou para a esposa, a devastação estampada em seu rosto. – Com todos os meus pecados, o único que não cometi na vida foi roubar. Eu sempre imaginei que tinha ensinado isso aos meus filhos também. Não posso acreditar que eles tenham feito uma coisa dessas!

– O que vai acontecer, José, você sabe?

– Não, mas talvez alguém que tenha passado por essa situação possa nos dizer.

– É, pode ser. Eduardo saiu para procurar Carlos e tentar descobrir mais alguma coisa sobre Felipe.

– Tudo isso é culpa do Carlos. Espere até eu colocar as mãos nele! – esbravejou José. – O garoto deve ter se escondido nas grutas, com mais medo do que vou fazer com ele do que da polícia! Vou procurar na aldeia e não volto enquanto não encontrar esse pequeno *malparido*.

– Não bata nele, José. Ele provavelmente está assustado e...

– Eu sou o *papá* dele e esse garoto vai ter o que merece. Exatamente o que merece! – gritou José, o corpo tremendo de raiva.

María observou o marido sair a passos largos e em seguida correr e desaparecer numa das curvas do tortuoso caminho.

– Lucía não esteve maravilhosa? – Paola encontrou a filha no meio da multidão e falava apertando as mãos. – Nossos primos ficaram espantados. Você deve estar muito orgulhosa.

– Estou, sim, Mamá.

– Não parece. Você está pálida como um fantasma. O que aconteceu?

– Nada. Estou cansada do fim de semana, só isso.

– Cansada? María, você só tem 33 anos, mas age como se fosse uma velha. Devia pedir a Micaela que lhe desse uma poção para trazer de volta a luz aos seus olhos. Agora, venha se despedir de seus primos antes de eles irem embora.

María seguiu a mãe até as carroças que levariam seus parentes de volta a Barcelona e outras cidades. Todos a cumprimentaram e elogiaram Lucía, manifestando o desejo de que ela e sua família fossem visitá-los em breve. María assentiu e sorriu de forma mecânica, a garganta tão apertada que ela mal conseguiu falar.

– Adeus, senhora. – Chilly estava puxando sua saia, fazendo com que ela se abaixasse. – Não se preocupe, a ajuda virá. A senhora não vai ficar sozinha – sussurrou o menino, acariciando o braço dela de modo paternal, depois subiu em uma das carroças, sentando-se ao lado do pai.

Apesar de estar com as pernas fracas por causa do choque e da fadiga, María permaneceu ao lado dos pais e de Lucía, acenando para as carroças até elas se transformarem em um mero pontinho no horizonte.

De alguma forma, reuniu forças para ajudar a mãe a limpar a sujeira deixada pelos convidados, enquanto Lucía, sentada no joelho do avô, chupava o dedo, ouvindo histórias dos velhos tempos. Quando María foi chamar a filha para ir embora, a menina estava dormindo.

– Acho que é muita agitação para a pequena. – Pedro sorriu quando a levantou e a colocou nos braços de María. – Ela me disse que recebeu muitas ofertas para dançar nos cafés em Barcelona, mas espero que você não a leve enquanto ela não for bem mais velha.

– Claro, Papá.

– Você está bem, *mija*? Estou achando você estranha.

Delicadamente, o pai afastou um cacho dos cabelos negros da filha, prendendo-o atrás da orelha. A ternura do gesto deixou María com vontade de se atirar em seus braços e lhe contar tudo, pedir sua ajuda e seus conselhos, mas ela sabia que José nunca iria perdoá-la se ela fizesse isso. *Ele* era o chefe de sua família agora.

De volta à sua casa, Lucía acordou e começou a praticar seu *zapateado*, exibindo-se do lado de fora, com a clara esperança de atrair mais elogios de qualquer um que passasse. Era óbvio que a atenção era uma droga na qual Lucía já estava viciada. María se manteve tão ocupada quanto possível enquanto aguardava José ou Eduardo voltarem para casa com notícias de seus filhos desaparecidos. Sem dúvida, os boatos já teriam se espalhado pela aldeia.

Quando o crepúsculo caiu, María finalmente avistou José no caminho. Com um suspiro de alívio, ela viu Carlos se arrastando alguns passos atrás dele.

– Entre aí.

José empurrou o filho pela entrada da gruta. Carlos tropeçou no degrau e caiu no piso de terra. José foi atrás, pronto para chutá-lo.

– Não! – gritou María, colocando-se entre o filho e o marido. – Essa não é a resposta, José, embora ele mereça coisa muito pior. Precisamos preservar seus sentidos para que ele possa nos dizer onde Felipe está.

– Ah, eu sei onde o nosso menino está. Como Eduardo lhe disse, Felipe está trancado numa cela na cidade. – José inclinou-se e levantou o filho covarde. – E, enquanto o irmão estava na cadeia, este aqui estava escondido no estábulo de seu amigo Raul, como uma cabra assustada antes do abate. Ele nem pensou em vir para casa contar aos pais o que aconteceu com o irmão!

– Perdão, perdão, Mamá, Papá. Eu estava desesperado, não sabia o que fazer.

Carlos sentou-se. Seus olhos eram os da criança que ele fora um dia.

– Você estava mais interessado em salvar a própria pele! Eu devia arrastar você até a prisão agora e entregar você, para ser julgado junto com seu irmão e os outros. É isso que você merece, seu frouxo patético!

– Não, Papá! Eu nunca mais vou ser tão burro. Foi ideia dos outros meninos, juro, e eu e o Felipe achamos que podíamos ajudar Mamá a comprar comida e talvez um vestido bonito para Lucía.

– Cale essa sua boca suja! – esbravejou José. – Chega de desculpas. Nós dois sabemos que todo o dinheiro que você roubou ia descer pela sua garganta! Nunca na história da família Albaycín alguém foi preso. Mesmo quando estávamos morrendo de fome, mesmo quando precisamos procurar no lixo dos *payos* alguma sobra de comida, nenhum de nós jamais desceu tão baixo quanto você. Você é uma vergonha para o nome dos Albaycíns! Tenho um bom motivo para expulsar você desta casa e deixá-lo morar na rua. Agora, saia da minha frente.

– Sim, Papá. Eu sinto muito, Mamá.

– Faça outra besteira dessas e seu próprio pai vai entregar você à polícia! – vociferou José, enquanto Carlos se esgueirava e desaparecia atrás da cortina de seu quarto.

– O que está acontecendo, Papá? Por que você estava gritando com Carlos? – indagou Lucía, ao surgir na cozinha.

– Não é nada, querida – respondeu María, confortando a filha. – Por que você não vai visitar sua amiga Inês aí ao lado? Talvez você possa mostrar sua dança para ela e as irmãs – encorajou-a, levando a menina para fora da casa.

José desabou sobre um banquinho e mergulhou a cabeça nas mãos.

– Ah, María, estou tão envergonhado...

– Eu sei, José. E o que vamos fazer se um dos outros meninos delatar Carlos quando forem interrogados pela polícia?

– Com isso eu não me preocupo. A honra entre os *gitanos* vai mantê-lo seguro. *Dios mío*, perto da rebeldia desse menino, eu sou um gatinho manso. Talvez ele precise do amor de uma boa mulher para domá-lo. – José estendeu a mão para a esposa e deu um sorriso fraco. – *Você* é uma boa mulher, María. Perdoe-me por não me lembrar disso com a frequência com que deveria.

María tomou a mão de José e houve um raro momento de ternura entre eles.

– O que faremos agora? – perguntou ela.

– Vamos esperar pela volta de Eduardo. O pai de um dos outros rapazes foi até a prisão esta manhã, mas os guardas não permitiram que ele visse o filho. A prisão está lotada com uns sujeitos que se aproveitaram dos visitantes da Alhambra. Outra gangue ameaçou um casal *payo* com uma faca. Eles fizeram uma emboscada, atacaram a carruagem e roubaram dinheiro e joias.

– Se o Felipe for condenado, quanto tempo pode pegar?

– Isso depende do juiz. Amanhã será um dia movimentado no tribunal.

Eduardo chegou uma hora mais tarde, sem mais notícias além das que José já havia conseguido. Ele estava extenuado, aparentando o dobro da idade, mas pelo menos ficou aliviado por saber que Carlos fora encontrado. Quando os filhos estavam alimentados e em suas camas – José exigiu que Carlos comesse sozinho à luz de velas em seu quarto –, María trouxe seus cestos do estábulo e se sentou para trabalhar.

– Não precisa fazer isso esta noite, Mia.

Ela olhou para José, surpresa por ele usar o apelido que criara para ela. Ele não o usava havia meses.

– Usar as mãos acalma a minha mente. Você não vai sair com seus amigos hoje?

– Não. Precisamos conversar sobre Lucía.

– Já conversamos bastante por hoje, não acha?

– Esse assunto não pode esperar.

María colocou o cesto no chão e observou o marido se acomodar em sua cadeira na cozinha.

– Então é melhor você me dizer do que se trata.

– Eu recebi muitas ofertas.

– Você já me contou.

– Ofertas altas, que trariam um bom dinheiro para esta casa.

– E, como eu disse, são ofertas que você deve recusar.

– E, como *eu* disse, existem maneiras de contornar isso. Serei eu o contratado como violonista. Lucía irá aparecer de repente, no palco, como fez no concurso. Todos estão dispostos a assumir os riscos para exibir o talento de Lucía para um público mais numeroso.

– E para encher os próprios bolsos, enquanto fazem minha filha trabalhar ilegalmente e pagam uma ninharia para vocês dois, sem dúvida.

– Não, María, o meu antigo patrão em Barcelona ofereceu triplicar meu salário se Lucía estiver comigo. Essa quantia permitirá que você cozinhe uma refeição decente para nossa família todos os dias da semana!

– Sim, mas sem você e Lucía aqui, José. Barcelona fica muito longe.

– Mia, você não acha que devíamos experimentar? Que tipo de vida levamos aqui agora? Nossos filhos estão tão desesperados por dinheiro que estão dispostos a roubar! Nada na panela para você cozinhar, roupas esfarrapadas... – José levantou-se e começou a andar. – Você viu Lucía dançar, você sabe o que ela é capaz de fazer. Ela é única, e nós estamos desesperados.

– Desesperados o suficiente para separar esta família, para meu marido e minha filha irem embora e nos deixarem para trás?

– Se tudo correr bem, você poderá se mudar para Barcelona com os meninos dentro de algumas semanas.

María não esperava que José sugerisse que ela os acompanhasse imediatamente, mas só o fato de ele ter pensado nisso a deixou espantada.

– Não, José! Lucía é muito nova e já está decidido. Barcelona é uma cidade grande, cheia de ladrões e vagabundos... Você sabe que é.

– Sei, sim, porque conheço bem a cidade, e é por isso que vou escolhê-la e recusar as ofertas de Madri e de Sevilha. Eu tenho conhecidos lá, Mia. Posso manter nossa filha segura.

María viu os olhos do marido cintilarem, como havia muito não acontecia. Percebeu que não era apenas por Lucía, mas por ele também. Era uma nova oportunidade de brilhar, de tentar realizar seus próprios sonhos frustrados.

María estreitou os olhos, percebendo de repente a verdade.

– Você já aceitou, não foi?

– Ele ia embora hoje. Eu tinha que dar uma resposta.

Os olhos de José imploravam pela compreensão da esposa.

Um silêncio caiu sobre a cozinha. Depois de algum tempo, María deu um profundo suspiro e olhou para ele, os olhos inundados de lágrimas.

– Quando vocês partem?

– Em três dias.

– Lucía sabe?

– Ela estava do meu lado, implorando-me para dizer sim. O Bar de Manquet é um dos melhores cafés de flamenco de Barcelona. É uma oportunidade maravilhosa para nós... para *ela*. Tenho certeza de que você entende isso.

– Ela nem pensou em pedir à *mamá* dela – sussurrou María. – E se Felipe ficar preso? Você vai deixar seu filho apodrecer lá sozinho? E Carlos precisa da orientação do pai, José.

– Tenho certeza de que, pelo curto período que vai demorar para estabelecer a reputação de Lucía em Barcelona, você será capaz de ser a mãe e o pai dele. Esse pode ser o início de uma nova vida para todos nós – implorou José.

– Então a decisão está tomada. – María levantou-se e virou as costas para o marido. – Não há mais nada a ser dito.

José se levantou e acariciou as costas dela.

– Venha, Mia, vamos para a cama. Faz muito tempo que nós não...

Porque você nunca está aqui quando eu adormeço sozinha...

Sabendo que uma mulher *gitana* jamais deveria negar ao marido seus direitos conjugais, María pegou com relutância a mão do marido e o seguiu até o quarto. Sentiu-o levantar a saia de algodão que protegia sua parte mais íntima. Quando ele subiu em cima dela e penetrou sua carne macia, apenas esperou pelo momento de satisfação do marido e a paz e o silêncio que se seguiriam.

Não levou muito tempo até que ele gemesse e se virasse para o lado. María ficou ali, a saia enrolada acima da cintura enquanto fitava a escuridão. Uma única lágrima rolou por seu rosto.

O que você se tornou, María?, perguntou a si mesma.

Nada, foi a resposta de seu espírito cansado.

13

— Um mês? – María olhou, apavorada, para José e Eduardo. – Vocês não explicaram ao juiz que ele só tem 13 anos? *¡Dios mío!* Ele é uma criança e vai ficar trancado com aqueles criminosos, quando tudo o que fez foi seguir o irmão!

– Nós tentamos, Mamá – explicou Eduardo –, mas o tribunal estava uma loucura. Havia tantos homens a serem julgados que não pudemos nem chegar perto para interceder por ele. Levaram todos juntos, o bando inteiro. A acusação foi lida e, em poucos segundos, o juiz já havia pronunciado a sentença.

– Isso não é justiça! – gritou María.

– *Gitanos* nunca recebem justiça, só castigo – afirmou José, indo até o armário da cozinha, onde mantinha uma garrafa quase vazia de aguardente de anis. – Poderia ter sido pior. Os ladrões antes dele receberam seis meses. – Ele puxou a rolha da garrafa e tomou um grande gole. – Somos todos culpados aos olhos dos *payos*.

– Meu pobre filho! – exclamou María, não se importando em esconder as lágrimas que desciam por seu rosto.

– Vamos torcer para a experiência lhe ensinar uma lição. E você – vociferou José quando um envergonhado Carlos surgiu, vindo do quarto –, veja bem o que fez à sua *mamá*!

– Perdão – implorou Carlos, estendendo os braços para abraçar María, que se afastou.

– Posso pelo menos ir visitá-lo? – perguntou ela, com frieza, enxugando as lágrimas.

– Sim, eu anotei os horários – respondeu Eduardo, o único da família que sabia ler. Ele entregou o pedaço de papel à mãe. – Vou com você.

– O que aconteceu com Felipe? – Lucía apareceu na entrada da gruta. – Me contaram que ele está preso na cidade. É verdade?

– *Sí*, é verdade – respondeu José. – Felipe fez uma coisa feia. Ele roubou dinheiro no concurso e agora será punido. Você nunca faria isso, não é, *mi princesa?*

– Nunca vou precisar, Papá, porque você e eu vamos deixar a família rica cantando e dançando!

– Como assim? – Eduardo voltou-se para o pai.

– É melhor você contar a seus filhos, José.

María limpou o nariz no avental, enquanto Eduardo e Carlos se entreolhavam, confusos.

José contou a novidade, com a animada menina agora empoleirada em seu colo.

– E, enquanto eu estiver fora, é melhor vocês cuidarem bem de sua mãe, senão vão se ver comigo.

De pé em sua pequena cozinha miserável, María desejou, por um momento, que fosse *ela* quem estivesse fugindo para Barcelona. A notícia sobre a prisão de Felipe já havia se espalhado por toda a aldeia e, por mais talentosa que sua filha fosse, nada compensaria a humilhação que María sentia como mãe.

Quando Carlos já havia se esgueirado de volta a seu quarto e José anunciou que tinha "coisas para resolver" antes de partirem, Eduardo se sentou com a mãe no degrau do lado de fora. Tomou a mão dela na sua, e María observou como a pele do filho, tão jovem, já estava calejada e marcada pelo trabalho penoso de ferreiro.

– Vou cuidar de você, Mamá, enquanto Papá estiver longe.

María virou-se para ele, segurou seu rosto em suas mãos e deu um débil sorriso.

– Eu sei que vai, meu lindo menino. E agradeço a Deus por isso.

❋ ❋ ❋

– Adeus por agora, Mia.

José tomou as mãos de María nas suas e beijou as pontas dos dedos.

– Como vou saber que vocês chegaram? Que ambos estão bem? – perguntou ela, enquanto a família ainda estava parada ao lado da mula e da carroça do primo, onde fora colocada a bagagem de José e Lucía, a caixa do violão de seu marido ocupando um lugar de destaque.

– Assim que puder, mando uma mensagem por um viajante que esteja voltando por esse caminho. Lucía, diga adeus à sua mãe.

– *Adiós*, Mamá – disse Lucía, obediente. María abraçou a menina com força, e ficou claro para ela que a filha estava ansiosa para começar a viagem.

– É uma pena que você não possa visitar seu filho na prisão antes de partir – sussurrou ela para José.

– As visitas só acontecem às sextas-feiras, e eu prometi ao patrão que Lucía e eu estaríamos lá na quinta. É só um mês, María. Vai passar depressa, e vai ensinar a Felipe uma lição que ele não vai esquecer.

– Se ele sobreviver... – murmurou María, vendo que José queria partir em triunfo, sem pensamentos negativos sobre o filho preso.

– Então... – José arrancou Lucía do abraço da mãe, como se temesse que ela não a deixasse ir, ergueu a criança e colocou-a sentada no banco de madeira áspera na frente da carroça. – Precisamos partir.

Ele subiu e se sentou ao lado de Diego, seu primo, que segurava as rédeas.

– Espalhe a notícia de que viajamos para Barcelona. Diga-lhes para ir ao Bar de Manquet e ver a nova estrela! Vamos!

Diego bateu as rédeas no traseiro da mula e eles começaram a descer pelo caminho. Havia outras pessoas paradas na frente de suas grutas para se despedir dos viajantes, por isso María fez o possível para se controlar e não se deixar levar pela emoção, apoiando-se no braço firme de Eduardo.

– *Adiós*, Mamá! Venha me ver dançar em Barcelona! Eu te amo! – gritou Lucía, enquanto a carroça sacolejava e se distanciava.

– Eu também te amo, querida!

María acenou até que eles se tornassem apenas pontinhos distantes.

– Você está bem, Mamá? – indagou Eduardo ao caminharem para dentro. – Talvez você deva vir comigo e passar um tempo com a vovó. Hoje vai ser um dia difícil para você.

– O que importa é que eles vão voltar – disse María, com esforço. – E desejo que tenham todo o sucesso que merecem.

– Então vou sair para trabalhar. Carlos vem comigo, para ver se consegue bater no metal para fazer uma panela.

María olhou para seu filho do meio, que deu de ombros, desconfortável e submisso. Assim que os dois partiram, ela se consolou pensando que bater no metal era melhor do que bater em um ser humano durante uma briga.

– Então – disse ela a si mesma –, estou sozinha. O que fazer?

Confusa, ela olhou ao redor. Mesmo sabendo que muitos de seus dias começavam como aquele, com o marido e os filhos ausentes. A diferença era que três deles ainda estariam ausentes à noite.

Mas também havia boas notícias, pensou ela. Talvez Lucía e José *conseguissem* fazer dinheiro suficiente para todos eles irem para Barcelona, mesmo que isso significasse abandonar o único lar que havia conhecido até então. Isso poderia lhes trazer o novo começo de que tanto precisavam.

❂ ❂ ❂

– Não sei como você consegue mostrar a sua cara na aldeia, María – murmurou Paola na sexta-feira seguinte, enquanto María se preparava para ir a Granada visitar Felipe na prisão. – Seu filho trouxe a vergonha para ambas as famílias. Vamos torcer para os clientes *payos* de seu pai não descobrirem que ele é nosso neto e pararem de fazer negócios com ele por causa disso.

– Estou arrasada, Mamá. – María deu um suspiro. – Mas o que está feito está feito, e agora todos nós devemos dar o melhor de nós.

No centro de Granada, as ruas estavam cheias de pessoas que corriam de manhã para o mercado. María e Eduardo se desviavam de carroças repletas de figos, limões e laranjas, espalhando seu aroma fresco pelo ar empoeirado. Eles se juntaram à longa fila de visitantes em frente ao portão da prisão e, com o sol batendo em suas cabeças, esperaram para serem admitidos.

Algum tempo depois, a entrada foi permitida. Em completo contraste com o brilho do sol, o interior do lugar era úmido e fétido, o cheiro de corpos sujos e apodrecidos tão forte que María teve que usar um lenço para cobrir o nariz. O guarda os guiou com uma vela pelos inúmeros degraus que levavam ao subsolo.

– Meu Deus, é como se os prisioneiros estivessem enterrados vivos aqui – sussurrou María, seguindo o guarda por um corredor estreito, o chão abaixo deles molhado com algo que cheirava a esgoto.

– Seu filho está ali – disse o guarda, apontando para uma cela grande.

Atrás das grades, María só conseguia identificar uma massa de corpos, sentados, em pé ou deitados onde encontravam algum espaço.

– Felipe! – gritou ela.

Alguns dos prisioneiros acordaram e olharam para outro lado.

– Felipe? Você está aí?

Levou algum tempo para o menino aparecer e abrir caminho através do amontoado de gente. Quando finalmente segurou as mãos dele entre as barras de metal, María começou a chorar.

– Como você está, *hermano*? – perguntou Eduardo, a voz embargada de emoção.

– Estou bem – respondeu Felipe, numa voz rouca, mas parecia longe de estar bem. Seu rosto fino estava pálido como a lua. Seus longos cabelos pretos foram raspados de qualquer jeito, deixando cicatrizes em sua cabeça careca. – Mamá, não chore, é só um mês, eu posso aguentar. – Seus lábios começaram a tremer. – Perdoe-me, Mamá, eu não sabia o que estava fazendo, eu não entendi. Sou tão idiota! Você deve estar com vontade de enfiar uma faca no meu coração por causa da vergonha que eu trouxe para a família.

– Querido, vai dar tudo certo, Mamá está aqui com você, eu te perdoo. – Ela apertou a mão do menino, que estava úmida, apesar do frio intenso. – Eles estão te dando comida? Onde você está dormindo? Deve haver mais espaço... – María parou quando o filho balançou a cabeça.

– Eu durmo onde há espaço e, *sí*, eles nos dão comida uma vez por dia. – Ele apertou o peito de repente e uma tosse o sacudiu.

– Eu vou lhe trazer um frasco do tônico de Micaela para curar sua tosse. Ah, meu Felipe, eu...

– Por favor, Mamá, não chore. Fui eu que me meti nesta situação. Logo vou estar em casa, prometo.

– Você está precisando de alguma coisa, *hermano*? – perguntou Eduardo, entrando na conversa ao perceber a aflição da mãe.

– Há um mercado negro aqui para tudo, e os homens mais fortes é que distribuem as provisões para os outros – admitiu Felipe. – Qualquer coisa que você possa trazer... pão, queijo, talvez algumas roupas quentes. – Ele estremeceu.

– Claro – concordou Eduardo. O guarda avisou que o tempo de visita estava encerrado. – Se cuida. A gente se vê na próxima semana. Deus esteja com você – disse ele baixinho, levando embora a mãe desolada.

Nas semanas seguintes, María fez sozinha a infeliz viagem até a prisão. E, a cada visita, seu filho parecia mais fraco.

– Faz tanto frio aqui à noite – contou ele, em voz baixa –, e o cobertor que você me deu foi roubado na mesma hora. Não tive forças para lutar contra o cara...

– Felipe, só faltam duas semanas, e então poderá recomeçar, *sí*?

– *Sí*, Mamá.

Ele assentiu, exausto, as lágrimas deixando rastros em seu rosto imundo. O coração de María ficou apertado ao ouvir a respiração sibilante do menino.

– Aqui está o tônico para sua respiração, Felipe. E pegue isto aqui, coma depressa antes que alguém veja.

Ela passou para ele um pequeno pedaço de pão e o observou engolir a metade e esconder o resto sob a fina camisa.

Deixá-lo quando o tempo da visita terminava era uma das coisas mais difíceis que María era obrigada a suportar. Ela chorava durante todo o percurso de volta para casa, desejando ter José por perto para conversar sobre Felipe. Ela não queria sobrecarregar os outros filhos.

– Eu vou conseguir, ainda que seja só por Felipe – prometeu a si mesma quando chegou à sua gruta silenciosa.

Ela ainda não tivera coragem de revelar ao filho que o pai e a irmã haviam partido para Barcelona.

– *¡Hola!*

María virou-se e viu Ramón na entrada da gruta.

– Estou atrapalhando?

– Não. – María deu de ombros. – Todo mundo... saiu.

– Eu trouxe algo – disse ele, segurando um cesto.

– Mais laranjas frescas? – Ela abriu um débil sorriso.

– Não, apenas bolinhos que minha mãe trouxe e que não conseguimos comer.

María sabia que as *magdalenas* na cesta eram iguarias que *todos* conseguiam comer até explodir e ficou sensibilizada com o gesto.

– Obrigada.

– Como está Felipe?

– Ele está... lutando – respondeu ela, mordendo um dos bolinhos, torcendo para que o açúcar a fizesse se sentir menos fraca.

– Tenho certeza de que está. Bem, vou deixar você sozinha, mas, se houver qualquer coisa que eu possa fazer para ajudar, por favor me avise.

– Obrigada – respondeu ela, com gratidão.

Ramón acenou para ela e saiu da gruta.

Todos os dias daquele julho quente e seco, María parava os viajantes *gitanos* quando ela estava na cidade, ou quando eles atravessavam as muralhas para entrar em Sacromonte. Nenhum deles tinha qualquer notícia de Barcelona. Ela consultou Micaela quando foi pegar o tônico de Felipe.

– Você vai vê-los mais cedo do que imagina. – Isso era tudo o que Micaela tinha para oferecer.

Pelo menos, a cada dia que passava, mais se aproximava o momento de Felipe voltar para casa.

Finalmente, o tão sonhado dia chegou. María se colocou em frente à prisão, animada e apreensiva, junto com as outras mães. Os portões foram abertos e um grupo de homens descabelados saiu.

– *Mi querido* Felipe! – María correu até o filho e lhe deu um abraço apertado.

O garoto era pele e osso, com suas roupas soltas no corpo como trapos, e seu cheiro provocava ânsias de vômito. *Não faz mal*, pensou ela, pegando no braço magro do filho. *Ele está livre.*

Apesar de ter levado Paca, a mula, a longa caminhada de volta para casa foi difícil. A tosse profunda de Felipe ecoava pelas ruas de Sacromonte, até que finalmente começaram a subir a estrada íngreme da colina e ela teve que segurá-lo com firmeza, pois o menino mal conseguia se sentar ereto no lombo do animal.

Quando chegaram à casa, María despiu o filho e lavou delicadamente a sujeira de seu corpo com um pano quente. Em seguida, envolveu-o com firmeza em mantas e o colocou na cama. O que restava de suas roupas estava repleto de piolhos e ela colocou de lado os trapos para serem queimados mais tarde.

Ao longo de todos esses cuidados, Felipe permaneceu deitado na cama quase mudo, os olhos fechados, o peito subindo e descendo.

– Você quer comer alguma coisa? – perguntou María.

– Não, Mamá, só preciso dormir.

Durante toda a noite, a gruta foi tomada pela tosse de Felipe. Quando María se levantou de manhã, encontrou tanto Eduardo quanto Carlos dormindo na cozinha.

– Nós viemos para cá por causa do barulho – explicou Eduardo, enquanto María lhes entregava pão pita para o desjejum. – Mamá, Felipe está muito doente. Ele está com febre, e essa tosse... – Ele balançou a cabeça, desesperado.

– Vou lá cuidar dele. Você dois desçam até a ferraria.

María entrou no quarto dos meninos e encontrou Felipe ardendo em febre. Sem perder tempo, ela foi até o armário, misturou ervas em uma infusão de cascas de salgueiro secas, ulmária e tanaceto e, em seguida, segurou a cabeça de Felipe e colocou o líquido entre seus lábios com uma colher. Ele vomitou tudo segundos depois. Ela passou o dia sentada ao lado do filho, utilizando um pano úmido para arrefecer a febre e pingando água em sua boca, mas a temperatura dele não baixava.

Quando o sol se pôs, María percebeu que Felipe estava lutando para respirar, o peito subindo e descendo com esforço.

– María, Felipe está doente? Ouvi a tosse dele lá de casa – disse uma voz vinda da cozinha.

María olhou pelo canto da cortina e viu Ramón segurando duas laranjas.

– Sim, Ramón, Felipe está muito doente.

– Talvez isso o faça se sentir melhor – sugeriu ele, indicando as frutas.

– *Gracias*, mas acho que ele vai precisar de mais do que isso. Tenho que trazer Micaela aqui para ela preparar alguma coisa, mas não posso deixá-lo sozinho e os meninos ainda não chegaram do trabalho. – María balançou a cabeça. – *Dios mío*, acho que o estado dele é muito grave.

– Não se preocupe, eu vou buscar Micaela.

Antes que María pudesse detê-lo, Ramón desapareceu da cozinha.

Micaela chegou meia hora depois. Seu rosto era uma máscara de preocupação.

– Deixe-me com ele, María – ordenou ela. – Só tem ar suficiente aqui para nós dois.

María fez o que ela mandou e tentou se concentrar na preparação de uma sopa rala de batata e cenoura para seus outros filhos.

Micaela entrou na cozinha com ar de apreensão.

– O que ele tem?

– É uma doença dos pulmões. Ele deve ter pegado por causa da umidade da cela, porque a doença está bem avançada. Traga-o aqui na cozinha, onde há mais ar.

– Será que ele vai se recuperar?

Micaela não respondeu.

– Pegue aqui, tente fazer com que ele beba um pouco de tintura de ópio. Pelo menos vai ajudá-lo a dormir. Se ele não tiver melhorado pela manhã, você precisa levá-lo ao hospital *payo* na cidade. Os pulmões dele estão se enchendo de água e precisam ser drenados.

– Nunca! Nenhum *gitano* sai daquele hospital vivo! E veja só o que os *payos* já fizeram com meu pobre menino.

– Então sugiro que você acenda uma vela para a Virgem e ore. Desculpe, querida, mas não há muito mais que eu possa fazer. – Ela apertou as mãos de María. – A doença foi longe demais para minhas possibilidades.

Quando Eduardo e Carlos retornaram da ferraria, carregaram Felipe até a cozinha e o colocaram sobre o estrado. María estremeceu quando viu que o travesseiro dele estava manchado de sangue expelido com a tosse. Ela pegou um travesseiro limpo da própria cama e colocou-o cuidadosamente sob a cabeça do filho. Ele mal se mexia.

– A pele dele está azul, Mamá – disse Carlos, nervoso, olhando para María.

Ela não sabia o que dizer.

– Não é melhor eu correr até lá embaixo para buscar os nossos avós? – perguntou Eduardo. – Talvez eles saibam o que fazer – sugeriu ele, andando de um lado para outro, enquanto o irmão, deitado no chão, lutava para respirar.

– Queria que Papá estivesse aqui – disse Carlos, entristecido.

María os colocou para fora e se ajoelhou ao lado de Felipe.

– Mamá está aqui, *mi querido* – sussurrou, enquanto molhava a testa do filho.

Pouco tempo depois, ela pediu aos meninos que trouxessem sacos de palha do estábulo para acomodar o corpo do irmão mais para cima e ajudá-lo a respirar.

Enquanto a noite avançava, a respiração de Felipe foi ficando cada vez mais irregular. Parecia que ele não tinha forças nem mesmo para tossir e expectorar. María se levantou e saiu da gruta, onde seus dois outros filhos estavam fumando, nervosos.

– Eduardo, Carlos, vão buscar seus avós. Eles precisam vir agora.

Eles entenderam o que aquilo significava.

– Sim, Mamá – responderam, com lágrimas nos olhos.

Ela lhes entregou uma lâmpada a óleo para iluminar o caminho, para que pudessem correr o mais depressa possível, e se agachou ao lado de Felipe.

Os olhos dele se abriram e a encararam.

– Mamá, estou assustado – sussurrou o menino.

– Estou ao seu lado, Felipe. Mamá está aqui.

Ele deu um pequeno sorriso, disse "Te amo" quase sem voz e, poucos segundos depois, fechou os olhos pela última vez.

❖ ❖ ❖

Depois de enviar, por viajantes que iam para Barcelona, um recado para que José e Lucía voltassem, María e sua família entraram em luto. O corpo de Felipe foi colocado no estábulo, após os animais terem sido retirados, para que parentes e amigos pudessem ir prestar condolências. Lírios brancos e flores de romã vermelhas vívidas foram espalhados pelo ambiente, o perfume forte das flores misturado ao do incenso e das velas que queimavam ao lado. María passou o dia e a noite ali, muitas vezes na companhia de outros que se juntaram a ela para ajudar a afastar os espíritos. Micaela lançou os tradicionais feitiços e encantamentos para proteger a alma de Felipe, para que ela pudesse subir sem restrições para os céus. Repetidas vezes, María pediu perdão por todas as maneiras pelas quais deixara de proteger o filho. Ninguém tocou no corpo por medo de importunar os espíritos.

O companheiro mais constante de María era Carlos, que chorava e lamentava a morte do irmão. María sabia que ele tinha pavor que Felipe voltasse para assombrá-lo pelo resto de seus dias. Por duas vezes, ele fez a peregrinação até a Abadia de Sacromonte no topo da montanha, a fim de rezar pela alma do irmão. Talvez imaginasse que assim fugiria do calor fétido da gruta, mas María preferia acreditar que ele agia com as melhores intenções.

A vida ficara em suspenso para todos na família – de acordo com os costumes, ninguém podia comer, beber, lavar-se ou trabalhar enquanto Felipe não fosse colocado no lugar de seu descanso final.

No terceiro dia, quando María sentiu que iria desmaiar por causa da sede, da fome, da dor e do cheiro de carne podre que permeava o ar, Paola sentou-se ao lado dela e lhe deu um pouco de água.

– Você deve beber, *mija*, ou logo vamos seguir também o seu caixão.

– Mamá, você sabe que não podemos.

– Tenho certeza de que Felipe perdoaria se sua mãe tomasse um pouco de água enquanto cuida dele. Agora beba.

María obedeceu.

– Você teve alguma notícia de Barcelona? – perguntou Paola.

– Não.

– Então, eu lhe peço que coloque Felipe para descansar sem José. Além do mais, o cheiro é terrível... – Paola torceu o nariz. – Já está atraindo moscas e vai espalhar doenças.

– Shh, Mamá. – María encostou o indicador nos lábios, temerosa de que Felipe pudesse ouvir a forma que se falava de seus restos mortais, como se não fossem mais que um pedaço de carne em decomposição. – Não posso enterrar nosso filho sem o pai. José nunca me perdoaria.

– Pois eu digo que é *você* que não deve perdoá-lo por partir quando o filho foi jogado na prisão. María, você deve enterrá-lo amanhã. Tem que ser assim.

Quando a mãe foi embora, María a seguiu para fora do estábulo fedido e cambaleou até a cozinha. Até ela sabia que não poderia mais esperar para realizar o funeral.

Ela se permitiu um pequeno sorriso quando olhou ao redor. Parecia que toda a aldeia havia trazido um presente em forma de comida, conhaque ou doces. Pelo menos ela teria algo para oferecer após o funeral. Acendeu uma vela e se ajoelhou sob a imagem desbotada da Virgem. Pediu perdão a ela e, em seguida, virou-se e pediu o mesmo aos espíritos do mundo superior. Em seguida, saiu e encontrou Eduardo e Carlos fumando, apáticos.

– Vocês podem avisar à aldeia que realizaremos o funeral amanhã? – pediu ela.

– Sim, Mamá, iremos agora. Vou pegar o caminho que desce e você o que sobe, *hermano* – sugeriu Eduardo a Carlos.

– Meninos... – María os interrompeu quando estavam prestes a sair. – Vocês acham que seu pai vai ficar zangado?

– Se ficar, será bem merecido – respondeu Eduardo secamente. – Para começo de conversa, ele nunca deveria ter ido embora.

A procissão subiu a colina salpicada com ciprestes e cactos em floração, acompanhada do perfume inebriante dos lírios que adornavam as mulas.

María caminhava à frente do caixão que seu pai havia feito com a ajuda dos netos a partir de restos de carvalho guardados em sua oficina. Um pranto triste se elevou e María reconheceu a voz de sua mãe quando ela começou a cantar uma canção fúnebre. Apesar de rouca devido à idade e à emoção, a voz de Paola era alta e a multidão juntou-se a ela. Lágrimas silenciosas desceram pelo rosto de María e caíram sobre a terra seca abaixo de seus pés.

A cerimônia foi uma estranha mistura de um funeral católico tradicional com as palavras indecifráveis que Micaela murmurava bem baixinho para proteger a alma de Felipe e aqueles que ficaram para trás.

María olhou mais uma vez para o vale e de novo para a Alhambra, que já vira muitos derramamentos de sangue em seus mil anos de história. Por algum motivo, ela sempre sentira medo daquele lugar e agora entendia por quê. Era onde a sentença de morte de seu filho fora pronunciada.

14

Na manhã seguinte, María acordou sentindo que as últimas gotas de energia haviam sido sugadas de seu corpo. Ela fez questão de que os filhos fossem trabalhar na hora certa. Carlos foi o primeiro a se levantar. Se algo de bom resultara da morte de Felipe, era a mudança no comportamento de Carlos, motivada pela culpa que sentia – pelo menos por enquanto.

Depois de se servir de um pouco do suco de laranja que Ramón levara na noite anterior, María sentou-se no degrau à porta e tomou um gole. Antes, eles eram uma família de seis; agora, estavam reduzidos à metade. De alguma forma, ela teria que aceitar que Felipe nunca mais voltaria, mas o marido e a filha... Ela piscou diante da forte luz do sol, afastando as lágrimas, temendo que eles também estivessem se tornando meros fantasmas em sua imaginação.

– Onde vocês estão? – perguntou ela ao céu. – Por favor, mandem notícias.

Mais tarde naquele dia, ela pôs seu véu de luto, pegou dois de seus preciosos ovos de galinha e foi para a gruta de Ramón.

– Eu queria que você escrevesse ao patrão de meu marido, em Barcelona – pediu María.

Ramón era um dos poucos *gitanos* alfabetizados e, em troca de algum presente, comida ou lenha, ele escrevia de bom grado uma carta.

– Veja, eu trouxe isto. – Ela lhe estendeu os ovos.

Ele pôs as mãos sobre a dela e balançou a cabeça.

– María, eu jamais aceitaria qualquer forma de pagamento vinda de você, principalmente neste momento. – Ele foi até um armário, pegou seus instrumentos de escrita e fez um sinal para que María se sentasse à mesa da cozinha junto com ele. – Antes de mais nada, o tal homem sabe ler?

– Não sei, mas ele é um homem da cidade, que tem um negócio, então acredito que sim.

– Então comece.

– Caro gerente do Bar de Manquet – ditou ela. – Acredito que o senhor tenha oferecido um trabalho ao *Señor* José Albaycín como violonista há algumas semanas, quando se encontrou com ele e minha filha, Lucía, na competição em Granada. Se ele ainda estiver trabalhando em seu café, poderia fazer o favor de transmitir uma mensagem e lhe dizer que sua esposa tem notícias urgentes para ele?...

Ramón olhou para ela com pesar nos olhos, a caneta pairando acima da folha de papel.

– Não. – Ela titubeou, percebendo de repente que estava escrevendo para o chefe de José e Lucía, que não receberia de bom grado o pedido de uma esposa que deseja que seus empregados voltem para casa imediatamente. – Obrigada, mas tenho que encontrar alguma maneira de entrar em contato com José diretamente.

– Eu compreendo, María – disse Ramón quando ela se levantou. – Se houver mais alguma coisa que eu possa fazer, é só pedir.

❖ ❖ ❖

– Decidi que preciso encontrar Papá e Lucía em Barcelona. Não vou descansar enquanto eles não souberem o que aconteceu com Felipe.

Sentada à mesa da cozinha, María olhou para seus filhos.

– Mamá, tenho certeza de que um dos mensageiros que enviamos com a notícia irá encontrá-los em breve – afirmou Eduardo.

– Mas não rápido o suficiente. Além disso, essa é uma notícia que somente uma esposa e mãe deve transmitir.

María colocou na boca uma porção do ensopado que os meninos haviam trazido da casa da avó. Ela sabia que precisaria de todas as forças que pudesse reunir.

– Mas você não pode ir sozinha. Nós vamos com você. – Carlos cutucou Eduardo, que assentiu sem muita convicção.

– Não. Os negócios de seu avô já sofreram muito nos últimos tempos com a ausência de vocês. E vocês devem ficar aqui, pois se eu me desencontrar de seu pai na estrada e ele retornar, encontrará alguém.

– Então eu fico aqui e Carlos vai com você – sugeriu Eduardo.

– Eu disse que não – repetiu María. – Carlos tem sorte de estar empregado e precisamos do dinheiro que ele ganha.

– Mamá, isso é ridículo! – Eduardo bateu com a colher no prato. – Uma mulher não pode viajar assim, desacompanhada. Papá não permitiria isso.

– Eu sou o chefe da família agora e decido o que é permitido! – retrucou María. – Portanto, eu vou sair amanhã de madrugada. Vou pegar o trem. Ramón disse que é muito fácil. Ele me explicou tudo e me disse onde fazer a baldeação.

– Você está tomada por algum espírito, Mamá? – perguntou Carlos, quando ela se levantou e recolheu os pratos.

– Não, muito pelo contrário, Carlos. Eu finalmente recuperei a razão.

❀ ❀ ❀

Apesar dos protestos constantes dos filhos, que queriam que pelo menos um dos dois a acompanhasse, María se levantou antes do amanhecer e colocou numa sacola água e um pouco de comida que sobrara do funeral. Seguindo os conselhos de Ramón, enrolou uma toalha de mesa preta no corpo para fazer uma capa e cobriu seus cabelos ondulados, que revelavam a origem *gitana*, com um xale preto. No caminho, ela seria tomada por uma viúva – o que pelo menos imporia algum respeito e garantiria sua segurança.

Ramón se oferecera para levá-la até a estação em sua carroça. Ele estava esperando por ela com sua mula já pronta.

– Tudo certo, María?

– Tudo.

Quando saíram, o sol estava apenas começando a subir no céu. Dava para ver gotas de orvalho presas nos espinhos dos cactos pelos quais eles passaram ao percorrer os caminhos estreitos que levavam à cidade. Ao atravessar os portões e cruzarem as ruas já movimentadas de Granada, María se perguntou se de fato havia perdido o bom senso. Mas era uma viagem que ela sabia que precisava fazer.

Na agitada estação ferroviária, Ramón amarrou a mula e ajudou María a comprar uma passagem. Depois ficou ao lado dela na plataforma lotada até o trem a vapor parar na estação.

– Lembre-se de descer em Valência – advertiu Ramón, ajudando a amiga a se acomodar no vagão da terceira classe. – Há uma pousada respeitável chamada Casa de Santiago bem ao lado da estação, onde você pode passar a noite antes de seguir para Barcelona de manhã. Não é cara, mas... – Ele enfiou algumas moedas na mão de María. – *Vaya con Dios*, María. Cuide-se.

Antes que ela pudesse protestar, o apito do guarda tocou e Ramón saiu do trem.

❁ ❁ ❁

O dia estava quente e ensolarado e havia bosques de oliveiras e laranjeiras por toda parte. Os picos da Sierra Nevada tinham uma leve poeira de neve, o branco cintilando no puro azul do céu.

Exultante, ela se deu conta de repente de que nunca havia saído de Granada.

Apesar do motivo que a levara até ali, María percebeu que estava feliz. Via o mundo pela primeira vez na vida.

Naquela mesma tarde, ela desceu em Valência e passou a noite na pousada sugerida por Ramón. Mal conseguiu dormir, pois segurava sua bolsa com firmeza junto ao corpo, com medo de ladrões.

Na manhã seguinte, ela embarcou em outro trem quando o sol começava a aparecer acima das montanhas. Embora suas costas doessem devido à dureza do assento e a falsa capa preta de viúva deixasse sua pele úmida, ela se sentia estranhamente livre. Pela janela, via pedaços ocasionais do oceano atrás das pequenas aldeias pelas quais passava e teve a impressão de sentir o aroma fresco de mar e sal.

À medida que o dia passava, ela concluiu que deviam estar se aproximando de Barcelona, pois a cada parada o trem ia ficando mais cheio de pessoas falando catalão. Algumas palavras lhe eram familiares, outras não. No final da tarde, María finalmente viu a cidade surgindo no horizonte.

–¡*Dios mío!* É enorme! – María respirou fundo. – Como é que vou encontrar vocês dois aqui?

À sua direita, ela viu que o mar contornava uma península, como se fosse um avental azul cintilante, e os habitantes daquela grande cidade moravam em casas que se estendiam por toda a planície, protegidas de um lado por uma cadeia de montanhas. Na linha do horizonte, pináculos de igrejas se elevavam como punhais virados para o céu.

Ela desceu do trem e saiu da estação movimentada para uma rua larga e agitada, repleta de bondes e automóveis que tocavam suas buzinas sem parar. María sentiu-se como a camponesa que era quando viu mulheres *payos* usando saias que revelavam seus tornozelos e parte de suas canelas, os cabelos curtos como os de um menino, os lábios vermelhos como se tivessem usado um lápis carmim brilhante para colori-los. Havia lojas construídas na metade inferior dos prédios, com portas e janelas de vidro exibindo bonecas de tamanho real vestindo roupas de mulher.

– Que lugar é esse? – comentou María baixinho, enquanto inúmeros carros atrás dela buzinavam.

– *¡Oye!* Saia do meio do caminho! Você está causando um engarrafamento!

O barulho e a gritaria a fizeram suar frio e, sentindo-se fraca, ela correu para a sombra de um prédio absurdamente alto. Perguntou a um homem mais velho, de pele escura, que ela tomou por um dos seus, onde poderia encontrar o Barrio Chino. O homem falava catalão, mas pelo menos acenou na direção do mar, para onde María decidiu que deveria ir.

Um bom tempo depois, quando estava prestes a perder a esperança, desnorteada nas intermináveis ruelas de pedra, ela deu numa esplanada de frente para o mar. Estava ofegante e com sede – já fazia tempo que a água que levara havia terminado, mas ela se sentiu reconfortada pela visão de alguns barracos na praia. Atravessou a rua e caminhou sobre a areia branca e, quando se aproximou, ouviu o dedilhar baixo de um violão flamenco.

Ela se inclinou para colher um punhado de areia e riu quando os grãos coçaram as palmas de suas mãos.

Mais ao longe, percebeu que as famílias de *payos* faziam piqueniques e riam, enquanto seus filhos pulavam nas ondas.

– Eu queria tanto poder fazer isso... – murmurou ela, percebendo que havia uma boa chance de se afogar se tentasse, pois não aprendera a nadar.

María se afastou da alegre cena e se dirigiu aos barracos que lhe eram mais familiares, guiada pelo som da música. Muitas das casas eram pouco mais que folhas de estanho e tábuas de madeira marteladas umas nas outras. Cada uma tinha uma chaminé torta saindo do topo, que soltava fumaça. Quando se aproximou, sentiu um forte cheiro de legumes podres e esgoto alagado.

Ela andou com dificuldade ao longo do estreito caminho de areia entre os barracos, sentindo-se, pela primeira vez na vida, privilegiada por viver em uma gruta. Os barracos eram quase do tamanho da sua cozinha e, ao espiar furtivamente através das entradas abertas, viu famílias inteiras agachadas lá dentro, comendo ou jogando cartas no chão.

Depois de algum tempo, ofegante e tonta de sede, ela se sentou e descansou a cabeça nos joelhos.

– *Hola, señora.*

María olhou para cima e viu um pequeno menino, imundo, olhando para ela na entrada de um dos barracos.

– A senhora está doente? – perguntou a criança, em catalão.

– Não, mas você tem um pouco de água? – pediu María, desesperada, indicando a própria língua e ofegando para transmitir o que queria dizer.

– *Sí, señora,* eu entendo.

A criança desapareceu dentro do barraco e voltou com uma xícara de café do tamanho da xícara de uma boneca. María sentiu um aperto no coração, mas engoliu o líquido fresco, que deixou um gosto de ambrosia em sua língua.

– *Gracias* – disse ela. – Você tem mais um pouquinho?

O menino correu para dentro e encheu a minúscula xícara, que María devolveu assim que a esvaziou. Ele riu e, como se estivessem brincando de algum jogo, continuou a encher a xícara para ela várias vezes.

– Onde está sua família? – indagou María, finalmente se sentindo recuperada.

– Eles não estão aqui, foram trabalhar. – O garoto apontou para a cidade grande atrás deles. – Não tem ninguém aqui, só eu. Joga *chapas*?

Ela assentiu enquanto ele tirava do bolso algumas tampinhas de garrafa coloridas. Eles as lançaram na areia para ver quem as atirava mais longe. Ela reprimiu um riso diante da situação ridícula de ter chegado a Barcelona e estar jogando *chapas* com um menino desconhecido, da mesma maneira que fizera com os próprios filhos.

– Stefano!

Surpresa, María olhou para cima e viu uma mulher grande, vestida de preto, encarando-a como se ela fosse uma sequestradora de crianças.

– Stefano! Onde você estava? Procurei você por toda parte! Quem é essa?

María explicou a situação e logo pediu desculpas.

– Ele me disse que não havia ninguém cuidando dele – explicou María, levantando-se e tirando a areia da saia.

– Ele está sempre sumindo – disse a mulher. – Agora fique aí dentro, xô! – exclamou, despachando o menino.

– De onde você é?

Para o alívio de María, a mulher falou no dialeto *gitano*.

– Sacromonte.

– Ah, Sacromonte! – Ela puxou dois banquinhos de dentro do barraco e ofereceu um a María. – Onde está seu marido? À procura de trabalho na cidade?

– Não, ele está aqui e eu vim procurá-lo.

– Um marido errante! Eu conheço bem o problema. Eu me chamo Teresa. E você?

– María Amaya Albaycín.

– Amaya, você disse? Uau, tenho primos com o nome Amaya! – Teresa deu um tapa em sua coxa gigantesca. – Você conhece Leonor e Pancho?

– Sim, eles vivem a duas ruas de minha casa em Sacromonte. Leonor acabou de ter um menino. Está com sete filhos agora – contou María.

– Então você e eu devemos ter algum parentesco. – Teresa sorriu. – Bem-vinda! Tenho certeza de que está com fome depois de uma jornada tão longa. Vou lhe trazer uma tigela de sopa.

Aliviada pela sorte e agradecendo à Virgem Santíssima pela vasta rede de parentes *gitanos* espalhada por toda a Espanha, María engoliu a sopa rala e salgada, com um gosto estranho.

– Onde seu marido está trabalhando?

– No Barrio Chino, no Bar de Manquet.

– O que ele faz?

– É violonista, e minha filha está com ele, dançando. Você sabe onde fica esse lugar?

– *Sí.* – Teresa assentiu e apontou para trás dela. – O Barrio Chino começa logo ali, mas, se você for lá à noite, tome cuidado. Os bares estão cheios de estivadores e marinheiros bêbados. Não é um bom lugar para uma mulher sozinha.

– Mas meu marido me disse que era o centro do flamenco e um local muito respeitável.

– Os *cuadros* que se apresentam lá são certamente os melhores da Espanha. Meus filhos vão lá com frequência, mas isso não significa que seja uma parte respeitável da cidade. – Teresa levantou as sobrancelhas. – Meus filhos vão sempre que têm algum dinheiro. Um deles me contou que há uma mulher que dança e que tira a roupa fingindo que está procurando uma pulga!

– Não pode ser! – disse María, horrorizada.

– Isto é Barcelona, não Sacromonte. Aqui vale tudo para ganhar a vida.

Imagens da pequena Lucía sendo forçada a tirar a roupa para encontrar uma pulga imaginária encheram a cabeça de María.

– Bem, eu preciso encontrá-los imediatamente. Tenho uma notícia muito triste para lhes dar.

– O que aconteceu?

– Nosso filho morreu há pouco tempo. Tentei enviar uma mensagem por viajantes que vieram para Barcelona, mas não tive resposta.

Teresa fez o sinal da cruz e colocou a mão forte no braço magro de María.

– Lamento ouvir isso. Escute, fique aqui com Stefano, que eu vou procurar um dos meus filhos para acompanhá-la hoje à noite ao Barrio Chino.

Ela se levantou e María foi deixada no claustrofóbico corredor de areia, cada osso em seu corpo ansiando por estar de volta à sua casa nas seguras cercanias de Sacromonte.

Todas as fantasias que ela criara a respeito de seus parentes em Barcelona foram desfeitas. Ela os imaginara em belas casas, com água encanada e cozinhas modernas, como as dos *payos* em Granada. Em vez disso, parecia que eles viviam mais como bandos de ratos em uma praia, a areia inconstante como uma metáfora da incerteza do caminho que percorriam entre a vida e a morte. E em algum lugar no meio deles estavam seu marido e sua filha...

Teresa voltou logo com um rapaz magro que ostentava um bigode penteado com óleo.

– Esse é o meu filho mais novo, Joaquin. Ele se ofereceu para levá-la ao Bar de Manquet esta noite. Você conhece o lugar, *sí*?

– *Sí*, Mamá. *Hola, señora* – respondeu Joaquin, fazendo uma pequena mesura para María e analisando suas roupas de luto.

– E você é bem-vinda para ficar comigo esta noite – tranquilizou-a Teresa. – Embora eu só possa lhe oferecer um estrado no chão.

– *Gracias.* Tem algum lugar onde eu possa me lavar?

– Naquela fila – respondeu Teresa, apontando.

María caminhou ao longo dos barracos alinhados e se colocou na fila das mulheres que esperavam para usar as latrinas públicas. Lá dentro, o cheiro era pior do que o do corpo putrefato de seu pobre filho, mas pelo menos havia um espelho rachado e desbotado na parede, além de um barril de água para lavar as mãos e o rosto. Evitando os lábios, temendo que uma gota entrasse em sua boca, ela espirrou água no rosto e removeu as manchas de sujeira. Tirou as roupas de viúva e balançou os cabelos soltos. Pegou um pente e olhou para o próprio reflexo no espelho.

– Você chegou aqui sozinha, María – disse a si mesma. – E agora precisa encontrar sua família.

❀ ❀ ❀

Quando voltou para o barraco de Teresa, vários homens e mulheres, que María não reconheceu, mas que aparentemente tinham parentesco com ela, haviam se reunido do lado de fora para recebê-la. Uns levaram algumas garrafas de aguardente de anis, e outros, vinho Manzanilla para beberem em honra de seu filho Felipe. Quando a noite caiu, um violonista apareceu e María percebeu que participava de uma vigília improvisada, com pessoas que ela nunca vira antes. Aquele era o costume dos *gitanos*, e ela estava feliz.

– Não está na hora de ir? – sussurrou ela para Joaquin, que balançou a cabeça.

– Nada acontece no Barrio Chino até bem mais tarde.

Algum tempo depois, ele fez um sinal para María e disse ao grupo, que havia crescido, que iria levá-la para encontrar seu marido. Quando partiram, ocorreu a María que ninguém ali dissera ter visto José ou Lucía.

Desacostumada ao álcool, María lamentou ter bebido um copo de vinho, que aceitara só para ser sociável, enquanto lutava com a areia ao caminhar atrás de Joaquin. Ela já ouvia o som vibrante do flamenco vindo do outro lado da estrada e seu estômago deu uma cambalhota diante da ideia de ver José.

Uma fileira de luzes ao longe e o constante fluxo de pessoas indicavam para onde estavam se dirigindo. Joaquin não falava muito e, ao contrário da mãe, tinha um forte sotaque catalão. Depois de atravessar a estrada, Joaquin a levou a uma área apinhada de gente, com inúmeras ruas estreitas e calçadas de pedra, todas elas ladeadas por vários bares. Cadeiras haviam sido colocadas do lado de fora, e mulheres em vestidos apertados anunciavam a comida e a música oferecidas no interior. O som do dedilhar de violões era agora mais forte e María seguiu o rapaz por uma pequena praça repleta de bares.

– O Bar de Manquet fica aqui – resmungou Joaquin, indicando um café onde havia uma multidão.

Lá de dentro vinha a voz de um *cantaor* entoando uma canção melancólica. María viu que aquela não era uma multidão sofisticada. As pessoas ao seu redor eram trabalhadores comuns ou *gitanos* bebendo vinho e conhaque baratos. Mas a multidão do lado de fora era maior do que as de quaisquer outros cafés pelos quais passaram.

– Vamos entrar? – perguntou Joaquin.

– *Sí* – concordou María, desejando não se perder dele no meio da multidão.

No interior, o barulho era estridente. Havia pessoas sentadas às mesas e perto do bar, sem um centímetro de distância entre elas.

– Você sabe onde está o gerente? – indagou María a Joaquin, lançando os olhos para o pequeno palco na parte de trás do café, onde o *cantaor* estava sentado.

Algumas meninas em vestidos de flamenco fumavam no bar e conversavam com os clientes *payos.*

– Me pague uma bebida e eu vou lá perguntar – sugeriu Joaquin.

María usou seu escasso suprimento de pesetas para comprar um conhaque para o rapaz. Ele conversava em um catalão rápido com o garçom quando o vozerio cresceu. Ela se virou e viu que havia uma dançarina no palco se requebrando.

– Ele disse que o gerente vai voltar mais tarde! – gritou Joaquin no ouvido de María, entregando-lhe um copo de água.

– *Sí, gracias.*

María ficou na ponta dos pés para enxergar alguma coisa por cima das cabeças e assistir à dança. Outro vozerio cresceu quando um bailarino subiu no palco, altivo como um pavão.

– ¡*Señores y señoras!* – gritou um homem. – Vamos receber com muitos aplausos La Romerita e El Gato!

A multidão veio abaixo quando El Gato colocou a mão no rosto de sua parceira. Ela sorriu e assentiu para o violonista.

Um pequeno arrepio percorreu as costas de María quando os dois artistas começaram a se mover juntos. Os pés da mulher batiam com ritmo no chão, e seus braços se levantaram assim que El Gato passou a mão por suas costas.

María lembrou-se de como ela e José dançavam juntos quando eram jovens e, enquanto observava o casal, seus olhos se encheram de lágrimas pelo passado. Não importava que aquele café fosse aparentemente inexpressivo e o público fosse gente simples, a verdade é que os dois dançarinos estavam entre os melhores que ela já vira. Por alguns minutos, ela foi transportada com o resto da plateia, enquanto paixão e brilho se expunham no palco à sua frente. María aplaudiu animadamente quando eles fizeram uma reverência e saíram do palco, deixando o caminho livre para o próximo artista.

– Eles são maravilhosos! – exclamou María.

Quando ela se virou, emocionada, para Joaquin, percebeu que ele não estava mais ao seu lado. Em pânico, ela olhou ao redor e o viu fumando no bar, conversando com um conhecido. Os olhos dela se voltaram para La Romerito, que se deleitava com as atenções de clientes e admiradores do sexo masculino, e em seguida retornaram ao palco, onde outra linda mulher com enormes olhos brilhantes dançava uma *zambra*. Como La Romerito antes dela, María sabia que a mulher era uma excelente dançarina. Então ela olhou mais de perto, pois reconhecia algo nela...

– Juana la Faraona! – murmurou María.

Ela era uma prima de José, que partira para Barcelona anos antes e havia arranjado o primeiro contrato de seu marido em um bar da cidade. Se alguém sabia onde estavam seu José e Lucía, era aquela mulher. Afinal, ela era da família.

Depois que Juana saiu do palco ao som de vigorosos aplausos, María respirou fundo e se embrenhou na multidão para se aproximar dela.

– *Perdón*, Juana, meu nome é María Amaya Albaycín. Eu sou a esposa de José e mãe de Lucía.

Os olhos encantadores de Juana se voltaram para ela e a analisaram. Perto daquela criatura exótica, María se sentiu sebenta e desleixada. Em seus sapatos de salto de flamenco, Joana era muito mais alta e, apesar do brilho de suor em sua pele macia, uma onda dos cabelos pretos continuava perfeitamente posicionada no meio da testa.

– *Hola*, María. Quer beber alguma coisa? – ofereceu ela, mostrando a garrafa de Manzanilla que estava no balcão do bar, no canto dos dançarinos.

– Não, *gracias*. Eu vim para encontrar José e Lucía. Tenho uma notícia para eles. José disse que vinham trabalhar neste bar.

– Eles estiveram aqui, sim, mas foram embora.

– Você sabe para onde?

– Villa Rosa. O empresário, Miguel Borrul, ofereceu mais dinheiro.

– Isso fica muito longe? – perguntou María, sentindo as pernas bambearem de alívio.

– Não muito longe, mas... – Joana olhou para o relógio na parede. – Duvido que você ainda os encontre lá. A criança dança no início da noite para evitar ser pega em alguma batida policial noturna.

– Você sabe onde eles moram?

– *Sí*, três portas depois da minha.

María ouviu a mulher explicar aonde deveria ir para encontrá-los.

– *Gracias*. – María virou-se para sair.

– Por que não vai amanhã? – Os olhos de Joana pareciam um sinal de alerta. – É tarde agora e talvez eles estejam dormindo.

– Não, eu vim de muito longe para encontrá-los.

Juana deu de ombros e ofereceu-lhe um cigarro, que ela recusou.

– Sua filha é muito talentosa, María. Ela vai longe, desde que seu fogo não seja sugado pelo pai enquanto ainda é tão jovem. Boa sorte! – gritou Juana para María, que já estava abrindo caminho em direção à porta.

María olhou ao redor para procurar Joaquin, mas ele havia desaparecido. Então, saiu do bar.

Embora já passasse da meia-noite, as ruas estavam cheias de homens bêbados que a olhavam de soslaio e gritavam palavrões imundos. María tentou seguir as instruções de Juana – ela dissera que a casa não ficava a mais de cinco minutos de caminhada –, mas acabou virando na rua errada e entrando em uma passagem estreita que conduzia a um beco sem saída. Ao virar-se, viu a aterradora figura de um homem caminhando em sua direção, bloqueando o seu caminho.

– *Hola, señorita.* Quanto para *follar*? – perguntou ele, fazendo um movimento para agarrá-la, mas ela se esquivou e o homem colidiu com a parede.

– *¡Dios mío! ¡Dios mío!* Como José trouxe nossa filha para viver num lugar desses?!

O edifício pelo qual ela procurava ficava do outro lado da rua, mais adiante, em outra passagem estreita. Ofegante, María bateu na porta da frente e ouviu alguém gritar de outra janela.

– Vá embora! Queremos dormir!

Desesperada para conseguir entrar, María tentou abrir a porta e descobriu que já estava aberta.

Sob a luz fraca da chama da única lâmpada a óleo acesa, ela viu que estava em um corredor. Havia uma escada íngreme de madeira à sua frente.

– Juana disse primeiro andar, segunda porta à esquerda – relembrou María, ofegante, subindo a escada e procurando fazer o mínimo de barulho.

A luz da lâmpada no térreo mal iluminava o andar acima, mas ela localizou a porta à direita. Bateu timidamente. Não houve resposta. Bateu mais uma vez, mas, com medo de acordar os outros moradores, virou a maçaneta, que abriu com facilidade.

Um poste aceso na rua iluminava o minúsculo quarto através das janelas sem cortina. E ali, em um colchão colocado no chão, ela reconheceu o corpo amado e familiar de sua filha adormecida.

María engoliu lágrimas de alívio ao vê-la. Pé ante pé, foi até o colchão e afundou de joelhos.

– Lucía, Mamá está aqui – sussurrou, para não assustar a menina, sabendo que Lucía dormia profundamente.

Ela acariciou os cabelos emaranhados da filha e colocou os braços ao redor de seu corpo. Lucía cheirava a sujeira, o colchão tinha um cheiro ainda pior, mas ela não se importava. De alguma forma, naquela cidade enorme, em meio àquele tipo de gente que fazia os moradores de Sacromonte parecem santos, ela havia encontrado a sua menina.

– Lucía. – María a sacudiu de leve, para acordá-la. – É Mamá, eu estou aqui.

Finalmente, Lucía se mexeu e abriu os olhos.

– Mamá? – Ela estudou a figura que a segurava, balançou a cabeça e fechou os olhos mais uma vez. – Estou sonhando?

– Não! Sou eu, de verdade. Eu vim atrás de você e de Papá.

Lucía sentou-se, ereta.

– Você é de verdade?

– Sí. – María pegou os dedinhos da filha e os pressionou contra o próprio rosto. – Está vendo?

– Mamá! – Lucía se jogou nos braços da mãe. – Senti tanta saudade.

– Eu também, *querida mía*. É por isso que vim até aqui. Você está bem?

– Ah, sim, muito bem. – Lucía assentiu. – Nós trabalhamos no melhor bar de toda a cidade de Barcelona. Todos chamam o lugar de "catedral do flamenco"! Imagine só!

– E seu pai? Como ele está? *Onde* ele está? – María olhou ao redor, para o pequeno quarto, que tinha espaço para pouco mais do que Lucía e seu colchão.

– Talvez ainda no Villa Rosa. Ele me põe na cama e depois volta para tocar outra vez. Não é muito longe.

– Você fica aqui sozinha? – María estava horrorizada. – Qualquer um pode entrar e raptar você durante a noite.

– Não, Mamá, a amiga de Papá toma conta de mim quando ele não está. Ela dorme no quarto ao lado. Ela é muito boazinha. E bonita – acrescentou Lucía.

– E onde Papá dorme?

– Ah! – Lucía hesitou. – Lá fora.

Ela apontou para a porta, sem muita certeza.

– Bem – disse María, tentando engolir o nó na garganta. – Já que eu vim de tão longe, é melhor ir lá e ver se ele já voltou.

– Ah, não, acho que ele não voltou, Mamá. Por favor, fique aqui comigo. Já é tarde e podemos deitar juntas, abraçadas.

María já estava de pé.

– Shh – disse ela. – Eu volto logo.

No corredor, María soltou um suspiro de desolação. Naturalmente, Lucía podia ter entendido tudo errado, mas, por algum motivo, ela duvidava. Preparando-se para o pior, ela caminhou bem devagar até a porta seguinte e, sem fazer barulho, girou a maçaneta e a abriu. O mesmo poste de rua iluminava a cama em que seu marido e a mulher – que não parecia ter mais de 18 anos – estavam deitados, nus. O braço de José estava jogado sobre a cintura fina da moça, logo acima dos pelos negros que protegiam sua condição de mulher.

– José, é María, sua esposa. Vim visitar vocês aqui em Barcelona.

Ela falou em um tom de voz normal, sem se importar que todos os moradores da rua gritassem e a mandassem calar a boca.

Foi a garota quem abriu os olhos primeiro. Ela se sentou, ereta, e olhou para María, piscando para tentar distinguir sua forma na escuridão.

– *Hola* – disse María, caminhando até a cama. – E você é...?

– Dolores – respondeu a moça, a voz aguda, puxando o lençol fino sobre o corpo.

María quase riu. Era como um filme de comédia.

– José! – Dolores o sacudiu. – Acorde! Sua esposa está aqui!

Quando José se mexeu, Dolores pulou da cama e pegou a camisola. María observou os seios fartos, os quadris e as costas estreitos, antes de a musselina os cobrir.

– Vou deixar vocês dois conversarem – disse ela, andando na ponta dos pés, como um fauno tímido, em direção à porta.

María a deixou passar. Afinal, a menina era pouco mais que uma criança.

– Ele me disse que era viúvo – disse Dolores, dando de ombros antes de puxar a porta e fechá-la atrás de si.

– Então... – María caminhou até a cama e parou aos pés dela, de braços cruzados. – Você é viúvo agora, hein? Então eu devo ser um espírito que voltou para te assombrar.

José estava bem desperto, olhando para María em deplorável horror.

– O que você está fazendo aqui?

– Eu é que pergunto!

María indicou o espaço ao lado dele no colchão.

– Não é o que parece, Mia, eu juro. O quarto que eu e Lucía temos é pequeno demais para nós dois, então Dolores gentilmente permitiu que eu dividisse...

– *Não* minta mais para mim, seu covarde! Você me toma por idiota! Eu sei sobre as outras mulheres há anos, mas, como toda boa esposa *gitana* que tem filhos, escolhi ignorar isso. Eu... – María recuperou o fôlego, enquanto o vulcão de raiva que mantivera adormecido durante anos finalmente explodia. – E, enquanto você se deita com aquela criança, sua filha dorme sozinha ao lado. Como você me desrespeita a esse ponto, seu porco imundo! – María cuspiu no marido. – Você é sujo e meus pais estavam certos desde o início. Você nunca prestou!

José teve o bom senso de permanecer em silêncio enquanto ela continuava a extravasar a raiva. Depois de algum tempo, ele resolveu falar:

– Perdoe-me, María. Eu sei que sou um homem fraco, sei que me deixo levar com facilidade. Mas eu amo você e sempre vou amar.

– Cale essa boca! – María tremia de raiva. – Você não sabe o que é amor.

Só se importa consigo mesmo. Você usou Lucía para vir para cá, e agora minha filha está sozinha num quarto, numa cidade imunda, por causa da *sua* ambição!

– Você está errada, María, Lucía ama isto aqui! Ela está conquistando um grupo de fãs que cresce a cada dia e está aprendendo flamenco com os melhores professores no Villa Rosa. Não – José balançou um dedo –, você não pode me culpar pela ambição *dela*. Pergunte a Lucía e ela vai lhe dizer. – Um sorriso de escárnio cruzou seu rosto. – Então eu estou aqui, e você veio atrás de mim. E agora, o que é que você quer?

O divórcio foi o primeiro pensamento que veio à cabeça de María. Ela ignorou essa ideia, pois nenhum casal *gitano* podia terminar o casamento de maneira legal, e respirou fundo para se acalmar.

– Vim para lhe dizer que Felipe morreu de uma doença dos pulmões no dia 17 de julho, apenas um dia depois de ter saído da prisão.

María observou com atenção o rosto de José para avaliar sua reação. E, num instante, quando a culpa se revelou em seus olhos vermelhos, ela soube que ele já recebera a notícia.

– Mandei mensagens por todos os viajantes que encontrei e que vinham para Barcelona, pedindo que avisassem a você e Lucía que deviam voltar para casa imediatamente. Mas vocês não voltaram. E no fim... – María soltou um soluço gutural. – O corpo do nosso filho fedia tanto que eu tive que ir adiante com o funeral sem a presença de seu *papá* e de sua irmã.

Transmitir a notícia da morte de Felipe ao homem que provera a semente para criar sua vida dissipou imediatamente qualquer raiva que ela sentia. No lugar disso, sua tristeza irrompeu em soluços e lágrimas de desespero, que desciam descontroladamente. Ela afundou no chão, as mãos no rosto, mais uma vez de luto pela perda de seu precioso menino.

Mãos ásperas tocaram seus ombros e, por alguns minutos, María se agarrou a elas porque estavam finalmente ali para acalmá-la.

– Mia, eu sinto muito. Nosso pequeno Felipe... morto...

Em meio à névoa de suas emoções, María se lembrou do olhar de culpa no rosto de José. Ela se afastou dele e o encarou.

– Você já sabia, não é?

– Eu...

– *¡Dios mío!* Chega de mentiras, José. Nosso filho está no túmulo! Você sabia?

– Sim, eu fiquei sabendo, mas só cinco dias depois de sua morte. Eu tinha certeza de que vocês já o haviam sepultado.

María engoliu em seco e respirou fundo.

– No entanto, mesmo que tenha perdido o funeral, você não acha que devia ter voltado para Sacromonte, para confortar sua esposa e seus filhos?

– María, eu soube da morte de Felipe exatamente no dia em que começaríamos nosso novo contrato no Villa Rosa. Você não consegue compreender que honra é para mim e para Lucía trabalhar lá. Se tivéssemos partido e deixado todos na mão, quando estavam depositando tanta fé em nosso trabalho, teria colocado um ponto final em nosso futuro.

– Mesmo se você contasse que precisava voltar para casa porque seu filho tinha morrido? – María mal conseguia expressar sua incredulidade.

– Sim. Você sabe muito bem que os *gitanos* têm a reputação de trapaceiros. Eles teriam pensado que eu estava mentindo.

– José, eles também são *gitanos*, eles teriam entendido. – María balançou a cabeça. – Você é que não entendeu.

– Perdoe-me, eu cometi um erro. Tive muito medo de me ausentar. Depois de todos esses anos, eu finalmente conquistei um lugar na catedral do flamenco. O dinheiro que poderia ganhar para a nossa família, a fama que isso poderia trazer para Lucía...

– Não há nenhuma desculpa no mundo para a sua atitude, José, e você sabe muito bem disso. – María levantou-se do chão e olhou para o marido. – Talvez eu pudesse perdoar você por sua infidelidade, mas nunca o perdoarei por isso. Só espero que seu filho morto o perdoe.

José estremeceu e fez o sinal da cruz ao ouvir as palavras da esposa.

– Você contou a Lucía? – perguntou María.

– Não. Como eu lhe disse, era nosso primeiro dia no Villa Rosa, e eu não quis perturbá-la com essa terrível notícia.

– Então eu vou dormir com minha filha no quarto ao lado. E amanhã de manhã vou contar a ela que o irmão está morto. – María foi até a porta. – Sua amiga pode voltar para a cama, se quiser.

María saiu.

❋ ❋ ❋

– Felipe foi embora? – Lucía arregalou os olhos, incrédula. – Para onde?

– Ele se transformou em um anjo, Lucía; asas cresceram e ele voou até a Virgem Santíssima.

– Como os da Abadia de Sacromonte?

– Sim.

– Mas eles são feitos de pedra, Mamá. Felipe não é.

– Não, mas tenho certeza de que agora ele está voando pelos céus e talvez já tenha vindo ver você dançar no Villa Rosa.

– Talvez ele seja um pombo, Mamá. Tem muitos na praça do Villa Rosa. Ou nas árvores – sugeriu ela. – Micaela, a *bruja*, disse que a gente pode ser qualquer coisa quando volta para a terra. Eu não gostaria de ser uma árvore, porque aí eu só poderia balançar meus braços, mas não poderia dançar batendo os pés.

María penteava os cabelos úmidos de Lucía com suavidade, escutando a menina falar. Lavara os cabelos da filha mais cedo, usando uma bacia com água que buscara num chafariz na praça, antes de catar pacientemente os piolhos. Ela suspirou, pensando que não era nenhuma surpresa que a imagem que Lucía tinha da vida após a morte fosse confusa, uma vez que os *gitanos* espanhóis haviam sido forçados, centenas de anos atrás, a se converter à religião nacional católica, ainda que mantivessem suas próprias crenças e superstições *gitanas*.

– Seja lá o que ele for agora, Mamá, espero que esteja feliz – acrescentou Lucía.

– Eu também, querida.

– Eu não vou ver Felipe de novo por muitos anos, não é?

– Não, todos nós vamos sentir saudades, e é muito triste que ele não esteja mais conosco.

– Mamá... – Era claro que Lucía tinha decidido que estava na hora de mudar de assunto. – Você vai me ver dançar hoje à noite no Villa Rosa?

– Claro que vou, querida. Mas eu estava conversando com Papá ontem à noite. Acho que talvez você seja um pouco jovem demais para ficar aqui em Barcelona sem a sua *mamá*.

– Mas eu tenho Papá! E você pode ficar aqui conosco.

– Você não sente falta de Sacromonte? De Eduardo e de Carlos? – perguntou María, continuando a pentear os cabelos da filha.

– Às vezes, sim, mas principalmente de você. Papá não cozinha e a amiga dele, Dolores, também não, mas eles me dão comida no café. Quantas sar-

dinhas eu quiser. Eu amo sardinha. – Lucía sorriu, alegre. – E estou aprendendo muito, Mamá. Tem uma *payo* que dança lá, La Tanguerra, e você
precisa ver quando ela dança tango e *bulerías*! E tem outra *gitana*, La Chí-
charra, que tira a roupa e fica só de anágua, tentando pegar uma pulga! E
o *Señor* Miguel tem uma filha que usa castanholas! Ela está me ajudando a
aprender a tocar também. Elas fazem *clic clic*. – Lucía imitou o movimento
com os pequenos dedos. – Elas marcam o ritmo igual aos pés. Você se lembra do Chilly? Ele mora aqui também! Nós somos amigos agora, apesar de
ele ser esquisito, e nos apresentamos juntos no bar às vezes.

As palavras de Lucía saíam em uma torrente de emoções, e ela às vezes
se interrompia para respirar.

María refletiu sobre o que acabara de ouvir.

– Então você não quer voltar para Sacromonte comigo?

– Não, Mamá, eu queria que você, Eduardo e Carlos viessem morar aqui
comigo e com Papá.

– Eduardo e Carlos trabalham para o seu avô, Lucía. Além disso, Sacromonte é a nossa casa.

No fim da tarde, quando José bateu à porta e disse que estava na hora de
Lucía e ele irem para o Villa Rosa, María se despediu dizendo que os encontraria mais tarde. Ela se sentou no colchão fedorento no quarto da filha. De
manhã, estava certa de que levaria a menina de volta para Sacromonte. Mas
agora, vendo a paixão e a determinação de Lucía, María percebeu que não
poderia fazer isso. A menina nascera para dançar e, se ela a arrastasse de volta
para casa, não só Lucía ficaria inconsolável por ver seu futuro frustrado, mas
ela, como mãe, iria se sentir culpada por negar-lhe essa oportunidade.

Lucía e José retornaram do café às cinco para descansar por uma hora antes da apresentação da noite. María esperava por eles na entrada do prédio.

– Precisamos conversar – disse ela a José do lado de fora, quando ele parou para terminar de fumar seu charuto, e Lucía subiu correndo as escadas.

– O que você quer?

María viu José amassar o charuto com a bota, sua arrogância costumeira
de volta após a emoção da noite anterior.

– Você quebrou a promessa sagrada que me fez. A partir de agora, não
podemos mais viver como marido e mulher.

– Por favor, María, não vamos tomar decisões precipitadas. Tem sido um
período difícil...

– E não vai melhorar enquanto fingirmos que ainda estamos juntos.

– Você não parece entender que tudo que eu faço é por nossa família e para desenvolver o grande talento de Lucía.

– Não vou discutir mais com você, José. – María suspirou. – Só desejo um novo fim e um novo começo. No entanto, mesmo que cada parte de mim queira levar Lucía para casa comigo, para crescer com a família como uma criança normal, eu sei que não posso fazer isso. Ela precisa ter uma chance. Portanto, eu o encarrego de tomar conta de nossa filha e protegê-la da melhor forma possível. Preciso confiar em você para fazer pelo menos isso.

– Pode confiar em mim, María. Eu juro.

– Você está livre agora, José. Mas nunca deixe Lucía saber a verdade sobre nós. Para ela, seremos sempre marido e mulher, mãe e pai dela.

– Como você quiser – concordou José.

– Agora, vou passar algum tempo com Lucía antes de vocês irem ao Villa Rosa. Vou vê-la dançar e depois parto para Sacromonte. – María respirou fundo, ficou na ponta dos pés e deu um último beijo em José. – Agradeço a você pela preciosa dádiva de meus filhos.

Então ela se afastou e entrou no quarto para falar com a filha.

Tiggy

Propriedade Kinnaird, Terras Altas
Escócia
Janeiro de 2008

15

Levantei a cabeça abruptamente quando voltei a mim. Mudei de posição e senti meus músculos das costas reclamando por me manterem ereta por tanto tempo no banquinho de três pernas. Estava escuro agora, e o ar no cômodo estava parado. O fogo na lareira devia ter se apagado havia algum tempo. Peguei o celular no bolso da calça jeans e usei a luz da tela para iluminar meu caminho até a lâmpada a óleo e acendê-la outra vez. Vi que Chilly estava dormindo em sua cadeira, a cabeça virada para o lado. Eu não tinha ideia do momento em que nós dois havíamos adormecido, mas sabia que, antes disso, eu havia mergulhado em outro mundo, cheio de pobreza, desespero e morte. Entretanto, as imagens que Chilly havia trazido à minha mente eram repletas de cor e paixão.

– Um mundo que faz parte de mim... do meu passado – sussurrei.

Eu me balancei de leve, sentindo que precisava sair daquele universo de sonhos no qual parecia entrar sempre que atravessava a porta da cabana do velho. Chilly era capaz de morar nele o tempo inteiro, mas eu não, e agora parecia que corria o risco de ser sugada pelo lugar. Após acender a lareira e pegar mais lenha para o *brujo* usar durante a noite, preparei um café forte para ele e o deixei ao lado de sua cadeira.

Observando seu rosto enrugado, tentei imaginá-lo como o menino que ele tinha sido, tocando violão para Lucía, sua prima...

– Isso significa que você e eu temos um parentesco distante... – concluí, hesitante.

Como era possível que ali, no meio das Terras Altas escocesas, eu tivesse encontrado um parente? E seria mesmo verdade aquela história?

– Adeus, Chilly – murmurei e me inclinei para beijar sua testa, mas ele não se mexeu.

Saí da cabana e fui recebida pelo frio brutal. Ainda tonta devido à fumaça da lareira e do cachimbo de Chilly, voltei para a casa.

– Onde você esteve o dia inteiro? – perguntou Cal com seu sotaque carregado quando entrei e pendurei meu casaco, me olhando com um ar de acusação. – Espero que não tenha ficado farreando com nosso convidado especial.

Nunca me senti tão feliz por ver aquela figura enorme e protetora na sala de teto baixo.

– Eu estava na cabana de Chilly. Ele... hum... não estava se sentindo bem hoje.

– Você e ele estão próximos, dá para ver. Você é uma vítima voluntária das histórias dele. – Cal riu. – Ele encheu a sua cabeça com contos de fadas e histórias do seu passado, não foi?

– Ele é um homem interessante e eu gosto de ouvi-lo – respondi, na defensiva.

– Isso ele é, mas não vá cair nas histórias dele. Uma vez ele me disse que eu fui um urso em outra vida, perseguindo a minha presa pelas Terras Altas. – Cal deu uma gargalhada, mas, ao vê-lo ali, elevando-se acima de mim, constatei que não era preciso muita imaginação para acreditar que um dia ele *foi* mesmo um urso. E até hoje Cal, o homem, *continuava* perseguindo sua vulnerável presa...

– Tig, você está com aquela expressão sonhadora nos olhos. Tenho exatamente a notícia que vai trazer você de volta à realidade.

– O quê?

Fui até a cozinha buscar algo para comer. Não tinha ingerido nada desde o café da manhã.

– O stalker solicita sua presença na Pousada amanhã às dez.

– Por quê? Para quê?

– Eu é que vou saber? Ele quer levá-la a algum lugar especial – afirmou Cal, parado à porta da cozinha, observando-me cortar uma fatia grossa de pão e espalhar margarina sobre ela.

– Não vou nem morta. Fui contratada para realizar um trabalho específico. Não posso ficar saindo para Deus sabe onde, apenas porque o nosso precioso hóspede assim deseja. Além disso, o que o senhorio vai dizer? Ou Beryl?

– Olha, Beryl vai amar. Ela disse que assim ele sai de perto e dá para abrir as janelas do salão principal para arejar o ambiente e deixar sair toda aquela fumaça de charuto. Acho que o sujeito não gosta de frio.

– Nem vem, Cal! – exclamei, dando uma mordida generosa no pão. – Eu me sinto uma prostituta! Sou uma especialista em vida selvagem, não uma acompanhante! Desculpe, mas não dá. Vou até a Pousada agora dizer a Beryl que preciso fazer muitas... pesquisas sobre o alce europeu. Ou algo assim – acrescentei, abrindo a geladeira para ver o que havia para o jantar, o que não era muito, e bati a porta de novo, com frustração.

– Calma, Tig, não precisa ficar tão zangada. Ele vai embora logo e, sejamos sinceros, você não tem exatamente mil coisas para fazer por aqui. Certo?

– E de quem é a culpa? Estou aqui há quase um mês e ainda não me sentei para ter uma boa conversa com Charlie sobre o futuro. Eu costumo ser uma pessoa ocupada, Cal, e não vou bancar a relações-públicas para um ricaço esquisito que quer que eu largue tudo para ficar à disposição dele.

– Tig, o que há de errado com você? Desembestou a falar! – Cal indicou duas garrafas de vinho tinto que haviam surgido na bancada. – Beryl mandou esse vinho para nós dois como agradecimento por nossa ajuda na noite de ano-novo. Vou abrir uma agora. Acho que você precisa beber algo mais forte esta noite.

– Não tem nada para comer no jantar junto com o vinho, Cal. Não fiz compras porque estava com Chilly e... Ah, meu Deus. – Suspirei, sentindo os olhos marejarem. – Desculpe, só não estou muito bem hoje.

– Dá para notar – disse Cal, gentilmente, enquanto tirava a rolha da garrafa com facilidade, como se fosse a tampa de uma banheira, e pegava duas taças no armário. – Agora... – Ele me ofereceu uma taça. – Leve isso com você e tome um banho enquanto preparo alguma coisa para comermos.

– Mas eu já disse que não tem nada...

– Vá logo... – Ele me empurrou até o banheiro. – Entre aí.

Quando voltei à sala, meia hora depois, sentindo-me um pouco mais calma, senti um delicioso aroma vindo da cozinha.

– *Tatties, neeps*, quero dizer, batatas e nabo, e o molho secreto da minha avó – disse Cal, colocando dois pratos na mesa. – Acrescentei frango ao meu, mas juro que não tem nenhuma carne nem nada de origem animal no seu.

– Obrigada, Cal – agradeci, mergulhando com gratidão a colher na tigela de legumes fervilhantes, cobertos com um suculento molho marrom.

Cal completou minha taça de vinho e se sentou à minha frente.

– Uau, isto está muito bom – falei, depois de algumas colheradas.

– Você vai se surpreender, mas antes de você chegar eu já comia. Então quem deixou você incomodada assim? Apenas Zed ou Chilly também?

– Ambos.

– Bem, você já deu sua opinião sobre o bilionário que quer comprar sua companhia, então vamos passar para o cigano esquisitão.

– Você vai dizer que ele é louco, Cal, o que deve ser verdade, e que eu sou louca por levar em consideração qualquer coisa que ele diz, mas...

– O quê?

– Chilly me contou que, quando era criança, disseram que um dia ele me guiaria de volta para casa. Ele também afirmou que conheceu minha avó. E me contou tudo sobre ela hoje.

– Muito bem. E você acredita nele?

– *Acho* que sim. Ele me disse coisas que meu pai escreveu numa carta e... É realmente ridículo, mas... sei lá. Talvez eu só esteja confusa e com o emocional abalado. Mesmo que eu sempre tenha acreditado em outro nível... quero dizer, num nível espiritual... Mesmo para mim, o que aconteceu esta tarde foi muito além. E o problema é que não sei se devo levar em conta o que ele me disse.

– Entendo – comentou Cal, assentindo, me encorajando a continuar.

– A verdade é que... tenho vergonha de dizer que estou tendo uma crise de fé. Sempre fui aquela que diz que devemos confiar no universo, *acreditar* em um poder superior... e aqui estou eu, completamente desnorteada porque tenho medo de que tudo o que Chilly me disse seja apenas a imaginação fértil de um homem velho e solitário. Você me entende?

– Entendo. Bem, vamos lá. – Cal afastou o prato. – Vou lhe dizer uma coisa. Posso brincar que Chilly tem o miolo mole, mas nunca diria que ele tem uma única gota que seja de maldade no corpo. Meu pai me disse que, nos velhos tempos, as pessoas iam até ele e levavam seus animais para receber remédios à base de ervas e saber o próprio futuro. E eu nunca ouvi dizer que ele errou. E, sim, agora ele está velho, e ninguém quer mais saber dele e de seus métodos, mas é um bom homem. E, se for para acreditar que alguém tem o dom para ver e curar, esse alguém é ele. Além disso, é evidente quanto ele gosta de você. Ele não lhe faria mal nenhum, Tig, pode ter certeza.

– Eu sei de tudo isso, Cal, mas... E se ele *ficou* louco na velhice? Talvez ele só queira *acreditar* que há uma ligação entre nós, que eu sou a garota da qual lhe falaram... que *tenho* uma relação com ele de alguma maneira...

– Tenho a impressão de que, na verdade, você está com medo de acreditar nele. Você sabe que sou cético, mas nem eu vejo qualquer razão para ele falar sem propósito. Lembre-se, ele é um cigano, e quantos milhares de pessoas confiaram na capacidade dele de ver além? Se o seu próprio pai lhe disse a mesma coisa, por que ainda tem dúvida?

– Porque *estou* com medo – confessei. – Talvez porque seja algo tão pessoal... quero dizer, minha família biológica, de onde eu venho... é aterrorizante – sussurrei.

– Talvez um dia você me conte o que Chilly disse sobre a sua família, Tig, mas eu realmente acho que você deve ver com os próprios olhos isso aí que ele falou.

– Sim, mas eu não posso simplesmente abandonar o trabalho, entende? O pouco que ele envolve.

Revirei os olhos e tomei um grande gole de vinho.

– Daqui a pouco o senhorio vem aqui. Você só precisa ter paciência.

– Outra coisa bizarra é que uma das primeiras coisas que Chilly me disse foi que eu partiria em breve. Quero dizer, os gatos estão quase bem agora. Seria bem melhor para Charlie contratar alguém para ajudar você a cuidar da propriedade.

– Por falar nisso, Lochie vai começar daqui a uns dois dias. Eu liguei para o senhorio e ele aprovou.

– Que ótima notícia, Cal! Lochie parece exatamente o tipo de pessoa de que você precisa.

– Ele só concordou porque o Lochie vai ser subsidiado pelo governo num desses programas de treinamento, mas estou feliz mesmo assim. Agora, é óbvio que você está exausta. Por que não vai dormir cedo esta noite?

– Você quer dizer dormir o meu sono da beleza para Zed? Talvez eu vista minha melhor lingerie e pinte as unhas dos pés também...

– *Aye*. – Cal levantou-se. – Você me convenceu. Vou até a Pousada agora dizer a Beryl que você vai estar ocupada amanhã, ok?

– Mas eu vou me sentir mal pela Beryl. Quero dizer, não é culpa dela, e ela parece tão estressada agora...

– Não se preocupe, menina, vou dar um jeito. – Cal já estava a caminho da porta. – Vá se deitar para dormir.

❋ ❋ ❋

Fiquei tão aliviada que dormi um sono profundo, sem sonhos, e acordei muito mais calma na manhã seguinte. Enquanto alimentava os gatos, resolvi que teria que enfrentar a Pousada em algum momento, não só para verificar meu contato no zoológico, que ainda não respondera ao meu e-mail sobre o alce europeu, mas também para pesquisar na internet sobre Sacromonte e Lucía Albaycín. Só assim eu saberia se Chilly estava dizendo a verdade.

– Está melhor? – indagou Cal quando voltei.

– Estou, sim. Desculpe pela noite passada. Eu estava meio perturbada, mas já passou. Obrigada por ser tão cuidadoso, Cal.

– Não seja boba. Preste atenção. Por que você não vem comigo agora de manhã? Vou fazer a contagem dos veados no vale principal.

– Para poder diminuir o número amanhã?

– Exato, mas não faz mal você saber onde eles gostam de se esconder, não é? E assim você também pode escapar, caso o tal Zed não aceite um não como resposta da Beryl.

– Você falou com ela?

– Sim, e ela concordou. Saio em dez minutos. Vamos aproveitar e levar o almoço de Chilly. Aliás, pode ser que eu, e não você, tenha que lidar com nosso hóspede. Ele me pegou quando eu estava saindo da Pousada ontem à noite e perguntou se eu poderia providenciar uma arma e um alvo para ele praticar tiro enquanto está aqui.

Vestindo minhas habituais camadas de roupa, preparando-me para o frio lá fora, refleti sobre as informações que Cal me transmitira. Fui até o pátio e assobiei para Thistle, que saiu do celeiro ainda se espreguiçando e pulou, com uma alegria desengonçada, no banco de trás do Beryl. Então, armados com binóculos, fomos descendo lentamente até o vale principal. Cal parava de vez em quando e apontava para moitas de arbustos, sob os quais os veados e as corças se refugiavam em grupos separados, em lados opostos do vale.

– Eles logo vão para as partes mais altas, para pastar, por isso o melhor horário para contá-los é de manhã cedo – explicou Cal, apontando para um pequeno arvoredo do outro lado do riacho congelado que serpenteava através do vale. – Quantos ali, Tig?

Focalizei meu binóculo, observando os sete animais agrupados, e olhei novamente. E mais uma vez...

– Cal, depressa!

– O que foi?

– Ai, meu Deus, acho que tem um veado branco bem ali, à esquerda...

Cal mudou o foco de seu binóculo.

– Está vendo? – insisti. – Ele está entre aqueles dois, um pouco mais distantes dos outros, na parte de trás...

– Não estou vendo, Tig. – Ele baixou o binóculo depois de algum tempo e balançou a cabeça. – É isso que dá olhar para a neve por muito tempo. Ela começa a se mover e assumir formas estranhas diante dos seus olhos.

– Não! Eu tenho certeza de que vi!

Sem esperar pela resposta de Cal, abri a porta e saltei do carro. Assim que me vi do lado de fora, percebi que a neve ia até meus joelhos. A ponte de madeira era como um rinque traiçoeiro de patinação no gelo. Consegui atravessar essa parte e estava agora a apenas uns 40 metros do arvoredo. Usei de novo o binóculo, mas os animais deviam ter ouvido o barulho dos meus passos, pois desapareceram em meio às árvores.

– Droga! – exclamei. – Eu vi você, eu sei que vi.

Voltei para o carro, e Cal, de braços cruzados, me lançou uma de suas carrancas especiais. Sem dúvida, estava certo de que eu havia enlouquecido.

– Algum sinal dele?

– Não, o bando inteiro desapareceu.

– Jura? – disse ele, o sarcasmo transbordando de sua voz enquanto o carro voltava a andar. – É isso que acontece quando você passa muito tempo com nosso amigo cigano. Daqui a pouco você vai começar a ver unicórnios, sua maluca.

Dez minutos depois, do lado de fora da cabana de Chilly, Cal me impediu de sair do carro.

– Devido às atuais circunstâncias, é melhor eu levar o jantar dele hoje. Você fica esperando aqui.

Enquanto Cal estava lá dentro, fechei os olhos e vi a imagem do veado branco em minha mente.

– Eu *vi*, tenho certeza – sussurrei para mim mesma. – De verdade.

Thistle deitou sua cabeça em meu ombro, como se tentasse me reconfortar, e eu o acariciei, distraída.

Cal voltou dez minutos depois, dizendo que Chilly parecia bem e que havia perguntado por mim. Enquanto dirigíamos de volta para casa, ouvimos um ruído trovejante. Olhei para cima e vi um helicóptero voando baixo sobre o vale.

– Uau, nunca vi um helicóptero por aqui antes – comentei.

– Provavelmente é um helicóptero de resgate para levar alguma pobre alma ao hospital de Inverness. Foi uma noite difícil no mar, segundo o serviço de meteorologia – disse ele.

Mas, assim que chegamos à casa, vimos o helicóptero pousado no centro do gramado, em frente à Pousada.

– Deve ser para Sua Alteza – disse Cal, quando descemos do carro. – Talvez ele precise do helicóptero para levá-lo à cidade, onde pretende comprar uma garrafa do melhor conhaque e mais alguns charutos.

Cinco minutos depois, Cal e eu nos aquecíamos com uma xícara de café, quando alguém bateu à nossa porta.

– Lá vem problema – murmurou ele, e foi atender.

– Tiggy está? – perguntou uma voz familiar.

– Sim – respondeu Cal, de maneira brusca. – Vou chamá-la. Tig? Você tem visita. – Cal voltou-se para mim com um ligeiro dar de ombros. – Estarei no galpão.

– Olá, Tiggy – disse Zed, entrando na casa enquanto Cal saía, apesar do meu olhar intenso implorando que ficasse. – Parece que você voltou na hora certa.

– Para quê?

– Um passeio panorâmico pela região. Depois um almoço num lugar que conheço em Aviemore. É um resort de esqui a apenas meia hora de viagem de helicóptero daqui.

– Eu... Obrigada, mas não vai dar, tenho que trabalhar.

– Mas você tem uma hora de almoço, não? Prometo que às três já estaremos de volta.

Obviamente, ele havia ignorado tudo o que Beryl dissera sobre eu não estar disponível.

– Mas você precisa vestir isso.

Ele me entregou uma sacola preta da Chanel.

– O que é isso? – perguntei, perplexa.

– Apenas algumas coisas que escolhi para você e mandei trazer aqui de helicóptero. Imagino que você não deve ter trazido todas as suas roupas para cá. Agora vá se trocar, por favor, e poderemos ir.

Fiquei tão chocada que não consegui pensar em nada para dizer, então resolvi que era melhor ir até o quarto e me dar alguns segundos para refletir sozinha. Fechei a porta e afundei na cama.

Cedendo à curiosidade, abri a sacola e encontrei várias peças, todas habilmente embrulhadas em papel de seda branco com uma pequena camélia também branca. O primeiro pacote que abri continha um suéter creme, parecido com o meu furado, mas feito da mais suave casimira. O pacote seguinte consistia em uma calça de lã preta, com um corte elegante. O terceiro e maior trazia um lindo casaco de esqui creme acolchoado, e o último, um gorro preto com um lenço de casimira e luvas combinando.

Não resisti e acariciei o suéter, desejando ter algo de tamanha beleza. Ele poderia ser meu se...

Tiggy, comporte-se!

Odiando a mim mesma pela consternação que sentia ao embrulhar de novo os presentes, respirei fundo e fui enfrentar Zed, também conhecido como minha versão pessoal de Richard Gere no filme *Uma linda mulher*.

– Muito obrigada pelos presentes, mas não posso aceitá-los.

– Por que não?

Um milhão de respostas – cada uma mais rude que a outra – pularam em minha mente, mas me contive porque sabia que Charlie precisava de Zed. Então eu optei pela mais simples.

– Apenas não posso.

– Ótimo. – Para minha surpresa, ele bateu palmas, parecendo exultante. – Você acabou de passar no primeiro teste! Agora, posso declarar que, sem dúvida, você é diferente de qualquer outra mulher que conheci.

– É mesmo? – perguntei, a raiva crescendo dentro de mim. – Bem, você não imagina como estou contente por deixá-lo feliz passando num teste que eu nem sabia que estava fazendo. Agora, por favor, posso continuar com meu trabalho aqui?

Eu me virei para sair do chalé, mas ele se adiantou e segurou meu braço com delicadeza.

– Tiggy, ou não queria irritar você. Sinto muito. Pensando melhor, percebo que foi uma estupidez minha. Mas, bem, você não pode imaginar como é difícil ser eu...

– Não, realmente não posso – concordei, furiosa.

– Quero dizer, as mulheres que eu conheço... Sei que isso pode parecer meio "problema de rico", mas eu nunca tenho certeza se elas gostam de mim por mim mesmo ou pelo que posso lhes oferecer.

E eu não tenho certeza se vou com a sua cara...

– Sim, é bem "problema de rico" mesmo – confirmei. – Na verdade, nada poderia ser mais "de rico" do que isso.

– Eu só queria ter certeza de que você não podia ser comprada.

– Ótimo. Bem, agora que você sabe que não posso, preciso ir.

– Sim, claro. Vou cancelar o helicóptero. Foi uma ideia ridícula, mas eu queria que nós dois voássemos para longe de Kinnaird para que pudéssemos nos conhecer melhor. A intenção era boa. Me perdoe.

– Claro. Obrigada pela intenção, de qualquer maneira.

Ele andou até a porta e se virou.

– Por acaso... quero dizer, como o helicóptero está aqui, e seria um desperdício dispensá-lo, você gostaria de fazer uma viagem pela propriedade? Sem compromisso, juro, e trago você de volta lá pelas duas horas.

Eu realmente adoraria, pensei, *seria fantástico ver a propriedade lá de cima. Mas...*

– Hum, não, obrigada, Zed. Eu realmente detesto helicópteros. Tive que voar em um quando passamos do La Môle para o barco do meu pai em Saint-Tropez e fiquei muito enjoada. Agora, me desculpe, eu realmente tenho trabalho a fazer.

Então fui até a porta do chalé e a abri para ele sair. Finalmente entendendo a deixa, cabisbaixo como um menino que fez travessura, Zed partiu.

16

a manhã seguinte, ao abrir a porta da frente, me deparei com um enorme buquê de flores e um envelope endereçado a mim no capacho. Eu os recolhi e entrei para ler a mensagem. Abri o envelope, desdobrei a folha de papel e estudei a bela caligrafia da mensagem escrita a tinta.

Pousada Kinnaird
5 de janeiro de 2008
Minha cara Tiggy,
Uma pequena lembrança para lhe oferecer, mais uma vez, as minhas desculpas pelo comportamento imprudente e insensível de ontem.
Podemos começar de novo, por favor?
Zed

– Hum – falei para Thistle enquanto me dirigia à Pousada.

– Bom dia, Tiggy – disse Beryl, fritando bacon, quando entrei na cozinha. – Tudo bem com você?

– Sim, obrigada. Vim pegar a comida de Chilly. Ah, por acaso o escritório está livre? Preciso verificar meus e-mails.

– Está, mas nosso hóspede atual costuma ocupá-lo das nove horas em diante, por isso eu iria depressa, se fosse você.

– Obrigada – respondi, atravessando o longo corredor até o escritório e fechando a porta com firmeza. – Certo – murmurei, abrindo o Google e digitando "Lucía Albaycín".

A Roda da Morte girava com uma insuportável lentidão enquanto a máquina fazia o seu melhor para me conectar com o que poderia ser o meu passado...

Por fim, comecei a acessar as informações, que iam surgindo na tela como um rolo de pergaminho moderno. Cliquei no primeiro link e vi que era da Wikipédia, o que significava que Lucía havia sido famosa e, por conseguinte, que a história de Chilly sobre ela não fora uma completa invencionice. Por outro lado, ela poderia ser uma treinadora de cavalos da América do Sul ou algo do gênero...

Assim que o site começou a abrir, vi um pedaço hipnotizante de uma fotografia em preto e branco com o nome dela e metade de sua testa. Ouvi a porta ser aberta. Pressionei "imprimir" e, em seguida, minimizei a tela.

– Bom dia, Tiggy. Você já está a todo vapor.

Antes que eu tivesse chance de me virar, senti duas mãos pousadas suavemente em meus ombros.

– Você está tremendo – observou Zed.

– Deve ser um princípio de resfriado – menti e logo me levantei.

– Você vai demorar? Preciso enviar um e-mail urgente.

– Não, só estou imprimindo algo rápido e já libero o escritório.

– Bem, vou tomar café da manhã enquanto isso.

Recolhi as páginas da impressora abaixo da escrivaninha e fiquei satisfeita ao ver uma fotografia desfocada da mulher da qual Chilly havia me falado. O título era: "Lucía Albaycín – dançarina de flamenco".

Fervilhando de ansiedade, consegui me conter e não ler o texto de imediato. Saí do escritório e atravessei correndo a porta dos fundos.

Dei de cara com Cal, que estava prestes a sair, e pulei ao lado dele no Beryl.

– O que você está fazendo aqui?

– Evitando Zed e pegando uma carona até Chilly – expliquei, indicando o pote de plástico em minhas mãos. – Pensei também em dar uma passada pelo arvoredo onde eu imaginei ter visto...

– Você sabe muito bem por onde eu passo para chegar à cabana de Chilly. – Cal suspirou. – Você está entrando num beco sem saída com essa sua fantasia. Se houver mesmo um veado branco em Kinnaird, juro que vou correr pelado na neve apenas com bucho de carneiro cobrindo minhas partes!

– Estou louca para ver isso. Porque eu tenho certeza, Cal. Eu sei o que eu vi.

– E eu tenho certeza de que ele estava dançando com as fadas do vale quando você o viu – acrescentou Cal, gargalhando ao abrir a porta de trás do Beryl para deixar Lochie subir.

– Bom dia para vocês dois – disse ele, batendo a porta.

– Oi, Lochie, que bom ver você por aqui.

– Oi, Tiggy.

Ele deu um sorriso afetuoso e partimos para o vale.

Cal fez uma pausa em frente ao arvoredo e eu desci do carro. Sabia que ele tinha muito a fazer e não levava fé no que considerava obra da minha imaginação.

Atravessei a ponte, apontei meu binóculo, mas os veados já haviam rumado para as partes mais altas do vale. Era tarde demais.

– Viu alguma coisa? – perguntou-me Cal quando partimos.

– Não. Amanhã podemos sair mais cedo? – implorei. – Antes que eles subam a colina para pastar.

– Está bem, mesmo que seja apenas para você se convencer de que está vendo coisas. Agora, vamos até o Chilly, porque eu e Lochie temos veados para contar e cercas para emendar.

– Talvez seja melhor você levar de novo a comida do Chilly, Cal. É menos provável que ele convença você a ficar – sugeri, quando nos aproximamos da cabana. – Diga a ele que venho amanhã! – gritei pela janela. – E mande lembranças.

❀ ❀ ❀

Naquela tarde, procurei nos armários os ingredientes para fazer um curry que prometera para Cal havia séculos. Ele se mostrara muito paciente comigo nos últimos dias e achei que precisava agradecer. Como faltava quase tudo, tive que pegar o carro extra para ir correndo até Tain fazer compras.

– Oi, Cal – falei, quando ele voltou para casa naquela noite. – Teve um bom dia?

– Muito bom, obrigado. Lochie é uma joia. É bem mais forte do que aparenta e realmente sabe das coisas.

– Isso é ótimo – comentei, sem continuar o assunto, enquanto ele se dirigia ao banheiro.

Para minha surpresa, ouvi as torneiras se abrindo. Em geral, e sendo o cavalheiro que era, Cal deixava que eu tomasse banho primeiro.

Talvez ele tenha caído em cocô de veado, pensei, voltando à cozinha para verificar o curry.

Após quinze minutos, como Cal não apareceu, bati à porta do banheiro e senti um cheiro agradável de loção pós-barba.

– O curry fica pronto em dez minutos, tudo bem? Eu tinha prometido que ia fazer um! – gritei.

A porta se abriu e Cal surgiu em seu roupão, recém-barbeado.

– Tig, hoje é o dia que eu saio à noite para ver Caitlin, lembra? Vou para Dornoch agora mesmo.

– Ah, claro! Eu tinha me esquecido completamente. Não faz mal, o curry fica ainda melhor no dia seguinte. Vou guardar um pouco para amanhã.

– Obrigado, e me desculpe, Tig.

– Não tem problema – respondi, seguindo-o quando ele foi para o quarto se vestir. – E você realmente precisa trazer logo Caitlin para jantar aqui. Eu adoraria vê-la novamente.

– Vou trazer, sim.

Ele fechou a porta do quarto na minha cara e, dez minutos depois, surgiu vestindo uma camisa xadrez e uma calça jeans limpa. Nem parecia a mesma pessoa.

– Você volta hoje à noite? – perguntei, parecendo até que era mãe dele.

– Se o céu estiver claro, sim. Tchau, Tig – respondeu ele, vestindo o casaco. – Enquanto eu estiver fora, vê se não arruma confusão.

– Rá! – falei para Alice enquanto a alimentava. – Acho bem improvável que eu arrume alguma confusão. Mas vou deixar Thistle entrar – confessei, sentindo-me rebelde.

Abri a porta e chamei o cachorro, sentindo uma explosão gelada de ar abaixo de zero:

– Venha, querido!

– Esse é um convite muito agradável – disse uma voz humana quando Thistle veio correndo, seguido, um instante depois, por um homem.

– Oi, Zed – falei, com um aperto no coração. – Precisa de alguma coisa?

– Sim. De alguém para compartilhar esta ótima garrafa de Châteauneuf--du-Pape numa congelante noite de inverno. Que cheiro gostoso! – afirmou ele, inspirando fundo. – Está esperando alguém? Eu vi Cal sair.

– Não, é que me deu vontade de comer curry – respondi, incapaz de pensar numa desculpa para dispensá-lo que não fosse uma flagrante grosseria. – Pode entrar para tomar o vinho.

Ele pisou na soleira, mas Thistle posicionou-se à minha frente, os pelos eriçados e um rosnado ameaçador.

– *Scheiße*, controle essa coisa! – murmurou Zed, dando um passo para trás.

– Shh, Thistle, tudo bem – falei, colocando a mão no dorso do animal. – Não sei o que deu nele, geralmente é tão calmo e gentil...

– É óbvio que ele não tem nenhuma disciplina – sentenciou Zed, com arrogância.

– Thistle – sussurrei no ouvido do cachorro, que não parava de rosnar. – Se não parar, vou mandar você lá para fora.

Eu me senti terrivelmente desleal com meu protetor canino, mas temia que Zed se queixasse com Cal ou Charlie do comportamento de Thistle, então conduzi o cão para o pátio enquanto Zed entrava no chalé. Quando fechei a porta, pensei na péssima troca que acabara de fazer. Tentei ignorar os ganidos persistentes que vinham de fora.

Zed me seguiu até a cozinha e eu lhe entreguei um saca-rolhas velho e torto, que dava muito trabalho para manipular. Assisti à luta dele com a peça antes de despejar o líquido vermelho em duas taças.

Após seu ritual de cheirar e girar a taça, ele tomou um gole e inclinou a cabeça para trás, passando o vinho ao redor da boca antes de engolir.

– Está bom – anunciou ele. – É o complemento perfeito para um curry.

– Isso é uma indireta? Se for, você está convidado, mas já vou avisando que é vegano. Além disso, tenho certeza de que Beryl tem algo delicioso esperando por você na Pousada.

– Hoje é a folga de Beryl, então aquela moça meio idiota veio para esquentar uma sopa – respondeu Zed com desprezo. – Até mesmo seu curry soa melhor do que isso.

– Hum, obrigada. Bem, não custa nada experimentar um pouco. E eu estou morrendo de fome.

– Posso ajudar em alguma coisa?

– Acho que seria bom avivar o fogo – respondi.

Quando ele saiu da cozinha, passou pela minha cabeça que ele nem devia saber como fazer isso, pois devia ter um empregado encarregado dessa tarefa.

– Em que universidade você estudou? – perguntei, para ter algo sobre o que conversar, quando nos sentamos para comer.

– Na Sorbonne, em Paris. Eu só percebi há uns dois dias por que seu nome me era familiar. Estudei com sua irmã, Maia.

– Sério?

– Sim. Na verdade, saímos algumas vezes. Nada sério, mas lembro que ela falou das irmãs adotivas com nomes estranhos. Quando terminei a universidade, ela ainda tinha outro ano pela frente e perdemos contato.

– Ela nunca falou de você para mim, mas acho que não falaria mesmo. É muito reservada.

– Eu me lembro dela como uma menina muito doce. E incrivelmente bonita, claro.

– Sim. De nós seis, ela é conhecida pela beleza.

– E pelo que *você* é conhecida?

– Ah, eu sou a excêntrica. – Tiggy sorri. – Elas me chamam de "a irmã espiritual".

– Tipo, uma feiticeira?

– Quem sabe? Mas por fora sou um anjo. É parte do meu problema, na verdade. Nunca faria nada com a intenção de ferir os sentimentos de alguém – respondi, de maneira taxativa.

– Agora, me ajude a lembrar: Electra é uma das irmãs D'Aplièse?

– É minha irmãzinha caçula. Você a conhece também?

– Tenho certeza de que nossos caminhos se cruzaram em Nova York, em eventos de caridade e coisas assim.

– Ela faz muito esse tipo de coisa. Você também faz?

– Costumava fazer. Era divertido, então por que não?

– É exatamente o tipo de coisa que eu odeio. – Fiz uma careta. – Espaços enormes cheios de pessoas vazias dando beijinhos falsos umas nas outras só para serem fotografadas e aparecerem em revistas.

– Também não é assim, Tiggy. – Zed levantou uma das mãos. – Você não pode generalizar.

– Para ser honesta, posso, sim. Electra se tornou uma pessoa vazia nos últimos tempos, e sei que isso tem a ver com o mundo das celebridades em que ela vive.

– Talvez não tenha a ver com o lugar, mas com as companhias – sugeriu Zed.

– Na verdade, minha vida agora tem *tudo* a ver com o lugar e não com as companhias. – Eu sorri.

– Bem, do mesmo modo que você diz que odeia festas com celebridades, eu não consigo lidar com o isolamento daqui. Admito que tenho pouca capacidade de concentração e a paciência de um diabo, não de um santo. Estar em Kinnaird me leva a enfrentar meus maiores medos: internet limitada, quilômetros de distância da cidade mais próxima e nenhum evento social ou pessoas, exceto você, é claro. Pelo menos você é uma excelente companhia.

– Obrigada, mesmo que você faça Kinnaird parecer um tipo de provação. Quero dizer, você não está exatamente sofrendo maus-tratos, está? A Pousada é linda e *tem* internet, por mais instável que seja.

– Você tem razão – concordou Zed. – Sou uma criança mimada. Agora diga-me como está seu pai. Maia falava dele com muito carinho.

– Infelizmente, ele morreu em junho passado. Nós o adorávamos e a perda foi um grande golpe.

Pela primeira vez, consegui me conter e não falar da sensação de que ele não estava morto. Eu não acreditava que Zed tivesse uma gota de espiritualidade no corpo.

– Lamento por sua perda, Tiggy. Meu pai também morreu recentemente – comentou Zed em voz baixa. – Tecnicamente, foi câncer, mas, como ele nunca ficara doente antes, logo depois que recebeu o diagnóstico terminal, partiu em seu iate e cometeu suicídio.

– Ah, Zed, que situação difícil. Sinto muito.

– Provavelmente foi melhor assim. Ele estava muito velho, tinha mais de 90 anos e, sem dúvida, aproveitou bem a vida. Trabalhou no escritório em Nova York até o fim.

– Qual era a empresa dele?

– Lightning Communications, a empresa que herdei. Eu já trabalhava para ele há anos e achei que estava bem preparado, mas é totalmente diferente quando a responsabilidade cai sobre os *seus* ombros.

– Qual era o nome do seu pai?

– Kreeg, e Eszu é o nosso sobrenome. Você deve ter ouvido falar dele. Estava sempre nos jornais, fotografado em algum evento social ou dando entrevistas na televisão. Ele tinha uma aura de grandeza. E o que seu pai fazia?

– Não sei muito bem. Ele estava sempre viajando quando éramos crianças, mas mantinha o trabalho bem longe de todas nós. Ele dizia que, quando estava em Atlantis, a casa da nossa família em Genebra, era o momento de estarmos juntos.

– Meu pai me levou ao escritório em Nova York pela primeira vez quando eu ainda era bebê, segundo minha mãe. E eu mal saí de lá desde então. – Zed abriu um sorriso pesaroso. – Nos últimos meses, tantos problemas têm surgido que tenho saído menos ainda.

– Imagino. Sua mãe ainda está viva?

– Infelizmente, não, embora ela fosse trinta anos mais jovem que meu pai. Eles se divorciaram quando eu era adolescente. Enfrentaram uma batalha judicial para decidir quem ficaria com a minha guarda. Meu pai venceu, como sempre, embora eu não entenda por que ele lutou tanto para ficar comigo, já que imediatamente me mandou para o internato. Mamãe morreu em um acidente de esqui aos 40 e poucos anos. Trágico, realmente. Desculpe, Tiggy, não sei por que estou contando tudo isso, mas obrigado por escutar. – Ele colocou sua mão sobre a minha. – E obrigado pelo jantar. Estava surpreendentemente bom.

– De nada. Eu gosto de cozinhar. Quando eu era criança, costumava passar horas na cozinha com Claudia, nossa governanta. Ela me ensinou vários pratos deliciosos que levam legumes.

– Governanta?

Zed sorriu, e eu percebi que havia feito revelações sobre a minha vida outra vez.

– Por favor, Zed, podemos deixar esse assunto de lado?

– É claro. Então me conte – disse ele, inclinando-se para a frente –, qual é o emprego dos seus sonhos?

– Eu sempre quis ir para a África, trabalhar com animais de grande porte na natureza.

– Fazendo o quê?

– Conservação, principalmente, que foi o que estudei no meu curso de zoologia. Mas recentemente percebi que também estou interessada em cuidar dos animais de uma maneira direta.

– Você quer dizer, como veterinária?

– Talvez.

– Eu acho conservação muito mais charmoso.

– Não estou realmente interessada em "charme", Zed, apenas em usar minhas habilidades para o bem – afirmei, levantando-me para tirar a mesa.

– Bem, você definitivamente é sexy – disse ele, levantando-se também e me seguindo em direção à cozinha. Ele tirou os pratos das minhas mãos, colocou-os na mesa e me apertou em seus braços. – Posso beijar você?

Antes que eu tivesse chance de responder, seus lábios encostaram nos meus. Em choque, senti a cabeça confusa, enquanto tentava escapar de seus braços.

– Boa noite a todos. – Cal estava parado à porta, a pilha de neve em seu chapéu fazendo com que parecesse o Abominável Homem das Neves. Os braços em volta de mim relaxaram no mesmo instante. – Estou interrompendo alguma coisa? – perguntou Cal, fingindo inocência.

– Não! – respondi depressa, indo até ele. – Zed estava prestes a sair, não estava?

– Espero que não seja por minha causa. Desculpem incomodar, mas peguei o Land Rover reserva e o maldito parou. Tive que voltar caminhando por mais de 3 quilômetros. Estou doido por um chocolate quente para me aquecer. Quer se juntar a mim? – ofereceu a Zed, livrando-se de seu agasalho ensopado.

– Não, obrigado. – Zed leu os sinais. – Certo, então vou saindo. Obrigado pelo curry, Tiggy. Boa noite.

Zed saiu batendo a porta.

– Ai, meu Deus! Que bom que você entrou na hora certa! – exclamei, desabando no sofá, choque e alívio invadindo meu corpo.

– Fico feliz que a noite arruinada com minha noiva tenha trazido alguma vantagem – afirmou Cal com ironia, parando em frente à lareira. – Imagino que aquilo não era um abraço de boas-vindas.

– Não, definitivamente não era – respondi, ofegante, ainda assustada. – Ele simplesmente me agarrou!

– Ele está maluco por você, sem sombra de dúvida.

– Eu me senti tão perseguida quanto um veado numa caçada.

– Escute, eu estou aqui agora para proteger você, Tig. Vou vestir umas roupas secas, mas amanhã de manhã nós conversamos, certo?

– Está bem. Obrigada, Cal.

Não consegui pregar o olho naquela noite. Tinha visões de Zed tentando arrombar minha janela com um pé de cabra para dar o bote e fazer comigo o que quisesse...

– Ora, Tiggy – disse a mim mesma na manhã seguinte ao me arrastar para fora da cama. – Tudo o que ele fez foi tentar beijá-la. Não era um estupro. Ele está acostumado a dar o primeiro passo, é claro.

E se Cal não tivesse chegado naquele instante...?

– Você está com uma cara péssima – observou Cal, quando nos encontramos na cozinha.

– É porque estou péssima. – Eu suspirei. – Podemos deixar todas as cortinas fechadas para ter certeza de que ele não está me observando?

– Você se meteu numa bela sinuca. É uma verdadeira *femme fatale*.

– Não tem graça, Cal, não mesmo. Eu não sei por quê, mas ele me assusta.

– Acho que, se perceber que está no caminho errado e não tem chance com você, esse lagarto velho vai voltar para o calabouço úmido de onde fugiu.

Aventurando-me do lado de fora depois que Cal saiu, vi que a neve estava alta, após mais uma grande nevasca na noite anterior, então resolvi usar o Beryl para visitar os gatos. Se já estava difícil caminhar perto do chalé, a neve devia estar acima dos meus joelhos no vale. Como eu já esperava, os gatos não saíram para brincar, então dirigi de volta para casa, acendi o fogo e levei as páginas que havia imprimido sobre Lucía Albaycín para a poltrona perto do fogo, em parte porque queria ler o máximo possível sobre ela antes de visitar Chilly, mas também porque aquilo me impediria de pensar em Zed.

Com certeza, a versão da Wikipédia sobre o início da vida de Lucía e sua ascensão à fama estava em perfeito acordo com o que Chilly me contara. E, como ele não sabia ler e provavelmente nunca havia colocado os olhos em um computador, não podia ter tirado dali nenhum detalhe. Li até o ponto em que ela dançava no Bar de Manquet em Barcelona e decidia tentar voos mais altos. Seria melhor se o próprio Chilly me contasse o resto, mas pelo menos agora eu sabia que era possível verificar se a história era real e se *éramos* parentes.

– Então – eu disse para o meu reflexo no espelho – parece que você *tem* mesmo sangue cigano.

De fato, isso explicava muita coisa, pensei, enquanto ia até a Pousada para pegar o almoço de Chilly. No caminho para a cabana dele, parei mais uma vez perto do arvoredo para procurar o veado branco, mas a área estava deserta e eu segui em frente.

Para meu espanto, quando abri a porta da cabana, não encontrei Chilly em sua cadeira. Em vez disso, dormia no quarto e a casa estava congelante. Pé ante pé, fui até a cama dele. Sabia que estava vivo por causa dos grunhidos e murmúrios que o velho soltava.

– Chilly? Você está bem? – perguntei.

Ele abriu um olho e fez um sinal com a mão para eu me afastar. Então tossiu, um som cavernoso que veio do fundo de seu peito. A tosse prosseguiu e ele começou a engasgar.

– Vou ajudar você a se sentar, Chilly – falei, em pânico. – Vai ser melhor.

Ele estava ocupado demais com a tosse para me impedir, então o segurei pelos ombros e o apoiei no travesseiro. Ele era tão leve e flexível quanto uma boneca de pano e, quando toquei sua testa, vi que ardia em febre.

Exatamente como Felipe, pensei.

– Chilly, você está doente. Sua tosse está horrível. Vou chamar um médico pelo rádio agora mesmo.

– *Não!* – Um dedo trêmulo apontou para a cômoda. – Use ervas. Eu digo quais e você põe para ferver – ordenou ele, com a voz rouca.

– Tem certeza? Eu acho que agora precisamos de uma ajuda médica adequada.

– Faça o que mando ou vá embora!

Os olhos de Chilly, já tingidos de vermelho devido à febre, me encararam. Outro acesso de tosse se seguiu e eu busquei um copo de água e o fiz beber um pouquinho.

Seguindo as orientações de Chilly, peguei anis, cominho, tomilho e eucalipto na cômoda, acendi a chama de gás e coloquei os ingredientes em uma panela com água. Deixei cozinhar em fogo brando, peguei um pano limpo na cômoda, que umedeci, e comecei a pressionar a testa dele, como Ma fazia quando eu era criança e tantas vezes ficava de cama.

– Eu tinha uma asma muito grave quando era pequena – expliquei. – Sempre tinha acessos de tosse terríveis.

– Outra doença virá para você – murmurou ele, enquanto revirava os olhos, o que sempre acontecia quando estava tendo uma visão.

Ele cochilou e eu me sentei em sua cama, analisando o que ele acabara de me dizer, esperando que estivesse se referindo apenas a uma gripe. Também percebi que, embora fosse ótimo ouvir sobre minha avó aparentemente famosa, não sabia quem fora a minha *mãe*. E, se Lucía Albaycín ficou famosa quando era mais velha, ela deveria ter sido muito rica, então provavelmente não foi a situação financeira que fez com que eu fosse dada para adoção.

As ervas e especiarias, que encheram a sala com um cheiro quase antisséptico, deixaram a água com uma cor marrom-escura. Tirei a panela do fogão, desliguei o fogo e despejei a poção na caneca de lata do cigano.

– Chilly, está pronto. Você tem que acordar e beber.

Ele precisou de ajuda, mas consegui levar a caneca a seus lábios e ele tomou pequenos goles até esvaziar a caneca.

– Vou melhorar agora, Hotchiwitchi.

Chilly sorriu, acariciou minha mão e fechou os olhos de novo.

Achei melhor dar a ele uma hora para ver se as ervas realmente baixariam sua temperatura. Caso isso não acontecesse, eu passaria um rádio para Cal pedindo um médico.

Estava nevando outra vez, os flocos que se amontoavam no peitoril filtrando a luz que entrava pelas minúsculas janelas. Eu me perguntei mais uma vez como era possível Chilly ter sobrevivido ali, sozinho, durante todos aqueles anos. Mas ele diria que não estava sozinho, que as árvores, o vento e os pássaros conversavam com ele e lhe faziam companhia.

Era interessante como a maioria das pessoas que eu conhecia considerava o silêncio insuportável. Elas se afogavam em música, televisão ou conversas. Mas eu adorava, porque podia apreciar o silêncio da maneira adequada, que, é claro, não era silêncio, mas uma cacofonia de sons naturais: o canto dos pássaros, o farfalhar das folhas das árvores ao sabor da brisa, o vento e a chuva... Fechei os olhos e prestei atenção, escutando o ligeiro som dos flocos de neve caindo na vidraça, como fadas tentando entrar...

Eu devo ter adormecido também, exausta pela noite anterior, porque, sem perceber, senti uma mão em meu braço.

– A febre já passou, Hotchiwitchi. Me dê mais um pouco e vá embora.

A luz ficara turva. Quando coloquei a mão na testa de Chilly, notei que agora estava tão fria quanto a minha, e percebi que seus olhos haviam clareado e me encaravam com algo semelhante a afeto. Ele tossiu, e eu ouvi o guizo contínuo e profundo que havia em seu peito.

– Vou lhe dar, sim, mas não estou gostando do som dessa tosse, Chilly – respondi quando me levantei e fui até a cômoda. – Acho que você precisa de um inalador e talvez de alguns antibióticos.

– Os remédios dos homens são como veneno! – disse ele pela enésima vez.

– Os remédios dos homens já salvaram inúmeras vidas, Chilly. Veja só a idade que alcançamos hoje em dia.

– Olhe para mim! – Chilly bateu de leve no peito, como um Tarzan idoso. – Eu faço a mesma coisa sem nenhum remédio deles!

– É verdade, mas todos nós sabemos que você é especial – afirmei, acendendo a chama de gás para aquecer a poção malcheirosa.

Chilly fez silêncio, o que era incomum.

– Você é muito especial, Hotchiwitchi – disse ele depois de um tempo. – Você vai ver.

Enfrentei a nevasca lá fora me perguntando se eu conseguiria encontrar o caminho de casa ou se ficaria presa ali durante a noite. Recolhi um pouco de lenha para aumentar o fogo e trouxe o radiocomunicador que estava no Land Rover. Quando a poção ficou pronta, servi um copo para Chilly beber aos poucos.

Ele recusou minha ajuda e segurou o copo sozinho, a mão um pouco trêmula, mas era óbvio que estava muito melhor do que antes.

– Volte para casa antes que escureça. Tempo ruim.

– Vou deixar o meu rádio com você, Chilly. Sabe usá-lo?

– Não. Leve embora. Se o meu tempo aqui tiver acabado, que assim seja.

– Chilly, se você me diz isso, eu realmente não posso deixar você sozinho.

Ele sorriu de minha expressão preocupada e então balançou a cabeça.

– Hotchiwitchi, não está na minha hora ainda. Mas, quando chegar... – Ele pegou minha mão de repente. – Você vai saber.

– Não diga isso, Chilly, por favor. Mas, se você tem certeza, é melhor eu ir antes que fique escuro demais. Amanhã eu volto bem cedo para ver você. Mesmo que não queira, vou deixar o rádio com você. Basta pressionar qualquer botão e Cal ou eu atenderemos do outro lado. Promete?

– Prometo.

Caía uma forte nevasca, e meu coração batia acelerado enquanto eu dirigia através da cortina de neve. Parei o carro para ver o que era estrada e o que era córrego deslizante coberto de gelo, disfarçado pela neve. Eu sabia que, se me desviasse um pouquinho, a água congelada não suportaria o peso do Land Rover.

– Merda!

Meus batimentos estavam ainda mais acelerados. Achei melhor dar a volta e ir para a cabana de Chilly até a nevasca parar, mas percebi que não poderia mais fazer isso, pois o rio devia estar a poucos centímetros de distância à minha esquerda, e qualquer erro me faria cair nele.

– E você deixou o rádio com Chilly, sua idiota – repreendi a mim mesma, meus dentes agora rangendo de frio e de medo.

Quando eu estava me resignando a morrer congelada, vi um par de faróis luminosos a distância. Cinco minutos depois, o Range Rover novo em folha de Zed surgiu ao lado de meu carro. Fui tomada de alívio e apreensão quando o motorista saiu e abriu caminho até mim.

– Graças a Deus! – dissemos Cal e eu juntos quando ele abriu a porta.

– Por que não me chamou pelo rádio? – perguntou Cal, enquanto me carregava para o calor do carro mais novo e ligava o aquecimento no máximo.

– Deixei com Chilly – expliquei, e Cal fez uma curva assustadora, com os limpadores do para-brisa a toda velocidade. – Ele está doente.

– Meu Deus, Tig! Você sabe que a primeira regra é ter sempre o rádio à mão! Você faz ideia de como fiquei preocupado quando você não respondeu?! Você podia ter morrido aqui fora! É um milagre que eu tenha encontrado você!

– Desculpe – pedi, meus pés e mãos gelados formigando quando o calor começou a correr por eles.

– Como você não voltava, fui até Zed e implorei que ele me emprestasse seu carro novo. Este pedaço de aço salvou a sua vida hoje.

– Vou agradecer a ele amanhã. E obrigada a *você*, Cal – agradeci, enquanto ele me ajudava a descer do automóvel e entrar no chalé. – Eu realmente sinto muito.

Mais tarde, quando Cal empilhou cobertas na minha cama, preparou uma bebida bem quente e uma garrafa de água aquecida, pensei em como eu era abençoada por tê-lo como amigo. Deixemos os anjos da guarda para lá... Eu parecia ter meu próprio protetor aqui na terra.

17

iquei aliviada quando percebi que o único efeito ruim daquela noite em meio à nevasca foi um arrepio que, com o tempo, transformou-se em uma forte tosse e uma gripe.

– Chilly acertou de novo – comentei com Cal durante o café da manhã poucos dias depois. – Ele disse que eu ia ficar doente. Como ele está?

– Ah, está bem melhor. Ficou preocupado com você.

– Eu estou bem, de verdade – afirmei, embora me sentisse exausta, provavelmente pela tosse e pelos espirros. – E você, está bem? Achei você um pouco quieto nos últimos dias.

– Não, Tig, não estou bem. O senhorio me prometeu vir hoje e acabou de cancelar de novo. Tenho uma lista enorme de coisas que precisava falar com ele, inclusive sobre substituir Beryl.

– Presumo que você esteja se referindo ao carro, não à governanta – comentei, sorrindo.

– Rá, rá. Isso não é piada, Tig, como Beryl não tem aquecimento, se eu não tivesse encontrado você naquela noite, você poderia ter morrido de hipotermia. Além disso, tem este chalé. Ele é frio demais. Caitlin me disse que eu tenho que pedir um aquecimento central adequado. Eu disse a ela que o orçamento foi torrado na casa dos ricaços, para agradar à senhoria e a seus convidados. E isso não é justo com os funcionários.

– Cal MacKenzie, representante sindical de Kinnaird – observei, com ironia.

– Antes de voltar ao trabalho, vou ligar para ele e marcar uma reunião por telefone. Charlie não vai fugir de suas responsabilidades outra vez.

– Já que vai falar com ele, talvez você possa perguntar o que ele quer que eu faça. Eu não tenho uma função específica além de jogar comida para os gatos e, sejamos honestos, Lochie pode fazer isso.

– Sim, mas eu não vou tirar o seu trabalho, Tig – disse ele antes de sair.

Assim que Cal foi embora, acendi a lareira e me deitei no sofá com Thistle. Fiquei lendo um livro, enquanto o cachorro roncava alto. Percebi que a respiração dele parecia mais barulhenta do que o habitual e que ele tossiu duas vezes, de leve, enquanto dormia.

– Espero que você não tenha pego minha gripe – comentei, acariciando as orelhas dele para acalmá-lo.

Ouvi uma batida forte na porta e, na mesma hora, Thistle pulou do sofá e começou a rosnar.

– Aqui – ordenei, e ele veio até mim com relutância. – Sentado!

Abri a porta e dei com Zed.

– Oi – falei, sabendo que tinha que pelo menos agradecer a ele. – Entre.

– É seguro? – perguntou Zed, enquanto Thistle continuava a emitir um rosnado baixo.

– Vou pegar a guia e prendê-lo – respondi, embora não quisesse colocá-lo lá fora depois do que acontecera na última vez.

Fui até o gancho ao lado da porta, onde eu havia pendurado a guia, e prendi-a na coleira do cão.

– Venha, Thistle – ordenei, arrastando-o para o sofá.

– Primeiro – comecei, enquanto me sentava –, queria agradecer por deixar Cal usar o Range Rover para me resgatar. E também por isso. – Indiquei as novas flores no peitoril da janela, que tinham aparecido à minha porta havia alguns dias. – Elas realmente me animaram.

– Sério? Então, fico feliz. – Ele se sentou com cuidado na cadeira perto do fogo, de olho em Thistle. – Ouvi dizer que o senhorio não vem para Kinnaird hoje, afinal. Que pena, eu estava ansioso para encontrá-lo.

– Eu também. Eu, assim como Cal, tenho muitas coisas para discutir com ele.

– Imagino que deva ser difícil ter um chefe ausente.

– Sim, às vezes, mas Charlie tem outro trabalho. Ele é cirurgião cardíaco em Inverness. Então deve ser difícil para ele também.

– Meu pai me ensinou nunca me propor a fazer muitas coisas ao mesmo tempo. Eu devia me concentrar em uma coisa de cada vez, com toda a energia – murmurou Zed.

– Charlie não tem muita escolha no momento. Ele não pode simplesmente abandonar seus pacientes, não é?

– E quanto aos funcionários aqui? Desde que cheguei, percebi que esta propriedade sofre com a falta de pessoal e não tem um capitão no leme, ficando à deriva. Quero dizer, mesmo que eu esteja fisicamente aqui em Kinnaird, passo pelo menos seis horas por dia, às vezes mais, falando ao telefone ou enviando e-mails para o meu pessoal.

– Charlie não pode fazer isso no meio de uma cirurgia – respondi, percebendo o tom defensivo em minha voz.

– Concordo. Então, ele tem que decidir o que quer fazer, e logo. Eu dei uma olhada na contabilidade da propriedade uns dias atrás e vi que tem perdido muito dinheiro. Na realidade, ela está falida.

– Como é que você teve acesso a essas contas? – indaguei, horrorizada.

– Qualquer coisa é acessível on-line, se você souber procurar. É uma sociedade limitada, registada no portal da junta comercial.

– Ah... – soltei, apesar de ele ainda não ter respondido *por que* quis verificar tal informação.

– De quanto tempo é o seu contrato aqui?

– Três meses, mas Charlie disse que era quase certo que seria estendido.

– Certo. Embora, olhando para aquelas contas e o empréstimo que ele fez para reformar a Pousada, eu me pergunte como ele vai pagar as contas de luz e os funcionários no próximo mês. – Zed se inclinou em minha direção. – Tiggy, vou direto ao ponto: tem um cargo na minha empresa que eu gostaria de oferecer a você.

– Ah, bem, eu não sei nada sobre comunicação, tecnologia e coisas desse tipo.

– Eu sei disso e não quero que você aprenda. É o meu departamento. Esse outro departamento em particular, que eu acabei de criar, é para o fundo global de caridade da Lightning Communications.

– E em que consiste esse cargo?

– Retribuir ao mundo o que tenho tomado dele. Vou ser honesto. Meu pai não tinha um histórico muito bom. A maioria das pessoas na comunidade empresarial o considerava um patife, e estou certo de que ser tão bem-sucedido em construir um império do nada exige alguns subterfúgios. Mas, agora que eu sou o responsável, posso garantir que tudo isso acabou. Não sou o meu pai, Tiggy, e quero estabelecer um perfil de mídia muito mais positivo. Você e nossas conversas me inspiraram. Existe melhor maneira de fazer isso do que começar um fundo beneficente? Em resumo, eu quero que você administre para mim um fundo para a vida selvagem.

– Eu... Meu Deus! Mas...

– Por favor, me ouça antes de responder. Meu contador me assegurou que há muito dinheiro disponível: doações são dedutíveis do imposto de renda, ou seja, o orçamento é bastante sólido. Milhões, na verdade, que ficariam à sua disposição para usar nos projetos que achar melhor. Você vai poder escolher o projeto e, claro, ser a porta-voz do fundo, porque seria a única pessoa que saberia de verdade do que está falando. E você também é muito fotogênica. – Ele sorriu enquanto fazia um quadrado com os dedos e me olhava através dele. – Eu já imagino a foto do primeiro slide da apresentação quando fizermos o lançamento. Você olhando para uma girafa em algum lugar na savana africana. – Zed bateu nas próprias coxas. – É bom ou não é? O que você acha, Tiggy? Gostou da ideia?

Se gostei?! Ter milhões para gastar como eu quiser ao redor do mundo, garantindo o futuro de espécies raras, protegendo animais vulneráveis, e contar com uma plataforma real para falar sobre o sofrimento deles. Elefantes caçados por suas presas, visons criados para usar a pele, tigres mortos para virarem troféus e tapetes...

– Tiggy? Você ouviu o que eu disse?

Zed me trouxe de volta à realidade.

– Parece incrível. Quero dizer... – Eu respirei. – *Incrível!*

– Ótimo, fico feliz por você pensar assim.

– Mas por que eu? Eu sou apenas... bem, a babá dos gatos, no momento.

– Taígeta D'Aplièse. – Ele riu. – Eu pesquisei sobre você na internet também. Sei que você ganhou um prêmio importante por alcançar as melhores notas na Europa com seu trabalho final de zoologia. Havia uma fotografia sua no *Tribune de Genève* com seu troféu. Depois você recebeu ofertas para assumir vários cargos altos e escolheu o zoológico de Servion, onde ficou por seis meses, e então veio para a Escócia.

Eu me senti ainda mais invadida, mas entendi por que ele havia feito a pesquisa.

– Sim, mas isso não significa que eu tenho o tipo de experiência de que você precisa para um grande projeto.

– Um de seus problemas é que, no momento, você não percebe nem utiliza o seu potencial. Você tem 26 anos, saiu da universidade há apenas um ano e meio. Eu passei os últimos meses removendo as ervas daninhas que meu pai empregou por muito tempo. Todas as pessoas que trabalham para mim são jovens como você e não têm hábitos herdados do passado. O mundo está mudando, Tiggy, e eu preciso de pessoas ao meu redor que olhem para o futuro, que tenham energia, vontade e paixão pelo sucesso, assim como o chefe.

Eu o encarei e me perguntei se ele já cogitara se tornar palestrante motivacional. Sem dúvida, ele estava quase me convencendo.

– Lembro que você mencionou sua paixão pela África – continuou Zed. – Isso combinaria perfeitamente com a minha ideia. Uma empreitada desse tipo é atraente e traz uma enorme cobertura da mídia. Sim, você precisaria se deslocar às vezes entre lá e Manhattan, onde fica a minha sede, mas vou incluir viagens de primeira classe em seu pacote, assim como um salário de seis dígitos, acomodações, ah, e um carro da empresa... com aquecimento. – Ele riu.

– Ai, meu Deus, Zed! – exclamei. – Estou muito impressionada. Ainda não consegui assimilar tudo. Mas, mesmo assim, por que eu?

– Por favor, lembre-se de que o seu histórico na universidade e no zoológico de Servion a coloca na frente de qualquer candidato jovem que fosse adequado para a vaga. Isso não é um favor, Tiggy, por mais que eu goste de você. É uma proposta séria, e vou esperar muito em troca.

– Tenho certeza disso – respondi, tentando encobrir qualquer ironia em minha voz. – E é uma oportunidade maravilhosa, mas...

– Você precisa de tempo para pensar na proposta.

– Sim, preciso.

– Isso não é problema, você tem tempo – disse ele, levantando-se. – Acho que trabalharíamos muito bem juntos. – Zed fez um movimento em minha direção, mas parou na mesma hora quando Thistle começou a rosnar. – Vou deixar você sozinha para pensar no assunto e, quando estiver pronta, poderemos discutir melhor.

– Está bem, vou pensar – prometi. – E realmente agradeço pela oportunidade.

– Boa noite, Tiggy.

– Boa noite, Zed.

Mais tarde, deitada em meu quarto congelante no chalé, pensei na oferta de Zed. Apesar da enorme desvantagem de tê-lo como chefe, não pude deixar de fantasiar sobre todo aquele dinheiro, as planícies da África e os inúmeros animais que nós dois poderíamos salvar...

Acordei muito cedo na manhã seguinte e fui para a cozinha, onde encontrei Cal enfiando um pedaço de torrada na boca, pronto para sair.

– Bom dia, eu já estava saindo para alimentar seus gatos. Quer vir e dizer alô para eles pessoalmente?

– Sim, estou bem melhor da tosse depois desses últimos dias presa em casa, e acho que preciso de um pouco de ar fresco. Como eles estão?

– Antissociais, como sempre. Vamos no Beryl. Quero ver onde os veados estão se escondendo na neve. Teremos uma grande caçada aqui amanhã. Seu *stalker* vai participar. Tomara que isso nos traga algumas moedas para comprar um novo Beryl. Finalmente marquei uma hora para falar com o senhorio hoje.

Thistle, que ainda estava tossindo, subiu na parte de trás do carro e nós partimos.

Para minha alegria, os gatos saíram para me dizer alô, quase como se tivessem sentido a minha falta.

– Sabe, eu realmente não acredito que eles vão procriar este ano. Se é que vão se reproduzir algum dia – murmurei, jogando a comida no cercado.

– Não gosto quando você é pessimista, Tig.

– Tenho que ser realista, Cal. E realmente queria saber se existe uma tarefa para mim aqui – acrescentei ao voltarmos para o carro.

– Bem, vou lhe dizer uma coisa que talvez possa animá-la.

– O que é?

– É a sua cara, Tig. Você vai rir quando ouvir, especialmente vindo de mim.

– Então me conte – insisti, enquanto ele parava o Beryl em frente à moita de bétula sem que eu precisasse pedir e focava o binóculo.

– Bem, naquela noite em que eu saí para procurar você, a nevasca estava terrível, uma das piores que já vi. Cheguei até aqui, onde estamos agora, e fiquei com medo de avançar mais, porque estava muito perto do córrego. Mesmo eu, que conheço a estrada como a palma da mão, fiquei desorientado. E então... e é nessa parte que você vai rir... os flocos de neve no para-brisa pareceram se juntar e formar alguma coisa. E... – Cal respirou fundo. – Eu vi um veado branco parado bem ali.

Ele apontou pela janela.

– Ele estava olhando para mim. Vi seus olhos brilhando ao luar. Então ele se virou e começou a correr bem na minha frente, virando a cabeça para mim, como se estivesse me encorajando a segui-lo. E foi o que fiz. Poucos minutos depois, vi a silhueta do Beryl, coberta de neve, com você dentro. O veado ficou ali por alguns segundos e, quando viu que eu ia sair do carro, desapareceu. – Cal focou o binóculo no arvoredo. – Foi como se ele tivesse me guiado até você.

– Uau. – Respirei fundo e olhei para ele. – Você não está brincando comigo, está?

– Bem que eu queria. O problema é que agora quero tanto quanto você ver o maldito animal, caso contrário vou começar a acreditar naquelas fadas que vivem no vale.

Apesar da brincadeira, senti que a experiência realmente o havia afetado. Parte de mim estava feliz por ter convertido o cético mais desafiador que já encontrei, outra parte se sentia plena de admiração e reverência, pois talvez a minha criatura mítica *tivesse* salvado a minha vida.

– Não contei a você na hora, mas, se não fosse aquele veado, ou aquele bicho parecido com um veado, eu nunca a teria encontrado – admitiu Cal. – Agora, vamos dar um passeio por lá? Verificar se o seu amigo vai sair e dizer alô.

Foi o que fizemos, e nos agachamos atrás de uma moita de tojos para que os veados não percebessem nossa aproximação. Como era cedo, eles ainda estavam lá, abrigados sob as árvores escassas, mas, quinze minutos depois, voltamos para o relativo calor do carro sem ter visto nada além de veados-vermelhos.

– O que você acha de vir ao bosque todos os dias ao amanhecer? – sugeriu Cal.

– Você sabe que eu topo, Cal. Ele está lá em algum lugar.

– Finalmente, Tig, estou começando a acreditar em você.

❀ ❀ ❀

No final da tarde, fiquei surpresa ao ouvir o raro som de uma mensagem de texto chegando ao meu telefone. Corri para o banheiro, onde costumava me apoiar na janela na esperança de obter algum sinal, e vi que era uma mensagem de Estrela. Ceci havia sido fotografada na Tailândia com um sujeito que era procurado por fraude bancária, e a imagem acabara aparecendo nos jornais.

– Merda! – murmurei, curiosa para saber o que aconteceu e me sentindo culpada por não manter contato mais frequente com minhas irmãs.

Antes que o sinal desaparecesse outra vez, consegui enviar uma resposta para Estrela e um texto para Ceci perguntando se ela estava bem.

Precisava me distrair, então resolvi pegar o Beryl e levar Thistle até a cabana de Chilly. Mais uma vez, o cigano estava deitado na cama de olhos fechados, em vez de sentado na cadeira ao lado da lareira. Temendo que a febre tivesse voltado, ou algo pior, eu me aproximei da cama, apreensiva. Nesse momento, ele abriu os olhos.

– Está melhor agora, senhorita?

– Estou, sim, mas Thistle está com tosse. Eu queria saber se você tem alguma mistura de ervas que possa ajudá-lo.

Chilly contemplou Thistle, que tinha desabado no chão em frente à lareira.

– Não, Hotchiwitchi, é você que vai curar o cachorro. Use suas próprias mãos, elas têm o poder. Eu já lhe disse isso antes.

– Mas eu não sei como, Chilly.

Ele estendeu a mão retorcida e pegou a minha. De repente, seus olhos se reviraram.

– Você vai embora logo, mas voltará para casa.

– Está bem, eu tenho que voltar – respondi, ignorando as palavras dele e me sentindo extraordinariamente irritada com seus enigmas. Eu só queria uma cura para a tosse do cachorro. – O que ele quis dizer com "você vai embora logo"? – murmurei para Thistle, enquanto caminhávamos sobre o gelo.

Quando cheguei em casa, a neve já havia recomeçado a cair. Acendi o fogo, deitei Thistle diante do calor e me ajoelhei ao lado dele para tentar "usar as minhas mãos", como Chilly havia sugerido. Coloquei a mão na garganta e no peito de Thistle, mas ele achou que estava recebendo carinho e rolou de costas, com as patas para cima. Embora eu tivesse sido alertada muitas vezes de que possuía o "dom" de curar animais, tentar fazer isso de maneira consciente era, sem dúvida, bem diferente.

Quando Cal chegou em casa, implorei a ele que deixasse Thistle permanecer do lado de dentro.

– Ele está estranho, você deve ter notado a tosse dele. Não podemos deixá-lo dormir no quentinho algumas noites?

– Ele está ficando velho, só isso, e é nesta época do ano que os animais e os seres humanos ficam assim. E não vai ser bom para ele ficar passando do calor para o frio o tempo todo.

– Eu fui ver se Chilly tinha algum remédio de ervas para ele – insisti –, mas voltei de mãos abanando.

Não mencionei minhas tentativas fracassadas de tratar o cão com minhas próprias mãos, senão Cal iria pensar que eu havia perdido a cabeça de vez.

– Você se importaria se eu pedisse a Fiona que desse uma olhada nele?

Cal coçou as orelhas de Thistle por um instante e então cedeu.

– *Aye*, mal não vai fazer, e ele precisa passar por um check-up de qualquer maneira.

Ofereci a Cal um pouco de sopa de legumes e nos sentamos à mesa para comer.

– Cal, eu preciso de um conselho.

– Pode falar, mas, se tiver a ver com relacionamentos, não sou a pessoa indicada.

– Na verdade, é a respeito do meu futuro profissional.

– Então eu sou todo ouvidos.

Contei a Cal sobre a oferta de Zed, e ele assobiou quando ouviu qual era o orçamento à minha disposição.

– Você pode imaginar como isso é tentador, especialmente porque as coisas aqui em Kinnaird parecem estar tão... incertas no momento.

– É verdade, mas quanto a Zed... Tenho a impressão de que você estaria andando direto para a cova dos leões, literalmente. – Ele gargalhou.

– Ele disse que eu ficaria na África a maior parte do tempo.

– E a questão é: quantas vezes seu chefe pretende aparecer em seu avião particular, que vai estar sempre preparado para o voo? Por outro lado, Tig, concordo que você está sendo desperdiçada aqui neste momento.

– Continuo pensando em Chilly e no que ele me disse quando o conheci. E ele repetiu aquilo hoje.

– O que ele disse?

– Que eu não ficaria em Kinnaird por muito tempo, que partiria em breve.

– Ah, não preste muita atenção nele, Tig. Ele tem boas intenções, mas está mais gagá a cada dia.

– E isso vindo de um homem que me disse há pouco que flocos de neve se transformaram em um veado branco que o levou até onde eu estava!

– Concordo, mas, quando você precisa tomar decisões importantes, não deve permitir que nada afete seu discernimento.

– É mesmo, mas é difícil evitar.

– Acho que é hora de pararmos de rodeios e entrarmos no cerne da questão. Como você se sente em relação a Zed, além do fato de que ele tem rios de dinheiro e acaba de lhe oferecer o emprego dos seus sonhos?

– De verdade? Eu o acho assustador.

– Isso não é uma boa notícia se você pensa em trabalhar para ele, concorda? Ninguém vai conseguir detê-lo. Não importa qual vai ser oficialmente o relacionamento de vocês, ele vai dar um jeito de vocês trabalharem em estreita colaboração. E você precisa ter certeza de que pode lidar com isso se aceitar o emprego.

– Ai, Deus, eu sei. – Eu estremeci. – Por que a vida não pode ser simples?

– Bem, você pediu minha opinião e estou falando o que penso. Zed está acostumado a ter o que quer. E, no momento, é você. Não acho que ele vá se deter diante de nada, mesmo que isso signifique inventar uma organização de proteção da vida selvagem para poder lhe oferecer um emprego. Pois então, eu já disse o que penso, e sinto muito. – Cal levantou-se. – Vou tomar um banho quente e me deitar. Boa noite, Tig.

❋ ❋ ❋

Na manhã seguinte, com Thistle ainda tossindo, liguei para Fiona, a veterinária, e ela chegou em menos de uma hora.

Após examinar Thistle, ela sorriu para mim.

– Não acho que seja grave. Apenas uma leve infecção. Vou receitar antibióticos e lhe dar um esteroide para abrir as vias aéreas, o que deve resolver o problema. Se não resolver, me ligue de novo e nós o levaremos à clínica para fazer alguns exames. Meu instinto diz que ele vai ficar bem.

– Obrigada, Fiona – agradeci. – Por falar em instinto...

– Sim? – disse ela, enquanto administrava a injeção.

– Bem, apesar de não ter formação adequada, eu sempre fui muito boa em cuidar de animais doentes. Estive pensando que é isso que eu gostaria de fazer no futuro. Usando métodos naturais.

– Você está se referindo à terapia holística?

– Bem, sim, mas existe isso para animais?

– É claro que existe. Eu conheço vários veterinários que combinam os tratamentos médicos tradicionais e os alternativos. Eu sempre tive interesse em fazer alguns cursos, mas, para ser honesta, nunca tive tempo. Se você decidir estudar isso, pode ter certeza de que teria um lugar para trabalhar comigo.

– Ai, meu Deus, sério?

– Sério. – Fiona sorriu. – De qualquer maneira – disse ela, guardando seus instrumentos –, essa é uma conversa para outro dia. Eu tenho uma novilha doente para visitar agora.

Depois que ela saiu, sentei-me com Thistle no colo, olhando para o fogo.

– Leões e tigres, ou você, ovelhas e vacas – falei, enquanto enfiava o rosto nos pelos dele.

Embora mal pudesse pensar em recusar a oferta de Zed, eu já sabia que não tinha escolha. Mas, antes de tomar a decisão final, eu precisava mandar um e-mail para minha irmã. Eu não queria perturbar Maia trazendo à tona um namorado do passado, porém, se alguém conhecia os detalhes do relacionamento que ela tivera com Zed no passado, esse alguém era Ally. Mais tarde, fui sorrateiramente ao escritório e mandei um e-mail rápido para ela.

Olá, querida Ally,

Desculpe-me por não ter entrado em contato antes. Só tem um computador aqui, que todos temos que dividir, e o sinal é tão ruim! Espero que você e meu sobrinho/sobrinha (acrescentei "sobrinha", mesmo que algo me diga que é um menino) estejam bem e com saúde. Adivinha: há um hóspede em nossa Pousada no momento. Seu nome é Zed Eszu. Aparentemente, ele conheceu Maia na universidade e eles tiveram um "caso". Não quero mencionar isso com ele ou com ela, pois pode ser desagradável, mas imaginei que você saberia o que aconteceu, já que são tão próximas. Ele é um homem incomum (!) e parece muito interessado em me conhecer. Ele até me ofereceu um emprego. A questão é: por quê?

De qualquer maneira, tenho que correr agora e contar os veados da propriedade, mas me mande um e-mail de volta assim que puder e me diga o que souber.

Abraço bem grande para você, seu pequenino e o irmão gêmeo que você encontrou (eu adoraria conhecê-lo em breve!).

Tiggy

– Então – falei, voltando para casa com Thistle ao meu lado – vamos ver o que a minha irmã mais velha tem a dizer sobre Zed, certo?

18

A propósito... – comentou Cal enquanto dirigíamos de volta das bétulas, após a terceira madrugada de vigília infrutífera à procura do veado branco. – Beryl me disse ontem à noite que a senhoria pretende vir passar algum tempo aqui em Kinnaird. Parece que ela está irritada por nosso hóspede estar abusando de sua hospitalidade.

– Acho que todos concordamos com ela nesse ponto – comentei, com entusiasmo.

– Mas é estranho, pois, em todo esse tempo de casamento, ela não passou aqui mais do que algumas noites. Imagino que ela tenha projetado a Pousada pensando em morar aqui.

– Bem, tenho certeza de que Zed não se importaria de compartilhá-la com ela. Ulrika é provavelmente o tipo dele.

– Duvido que ele se interesse por mulheres mais velhas – afirmou Cal com irritação. – Você topa mais uma vigília amanhã?

– Sem dúvida. Só precisamos insistir, e tenho certeza de que *vamos* ver o veado branco, Cal, juro.

Algumas outras manhãs geladas se passaram até que o vimos...

No início, pensei que fosse alucinação. Eu estava olhando para a neve havia muito tempo e o pelo branco se misturava com perfeição à paisagem ao redor, suas galhadas grandes do mesmo tom marrom aveludado das árvores, até que ele lentamente emergiu. Mas agora estava sozinho, longe dos veados-vermelhos, talvez a apenas alguns metros de mim.

– Pégaso.

O nome chegou à minha boca como se tivesse estado sempre lá. E então, como se também reconhecesse o nome, ele levantou a cabeça e olhou diretamente para mim.

Preciosos cinco segundos se passaram, durante os quais achei que nunca voltaria a respirar. Pégaso piscou lentamente, e eu fiz o mesmo, um momento de compreensão entre nós.

– Meu Deus!

Pégaso se assustou e correu para o bosque, desaparecendo. Grunhi de frustração e olhei para Cal, que tinha acabado de abaixar o binóculo e estava olhando para mim como se realmente *tivesse* visto Deus.

– Tig, ele é real! – quis sussurrar Cal, mas a voz saiu alta.

– Sim, e você o assustou. – Eu o repreendi. – Mas ele vai voltar, sei que vai.

– Tem certeza de que você também o viu?

– Absoluta – confirmei.

– Ai, meu Deus. – Cal engoliu em seco e piscou. Percebi que ele estava quase chorando. – É melhor contar ao senhorio o que ele tem em suas terras e perguntar o que ele quer que a gente faça a respeito. Ele vai precisar de proteção contra caçadores furtivos assim que a notícia se espalhar, não tenha dúvida disso. Eu não faço ideia do preço da cabeça de um veado branco, mas seu valor deve ser simplesmente... inestimável.

– Meu Deus, Cal! – Estremeci, horrorizada diante da ideia. – Não podemos deixar isso apenas entre nós por ora?

– O senhorio precisa saber, Tig, afinal, as terras são dele e os animais estão incluídos. E ele não colocaria nenhum deles em perigo, eu garanto. Preciso perguntar a ele se posso construir um esconderijo perto do bosque. Vamos ter que colocar o nosso veado sob observação 24 horas por dia, só por precaução, e isso vai exigir mão de obra. O animal vai ficar vulnerável como um recém-nascido nu na neve quando os outros souberem de sua existência.

Assim, Cal ligou para Charlie e, com a ajuda de Lochie e Ben, o faz-tudo, ergueu sem demora um simples mas eficaz esconderijo de madeira e lona encerada, que manteria os protetores de Pégaso resguardados do vento e do frio congelante.

Na semana seguinte, adquiri o hábito de acordar todas as manhãs às cinco e descer com uma garrafa térmica de café para assumir meu turno na vigília, composta de ex-funcionários experientes e de confiança de Kinnaird, para aguardar a chegada de Pégaso. Era como se ele fosse capaz de sentir a minha presença, pois, sempre no mesmo horário, saía do meio da neblina e nós dois assistíamos juntos ao amanhecer, as luzes vermelhas e roxas riscando o céu e pintando os pelos brancos do animal como se fossem uma tela, antes que ele recuasse mais uma vez para a segurança do bosque.

Charlie havia solicitado imagens, e foi numa madrugada de neve, na quarta semana de janeiro, que conseguimos fotografar Pégaso antes que ele desaparecesse na ofuscante paisagem branca.

– Vou mandar revelar essas fotos para que o senhorio acredite que não estamos imaginando coisas. E eu também – acrescentou Cal, com um sorriso.

Fui com ele até a pequena agência local dos correios, onde faziam de tudo, desde revelação de imagens até serviço de chaveiro. Tomamos um café enquanto esperávamos que o filme fosse revelado e então pegamos as fotos, que ainda estavam úmidas, pois tinham acabado de sair da máquina.

– Olhe só, ele é real o suficiente – comentou Cal, mostrando a melhor imagem de Pégaso para mim.

– É mesmo – concordei, meus dedos traçando suavemente o corpo elegante do veado branco parado na neve. – Lembre-se de sua promessa, Sr. MacKenzie – afirmei, provocando Cal.

Coloquei no envelope os pedidos de subvenção já preenchidos e escrevi uma nota ligeira para Charlie.

– Espero que você esteja bem – murmurei para mim mesma enquanto entregava o envelope à moça do balcão.

Mais tarde, em Kinnaird, eu estava debatendo mentalmente se deveria enfrentar o perigo chamado Zed e acessar meus e-mails no escritório – eu ainda não tivera resposta de Ally – quando vi Beryl sair de casa e caminhar na minha direção.

– Recebi agora uma chamada do senhorio. Ele acabou de saber que Zara fugiu da escola novamente. Ela já fez isso antes e geralmente acaba aparecendo aqui. O senhorio deu a ela 24 horas para chegar a Kinnaird antes de chamar a polícia. Se eu estiver fora e Zara procurá-la, por favor, me avise.

– É claro que aviso. Você não parece muito preocupada.

– Se ela não estiver aqui até amanhã a esta hora, aí, sim, vou me preocupar. – Ela bufou. – Ah, e Zed me pediu para avisá-la que gostaria de ver você. Ele acha que você está tentando evitá-lo.

– Ah, não, eu... Bem, tenho estado ocupada, só isso.

– Certo, apenas estou transmitindo a mensagem – disse Beryl. – E vamos esperar que Zara apareça aqui em breve.

❋ ❋ ❋

Naquela noite, Cal saiu para ver Caitlin, após o encontro cancelado de algumas semanas atrás, e como Lochie e seu pai estavam vigiando Pégaso, eu fui me deitar mais cedo. Devo ter cochilado imediatamente, pois acordei ao som de alguém batendo na minha janela. Meu pensamento imediato foi que Zed havia recorrido a medidas desesperadas para me ver, mas, quando me arrastei da cama para o frio congelante e abri de leve a cortina para espiar quem era sem ser vista, deparei com o rosto de Zara emoldurado pela janela congelada.

– Ai, meu Deus! Zara, você deve estar congelando! Entre – falei pela janela, gesticulando para que ela fosse até a porta da frente. – Como você chegou aqui?

– Peguei uma carona na estação de Tain até a entrada e caminhei o resto do percurso. Mas estou bem, de verdade – explicou Zara, enquanto eu guiava seu corpo trêmulo até a cadeira perto do fogo.

– Você devia ter me chamado – retruquei, enquanto avivava o fogo e pegava as mãos de Zara para aquecê-las nas minhas.

– Não tem sinal de telefone, Tiggy. Além disso, não quero que mais ninguém saiba que estou aqui. – Ela olhou ao redor com nervosismo. – Onde está o Cal? Na cama?

– Não, ele está em Dornoch, com Caitlin. Zara, seu pai já ligou para Beryl, então acho que eu deveria pelo menos avisar a eles que você está em segurança.

– Não! *Por favor*, Tiggy, eu só preciso de um tempo sozinha para pensar. Vinte e quatro horas é tudo que peço.

– Eu...

– Se você não prometer, vou procurar outro lugar para me esconder – ameaçou Zara, levantando-se no mesmo instante.

– Está bem, não vou dizer nada agora. Tem certeza de que está se sentindo bem?

– Na verdade, não.

– Posso ajudar de alguma forma? – perguntei, enquanto ia à cozinha para aquecer um pouco de leite e preparar um chocolate quente.

Zara me seguiu e se apoiou no batente da porta.

– Talvez... Você é a única adulta em quem confio, mas, por favor, Tiggy, não diga nada. Eu só preciso de um pouco de tempo para refletir sobre algumas coisas, ok?

– Estou lisonjeada, Zara, mas você mal me conhece.

– Obrigada – disse ela, pegando o chocolate, e nós duas nos sentamos diante da lareira.

– Então... – falei, enquanto Zara pegava sua caneca. – Acho que tem algo a ver com um garoto.

– Tem, sim. Como você adivinhou?

– Instinto – respondi, dando de ombros. – É o tal do Johnnie, que você mencionou no Natal?

– Sim! – Lágrimas brotaram nos olhos de Zara. – Eu realmente pensei que ele gostasse de mim, sabe? Mesmo com todas as outras meninas me avisando... Ele me disse que eu era especial e eu acreditei nele...

O corpo de Zara parecia prestes a desabar, e os ombros sacudiam com os soluços. Peguei a caneca que ela estava segurando, me ajoelhei na frente dela e segurei suas mãos.

– Eu me sinto tão *idiota*... Sou tão patética quanto todas as outras meninas de quem eu costumava zombar quando eram usadas por um menino. E agora sou eu, e...

– O que aconteceu, Zara? Você consegue me contar?

– Você vai dizer que eu sou idiota, quero dizer, eu conhecia a reputação dele, mas não quis ouvir, porque pensei que ele fosse diferente... que *nós* fôssemos diferentes... Eu o amava, Tiggy, e pensei que ele me amasse também. E que não teria problema...

– O que não teria problema, Zara? – Eu tinha uma boa ideia do "problema" do qual ela estava falando, mas precisava ouvir isso dela.

– Eu... Bem, ele foi me convencendo, disse que não seríamos um verdadeiro casal até que nós fizéssemos. Então, nós *fizemos*... E então... e então... – Mais uma vez, seus olhos se encheram de lágrimas.

– Sim?

– E então, na manhã seguinte, ele me enviou uma mensagem me dando um fora! O idiota não teve nem coragem de dizer na minha cara! Ele é exatamente o que as outras meninas disseram que era. Depois de uma só vez. Então, fiquei sabendo que ele contou para todos os seus amigos e, quando entrei para o chá da tarde, todo mundo estava rindo e apontando para mim, e foi tão... humilhante, Tiggy. Então, na manhã seguinte, que foi hoje cedo, saí, peguei um trem e vim para cá. E não posso voltar lá nunca mais! *Nunca mais* – repetiu ela, para o caso de eu não estar convencida.

– Zara, que situação horrível! – exclamei, demonstrando empatia e vendo que ela ainda se encolhia de vergonha. – Não é de admirar que você tenha fugido. Tenho certeza de que eu teria feito o mesmo.

– Sério?

Zara olhou para mim.

– Sério. Escute, nessa história toda, você *não* é a culpada. Foi *ele* quem fez o mal, não você.

– Tiggy, você é tão boa, mas eu fiz uma coisa ruim. Perdi minha virgindade com ele dentro de uma escola católica! Os pecados da carne ficam marcados em nós para sempre, dia e noite. Se os padres soubessem, me mandariam rezar um zilhão de ave-marias pelo resto da minha vida! Além disso, eu seria expulsa.

– Ele é quem deveria ser expulso – murmurei, com raiva. – Por que é que nós, mulheres, sempre levamos a culpa em situações como essa? Você está aqui, se sentindo uma vagabunda, enquanto o tal Johnnie desfila por aí como... o garanhão do haras!

Zara olhou para mim, surpresa com minha veemência.

– Muito bem, Tiggy! Manda ver, menina! E, por falar nisso, ele *não é* o "meu" Johnnie. Mesmo que se arrastasse de quatro no chão até Kinnaird, eu diria a ele onde deveria enfiar o seu precioso... pintinho!

Nós duas rimos e fiquei contente por ver Zara um pouco menos tensa.

– Zara, você falou com sua mãe sobre isso? – arrisquei-me a perguntar. – Tenho certeza de que ela entenderia, ela um dia já teve a sua idade...

– Ai, meu Deus! Nunca! Não posso falar com minha mãe sobre nada, muito menos sobre sexo! Ela só iria brigar comigo e dizer que estraguei tudo!

– Tudo bem, eu entendo, mas vou ter que avisar seu pai sobre seu paradeiro. Beryl disse que ele ia chamar a polícia se você não aparecesse aqui até amanhã cedo. E acho que você realmente não precisa de toda a confusão que isso causaria.

– Então me dê só até amanhã de manhã, por favor, Tiggy – implorou Zara.

– Está bem – concordei, após uma longa pausa. – Você pode dormir aqui no sofá.

✿ ✿ ✿

Na manhã seguinte, acordei e descobri que Zara havia partido e deixado um bilhete no sofá, em cima do cobertor.

Peço desculpas, Tiggy, só preciso de um pouco mais de tempo para mim. Não se preocupe comigo, estou bem.
Beijos, Z

– Merda!
Eu me vesti depressa e corri para a Pousada.
– Aí está você, Beryl – falei ao encontrá-la na cozinha. Estava ofegante, o coração martelando no peito.
– O que foi, Tiggy?
Fiz um resumo da situação para Beryl.
– Você não deve se culpar, Tiggy. Você fez o que pensou ser melhor – afirmou Beryl, me apoiando, o que me surpreendeu.
– Obrigada, mas preciso entrar em contato com Charlie. Posso usar o telefone?
– Claro, querida.
Liguei para o celular de Charlie, que caiu na caixa postal, então tentei o número da casa dele. Tinha quase certeza de que ele tampouco atenderia lá – a lógica me dizia que ele devia estar no hospital –, então levei alguns segundos para registrar a voz feminina com sotaque estrangeiro que atendeu ao segundo toque. *Ulrika, é claro.* Meu coração afundou como uma pedra.
Ela parecia tão feliz por ouvir a minha voz quanto eu estava por ouvir a dela, mas, dadas as circunstâncias, não tive escolha a não ser revelar que Zara estivera em Kinnaird. Tive que afastar um pouco o telefone por alguns segundos enquanto ela soluçava de forma dramática – provavelmente de alívio –, mas, depois de algum tempo, ela se acalmou.
– Não dormi um segundo a noite toda! Não estou em condições de dirigir, mas vou até aí buscar Zara assim que puder – afirmou ela antes de desligar.
Suspirei, percebendo que não havia contado a Ulrika que Zara havia desaparecido de novo, desejando apenas que ela reaparecesse antes de a mãe chegar.

Já temendo a chegada iminente da valquíria, me arrastei de volta para a cozinha e transmiti os pontos mais importantes da conversa a Beryl.

– Espero que ela tenha agradecido. Você fez o que pôde, e agora cabe aos Kinnairds resolverem seus problemas familiares.

Enquanto tomava um gole do chá forte que Beryl me dera, perguntei a mim mesma como um emprego que eu imaginara ser calmo demais parecia estar se transformando em um drama constante, de proporções tchekovianas.

– Já que estou aqui, será que o escritório está livre? – indaguei.

– Sim. Nosso hóspede está fazendo uma chamada na extensão da rede fixa, no salão principal, e não pode ser incomodado.

– Ótimo, obrigada.

Fui para o escritório e liguei o computador, abrindo minha conta de e-mail. Finalmente recebi uma resposta do sujeito que cuidava do assunto ligado ao alce europeu, que disse que poderia vir a Kinnaird para examinar o terreno e sugeriu uma data dali a um mês. Meu coração saltou quando vi que tinha um e-mail de Ally:

> *Minha querida Tiggy,*
>
> *Que bom receber notícias suas! Fico feliz que esteja se estabelecendo em seu novo trabalho. Quando olho pela minha janela, a neve está cobrindo tudo e parte do fiorde está congelada – tenho certeza de que é a mesma paisagem que você vê. Estou ficando cada dia mais gorda e contente por ter só mais algumas semanas pela frente até o bebê fazer a sua entrada neste mundo. Felix me visita todos os dias – eu bebo chocolate quente e ele bebe aquavita! – e ontem ele me trouxe um berço onde seu pai, Pip, uma vez dormiu. Ver o berço realmente me fez perceber que o bebê está a caminho.*
>
> *Agora, Tiggy, sobre outros assuntos. Você me perguntou a respeito de Zed Eszu e Maia. Bem, sim, ele saiu com Maia quando eles estavam na universidade e... Ah, Tiggy, eu não quero trair a confiança dela, mas tudo terminou muito mal. Para piorar a situação, o meu querido Theo o encontrou algumas vezes quando foi navegar e, para ser honesta, ele o achou um idiota arrogante. (Perdão.) Eu tenho certeza de que ele também conhece Electra... Ele parece ter alguma coisa com as irmãs D'Aplièse...*
>
> *Eu também preciso contar que, quando vi o barco do Pa perto de Delos no verão passado, reconheci o iate de Kreeg Eszu ancorado na baía, ao lado*

dele. *Eu não contei para você antes porque ainda não entendi se foi uma coincidência ou algo mais... Mas, Tiggy – sendo pai e filho –, é um monte de coincidências terríveis, você não acha?*

Você não disse se está envolvida romanticamente com esse Zed, mas tome cuidado, por favor. Não sei se ele tem muitos escrúpulos. Talvez você deva falar com Maia, que realmente o conhece bem – muito melhor do que eu.

Este ano tem sido estranho para todas nós. Precisamos nos acostumar a viver sem Pa. Vamos confirmar com as outras irmãs a data daquela viagem para colocar uma coroa de flores onde eu vi o barco de Pa atracado. Acho que seria terapêutico para todas nós nos reunir e realmente deixar Pa descansar.

Abraços e beijos de uma Noruega coberta de neve!

Ally

Imprimi o e-mail para poder refletir no meu tempo livre, embora minha irmã tivesse apenas confirmado o que eu já sabia. Levantei-me e saí depressa, antes que Zed viesse em busca do seu café da manhã.

Duas horas mais tarde, ouvi o barulho dos pneus de um carro no pátio. Dez minutos depois, eu estava prestes a levar o almoço de Chilly quando ouvi uma batida forte à porta da frente.

Antes que eu fosse até lá, Ulrika a abriu com força.

– Pelo amor de Deus, Tiggy! Beryl me disse que Zara apareceu aqui *ontem à noite*! Por que você não nos avisou na mesma hora?

– Ulrika, sinto muito, eu...

– E agora parece que ela sumiu de novo. – Percebi que ela tremia de raiva. – Eu já deixei mensagens urgentes para Charlie, mas ele não me ligou de volta. Bem típico dele. A filha desaparece e ele não retorna as chamadas.

Naquele momento, Cal apareceu na entrada.

– O Land Rover sumiu. As chaves estão no pote?

– Não sei, não cheguei – respondi.

– Você acha que Zara pode ter levado o carro? – perguntou Ulrika.

– Sim. – Cal foi até o pote no aparador. – As chaves se foram.

– Isso piora tudo! – berrou Ulrika. – Zara nunca teve uma aula de direção adequada, só dirigiu pela propriedade! E se ela bater? Ou for parada pela polícia? Ela pode se meter em tanta confusão...

Houve outra batida à porta da frente, e todos nos sobressaltamos. Cal foi abrir.

– Então é aqui que estão todos vocês – disse Fraser, o homem alto que eu tinha visto na noite de Natal fora da Pousada.

Ele abaixou a cabeça para poder entrar.

– Pelo menos uma vez na vida você vai ficar feliz em me ver – disse ele a Cal, enquanto dava um puxão numa mão feminina e fazia Zara aparecer, hesitante, na soleira da porta. – Eu a encontrei na beira da estrada, tentando trocar um pneu daquela lata-velha que estava dirigindo. Ela não tinha ideia de como fazer isso, é claro. Eu teria trocado para ela, mas achei que era mais importante trazê-la de volta primeiro, para se aquecer. Ela poderia ter morrido lá fora, se eu não a tivesse encontrado.

– Graças a Deus você está bem! – A valquíria andou em direção a Fraser e Zara. – Muito obrigada.

Ulrika e Fraser se entreolharam e deram um levíssimo sorriso antes de a atenção da mulher voltar-se para a filha.

– Onde você estava, querida? Quase morremos de preocupação.

Ela abraçou Zara, cuja postura rígida não amoleceu nos braços da mãe.

Zara me encarou por cima do ombro da mãe, sua expressão implorando por ajuda. O problema era que eu não sabia o que fazer.

– Ela precisa de um banho morno com urgência – disse Ulrika, esfregando os braços da filha. – Nós não vamos conseguir isso aqui, vamos? É um casebre e, claro, não podemos nem mesmo ir até a Pousada.

– Vocês duas podem ir até a minha casa – sugeriu Fraser. – Tenho aquecimento central e água quente à vontade.

– Obrigada. Então vamos.

– Mamãe, eu...

– Não quero ouvir nem uma palavra, senhorita! – respondeu Ulrika, e Zara se calou.

– Certo – afirmou Fraser –, então vamos embora.

Depois que eles saíram, sem Zara proferir uma única palavra, Cal fechou a porta e se virou para mim.

– Bem, eu não sei quanto a você, mas, depois de tantas emoções, vou tomar uma dose do meu uísque do Natal. Quer uma?

– Na verdade, sim, por favor. Estou atordoada. Pobre Zara... – murmurei.

Senti uma estranha palpitação no coração e desabei no sofá.

– Aqui está, Tig.

Cal me entregou um copo e fizemos um brinde antes de entornar a bebida goela abaixo. O líquido fez meu coração bater e saltar, mas finalmente ele assumiu um ritmo constante e eu comecei a me acalmar.

– Um brinde à mãe e à filha, reunidas em segurança – disse Cal.

– Quem exatamente é Fraser, Cal? Quero perguntar isso desde que o vi no Natal.

– Fraser? Ele é filho da Beryl.

– *Filho* da Beryl? – falei, surpresa. – Por que diabos ela nunca mencionou isso para mim?

– É... complicado, Tig. Há muita hostilidade do passado, e não cabe a mim contar a história. Basta dizer que ela não está satisfeita por ele ter voltado do Canadá, nem as outras pessoas aqui em Kinnaird. Só Deus sabe por que ele está aqui, mas eu tenho uma ideia. – Cal ficou batendo com o indicador no queixo, pensativo.

– Então Fraser não mora com a mãe?

– Não, não depois do que ele fez. De qualquer maneira, você sabe que eu não gosto de fofoca, então vamos deixar isso para lá, está bem? Fraser está de volta por razões que só ele sabe, e eu só vou ficar tranquilo quando ele for embora. Tenho que sair agora. Vejo você mais tarde.

✿ ✿ ✿

Assim que me acomodei no sofá para um cochilo depois do almoço, ainda me sentindo desgastada devido à gripe e às manhãs com Pégaso, ouvi outra batida à porta.

– Oi, Charlie – falei, meu coração acelerando outra vez ao vê-lo de maneira tão inesperada.

– Oi, Tiggy. Beryl me disse que Ulrika veio ver você mais cedo para descobrir onde Zara estava.

Notei as olheiras profundas e as maçãs do rosto pronunciadas. Ele parecia ter perdido peso desde a última vez que eu o vira.

– Zara está bem, Charlie. Ela e Ulrika saíram para preparar um banho quente para Zara.

Então expliquei que a filha tinha levado o Beryl e o pneu havia furado.

– E quem a encontrou?

– Aquele homem, Fraser. Ele a trouxe de volta para Kinnaird.

– Certo. – A expressão de Charlie tornou-se sombria. – Onde eles estão agora? Na Pousada?

– Não, eles foram para o chalé de Fraser.

– Entendi – disse ele, depois de uma longa pausa. – Suponho que eu deva ir lá vê-las.

– Acho que sim. – Eu queria adicionar um "sinto muito", porque via a dor que ele sentia, mas não achei que seria adequado às circunstâncias.

– Obrigado por cuidar de Zara ontem à noite – disse ele, recuando em direção à porta.

– Tudo bem. Acho que ela só precisava descarregar um pouco de tensão.

– Certo, obrigado, Tiggy – agradeceu Charlie, com um sorriso contido.

Em seguida, ele foi embora.

19

cordei na madrugada seguinte com algo semelhante a uma ressaca – meu coração parecia estremecer e eu sentia o peito apertado quando respirava.

– Estresse, Tiggy, é só isso – disse a mim mesma enquanto me vestia para ver Pégaso.

Ignorando o esconderijo, me agachei nas samambaias mais próximas do veado, fechei os olhos e me lembrei mais uma vez das palavras de Chilly sobre o poder de minhas mãos. Mantendo os olhos fechados, levantei os braços no ar à minha frente e tentei concentrar toda a minha energia em chamar Pégaso para perto de mim.

Sentindo-me uma idiota, abri os olhos e não fiquei surpresa ao ver que Pégaso não havia se materializado como num passe de mágica. Entretanto, quando me levantei, ouvi uma respiração familiar a poucos centímetros de mim.

– Pégaso! – sussurrei, virando-me e sentindo meus lábios se expandirem em um largo sorriso.

O animal deu um ronco suave em resposta e, em seguida, mordiscou uma planta por um tempo antes de ir embora, a passos lentos, e se juntar ao restante do rebanho.

Quando voltei à casa, vi Cal no pátio numa conversa acalorada com um homem que não reconheci. Fui para nossa casa e coloquei a chaleira no fogo.

– Quem era aquele cara? – perguntei a Cal quando ele entrou.

– Poxa, Tig, não faço a menor ideia de como a notícia se espalhou... – comentou ele, dando um suspiro.

– Sobre o quê?

– O Pégaso, é claro. Aquele cara lá fora é do jornal local. Ele ouviu rumores...

– Que você naturalmente negou.

– É claro que neguei, mas eu não podia mandá-lo embora. Ele tem o direito de vagar por aí, como qualquer outra pessoa na Escócia.

– Pelo menos ele não faz ideia de onde encontrar Pégaso. Seria como procurar uma agulha num palheiro.

– É verdade, mas não seria necessário um perito em caça para sacar onde exatamente os veados gostam de pastar. É melhor eu ir até a casa e falar com Charlie sobre isso. Se alguém tiver de fazer um anúncio oficial para a imprensa, que seja ele. Vejo você mais tarde.

– Claro.

Mordi um pedaço de torrada, minha cabeça girando.

❀ ❀ ❀

– Tiggy? Você está em casa? – disse uma voz através da porta.

– Só me faltava essa...– resmunguei em voz baixa, lamentando que o chalé tivesse se tornado o principal foco de atividade em Kinnaird nos últimos dias. – Já vou! – gritei, levantando-me do sofá para cumprimentar Zed.

– Bom dia, Tiggy – disse ele, com um largo sorriso. – Não vejo você há algum tempo.

– É verdade. Tenho andado ocupada. Há muito que fazer na propriedade – justifiquei-me da melhor maneira possível.

– Entendo. Bem, eu vim perguntar se você já pensou na minha oferta. Você disse que precisava de tempo para refletir e eu concordei. Quero muito tocar o projeto o mais rápido possível, e você sabe que eu gostaria que assumisse o comando. Mas, se você não aceitar, então vou precisar encontrar outra pessoa.

– Claro, eu compreendo, Zed. Me desculpe se demorei, mas realmente tenho estado muito ocupada. É uma decisão importante.

– Claro. – Então, de uma maneira atípica, ele bocejou. – Desculpe-me, mal consegui pregar os olhos na noite passada. O senhorio e a esposa vieram me ver ontem para perguntar se eles e a filha poderiam usar os quartos livres para passar a noite. E os dois tiveram um prolongado... desentendimento em seu quarto, ao lado do meu. Aquela filha deles também parecia muito angustiada. Eu a ouvi chorar. Percebi que ela tinha fugido da escola.

– Sim, fugiu, mas ela vai ficar bem e...

– Bom, Tiggy... – Ele deu um passo em minha direção e eu dei outro para trás. – Entendo que é uma decisão importante para você, mas vou precisar de sua resposta até o final da semana.

– Eu sinto muito, Zed, de verdade. Sinceramente, tenho estado tão ocupada...

– Eu entendo, Tiggy, mas, levando em conta o que pude ouvir pelas paredes ontem à noite, aconselho você a pensar sobre minha oferta com bastante seriedade. Na minha opinião, Kinnaird está condenada. – Ele meneou a cabeça, deu um breve sorriso e saiu.

Cal chegou poucos minutos após a partida de Zed.

– Conversei com o senhorio e ele concordou que devemos manter a presença de Pégaso em segredo pelo tempo que for possível antes de fazer qualquer tipo de declaração oficial.

– Já sabemos quem deu com a língua nos dentes?

– Lochie disse que o velho Arthur dos correios comentou sobre as fotografias do veado quando ele esteve lá – respondeu Cal, com tristeza. – Tenho certeza de que não fez por mal, mas parece que foi assim que a notícia chegou até o repórter local. Você pode imaginar que uma fofoca como essa se espalha como fogo por estas redondezas. Enfim, estou saindo.

– Tome cuidado, querido – sussurrei para Pégaso, sentindo um arrepio de medo percorrer meu corpo.

❀ ❀ ❀

Na manhã seguinte, ouvimos diversos veículos estacionando no pátio.

– Que inferno! – esbravejou Cal, algo que não era de seu feitio.

Um fotógrafo já havia saído de um deles e estava filmando a vista pitoresca do vale.

– Você está no comando aqui? – perguntou um dos homens a Cal assim que ele apareceu à porta.

– Não – respondeu Cal –, mas como posso ajudá-lo?

– Tim Winter, do *Northern Times*. Ficamos sabendo que há um veado branco na propriedade. – O jornalista pegou no bolso um bloco de notas. – Você pode confirmar isso?

– Não posso dizer nada, pois não sou o chefe, mas duvido que você veja qualquer coisa parecida com isso nas terras de Kinnaird. Eu com certeza não vi – mentiu Cal sem nenhum constrangimento.

– Minha fonte estava bastante confiante de que um veado branco foi descoberto. Ele me disse que havia fotos do animal. Ele vai enviá-las para mim por e-mail hoje, mais tarde.

– Estou louco para dar uma olhada nelas – respondeu Cal, sem demonstrar nervosismo.

Fiquei impressionada com sua habilidade de atuação, sabendo que, por dentro, ele estava fervendo de raiva.

Outro repórter deu um passo à frente e se apresentou:

– Eu sou Ben O'Driscoll, da STV North. Será que você pode nos dizer onde os veados costumam ficar? Assim nós vamos até lá e vemos com nossos próprios olhos.

– *Aye*, isso eu posso fazer. – Cal assentiu, com gentileza. – A esta hora, eles ficam bem ali, no meio do caminho até a colina.

Ele indicou a direção oposta de onde Pégaso pastava e sufoquei uma risada quando ele deu aos jornalistas uma série de instruções bem complicadas.

Fiquei observando os homens correrem para seus carros e partirem.

– Isso pelo menos vai nos dar algum tempo, Tig – sussurrou Cal, enquanto voltávamos para o chalé. – Vou chamar Lochie pelo rádio e pedir que mova o Land Rover para longe do bosque e empilhe mais neve no esconderijo. Não queremos deixar quaisquer indícios, certo? – Cal pegou o rádio e pressionou o botão para chamar Lochie na linha. – Se não encontrarem nada, espero que eles se cansem e vão se meter em outros assuntos... Lochie? Está me ouvindo? Ótimo. Preciso que você esconda o Landy e...

Com um suspiro, deixei Cal dando instruções e entrei em meu quarto para alimentar Alice.

Ouvi uma batida à porta e fui abri-la. Meu estômago se revirou quando vi o rosto pálido de Charlie pela janela.

– Oi – cumprimentei-o quando ele entrou na sala.

– Oi.

Charlie me lançou um sorriso tenso. Ele estava horrível. Eu não havia dormido a noite toda e ele, obviamente, também não.

– Como vai você esta manhã? – perguntou ele, só por educação.

– Estou bem. Mais importante: como está Zara?

– Não muito bem. Tudo ficou muito agitado ontem à noite quando nós lhe dissemos que ela tinha que voltar à escola. Zara acabou indo para o quarto dela e se trancando lá dentro. Ela se recusa a sair. De qualquer maneira... – Ele suspirou. – Zara não é problema seu. Conte-me sobre o veado branco... Parece que a notícia já se espalhou, a julgar pelo número de carros andando pela propriedade. Cal disse que você também o viu frente a frente.

– Sim, eu vi. Ele é muito mais bonito do que nas fotos que enviamos para você.

– E, definitivamente, não é uma invenção da sua cabeça e de Cal?

– Não, Charlie, mas agora temos que fazer de tudo para protegê-lo.

– Bem, eu posso reunir alguns companheiros e contratar mão de obra lá de baixo, mas, minha nossa... – Charlie correu a mão pelos cabelos. – Que bagunça está tudo agora.

Ele parecia tão perdido que tudo o que eu queria fazer era lhe dar um abraço bem apertado, me sentar com ele e perguntar o que exatamente acontecera desde a última vez que eu o vira. Mas eu sabia que não era possível – aquele não era realmente o meu papel. Em vez disso, eu lhe ofereci o melhor de todos os bálsamos: uma xícara de chá.

– Obrigado, mas não posso ficar, Tiggy. Preciso voltar para a Pousada e tentar persuadir Zara a sair do quarto. Você pode me dar um conselho? Ainda não sabemos o que aconteceu. Ela não disse uma palavra. Tem a ver com algum menino?

– Hum, bem, é basicamente um caso de orgulho ferido – respondi com cuidado, sabendo que não poderia revelar o segredo dela. – Que tal oferecer a ela alguns dias longe de escola para que ela se recupere? Isso pode ajudar. Tenho certeza de que ela vai ficar entediada andando pela casa sem nada para fazer. Ela vai sentir falta de todas as amigas e vai querer saber o que está acontecendo.

– Sim, você deve estar certa. – Charlie olhou para mim com alívio. – Vou tentar essa estratégia. É uma pena que, num momento tão difícil em sua vida, Zara sinta que não pode confiar na própria mãe.

– Talvez, quando crescer, ela confie.

– Infelizmente, eu duvido. Ouça, Tiggy – disse ele, depois de uma pausa –, sinto muito por não ter entrado em contato recentemente. Tem muita coisa acontecendo. Posso contar com você por mais algum tempo em meu quadro de funcionários? Eu realmente não quero perdê-la.

Embora eu *sinta que perdi você...*

– É claro que pode. Mas eu me sinto uma fraude, sendo paga só para alimentar os gatos duas vezes por dia – respondi, dando de ombros.

– Bem, não se sinta assim. Preencher os formulários para os subsídios me permitiu economizar um tempo precioso. E talvez haja outros – acrescentou ele, sem jeito.

– Tenho um encontro marcado com o cara dos alces europeus, mas não se preocupe com isso por ora, Charlie. Faça o que precisa fazer. Nós vamos tentar manter Pégaso em segurança aqui.

– Obrigado, Tiggy. Você é maravilhosa, de verdade.

Ele deu um passo à frente, pensou melhor e recuou.

– Certo, entro em contato em breve. Até logo.

– Até logo, Charlie.

Uma hora depois, eu ainda pensava em Charlie me chamando de "maravilhosa" quando vi o seu maltratado Range Rover passar voando por minha janela, seguido de perto pelo jipe muito mais elegante de Ulrika, a caminho da saída da propriedade.

– Pelo amor de Deus, tome jeito! – disse a mim mesma com firmeza.

Mesmo assim, fiquei observando o Range Rover até ele se tornar um mero ponto no horizonte.

❋ ❋ ❋

Angustiada por causa da oferta de trabalho de Zed, passei os dois dias seguintes evitando-o, tarefa facilitada por meus turnos vigiando Pégaso.

– Tudo bem, Tiggy – disse a mim mesma. – Antes de tomar qualquer decisão, fale com sua irmã mais velha e peça conselhos sobre Zed Eszu.

Avivei o fogo para quando Cal retornasse e fui até a Pousada. Infelizmente, Zed estava na cozinha, de braços cruzados, ao lado de Beryl.

– E essa história que ouvi sobre um veado branco ter sido visto em Kinnaird? – perguntou ele.

– Eu sei... Uma loucura, não é? – respondi.

– Bem, não acontece muita coisa em janeiro, não é mesmo? Eles deviam estar loucos por um furo de reportagem – acrescentou Beryl.

– Normalmente, onde há fumaça há fogo... Mas o mais importante é que preciso de sua resposta, Tiggy. Que tal almoçar comigo aqui amanhã para discutirmos o assunto?

– Eu... Tudo bem – concordei, percebendo que não poderia mais adiar aquela conversa.

– Ótimo. Beryl, eu tenho uma chamada para Nova York em quinze minutos. Vou usar a extensão e não posso ser incomodado, ok?

– Claro, senhor.

Ao ouvirmos a porta do salão principal se fechar, Beryl deixou escapar um suspiro.

– Quando é que esse maldito vai embora? – resmungou ela.

– Muito em breve, espero – resmunguei, em voz baixa. – Beryl, antes de Zed tomar conta do telefone, será que posso fazer uma ligação rápida para minha irmã? Eu realmente preciso falar com ela, mas ela mora no Brasil, então é claro que vou pagar.

– Não seja boba, Tiggy. Tenho certeza de que, com o que Zed está pagando para ficar aqui, podemos conceder a você alguns minutos de ligação para o exterior. Agora vá depressa, antes que Zed se queixe de que a linha está ocupada.

– Obrigada, Beryl. Não vou demorar.

Fui até o escritório, fechei a porta e peguei o fone, pensando no que iria dizer a Maia.

O telefone tocou e tocou – era plena tarde no Rio de Janeiro, então torci para que ela não tivesse saído.

– Alô – disse a voz doce e familiar de minha irmã mais velha.

– Alô, Maia. – Sorri ao ouvir sua voz. – É a Tiggy.

– Tiggy! Que fantástico ouvir você! Como está? Onde você está?

– Ainda no meio do nada, nas Terras Altas da Escócia, cuidando dos meus animais. E você?

– Ocupada com minhas aulas de inglês na favela, e Valentina me mantém ocupada também. Não sei como Ma conseguiu cuidar de todas nós. Eu quase não consigo dar conta de uma menina de 6 anos. A garota nunca fica cansada – acrescentou Maia, mas eu podia perceber o amor pela filha em sua voz. – Como você está?

– Estou bem. Foi Ally que me aconselhou a entrar em contato com você. Para falar sobre Zed Eszu.

Houve uma longa pausa no outro lado da linha.

– Certo – disse Maia, depois de algum tempo.

– Bem – prossegui –, ele me ofereceu um emprego. Ah, Maia, é uma oportunidade fantástica.

Explico em que consistiria o trabalho e quanto dinheiro Zed deixaria ao meu dispor para gastar com a instituição.

– E isso sem falar no meu salário e em todas as regalias. O que você acha? – perguntei.

– Sobre a oferta de emprego? Ou sobre Zed?

– Ambos, eu acho.

– Ah, Tiggy... – Ouvi Maia inspirar fundo. – Não sei o que dizer.

– Seja o que for, Maia, por favor, diga – insisti.

– Antes de eu falar, preciso perguntar se você e Zed... bem, vocês têm alguma ligação romântica? Ou é uma relação completamente profissional?

– É profissional da minha parte, mas da parte dele... para ser sincera, não tenho certeza.

– Ele está te dando um bocado de atenção?

– Sim.

– Escreve cartas, traz presentes e envia flores?

– Sim.

– Aparece na sua porta sem ser convidado?

– Sim.

– Em suma, está perseguindo você?

– Sim. Cal, que mora comigo, até fala que ele é *stalker*.

– Certo. Então você acha que ele está oferecendo esse trabalho porque você é a pessoa certa para o posto? Ou é uma isca?

– Esse é o ponto. Eu simplesmente não sei. Um pouco dos dois, talvez.

– Bem, Ally deve ter mencionado que eu não sou a maior fã de Zed Eszu, então não tenho certeza se minha resposta seria imparcial. Tudo o que posso dizer é que as coisas que você me disse que Zed tem feito... ele fez comigo também. Era como se nada pudesse detê-lo até me pegar, como se estivesse me caçando. E então, quando ele me *pegou*, quando eu, como uma idiota, cedi, ele perdeu o interesse logo depois.

– Ah, Maia, sinto muito. Deve ser bastante doloroso para você falar sobre isso.

– Eu já me recuperei disso, mas, na época... Enfim, pode ser diferente com você. Zed pode ter mudado, pode ter amadurecido ou algo assim, mas, pensando em nossos primeiros dias juntos, tenho certeza de que ele mencionou um possível trabalho de tradução na empresa do pai dele quando terminei a universidade. No fim, ele mal me disse adeus quando terminou a Sorbonne um ano antes de mim.

– Ally disse que Zed pode ter alguma questão com as irmãs D'Aplièse. Talvez seja verdade.

– Bem, sem dúvida é estranho que tenha sido o barco do pai dele que Ally viu atracado ao lado do *Titã* na Grécia, no verão passado. E depois o filho dele aparece nas remotas Terras Altas da Escócia, onde você, por acaso, está trabalhando.

– Tenho certeza de que essa parte é apenas uma coincidência infeliz, Maia. Ele pareceu bem surpreso quando me encontrou e soube quem eu sou.

– Tiggy, você gosta do Zed? Quero dizer, *daquela* maneira?

– Não. Não mesmo. Eu o acho... – abaixei a voz – muito esquisito. Ele é extremamente arrogante, embora eu não consiga deixar de sentir pena dele. Você deve lembrar que ele perdeu o pai mais ou menos na mesma época em que perdemos Pa.

– E tenho certeza de que ele usou isso para criar laços com você, Tiggy. Todas nós sabemos que você tem o coração mole. Você daria até ao diabo o benefício da dúvida, e eu aposto que Zed se aproveitou disso também. – Percebi um toque de amargura na voz de Maia. – Desculpe, Tiggy, esqueça o que eu disse. O trabalho parece maravilhoso e eu entendo por que você adoraria aceitá-lo. E quanto a Zed ser seu chefe, não posso comentar nada no nível profissional. No nível pessoal, por favor, tome cuidado. Ele fará qualquer coisa para conseguir o que quer e, pelo que estou ouvindo agora, o que ele quer é você.

– Maia, o ponto crucial é o seguinte: você acha que ele é uma pessoa de bom coração?

Houve uma pausa agonizante antes de minha irmã responder.

– Não, Tiggy, acho que não.

– Tudo bem. Obrigada por ser honesta e me desculpe por trazer de volta lembranças ruins.

– Ah, tudo bem, Tiggy, de verdade. Foi há muito tempo. Eu só... não quero que você se machuque como eu me machuquei. Além disso, você tem uma intuição muito boa, portanto a decisão deve ser sua.

– Sim. De qualquer maneira, é melhor eu ir agora, porque estou usando o telefone fixo do chefe e nosso... amigo em comum quer ligar para Nova York.

– Ah, tudo bem. Foi ótimo falar com você. Dê notícias, está bem?

Coloquei o telefone no gancho, esperando não ter chateado minha irmã. Percebi que Zed não era apenas um homem que tinha passado brevemente pela vida de Maia, mas alguém que a havia magoado muito.

Então, por um capricho, enquanto Zed estava ocupado em outro lugar e o computador estava livre, entrei na internet para procurar empregos no exterior para zoólogos. Se eu não ia aceitar o trabalho oferecido por Zed, talvez precisasse, dada a situação instável de Kinnaird, encontrar outra coisa.

Alguns trabalhos que o Google decidiu que seriam adequados apareceram na tela e eu fui analisando.

"Professor assistente de imunologia animal e ecologia da paisagem, Geórgia do Sul, Estados Unidos."

Nem um pouco atraente, pensei, mesmo se eu tivesse a experiência necessária para a função, o que eu não tinha.

"Assistente de campo em zoologia, especializado em focas e aves marinhas, Antártida."

Não é para você, Tiggy. Como se a Escócia já não fosse fria o suficiente...

"Diretor de conservação para trabalhar na reserva de caça no Malaui."

Esse me parece interessante...

Disparei um e-mail curto e anexei meu currículo, percebendo só depois de pressionar "enviar" que eu não havia mudado o meu endereço da Suíça para Kinnaird. Mas sabia que Ma enviaria à Escócia no mesmo instante qualquer correspondência destinada a mim.

Depois de considerar pelo menos uma alternativa positiva para o futuro, acordei na manhã seguinte me sentindo mais calma. Alimentei os gatos e fiz uma pausa breve no meio da subida da encosta, prestando atenção aos sons no vale. Nem mesmo o sussurrar de uma brisa quebrava a completa quietude. Eu havia aprendido que um silêncio sinistro muitas vezes era o prenúncio de uma tempestade de neve. Os gatos, obviamente, concordavam, pois nenhum deles saiu para me ver. Enquanto eu subia com dificul-

254

dade a última parte do acesso à Pousada para pegar a comida de Chilly, ponderei sobre o que diria a Zed no temido almoço. Ou, na verdade, como eu formularia o "não" que iria lhe dar.

– Eu em Nova York?! Nunca – disse a mim mesma. – Você odiaria cada segundo, Tiggy, morando em uma pequena caixa de vidro no céu. Manhattan é provavelmente do tamanho da Propriedade Kinnaird, só que abarrotada de edifícios.

Zed disse que você passaria muito tempo viajando...

– Não, Tiggy – disse a mim mesma com firmeza. – Aconteça o que acontecer, por mais que ele tente convencê-la, você tem que dizer não. Simplesmente não é... *adequado*. E não se fala mais nisso.

❀ ❀ ❀

– Você está doente de novo? Devo chamar alguém? – perguntei assim que cheguei à cabana de Chilly e o encontrei mais uma vez deitado na cama.

– Não estou pior que ontem nem do que estarei amanhã. – Os olhos de Chilly se abriram quando me aproximei dele. – Você é que vai, não eu.

– Honestamente, Chilly, de vez em quando você fala muita besteira.

– Diga a Angelina que fui eu que guiei você para casa, como prometi. Seus olhos se fecharam novamente, mas fui até ele e peguei sua mão.

– Eu não vou a lugar nenhum, Chilly – falei, baixinho.

– Você vai para casa. E depois disso – prosseguiu ele com um pequeno suspiro – eu também vou.

Passei os minutos seguintes implorando que ele me explicasse o que queria dizer, mas Chilly fingiu que dormia, ou realmente estava cochilando, pois não disse mais nada. Beijei-o na testa e, quando ficou claro que ele não responderia, me resignei a deixar seu almoço ao lado da boca de gás, para que ele o aquecesse mais tarde, e lhe dizer um suave adeus.

❀ ❀ ❀

– Oi, Beryl – cumprimentei-a quando entrei na cozinha uma hora mais tarde.

– Você chegou um pouco cedo. Zed me disse para servir o almoço à uma da tarde.

– É verdade, mas primeiro quero usar o computador de novo, se estiver livre.

– Na verdade, está. Nosso convidado está em uma de suas infinitas chamadas no salão principal. Pela manhã é a China e o Oriente, nas tardes e noites é Nova York e o Ocidente. Eu realmente não sei por que ele está aqui. Ele quase nunca tira proveito do que está além das janelas... Só sai para atirar em um alvo durante uma hora por dia. Para ser franca, Tiggy, tudo que eu queria neste momento era gritar.

Eu a vi atacar com violência a cenoura diante dela com uma faca.

– Sinto muito, Beryl. Vamos torcer para ele ir embora logo e você assumir a Pousada de novo e trazer algum ar fresco aqui para dentro – comentei, tentando aliviar a conversa.

– E quem vai chegar aqui quando ela estiver vazia? Ela voltou outra vez. Vi os dois juntos cavalgando esta manhã no caminho para cá. Eles sorriram para mim, cheios de arrogância – resmungou ela, dando um corte brutal em outra cenoura.

– Quem, Beryl?

– Ah, ninguém. – Beryl pegou um lenço de papel no bolso do avental e assoou o nariz. – Não preste atenção em mim. Esta época do ano é muito deprimente, não é?

– Sim, Beryl... quando você precisar, eu estou aqui. Pode contar comigo.

– Obrigada, querida.

Fechei a porta do escritório, sentei-me à mesa e abri meu e-mail. Duas mensagens surgiram: uma de Charlie e outra de Maia.

Li a mensagem de Charlie primeiro:

Oi, Tiggy. Percebi que nunca me desculpei por você ter quase desaparecido na neve. Se o "Beryl" não estivesse em tão mau estado, isso poderia ter sido evitado. E eu nunca me perdoaria se alguma coisa acontecesse a você. Também peço desculpas por não ter me despedido de maneira adequada quando fui embora no outro dia. Você merece muitos agradecimentos por orientar Zara – e também por me orientar em como lidar com ela. Seu conselho funcionou: depois de ficar em casa, ela pediu para voltar à escola. Não ouvimos falar de nada desagradável sobre ela desde então, portanto vamos rezar para que ela tenha se acalmado outra vez.

Foi bom ver você e batermos um papo – ainda que rápido –, e estou ansioso para vê-la novamente em breve, quando espero ter mais notícias positivas sobre o futuro da propriedade.

Cuide-se, beijo
Charlie

Fiquei exultante diante do beijo, do carinho e da preocupação contidos no e-mail. Sendo a criatura solitária e triste que eu era, resolvi imprimir a mensagem para ler mais tarde.

Em seguida, li o e-mail de Maia.

Querida Tiggy,

Estive pensando muito sobre a nossa conversa e fiquei preocupada com você e nosso estranho "stalker". Mesmo que o trabalho pareça incrível, por favor, pense com cuidado.

Refleti muito sobre se devia ou não lhe enviar o anexo, mas acho que você deve ver isso antes de decidir. É de um ano atrás, mas...

Não me odeie!

Espero ver você no verão.

Nos falamos em breve.

Beijos,

Maia

Rolei a tela e abri o anexo. E ali, diante de mim, surgiu uma imagem do homem que me esperava no salão principal. Tinha o braço apoiado nos ombros de minha irmã Electra, e na legenda estava escrito:

Zed Eszu e Electra apreciam a companhia um do outro na inauguração de uma galeria em Manhattan. Vistos juntos na cidade nos últimos dezoito meses, fica a dúvida se anunciarão oficialmente o relacionamento ou se vão nos deixar curiosos.

– Isso confirma tudo – murmurei.

Imprimi o e-mail, dobrei a folha de papel e a enfiei no bolso de trás da calça jeans.

Recompondo-me por um segundo, respirei fundo e dirigi-me ao salão principal.

– Tiggy. – Zed levantou-se de sua cadeira perto do fogo e veio até mim. O calor no cômodo era sufocante. – Sinto como se não nos falássemos há séculos. Parece que você está tentando me evitar – acrescentou ele, me dando um beijo em cada bochecha.

– De forma alguma, Zed. Tudo aqui tem andado muito corrido.

– Por causa da aparição do veado branco, não é?

– Eu... São só boatos, Zed.

– Ah, Tiggy, todos nós sabemos que você o viu e que Cal tirou fotos que, de alguma forma, chegaram à mídia. Se eu fosse Charlie Kinnaird, estaria pulando de alegria. É uma maneira infalível de colocar a Propriedade Kinnaird no mapa turístico. O que ele está esperando?

– Charlie nunca faria isso, Zed, porque precisamos fazer tudo o que pudermos para *proteger* o veado, e deixar centenas de pessoas entrarem na propriedade não é a melhor maneira de fazer isso. Para não mencionar a ameaça de caçadores. O veado é tão raro que é quase mítico. Por favor, lembre-se de que minha profissão, bem como meu trabalho aqui, tem tudo a ver com a conservação da vida selvagem.

– É claro, e não seria incrível se nós pudéssemos tirar uma foto sua com o veado para o lançamento da nossa organização? Esqueça a girafa. – Zed riu. – Há muitas delas por aí. Da próxima vez que você for ver o animal, posso acompanhá-la e levar uma câmera? Acredito que ele tenha sido visto nas bétulas. Eu vi o velho Range Rover estacionado lá ontem quando dirigia para tentar vê-lo.

– Zed, precisamos conversar – falei com firmeza, horrorizada por saber que ele sabia onde Pégaso estava.

– É claro. Você deve querer os detalhes de seu trabalho. Estou de olho em um loft em Chelsea, que considero adequado para você quando estiver em Manhattan, e não salvando leões na África. Agora, eu tenho aqui champanhe no gelo. – Ele indicou a bebida em um balde de gelo. – Posso abrir?

Olhei para ele com total descrença. Obviamente, ele estava convencido de que eu aceitaria o emprego.

– Não, Zed, porque...

– Você tem algumas preocupações – disse ele, sem perder um segundo. – Eu preparei um arquivo que contém os detalhes sobre as especificações do seu trabalho e, claro, o seu salário. Aqui está – declarou, oferecendo-me uma pasta.

– Obrigada por ter pensando em tudo, mas não posso assumir o cargo, e nada me fará mudar de ideia.

Zed franziu a testa.

– Posso perguntar por quê?

– Porque... – As muitas respostas que eu havia preparado voaram da minha cabeça quando vi o olhar seguro dele. – Porque eu gosto daqui.

– Vamos lá, Tiggy, tenho certeza de que você pode fazer melhor do que isso.

Vi um brilho de aço surgir nos olhos de Zed.

– No fundo, sou uma garota do interior, e aqui eu me sinto em casa.

– Se você se der ao trabalho de olhar o conteúdo deste arquivo, verá que incluí um voo de primeira classe para qualquer lugar da Europa, uma vez por mês. Verá também que planejei que você passe pelo menos seis meses por ano na África, especialmente no início, quando estiver procurando maneiras de gastar os 25 milhões de dólares que terá à sua disposição.

Vinte e cinco milhões...

– Tudo isso parece incrível, mas eu só tenho 26 anos e não tenho nenhuma experiência em qualquer outra coisa além da conservação de espécies animais. Eu não teria como fazer todas as coisas que você pretende.

– E é por isso que você vai ter uma equipe experiente ao seu redor. Como eu já disse, sua única tarefa será criar os projetos e ficar à frente da empreitada. Nós vamos providenciar para você um estilista, um novo guarda-roupa, um professor de oratória...

Fiquei imóvel, enquanto Zed continuava a descrever como eu seria levada, moldada e *possuída* por ele. Quando pensei nisso, o rosto e o corpo de Zed começaram a mudar e ele se transformou em um lagarto gigante, verde e horrivelmente viscoso, sua língua pontuda serpenteando até mim enquanto falava...

Zed finalmente se interrompeu e transformou-se em humano novamente.

– Certo... Hum, obrigada, Zed, sinto-me realmente honrada, mas, independentemente do que você disser, a resposta ainda é não.

– É realmente este lugar, Kinnaird, que a impede de aceitar?

– Sim – confirmei. – Eu amo isto aqui.

– Bem, então a minha decisão está tomada. – Zed deu um tapa na coxa.

– Vou comprar esta propriedade. Estive pensando nisso nos últimos dias.

Tenho certeza de que Charlie vai concordar em vendê-la para mim. Todos nós sabemos como ele está desesperado. Ele vai ficar muito feliz de se livrar destas terras.

– Você quer comprar Kinnaird? – sussurrei, minha voz tremendo de horror.

– Por que não? Será dedutível do imposto de renda. Podemos realizar workshops com meus funcionários ao puríssimo ar livre e talvez usar alguma parte do terreno para um campo de golfe de dezoito buracos. Eu posso transformar a Pousada em um bom hotel, e os velhos celeiros em pontos de venda de produtos locais. Em resumo, vou trazer o lugar inteiro para o novo milênio. E você, Tiggy, pode ficar aqui e me ajudar.

Fiquei tão chocada que abri e fechei a boca como um peixinho dourado.

– Assim – prosseguiu Zed, sorrindo –, seja qual for o arranjo, Tiggy, você vai acabar trabalhando para mim. Agora vamos beber aquele champanhe.

– Zed, me desculpe, mas eu tenho que ir.

– Por quê? Eu a ofendi de alguma forma?

– Eu... Você foi muito generoso, e eu realmente agradeço, mas não posso trabalhar para você, Zed, aqui ou em Nova York.

– E por que não, Tiggy? Pensei que estivéssemos nos dando muito bem.

– Bem, é que... – Busquei o papel no meu bolso de trás. – Eu conversei com minha irmã Maia sobre você. E ela me enviou isto.

Entreguei a ele o papel e o observei desdobrá-lo. Ele olhou para a fotografia e em seguida para mim.

– É minha irmã Electra – informei.

– Eu sei quem ela é, Tiggy, só não entendo sua reação.

– Primeiro, você namora Maia. Em seguida, você passa para Electra, e agora está aqui comigo! Me desculpe, mas eu acho isso... estranho.

– Tiggy, por favor, não seja tão ingênua. Você sabe como a mídia pode encarar uma amizade totalmente inocente e fazer com que pareça o maior caso de amor desde Richard Burton e Elizabeth Taylor. Eu lhe disse abertamente que conhecia Maia e Electra. E, sim, com Maia eu tive um relacionamento, mas com Electra foi só uma amizade casual. Como você bem sabe, ela tem um namorado agora, então eu não a vejo há meses. Além disso, vocês todas são mulheres bonitas que circulam nos mesmos ambientes que eu. É simples assim.

– Eu certamente *não* circulo nos mesmos ambientes que você. E nunca vou circular. Agora, vou me retirar. E realmente prefiro que não nos vejamos mais.

– Não me diga que você está com ciúmes de suas irmãs.

– É claro que não! – eu quase gritei com Zed, irritada por ele ainda parecer não ter entendido. – Sua obsessão por nós é... bizarra. Adeus, Zed.

Saí da sala achando que ele me seguiria, feliz por Beryl estar na cozinha para me proteger, e sabendo que Cal estaria em casa para o almoço. Uma vez fora da casa, atravessei o pátio correndo, abri a porta do chalé e a fechei com força.

– Merda! – exclamei, pensando em bloquear a porta com o sofá como proteção extra.

– Onde é o incêndio? – perguntou Cal, chegando da cozinha com uma enorme fatia de torta de carne.

– Você vai ficar aqui na próxima hora? – perguntei, ofegante.

– Posso ficar, sim. Por quê?

– Porque eu acabei de recusar a oferta de emprego de Zed. Ele não ficou muito feliz, para dizer o mínimo, então disse que queria comprar a Propriedade Kinnaird para que assim, de qualquer forma, eu acabasse trabalhando para ele e... então eu mostrei uma foto dele com uma de minhas irmãs em uma revista, e ele namorou minha outra irmã também, e... Por Deus, Cal, eu acho que ele é realmente louco!

– Uau, Tig! Não estou entendendo nada. O que foi que ele disse sobre comprar Kinnaird?

– Ele só disse que ia comprar. Ai, Cal! – Lágrimas brotaram de meus olhos. – Ele estava falando em construir um campo de golfe e pontos de venda e...

Cal afundou numa cadeira.

– Tenho certeza de que o senhorio nunca iria vender. Especialmente para alguém como Zed.

– Nós dois sabemos que Charlie e a propriedade estão quebrados. Mesmo que a gente consiga o máximo de subvenções, ainda assim não vai ser fácil.

– Meu Deus! – Ele respirou fundo. – Seria o fim de uma era, com certeza. E nem me fale dos meus sonhos de casar com Caitlin e comprar uma casa própria.

– O pior é que a propriedade seria apenas um brinquedo para Zed. Talvez ele a comprasse só para me magoar.

– Você acha que vale alguns milhões, não é, Tig? – comentou ele, em tom de brincadeira, e eu corei, o que desanuviou um pouco o ambiente.

– Eu não quis dizer isso. Só tenho a impressão de que ele decidiu que eu seria dele de qualquer jeito.

– Sim, ele parece mesmo ter uma estranha fixação por você. E também saiu com duas de suas irmãs, é isso?

– Sim, e Maia não me contou nada de bom a respeito dele. Meu Deus, Cal, eu acabei de recusar um orçamento de 25 milhões de dólares para gastar como quiser. – Dei um gemido. – E, se ele comprar Kinnaird, vou ter que ir embora, de verdade.

– Não acho que isso vá acontecer, Tig. – Cal balançou a cabeça. – Talvez você deva falar com Charlie sobre isso.

– Talvez. – Dei de ombros. – Enfim, vou de carro até Tain hoje à tarde para visitar Margaret. Depois, vou vigiar Pégaso à noite. Zed sabe onde ele está. Você acha que...?

– Meu Deus! E eu arranjando alvos para ele praticar. Tem certeza de que quer sair de novo mais tarde, Tig? Está chegando uma nevasca – disse Cal, estudando o belo céu azul pela janela do chalé, o sol do meio-dia espalhando seu brilho sobre a camada de neve que cobria o chão durante o inverno. A paisagem era um perfeito cartão de Natal.

– Tenho! Não podemos nos arriscar, Cal, você sabe que não podemos.

– Acho que nem o próprio Abominável Homem das Neves sairia esta noite – murmurou ele.

– Você prometeu que vigiaríamos Pégaso até que as coisas se acalmassem – implorei. – Vou levar o rádio e entro em contato com você se houver algum problema.

– Tig, você acha mesmo que eu vou deixar uma garota como você andar por aí sozinha numa tempestade de neve, enquanto um caçador armado com uma espingarda pode estar rondando a propriedade? Não seja boba – grunhiu Cal, o rosto avermelhado expressando irritação e, por fim, resignação. – Só umas duas horas, está bem? Depois disso, vou arrastar você de volta pelos cabelos. Não serei responsável por você ter outra hipotermia. Estamos entendidos?

– Obrigada, Cal – respondi, aliviada. – Eu sei que Pégaso está em perigo. Eu... simplesmente sei.

❋ ❋ ❋

A neve caíra intensamente ao redor do nosso abrigo, e o telhado de lona se curvara devido ao peso. Eu me perguntava se ele acabaria desabando e nós dois seríamos enterrados vivos.

– Vamos embora, Tig – disse Cal. – Estou completamente entorpecido por causa do frio e vai ser muito difícil dirigir de volta. A nevasca diminuiu um pouco e precisamos chegar ao chalé quanto antes. – Cal tomou um último gole de café morno do cantil e me ofereceu um pouco. – Beba isto. Vou tirar a neve do para-brisa e ligar o motor para ir esquentando.

– Está bem – concordei, com um suspiro, sabendo que não adiantaria discutir.

Havíamos ficado no abrigo por mais de duas horas, apenas observando a neve cair. Cal foi até o Beryl, que estava estacionado depois de um afloramento rochoso no vale atrás de nós. Olhei pela pequena janela do abrigo enquanto tomava o café, depois apaguei o lampião e saí. Eu não precisava de luz, já que o céu clareara e agora reluzia com milhares de estrelas, a Via Láctea claramente visível acima de mim. A lua, que dali a dois dias estaria cheia, brilhava, iluminando o imaculado manto branco que cobria o chão.

O silêncio absoluto que sempre vinha após uma nova queda de neve era tão profundo quanto o tapete cintilante que cobria meus pés e boa parte das minhas panturrilhas.

Pégaso.

Chamei-o mentalmente, caminhando bem devagar até as árvores, implorando que ele aparecesse e eu pudesse ir para casa dormir sabendo que ele estava seguro por mais uma noite.

Ele apareceu como que do nada, uma visão mística. Então levantou a cabeça para a lua e se virou, os profundos olhos castanhos fixos em mim. Pégaso começou a caminhar, hesitante, em minha direção, e eu em direção a ele.

– Querido Pégaso – sussurrei e vi uma sombra surgir em meio ao arvoredo, erguendo uma espingarda.

– Não! – gritei para o silêncio. A figura estava atrás do veado, sua arma apontada e pronta para atirar. – Pare! Corra, Pégaso!

O animal se virou e viu o perigo, mas então, em vez de correr para uma distância segura, começou a vir na minha direção. Um tiro ecoou. Em seguida, mais dois, e eu senti uma dor aguda e repentina. Meu coração deu um solavanco estranho e começou a bater tão rápido que uma tontura me envolveu. Meus joelhos se transformaram em gelatina e eu afundei no cobertor de neve aos meus pés.

De novo o silêncio. Tentei manter a consciência, mas não consegui lutar contra a escuridão, nem mesmo por ele.

Algum tempo depois, abri os olhos e vi um rosto conhecido e amado acima de mim.

– Tiggy, querida, você vai ficar bem. Fique comigo agora, está bem?

– Sim, Pa, é claro, vou ficar – sussurrei, enquanto ele acariciava meus cabelos como costumava fazer quando eu era criança e ficava doente.

Fechei os olhos mais uma vez, sabendo que estava segura em seus braços.

Quando acordei novamente, senti alguém me levantando do chão. Olhei ao redor, procurando por Pa, mas tudo o que vi acima de mim foi a expressão de pânico no rosto de Cal, que lutava para me levar a um lugar seguro. Quando virei a cabeça para trás, na direção do arvoredo, vi o corpo caído de um veado branco, gotas vermelhas de sangue salpicando a neve ao seu redor.

E entendi que ele estava morto.

20

— Bom dia, Tiggy, como está se sentindo?

Fiz força para abrir os olhos e ver quem estava falando comigo, porque não era uma voz que eu reconhecia.

– Olá – disse uma enfermeira, sorrindo para mim.

Com grande esforço, eu trouxe à luz lembranças fugazes de...

– Pégaso – sussurrei, meu lábio inferior tremendo, lágrimas brotando em meus olhos.

– Tente não ficar nervosa, meu bem. – A enfermeira, que tinha cabelos ruivos vívidos e o rosto coberto de sardas, colocou a mão rechonchuda sobre a minha. – Você passou por uma situação traumática, sem sombra de dúvida, mas pelo menos saiu dela inteira. O médico logo virá aqui para vê-la. Eu só vou medir sua temperatura e sua pressão arterial, mas infelizmente não poderei lhe oferecer nenhum alimento sólido enquanto o médico não liberar.

– Tudo bem, não estou com fome – respondi, enquanto mais lembranças da noite anterior me vinham à mente.

– E que tal uma boa xícara de chá?

– Obrigada.

– Vou pedir a um assistente que traga um pouco. Abra, por favor – pediu ela, e colocou o termômetro sob a minha língua e, em seguida, apertou a braçadeira do aparelho de pressão. – Sua temperatura está boa, mas sua pressão ainda está um pouquinho elevada, embora menos do que ontem à noite. É claro que foi por causa daquela situação dramática. – Ela me reconfortou com um sorriso. – O seu amigo Cal está aguardando do lado de fora. Posso deixá-lo entrar?

– Claro.

Pensar em Cal e na forma como ele cuidou de mim novamente na noite anterior trouxe mais lágrimas aos meus olhos.

– Bom dia, Tig – disse ele ao entrar no quarto alguns minutos mais tarde. – É bom ver você acordada. Como está se sentindo?

– Angustiada. Pégaso... – Mordi o lábio. – Está morto?

– Está, Tig, está, sim. Sinto muito. Sei o que ele significava para você. Talvez você deva apenas imaginá-lo como o mítico Pégaso, criando asas e voando para o céu.

– Vou tentar – respondi, com um falso sorriso. Cal não costumava se permitir fantasias, então fiquei grata pelo esforço que ele estava fazendo. – Eu gosto dessa ideia, mas me sinto responsável. Ele confiou em mim, Cal, veio me ver, como normalmente fazia, e levou um tiro por isso.

– Tig, você não poderia ter feito nada. Ninguém poderia.

– Você não entende! Eu gritei para ele fugir, mas, em vez disso, ele correu na *minha* direção. Se ele não tivesse se colocado entre mim e o caçador, *eu* é que estaria morta agora. Ele salvou a minha vida, Cal. De verdade, ele me salvou.

– Então, eu sou grato a ele. Mesmo que seja uma perda terrível para nós e para a natureza, prefiro que tenha sido ele a você. O médico já apareceu aqui?

– Não. A enfermeira disse que ele está a caminho. Espero que ele me livre disso tudo – indiquei os tubos e a máquina que fazia barulhos – e deixe eu ir para casa.

– Muita gente diz que o serviço nacional de saúde não é muito bom, mas aquele helicóptero chegou lá no vale com os paramédicos menos de meia hora depois que eu liguei.

– Isso explica todo o zumbido e os barulhos. Pensei que fosse um sonho.

– Não era. Eu segui pela estrada e duvido que alguma parte de você não tenha sido radiografada, tomografada e examinada ontem à noite. O médico disse que os resultados ficariam prontos hoje de manhã.

– Eu, honestamente, não me lembro de muita coisa, apenas de um monte de ruídos e luzes brilhantes. Pelo menos não estou sentindo dor.

– Não fico surpreso, já que eles encheram você de remédios. É melhor eu já avisar logo que tem um policial esperando para conversar com você quando estiver se sentindo mais disposta. Eu disse a ele tudo o que sabia, mas, se você se lembra bem, eu não estava lá para ver o tiro.

– Um policial? Mas por que ele quer falar comigo?

– Alguém atirou em você na noite passada, Tig. Como você mesma acabou de dizer, poderia ter matado você.

– Mas só por engano, Cal. Nós dois sabemos que o alvo era o Pégaso.

– Bem, por enquanto eles estão tratando o ocorrido como um caso suspeito.

– Isso é ridículo. Embora eu queira que eles descubram quem o matou, caçar sem licença é crime também, sobretudo quando se trata de um animal tão raro.

– Você viu quem foi, Tig?

– Não, e você?

– Não vi. Quando cheguei, o filho da mãe já tinha desaparecido.

Ficamos em silêncio por um tempo, pensando na conversa que tivemos sobre Zed, mas sem coragem de colocar essas ideias em palavras.

– Você quer que eu avise alguém? Uma de suas irmãs? Ou aquela senhora que você chama de Ma?

– Meu Deus, não, a menos que o médico diga que estou morrendo.

– Ele certamente não disse isso. Mas disse que você é uma moça de muita sorte. Por falar nele...

Um homem que parecia um pouco mais velho do que eu se aproximou do leito.

– Oi, Tiggy, eu sou o Dr. Kemp. Como está se sentindo?

– Bem, obrigada.

Meu coração imediatamente deu um salto quando ele se preparou para fazer um relatório sobre meu estado.

Eu o observei olhando para o monitor e, em seguida, voltando a atenção para mim.

– A boa notícia é que os raios X que fizemos ontem à noite confirmaram com clareza o que eu pensava. A bala passou direto pela lateral de seu casaco de esqui e percorreu os outros três casacos que você estava usando, e causou apenas um ferimento superficial. Nem sequer demos pontos. Só o cobrimos com um curativo.

– Então já posso ir para casa?

– Ainda não. Quando os paramédicos a trouxeram de helicóptero, relataram que seus batimentos cardíacos estavam muito acelerados e sua pressão estava muito alta. De início, pensamos que era um ataque cardíaco. É por isso que você está conectada a um monitor. O eletrocardiograma que fizemos mostrou que você está tendo arritmia, que é quando o coração não consegue manter um ritmo constante, e também picos de taquicardia, quando o coração bate mais rápido do que o normal. Você notou se teve palpitações ou uma aceleração do ritmo cardíaco nos últimos tempos?

– Eu... Sim, um pouco – respondi, sabendo que era obrigada a ser honesta.

– Por quanto tempo?

– Não me lembro, mas me sinto ótima, de verdade.

– É sempre melhor verificar tudo, caso haja qualquer condição subjacente, Tiggy. E é isso que nós queremos fazer.

– Tenho certeza de que está tudo bem com meu coração, doutor – respondi, com firmeza. – Eu tinha muitas crises de asma quando criança e constantemente tenho bronquite. Fiz inúmeras avaliações no hospital e meu coração foi examinado todas as vezes.

– Isso é reconfortante, mas a equipe de cardiologia quer fazer uma angiografia apenas por segurança. Um maqueiro virá em breve para buscá-la. Você terá que ser levada em uma cadeira de rodas, tudo bem?

– Tudo bem – respondi, desanimada.

Eu odiava hospitais e, dez minutos depois, enquanto o maqueiro me empurrava pelo corredor, decidi que Chilly tinha razão e eu, assim como ele, com certeza optaria por definhar em meu próprio hábitat.

A angiografia foi indolor, apenas um pouco desagradável, e em menos de meia hora eu já estava de volta à cama, com uma tigela de sopa aguada, que era a única comida vagamente vegana no menu do almoço.

– O que você acha de conversar com o policial agora, Tig? – sugeriu Cal. – O pobre sujeito está esperando desde a madrugada.

Eu concordei e o homem veio falar comigo. Ele se apresentou como detetive-sargento McClain. Estava à paisana e tinha um ar prático e gentil. Ele se sentou ao lado da minha cama e pegou um notebook.

– Olá, Srta. D'Aplièse. O Sr. MacKenzie já depôs e me explicou o que acredita ter acontecido ontem à noite. Nós levamos seus casacos para a perícia. Foi por pouco. Eles coletaram a bala no corpo do veado, e estão procurando o cartucho na cena do crime. Se tivermos os dois, poderemos identificar exatamente o tipo de espingarda. Agora, preciso de uma declaração sua também, como única testemunha do tiro que levou. Se em algum momento quiser parar, por favor, diga. Entendo que pode ser bem desagradável lembrar-se de tudo o que aconteceu.

Respirei fundo e me concentrei em acabar logo com aquilo para ser liberada e poder voltar para minha própria cama, em Kinnaird, ainda naquela noite. Contei ao investigador tudo o que eu vira. Ocasionalmente, ele me pediu mais detalhes.

– Então a senhorita não conseguiu ver o atirador de perto?

– Na verdade, não. Tudo o que eu vi foi a sombra dele na neve.

– Acha que era um homem?

– Sim – respondi. – A sombra era muito alta, embora eu imagine que as sombras não tenham a ver com a altura de uma pessoa, não é? Parece estranho, mas eu acho que ele estava vestindo um antigo chapéu de feltro. Pelo menos é o que parecia, pela sombra. Mas então eu vi o Pégaso correndo na minha direção...

– Pégaso?

– O veado branco. Eu o chamava de Pégaso...

– Tig e o animal tinham um vínculo, detetive – disse Cal, enquanto lágrimas brotavam em meus olhos.

– E eu realmente gostaria que não tivéssemos nenhum vínculo, porque o Pégaso ainda estaria vivo...

– Certo, podemos parar por aqui, Srta. D'Aplièse. Foi muito útil.

– Vocês vão conseguir acusar esse homem de caça ilegal? – perguntei.

– Ah, sim, não se preocupe. Se pegarmos o imbecil que fez isso com a senhorita e com o veado, vou me certificar de que a polícia faça todas as acusações que couberem. Tenho a impressão de que o animal realmente levou um tiro em seu lugar, por isso nós podemos até mesmo acusá-lo de tentativa de assassinato. Devo avisar, porém, que a imprensa está interessada na história. – O sargento McClain suspirou. – Más notícias correm depressa, ainda mais envolvendo o veado branco, que já estava no radar da mídia. Alguns repórteres estão plantados na entrada do hospital. Quando a senhorita for liberada, sugiro que saia por alguma porta lateral. Meu conselho é que responda "Sem comentários" a qualquer pergunta, combinado?

– Combinado. Obrigada.

– Agora, vou apenas lhe pedir que leia o seu depoimento e, se tudo estiver correto, rubrique cada página e assine no final, por favor.

Fiz o que ele pediu e lhe devolvi as páginas, tentando conter o tremor de minhas mãos. Recontar a história havia drenado cada gota que restava de minhas forças.

– Aqui está meu cartão, caso se lembre de mais alguma coisa nos próximos dias. Tenho o seu telefone, então vou deixá-la em paz para se recuperar. Aviso se encontrarmos o cartucho, e o nosso serviço de apoio à vítima entrará em contato em breve. E, por favor, pense, Srta. D'Aplièse. Qualquer lembrança sobre o ocorrido pode significar a possiblidade de pegar o idiota que fez isso. Por enquanto, espero que se recupere logo. Obrigado pela ajuda.

Assim que ele saiu, senti os olhos pesados. Estava prestes a fechá-los quando ouvi a cortina do leito ser aberta outra vez.

– Como está se sentindo?

Abri os olhos e vi o Dr. Kemp, o jovem médico, olhando para mim.

– Muito bem. – Fiz o melhor que pude para parecer alerta. – Posso ir para casa agora?

– Ainda não. O Sr. Kinnaird, o consultor sênior do departamento cardiológico, vem para uma visita. Os resultados da angiografia devem ficar prontos amanhã de manhã. Acredito que ele vá demorar um pouco, porque está operando no momento. Aliás, ele me pediu que lhe enviasse seus mais sinceros votos de recuperação. Acho que vocês se conhecem.

– Sim. – Engoli em seco, meu coração dando mais um salto. – Eu trabalho para ele. Quero dizer, na Propriedade Kinnaird.

– Certo.

O médico me pareceu confuso e percebi que ele não devia saber nada da vida pessoal de Charlie.

Olhei pela janela e vi que o céu já estava escurecendo.

– Vou poder ir para casa hoje à noite?

– Não, porque ele vai querer ver os resultados da angiografia e pode pedir mais alguns exames. Uma última coisa, Tiggy. Cal me disse que você não é cidadã britânica, mas suíça.

– Isso.

– Tudo bem, os cidadãos suíços também podem ser tratados no Serviço Nacional de Saúde, mas não a encontrei em nosso sistema. Você já foi registrada em algum consultório no Reino Unido?

– Não.

– Bem, então vamos precisar do seu passaporte e do seu seguro social, e você vai ter que preencher alguns formulários para podermos organizar seus cuidados futuros. O número do seu seguro social deve estar em seus contracheques.

– Certo. – Olhei para Cal. – Sinto muito, mas meu passaporte está na gaveta de minha mesa de cabeceira, junto com meus contracheques.

– Isso é urgente, doutor? – indagou Cal. – É uma viagem de três horas de ida e volta.

– Um pouco – respondeu o médico. – Tenho certeza de que você sabe como é a burocracia do Serviço de Saúde. Alguém poderia trazê-los aqui para você?

– Não, eu vou até lá. A menos que você queira receber uma visita de Zed, Tig. – Cal fez uma careta para mim.

Olhei para seu rosto abatido e, em seguida, para o relógio, que me mostrou que já passava das quatro da tarde. O policial ficara comigo por mais de duas horas. Tomei uma decisão.

– Cal, por que você não vai para casa agora e dorme um pouco? Como eu não vou sair daqui até amanhã, talvez você possa voltar com o passaporte e os contracheques e aproveitar para me buscar.

– Tem certeza de que você vai ficar bem sozinha aqui de noite?

– É claro que sim. Você parece mais acabado que eu.

– Obrigado, Tig. Você tem razão. Preciso mesmo de um bom banho.

– Então é isso – disse o médico. – Vejo você amanhã, Tiggy. Durma bem.

– Sinto muito por tudo, Cal. Era a última coisa de que você precisava, com tantos problemas acontecendo em Kinnaird.

– A última coisa de que *você* precisava era levar um tiro. Está bem, Tig, vou embora. Pelo menos terei o prazer de dirigir um Range Rover novinho na volta. Zed me emprestou o dele quando soube que você tinha sido trazida de helicóptero para o hospital.

– Que gentileza – reconheci, a contragosto, lembrando-me do que se passara entre nós no dia anterior.

– *Aye*. – Cal franziu a testa. – Pode ter sido por culpa. Todos sabemos que há uma linha tênue entre o amor e o ódio, e você o rejeitou ontem. Além disso, uma cabeça de veado branco é um baita de um troféu para pendurar na parede. O melhor dos troféus, eu diria, especialmente para um homem como Zed. Você não acha que foi ele que atirou em você, acha?

– Meu Deus, Cal! – exclamei, meu coração voltando a bater forte. – Eu realmente não sei.

– Desculpe por te assustar, mas, pelo que você disse e pelo que eu tenho visto, ele está acostumado a ter tudo o que quer. Pelo menos eu sei que você está segura aqui.

– Espero que sim. – Respirei fundo. – Cal, você poderia trazer algumas coisas para mim? Minha mochila e minha bolsa, que eu acho que deixei em cima da cama, uma calça jeans, uma blusa, um suéter... e umas... umas calcinhas limpas. Minhas roupas estão com a perícia e eu não queria sair daqui usando roupa de hospital.

– Claro que posso. Agora, não se meta em mais nenhuma encrenca enquanto eu estiver fora, por favor.

– Veja bem onde estou. Isso é impossível, até para mim.

– Nada é impossível para você, Tig – disse ele, beijando-me na testa. – Estarei de volta amanhã de manhã. Se você se lembrar de mais alguma coisa de que precise, basta ligar para Beryl na Pousada e ela me passa o recado.

– Obrigada, Cal. Só mais uma pergunta... – Eu me preparei para a resposta. – Para onde levaram o Pégaso?

– Pelo que sei, ele foi deixado onde estava, porque era parte da cena do crime.

– Eu só... queria muito dizer adeus.

– Vou descobrir e contar para você. Tchau, Tig.

Ele acenou e saiu. De repente, me senti muito só. Havia definitivamente algo em Cal que me passava uma sensação de segurança. E não era só isso, ele também me fazia rir. O vínculo que criamos era realmente especial e me perguntei se não tivemos alguma relação em uma vida passada...

– Oi, Tiggy – disse outra enfermeira, se aproximando do leito. – Meu nome é Jane. Preciso incomodá-la e medir sua temperatura de novo. – Ela colocou o termômetro na minha boca. – Ah, que bom. Está sentindo alguma dor? – perguntou a moça, pegando uma pasta vermelha de plástico na extremidade da cama.

– Não.

– Ótimo, então pode ser que tiremos o acesso venoso mais tarde. Você tem outra visita. Deseja recebê-la?

– Depende de quem seja – respondi, meu coração dando outro de seus saltos quando minha imaginação trouxe a imagem de Zed espreitando atrás da cortina.

– O nome dela é Zara. Disse que é uma amiga próxima.

– Ah, sim, eu adoraria vê-la.

Alguns segundos depois, o rosto luminoso de Zara apareceu entre as cortinas.

– Tiggy, coitadinha de você. E Pégaso... Ai, meu Deus! Por que você não me falou dele?

– Desculpe, Zara, mas era para ser um segredo.

– Bem, não é mais. Ouvi a história do tiro na rádio local quando estava no carro. Como está se sentindo?

– Estou bem, mas mal posso esperar para sair daqui.

– Quem você acha que fez isso?

– Honestamente, não sei, Zara. Só vi uma sombra – respondi, relutante em reviver todo o episódio. – E você, como está? Seu pai me disse que você voltou para a escola.

– É verdade, mas temos um fim de semana de folga. Mamãe teve que ir me buscar, e eu pedi para vir direto aqui ver você.

– Está tudo bem na escola?

– Sim, tudo bem... Johnnie me mandou uma mensagem perguntando se poderíamos nos encontrar... que ele estava muito triste e tal. Eu o mandei para aquele lugar. – Ela riu.

– Boa menina.

Coloquei minha mão para fora da coberta e batemos as mãos espalmadas de leve.

– Você vai ficar boa de novo, Tiggy?

– Ah, claro que vou. Devo sair amanhã – respondi, tranquilizando-a, mas não revelei que era o pai dela quem não me deixava ir embora. – Como estão as coisas em casa?

– Tudo péssimo. Prefiro a escola a estar em casa com a mamãe. Meu pai está ou no hospital, ou trancado no escritório conversando com seu advogado.

– Advogado?

– Algum assunto da propriedade. Não sei. – Zara coçou o nariz. – O que quer que seja, ele parece ter o peso do mundo sobre os ombros. Bem, é melhor eu ir. Mamãe está esperando por mim. Vamos passar o fim de semana em Kinnaird, o que vai ser bom. Sabe, aquele tal de Zed Eszu é muito esquisito. Tomara que ele vá embora em breve. Tchau, Tiggy. – Ela se aproximou de mim e me deu um abraço apertado. – Obrigada por tudo. Você é incrível.

Zara se levantou e foi embora.

Senti um pouco de dor no corpo, agora que o efeito dos analgésicos estava passando. Fechei os olhos novamente, enquanto os acontecimentos dos últimos dois dias começavam a gerar suas consequências.

– Olá, Tiggy. Como está se sentindo?

Abri os olhos e me deparei com Ulrika puxando uma cadeira e se sentando.

– Estou bem, obrigada por perguntar.

Ela se inclinou na minha direção.

– Sinto muito pelo tiro. Espero que o responsável seja capturado em breve.

– Eu também.

– Olha, perdoe-me por fazer isso neste momento, mas preciso conversar com você.

Meu coração deu outro salto mortal quando senti a raiva pulsando sob a superfície calma de Ulrika.

– Sobre o quê?

– Sua influência sobre minha filha, por exemplo. Ela segue cada palavra que você diz. Por favor, lembre-se de que eu sou a mãe dela.

– Sim, claro. Me desculpe, eu...

– E, claro, tem o meu marido. Ficou evidente para mim desde o início que você está querendo cravar suas garras nele. Como muitas outras antes de você...

– Isso não é verdade! – exclamei, horrorizada. – Charlie e eu somos colegas de trabalho. Ele é meu chefe!

– Não pense que não sei dos passeios de manhãzinha, vocês dois juntos, seus pequenos *tête-à-tête* durante o Natal. Vou lhe dizer a verdade agora mesmo: você está numa estrada que não leva a lugar nenhum. Charlie nunca vai me deixar, nunca.

– Não, Ulrika. – Balancei a cabeça, agoniada. – Você entendeu tudo errado.

– Acho que não. É óbvio para todos que você está apaixonada.

– Eu realmente não...

– O que eu estou pedindo, Tiggy, é que você deixe a minha família em paz. Você pode pensar o que quiser sobre meu casamento e meu relacionamento com minha filha, mas deve fazê-lo bem longe de todos nós.

Demorei alguns segundos para entender o que ela estava sugerindo.

– Você quer que eu abandone meu emprego? E Kinnaird?

– Sim. Eu acho que é melhor, você concorda?

Seus olhos azuis de aço me atravessaram, e eu baixei os meus.

– Vou deixar você refletindo sobre minha sugestão. Tenho certeza de que vai perceber que é melhor para todos. O melhor – acrescentou ela secamente antes de se levantar e desaparecer atrás da cortina.

Caí de volta no travesseiro, sentindo outro choque ricochetear pelo meu corpo. *Não é à toa que estou sentindo tantas palpitações*, pensei com enorme tristeza. Exausta demais para sequer começar a pensar no que deveria fazer, fechei os olhos para voltar a dormir, pois meu coração realmente *estava* acelerado. Dormi um sono irregular, sendo acordada o tempo todo pelas enfermeiras que vinham verificar alguma coisa em mim. Estava caindo no sono pela enésima vez quando ouvi uma voz masculina.

– Tiggy? É Charlie.

Eu não tinha como encará-lo no momento, então fingi que estava dormindo.

– Ela está obviamente em sono profundo, e dormir é a melhor coisa para ela – ouvi Charlie sussurrar para a enfermeira. – Diga a ela que eu apareci para vê-la e que virei lhe fazer outra visita assim que puder, amanhã de manhã. Os exames dela estão bons no momento, mas, qualquer problema que aconteça durante a noite, me envie uma mensagem. A adenosina que prescrevi deve manter tudo sob controle. Dê o remédio a ela quando vier de novo verificar os sinais.

– Sim, Dr. Kinnaird. Não se preocupe, vou cuidar bem dela – respondeu a enfermeira, fechando a cortina, e o barulho de seus passos desapareceu.

Por que ele prescreveu mais remédios?, pensei. Talvez fosse para o músculo que recebeu o impacto da bala. Doía um pouco para respirar, mas provavelmente era apenas um hematoma...

Adormeci e fui acordada mais tarde pela enfermeira, que apareceu para medir pressão e temperatura.

– Que bom que não retiramos o seu acesso venoso, porque o médico prescreveu algo para você – disse ela enquanto aplicava um líquido através de uma seringa ligada ao duto. – Agora vou deixar você descansar. Pressione a campainha se precisar de alguma coisa.

– Está bem. Obrigada.

＊ ＊ ＊

Fui acordada de um sono intermitente pela enfermeira da manhã, que queria fazer mais uma ronda de medições.

– Pode comemorar. Seu estado melhorou muito esta manhã – comentou ela, anotando os dados. – Um carrinho de chá vai aparecer daqui a pouco – acrescentou antes de sair.

Eu me sentei, percebendo que *realmente* me sentia melhor. As palpitações haviam parado e meus pensamentos estavam claros o suficiente para eu processar a conversa que tivera com Ulrika na noite anterior.

Como ela pôde dizer que eu estou atrás do marido dela? Como ela ousou dizer que eu tentei influenciar Zara? Eu tentei ajudá-la! Que direito ela tem de vir até aqui e me mandar embora?

Então refleti sobre minhas opções: a primeira era contar a Charlie o que havia acontecido, mas eu sabia que ficaria envergonhada demais para repetir as acusações de Ulrika, de que eu estava "apaixonada" por ele.

Talvez porque ela esteja certa?, indagou a minha voz interior.

Minha alma sabia que eu me encantara por Charlie no momento em que o vi pela primeira vez. Eu amava passar o tempo com ele e, sim, definitivamente eu me sentia atraída por ele...

A verdade pura e simples é que o radar de Ulrika havia captado isso.

– Ela tem razão.

Soltei um gemido. O carrinho de chá chegou e, enquanto bebericava a substância fraca e morna, refleti sobre o que deveria fazer.

Pensei em Zed, que ainda estava em Kinnaird, e no fato de que alguém havia atirado em mim. Para piorar, levando em consideração o que Zed e Zara tinham me dito, o futuro da Propriedade Kinnaird era tão instável quanto a minha pulsação...

– Pode ser que eu não tenha emprego daqui a uma semana, de qualquer maneira – resmunguei. – Melhor ir embora enquanto é tempo.

Você vai, afirmara Chilly.

Aquilo me fez decidir.

Quando esvaziei a xícara, eu já sabia que só me restava uma opção: fazer o que Ulrika pedira e ir embora de Kinnaird. À espera de Cal, fiz meus planos. Quando a enfermeira voltou para retirar o acesso venoso e remover a cânula, pedi que me trouxesse papel. Escrevi um bilhete para Cal, além de um pedido formal de demissão para Charlie. Como não tinha envelope, dobrei as duas mensagens e escrevi o nome de Cal na frente, em letra maiúscula, escondendo papéis debaixo do travesseiro.

Cal chegou às nove horas, com um ar mais descansado. Ele jogou minha mochila em um canto.

– Bom dia, Tig. Espero ter trazido tudo o que você pediu. Eu fiquei bem sem graça mexendo nas suas gavetas de baixo para procurar suas... roupas de baixo! – Ele riu. – E aí, como está se sentindo?

– Muito melhor, obrigada – respondi alegremente. – Com certeza vão me deixar ir embora hoje. A enfermeira disse que meus sinais estão bons.

– Que notícia maravilhosa! Estava precisando mesmo ouvir uma. Kinnaird está cheia de jornalistas desesperados para conseguir uma foto de nosso precioso Pégaso.

– Meu Deus, ele ainda está onde... caiu?

– Não. E isso é o mais estranho. Depois que a polícia removeu a bala dele, Lochie e Ben ajudaram os investigadores a erguer uma tenda sobre o corpo para proteger as provas. Os rapazes vigiaram a noite toda, mas sabe o que aconteceu? Quando eles entraram na tenda de manhã, o corpo tinha desaparecido. Sumiu. – Cal estalou os dedos. – De uma hora para outra.

– Por favor, não me diga que alguém o roubou para transformá-lo num troféu!

– A não ser que tenham colocado alguma coisa na garrafa de café e eles tenham dormido tão profundamente que não ouviram um veículo enorme aparecer e arrastar uma cabeça de veado gigantesca para fora da tenda, eu duvido. E... – Cal balançou um dedo para mim – Outra coisa estranha que você vai gostar de saber. Lembra que tinha sangue em volta do local onde ele caiu? A polícia disse que esta manhã, quando foi olhar dentro da tenda, não só o animal tinha desaparecido, mas a neve onde ele tinha caído estava completamente branca.

– Como se ele nunca tivesse existido... – sussurrei.

– Foi isso o que eu pensei também. Estranho, não é?

– Tudo que está acontecendo aqui é estranho. Você jura que não está me contando essa história só para eu me sentir melhor?

– Como se eu fosse capaz de fazer uma coisa dessas, Tig. Você pode perguntar a eles quando voltar para Kinnaird, se não acredita em mim. Aliás, Beryl mandou isto aqui. – Cal me entregou uma caixa de plástico cheia de biscoitos com caramelo e chocolate. – Ela disse que você gosta. E mandou abraços, é claro, como todos.

– Inclusive Zed?

– Eu não o encontrei, então não sei. – Cal deu de ombros. – Deixei as chaves do Range Rover com Beryl e saí depressa.

– Tudo está dando errado em Kinnaird desde que ele chegou. – Eu suspirei. – Só espero que ele entenda a dica e vá embora. Cal, você se importaria se eu lhe pedir que saia por meia hora enquanto eu me lavo e troco de roupa para me sentir melhor?

– Claro que não. Vou aproveitar e tomar café da manhã na lanchonete. Não tive tempo de comer antes de sair.

– Não tenha pressa – falei, levantando-me da cama. – Cal?

– Sim?

– Obrigada por tudo. E... eu realmente sinto muito.

– Não seja boba. – Ele sorriu para mim. – Vejo você daqui a pouco.

Sentindo-me terrivelmente culpada por estar prestes a fazer outra surpresa desagradável para Cal, mas sabendo que não havia outro jeito, comecei a agir. Arranquei os eletrodos que me ligavam ao monitor, peguei minha mochila e a abri em cima da cama para verificar o conteúdo. Felizmente, vi que meu passaporte e minha carteira estavam lá, mas meu celular não. *Não faz mal*, pensei, *vou ter que comprar um novo quando chegar...*

Deixei o bilhete para Cal no travesseiro, fui com a mochila até o banheiro e fechei a porta. Vesti depressa a calça jeans e a camiseta que Cal trouxera e prendi o cabelo em um coque no topo da cabeça.

Espiando da porta do banheiro, percebi que eu ainda teria que passar pelo posto de enfermagem, que ficava a poucos metros seguindo o corredor. Fiquei aliviada ao ver que, naquele momento, o local estava vazio. Abri bem a porta e saí da enfermaria. Então me lembrei do que o policial dissera sobre a mídia estar em frente ao hospital e levei algum tempo procurando uma saída lateral.

Fora do hospital, entrei depressa em um dos táxis que estavam parados no ponto.

– Aeroporto de Inverness, por favor – indiquei ao motorista.

– É pra já, madame.

No minúsculo balcão do aeroporto, a atendente me perguntou para onde eu iria.

– Genebra – respondi, percebendo que não havia nada que eu precisasse mais do que ter Ma cuidando de mim e comer meu feijão predileto, preparado por Claudia.

Entretanto, quando a mulher olhou no computador, eu vi de novo, com os olhos da mente, o teto branco de uma gruta...

Diga a Angelina que fui eu que guiei você para casa...

– Espere um minuto... Desculpe pelo meu inglês ruim – menti, para tentar não parecer uma perfeita idiota. – Não é Genebra. Vou para Granada... na Espanha!

– Certo. – A mulher suspirou. – Agora ficou um pouco mais complicado...

❀ ❀ ❀

Uma hora e 45 minutos mais tarde, o avião com destino ao aeroporto Gatwick, em Londres, acelerou na pista e eu enfim pude respirar com tranquilidade. Quando estávamos prestes a desaparecer nas nuvens, olhei para baixo e vi a cidade cinza, a paisagem de neve além dela, e mandei um beijinho.

– Você estava certo, querido Chilly. E prometo que vou dizer a eles que foi você quem me guiou para casa.

21

Muitas horas depois, o avião aterrissou na pista do aeroporto de Granada. Felizmente, eu havia dormido durante todo o voo desde Gatwick. Quando desci do avião o mais doce aroma de calor, frutas cítricas e terra fértil invadiu minhas narinas. Embora fosse início de fevereiro, vi que a temperatura era de 10 graus, mesmo àquela hora da noite, algo que, depois de meu inverno em temperaturas abaixo de zero, me parecia quase tropical. Depois de passar pela imigração e pegar minha bagagem, perguntei sobre algum hotel em Sacromonte no balcão de informações turísticas. A mulher me entregou um cartão.

– *Gracias.* Hum, poderia ligar para lá e ver se eles têm um quarto?

– Hotel sem telefone *señorita.* Eles vão ter um quarto. Não se preocupe.

– Certo, obrigada.

Caminhei até o saguão e procurei um caixa eletrônico para sacar alguns euros. Depois saí e entrei na fila do táxi.

– Para onde, *señorita?* – perguntou o motorista.

– Sacromonte, por favor, *señor* – respondi, tentando me lembrar das aulas de espanhol na escola.

– Show de flamenco?

– Não, um hotel. Cuevas del Abanico.

Entreguei a ele o cartão que a mulher no balcão de informações me dera.

– *Ah, sí, ¡comprendo!*

O táxi corria a uma velocidade vertiginosa e lamentei estar escuro e não poder ver por onde passava. Não havia neve no chão, disso eu tinha certeza. Tirei o capuz e senti o ar úmido. Demoramos vinte minutos para chegar à cidade, que parecia ter um próspero centro comercial, a julgar pelo número de pessoas nas ruas, mesmo às onze da noite. Então o táxi virou à esquerda, entrando no que parecia não uma estrada, mas um beco estreito, e começamos a subir.

– Ficamos aqui, *señorita*. Caminhe. Siga em frente. – Meu condutor apontou para um portão aberto em um muro espesso. – Cinco minutos até o hotel.

– *Muchas gracias, señor.*

Paguei pela corrida, coloquei a mochila nas costas e fitei o caminho tortuoso à minha frente, iluminado ocasionalmente por lâmpadas antigas, cercado em um dos lados por um muro baixo de pedra. Ouvi o táxi fazer o retorno e desaparecer colina abaixo. Com a ferida do corpo latejando, comecei a subir.

Virei a esquina e, logo acima, do outro lado do vale, com uma luz suave iluminando sua beleza antiga, me deparei com a Alhambra.

A imagem trouxe lágrimas aos meus olhos, e eu soube, apenas *soube*, que estivera ali antes. Aquela visão etérea me hipnotizou – tudo ao redor estava tão escuro que o palácio parecia quase suspenso no ar.

– Lucía dançou lá... – murmurei, perplexa por estar realmente vendo o que, até o momento, só existia na minha imaginação.

Atravessei o caminho estreito, que acompanhava a curva da montanha. Habitações de pedra caiadas de branco emergiam das rochas, suas persianas coloridas fechadas para a noite. Havia pouquíssimas luzes acesas nelas e eu rezei para que a senhora no posto de turismo não tivesse cometido o erro de me enviar a um hotel fechado para o inverno.

– Se for esse o caso, vou ter que dormir em qualquer lugar – pensei, ofegante, sentindo meu coração começar a protestar.

Felizmente, logo ao virar a esquina, vi algumas luzes e uma pequena placa anunciando que ali ficava o hotel que eu estava procurando. Abri o portão de ferro forjado e entrei.

– *¿Le puedo ayudar?*

Virei para a esquerda e vi uma mulher sentada a uma das mesas do pequeno terraço, fumando um cigarro e me olhando de soslaio.

– Eu... Você tem um quarto?

– *Sí.* – Ela se levantou e indicou a porta. – A senhorita é inglesa? – perguntou-me em inglês.

– Na verdade, sou suíça, por isso também falo francês.

– Vamos falar inglês, está bem? Eu me chamo Marcella e sou a dona deste hotel.

Ela sorriu para mim, as rugas no rosto se aprofundando. Quando me conduziu até a recepção, percebi que o hotel fora construído sobre uma série de grutas caiadas de branco. Ela sacou um conjunto de chaves e me levou até uma sala com alguns sofás cobertos com mantas de estampas coloridas. No fundo, Marcella abriu uma porta para outra gruta, no meio da qual havia uma bela e pequenina cama de madeira.

– O banheiro.

Minha anfitriã apontou para uma porta estreita, protegida por uma cortina, que escondia um vaso sanitário e um pequeno chuveiro.

– Perfeito. – Eu sorri para ela. – *Gracias*.

Eu a segui de volta para a pequena recepção e dei a ela os detalhes de meu passaporte. Ela me entregou a chave do quarto.

– Está com fome? – indagou ela.

– Não, muito obrigada. Eu comi no avião. Se você tiver um copo d'água, seria maravilhoso.

Ela desapareceu em uma pequena cozinha e me trouxe um copo e uma garrafa de plástico.

– Durma bem – desejou ela, enquanto eu me dirigia ao meu quarto.

– *Gracias*.

Depois de tomar o que Ma chamava de "banho de gato" em vez de uma chuveirada, pois queria evitar que a água caísse sobre minha ferida, deitei na cama, que se revelou bastante confortável. Deitada, olhei para o teto. Era idêntico ao que eu tinha visto tantas vezes em minha mente.

– Estou mesmo aqui – sussurrei, admirada, antes que o sono tomasse conta de mim.

❀ ❀ ❀

Fiquei espantada ao ver que já passava das dez da manhã quando verifiquei a hora nos ponteiros fluorescentes do despertador ao lado da cama. Nem um pingo de luz penetrava na gruta.

Tossi, a garganta irritada por causa da poeira, e o som ecoou pelo quarto. Imaginei o som terrível que devia ter reverberado quando Felipe estava à beira da morte em uma gruta exatamente como aquela...

A primeira coisa que fiz foi pegar a caixa de primeiros socorros que havia comprado no aeroporto. Contraindo o corpo, tirei o curativo que cobria a ferida. Estava úmido, mas não muito, considerando que eu não o trocava desde o dia anterior. Com a gaze esterilizada, limpei o ferimento, coloquei gel antisséptico e cobri com um novo curativo. Satisfeita por constatar que a ferida estava fechando e que eu não morreria de septicemia no lugar onde havia nascido, lavei o restante do corpo e coloquei o vestido de algodão que havia comprado no aeroporto. Joguei meu casaco de capuz por cima e calcei os sapatos que também havia comprado no aeroporto para substituir as pesadas botas de esqui que estava usando desde a noite em que Pégaso morreu.

– Bem, Tiggy. – Ri quando olhei para a roupa florida. – Você certamente vai passar despercebida vestindo isto.

Saí do quarto e fui até a recepção. Um forte cheiro de café moído na hora veio da pequena cozinha.

– *Buenos días, señorita.* Dormiu bem?

– Sim, obrigada – respondi, perguntando a mim mesma se Marcella, com sua longa cabeleira de cabelos negros e sua pele morena, era cigana.

– Acho que está agradável o suficiente para tomar café da manhã lá fora – sugeriu ela.

– *Sí.*

Eu a segui para o lado de fora, sob o sol brilhante, e pisquei sem parar até que meus olhos se adaptassem à claridade.

– Sente-se ali – disse Marcella. – Vou trazer o seu café da manhã.

Eu mal a ouvi, pois minha atenção fora atraída pelo que havia além dos portões de ferro forjado que cercavam o pátio. Eu me levantei e fui abrir o portão, então atravessei o caminho estreito na frente do hotel e me debrucei no muro para absorver o esplendor do vale verdejante embaixo de mim e, acima, o majestoso Palácio da Alhambra. À luz do dia, vi como as paredes de um laranja opaco erguiam-se em meio à folhagem verde-escura.

– Agora entendo o que María quis dizer sobre ter a melhor vista do mundo. – Respirei fundo. – E acho que é mesmo.

Enquanto me empanturrava de pães e geleias deliciosas, acompanhados de um copo de suco de laranja fresco, reli a carta que Pa me escrevera.

Você está procurando uma porta azul, lembrei a mim mesma.

– A senhorita é turista? Vai à Alhambra? – indagou Marcella, enchendo a minha xícara de café.

– Na verdade, eu vim aqui para encontrar minha família.

– Aqui em Sacromonte? Ou em Granada?

– Sacromonte. Sei exatamente até em que porta devo bater.

– A senhorita é *gitana*?

– Acho que posso ser, sim.

Ela estreitou os olhos e me encarou.

– A senhorita tem alguma coisa de *payo*, sem dúvida, mas talvez tenha algum sangue *gitano*.

– Você conhece uma família chamada Albaycín?

– É claro! A família Albaycín foi uma das maiores em Sacromonte, na época em que todos nós vivíamos aqui.

– Os cig... *gitanos* não moram mais aqui?

– Alguns, mas a maioria das grutas está vazia agora. Muitos se mudaram para apartamentos modernos na cidade. Eles não vivem mais da maneira antiga. É triste, mas é verdade. Sacromonte é como uma cidade fantasma agora.

– Você é cigana?

– *Sí*, nossa família está aqui há trezentos anos – respondeu ela, orgulhosa.

– E por que abriu este hotel?

– Porque os únicos visitantes que temos aqui agora são turistas que vêm para os shows de flamenco em Los Tarantos, ou para ver o museu que mostra como vivíamos nas grutas ali em cima. Para mim, esta rua tem uma das melhores vistas do mundo. Era boa demais para ser desperdiçada. – Ela sorriu. – Além do mais, eu pertenço a este lugar.

– O seu inglês é muito bom. Onde você aprendeu?

– Na escola e, depois, na universidade. Quando minha mãe e meu pai morreram, vendi o apartamento e usei o dinheiro para comprar de volta a antiga casa da minha família e transformar no que eles chamam de hotel-boutique.

– Você fez um excelente trabalho. E tem razão quanto à vista. É incrível. Há quanto tempo abriu o hotel?

– Há apenas um ano. Os negócios estão lentos, mas tudo leva tempo, e eu tenho muitas reservas boas para o verão.

– Bem, eu já adorei isto aqui – comentei, sorrindo.

– E onde a sua família mora?

– Me disseram para procurar uma porta azul no Cortijo del Aire e perguntar por uma mulher chamada Angelina. Você já ouviu falar dela?

– Se eu ouvi falar dela? – Marcella piscava os olhos, incrédula. – É claro! Ela é a última *bruja* de Sacromonte. A senhorita é parente dela?

– Acredito que sim.

– Ela está velha agora, mas, quando eu era criança, lembro-me das filas em frente à porta dela, pessoas buscando remédios de ervas e adivinhação. Não eram apenas os *gitanos* que vinham, mas muitos *payos* também. Agora, não vão mais tantas pessoas, mas, se quiser saber o seu futuro, Angelina pode lhe revelar.

– Ela mora perto daqui?

– Senhorita, ela mora na porta ao lado!

Um arrepio percorreu meu corpo quando ouvi as palavras de Marcella e vi sua mão indicando a colina à esquerda.

– A casa dela tem uma porta azul?

– *Sí*, tem. Muitos dos meus hóspedes vão visitar Angelina quando eu menciono suas habilidades. Ela ajuda no nosso negócio e nós ajudamos no dela.

– Não esperava encontrá-la com tanta facilidade.

– Quando está no seu destino, a vida *pode* ser fácil. – Os olhos castanhos de Marcella me estudaram. – Talvez a parte mais difícil da viagem tenha sido decidir fazê-la.

– Sim – concordei, surpresa pela intuição de Marcella. – Foi mesmo. – Senti que algo se encaixou quando a encarei. – Ouvi dizer que o vizinho de minha ancestral era um homem chamado Ramón. Esta era a gruta dele?

– Era! – Marcella bateu palmas, exultante. – Eu sou sobrinha-bisneta de Ramón. Minha trisavó era irmã dele! Eu nunca o conheci, é claro, mas ouvi falar que Lucía Albaycín praticava flamenco aqui. – Marcella apontou para o caminho na frente do portão. – Minha avó também se lembra disso. Lucía foi a dançarina de flamenco mais famosa do mundo! Já ouviu falar dela?

– Sim, e, se a pessoa com quem falei estava certa, ela era minha avó.

– *¡Dios mío!* – Marcella respirou fundo, em admiração. – A senhorita dança? Tem o mesmo corpo que ela.

– Fiz balé quando era criança, mas só por hobby. Eu... eu acho que devo ir até Angelina agora, não é?

– Espere uma hora, mais ou menos. Como a maioria das *gitanas*, ela é uma pessoa da noite e não se levanta antes da hora do almoço. – Marcella acariciou minha mão. – Acho que é muito corajoso de sua parte vir até aqui, senhorita. Muitas *gitanas* de sua idade querem esquecer de onde vêm, porque sentem vergonha.

Levantando uma sobrancelha, Marcella desapareceu lá dentro. Fiquei sentada no lugar onde estava, ao sol, pensando no que Marcella acabara de me dizer. Era muita coisa para assimilar. Eu imaginava que teria que rastrear Angelina, se é que *conseguiria* encontrá-la, não que descobriria que ela morava na porta ao lado de onde eu estava.

Talvez sua vida tenha andado complicada demais nos últimos tempos e você mereça uma pausa, Tiggy...

Levantei-me e abri de novo o portão, então virei à esquerda e andei alguns passos pelo caminho sinuoso. Parei em frente à porta da próxima gruta. De fato, ela era de um azul vívido, e outro arrepio percorreu meu corpo.

Sua vida começou lá dentro, disse minha voz interior. Eu me virei para observar a vista, imaginando María e Lucía sentadas à porta, tecendo suas cestas, a aldeia uma cacofonia do ruído contínuo de seus habitantes. Agora havia apenas o canto das aves escondidas nos olivais que se espalhavam pela encosta abaixo de mim.

– Uma cidade fantasma – repeti, sentindo tristeza pela ausência da força vital, mas também tomando cuidado para não romantizar a vida em Sacromonte durante todos aqueles anos, sem acesso às necessidades mais básicas.

No entanto, ironicamente, a era moderna havia destruído a pulsação vibrante daquela comunidade.

Eu me sentei no muro e fiquei admirando a Alhambra. Até o momento em que Marcella manifestou sua surpresa por eu ter voltado em busca de minha herança, jamais pensara que seria uma vergonha ter sangue cigano. Chilly celebrava a cultura de onde ele veio – e aparentemente de onde vim também –, então eu simplesmente me sentia honrada em fazer parte dela. Mas, agora que pensava nisso, percebia que tudo fora muito diferente para mim. Eu nunca sofri preconceito na vida, sempre fui aceita em qualquer lugar simplesmente por minha aparência de europeia ocidental e meu passaporte suíço. Enquanto isso, os que viveram naquela colina haviam sido banidos da cidade, perseguidos, e nunca foram aceitos pela sociedade em que viviam.

– Por quê? – murmurei para mim mesma.

Porque somos diferentes e eles não nos entendem, então têm medo...

Levantei-me e avancei um pouco mais pelo caminho. Vi uma placa indicando um museu ao lado de uma escadaria. Comecei a subir, mas senti um aperto no peito. Era claro que meu corpo ainda estava se recuperando do trauma do tiro, então voltei devagar para o hotel e me sentei ao sol até a dor diminuir.

– A porta de Angelina está aberta – afirmou Marcella vinte minutos mais tarde, quando entrou pelo portão carregando um cesto cheio de ovos. – Isso significa que ela está acordada. Aqui. – Marcella tirou três ovos da cesta e me entregou. – Pode levá-los para ela por mim – incentivou-me ela.

– Está bem.

Fui para o meu quarto, escovei os cabelos depressa e tomei dois comprimidos de ibuprofeno para acalmar a dor no lado e no peito.

– Certo.

Peguei os ovos. *Courage, mon brave*, murmurei, abrindo o portão com o pé, e descendo os poucos metros que levavam à porta azul. Ela estava aberta e, como minhas mãos estavam ocupadas, não pude bater para anunciar minha chegada.

– Olá? *¿Hola?* – falei para a escuridão.

Depois de algum tempo, um homem apareceu, exibindo o bigode mais impressionante que eu já vira, imenso e curvo. Seus cabelos eram grossos, de um cinza prateado. Ele era forte, de pele morena – profundamente enrugada pelos anos sob o sol da Andaluzia –, e tinha olhos cor de chocolate. Segurava uma vassoura, e a levantou como se quisesse usá-la como arma.

– Angelina está? – perguntei.

– Ela não faz leituras antes das sete da noite – respondeu ele, em um inglês com forte sotaque.

– Não, *señor*, eu não quero uma leitura. Me mandaram aqui para ver Angelina. Talvez eu seja parente dela.

O homem olhou para mim e então deu de ombros.

– *No comprendo, señorita.*

Em seguida, fechou a porta na minha cara.

Coloquei os ovos com cuidado no degrau e bati.

– Eu trouxe ovos – consegui dizer em espanhol. – De Marcella – acrescentei.

A porta foi aberta novamente, o homem se abaixou e pegou os ovos.

– *Gracias, señorita.*

– Por favor, posso entrar?

Eu não tinha vindo de tão longe para um homem velho com uma vassoura impedir minha entrada.

– *No, señorita* – disse ele, tentando fechar a porta, mas eu a bloqueei com o pé.

– Angelina? – gritei. – É Tiggy. Chilly me enviou – tentei explicar, enquanto o homem vencia a batalha da porta e a batia mais uma vez na minha cara.

Suspirando, caminhei de volta até o hotel em busca de Marcella.

– Angelina não estava lá? – indagou ela, confusa.

– Estava, mas havia um homem lá que não me deixou entrar.

– Ah, Pepe é muito protetor com Angelina. Afinal, ele é tio dela – explicou Marcella. – Talvez deva tentar outra vez.

Eu nem tinha chegado perto do portão, e lá estava Pepe, virando a esquina na minha direção. Sem uma palavra, ele ergueu a mão imensa e pegou a minha, sorrindo.

– É você... Você é uma mulher agora – disse ele, com lágrimas brotando em seus olhos castanhos.

– Me desculpe, eu não... – gaguejei.

– Sou Pepe, *su tío*, seu tio-avô – disse ele, e me apertou em seus braços. Então ele me puxou de volta até a porta azul. – *Perdón* – pediu Pepe, murmurando algo em espanhol. – Eu não sabia que era você!

– Você fala inglês?

– É claro! Eu apenas finjo que *no comprendo* quando os turistas batem muito cedo. – Ele riu. – Agora, levo você para Angelina, sua prima.

Lá estava parada à porta uma mulher pequena com uma juba de cabelos dourados que exibiam raízes grisalhas. Ela era tão miúda quanto eu e usava uma túnica longa até os pés, com estampas em vermelho e azul, e confortáveis sandálias de couro. Seus olhos azuis piscavam para mim atrás de longos cílios negros, e, no lugar das sobrancelhas, havia linhas grossas desenhadas com lápis de olho.

– *Hola* – cumprimentei-a, sem tirar os olhos dela.

– *Hola*, Erizo. – Ela sorriu para mim, e então lágrimas surgiram em seus olhos. – Você está aqui – disse ela em um inglês esforçado. – Você voltou para casa.

Ela abriu os braços e eu caminhei até eles.

Angelina chorou no meu ombro, e eu não sabia o que fazer, a não ser me juntar a ela. Então nós duas enxugamos os olhos e ouvi Pepe assoar o nariz bem alto atrás de nós. Eu me virei para ele, que se juntou a nós para mais um abraço. Meu coração batia forte e fiquei tonta quando olhei do meu tio-avô para a mulher que eu tinha vindo encontrar. Depois de um instante, nos afastamos e eu fui levada a uma pequena área pavimentada logo depois da gruta, que abrigava inúmeros vasos de plantas. Senti o cheiro de hortelã, sálvia, erva-doce e alfazema. Pepe indicou uma mesa de madeira frágil e quatro cadeiras decrépitas. Nós nos sentamos, Pepe e Angelina movendo-se com fluidez apesar da idade.

Angelina pegou minha mão e a apertou.

– Meu inglês bom, mas fale devagar – avisou ela. – Como você encontrou a gente?

Expliquei tão claramente quanto possível sobre a carta de Pa Salt, minha mudança para Kinnaird e meu encontro com Chilly.

Angelina e Pepe bateram palmas de alegria, falando juntos em um espanhol rápido.

– Meu coração fica alegre por ouvir que os métodos antigos ainda fazem a sua magia – comentou Angelina.

– Você conheceu Chilly? – perguntei.

– Não, só de nome. Micaela, que cuidou de mim quando eu era criança, disse a Chilly que ele ia enviar você para casa. Sinto que Chilly está velho e doente. Ele está no final dos seus dias – acrescentou Angelina solenemente.

– ¿Sí?

– Sí – sussurrei, odiando também saber disso.

Logo percebi que não poderia esconder meus pensamentos daquela mulher. Qualquer que fosse o dom de Chilly, era quase nada comparado com o de Angelina. Eu sentia a eletricidade em torno dela, e o seu poder, que já estava mexendo com o meu.

– É claro, o seu sangue foi diluído pelos seus antepassados *payos*, mas... – Eu percebi Angelina me analisando. – Sinto que você tem um dom em seu interior. Vou lhe ensinar, como Micaela me ensinou.

Angelina sorriu para mim, e seu olhar continha tanto calor que me deu um nó na garganta. Tudo nela era tão... *vital*. Ela fez uma pausa para me estudar outra vez, então segurou minha mão com sua mão macia.

– Você está doente, Erizo. O que aconteceu com você?

Contei a ela, da maneira mais sucinta possível, sobre a noite em que Pégaso morreu.

Vi os olhos de Angelina se virarem ligeiramente para trás e, ainda segurando minha mão, ela inclinou o ouvido como se estivesse escutando algo a distância.

– Essa criatura foi enviada para proteger você – disse ela. – Ele é o seu guia espiritual e vai assumir muitas formas em sua vida. Está entendendo?

– Acho que sim.

– Tudo acontece por uma razão, Erizo, nada acontece por acaso. A morte não é o fim, mas o começo... – Ela começou a estudar atentamente a palma da minha mão. – Pepe, preciso de *la poción*. – Ela explicou a Pepe, em um espanhol rápido, o que a *poción* deveria conter, contando os ingredientes nos dedos. – Traga para ela.

Pepe desapareceu por um tempo e Angelina continuou a olhar para mim.

– *Pequeño Erizo*... pequeno ouriço...

– Era assim que Chilly me chamava! – Fiquei sem ar. – Mas ele dizia *Hotchiwitchi*. – Sorri.

Pepe voltou com um copo que continha um líquido de aparência esquisita.

– Vai ajudar a curar a ferida em seu coração e em sua alma – afirmou Angelina quando Pepe colocou o copo à minha frente.

– O que é? – perguntei.

– Não importa – disse Pepe. – Angelina diz que você deve beber.

– Está bem.

Peguei o copo um pouco insegura e hesitei diante do cheiro forte e estranho.

– Beba – ordenou Angelina.

– Quanto tempo você vai ficar? – perguntou Pepe assim que engoli o último bocado do líquido repugnante.

– Ainda nem pensei nisso. Acabei de descer do avião e vim até aqui. Não esperava encontrá-los tão facilmente.

– Agora que está aqui, você deve ficar algum tempo, porque Angelina tem muito a lhe ensinar.

Eu me virei para olhar para o meu tio-avô e, em seguida, para minha prima.

– Algum de vocês chegou a conhecer minha mãe e meu pai?

– É claro – respondeu Pepe. – Vivemos na casa ao lado por muitos anos. Nós estávamos aqui no seu nascimento. – Pepe indicou a parede exterior da gruta. – Você nasceu ali.

– Qual era o nome da minha mãe?

– Isadora – disse Pepe, com uma expressão séria, e Angelina abaixou a cabeça.

– Isadora... – repeti, experimentado a sensação de falar eu mesma o nome.

– Erizo, o que você sabe sobre o seu passado? – indagou Angelina.

– Chilly me contou quase tudo o que aconteceu antes de Lucía ir para Barcelona. Depois, ele me explicou como María conseguiu encontrar Lucía e José. Por favor, me contem o que aconteceu em seguida! – implorei.

– Nós vamos contar, mas precisamos voltar aonde Chilly parou – disse Angelina. – Você precisa saber de tudo. Vai demorar muitas horas para contar toda a história.

– Tenho todo o tempo do mundo.

Sorri, percebendo que tinha mesmo.

– Você precisa saber de onde veio para saber para onde vai, Erizo. Se você tiver energia para se concentrar, vou começar. – Angelina se aproximou de mim e tomou meu pulso. Depois assentiu. – Tudo bem. Está melhor.

– Ótimo – respondi, pensando que eu realmente me *sentia* melhor. Meu coração havia desacelerado e eu estava estranhamente calma.

– Bem, então você sabe que Lucía foi com o *papá* dela dançar em Barcelona, depois que a mãe voltou para Sacromonte?

– Sei.

– Lucía ficou longe de Sacromonte por mais de dez anos, aprendendo seu ofício. Ela dançou em muitos lugares, mas ela e José sempre voltavam para Barcelona. Então, vou começar quando Lucía fez 21 anos. Isso foi, deixe-me ver... em 1933...

Lucía

Barcelona, Espanha
Agosto de 1933

22

— Venha, Lucía. É hora de sair para dançar.

— Estou cansada, Papá. Talvez alguém possa me substituir esta noite.

José olhou para a filha deitada num colchão velho em seu pequeno quarto, fumando.

— Estamos todos cansados, *chiquita*, mas temos que ganhar dinheiro.

— Isso é o que você me diz todos os dias da minha vida. Talvez hoje seja um dia diferente, no qual eu *não* trabalhe. – Lucía bateu o cigarro, e as cinzas caíram no chão. – Aonde isso me levou, hein, Papá? Já viajei para Cádiz, Sevilha, fiz turnês por toda a província, cheguei a dançar com a grande Raquel Meller, em Paris, mas ainda vivemos nesta pocilga!

— Agora temos nossa própria cozinha – lembrou José.

— Como nunca cozinhamos, de que isso adianta?

Lucía se levantou, foi até a janela aberta e jogou fora a guimba do cigarro.

— Pensei que você vivia para a dança, Lucía.

— E vivo, Papá, mas os donos dos bares me fazem trabalhar mais que um estivador. Muitas vezes são três apresentações por noite para colocar mais dinheiro no bolso *deles*! Além disso, a multidão diminui a cada dia porque não me quer mais. Tenho 21 anos, não sou mais uma criança, apenas uma mulher presa no corpo de uma criança.

Lucía desceu as mãos pelo corpo para enfatizar o que queria dizer. Com sua pequena cintura, seios inexistentes e pernas delgadas, era muito baixa.

— Isso não é verdade, Lucía. O público adora você.

— Papá, os homens que vêm para o café querem ver seios e quadris. Eu poderia ser confundida com um menino.

— Isso é parte do seu charme, é o que faz La Candela ser única! As pessoas não estão lá para ver seus seios, mas seu jogo de pés e sua paixão.

Agora pare com esse drama, vista-se e vamos para o bar. Há alguém lá que eu quero que você conheça.

– Quem? Outro empresário que vai prometer fama e sucesso?

– Não, Lucía, um cantor muito conhecido que acabou de gravar um disco. Vejo você no bar.

José fechou a porta e Lucía bateu com os punhos na parede, frustrada. Ela se virou para a janela aberta e olhou para a rua movimentada logo abaixo. Havia passado onze longos anos ali, dançando com todo o coração...

– Sem família, sem vida própria...

Então viu um jovem casal se beijando embaixo de sua janela.

– E nenhum namorado – acrescentou, acendendo outro cigarro. – Papá não gostaria que eu namorasse, não é? Vocês são os meus namorados – disse ela para os próprios pés, tão pequenos que ela precisava usar calçados infantis.

Lucía tirou a camisola e colocou o vestido de flamenco branco e vermelho, que fedia devido ao suor que brotava quando ela dançava. As mangas brancas com babados quase não escondiam as manchas amarelas e a cauda estava esfarrapada e suja, mas era sábado e só havia dinheiro suficiente para levar o traje à lavanderia uma vez por semana, na segunda-feira. Ela odiava os fins de semana – seu cheiro a fazia se sentir uma prostituta.

– Ah, se Mamá estivesse aqui...

Ela suspirou diante do espelho rachado, juntou a longa cabeleira negra e fez um coque. Lembrou-se de quando a mãe estivera ali, sentara-se no colchão ao seu lado e penteara com suavidade os seus cabelos.

– Sinto falta de você, Mamá! – exclamou, enquanto pintava os olhos com lápis preto e aplicava ruge nas bochechas e nos lábios. – Talvez eu diga a Papá de novo que devemos voltar a Granada, porque preciso de descanso, mas, como sempre, ele vai dizer que não temos dinheiro para a viagem.

Ela fez beicinho para o próprio reflexo, balançou a cauda do vestido e fez uma pose.

– Pareço uma daquelas bonecas vendidas em lojas de lembrancinhas! Talvez uma *payo* rica queira me adotar e brincar comigo!

Ela deixou o apartamento e atravessou a passagem estreita, saindo na rua principal do Barrio Chino. Lojistas, garçons e clientes assobiaram e acenaram para ela ao reconhecê-la.

O que não é nenhuma surpresa, já que eu devo ter dançado em todos os bares daqui, pensou.

Ainda assim, a atenção que ela atraía, os copos levantados e as vozes gritando "La Candela! La Reina!" a animaram. Por certo que não lhe faltaria uma bebida grátis ou companhia por ali.

– *Hola, chiquita.*

Lucía ouviu alguém chamar atrás dela e se virou, vendo Chilly abrir caminho pela multidão. Ele já estava com suas calças pretas e o colete, pronto para a apresentação da noite, a camisa branca de babados parcialmente desabotoada no sufocante calor de agosto.

Nos últimos anos, Chilly havia se tornado um amigo próximo. Ele e Lucía eram parte do *cuadro* de José – a trupe de artistas de flamenco de seu pai, que se apresentava nos inúmeros bares do Barrio Chino. Embora Chilly e José tocassem violão e cantassem, Juana la Faraona, prima de seu pai, dançava com Lucía, a maturidade e as curvas da mulher mais velha proporcionando um contraste com a juventude e a vivacidade de Lucía. Foi Juana quem sugerira que trouxessem outra dançarina para a pequena trupe, havia pouco mais de um ano.

– Não precisamos de outra dançarina – protestou Lucía, prontamente discordando da sugestão. – Eu não sou suficiente? Não trago muitas pesetas para você?

Apesar da irritação da filha, José também achava que outra dançarina, mais jovem e mais voluptuosa, tornaria o grupo mais viável. Rosalba Ximénez, com seus cabelos ruivos e olhos verdes, não era páreo para as passionais *bulerías* de Lucía, mas dançava as *alegrias* com sensualidade e elegância. Já consciente da reputação explosiva de Lucía, ela preferia gravitar ao redor de Chilly, que era mais calmo e frio, e o ciúme inicial de Lucía crescera ainda mais quando ela percebeu que Rosalba estava lentamente afastando-a de seu amigo de infância.

Agora, porém, Chilly era um homem-feito e, ignorando as queixas de Lucía, se casara com Rosalba havia um mês, com uma festa que durara um fim de semana inteiro, celebrada por todo o Barrio Chino.

– Você está com uma aparência melhor do que ontem, Lucía. Que bom! – comentou Chilly assim que chegou perto dela. – Tomou o tônico que preparei, não foi?

Ele era o *brujo* residente do *cuadro*, sempre inventando remédios de ervas para os integrantes, e Lucía confiava totalmente em suas habilidades e em seu dom de visão.

– Tomei, sim. Acho que ajudou, estou mais bem-disposta hoje.

– Isso é muito bom, mas o melhor remédio é parar de exigir tanto de si mesma. – Quando o amigo a encarou, Lucía sentiu que sua alma estava sendo examinada em profundidade. Ela desviou os olhos e não respondeu, então ele prosseguiu: – Você está indo para o Bar de Manquet?

– Sim, vou me encontrar com Papá lá.

– Então vou com você.

Chilly caminhou ao lado dela sob o sol sufocante. Como era fim de semana, os bares já estavam abarrotados de estivadores e operários que gastavam seus salários em cerveja e conhaque.

– Qual é o problema, Lucía? – perguntou Chilly, em voz baixa.

– Nada – respondeu ela no mesmo instante, para evitar que seus infortúnios chegassem aos ouvidos de Rosalba.

– Eu sei que tem alguma coisa acontecendo. Posso ver que seu coração está vazio.

– *Sí*, Chilly. Você tem razão. – Ela capitulou. – Meu coração está... entediado, mas, na maior parte do tempo, está solitário.

– Eu entendo, mas... – Chilly parou e segurou as mãos dela. Olhou para o alto e Lucía soube que ele estava vendo algo. – Alguém está vindo... ah, sim... muito em breve.

– Você já me disse isso antes!

– Disse, sim, mas eu juro, Lucía, o momento se aproxima. Portanto... – Ele lhe deu dois beijinhos no rosto quando chegaram ao Bar de Manquet. – Boa sorte, *chiquita*. Você vai precisar.

Ele piscou para Lucía e seguiu caminhando.

O Bar de Manquet estava movimentado como sempre. Lucía se embrenhou na multidão, que a aplaudiu enquanto ela passava, dirigindo-se para a mesa do *cuadro*, nos fundos, perto do palco. Seu pai já estava sentado, muito concentrado, conversando com um homem virado de costas para ela.

– O de sempre, Lucía? – perguntou Jaime, o garçom.

– *Sí, gracias. Hola*, Papá. Eu me arrastei até aqui, como você pode ver. *¡Salud!* – disse ela, levantando o pequeno copo de aguardente de anis que Jaime lhe entregara e virando de um gole só.

– Ah, a rainha chegou – anunciou José. – E veja quem veio adorá-la em seu trono.

– La Candela! Finalmente nos conhecemos. – O homem se levantou e fez uma pequena mesura. – Agustín Campos.

A primeira coisa que Lucía observou foi que o sujeito não era tão mais alto do que ela, como a maioria dos homens. Tinha uma estrutura pequena, mas elegante, e usava um terno novo e bem cortado, seus cabelos negros impecavelmente penteados para trás. Sua pele era mais clara do que a da maioria dos *gitanos* e Lucía apostaria suas castanholas que ele trazia sangue *payo* nas veias. Embora suas orelhas fossem ligeiramente de abano, seus olhos, de um castanho dourado suave, eram acolhedores.

– *Hola, Señor* Campos. Ouvi dizer que suas gravações ao violão se tornaram famosas por toda a Espanha.

– Por favor, me chame de Meñique, como todos fazem.

– Meñique... – disse Lucía, sorrindo. – Mindinho?

– Sim, me deram esse apelido quando eu ainda criança, e parece que não cresci muito, então ele ainda é adequado, não acha?

– E, como *você* pode ver, eu também não. – Ela riu, encantada com a honestidade e a humildade do rapaz. A maioria dos violonistas, especialmente os bem-sucedidos, era insuportável. – O que você está fazendo aqui em Barcelona?

– Gravando um novo disco para a Parlophone Company. E, enquanto estou aqui, achei que devia vir ao Barrio Chino encontrar velhos amigos e talvez fazer novas amizades... – disse ele, varrendo o corpo dela com os olhos. – Posso ver que La Candela arde com muita luz.

– Não, a luz está desaparecendo, porque ela está esgotada por executar as mesmas danças para as mesmas multidões. Mas você, Meñique, está em todos os gramofones que ouço.

– Vamos tomar mais uma bebida.

Meñique estalou os dedos para chamar o garçom. Quando José viu sua filha se livrar do mau humor de antes, fez uma prece de gratidão.

Esteban Cortes, o proprietário do Bar de Manquet, aproximou-se da mesa e, depois de saudar Lucía com beijos no rosto, virou-se para Meñique.

– É hora de você fazer a sua magia, *hombre*. Mostre a Barcelona o que estamos perdendo por aqui!

Quando Meñique pisou no palco, a plateia aplaudiu e, em seguida, ficou em silenciosa expectativa. Lucía sentou-se à sua mesa, agora bebendo um vinho Manzanilla e se abanando com um leque.

Ela observou Meñique afinar o violão e seus dedos longos e finos tocarem os primeiros acordes de uma *guajira*. Lucía sorriu por dentro. Aquele era o mais vistoso e complicado estilo de música flamenca – até mesmo seu pai tropeçava quando o tocava – e só os músicos mais confiantes o encaravam.

Assim que a batida do *cajón* começou e Meñique passou a cantar com uma voz baixa e suave, Lucía não conseguiu mais tirar os olhos dele, observando seus dedos acariciarem as cordas do instrumento com muita agilidade, porém com um toque bem leve. De repente, ele ergueu os olhos do instrumento e a procurou na multidão. Quando seus olhos se encontraram, ela sentiu seu corpo responder, o coração batendo ao compasso da música, uma gota de suor descendo pelo pescoço.

Com um floreio, ele finalizou de modo triunfal, um ligeiro sorriso brincando em seus lábios. Ela se viu sorrindo de volta, um pensamento claro se formando em sua mente.

Chilly estava certo. Eu vou ter você, Meñique. Você será meu.

❀ ❀ ❀

Mais tarde naquela noite, quando o público do bar já estava satisfeito, os artistas de flamenco subiram para uma improvisada *juerga* numa sala privada.

– *¡Dios mío!* – exclamou Meñique, entrando com Lucía e encontrando o lugar abarrotado.

– É dia do nosso pagamento aqui no Barrio Chino, e todos se reúnem para dançar e cantar uns para os outros – explicou Lucía.

– Olha, lá está El Peluco. – Meñique apontou para um homem velho, regiamente sentado em uma cadeira, um violão no colo. – Mal posso acreditar que ele ainda está de pé e tocando, de tanto conhaque que bebe.

– Nunca o vi. Talvez ele seja um hóspede do Villa Rosa, mais adiante na rua – disse Lucía, dando de ombros. – Agora, por favor, pegue um conhaque para mim.

El Peluco já havia ocupado o meio do salão com seu instrumento, e Lucía reconheceu uma das antigas músicas que seu avô cantava quando ela era criança.

– Preciso apresentá-la a ele. O homem é uma lenda – murmurou Meñique no ouvido dela, enquanto fortes aplausos saudavam o artista e outro cantor pegava o banco vago. – El Peluco! – Meñique acenou para ele.

– Ah, o eleito de Pamplona.

El Peluco retribuiu o cumprimento e veio se juntar a Meñique.

– Conhaque para o senhor. – Meñique ofereceu-lhe um copo. Eles brindaram e, em seguida, virou-se para Lucía. – E esse é para La Candela! Outra privilegiada aqui presente.

Lucía sentiu os olhos caídos de El Peluco a fitarem.

– Ah, é de você que tanto ouço falar. Entretanto, você é quase nada. – El Peluco riu antes de virar sua bebida e se aproximar de Meñique. – Certamente ainda não é uma mulher. E é preciso ser uma mulher para dançar flamenco. Talvez ela seja apenas uma pequena fraude – segredou ele, em voz alta, antes de soltar um enorme arroto.

Ao ouvir aquilo, a raiva brotou dentro de Lucía, e a jovem só conhecia uma maneira de se livrar dela. Sem sair do lugar, seus pés, ainda descalços depois da apresentação anterior, começaram a bater no chão. Lentamente, ela levantou os braços acima da cabeça, os dorsos das mãos se tocando no formato de uma rosa, como sua *mamá* lhe ensinara. E, durante todo o tempo, não tirava os olhos do homem que a chamara de fraude.

Quando a multidão percebeu o que estava acontecendo, um círculo se abriu em torno de Lucía e o *cantaor* foi obrigado a fazer silêncio. Meñique e José seguiram o ritmo e começaram a cantarolar alguns antigos versos de uma *soleá*, enquanto Lucía batia os pés no chão. Ainda olhando para o homem que a insultara, ela convocou o *duende* e dançou só para ele.

Finalmente, Lucía desceu até o chão, exausta. Então, fez um aceno com a cabeça para seu público, que gritava em aprovação, levantou-se e puxou a cadeira mais próxima de El Peluco. Subiu na cadeira para que pudesse olhá-lo nos olhos.

– Nunca mais me chame de fraude – disse ela, colocando um dedo bem perto do nariz grande e redondo de El Peluco. – Entendeu, senhor?

– Senhorita, eu juro pela minha vida que nunca mais o farei. A senhorita é... *magnífica!*

– O que eu sou?

Lucía espetou o dedo de novo na cara dele.

El Peluco parecia pedir orientação celestial antes de se curvar.

– A rainha!

A sala aplaudiu sua resposta e, em seguida, Lucía estendeu a mão para que ele a beijasse.

– Agora – disse ela a Meñique, que a ajudou a descer da cadeira – eu posso relaxar.

❁ ❁ ❁

Lucía acordou na manhã seguinte com a dor de cabeça habitual, causada por pouco sono e muito conhaque. Seus dedos procuraram os cigarros no assoalho, ao lado do colchão. Ela acendeu um e observou os anéis de fumaça subindo até o teto.

Algo está diferente, pensou ela, porque, mesmo no ar abafado de sua ressaca, ela não sentia a depressão habitual depois de mais um dia naquele ambiente.

Meñique!

Lucía se espreguiçou com gosto, perguntando-se como seria ter aqueles dedos sensíveis e famosos tocando *seu* corpo.

Então sentou-se, deixando prevalecer o bom senso.

– Não seja ridícula – disse a si mesma. – Meñique é uma estrela, um ídolo. Ele é famoso na Espanha e pode ter qualquer mulher que desejar num estalar de dedos.

Mas talvez *ele* a tivesse desejado na noite anterior, e ela teria se rendido de bom grado, se o pai não estivesse sempre por perto, como uma galinha protegendo seus ovos.

– Nos vemos amanhã, Lucía? – perguntara ele depois que o pai dela deixou claro que era hora de ir para casa.

– Ela tem que dançar em três cafés amanhã à noite, Meñique – lembrara José.

– Quem sabe eu apareço e toco para ela no Villa Rosa?

A sugestão de Meñique ficara suspensa no ar enquanto José levava a filha embora.

❁ ❁ ❁

Naquela noite, Lucía foi para o Villa Rosa, onde deveria se apresentar, mas não havia sinal de Meñique.

– Talvez seja melhor assim – resmungou ela, a decepção inundando-a quando subiu ao palco. – Meu vestido fede ainda mais hoje do que ontem.

Mais tarde, ela e o pai se arrastaram pela rua até o Bar de Manquet, com o habitual grupo de admiradores fervorosos atrás. Lá estava Meñique, aguardando do lado de fora do café.

– *Buenas noches, señorita, señor.* Infelizmente me atrasei hoje cedo, mas, como mencionei, gostaria de tocar para Lucía esta noite – afirmou ele, enquanto os três entravam no bar. – Perguntei ao gerente se podia e ele concordou, se vocês também concordarem.

– *Sí*, Papá, eu gostaria muito – insistiu Lucía com o pai.

– Eu... É claro que sim, se o gerente e minha filha assim desejarem – concordou José, mas Lucía percebeu algumas nuvens de trovoada nos olhos dele.

Naquela noite, Meñique testou os limites de Lucía. Começou bem devagar, mas de repente bateu o pé, gritou *¡Olé!* e executou uma série de arpejos quase impossíveis de acompanhar, até mesmo para Lucía. A plateia aplaudia, gritava e marcava o ritmo, enquanto cada um dos artistas tentava vencer a batalha e ofuscar o outro – um com as mãos, a outra com os pés. Lucía se transformou em um redemoinho de calor e paixão, até o momento em que Meñique deu o acorde final, sacudiu a cabeça e se levantou para fazer uma reverência para ela. A multidão explodiu quando eles saíram juntos do palco para beber um conhaque e bastante água.

– Você sempre tem que vencer? – sussurrou ele no ouvido de Lucía.

– Sempre – respondeu ela, lançando um olhar para Meñique.

– Quer almoçar comigo amanhã? No Cafè de l'Òpera, sem seu acompanhante.

Meñique inclinou a cabeça na direção de José, que estava no bar, conversando com os clientes.

– Ele nunca acorda antes das três.

– Ótimo. Agora, preciso ir embora. Prometi tocar no Villa Rosa. – Meñique tomou a mão de Lucía e a beijou. – *Buenas noches*, Lucía.

❊ ❊ ❊

Ele já estava à sua espera em uma mesa ao ar livre quando ela chegou ao café no dia seguinte.

– Desculpe – disse Lucía, sentando-se de frente para ele e acendendo um cigarro. – Dormi demais – acrescentou, com um dar de ombros casual.

Na verdade, ela passara a última hora experimentando cada vestido, blusa e saia que tinha, todos velhos e fora de moda havia pelo menos dez anos. No fim, optou por uma calça comprida preta e uma blusa vermelha, com um garboso lenço vermelho amarrado ao pescoço.

– Você está cativante – comentou Meñique, levantando-se para beijá-la no rosto.

– Não minta para mim, Meñique. Eu nasci com um corpo de menino e o rosto de uma avó bem feia, e não há nada que você ou eu possamos fazer quanto a isso. Mas pelo menos eu sei dançar.

– Garanto que você não tem o corpo de um menino, Lucía – afirmou Meñique, seus olhos pousando brevemente no esboço velado daqueles seios pequenos e duros. – Vamos beber um pouco de sangria, já que o dia está quente? É muito refrescante.

– É uma bebida *payo* – disse ela, fazendo uma careta –, mas, se o gosto é bom, por que não?

Meñique pediu uma jarra de sangria e serviu um pouco para ela. Lucía tomou um gole, girou o conteúdo na boca e, em seguida, cuspiu no chão.

– É tão doce! – Lucía estalou os dedos para um garçom. – Traga-me um café preto para eu me livrar desse gosto.

– Estou vendo que você tem um temperamento ardente, que combina com sua paixão pela dança.

– *Sí*, é o meu espírito que me desperta o *duende*.

– Vocês, andaluzes, são todos iguais. Totalmente incontroláveis – disse Meñique com um sorriso.

– E você é um *pamplonés* pálido. Ouvi dizer que sua *mamá* é *payo*.

– Sim, e graças a ela fui à escola e aprendi a ler e escrever.

– E, agora que os *payos* pagam suas pesetas para ouvir sua música *gitana*, você se tornou um deles?

– Não, Lucía, mas não vejo nada de errado em compartilhar a nossa cultura flamenca com uma plateia de fora da comunidade. E você tem razão, são os *payos* que têm dinheiro. O mundo e a dança estão mudando. Isso aqui – Meñique apontou para os muitos *cafés cantantes* ao longo da rua – está ficando para trás. As pessoas querem um show! Luzes, figurinos... uma orquestra em um grande palco de teatro.

– Você pensa que não sei disso?! Estive em Paris há quatro anos, no show de Raquel Meller, no Palais du Paris.

– Ouvi dizer que foi um grande sucesso. Mas o que aconteceu?

– La Meller ficou furiosa porque o Trio Los Albaycín, ou seja, eu, La Faraona e meu pai, fez mais sucesso do que ela. Você acredita que ela deu um soco em La Faraona, no nariz? – Lucía riu. – Acusou-a de tentar chamar mais atenção que ela de propósito.

– É a cara de La Meller mesmo. Tem o ego maior do que o talento.

– *Sí*, então fomos embora e trabalhamos nos cafés de Montmartre, bem mais divertidos. Adorei o estilo de vida, mas estávamos ganhando muito pouco, então acabamos voltando para cá. Essa é a história da minha vida, Meñique. Tenho uma grande oportunidade e penso "Sim! Chegou a minha vez!", e então tudo escorre por entre meus dedos e eu volto para onde comecei.

– Não exagere, Lucía. Você é famosa, alguns diriam infame, no mundo flamenco.

– Mas não lá fora. – Lucía acenou para indicar o vasto país que se estendia atrás deles. – Não como você, ou La Argentinita.

– Que é, permita-me lembrá-la, alguns anos mais velha que você – disse Meñique, com um sorriso gentil.

– Ela é praticamente uma avó, mas apareceu em um novo filme!

– Um dia, *pequeña*, você vai ser uma estrela do cinema também, eu juro.

– Ah, então suponho que agora você é capaz de prever o futuro, como meu amigo Chilly?

– Não, mas eu vejo sua ambição. Ela queima como uma chama dentro de você. Agora vamos pedir?

– O de sempre – anunciou Lucía para o garçom, que estava esperando. – Sabe, eu danço há quase tanto tempo quanto La Argentinita, e aonde isso me levou? Enquanto ela viaja pela Europa em suas peles e seus carros, eu fico sentada aqui, comendo sardinhas com você.

– *Gracias* pelo elogio. – Meñique levantou uma sobrancelha. – E qual é o próximo passo?

– Carcellés planejou uma turnê nas províncias para o *cuadro*.

– Carcellés? Quem é ele?

– Outro empresário gordo, fazendo dinheiro à custa de nosso trabalho árduo. – Lucía deu de ombros. – Vou me apresentar nos bares do interior, tendo animais de fazenda como público, enquanto La Argentinita se exibe para milhares de pessoas.

– Lucía, você é jovem demais para ser tão amarga – repreendeu-a Meñique. – Vai viajar com o *cuadro*?

– Não tenho escolha. Se eu ficar aqui no Barrio Chino por muito mais tempo, vou morrer – falou com dramaticidade, acendendo outro cigarro. – Você sabe o que mais me frustra?

– O quê?

– Você se lembra de Vicente Escudero, o bailarino? Ele me recomendou para o famoso empresário de La Argentinita, Sol Hurok. *Ele* queria me levar para Nova York! Imagine isso!

– Por que você não foi?

– Papá disse que os *gitanos* não podem atravessar o mar. Você acredita que ele recusou a oferta? – Lucía bateu forte com o punho na mesa, fazendo o gelo nos copos balançar. – Fiquei sem falar com ele durante um mês.

Começando a entender a medida do temperamento de Lucía, Meñique percebeu que ela não estava exagerando.

– Bem, você me disse que já tem 21 anos, então, tecnicamente, é responsável pelo próprio destino. Embora eu ache que seu pai estava certo sobre Nova York.

– Certo em ter medo de atravessar o oceano por causa de alguma superstição *gitana*?

– Não, certo em deixá-la continuar a amadurecer aqui. O Barrio Chino produz alguns dos melhores dançarinos de flamenco do mundo. Continue observando e aprendendo, minha Lucía. Você florescerá com o ensino e a orientação corretos.

– Eu não preciso de professor! Eu improviso todas as noites! Pare de me tratar como Papá quando você é apenas um pouco mais velho que eu!

A comida chegou e Meñique observou Lucía engolir as sardinhas de qualquer jeito para poder acender logo outro cigarro. Ele sabia que a garota estava chateada com seus comentários, e era óbvio que ela era potencialmente uma diva de proporções extraordinárias... Ainda assim, havia algo nela que o fascinava como nenhuma outra mulher o fizera. Ele a queria.

– Você deveria ir a Madri, se puder. Tem um público mais amplo e eu moro lá também...

Ele sorriu, esticando a mão sobre a mesa na direção dela. Lucía o olhou com surpresa e um pouco de medo. Os dedos dele alcançaram a mão dela e se fecharam, e ele a sentiu estremecer levemente e depois se recompor.

– Eu... Onde eu iria dançar em Madri? – perguntou ela, tentando se concentrar na conversa.

– Há muitos teatros grandes, que têm produções com um elenco e uma orquestra completa. Vou indicar seu nome às pessoas que conheço, porém, enquanto isso, minha Lucía, tente se lembrar de que o objetivo não é fama e fortuna, mas a própria arte.

– Eu sei. Eu já faço isso... – Lucía suspirou, o toque da mão dele agindo como um bálsamo para sua alma. Ela deu um sorriso fraco. – Eu sou uma má companhia, sí? Tudo o que faço é ficar reclamando.

– Eu compreendo, Lucía. Como eu, quando toco violão, você dá o que tem dentro de si cada vez que se apresenta. Concordo que sua carreira está estagnada e que você e seu talento merecem ser vistos e reconhecidos pelo mundo. Eu juro que farei o que puder para ajudá-la. Por enquanto, você deve ser paciente e confiar em mim, tudo bem?

– Tudo bem – concordou ela, enquanto Meñique levava a mão dela aos lábios e beijava.

No mês seguinte, Lucía e sua trupe viajaram de carroça pelas províncias da Espanha. Seguiram ao longo da costa até as pequenas aldeias ao redor da grande cidade de Valência, visitando Múrcia, cuja catedral gótica se estendia pela linha do horizonte. Depois, indo mais para o sul, ela vislumbrou as montanhas e a Sierra Nevada cintilando ao longe, uma imagem tentadora de seu verdadeiro lar.

Ela dançava, noite após noite, para plateias em êxtase, embora pequenas, depois se sentava com os outros músicos e dançarinos em volta do fogo e bebia conhaque ou vinho, enquanto ouviam as histórias místicas de Chilly sobre outros mundos. Algumas noites, deitada na carroça, lembrava as palavras de encorajamento de Meñique, que eram o estímulo que a fazia seguir em frente.

Preciso continuar aprendendo, pensou ela. Então, em vez de sair do bar depois de seu número e se sentar do lado de fora para fumar, Lucía permanecia no salão e estudava a técnica impecável e a graça de Juana La Faraona.

– Eu sou um feixe de fogo e espírito, mas tenho que aprender a ser feminina – resmungava Lucía para si mesma, enquanto observava os braços elegantes de La Faraona, a graciosa maneira como ela pegava a cauda do vestido e a curva sensual de seus lábios. – Então, talvez Meñique se apaixone por mim...

❁ ❁ ❁

– Papá, Juana disse que vamos nos apresentar em Granada na semana que vem – falou Lucía após o show da noite, enquanto caminhavam de volta para o lugar onde haviam estacionado suas carroças em Almería. – Vamos visitar Mamá, Carlos e Eduardo, *sí*?

José não respondeu, então Lucía deu-lhe um forte cutucão.

– Papá?

– Acho melhor você ir sozinha – respondeu ele depois de algum tempo. – Não sou bem-vindo em Sacromonte.

– Como assim? É claro que é! Sua esposa, seus filhos e muitos dos nossos parentes estão lá. Eles ficarão felizes em nos ver.

– Lucía, eu...

Ela percebeu que José havia parado no meio de um laranjal.

– O quê, Papá?

– Sua mãe e eu estamos casados apenas no papel. Você entende?

Lucía colocou as mãos nos quadris.

– Como eu poderia não entender, Papá? Eu tive tantas "tias" ao longo dos anos que seria *idiota* se não entendesse. Pensei que você e Mamá tivessem um acordo.

– A verdade é que sua mãe não quis um "acordo", Lucía. Ela me odeia, e talvez Carlos e Eduardo também. Eles devem pensar que eu os abandonei para levar você para Barcelona e lhe dar uma vida melhor.

Lucía olhou para o pai, horrorizada.

– Você está dizendo que a culpa é minha?

– Claro que não. Você era uma criança e eu tive que tomar uma decisão.

Lucía tentou lembrar a última vez que vira María em Barcelona, havia onze anos, penteando com delicadeza seus cabelos. Então, depois de ver Lucía dançar no Villa Rosa, elas se despediram do lado de fora. Lucía se recordava do choro da mãe.

– Seja lá o que aconteceu entre vocês dois, eu tenho que ver Mamá.

– Sim.

José se afastou de Lucía e se dirigiu à carroça, os ombros caídos.

❂ ❂ ❂

Uma semana depois, Lucía entrou em Sacromonte pelo portão da cidade. O céu era de um azul perfeito, os anéis de fumaça branca, vindos das grutas que desciam pela encosta, se elevavam formando nuvens, e o vale era tão verde e viçoso no final do verão quanto ela se lembrava.

Ela olhou para cima, para a Alhambra, lembrando-se da noite em que, sorrateiramente, como um ladrão, subiu ao palco no grande Concurso de Cante Jondo e dançou na frente de milhares de pessoas.

– Papá fez isso acontecer para mim – murmurou para se tranquilizar, enquanto subia os caminhos sinuosos e empoeirados em direção à casa de sua infância.

Ela sorriu para um velho que fumava um charuto à sua porta. O homem a olhou com desdém, como se ela fosse uma *payo* qualquer. Enquanto andava, Lucía pensava na confissão recente do pai, de que abandonara a esposa e os filhos. Apesar de parte dela odiá-lo por mentir durante tantos anos, Lucía não podia negar o que ele fizera por ela naquela noite na Alhambra, nem a dedicação dele à sua carreira nos últimos onze anos.

– Esses problemas conjugais não são meus – disse ela a si mesma com firmeza.

Olhou para cima e viu a fumaça saindo da chaminé da casa da mãe. Quando chegou à entrada da gruta, soltou um pequeno suspiro de admiração, pois havia uma porta pintada de azul brilhante na entrada toscamente esculpida, e a gruta agora possuía duas janelas de vidro, com flores vermelhas brilhantes plantadas em caixas abaixo delas.

Nervosa, Lucía hesitou no limiar da porta. Diante daquela desconhecida formalidade, ela se perguntou se deveria bater.

– Esta é a sua casa – disse a si mesma, estendendo a mão para a maçaneta e abrindo a porta.

E ali, na cozinha, sentada à antiga mesa de madeira, agora coberta por um bonito pano rendado, estava sua mãe. Exceto por uma mecha branca nos cabelos, María parecia exatamente a mesma. Havia um menino de uns

10 anos sentado ao seu lado, cheio de cachos negros e sorrisos enquanto sua mãe lhe fazia cócegas.

María olhou para a visita inesperada, levando um momento para entender o que estava acontecendo. Respirou fundo e se levantou, cobrindo a boca com a mão.

– Lucía? Eu... É você?

– Sim, Mamá, sou eu. – Lucía assentiu, hesitante. – E quem é ele?

– Este é Pepe. Vá brincar com seu violão lá fora, querido – disse ela ao menino, que obedeceu com um sorriso para Lucía.

– *Dios mío*, estou chocada! – exclamou María, abrindo os braços e correndo para abraçar a filha. – Minha Lucía voltou! Você quer um pouco de suco de laranja? Acabei de fazer.

María foi até um conjunto de armários de madeira, que se estendia por uma parede e que Lucía não reconheceu. No centro, havia uma pia de ferro fundido com um cântaro de água ao lado.

– *Gracias* – disse ela, não apenas detectando o desconforto da mãe, mas também concluindo que María parecia ter melhorado de vida desde a partida da filha.

A maravilhosa luz cintilante do vale brilhava através das janelas e entrava na gruta, que claramente havia sido pintada de branco havia pouco tempo.

– Agora, diga-me como você está. Por que veio até aqui? Quero saber de tudo!

María ria de prazer enquanto oferecia uma cadeira maravilhosamente esculpida para Lucía se sentar.

– A nossa trupe está fazendo uma turnê nas proximidades. Ontem à noite, estávamos em Granada, nos apresentando em um café na Plaza de las Pasiegas. Havia muita gente.

– Por que eu não ouvi falar nisso? – María franziu a testa. – Eu teria feito qualquer coisa para ver você dançar, *querida mía*.

Lucía podia imaginar por que amigos e vizinhos não haviam comentado com ela que seu marido e sua filha estavam visitando a área, mas achou melhor deixar pra lá.

– Não sei, Mamá, mas, ah, estou tão feliz por estar aqui!

– E eu estou tão feliz em ver você.

– Eduardo e Carlos também estão em casa?

– Hoje tem uma *fiesta* e eles estão comemorando com o resto de Sacromonte, mas, se você ficar esta noite, vai encontrá-los de manhã.

– Eu não posso ficar tanto tempo, Mamá. Hoje à noite temos de seguir em frente.

María pareceu momentaneamente abatida.

– Bem, não importa, você está aqui *agora*. – María trouxe um banquinho para perto da filha e se sentou. – Você cresceu, Lucía...

– Não muito, Mamá, mas o que posso fazer? – Ela deu de ombros.

– Eu quis dizer que você se tornou mulher. Uma linda mulher.

– Mamá, eu sei que toda mãe diz que sua filha é linda, mas tenho consciência de que não sou. É a vida. Portanto... – Lucía olhou ao redor. – Você está bem? A gruta parece muito mais confortável do que eu me lembro.

– Eu estou bem, sim. Mas, infelizmente, seus avós morreram em um surto de febre tifoide no verão.

– Que notícia mais triste.

Na verdade, Lucía mal se lembrava dos avós.

– Mas, antes de morrer, os negócios de seu avô haviam prosperado graças à ajuda de seus irmãos. Ambos têm sido muito gentis com sua *mamá*. Carlos é responsável por todos os móveis novos e pela cozinha. Você lembra que, quando era criança, ele sempre esculpia pedaços de madeira?

Lucía não se lembrava, mas assentiu.

– Cá entre nós – prosseguiu María –, eu sei que o seu avô estava completamente desesperado com a falta de jeito de Carlos na forja, mas observou a paixão do menino pela madeira. Então deu a Carlos alguns pedaços de pinheiro e sugeriu que ele tentasse fazer uma mesa. E, assim, viu que seu irmão é um talentoso carpinteiro, e agora tanto *payos* quanto *gitanos* correm para comprar seus móveis. Você acredita que ele está prestes a abrir uma loja na cidade, com seus produtos expostos na vitrine? A esposa dele, Susana, vai administrá-la.

– Entendi. – Lucía mal conseguia acompanhar o que a mãe lhe dizia. – E onde eles moram?

– Eles construíram uma casa em uma gruta ao lado da de seus avós, ao mesmo tempo que Eduardo e Elena construíam a deles. Eles têm Cristina, seu irmão mais velho tem Mateo, e eu logo vou ganhar um terceiro neto...

– Devagar, Mamá! Minha cabeça está girando com todos esses nomes!

– Perdoe-me, Lucía, é o choque de ver você. Minha língua está descontrolada e...

– Entendo. Estamos nervosas, Mamá. Faz muito tempo. – Lucía tocou a mão de sua mãe, seu rosto se suavizando. – É maravilhoso ver você, e estou feliz que tudo tenha corrido bem para você e meus irmãos desde que partimos.

– Não no início. Os primeiros anos foram muito difíceis, na verdade. Mas chega disso. – María abriu um sorriso largo. – Conte-me mais sobre você, Lucía.

– Mamá, em primeiro lugar, tenho que lhe dizer que finalmente sei o que aconteceu entre você e Papá. – A decisão de não se meter nos problemas dos pais havia evaporado. – Ele admitiu que deixou você aqui e me levou contra a sua vontade.

– Lucía, nós dois somos culpados.

– Eu não penso assim, Mamá, e não posso deixar de sentir uma raiva profunda por todos os anos em que pensei que você não se preocupava comigo, perguntando-me por que você não vinha me ver. Agora eu compreendo.

– Lucía – sussurrou María, a voz alquebrada. – Senti muitas saudades e rezei todos os dias por você desde que partiu, acredite em mim. Todos os anos, no mês de seu nascimento, enviei um pequeno pacote para seu pai lhe entregar. Espero que você tenha recebido.

– Não – afirmou Lucía categoricamente. – Papá nunca me entregou nada.

María percebeu os olhos da filha se estreitando e sua expressão ficando tensa, então prosseguiu:

– Bem, talvez eles tenham se perdido durante a longa jornada. Seu pai fez o que achava certo. Ele fez isso por você.

– E por *ele* – disse Lucía, zangada. – O que realmente aconteceu, Mamá? Eu só me lembro de algumas coisas daquele tempo, como depois do concurso... Papá estava gritando com Carlos, que estava chorando no chão, bem aqui. – Ela apontou para o local. – Então fomos embora para Barcelona e, muitas semanas depois, você apareceu. Você me disse que meu irmão Felipe estava no céu com os anjos.

María fechou os olhos, enquanto as lembranças a inundaram de novo. Hesitante, contou a Lucía as trágicas circunstâncias da morte de Felipe.

– Foi a prisão dos *payos* que o matou, Lucía. Ele morreu no dia seguinte à libertação. Então fui a Barcelona para contar a você e a seu pai.

Lucía tomou as mãos da mãe, sentindo a pele bronzeada e áspera devido ao trabalho árduo. Então curvou a cabeça e chorou sobre elas. De volta a sua antiga casa, a perda de sua infância a abatera por completo.

– Mamá? – disse uma voz.

Surpresa, Lucía olhou para cima, enxugando as lágrimas do rosto. Pepe voltara à cozinha, segurando seu violão.

– Por que vocês estão chorando? – perguntou o menino, aproximando-se.

Lucía olhou mais atentamente para o rosto de Pepe e observou os grandes olhos escuros, as protuberantes maçãs do rosto e os cabelos negros volumosos.

– Ele é... Ele é...? – gaguejou.

– Sim, Lucía. – María assentiu solenemente e enxugou as próprias lágrimas. – Este é seu irmão. Pepe, diga oi para sua *hermana*.

– *Hola* – disse o menino, com timidez, dando um sorriso.

Sem dúvida, ele era a imagem de José.

– Que bom conhecer você, Pepe. – Lucía conseguiu sorrir.

– Você é menor do que Mamá me disse que era. Eu pensei que você fosse minha irmã grande, mas sou mais alto que você!

– Sim, você tem razão, e é muito atrevido – respondeu Lucía, incapaz de controlar uma risada.

– Se você está aqui, Papá veio com você? Mamá diz que ele toca violão, como eu. Quero tocar para ele uma música nova que aprendi.

– Eu... – Lucía olhou para a mãe. – Infelizmente, Papá não pode vir.

– Pepe, vá alimentar as galinhas, e depois vamos comer – ordenou María.

Enquanto Pepe se afastava, relutante, Lucía o observava com espanto.

– Como...?

– Depois que deixei você com seu pai em Barcelona tantos anos atrás, voltei para Granada. Só depois de dois meses é que percebi que os enjoos não eram só de tristeza, mas um presente de despedida de seu pai. Mas Pepe foi a minha salvação, de verdade, Lucía. Você precisa ouvi-lo tocar violão. Um dia ele vai ser melhor do que José.

– Papá sabe?

– Não. Quando saí de Barcelona, decidi que eu o deixaria livre.

– Sim, livre para colocar sua *picha* onde quisesse – murmurou Lucía, sentindo um novo surto de raiva do pai.

– Alguns homens não conseguem se controlar, é simples assim.

– Bem, ele ainda não aprendeu a lição, Mamá.

E, então, as duas riram, pois não havia mais nada a fazer.

– Ele não é de todo mau, Lucía. Você, mais do que ninguém, sabe disso. Ele está feliz?

– Não sei. Ele toca violão, ele bebe, ele...

– Bem... – María interrompeu a filha. – Ele é quem ele é, como todos nós somos. E uma parte de mim sempre vai amá-lo.

Lucía viu a mãe suspirar e acreditou nela.

– Não o odeie, por favor – suplicou María. – Ele queria te dar uma oportunidade.

– E dar a ele mesmo – resmungou Lucía –, mas vou tentar não odiá-lo. Por você.

– Tenho sopa fresca pronta para o almoço. Quer um pouco?

– Sim, Mamá.

Lucía devorou a tigela e pediu mais, declarando que aquela era a melhor comida que provara desde que se distanciara da cozinha da mãe, havia onze anos. María ficou radiante ao observar Pepe e Lucía à mesa, comendo juntos, como uma família. Depois, as duas mulheres foram se sentar do lado de fora.

– Você lembra que costumava me pedir ajuda com os cestos? – indagou Lucía.

– Sim, e você sempre arranjava uma desculpa depois de alguns minutos para ir embora.

– É tão tranquilo aqui, tão lindo – comentou Lucía, admirando o vale. – Eu tinha me esquecido. Talvez eu não me desse conta de tudo o que tinha.

– Nenhum de nós percebe o que tem, querida, até perdermos. Aprendi que o segredo da felicidade é tentar viver o momento.

– É uma lição que eu teria bastante dificuldade de aprender, Mamá. Estou sempre pensando no futuro!

– Somos diferentes, você e eu: você sempre ambicionou usar seu talento, e eu nunca fui assim. Eu queria uma casa, uma família e um marido. Bem... – Ela sorriu. – Eu consegui duas dessas coisas, pelo menos.

– Você ainda dança? Você era tão boa, Mamá.

– Por prazer, sim, mas estou ficando velha. Eu sou uma *abuela*, com dois netos.

– Mamá, você tem pouco mais de 40 anos! Muitas dançarinas em Barcelona estão entre os 50 e 60 anos de idade. Você é feliz aqui?

– Sim, acredito que sou.

Uma hora mais tarde, enquanto Lucía ouvia Pepe tocando violão na sala de estar, construída, conforme explicou María, onde fora o antigo estábulo, elas ouviram uma voz masculina da cozinha.

– *Hola, mi amor*, eu trouxe uma coisa gostosa para nossa sobremesa após o guisado esta noite.

Lucía ouviu sua mãe mandar o homem falar baixo e foi até a cozinha, onde viu Ramón, seu vizinho, em pé, com um braço ao redor dos ombros de María, que corou e se afastou dele.

– *Hola, señor*, como vai? – perguntou Lucía.

– Estou bem, obrigado – respondeu Ramón, tenso, o rosto ficando vermelho.

Lucía teve vontade de rir.

– Como estão suas filhas, Ramón?

– Estão bem, muito bem.

– Duas delas se casaram. E celebramos o noivado de Magdalena há apenas uma semana, não foi, Ramón? – disse María, para encorajá-lo.

– Sim, sim, celebramos – concordou Ramón, meneando a cabeça.

– Como estão suas laranjas?

– Estão bem, obrigado, Lucía.

– Ramón agora é dono de um pequeno laranjal – prosseguiu María, falando por ele. – Os pais dele morreram num intervalo de poucos meses e, depois do funeral, Ramón encontrou algumas moedas escondidas na chaminé da casa deles. Ninguém sabia há quanto tempo estavam ali, mas o fato de elas nunca terem derretido depois de todos aqueles anos fez Ramón acreditar que era um dom da Virgem Santíssima. Assim, ele as usou para comprar seu laranjal.

– Usei. – Ramón olhou para Lucía, nervoso, esperando sua reação.

– *Gracias*, Ramón, por cuidar de minha mãe enquanto estive fora. Tenho certeza de que o senhor foi um grande conforto para ela – afirmou Lucía, colocando uma mão conciliadora sobre a dele.

– É um prazer, *señorita*.

Ramón sorriu, aliviado.

Quando ele saiu, María voltou-se para a filha, abanando o rosto para abrandar o rubor.

– O que você vai pensar de mim?

– Aprendi que a vida é dura, Mamá. E você aceitou um consolo quando lhe foi oferecido. Não há nada de errado nisso.

– Eu... Nós, Ramón e eu, não proclamamos a nossa... amizade. Acredite, eu jamais desrespeitaria seu pai em público.

– Mamá, eu vi de tudo no Barrio Chino. Nada, muito menos a necessidade de afeto, pode me chocar.

– *Gracias*, Lucía. – María tomou as mãos da filha e as apertou. – Você se tornou uma jovem mulher adorável.

– Mamá, espero ter o seu bom senso e a paixão de Papá. É uma boa mistura, *sí*? – Ela olhou para o sol que começava a mergulhar no horizonte, fazendo sua reverência noturna abaixo da Alhambra. – Preciso voltar para a cidade. Partimos esta noite para Cádiz.

– Você não pode ficar um pouco mais, querida?

– Não, Mamá, mas, agora que estamos reunidas, juro que venho visitar você outras vezes. Talvez até mesmo passar um feriado.

– Na próxima vez, me avise e vou organizar uma festa para você encontrar toda a família. Minha porta está sempre aberta e estou sempre aqui.

– Mamá, o que você quer que eu diga a Papá sobre... o filho?

– Se você conseguir, acho que é melhor não dizer nada por enquanto. Um dia, vou contar a ele pessoalmente.

– É claro. *Adiós*, Mamá.

Quando abraçou a mãe, Lucía sentiu que as lágrimas queriam descer. Antes que chorasse, ela deixou a gruta e tomou o caminho empoeirado de sua infância.

23

— Tenho notícias para você – disse Carcellés, quando se sentaram na parte externa do bar favorito do empresário no Barrio Chino.

Lucía olhou para o homem que havia organizado a turnê pelas províncias. O rosto de Carcellés estava vermelho pelo excesso de conhaque, a barriga caindo sobre o cinto que apertava sua calça. A fumaça de seus cigarros subia em espirais para o céu que escurecia.

– Quais são?

Carcellés derramou mais conhaque nos dois copos.

– O Teatro Fontalba, em Madri, está organizando uma homenagem à atriz Luisita Esteso. Vou colocar você entre dois outros atos. É hora de seu talento ser apresentado na capital.

Já acostumada às promessas extravagantes de Carcellés, concebidas para estimulá-la, mas que em geral não davam em nada, Lucía olhou para ele com ceticismo.

– Vai me levar para Madri?

– *Sí*, Lucía. Você vai se encaixar perfeitamente no projeto. O grande Meñique até se ofereceu para tocar. O que acha?

– *¡Dios mío!* – Lucía se levantou para abraçar Carcellés, batendo na mesa e derramando conhaque por toda parte. – Uau, que notícia maravilhosa!

– Que bom que você ficou feliz, Lucía. É apenas uma noite, e você terá apenas cinco minutos, mas serão os *seus* cinco minutos, e você vai mostrar às pessoas importantes de Madri o que é capaz de fazer.

– Eu vou mostrar, prometo que vou. *Gracias, señor.*

– Você já sabe da novidade, Papá? – perguntou ela depois de entrar correndo no quarto de José.

Ele estava sozinho, deitado em sua cama, fumando.

– Sobre Madri? Sim, já sei. Naturalmente, você não será paga. Você sabe disso, não sabe?

– Quem se importa com dinheiro?! Vou dançar para mais de mil pessoas. Não é incrível?

– Ouvi dizer que Meñique vai acompanhar você.

– Sim, então você não precisa ir. Carcellés irá de trem comigo e Meñique vai cuidar de mim enquanto eu estiver lá.

– É isso que me preocupa – resmungou José, carrancudo, enquanto apagava o cigarro em uma garrafa de cerveja pela metade.

– Sou uma mulher adulta agora, Papá. Já tenho 21 anos, lembra? Estarei de volta antes que você perceba.

Lucía foi para seu quarto, recusando-se a deixar o mau humor do pai estragar sua alegria. Após tirar o vestido de flamenco, ela afundou completamente nua no colchão e ficou ali, braços e pernas relaxados, refletindo. Depois de algum tempo, uma ideia começou a se formar em sua mente.

– Sim!

Lucía pulou da cama e correu para o canto do quarto, onde empilhava suas roupas, e começou a remexer nelas, sabendo exatamente o que usaria para fazer com que seu desempenho, e ela mesma, se tornassem inesquecíveis.

– Madri... – Ela respirou fundo, encontrando o que procurava. – E Meñique!

❀ ❀ ❀

– Você está bem, *pequeña*? – sussurrou Meñique em seu ouvido duas semanas mais tarde na coxia, na lateral do enorme palco, ouvindo os aplausos entusiasmados para El Botato, que dançava sua famosa *farruca*, com cômicos pulos acrobáticos.

– *Sí*, mas estou nervosa, Meñique. Eu nunca fico nervosa antes de dançar.

– Isso é bom. A adrenalina dará mais intensidade ao seu desempenho.

– Ninguém jamais ouviu falar de mim aqui. – Lucía mordeu o lábio. – E se eles me vaiarem?

– Todos vão saber quem você é a partir de hoje. – Ele lhe deu um suave empurrão no ombro. – Agora vá.

Lucía entrou no palco ao som de aplausos contidos, as luzes fortes queimando seus olhos. Ela sentiu calor e coceira sob a pesada capa que usava. Meñique a seguiu segundos depois e o público aplaudiu e ovacionou.

– Mamá – sussurrou Lucía, assumindo sua posição inicial –, vou dançar isso para você.

Sentado ao seu lado, Meñique observou a diminuta figura colocar-se no centro do enorme palco. Quando começou a tocar os primeiros acordes, preparando-se para cantar, ele viu Lucía levantar o queixo e suas narinas se dilatarem. Quando o ritmo acelerou, ela tirou a capa em um movimento fluido e jogou-a no palco. A plateia ofegou em choque quando viu que aquela pequena mulher estava vestindo uma calça preta de cintura alta e uma camisa branca engomada, como a de um dançarino. Seus cabelos estavam puxados para trás, partidos no meio e alisados, e seus olhos pintados de preto lançavam um desafio para o público.

Então, ela começou a dançar. Todos os cochichos desaprovando sua aparência cessaram depois de alguns segundos, enquanto o público de 1.400 pessoas observava, hipnotizado, aquela menina-mulher cujos pés milagrosos conseguiam, de alguma forma, bater no chão tantas vezes que era impossível até mesmo para mãos experientes acompanhar. Quando perceberam que Lucía dançava a mesma *farruca* de El Botato – uma dança reservada aos homens –, a audiência foi ao delírio, gritando e assobiando diante daquela estranha visão. Meñique ficou tão extasiado quando ela se tornou um redemoinho de pura energia que quase se esqueceu de entrar no verso seguinte da música.

Ela é tão pura... a essência do flamenco, pensou.

Nesse momento, o público já se levantara e acompanhava com palmas o ritmo dos pés de Lucía, que batiam no chão incansavelmente. Meñique se perguntava se a garota cairia e teria um colapso. De onde seu pequeno corpo tirava energia para manter aquele ritmo incrível por tanto tempo, ele simplesmente não sabia.

– ¡Olé! – gritou Lucía quando finalmente deu uma última batida e se inclinou para a frente, fazendo uma pequena reverência.

O público a ovacionou e Lucía agradeceu com várias mesuras. Meñique aproximou-se para receber os aplausos ao lado dela.

– Você conseguiu, *pequeña*, você conseguiu – disse ele em voz baixa, enquanto a incentivava a ir para a frente do palco.

– Eu consegui...? – perguntou Lucía quando Meñique a levou para a coxia, onde já havia uma multidão pronta para cumprimentá-la.

– Você fez uma estreia perfeita em Madri.

– Eu não me lembro de nada.

Meñique percebeu que ela parecia atordoada, ao se apoiar em seu braço. Ele a conduziu pela multidão em direção ao camarim, fechando a porta com firmeza.

– Você precisa de um tempo para se recuperar.

Ele a sentou em uma cadeira e lhe entregou uma dose de conhaque.

– *Gracias*. – Lucía engoliu a bebida de um só gole. – Eu nunca lembro como dancei. Fui bem?

Meñique percebeu que era uma pergunta sincera e que ela não estava em busca de elogios.

– Você não foi simplesmente "boa", Lucía, você foi... milagrosa!

Meñique bateu continência.

Eles ouviram uma batida forte na porta e o som de vozes.

– La Candela está pronta para receber a aclamação de seus fãs?

– Sim, estou.

Ela se levantou, virou-se para o espelho e pegou um lenço para limpar o rosto encharcado de suor.

– Mas antes disso...

Meñique a tomou em seus braços e a beijou.

* * *

– Como é que é? Papá está chegando hoje? – Lucía sentou-se ao lado de Meñique em sua confortável cama alguns dias depois. – Ele combinou que viria só na próxima semana! Estou me virando muito bem sozinha aqui em Madri.

– Lucía, seu pai administra sua carreira desde que você era criança. Você não pode negar a ele seu momento de triunfo. Além disso, ele é o violonista. Só ele sabe como tocar da melhor maneira para você.

– Não! – Lucía agarrou os dedos de Meñique e os beijou. – *Estes* aqui sabem como tocar melhor para mim. E não apenas no violão...

Meñique ficou excitado vendo Lucía balançar seu corpo nu ao lado dele.

– Sim, *pequeña*, mas já estou contratado para tocar em outro lugar nos próximos dois meses, você sabe.

– Então cancele – disse ela, enfiando a mão sob o lençol. – Preciso que você toque para mim no Teatro Coliseum.

– Calma. – Meñique segurou Lucía pelos cotovelos. – A sua estrela pode estar subindo, mas você ainda não é uma verdadeira diva, então não aja como uma. Seu pai vai trazer seu *cuadro* com ele. É muito melhor você ter seu próprio violonista e seus cantores para apoiá-la, pessoas que você conhece e em quem confia, em vez de deixar que escolham por você.

– Tem sido tão bom ficar livre dele – queixou-se Lucía. – Aqui com você... eu me sinto mulher, e não criança, que é como Papá me trata.

– Você certamente é uma mulher, Lucía.

Meñique pegou os seios dela e os acariciou, mas então foi ela quem o afastou.

– Mesmo quando Papá chegar, posso ficar aqui com você?

– Quando eu estiver aqui em Madri, claro que pode, mas, agora que você está finalmente ganhando um bom dinheiro com seu contrato no Teatro Coliseum, vai poder ter um apartamento para dividir com o resto do *cuadro*.

Meñique saiu da cama e começou a se vestir.

– Você não me quer mais aqui?

– Quero, mas não posso ficar com você o tempo todo.

– Sua carreira é mais importante do que eu?

– Minha carreira é *tão* importante quanto você – repreendeu-a Meñique. – Agora, preciso ir, tenho uma reunião sobre minha nova gravação. Vejo você mais tarde.

Lucía se jogou para trás sobre os travesseiros, furiosa porque tanto seu amante quanto seu pai estavam frustrando seus planos. Depois de seu triunfo no Teatro de Fontalba, ela experimentara pela primeira vez o gosto da liberdade e não estava disposta a desistir sem lutar. Especialmente levando em consideração as novas delícias que havia descoberto no quarto com Meñique.

– Eu o amo! – gritou ela para o apartamento vazio, batendo a mão no colchão. – Por que ele me deixa aqui sozinha?

Lucía levantou-se, pegou seus cigarros e sentou-se no parapeito da janela para acender um. Abaixo dela, havia uma ampla avenida arborizada fervilhando de gente e automóveis. Ali do quarto andar, só era possível ouvir o barulho se a janela fosse aberta, e ela a abriu, permitindo que uma coluna de fumaça se dissipasse lentamente no sol da manhã.

– Eu amo isto aqui! – gritou ela para a rua. – E não quero ir embora! Como Meñique ousa sugerir que eu procure outro lugar?!

Depois de jogar a guimba do cigarro pela janela, ela andou nua pelo apartamento e foi colocar um pouco de água para ferver, para preparar o café forte que costumava tomar. Como Meñique, os quartos também eram pequenos, imaculados e organizados.

– Ele até cozinha! – murmurou ela, enquanto pegava uma xícara em uma das prateleiras. – Eu o quero só para mim!

Lucía levou o café para a sala de estar e se aninhou numa cadeira para bebê-lo, observando os violões perfeitamente alinhados ao longo de uma das paredes. Ele era diferente de qualquer outro *gitano* que ela conhecia, tendo uma mãe *payo* e tendo sido educado em Pamplona, no norte da Espanha. Sua família vivia em uma casa – uma casa! – e ele crescera entre os *payos*. Às vezes, Lucía se sentia como um animal selvagem, em contraste com a calma sofisticação de Meñique. Ele não via os *payos* como inimigos, como ela fora ensinada a ver, mas apenas como outra raça.

– Eu sou as duas coisas, então devo abraçar as duas culturas, Lucía. E são os *payos* que vão nos levar ao sucesso que almejamos – dissera ele uma noite, quando ela o ridicularizou por ler um jornal *payo*. – Eles têm o poder e o dinheiro.

– Eles mataram meu irmão! – gritara ela em resposta. – Como posso perdoá-los por isso?

– *Gitanos* também matam *gitanos, payos* matam *payos* – lembrara-a Meñique, dando de ombros. – Sinto muito por seu irmão, é terrível o que aconteceu, mas o preconceito e a amargura não levam a nada na vida, Lucía. Você deve perdoar, como a Bíblia nos diz para fazer.

– Agora você é um padre?! – protestara Lucía. – Você está me dizendo para ler a Bíblia? Está me tratando com condescendência? Você sabe que eu nunca aprendi a ler.

– Então eu vou ensinar a você.

– Eu não preciso! – Ela se afastara do abraço do amante. – Meu corpo e minha alma são tudo de que preciso.

No fundo, porém, Lucía sabia que Meñique estava certo. As multidões que compravam ingressos com antecedência para ver suas apresentações não eram de *gitanos*, mas de *payos*, e era o dinheiro deles que pagaria o alto salário semanal que lhe fora oferecido.

Lucía se levantou.

– Ele me trata igual ao Papá! – gritou ela para os violões. – Como uma pequena *gitana* ignorante que não entende nada. E, no entanto, ele me quer três vezes por noite para satisfazer sua volúpia! Mamá tem razão, os homens são todos iguais. Bem, eu vou mostrar a ele!

Lucía levantou um pé e chutou um dos vilões. As cordas vibraram quando o instrumento caiu no chão. Ela olhou para a prateleira de livros extremamente organizada e passou a mão com força sobre eles, derrubando-os no chão. Depois voltou para o quarto e vestiu, pela primeira vez depois de vários dias, o vestido de flamenco que Meñique havia tirado de seu corpo. Pegou seus sapatos, abriu a porta do apartamento e saiu.

❁ ❁ ❁

Depois de voltar para casa e se deparar com a bagunça, Meñique suspirou e se dirigiu ao Teatro Coliseum, onde Lucía ensaiaria mais tarde.

Encontrou José fumando ao lado da entrada dos artistas, enquanto o restante do *cuadro* esperava lá dentro.

– Lucía já chegou? – perguntou Meñique.

– Não, pensei que ela estivesse com você – respondeu José. – Ninguém a viu.

– *Mierda* – praguejou Meñique em voz baixa. – Eu a deixei em meu apartamento esta manhã... Para onde ela pode ter ido?

– Você é quem deveria saber – disse José, mal conseguindo conter a raiva. – É você quem deveria mantê-la sob controle.

– Como sabe, ninguém pode "controlar" Lucía, especialmente quando ela fica furiosa.

– A estreia dela é na próxima semana! Viemos aqui para ensaiar! Depois de tudo isso, ela vai perder sua grande chance?

O cérebro de Meñique estava analisando as opções.

– Venha comigo, acho que sei onde ela pode estar.

Meia hora depois, eles chegaram à Plaza de Olavide, um polo de cafés e bares. E ali, no centro da praça, estava Lucía, rodeada por uma multidão que havia se reunido para vê-la. Dois violonistas aleatórios se juntaram a ela e, quando Meñique abriu caminho através da multidão, ouviu o som de moedas caindo no chão perto dela. Ele ficou ali, de braços cruzados, assistindo à dança. Quando Lucía terminou, ele e José acompanharam os calorosos aplausos que ela recebia.

Lucía correu para pegar as moedas, indicando que a apresentação terminara.

– *Hola*, Lucía – disse ele, caminhando até ela. – O que você está fazendo aqui?

Lucía terminou de coletar o dinheiro, levantou-se e o encarou com um olhar desafiador.

– Eu estava com fome e não tinha dinheiro para o almoço. Então vim aqui e agora tenho. Vamos comer?

❁ ❁ ❁

Apesar das reservas de Lucía quanto à presença do pai em Madri, pelo menos ela ficou feliz ao ver o restante do *cuadro*.

– Chilly, você trouxe o meu tônico? – indagou Lucía, ignorando Rosalba, que estava parada ao lado dele.

– A julgar pela sua aparência, Lucía, eu diria que Madri está lhe fazendo muito bem – respondeu Chilly, com um sorriso malicioso. – Você está feliz?

– Eu nunca fico feliz, mas, sim, Madri tem suas vantagens – concordou Lucía.

Nos dias que se seguiram, o *cuadro* encontrou um apartamento na cidade e José começou a fazer audições para aumentar sua trupe de violonistas, cantores e bailarinos. Depois de várias longas tardes no teatro vazio, eles encontraram seus novos companheiros de trabalho.

Sebastian era um violonista que comprava bebidas e cigarros para todos, embora eles logo descobrissem que os dedos dele eram tão leves para tocar o instrumento quanto para se meter nos bolsos dos *payos*. Ele havia prometido se comportar, mas, inexplicavelmente, continuava com seu fluxo constante de pesetas para compartilhar.

O irmão de Sebastian, Mario, conhecido como "El Tigre", era um sujeito bem masculino e ágil, que atacava cada dança como se fosse um touro a ser domado. Ele era o único dançarino que Lucía considerava capaz de corresponder à sua energia feroz. Duas outras jovens dançarinas também foram contratadas, escolhidas por Lucía, simplesmente porque eram as menos bonitas.

– Então, minha filha. – José levantou um copo para Lucía depois do primeiro ensaio com a orquestra. – Amanhã, o *cuadro* de Albaycín estreia no Teatro Coliseum.

– E eu também – sussurrou Lucía, ao fazer o brinde.

❀ ❀ ❀

Nos meses seguintes, a fama de Lucía se espalhou pela cidade. Filas se formavam na bilheteria do Teatro Coliseum. Todos queriam ver a encantadora jovem *gitana* que dançava em roupas masculinas.

Finalmente, Lucía Amaya Albaycín se tornava uma estrela.

Embora sentisse saudades do mar e da cultura de Barcelona, que combinavam tanto com o seu espírito *gitano*, Lucía amava Madri, com os seus grandes edifícios brancos e largas avenidas. Havia um sentimento de urgência e paixão no ar, e comícios eram promovidos diariamente pelos diversos partidos políticos *payos*, cada qual tentando angariar apoio, a maioria deles formada por descontentes depois que os republicanos venceram as eleições de novembro. Embora muitas vezes Meñique tentasse explicar para ela o que aqueles homens estavam gritando, ela ria e o beijava na boca para impedi-lo de falar.

– Estou cheia desses *payos* lutando uns contra os outros – dizia ela. – Vamos ver um *payo* levantar os punhos para um touro!

– Este lugar é um chiqueiro – observou Meñique, na primeira vez que visitou o quarto dela no apartamento do *cuadro*.

Havia restos de sardinha e de outros alimentos apodrecendo em uma pilha alta de pratos na pia cheia. Roupas sujas estavam no mesmo lugar onde haviam sido jogadas dias antes.

– Sim, mas é o meu chiqueiro e me deixa feliz – disse ela, beijando-o.

Às vezes, Meñique sentia que tentava domar um animal selvagem. Outras vezes, ele desejava proteger a menina vulnerável na qual Lucía se transformava com facilidade. Seja lá o que fosse, ele estava completamente fascinado por aquela mulher.

O problema era que Madri também estava. Agora, em vez de Meñique, o famoso violonista, ser o centro das atenções quando estavam juntos na cidade, era Lucía que todos queriam conhecer.

– Como é a sensação de ser a dançarina *gitana* mais famosa da Espanha? – perguntou Meñique certa manhã, enquanto estavam deitados na cama, no apartamento dele.

– É o que sempre desejei. – Ela deu de ombros com indiferença e acendeu um cigarro. – E esperei muito tempo por isso.

– Alguns esperam durante a vida inteira, Lucía, e a fama nunca vem.

– Eu fiz por merecer, a cada segundo – respondeu ela, com impetuosidade.

– Então agora você pode ser feliz?

– Claro que não! – Ela colocou a cabeça no ombro de Meñique e ele sentiu o perfume do óleo que ela usava para alisar os cabelos. – La Argentinita conquistou o mundo! Eu, só a Espanha. Ainda há muito a fazer.

– Tenho certeza de que há, *pequeña*. – Ele suspirou.

– Eu contei que fui convidada para dançar em um filme? É de um diretor *payo*, um tal de Luis Buñuel. Ouvi dizer que ele é muito bom. Você acha que devo aceitar?

– É claro que sim! Aí seu talento será capturado para sempre, e as outras gerações vão poder apreciá-lo quando você estiver morta.

– Eu nunca vou morrer – respondeu Lucía. – Vou viver para sempre. Agora, querido, devemos nos vestir e encontrar meus novos amigos *payos* para o almoço em um de seus restaurantes de luxo. Eu sou a convidada de honra! Você acredita nisso?

– Acredito em qualquer coisa que venha de você, Lucía, de verdade – afirmou Meñique, enquanto Lucía o puxava para fora da cama.

Madri

Julho de 1936
Dois anos depois

24

O que aconteceu?

Lucía acendeu um cigarro e recostou nos travesseiros, a luz do sol se espalhando sobre eles através da janela do quarto.

– Houve um golpe de Estado no Marrocos – comentou Meñique, sem tirar os olhos do jornal. – Dizem que a rebelião vai acabar se alastrando até aqui em breve. Talvez devêssemos deixar a Espanha enquanto as coisas estão bem.

– Que rebelião? Contra o que estão se rebelando?

Lucía franziu a testa.

Meñique suspirou fundo. Ele havia tentado de todas as formas explicar a ela a situação tensa da Espanha, mas Lucía não tinha uma gota de política no sangue. Seus dias eram preenchidos dançando, fazendo amor, fumando e comendo suas adoradas sardinhas, nessa ordem de importância.

– Franco quer controlar a Espanha com seus exércitos – comentou ele, paciente. – Ele quer transformar o país em um Estado fascista, como os nazistas estão fazendo na Alemanha.

– Essa política me cansa, Meñique. Quem se importa com isso?

Ela bocejou e se espreguiçou, a mão pequenina batendo no rosto dele.

– *Eu* me importo. E você deveria se importar também, *pequeña*, porque afeta tudo o que fazemos. Talvez seja melhor antecipar sua ida a Portugal. Você vai se apresentar lá em breve, de qualquer maneira. Receio que Madri estará no centro de qualquer conflito que esteja por vir. Pode haver violência.

– Eu não posso ir para Portugal quando ainda tenho meu espetáculo no Teatro Coliseum. As filas para comprar ingressos dão a volta no quarteirão. Não posso deixar as pessoas na mão.

– Bem, se nada mudar, vamos partir logo depois disso. Vamos torcer para que não seja tarde demais – murmurou Meñique, levantando-se da cama.

– Eles não me farão mal, eu sou a queridinha da Espanha – disse Lucía em voz alta. – Talvez eles *me* coroem rainha!

Meñique revirou os olhos enquanto procurava sua camisa e sua calça no cômodo entulhado. De fato, a fama de Lucía era inegável. Ela não apenas era um sucesso em Madri como, ao aceitar o papel principal do filme espanhol mais caro já produzido, consolidou seu status como um nome conhecido nacionalmente.

– Vou voltar para o meu apartamento para ter um pouco de paz e sossego – disse ele, beijando-a. – Vejo você mais tarde.

Ele deixou o quarto de Lucía e, ao passar pelo corredor do apartamento, tropeçou em uma xícara de café que ela havia deixado no chão.

– Muito irritante! – resmungou ele, usando o próprio lenço para secar o que derramara.

Lucía não apenas vivia num estado de caos privado, mas também com um grupo de pessoas em constante mutação – alguns deles eram amigos ou familiares, outros meros agregados que gravitavam ao redor dela. Talvez fosse simplesmente a maneira como havia sido educada, primeiro em uma grande família em Sacromonte, depois passando anos na comunidade unida do Barrio Chino. Lucía parecia precisar de pessoas por perto o tempo todo.

– Tenho medo de ficar sozinha – confessou ela uma vez. – O silêncio me assusta.

Bem, o silêncio não assustava Meñique: depois de dois anos e meio com Lucía, o silêncio para ele era um deleite.

Entrando na calmaria de seu apartamento, Meñique suspirou e se perguntou pela centésima vez o que seria dos dois. Era óbvio que toda a Espanha – e, sobretudo, Lucía – esperava que eles se casassem. Mas ele ainda não fizera a proposta. Eles haviam se separado várias vezes depois de Lucía perder a paciência por causa do pedido de casamento que não vinha. Ele se afastava dela, sentindo-se aliviado por não estar mais na montanha-russa daquele relacionamento, da carreira e da vida louca de Lucía.

– Ela é impossível! – dizia a si mesmo. – Nem um santo consegue lidar com ela!

Então, depois de algumas horas na paz pela qual tanto ansiava, ele se acalmava. Algumas horas mais tarde, sentia falta dela e precisava rastejar e implorar por perdão.

– Sim, eu vou te comprar um anel – dizia ele para Lucía, que o encarava com olhos flamejantes.

Em seguida, eles faziam amor com extrema paixão, ambos extasiados pelo fim da dor da separação. Tudo ficava em paz, mas só até a próxima vez que a paciência de Lucía se esgotasse e o ciclo se repetisse.

Por que ele não conseguia assumir aquele compromisso definitivamente, nem ele sabia. Da mesma forma, era um mistério para Meñique não ser capaz de se afastar dela. Seria apenas pela atração sexual selvagem que experimentava quando pensava nela? Seria pelo poder afrodisíaco de seu talento sublime? *É tudo dela*, era a única conclusão a que conseguia chegar. *Ela é simplesmente... Lucía.* Às vezes, ele tinha a sensação de que ambos estavam presos num eterno *paso doble*, do qual jamais poderiam escapar.

– Isso não é amor, é vício – murmurou Meñique, tentando se concentrar na melodia que estava se esforçando para compor.

Sua concentração se fora, e isso, pensou, era outro problema: estar com Lucía era um trabalho em tempo integral, que lhe deixava poucos momentos para prosseguir com a própria carreira. Quando ela recebeu a oferta para se apresentar em Lisboa, nem sequer lhe perguntou se ele queria ir – simplesmente deu como certo que ele iria.

– Talvez eu deva ficar – disse ele ao violão. – Deixá-la ir sozinha.

Então, ele olhou pela janela e teve a visão alarmante de soldados armados marchando pela rua abaixo de seu apartamento. Se uma guerra civil tivesse início na Espanha, seria um momento perigoso para estarem separados. Além disso, o séquito de dançarinos e músicos broncos de Lucía não tinha ideia de como era o mundo real fora do flamenco. Era provável que terminassem presos ou diante de um pelotão de fuzilamento por dizerem a coisa errada.

Mas isso era problema *dele*? Se fosse, ele o havia assumido por vontade própria.

Meñique bocejou. Eles só saíram da festa nas primeiras horas da manhã, depois da apresentação lotada de Lucía na noite anterior. Ele colocou o violão cuidadosamente sobre a mesa, em seguida estendeu-se no sofá e fechou os olhos. Entretanto, mesmo exausto, não conseguiu dormir. Estava tomado por uma sensação de desgraça iminente.

❀ ❀ ❀

– Que barulho é esse lá fora? – perguntou Lucía quando ele entrou em seu camarim no Teatro Coliseum na noite seguinte.

– É artilharia pesada, Lucía. – Meñique ficou atento aos sons e teve medo. – Temo que a revolta tenha começado.

– O teatro ainda está vazio, mas está quase na hora de abrir. Sei que os ingressos estão esgotados.

– As ruas não são mais seguras, Lucía. As pessoas sensatas vão permanecer em casa. Muitos dos que vieram já foram embora. Precisamos decidir se cancelamos o show e voltamos para casa enquanto é possível. Afinal, é a nossa última apresentação, e como partimos para Lisboa amanhã...

– Eu jamais cancelei um show em toda a minha vida e nunca o farei! Mesmo se apenas os funcionários da limpeza assistirem. – Parada ali, maquiada para subir no palco, seu rosto estava ainda mais luminoso do que o habitual. – Nenhum militar *payo* vai me fazer parar de dançar!

Enquanto ela falava, uma grande explosão na cidade fez as paredes resistentes do teatro estremecerem. Um punhado de pó de gesso caiu sobre os cabelos negros de Lucía, e ela agarrou Meñique, em pânico.

– ¡Ay, Dios mío! O que está acontecendo lá fora?

– Acho que os nacionalistas estão tentando tomar o controle da cidade. A guarnição do Exército está muito perto do teatro... Lucía, precisamos mesmo sair agora e viajar para Lisboa enquanto é tempo.

O restante da companhia começou a entrar no camarim, o terror estampado em seus rostos.

– Talvez seja tarde demais para sair, Meñique – disse José, que ouvira a conversa. – Acabei de dar uma olhada lá fora, e há pessoas correndo para todos os lados. É o caos! – afirmou ele, fazendo o sinal da cruz, por força do hábito.

Chilly atravessou o amontoado de pessoas angustiadas e pegou as mãos de Lucía, o rosto agitado e temeroso.

– Lucía, Rosalba está sozinha no apartamento. Você sabe que ela ficou em casa hoje por causa da torção no tornozelo. Preciso ir até lá, ela pode estar correndo perigo!

– Você não pode sair. – Sebastian, o violonista, apertou o braço de Chilly para acalmá-lo. – Rosalba é uma mulher sensata, vai ficar onde está, no apartamento. É melhor você ficar aqui e ir ao encontro dela de manhã.

– Tenho que ir até lá agora! Fiquem em segurança esta noite e, se Deus quiser, vamos nos encontrar novamente nesta vida.

Chilly beijou de leve as bochechas de Lucía e saiu correndo do camarim.

Os membros do *cuadro* permaneceram juntos, em estado de choque pela partida repentina de Chilly.

Meñique limpou a garganta.

– Precisamos encontrar abrigo. Alguém sabe se existe um porão aqui?

Uma mulher com uma vassoura apareceu à porta do camarim, tensa. Meñique virou-se para ela.

– Senhora, pode nos ajudar?

– *Sí*, senhor, vou lhe mostrar onde fica o porão. Podemos nos esconder lá embaixo.

– Certo – disse Meñique. O barulho de tiros deixou a trupe no camarim ainda mais assustada. – Peguem o que puderem para termos algum conforto, depois vamos seguir a senhora.

Após terem pegado o que foi possível, a faxineira levou o *cuadro* até o porão. De um armário no corredor, ela tirou duas caixas de velas e alguns fósforos.

– Estão todos aqui? – chamou Meñique, checando quem estava por perto.

– Onde está Papá? – perguntou Lucía, em pânico, procurando o pai.

– Estou aqui, querida – respondeu uma voz vinda dos degraus que levavam ao auditório. José surgiu, os braços cheios de garrafas. – Fui ao bar no saguão de entrada para pegar suprimentos.

– Rápido, agora! – insistiu Meñique, quando outra explosão sacudiu as paredes, e as luzes ao longo do corredor piscaram e se apagaram.

As velas foram acesas às pressas e passaram de mão em mão.

– Agora vamos descer para *el infierno* – brincou José, levando uma garrafa à boca enquanto desciam as escadas.

– Como pode fazer tanto frio aqui quando o ar está tão quente lá em cima? – perguntou Lucía a ninguém em particular, enquanto todos se acomodavam da melhor maneira possível no porão úmido.

– Pelo menos estamos seguros aqui – afirmou Meñique.

– E quanto a Chilly? – indagou El Tigre, andando de um lado para outro, incapaz de se manter parado. – Ele foi lá fora... talvez em direção à morte!

– Chilly é um *brujo* – contestou Juana. – Seu sexto sentido irá mantê-lo em segurança.

– *Ay*, talvez... E quanto a nós? Vamos ficar presos aqui embaixo, o edifício desabando sobre nós! – lamentou-se Sebastian.

– E pode não ter conhaque suficiente para todo mundo – acrescentou José, tilintando as garrafas no chão.

– Então é assim que tudo termina. – El Tigre balançou a cabeça. – Vamos morrer aqui e ser esquecidos.

– *Nunca!* – exclamou Lucía, tremendo. – Eu nunca serei esquecida!

– Tome aqui, senhorita, você precisa se aquecer.

A faxineira tirou seu avental fino e envolveu os ombros nus de Lucía como um xale.

– *Gracias, señora*, mas eu tenho uma maneira melhor de me manter aquecida...

Metade de sua frase foi abafada por uma explosão que parecia vir de um ponto diretamente acima deles.

– *Señores y señoras!* – Lucía teve que gritar para ser ouvida, levantando os braços. – Enquanto os *payos* estúpidos explodem esta bela cidade, nós, *gitanos*, dançamos!

❋ ❋ ❋

De todas as lembranças que Meñique guardaria de sua Lucía no futuro, as horas que passaram presos no porão do Teatro Coliseum, quando a destruição da Espanha começou de verdade, seriam as mais vívidas.

Ela fez todo o aterrorizado *cuadro* levantar-se, insistindo em que os homens pegassem seus violões e as mulheres dançassem. Enquanto a guarnição do Exército era atacada pelos nacionalistas, o ruído dos tiros era abafado por uma dúzia de *gitanos* celebrando sua arte antiga, tendo uma senhora com uma vassoura como única plateia.

Às quatro da manhã, a cidade caiu em silêncio e, alimentado pelo medo, pela emoção e pelo álcool que José trouxera, o *cuadro* desabou no chão e dormiu.

Meñique acordou antes de todos, sentindo-se tonto pelo excesso de conhaque. Levou algum tempo para entender onde estava – o ambiente havia mergulhado na completa escuridão – e, quando entendeu, colocou as mãos no chão para encontrar as velas que havia guardado embaixo de seu casaco na noite anterior. Acendendo uma, viu que todos ainda dormiam, Lucía com a cabeça apoiada em seu ombro. Movendo-se com suavidade para apoiá-la em seu casaco, ele tomou a vela e, desorientado, procurou a porta de acesso ao térreo. Precisou de toda a sua coragem para abri-la, sabendo que, se não conseguisse, todos no porão já seriam verdadeiros mortos-vivos, enterrados sob os escombros do teatro acima deles.

Felizmente, a porta se abriu com facilidade e ele saiu para o corredor que levava aos camarins. O único sinal que revelava a violência da noite anterior era uma parte do teto de gesso que havia despencado. Meñique fez uma oração de agradecimento e atravessou o corredor até chegar à porta dos fundos. Abriu-a lentamente e olhou para fora.

O ar ainda estava cheio do pó grosso das inúmeras explosões, e o silêncio da cidade, em geral tão movimentada, era estranho. Ele olhou para cima e viu que o edifício em frente estava marcado por balas e granadas, com os vidros estilhaçados. Meñique abafou um soluço. Ele sabia que era o começo do fim para a sua amada Espanha.

Atordoado, ele voltou ao porão e observou o *cuadro*, que dormia pacificamente.

– Estou com sede – disse Lucía quando ele a acordou, balançando-a de leve. – Onde estamos?

– Estamos seguros, *pequeña*, é isso que importa. Vou subir até o bar no andar de cima e ver se consigo encontrar um pouco de água.

– Não me deixe.

Lucía se agarrou a ele, as unhas como garras em sua pele.

– Então venha comigo e me ajude.

Os dois subiram os degraus que levavam ao teatro, usando as velas para encontrar o caminho através do auditório deserto e chegar ao bar.

Lucía empilhou chocolates em cima das caixas que Meñique enchera com jarros de água.

– Tudo isso de graça! – exclamou ela, obviamente encantada, apesar das circunstâncias, enquanto enfiava os doces caros na boca.

– Você sabe que pode comprar quantos chocolates quiser, não sabe?

– Sim, mas essa não é a questão.

Ela deu de ombros.

No porão, as pessoas estavam acordando, avaliando como eles e a Espanha estavam naquela manhã.

– Devemos partir para Lisboa o mais depressa possível – declarou Lucía.

– Como chegaremos lá? Existem trens?

– Mais precisamente, como podemos obter os papéis para *atravessarmos* a fronteira? – perguntou Meñique.

– E como posso chegar até o apartamento para pegar o dinheiro que escondi sob o assoalho? – grunhiu José.

No final, ficou decidido que Meñique e José iriam se arriscar para tentar chegar aos seus apartamentos e pegar o que precisavam, e os demais ficariam em relativa segurança.

– Eu vou com você – decidiu Lucía. – Não posso chegar a Lisboa sem minhas roupas.

– Não haverá espaço para isso, Lucía. Não, fique aqui e comporte-se. Ninguém vai sair, a não ser eu e José, combinado?

– Combinado – responderam em coro os ocupantes do porão.

Meñique e José se aventuraram pela rua. José agora via o que Meñique já testemunhara.

– O que eles fizeram?! – disse ele, horrorizado, enquanto corriam pela rua, onde alguns moradores perplexos também haviam decidido se arriscar. – E de que lado nós estamos?

– Do nosso, José, do nosso. Agora, vamos ao apartamento.

Agradecendo a Deus por morarem a apenas duas quadras de distância, José foi buscar os papéis do *cuadro*, seu saco de pesetas e dois vestidos de Lucía, enquanto Meñique foi fazer o mesmo em seu próprio apartamento.

Após juntar o que pôde, Meñique olhou para baixo, pela janela, e viu que as ruas ainda estavam em silêncio. Então, por impulso, pegou as chaves de seu carro e partiu na direção do apartamento de Chilly e Rosalba, a dez minutos dali. Ele havia percorrido menos de 300 metros quando viu o bloqueio militar. Angustiado por não poder se certificar de que os amigos estavam em segurança, mas consciente de que Lucía esperava por ele no teatro, ele rapidamente deu meia-volta e dirigiu a curta distância até o apartamento dos Albaycíns, rezando para que ainda conseguisse passar. Quando chegou, José desceu correndo as escadas com tudo o que conseguiu carregar e eles empilharam os objetos no banco de trás.

– Esconda o que for de valor em sua roupa para que não vejam, caso sejamos parados.

José obedeceu, mas colocou o grande saco de pesetas entre as pernas, no banco do passageiro.

– Nem eu consigo enfiar isso em minhas calças – comentou, revirando os olhos.

Eles tinham percorrido apenas alguns metros quando viram um caminhão do Exército surgir de uma rua lateral. Uma mão foi levantada e Meñique parou o carro.

– *Buenos días, compadre.* Aonde você vai? – perguntou um oficial uniformizado, que desceu do veículo e se aproximou do carro.

– Ao teatro, para buscar a nossa família, que ficou presa lá durante os problemas da noite passada – explicou Meñique.

O homem estudou o carro, os olhos desconfiados fixos no saco entre as pernas de José.

– Saiam do carro agora!

José e Meñique acataram a ordem e o soldado apontou a arma para o peito de ambos.

– Passem as chaves. Estou confiscando o carro para uso dos militares. Agora, saiam daqui.

– Mas... minha filha é Lucía Albaycín! – gritou José. – Ela precisa de seus vestidos para o espetáculo de hoje à noite.

– Não haverá espetáculo hoje à noite – disse o soldado. – Haverá toque de recolher ao pôr do sol.

– Mas o carro... Minha mãe, ela é velha e doente e...

O soldado espetou no peito de José o cano de sua arma.

– Cale a boca, *gitano*! Não tenho tempo para discutir. Vá embora ou atiro em você aqui mesmo.

– Venha, José – disse Meñique. – *Gracias, capitán, y viva la republica.*

Ele puxou José pelo braço e o arrastou para longe do carro, não ousando olhar para trás até dobrarem a esquina e ficarem fora do campo de visão do soldado. Quando se sentiram seguros, José caiu de joelhos e começou a soluçar.

– Era tudo o que eu tinha! Está tudo acabado!

– Não diga bobagens! Nós ainda temos nossas vidas.

– Vinte mil pesetas, vinte mil...

– E você vai ganhar tudo outra vez, uma centena de vezes. Agora, levante-se. Vamos voltar para o teatro e descobrir um jeito de sair da Espanha.

Quando chegaram ao porão do teatro, todos os cercaram. Inconsolável, José continuava a soluçar.

– Eu deveria ter deixado o dinheiro onde estava, ou depositado num banco – lamentou-se José.

– Eu não me preocuparia – disse El Tigre. – Até amanhã, a peseta valerá tanto quanto um grão de areia na praia.

Lucía agarrou a mão de Meñique.

– Você trouxe os meus vestidos?

Ele franziu a testa.

– Não, mas tentei achar Chilly.

Por um momento, Lucía ficou constrangida.

– Você o encontrou?

– Não consegui chegar ao apartamento dele. Há muitos soldados nas ruas. Tudo o que podemos fazer agora é planejar nossa fuga e esperar que Chilly possa seguir para Lisboa mais tarde.

– Os trens estão funcionando? – indagou Lucía.

– Mesmo que estejam, não temos dinheiro para pagar as passagens para Portugal.

– Deve haver um cofre aqui – observou Sebastian. – E deve ficar no escritório. Sempre ficam.

– E como é que sabe disso, *señor*? – questionou Lucía, lançando um olhar suspeito para Sebastian.

– É apenas instinto.

– E, se houver um cofre, como vamos abri-lo?

– Novamente, *señorita*, acho que meu instinto pode me orientar.

Sebastian foi despachado para o andar superior, com Madame Vassoura, que havia revelado seu nome, Fernanda, e que sabia exatamente onde ficava o cofre. Enquanto isso, os outros discutiam a melhor maneira de fugir da capital devastada.

– E o que vai acontecer com os que ficarem? – Lucía balançou a cabeça. – *¡Ay!* Nosso país está se destruindo. O que será de Mamá? Meus irmãos e suas famílias?

– Se encontrarmos uma maneira de sair, então talvez possamos mandar buscá-los.

Fernanda retornou com um Sebastian satisfeito, trazendo uma sacola com cédulas e um grande punhado de moedas nos bolsos.

– Infelizmente, eles devem ter ido ao banco ontem de manhã, mas pelo menos nós temos muitas passagens para fora daqui – anunciou Sebastian.

– A questão é: para onde vamos? E como?

Fernanda murmurou algo no ouvido de Lucía.

– Ela disse que seu irmão é motorista de ônibus. Ele tem as chaves do ônibus porque o turno dele é no início da manhã, quando ninguém mais está acordado.

Todos olharam para Fernanda, que assentiu.

– Onde ele mora? – perguntou Meñique.

– Bem aqui ao lado. Vocês querem que eu diga a ele para trazer o ônibus até aqui?

– *Señora*, talvez não seja tão fácil assim. – Meñique suspirou. – A cidade está um caos e os militares já podem ter ocupado o terminal de ônibus.

– Não, não, *señor*, o ônibus está estacionado no ponto da esquina.

– Então, por favor, *señora*, deixe-me acompanhá-la para ver se seu irmão está disposto a nos conduzir até a fronteira.

– Ele vai exigir pagamento – disse ela, olhando para as moedas e notas agora empilhadas no piso do porão.

– Temos dinheiro, como pode ver.

– Então eu o levo até ele.

Meñique e Fernanda saíram. Cerca de meia hora depois, estavam de volta.

– Ele concordou – anunciou Meñique – e está trazendo o ônibus aqui para buscar todos nós.

Um rumor de satisfação ecoou e Fernanda foi sufocada por abraços e beijos.

– Alguém está nos abençoando. – Lucía sorriu para Meñique.

– Até agora, mas ainda há um longo caminho a percorrer.

Quando o ônibus chegou, Fernanda fez um sinal para que entrassem pela porta traseira. Eles embarcaram, mas a animação inicial por terem uma rota de fuga foi perdendo a força diante da visão da cidade sitiada.

– Conhece o caminho para a fronteira? – perguntou Meñique ao irmão de Fernanda, cujo nome era Bernardo.

– Confie em mim, *señor*, eu poderia levá-los de olhos vendados.

– Se ele mora bem ao lado, então por que a irmã não foi para o apartamento dele ontem à noite? – murmurou Meñique, sentando-se ao lado de Lucía.

– Talvez, na noite em que Madri pegou fogo, Fernanda estivesse vivendo a melhor noite de sua vida – disse Lucía, sorrindo.

Os passageiros do ônibus logo silenciaram, enquanto Bernardo – que ostentava uma longa barba grisalha e caracóis debaixo de seu chapéu – dirigia com segurança, habilmente desviando de pilhas de escombros e crateras que haviam surgido nas amplas avenidas.

– A elegante Madri arruinada pela violência de alguns. – Meñique balançou a cabeça. – Mesmo que a parte socialista em mim concorde que os nacionalistas devam ser derrotados, quem poderia imaginar uma coisa dessas?

– O que significa "socialista"? – perguntou Lucía.

Ela havia se encolhido na cadeira, descansando a cabeça no colo dele e fechando os olhos, incapaz de lidar com as cenas ao redor.

– Bem, *pequeña*, é complicado. Existem dois lados nesta guerra – explicou Meñique, acariciando seus cabelos. – De um lado, os socialistas, pessoas como nós, que trabalham duro e desejam que o país seja dirigido de uma forma justa... E há os nacionalistas, que desejam que o rei volte à Espanha...

– Eu gostei do rei. Uma vez, eu dancei para ele, você sabe.

– Eu sei que você dançou, *pequeña*. Bem, os nacionalistas são liderados por um homem chamado Franco, que é amigo do Hitler, da Alemanha, e do Mussolini, da Itália... Pelo que estão dizendo, Franco quer controlar tudo: para quem nós rezamos, como nós trabalhamos, nossas próprias vidas.

– Eu nunca deixaria ninguém me dizer o que fazer – sussurrou Lucía.

– Temo que, se ele conseguir controlar nosso exército, assim como o do Marrocos, nem você poderia enfrentar um homem como Francisco Franco. – Meñique suspirou. – Agora, durma.

Nas mãos habilidosas de Bernardo, o ônibus seguiu em frente. Estava claro que ele conhecia a cidade como a palma da mão, e Meñique se perguntou que anjo o teria enviado, e também sua irmã, até eles. Ninguém poderia ter sonhado com uma maneira mais inofensiva de transporte para levá-los ao outro lado da fronteira. Em pouco tempo, já estavam fora da cidade e seguiam por um campo aberto. Bernardo evitou aldeias e cidades, tecendo seu caminho através de campos e bosques, só por garantia.

O crepúsculo já descera quando eles finalmente chegaram à pequena cidade fronteiriça de Badajoz. O lugar estava repleto de veículos de todos os tipos, e a fila para o posto da fronteira se arrastava, sinuosa como uma cobra, ao longo da estrada principal. Havia carros e carroças puxados por mulas cansadas, carregadas com tudo o que havia nas casas das pessoas, e muitos iam a pé, as mulheres carregando seus filhos, os homens carregando seus bens mais preciosos.

– Por que está demorando tanto? – perguntou Lucía, com impaciência. – Será que não veem que estamos tentando passar?

Ela se levantou, foi até a frente do ônibus e apertou a buzina. O barulho se espalhou pela rua, assustando quem estava caminhando à frente deles.

– *Pequeña*, por favor, tenha um pouco de paciência. Não podemos atrair muita atenção para nosso ônibus – alertou Meñique, levando Lucía de volta a seu assento.

Era meia-noite quando eles chegaram à fronteira. Calmamente, Bernardo entregou os papéis da empresa ao guarda que havia subido no ônibus.

– Por que vocês querem entrar em Portugal? – perguntou ele aos passageiros.

– Ora, para dançar!

Lucía se levantou, saracoteando até a frente do veículo.

– Peço desculpas, senhora, mas nossas ordens são para deixar apenas os cidadãos portugueses entrarem hoje.

– Então devo me casar com um português. Talvez o senhor?

Ela sorriu para o guarda.

– Estamos aqui porque o *cuadro* de Lucía Albaycín tem um contrato para trabalhar em Lisboa – interveio Meñique depressa, meneando a cabeça para José, que rapidamente sacou o contrato.

O jovem guarda olhou para Lucía, reconhecendo-a.

– Eu vi o seu filme – disse ele, corando ao olhar para ela.

– *Gracias, señor.*

Lucía fez uma elegante reverência.

– Vou deixar a senhora passar, mas os outros terão que voltar.

– Mas, senhor, como posso me apresentar se não tiver meus violonistas, meus dançarinos e cantores? – Lucía bateu palmas para o *cuadro*. – Mostrem como nós tocamos!

Pegando seus violões sob seus assentos, José, Sebastian e Meñique imediatamente começaram a tocar enquanto Juana cantava.

– Está vendo? – Ela se virou para o guarda de fronteira. – O Teatro da Trindade em Lisboa espera por nós! Como posso decepcionar aquela maravilhosa cidade? De jeito nenhum. – Lucía balançou a cabeça. – Prefiro voltar para a Espanha com meus amigos. Não posso passar sem eles. Motorista, pode voltar.

Bernardo deu partida no motor e Lucía começou a retornar ao seu assento.

– Está bem, está bem, vou deixar vocês passarem. – O guarda enxugou o suor da testa. – Mas vou deixar registrado que vocês chegaram ontem, senão terei problemas com o meu chefe.

– Ah! Senhor... – Lucía se virou, abriu um sorriso deslumbrante e, em seguida, ficou na ponta dos pés para plantar um beijo no rosto do rapaz. – É muita gentileza. Nós agradecemos, Portugal agradece, e o senhor deve ir até os bastidores para pegar entradas para o espetáculo desta semana.

– Posso levar minha mãe? – indagou o guarda. – Ela amou o seu filme.

– ¡Sí! Traga toda a sua família.

Corando profusamente, o rapaz saiu do ônibus e Bernardo fechou as portas.

– Vá, Bernardo! – murmurou Meñique ao ver outro guarda de fronteira, que usava um capacete de ferro, aproximar-se do novo amigo da trupe, enquanto ele os deixava passar.

Cinco ou seis quilômetros além da fronteira, Bernardo dirigiu por um campo antes de fazer uma curva acentuada à esquerda e parar diante de uma pequena quinta. Ele caiu sobre o volante e Fernanda se levantou para ajudá-lo.

– Bernardo disse que não aguenta mais e precisa parar. Vamos descansar aqui esta noite.

– Ele está doente? – perguntou Meñique, preocupado.

– Não, ele disse que está velho demais para tantas emoções – respondeu Fernanda.

– Onde estamos? – indagou Lucía, sentando-se e olhando ao redor, um pouco atordoada.

– Na casa de nosso primo – afirmou Fernanda.

Todos desceram do ônibus, e um homem de meia-idade, com a esposa e os filhos, apareceu na porta da frente e olhou, surpreso, para as mulheres, ainda em seus vestidos de flamenco. Bernardo explicou a situação ao primo e, apesar de já ser quase uma da manhã, em pouco tempo toda a companhia estava sentada na parte de trás da fazenda comendo uma refeição de pão fresco, queijo e azeitonas recém-colhidas.

– Parece uma festa, mas sei que não é – disse Lucía para ninguém em particular.

Ela acendeu um cigarro, enquanto o restante da companhia terminava de comer. José também estava quieto, sem dúvida ainda lutando para aceitar a perda de suas preciosas pesetas.

Algum tempo depois, o *cuadro* se deitou em mantas num campo aberto, em torno de uma pequena fogueira, Lucía apoiada nos braços de Meñique, olhando as estrelas brilhantes no céu negro acima dela.

– Aqui a gente quase acredita que o que aconteceu em Madri na noite passada foi apenas um sonho ruim. – Lucía suspirou. – Tudo está exatamente igual.

– Bem, vamos rezar para que um dia possamos regressar.

– Se não pudermos, vamos simplesmente viver na fazenda com os primos de Fernanda, e eu vou dançar enquanto colho azeitonas. De alguma forma, nós chegamos até aqui.

– Chegamos.

Meñique assentiu.

– Todos exceto Chilly, é claro. – Lucía mordeu o lábio. – Será que vamos vê-lo novamente?

– Isso eu não sei. Tudo o que podemos fazer é rezar por ele e Rosalba.

– E o que você acha que vai acontecer com a Espanha, Meñique?

– Só Deus sabe, *pequeña*.

– Será que a guerra vai se alastrar pelo país? Se isso acontecer, preciso encontrar uma maneira de trazer Mamá e meus irmãos. Não posso deixá-los para trás.

– Vamos resolver um problema de cada vez, está bem? – Ele acariciou os cabelos de Lucía e os beijou. – *Buenas noches*, Lucía.

❂ ❂ ❂

Na tarde seguinte, eles chegaram a Lisboa completamente sujos, encharcados e exaustos pela longa viagem.

– Temos que encontrar um lugar para ficar. Não posso ir ver o *Señor* Geraldo com essa aparência e fedendo como uma porca – declarou Lucía. – Qual é o melhor hotel em Lisboa? – perguntou ela a Bernardo, que era uma fonte de conhecimento sobre tudo ali, uma vez que sua mãe era portuguesa.

– O Avenida Palace.

– Então vamos ficar lá – decidiu ela.

– Lucía, não temos dinheiro – disse José.

– É por isso que preciso me lavar e, em seguida, ver o empresário que nos contratou. Ele tem que antecipar uma parte de nosso cachê.

José revirou os olhos, mas, dez minutos depois, o ônibus parou em frente a um hotel grande, suas imponentes portas ladeadas por dois porteiros em belos uniformes vermelhos.

– Espere aqui, eu vou entrar.

Lucía desceu, seguida por Meñique. Passou marchando pelos porteiros e atravessou o saguão com piso de mármore até a recepção.

– Eu sou Lucía Albaycín – anunciou ela a uma surpresa recepcionista. – Eu e o meu *cuadro* estamos aqui para nos apresentarmos no Teatro da Trindade e precisamos de alguns quartos.

A mulher deu uma olhada na figura maltrapilha em seu vestido de flamenco imundo e logo chamou o gerente.

– Temos ciganos na recepção – murmurou ela, enquanto levava o gerente até os visitantes.

O homem se aproximou de Lucía já pronto para enfrentar problemas, mas pareceu reconhecer a dançarina e imediatamente sorriu.

– Lucía Albaycín, eu presumo?

– *Sí, señor*, estou feliz que alguém neste país desamparado me reconheça.

– É uma honra tê-la aqui. Eu vi seu filme três vezes – revelou o gerente. – Diga-me, o que posso fazer pela senhora?

Quinze minutos mais tarde, a companhia estava instalada em um conjunto de quartos luxuosos. Lucía ficou em uma suíte. Ela dançou pelo cômodo, roubando as maçãs e as laranjas da fruteira, assim como dois cinzeiros e uma barra de sabão do banheiro, escondendo tudo em um armário para levar com ela quando fosse embora.

– Precisamos comer – declarou ela quando o restante da companhia se reuniu em seu quarto. – Peçam alguma coisa do menu para mim, eu vou tomar um banho.

– Espero que o Geraldo esteja preparado para nos fazer um empréstimo. Estes quartos devem custar o resgate do rei Alfonso – resmungou José, bebendo o conhaque que encontrara no bar.

Quando o serviço de quarto chegou, eles se sentaram no chão da suíte e comeram avidamente, com as mãos. Fernanda e Bernardo – que falavam um português fluente – foram despachados para encontrar algo para Lucía vestir na reunião, uma vez que seu vestido de flamenco estava de molho na banheira.

– Como estou? – perguntou ela a Meñique uma hora mais tarde, girando no vestido com estampa vermelha que Fernanda encontrara no departamento infantil de uma loja local.

– Linda. – Ele sorriu e a beijou. – Devo ir com você?

– Não, é melhor eu ir sozinha – respondeu ela, caminhando em direção à porta.

Com Bernardo como seu protetor e tradutor, Lucía encontrou o escritório do empresário. O recepcionista afirmou que ele não estava, mas Lucía marchou em linha reta.

– Geraldo – disse ela, caminhando na direção do homem sentado atrás de uma elegante escrivaninha –, estou aqui!

O homem de bigode grande tirou os olhos da papelada que estava lendo e a estudou. Depois de alguns segundos, reconheceu-a e acenou para a recepcionista sair da sala.

– *Señorita* Albaycín, que prazer imenso conhecê-la pessoalmente – disse ele, em um espanhol passável.

– Digo o mesmo, senhor.

– Por favor, sente-se, e me desculpe pelo espanhol sofrível. É seu pai? – perguntou ele, indicando Bernardo, que estava de sentinela ao lado dela.

– Não, eu o trouxe para traduzir a conversa, mas vejo que não será necessário. – Lucía acenou com a mão, de maneira arrogante, para Bernardo. – Obrigada, pode esperar lá fora. Então onde está o teatro onde vou me apresentar?

– Eu... – Ele a encarou como se ela tivesse surgido em um sonho. – Eu devo admitir que estou surpreso em vê-la aqui.

– Nós não o deixaríamos na mão, senhor. – Lucía sorriu, sentando-se na cadeira em frente a ele. – Por que a surpresa?

– Madri, é claro... O ataque nacionalista... Não pensei que conseguiriam vir. A senhorita deveria ter estreado na noite passada.

– Eu sei disso, mas pode imaginar que foi um pouco difícil deixar o país. Estamos aqui agora, e é isso que importa. Viemos com a roupa do corpo. Nosso dinheiro foi tomado pelos militares, então tenho que lhe pedir um adiantamento de nosso cachê para nossas acomodações.

– Bem... – O empresário enxugou a testa. – Quando ouvi há poucos dias o que estava acontecendo, e não tive notícias suas, supus que não viriam. Então eu... – Ele pigarreou. – Eu contratei outra companhia que estava... disponível. Eles estrearam ontem à noite e foram um sucesso, pelo que me disseram.

– Fico feliz por eles, senhor, mas agora vai ter que dispensá-los, *sí*? Estamos aqui, como prometido.

– Eu entendo, mas a senhorita está atrasada e eu... bem, eu cancelei o seu contrato.

Lucía franziu a testa.

– Senhor, talvez eu não tenha compreendido direito seu espanhol. Certamente não disse que cancelou o nosso contrato, disse?

– Temo que sim, *Señorita* Albaycín. Não podíamos deixar o teatro vazio ontem à noite. Lamento que tenha vindo de tão longe, mas o contrato estipulava que a senhorita devia chegar a tempo para o ensaio técnico, o que não foi cumprido. – Ele se levantou, foi até um arquivo, procurou em algumas pastas, tirou um documento e o colocou sobre a mesa. – Aqui está.

Lucía olhou para o papel, para aquelas palavras sem sentido desenhadas na página. Respirou profundamente, como Meñique a ensinara, antes de falar:

– Senhor, sabe quem eu sou?

– Sei, senhorita, e é lamentável que...

– Não é "lamentável"! É um desastre. Sabe o que fizemos para chegar a Lisboa para nos apresentarmos em seu teatro?!

– Não, senhorita, mas posso imaginar e saudar a sua coragem.

– Senhor... – Lucía se levantou, apoiou as pequeninas mãos na escrivaninha com tampo de couro e se inclinou para a frente, de modo que seus olhos ficassem a poucos centímetros de distância dos dele. – Para cumprir nosso contrato, arriscamos nossas vidas. Tudo o que possuíamos foi levado pelos militares, e o senhor está sentado em sua cadeira grande e confortável dizendo que o nosso contrato foi cancelado?!

– Peço desculpas, senhorita. Por favor, entenda que as notícias que vinham da Espanha não eram boas.

– E por favor entenda, senhor, que quer nos deixar sem dinheiro e sem trabalho num país estranho!

Ele olhou para ela e deu de ombros.

– Não há nada que eu possa fazer.

Lucía bateu os punhos na mesa.

– Então que assim seja!

Lucía se virou com tal velocidade que mechas de seus longos cabelos chicotearam o rosto dele. Disparou até a porta e então se virou.

– O senhor vai se arrepender do que fez comigo hoje. – Ela apontou um dedo para ele. – Eu o amaldiçoo, senhor, eu o amaldiçoo!

Quando ela saiu, o empresário estremeceu e pegou a garrafa de conhaque em cima da escrivaninha.

❀ ❀ ❀

De volta ao hotel, Sebastian, o arrombador de cofres, foi instruído a esvaziar os bolsos e entregar todas as pesetas que havia roubado, menos as que deviam a Bernardo por levá-los até ali.

– Quanto por cada quarto? – perguntou Meñique a Lucía.

– O gerente não disse. Ele acredita que sou uma estrela de cinema tão rica que não preciso saber. Rá!

Meñique foi enviado para ver os preços das tarifas no quadro atrás da recepção. Voltou balançando a cabeça.

– Temos o suficiente para cobrir o custo de um dos quartos menores. Por uma noite.

– Então precisamos encontrar uma maneira de ganhar o resto – afirmou Lucía. – Meñique, você me acompanha até o térreo para uma bebida no bar?

– Lucía, não temos dinheiro para beber num lugar como este.

– Não se preocupe, não vamos pagar. Vou retocar minha maquiagem e vamos descer.

No térreo, o grande e elegante bar estava lotado. Os olhos de Lucía analisaram o local, enquanto Meñique, com relutância, pedia bebidas para ambos. Sentada no banco alto do bar, ela levantou seu copo em um brinde.

– A nós, querido, e à nossa fuga milagrosa. – Ela bateu seu copo no dele. – Agora, tente relaxar e parecer que está se divertindo – acrescentou ela, entre dentes.

– O que estamos fazendo aqui? Não podemos nos dar ao luxo desta extravagância, Lucía, e...

– As pessoas importantes de Lisboa devem frequentar este bar. Alguém vai me reconhecer e nos ajudar.

Como se aproveitasse a deixa, uma voz masculina se elevou atrás dela:

– *Señorita* Lucía Albaycín! É realmente a senhorita?

Lucía se virou e olhou nos olhos de um homem que lhe parecia vagamente familiar.

– *Sí, señor*, sou eu. – Lucía estendeu a mão para ele, tão regiamente quanto qualquer rainha. – Já nos vimos antes?

– Não. Eu me chamo Manuel Matos, e meu irmão, Antonio Triana, a conhece, eu creio.

– Antonio! Naturalmente! Que dançarino maravilhoso ele é! Nós nos apresentamos juntos uma vez em Barcelona. Como está ele?

– Estou esperando notícias dele da Espanha. Imagino que as coisas estejam difíceis.

– Sim, mas, como pode ver, não tão difíceis que nos impedissem de chegar aqui em segurança.

– Então sua presença entre nós me dá esperanças de que ele esteja em segurança. A senhorita está se apresentando aqui em Lisboa?

– Fomos contratados para isso, sim, mas visitamos o local e o consideramos inadequado.

– É mesmo? Então vão embora? Para Paris, talvez?

– Talvez, mas eu e a companhia achamos Lisboa tão agradável... E, claro, o hotel. – Lucía deslizou sua pequena mão pelo balcão. – O hotel tem se mostrado uma excelente acomodação.

– Preciso apresentá-la aos meus amigos do Café Arcadio. Muitas pessoas gostariam de vê-la se apresentar antes de sua partida.

– Bem, se tivermos tempo, senhor, adoraríamos fazê-lo.

– Então eu a levarei lá amanhã. Sete da noite é um bom horário?

– É possível nesse horário?

Lucía se virou para Meñique.

– Estou certo de que podemos encontrar espaço em nossa agenda, se desejar, senhor – respondeu ele, passando segurança.

– É nossa obrigação, Agustín – disse Lucía, com firmeza, fazendo questão de usar o nome de batismo dele –, como um favor a um velho amigo. Então iremos às sete, sim?

– Vou avisar meus amigos.

– Agora, deve nos perdoar, mas temos um jantar marcado, *señor*.

Lucía esvaziou seu copo e se levantou.

– É claro. Até amanhã, então – afirmou Manuel, fazendo uma reverência antes que Meñique seguisse Lucía para fora do bar.

– Aonde estamos indo? – perguntou Meñique, quando saíram do hotel e começaram a caminhar pela calçada.

– Ao nosso compromisso, é claro. – Lucía continuou a andar até chegarem ao final do edifício, e então levou Meñique até o beco na lateral do hotel. – Tenho certeza de que há uma entrada para funcionários que podemos usar para chegar ao nosso quarto.

Meñique pegou a mão dela e a apertou contra o muro de pedra atrás deles.

– Lucía Albaycín, você é impossível!

Então a beijou.

25

N a noite seguinte, depois de lavarem seus trajes fedidos na banheira da suíte de Lucía, o *cuadro* foi até o Café Arcadio. A grandeza de Lisboa rivalizava com a de Madri, e o estabelecimento, com sua majestosa entrada *art nouveau*, imediatamente indicava a riqueza de sua clientela. Manuel esperava por eles do lado de fora, vestindo um smoking preto impecável e gravata-borboleta.

– A senhorita veio! – exclamou ele, abraçando Lucía.

– *Sí, señor*, mas não podemos ficar por muito tempo, pois fomos convidados para dançar em outro lugar mais tarde. Podemos entrar?

– Claro, mas...

– Algum problema, senhor? – Meñique percebeu a hesitação do homem.

– O gerente, bem, parece que ele não é muito fã de flamenco...

– Ele não gosta de *gitanos*? – questionou Lucía. – Então vou falar com ele.

Lucía empurrou Manuel e abriu a porta do café. O interior estava esfumaçado. O burburinho parou quando Lucía abriu caminho entre as mesas até o bar no fundo.

– Onde está o gerente? – perguntou ela a um garçom atrás do balcão.

– Eu... – Nervoso, o garçom hesitou enquanto o restante dos *gitanos* se juntava a Lucía. – Vou chamá-lo.

– Lucía, não! Você pode dançar em outros lugares! – alertou-a Meñique. – Não vamos nos apresentar onde não somos bem-vindos.

– Olhe ao redor, Meñique – disse Lucía em voz baixa, indicando, com um pequeno aceno de cabeça, os clientes nas mesas logo atrás. – São *payos* ricos, e precisamos do dinheiro deles.

O gerente surgiu, cruzando os braços, na defensiva, como se estivesse pronto para uma luta.

– Senhor, eu sou Lucía Albaycín e vim com meu *cuadro* dançar em seu café. O *Senõr* Matos – Lucía indicou Manuel – me disse que o senhor tem muitos clientes que apreciam as artes e teriam apreço por nosso trabalho.

– Pode ser verdade, mas nenhum cigano jamais se apresentou em meu café. Além disso, não tenho dinheiro para pagar vocês.

– Na verdade, o senhor não *deseja* nos pagar, pois está evidente no terno que usa e na maneira como seus clientes estão vestidos que vivem bem.

– *Señorita* Albaycín, a resposta é não. Agora, por favor, peço à senhorita e à sua trupe que saiam do café sem arranjar confusão, antes que eu chame a polícia.

– Senhor, pelo seu perfeito espanhol, sei que é um de nós, *sí*?

– Sim, eu sou de Madri.

– E sabe o que aconteceu em nosso país? E o que fizemos para estar aqui, em Lisboa, e dançar para os senhores?

– Ouvi falar sobre os problemas, é claro, mas não lhe pedi que viesse...

– Então vou perguntar aos seus clientes se querem me ver dançar. E contar a eles como fomos forçados a nos exilar de nosso país, só para sermos expulsos por um dos nossos compatriotas!

Lucía virou-se e puxou a cadeira de uma mesa próxima. Apoiando-se no ombro de Meñique, ela subiu na cadeira e bateu palmas bem alto. Quando seus pés começaram a sapatear na cadeira, acompanhando as palmas, o salão fez silêncio. Lucía subiu na mesa, e os fregueses que a ocupavam pegaram seus copos antes que o ritmo contínuo dos pés os fizesse voar.

– *¡Olé!* – gritou ela.

– *¡Olé!* – repetiram seu *cuadro* e uns poucos clientes.

– Vejam só, *señores y señoras*, o gerente não quer que dancemos. No entanto, viemos da Espanha, arriscando nossas vidas no caminho para fugir de nossa amada pátria, com nada além do que temos no corpo.

Manuel traduziu as palavras de Lucía para o português.

– Então, os senhores querem que eu e meus amigos dancemos?

Ela observou o público.

– Sim! – veio a resposta de uma das mesas.

– Sim! – veio o grito de outra mesa, até todo o bar apoiar Lucía.

– *Gracias*. Então vamos dançar.

Mesas foram afastadas para abrir espaço para o *cuadro*, e o gerente puxou Lucía de lado.

– Eu não vou pagar, senhorita.

– Esta noite, dançaremos de graça, senhor, mas amanhã... – Lucía cutucou as costelas magras do homem – ... o senhor vai implorar para me pagar.

❀ ❀ ❀

Meñique observou Lucía devorar o pão com carne – o único alimento que o hotel foi capaz de preparar às três da manhã. Ele estava exausto, não apenas pela apresentação, mas pelo trauma dos últimos dias, porém Lucía permanecia inabalável, sentada no chão, festejando com a companhia o triunfo da noite.

Como ela consegue?, perguntava-se ele. Ela parecia tão frágil, mas seu corpo era capaz de suportar todo tipo de castigo que ela lhe infligisse, e sua mente e suas emoções eram como uma armadilha de aço que se fechava ao redor de qualquer infelicidade que acontecesse, permitindo que ela despertasse pronta para abraçar cada novo dia.

– Agora podemos ficar aqui! – Lucía bateu palmas como uma criança. – E podemos comprar roupas novas. Precisamos encontrar algum tecido adequado amanhã. E uma costureira.

– Talvez seja melhor procurarmos um hotel mais barato, quem sabe um apartamento para todos nós... – murmurou José.

– Papá, pare de se preocupar. Ontem, poderíamos ter sido atirados na prisão pelo gerente do hotel por pedirmos quartos pelos quais não tínhamos como pagar. Hoje à noite, fomos aplaudidos por centenas de pessoas. E a notícia vai se espalhar, tenho certeza. – Lucía foi até o pai e o abraçou. – Outro conhaque, Papá?

– Vocês podem comemorar, mas eu vou dormir. – Meñique foi até Lucía e beijou o topo de seus macios cabelos negros.

❀ ❀ ❀

Tudo indicava que a confiança de Lucía, de que conquistaria um lugar nos corações dos portugueses, não era falsa. Semana após semana, as multidões em frente ao Café Arcadio cresciam, com centenas de pessoas clamando para entrar e ver o fenômeno que era La Candela. Era quase como se, diante de um novo desafio, Lucía dobrasse a ferocidade e a paixão de seu desempenho. Além disso, a emoção de ver a essência do grande país vizinho, devastado pela guerra civil, só alimentava o fervor do público diante do flamenco. No entanto, ao mesmo tempo que a persona pública de Lucía chegava ao auge com que ela tanto ansiava, sua vida pessoal tornava-se cada vez mais desalentadora. Todas as manhãs, ainda deitada na cama na suíte, ela pedia a Meñique que lesse em voz alta as notícias da Espanha e o fazia relatar tudo o que ouvia dizer nos bares de Lisboa.

– Eles assassinaram Lorca, nosso maior poeta, em Granada – contou Meñique, com amargura. – Não vão parar diante de nada a destruição de nosso país.

– ¡Dios mío! Eles chegaram a Granada! O que será da Mamá? De meus irmãos?! Enquanto estou aqui sentada como uma rainha, eles podem estar morrendo de fome, ou mesmo mortos! Talvez eu deva entrar em contato com Bernardo, pedir a ele que me leve de ônibus de volta a Granada...

– Lucía, a Espanha está um caos. Você não pode voltar – repetiu Meñique pela centésima vez.

– Mas não posso simplesmente deixá-los lá! Minha mãe sacrificou tudo pelos filhos! Talvez as coisas sejam diferentes em Pamplona, mas, em Sacromonte, a família é tudo.

– Sua mãe não é responsabilidade sua, *pequeña*. É de seu pai.

– Você sabe tão bem quanto eu que Papá se preocupa apenas com seu dinheiro e o gargalo de uma garrafa de conhaque. Ele nunca assumiu nenhuma responsabilidade por Mamá, ou por mim e meus irmãos. O que podemos fazer por eles? – Lucía retorcia as mãos delicadas enquanto lágrimas brotavam em seus olhos. – Você tem muitos amigos *payos* em posições elevadas.

– Eles *estavam* em posições elevadas, Lucía, mas quem sabe a situação deles agora?

– Mas você poderia escrever para eles. Descobrir como arranjar documentos para minha família viajar para cá. Por favor, preciso de sua ajuda. Se você não me ajudar, volto para a Espanha e faço alguma coisa eu mesma.

– Não, é muito perigoso, *pequeña*. Salazar está apoiando Franco na Espanha, e há espiões nacionalistas aqui por toda parte. Basta um sussurro conspiratório e...

– Quem é esse Salazar? Como ele ousa nos espionar? – gritou Lucía.

– Ele é o primeiro-ministro de Portugal, Lucía. Você não ouve nada do que eu digo?

– Só quando é acompanhado por seu violão, *mi amor* – respondeu ela, com sinceridade.

❀ ❀ ❀

No domingo seguinte, sem nenhuma apresentação planejada para a noite e cansado das súplicas de Lucía, Meñique pediu emprestado o automóvel de Manuel Matos e dirigiu de volta à fronteira espanhola. Já fazia mais de um mês que estavam em Portugal, mas ele esperava se lembrar da localização da quinta onde se refugiaram na noite em que atravessaram a fronteira. Antes de partir de Lisboa com Fernanda, Bernardo dissera que eles não voltariam à Espanha. Em vez disso, esperariam o fim da guerra na propriedade com seus parentes, que ele insinuou serem seus parceiros de longa data em refugiar companheiros durante a Grande Guerra.

– Diga a ele que vamos pagar o que for necessário para subornar os funcionários essenciais – dissera Lucía.

Algumas horas mais tarde, após uma série de investidas interrompidas por estradas esburacadas, Meñique chegou a uma pequena quinta. Para seu alívio, era a que estava procurando.

– Agora, tenho que rezar para que eles ainda estejam aqui – disse a si mesmo quando saiu do carro e correu para bater na porta.

Uma figura familiar a abriu.

– Fernanda! Graças a Deus! – Meñique respirou, aliviado.

– O que aconteceu? Lucía está doente?

– Não, não, não é nada disso. Bernardo está em casa?

– Sim, estamos comendo bolo. Venha.

Meñique sentou-se e escutou as tristes notícias que Bernardo e seu primo lhe contaram sobre sua pátria dilacerada pela guerra, ouvidas de viajantes que cruzavam a fronteira para Portugal.

– É o caos. Eu não voltei desde que os nacionalistas ocuparam a fronteira em Badajoz. É perigoso demais.

– Então talvez você não possa nos ajudar.

– De que vocês precisam? – Fernanda cutucou Bernardo com o cotovelo. – Lembre que foi graças a nossos amigos do teatro que escapamos a tempo.

– Lucía disse que, se eu não encontrar uma maneira de ajudar seus parentes a sair da Espanha, vai pessoalmente atrás deles. E todos nós sabemos que é bem capaz de fazer isso. Ela se ofereceu para pagar o que for preciso.

Bernardo olhou para Ricardo, seu primo, que balançou a cabeça.

– Até mesmo para nós é arriscado demais neste momento.

– Mas vocês dois têm contatos na Espanha, deve haver uma maneira – suplicou Fernanda. – Pense, se fosse a nossa *mamá*, Bernardo, você faria qualquer coisa para ajudá-la.

– Às vezes eu penso que você quer me ver morto, mulher – replicou Bernardo.

– Nós podemos conseguir os papéis – disse Ricardo –, mas o problema é a cidade de Granada. A Guarda Civil e os esquadrões fascistas estão assassinando cidadãos às centenas nas ruas. Eles não se importam de arrastar um homem para o meio da rua e atirar nele na frente dos filhos. A prisão da cidade está transbordando e ninguém está seguro, *señor*.

– Como sabe tanto sobre a cidade? – Meñique o encarou.

– Temos um parente que chegou aqui na fazenda, vindo de Granada, há apenas uma semana.

– Como ele escapou, se a fronteira está fechada?

– Ele se escondeu em traseiras de caminhões e atravessou perto de Faro.

– Então existe uma maneira – observou Meñique.

– Há sempre uma maneira, *señor* – rebateu Ricardo –, mas, para ser honesto, mesmo se chegássemos à cidade, não temos certeza de que encontraríamos a família da *Señorita* Albaycín ainda com vida. Seu povo, o povo de Sacromonte, tem ainda menos amigos do que os civis em geral, como sabe.

– Eu sei, mas eles estão acostumados a não ter amigos. Lucía está convencida de que a mãe está viva, e sua intuição geralmente está certa. Talvez o senhor possa investigar como conseguir os papéis de que a família precisa para atravessar a fronteira e decidir se está preparado para nos ajudar. – Meñique pegou a pilha de escudos que Lucía havia roubado do esconderijo do pai. – Eu aguardo uma resposta de vocês. – Meñique deixou um cartão sobre a pilha de cédulas. – Me enviem um telegrama com a resposta.

– Vamos tentar de tudo para ajudá-lo – disse Bernardo, olhando para o pesado saco de moedas e, em seguida, para sua esposa e sua irmã. – Adeus por enquanto.

Três dias depois, Meñique recebeu um telegrama:
NÓS VAMOS PT VENHA NOS VER ANTES DE PARTIRMOS PT BER-
NARDO PT

❂ ❂ ❂

Para o restante da trupe e diante de seu público extasiado, Lucía não deixava transparecer nenhum traço de sua angústia. Entretanto, sozinha com Meñique durante a noite, enquanto os dias passavam sem nenhuma palavra de Bernardo, ela se encolhia em seus braços como uma criança que necessita de proteção.

– Quando é que vamos ter alguma notícia? A cada dia que passa, eu temo pelo pior.

– Lembre-se. – Meñique ergueu o queixo dela. – Nesta vida difícil que levamos na Terra, só nos resta ter esperança.

– Sim, eu sei, e preciso acreditar. Amo você, meu querido.

Meñique acariciou os cabelos de Lucía, que adormeceu em seus braços, e pensou que talvez a única bênção do momento fosse que Lucía se encontrava em seu estado mais vulnerável. Pela primeira vez desde que se conheceram, ele sentia que os dois compartilhavam um medo secreto, que não podia ser expressado em palavras e que os unia. Apenas naquele momento ele sentiu que a possuía – experimentava aquela sensação de união, naquele momento, com ela em seus braços. E, ao menos por isso, ele estava agradecido.

❂ ❂ ❂

Seis semanas depois, em um tempestuoso dia de outono de 1936, um mensageiro bateu à porta da suíte.

– *Señor*, há... convidados esperando lá embaixo. O gerente sugeriu que subissem imediatamente.

O mensageiro engoliu em seco, parecendo envergonhado.

– É claro – respondeu Meñique, entregando a ele uma gorjeta pelo trabalho. – Estamos esperando por eles.

Meñique fechou a porta e foi acordar Lucía, que ainda estava dormindo, embora já passasse das duas da tarde. Na noite anterior, houvera quatro bis e eles só retornaram às cinco da manhã.

– *Pequeña*, temos visitas.

Lucía acordou no mesmo instante e observou a expressão de Meñique.

– São eles?

– Não sei, o rapaz não disse os nomes, mas...

– *Dios mío*, por favor, que seja Mamá, e não Bernardo para nos dizer que ela está morta...

Cinco minutos mais tarde, Lucía estava vestida com calças e uma blusa. Entrou na sala no mesmo instante em que alguém bateu à porta.

– Você atende, ou quer que eu vá lá? – perguntou Meñique.

– Você... Não, eu... Sim.

Com os punhos cerrados de ansiedade, ela foi até a porta.

Meñique a viu fazer o sinal da cruz e respirar fundo antes de abrir. Alguns segundos depois, ouviu um grito de alegria antes de Lucía entrar com uma mulher esquelética e um rapazinho, que segurava um violão, e fechar a porta com firmeza.

– Mamá está *aqui*! Ela está aqui! E meu irmão, Pepe, também!

– Sejam bem-vindos. – Meñique levantou-se e andou até eles. – Aceita alguma bebida, *Señora* Albaycín?

Meñique percebeu que María mal conseguia se manter em pé. O menino, que parecia bem mais saudável, deu um sorriso tímido.

– Temos que pedir um banquete! Mamá me disse que não come uma boa refeição há meses – afirmou Lucía, guiando a mãe até uma cadeira e a ajudando a se sentar. – O que gostaria de comer, Mamá? Qualquer coisa que você imaginar eu consigo para você.

Lucía se ajoelhou e tomou as mãos da mãe, que pareciam pequenos pássaros.

Meñique viu que a mulher estava atordoada, seus olhos nervosos percorrendo o quarto luxuoso.

– Qualquer coisa. – María limpou a garganta. – Qualquer coisa serve, Lucía. Talvez pão. E água.

– Vou pedir tudo o que tem no cardápio! – anunciou Lucía.

– Não, de verdade, apenas um pouco de pão.

Lucía convocou um mensageiro e lhe deu uma lista de tudo o que eles queriam, enquanto Meñique estudava a mãe de Lucía e o menino, que ele presumiu ser o irmão mais novo dela. Não havia dúvida de que era filho de José, pois era a cara do pai. Segurava o violão junto ao corpo como se fosse feito de ouro, como se fosse tudo o que sobrara de seus pertences, o que provavelmente era verdade.

As pálpebras de María fecharam quando ela se sentou na cadeira, lançando uma cortina sobre todos os horrores que seus olhos haviam testemunhado.

– Já pedi a comida – disse Lucía, retornando ao quarto e vendo que a mãe adormecera. – Pepe, foi uma viagem muito ruim?

– Não. Eu nunca tinha andado de carro, então foi divertido.

– Vocês tiveram algum problema no caminho? – indagou Meñique.

– Fomos parados só uma vez. Bernardo deu à *polícia* muitas pesetas e nos deixaram entrar. – Pepe sorriu. – Eles tinham uma arma e estavam prontos para atirar.

– Bernardo ou a polícia?

– Os dois – respondeu ele, os olhos arregalados em seu rosto fino.

– Pepe... – Lucía aproximou-se dele e se ajoelhou, sussurrando para não perturbar a mãe. – Onde estão Eduardo e Carlos? Por que não vieram com vocês?

– Eu não sei onde meus irmãos estão. Carlos foi à loja de móveis na cidade há algumas semanas e nunca mais voltou, então Eduardo saiu para tentar encontrá-lo e desapareceu também. – Pepe deu de ombros.

– E as esposas e os filhos deles? Por que não vieram com vocês?

– Ninguém queria ir embora sem saber o que tinha acontecido com eles.

Lucía se virou e viu que María havia despertado.

– Eu tentei convencer minhas noras, mas elas se recusaram.

– Bem, talvez elas venham quando Eduardo e Carlos forem encontrados.

– Se forem encontrados algum dia. – María suspirou fundo. – Centenas de homens desapareceram em Granada, Lucía, *payos* e *gitanos*. – Ela pôs a mão trêmula no coração. – Perdi três dos meus filhos para aquela cidade... – Sua voz parou, como se ela não tivesse energia ou coragem suficientes para pronunciar as palavras. – Ramón também desapareceu. Ele saiu para o laranjal e não voltou...

– *Dios mío* – murmurou Meñique em voz baixa, fazendo o sinal da cruz.

Ouvir relatos sobre a tragédia da Espanha de alguém que havia perdido e sofrido tanto despertou em Meñique sentimentos que nenhuma reportagem de jornal jamais conseguiria. Lucía chorava descontroladamente.

– Mamá. – Ela se aproximou da mãe e abraçou seu corpo esquálido. – Pelo menos agora você e Pepe estão em segurança.

– No começo, Mamá disse que não viria – contou Pepe –, mas eu falei que não a deixaria lá sozinha, então ela veio por mim.

– Eu não poderia carregar também a morte de Pepe em minha consciência. – María deu um suspiro. – Ele teria morrido em Sacromonte. Não havia comida... nada, Lucía.

– Bem, agora há, Mamá, e vai chegar logo, tanto quanto você conseguir comer.

– *Gracias*, Lucía, mas será que tem uma cama onde eu possa descansar primeiro?

– Deite-se na minha. Venha, vou ajudá-la.

Meñique observou Lucía quase carregar a mãe para o quarto. Depois olhou para Pepe.

– Eu bem que poderia tomar um conhaque. E você?

– Não, *señor*, Mamá proíbe álcool em nossa casa. E só tenho 13 anos.

– Perdoe-me, achei que fosse mais velho. – Meñique sorriu para Pepe enquanto se servia do conhaque no decantador. – Parece que você foi muito corajoso – disse ele, tomando um gole da bebida.

– Eu não, *señor*. Quando a Guarda Civil veio à nossa rua, procurando jovens para levar à força, Mamá me escondeu no estábulo, sob a palha. Eles não me encontraram, então levaram a mula.

– Entendo.

Meñique se viu sorrindo de novo. Ele gostou do garoto. Mesmo sendo tão jovem, seu jeito calmo e seu senso de humor claramente não o haviam abandonado depois daqueles meses devastadores e perigosos.

– Então você teve sorte.

– Mamá disse que era a única coisa boa de ser um *gitano*: os policiais não tinham nenhum registro do meu nascimento.

– Verdade, verdade – concordou Meñique. – Você toca um pouco? – Ele indicou o violão que o menino ainda estava segurando.

– *Sí*, mas nada como o senhor. Eu ouvi suas gravações. Nem como Papá. Mamá me disse que ele é o melhor. Ele está aqui? Eu não o conheço e gostaria muito de encontrá-lo.

– Acho que ele está em algum lugar do hotel, mas ontem à noite tocamos até muito tarde. Ele ainda deve estar dormindo – respondeu Meñique, desesperado para ganhar algum tempo até conversar com Lucía.

Apesar de José ter abandonado a família, era óbvio que María havia criado seu filho mais novo para amar e respeitar seu pai. Essa simples ideia já era suficiente para trazer lágrimas aos seus olhos. Ele se levantou, serviu-se de outra dose e ouviu uma batida à porta quando o serviço de quarto chegou.

– ¡Dios mío! – Pepe arregalou os olhos quando viu os dois carrinhos carregados de comida. – É um banquete para o rei da Espanha!

Lucía entrou no quarto, extasiada com o cheiro da comida.

– Mamá está dormindo. Vamos guardar alguma coisa para ela comer mais tarde. Vou acordar o restante do cuadro e contar a maravilhosa notícia.

– Sim, e você deve dizer a seu pai que seu querido filho, Pepe, está aqui, animado para finalmente conhecê-lo.

Meñique piscou para Lucía e ela compreendeu o aviso.

– É claro. Estou certa de que ele ficará feliz em conhecer você também, Pepe.

Lucía saiu do quarto e caminhou pelo piso acarpetado do corredor até o quarto do pai. Não se preocupou em bater e foi logo entrando. O quarto cheirava mal devido à fumaça do cigarro e ao álcool. José estava dormindo, roncando como um porco.

– Acorde, Papá, tenho uma surpresa para você! – gritou ela em seu ouvido. – ¡Papá!

Lucía o balançou, mas ele apenas gemeu, então ela foi ao banheiro, encheu uma caneca com água e respingou um pouco em seu rosto.

José reclamou, mas acordou depressa.

– O que foi? – indagou ele, enquanto lutava para se levantar.

– Papá, preciso lhe dizer algo. – Lucía sentou-se na beira da cama e tomou as mãos do pai. – Enviei Bernardo com o primo para resgatar Mamá em Granada. E ela chegou! Está bem aqui na minha suíte, dormindo agora, mas trouxe más notícias...

– O quê? – José levantou a mão para interrompê-la. – Você está dizendo que sua mãe está aqui em Lisboa?

– Sim.

– Por quê?!

– Porque, se ela tivesse ficado na Espanha, seria morta! Um de nós tinha que fazer algo para salvá-la. Eduardo e Carlos estão desaparecidos, junto com milhares de homens em Granada. Lamento, Papá, mas usei o dinheiro que você esconde sob o assoalho para pagar pelo resgate.

José olhou para a filha, fazendo de tudo para se livrar da ressaca e entender o que ela estava dizendo.

– Eduardo e Carlos estão mortos?

– Vamos torcer para que não estejam, mas Mamá disse que eles não foram vistos nas últimas semanas. Ouça, Papá, há outra coisa que você deve saber antes de eu levá-lo até Mamá.

– Lucía! – José levantou a mão para interrompê-la. – Você não entende que ela me odeia? Eu a abandonei e fui para Barcelona com você. É provável que ela me ataque com socos assim que me vir. Talvez seja melhor eu ficar aqui.

José puxou o lençol até o queixo, como que para se proteger.

– Não, Papá, ela não vai te "atacar". Ela não te odeia. Ela ainda te ama, embora eu não consiga entender por quê, mas... – Lucía foi direto ao ponto: – Não é isso que eu queria lhe contar.

– Existe alguma coisa pior do que sua mãe chegando a Lisboa?

Lucía se controlou para não dar um tapa na cara do pai. Apesar de tudo o que ele fizera por ela, a recusa em aceitar suas responsabilidades familiares a transtornava, a irritava mais do que ela poderia suportar.

– Papá, Pepe está aqui.

– E quem é Pepe?

– Seu filho mais novo. Quando você partiu comigo para Barcelona, Mamá estava grávida.

José olhou para ela, perplexo.

– Acho que ainda estou dormindo e que tudo isso é um pesadelo! Quando sua mãe veio me ver em Barcelona, ela não mencionou que estava grávida.

– Ela não sabia...

– Ou talvez o filho não seja meu.

O som de um tapa bem dado ecoou pelo quarto quando Lucía perdeu a última gota de controle.

– Como você *ousa*, Papá? Abandonar e desrespeitar sua esposa e a mãe de seus filhos dessa maneira! Você é uma vergonha!

Lucía tremia de raiva. Embora nenhuma filha *gitana* desrespeitasse o próprio pai, aquilo já era demais.

– *Você...* – disse ela, com o dedo perto do nariz dele. – É melhor você ouvir o que eu estou lhe dizendo. Mamá criou o filho para amar e respeitar o pai, mesmo sem tê-lo conhecido. Ele não sabe nada sobre as "tias" que têm compartilhado a cama do pai, ou seu amor pelas garrafas de conhaque. Sabe apenas que o seu *papá* é um famoso violonista que teve que se afastar da família para sustentá-la.

– *¡Mierda!* Ela está aqui por dinheiro, é isso?

– Você não ouve nem uma palavra do que eu digo ou é apenas ignorante? – Lucía estava gritando com ele agora. – Só porque a sua mente e o seu coração estão cheios de cobras, isso não significa que os de Mamá também estejam. Aquele rapaz acredita que vai encontrar um pai que ficará tão feliz ao vê-lo quanto ele ficará ao ver você.

– Você está se esquecendo de uma coisa, Lucía. Ninguém jamais me disse que eu tinha um filho. É culpa minha?

– Por que você nunca está errado?! Tudo na vida é sempre culpa de outra pessoa, não é? Você sabe muito bem que abandonou sua família, você cortou Mamá da minha vida, você nem sequer me dizia que ela enviava presentes de aniversário! Eu não a vi por mais de dez anos! E, quando consegui visitá-la, ela me fez jurar que não contaria a você sobre Pepe. Enfim – ela balançou a cabeça, desesperada –, não há mais nada que eu possa dizer. Faça como quiser, mas Mamá e Pepe estão aqui para ficar.

Lucía saiu do quarto, sentindo o sangue ferver em suas veias. Foi até a janela do corredor, abriu-a com força e respirou fundo algumas vezes. Quando se acalmou o suficiente para retornar ao quarto, ela abriu a porta e escutou o som de violões vindo lá de dentro. Meñique estava tocando com Pepe, ambos perdidos em mundos próprios. A cena a acalmou e a fez sorrir. Mesmo que seu pai não se comportasse como deveria em relação ao filho, talvez Meñique preenchesse esse vazio.

– *Dios mío.* – Meñique respirou com força quando os dois terminaram de tocar. – Lucía, Pepe herdou o talento do pai! Temos um novo recruta para nosso *cuadro*!

– Ele só tem 13 anos, Meñique – lembrou Lucía.

– E você era ainda mais nova quando começou a dançar, Lucía. Não se lembra?

– *Gracias, señor.* – Pepe olhou timidamente para Meñique. – Mas só toquei para parentes e vizinhos, em casamentos e *fiestas*.

– Como todos nós fizemos uma vez – disse Meñique para tranquilizá-lo. – Vou ajudá-lo, e tenho certeza de que seu pai também vai.

– Ele já está acordado, Lucía? – perguntou Pepe, cheio de esperanças.

– Sim, ele está se vestindo e vem vê-lo muito em breve. Está animado para conhecer você. Enquanto esperamos, gostaria de tomar um banho? – sugeriu Lucía. O cheiro do corpo sujo de Pepe infestava o quarto.

– Um banho? Tem um barril aqui?

Confuso, Pepe olhou em torno da suíte de luxo.

– Tem um cômodo onde há um vaso sanitário e uma banheira, que você enche com água das torneiras.

– Não acredito! – Pepe arregalou os olhos, incrédulo. – Posso ver?

– É claro que pode. – Lucía lhe estendeu a mão. – Venha comigo.

Meñique observou-os sair, refletindo sobre a personalidade multifacetada de Lucía. Ela estava sendo quase maternal com Pepe e havia pagado uma fortuna para salvar a mãe e o irmão...

Nos vinte minutos seguintes, ele caminhou a esmo pela sala.

– A família é tudo – repetiu as palavras de Lucía e deu um suspiro.

Meñique se perguntou se a chegada de mãe e filho atrapalharia o grupo unido que haviam formado. Houve uma tímida batida à porta da suíte.

– Aqui é José – disse uma voz atrás dela.

– Suponho que eu esteja prestes a descobrir – murmurou Meñique quando foi abri-la. – *Hola*, José. Você está todo arrumado.

– Estou aqui para cumprimentar o filho que eu não sabia que tinha – disse ele num sussurro rouco, parado na soleira da porta e olhando, nervoso, para o interior da suíte.

– Sim, eu sei.

– E a minha esposa? Onde está?

– Ainda dormindo. A viagem a exauriu. Entre, José. Lucía levou Pepe para tomar seu primeiro banho.

– Como ele é?

– É um bom menino, muito bem educado pela mãe e um talentoso violonista.

– Você acha que ele é meu mesmo? – sussurrou José, sentando-se.

Depois se levantou de novo e começou a andar de um lado para outro.

– Quando você o vir, poderá julgar por si mesmo.

– Meus outros filhos, Eduardo e Carlos... Lucía me disse que estão desaparecidos. – José colocou a mão na testa. – Que manhã cheia de surpresas. Acho que vou tomar um conhaque.

– Melhor não – aconselhou Meñique. – Você vai precisar de toda a sua sobriedade nas próximas horas.

– Sim, você está certo, mas...

Naquele instante, Lucía e o menino saíram do banheiro. Pepe estava usando uma camisa limpa e calça comprida.

– Ele pegou algumas de suas roupas emprestadas, Meñique, embora a calça tenha ficado curtas demais – disse ela, brincando com o menino. – Você é alto como o pai. E aqui está ele! – declarou Lucía, os olhos fixos em José. – Papá, venha dizer olá para o filho que você sempre desejou conhecer.

– Eu... – José analisou o rapaz de cima a baixo, absorvendo sua aparência e percebendo que Lucía falara a verdade. Seus olhos se encheram de lágrimas. – Meu filho! Você é igual a mim quando eu tinha a sua idade. Venha aqui, *hijo*, e me deixe abraçar você.

– Papá...

Hesitante, Pepe foi até o pai. José abriu os braços e puxou o rapaz para perto, chorando copiosamente.

– Todos esses anos, não posso acreditar! Não posso.

Lucía aproximou-se de Meñique, precisando também de um abraço. Estava emocionada com a reação de José, que parecia tão genuína.

Então a porta do quarto de Lucía se abriu e revelou a presença de María. Ela observou o marido e o filho juntos, seus olhos também transbordando de lágrimas. Lucía a encarou e meneou a cabeça.

– Olhe só quem está aqui, Papá – disse ela.

José se virou e viu sua esposa. Os olhos escuros dela estavam arregalados em seu rosto fino.

– María.

– Sim, José. Tenho certeza de que você sabe que nossa filha salvou a minha vida e a de nosso filho e nos resgatou de Granada.

– Eu sei.

José caminhou lentamente em direção a ela, a cabeça baixa como um cão derrotado à espera de bronca. Ele parou a meio metro de distância e ergueu os olhos para encará-la, lutando para encontrar as palavras certas. O silêncio parecia infinito, até que Meñique o quebrou.

– Estou certo de que vocês têm muito que conversar. Por que não os deixamos sozinhos e vamos apresentar Pepe ao resto do *cuadro*?

– Sim! – Lucía se agarrou à sugestão de Meñique. – Venha, Pepe, você ainda não conheceu sua tia Juana. Ela vai ficar boba de ver como você é alto.

Lucía estendeu a mão para Pepe, cujos olhos fitaram com determinação os pais – era a primeira vez em sua curta vida que os via juntos. Ela pegou a mão do menino e o puxou em direção à porta, seguida por Meñique.

– Nos vemos mais tarde – disse ela aos pais. – E, então, vamos comemorar esse reencontro.

Com um último olhar intenso para José, Lucía conduziu Meñique e Pepe para fora.

❂ ❂ ❂

– O que ele disse, Mamá? – sussurrou Lucía, enquanto conversavam sentadas no chão da suíte para terminar a comida que Lucía havia encomendado mais cedo.

– Ele se desculpou.

María deu de ombros enquanto partia um pedaço de pão.

– E você?

– Eu aceitei. O que mais poderia fazer? Pepe teve muitos sonhos destruídos. Pelo bem dele, não vou destruir outro. Foi o que eu disse a José. E, como você sabe... – María baixou a voz ainda mais – Eu também não sou inocente quanto à traição.

– Não, Mamá, você está enganada. Seu marido abandonou você e seus filhos durante catorze anos! Ramón esteve ao seu lado e a ajudou.

– *Sí*, Lucía, mas eu sou, e era, uma mulher casada. Talvez eu devesse ter resistido...

– Não, foi ele quem a manteve viva quando Papá e eu partimos. Você não deve se sentir culpada.

– Ramón tratava Pepe como um filho. Ele o amava muito... Cuidou dele como se fosse seu... – comentou María.

– Como você fez com as filhas dele depois que perderam a mãe, lembra? – Lucía deu um soco exasperado no chão. – Por que é que as pessoas más nunca sentem culpa ou assumem a responsabilidade pelo mal que causam? Por que todas as pessoas de bem, que não fizeram nada de errado, continuam se punindo?

– Seu pai não é um homem mau, Lucía, é apenas fraco.

– Você continua arranjando desculpas para o comportamento dele!

– Não, eu apenas compreendo quem ele é. Eu não era suficiente para ele, e pronto.

Lucía percebeu que era inútil continuar a conversa.

– Então vocês são amigos?

– Ah, sim. – María assentiu. – Seu pai me perguntou se poderíamos esquecer o passado e começar de novo.

– E o que você respondeu?

– Que nós poderíamos esquecer o passado, mas não tenho energia para "começar de novo". Existem algumas coisas que não podem ser desfeitas, jamais.

– Como o quê?

María mordeu um pequeno pedaço de pão e o mastigou, pensativa.

– Eu não vou dividir a cama com ele outra vez. A ideia dele sobre "dividir" é diferente da minha e, sendo quem ele é, eu sei que não iria durar, mesmo que ele acredite que sim. Não posso passar por essa dor novamente. Você entende?

– Sim, Mamá.

– Tente imaginar se Meñique dissesse que ama você, que você é a única para ele e, em seguida, você descobrisse que ele tinha dito a mesma coisa para muitas outras, conforme os interesses dele.

María fez um esforço para engolir. Seu estômago havia encolhido tanto que qualquer pedaço de comida era difícil de digerir.

– Eu cortaria os *cojones* dele à noite, enquanto estivesse dormindo – declarou Lucía.

– Tenho certeza de que cortaria, querida, mas você não sou eu, e eu sofri essa humilhação muitas e muitas vezes.

– Talvez Papá tenha mudado. Os homens mudam quando envelhecem. E eu juro que não vi nenhuma mulher perto dele desde que fui visitar vocês em Sacromonte.

– Bem... – María fez uma careta quando o pão desceu. – Isso já é alguma coisa, suponho. Não se preocupe, Lucía, nós concordamos que, por causa de Pepe e por mais ninguém, ficaremos juntos. Pepe, acima de qualquer um, deve acreditar no nosso amor.

– Você ainda o ama Papá?

– Ele é o amor da minha vida e sempre será, mas isso não quer dizer que eu aguentaria ser enganada outra vez. Eu envelheci e aprendi o que meu coração pode tolerar e o que não pode. Então vou dormir com Juana.

– Não, Mamá! Você vai ter um quarto só para você. Vou agora à recepção providenciar isso.

– *Gracias*, Lucía. – María colocou a mão sobre a da filha. – Sei que é natural desejar um reencontro verdadeiro entre nós, mas não pode ser assim.

– Entendo, Mamá, é claro. Talvez no futuro, *sí*?

– Eu aprendi a nunca dizer nunca, *querida mía*. – María deu um sorriso fraco. – Por enquanto, estou feliz por estar segura e por Pepe ter finalmente conhecido o pai. Nunca poderei lhe agradecer o bastante, Lucía.

– E hoje à noite, Mamá, pela primeira vez em tantos anos, você vai me ver dançar!

– Vou, sim, mas talvez seja melhor eu descansar primeiro para estar pronta para apreciar sua arte.

– Mas eu ia levá-la às compras! Comprar um vestido novo para você.

– Amanhã – respondeu María com a voz fraca, levantando-se da mesa. – Vamos ver um vestido novo amanhã.

❀ ❀ ❀

– Acho que Mamá pode estar doente – disse Lucía a Meñique assim que ficaram sozinhos na suíte com os restos do banquete.

– Lucía, talvez você espere demais dela. Sua mãe não está doente, só está fraca pelos meses de fome que passou, sem falar no choque de estar aqui e ver o marido pela primeira vez em catorze anos.

– Espero que você tenha razão. Precisamos fazer o possível para que ela se recupere. E ainda não sei se está feliz por ter vindo para cá.

– Lucía... – Meñique tomou um gole de seu café amargo. – Nenhum de nós sabe como é decidir abandonar dois filhos que ama para salvar outro. Ela veio aqui por Pepe, não por si mesma.

– *Sí*, mas espero que ela esteja um pouco feliz por estar aqui. Agora, tenho que ir às compras e escolher um vestido para Mamá usar hoje à noite. Quero que ela esteja linda. Você vem comigo?

Como sempre, Meñique concordou, sabendo que teria que esquecer sua *siesta*, tão necessária antes da apresentação da noite.

Ao deixar a suíte, ele também se perguntou sobre a maturidade emocional de Lucía e se seu desejo de reunir os pais estaria enraizado numa necessidade de ser absolvida da culpa absurda que carregava por ter causado a separação dos dois.

❂ ❂ ❂

María ouvia as conversas dos clientes elegantes do Café Arcadio. Embora não entendesse o que diziam, ela sabia que aqueles *payos* eram muito ricos, o que era evidente pelas roupas que usavam e pela bebida cara que pediam. Até agora, passara no máximo por um *payo* na rua, mas ali estava ela, usando uma roupa tão elegante quanto as deles, com os cabelos arrumados num penteado encantador criado por Juana.

E estavam todos ali para ver sua filha, Lucía Albaycín, a pequena *gitana* de Sacromonte. E pensar que ela havia conquistado os corações e as mentes de *payos* em outro país! Era demais para assimilar.

– Parece que estou sonhando! – Pepe ecoou os pensamentos da mãe enquanto tomava um gole da cerveja que lhe haviam comprado e arriscava uma olhada ao redor. – A fila para entrar está cada vez maior. Acredita que estamos realmente aqui, Mamá, entre *payos* portugueses?

– Acredito, e tudo graças à sua irmã, que nos resgatou – respondeu María.

– E a Papá – acrescentou Pepe. – Ele me disse que deu os escudos para subornar os funcionários e conseguir nossos papéis.

– E a ele também, naturalmente – concordou María, esboçando um leve sorriso.

Como se os tivesse escutado, José apareceu.

– Vamos começar em cinco minutos. – Seus olhos varreram o corpo de María. – Você está linda esta noite. Praticamente não mudou desde que tinha 15 anos.

– *Gracias.*

María baixou os olhos, esforçando-se para ignorar os comentários.

– Agora preciso me preparar.

José fez uma reverência.

– Mas Lucía ainda não chegou.

– Já chegou, sim, María, mas toda noite ela fica lá fora conversando com aqueles que não podem entrar – explicou ele, indo em seguida juntar-se aos outros membros do *cuadro*, reunidos no fundo do café.

– Lucía é muito famosa, *sí*, Mamá?

– Muito – confirmou María, tão maravilhada quanto o filho.

Os membros do *cuadro* tomaram seus lugares no palco e o público aplaudiu e gritou. José e Meñique começaram o aquecimento e María viu Pepe sorrir de alegria.

– Papá é tão talentoso, não é? Talvez mais do que Meñique.

María olhou para o filho e observou a adoração incondicional em seus olhos. Isso a fez querer chorar novamente.

– Sim, ele é, assim como você.

Quando Pepe bebeu outro gole de sua cerveja, María tirou a garrafa de sua mão com firmeza.

– Não, querido. O álcool é ruim para os dedos.

– Sério? Então por que vi Papá bebendo na hora do almoço?

– É porque ele já aprendeu o que tinha para aprender. Agora, assista ao show.

José e Meñique improvisaram mais alguns minutos até que, de repente, os dedos de José pararam.

– Mas onde está La Candela? – José olhou ao redor e a plateia prendeu a respiração. – Ela não está aqui e não podemos começar sem ela.

– Estou aqui – disse uma voz vinda da entrada do café.

Toda a plateia se virou ao som da voz de Lucía e começou a gritar e aplaudir. Ela levantou a mão, silenciando todos, e atravessou a multidão, a longa cauda de seu vestido de flamenco – cujo comprimento rivalizava com o de uma rainha – seguindo-a como se fosse uma serpente. Subiu ao palco e, com habilidade, sacudiu o pulso para manobrar a cauda com autoridade.

– *¡Arriba!*

– *¡Olé!* – gritou o público em resposta.

– Agora podemos começar.

José fez um floreio com o violão assim que Lucía começou a se mexer.

Como todos os outros no salão, María assistiu, petrificada, àquela criatura tão cheia de fogo e paixão que mal podia reconhecer como sua própria filha.

Como você se desenvolveu, querida mía, pensou ela, ouvindo o público aplaudir em êxtase, e então ela se juntou a eles em uma ovação de pé. *Você é simplesmente magnífica.*

Naquela noite, José também parecia ter descoberto um novo nível de desempenho. Ele acompanhou a filha a cada batida, parecendo saber exatamente quando deveria deixar que os pés dela assumissem o comando.

– Minha irmã é incrível! – sussurrou Pepe, enquanto Lucía completava suas *alegrías* e todo o café se levantava, exigindo bis.

Ela acenou para acalmá-los.

– *Sí*, vocês terão o bis, mas somente se meu convidado especial se juntar a nós no palco. Venha, Pepe.

Lucía acenou para o irmão e todos os olhos no café se voltaram para o menino.

– Eu não posso, Mamá! – Pepe entrou em pânico. – Eu não sou bom como eles!

María pegou o violão do filho, que Lucía havia insistido que ele levasse.

– Vá, junte-se à sua irmã, Pepe.

Tremendo, Pepe caminhou até o palco. Meñique levantou-se e, com um gesto cavalheiresco, ofereceu a Pepe sua cadeira. O garoto se sentou ao lado do pai, que sussurrou algo em seu ouvido.

– *Señoras y señores*, permitam-me apresentar a vocês José e Pepe, pai e filho, tocando juntos pela primeira vez! – anunciou Lucía, colocando-se, com sua cauda, na lateral do palco.

Quando Pepe levantou o violão e o colocou na posição, José estendeu a mão para segurar o ombro do filho, fez um sinal com a cabeça e começou a tocar. Depois de alguns segundos, Pepe juntou-se a ele timidamente, observando os dedos do pai e acompanhando o ritmo. María prendeu o fôlego, enquanto Pepe lutava para controlar os nervos. Ela só relaxou depois que, finalmente, os olhos do filho se fecharam e seus ombros se afrouxaram. Ela observou José parar de tocar de repente, ao constatar que Pepe tinha confiança para continuar sozinho. Perdido em seu próprio mundo, assim como Lucía sempre que dançava, Pepe movia os dedos pelas cordas como aranhas ligeiras e ágeis. Seu solo provocou aplausos estrondosos, e então Meñique, José e Lucía juntaram-se a ele, levando a apresentação a um crescendo brilhante que deixou o público a seus pés, gritando por mais.

José levantou-se e puxou o filho, abraçando-o. Incapaz de se conter, María permitiu que as lágrimas caíssem livremente pelo seu rosto.

Lisboa

Agosto de 1938
Dois anos depois

26

– Recebi uma proposta para nos apresentarmos em Buenos Aires – anunciou José, sentando-se com Lucía e Meñique na suíte deles.

– Não foi lá que nasceu La Argentinita? – perguntou Lucía ao pai.

– Ela nasceu na Argentina, sim.

– E onde fica a Argentina? Nos Estados Unidos da América?

– Não, é na América do Sul, ou América Espanhola, se você preferir – explicou Meñique, revirando os olhos diante da geografia confusa de Lucía.

– Eles falam espanhol lá?

– Sim. Vamos recusar, é claro – disse José.

– Por quê? – Lucía estreitou os olhos. – Estamos em Portugal há dois anos e estou cansada de ser uma exilada num país que fala uma língua diferente. Em Buenos Aires, vou entender o que todo mundo está dizendo! Papá, eu quero ir.

– Nós não vamos, Lucía – declarou José, com firmeza.

– Por que não?!

– Teríamos que tomar um navio e passar muitos dias na água para chegar lá. Como você bem sabe, querida, nenhum *gitano* cruzou a água e viveu para contar a história – respondeu José solenemente.

– Por favor, não me venha com essa velha superstição outra vez! Eu morri quando cruzei o rio Darro para deixar Sacromonte e atravessei a ponte para a Alhambra? Havia centenas de nós, Papá, e ninguém deixou a Terra.

Um deles, sim, pensou María, que estava sentada em silêncio no fundo, costurando um babado para o novo vestido de flamenco de Lucía.

– O rio Darro nos acolheu por centenas de anos. O ponto que nós atravessamos tem poucos metros de largura, não é um oceano onde precisaremos viver por semanas! Além disso...

– Além disso o quê, Papá? – perguntou Lucía.

– Somos um sucesso aqui em Lisboa. Temos tudo o que queremos. Você não é conhecida em Buenos Aires, Lucía, e teríamos que começar tudo do zero.

– E não é isso que temos feito a vida inteira, Papá?

– La Argentinita é a rainha lá...

– Você está com medo dela? Eu não! Estou entediada aqui e, apesar do monte de dinheiro que ganhamos, há outros países que precisam ver o que eu faço. – Lucía virou-se para Meñique. – Você não concorda?

– Eu acho que é uma oportunidade interessante – respondeu Meñique, com diplomacia.

– É mais do que isso. – Lucía lançou um olhar desafiador para ele e se levantou. – É o destino. Pode mandar um telegrama dizendo que estarei lá. Vocês decidem se querem ou não ir comigo.

Lucía se retirou do quarto, enquanto seus pais e Meñique se entreolhavam, tensos.

– É uma loucura ir embora daqui quando tudo está tão bem – disse José. – Enquanto não podemos voltar ao nosso país, desfrutamos de uma boa vida bem perto, em Portugal.

– De fato – concordou Meñique –, mas estou cada vez mais preocupado com a situação política mais ampla da Europa. Vivemos uma vida precária aqui, José. Eu fiz o possível para nos proteger de informantes, embora a fama de Lucía atraia todos os olhos para nosso pequeno *cuadro*. E quando a *policía* de Salazar se cansar de nós, *gitanos*, e nos enviar de volta para a Espanha para sermos assassinados? E quando Adolf Hitler confrontar a França e a Grã-Bretanha a ponto de estourar uma guerra total...

– *Hombre*, você lê muito jornal e passa noites demais conversando com seus *compadres payos* – comentou José, com desdém. – Não há nada mais perigoso do que atravessar os oceanos. Você está tentando nos atrair para nossa morte!

– José, com todo o respeito, só estou tentando fazer o que é melhor para todos nós. Eu tenho um forte pressentimento de que devemos sair de Portugal enquanto é possível e enquanto as fronteiras estão abertas. – Meñique voltou-se para María. – O que você acha?

María sorriu para ele, agradecida. Não era sempre que ela era convidada a dar sua opinião. Ela procurou as palavras certas.

– Eu acho que a fome de minha filha por mostrar seu talento nunca será saciada. Ela ainda é jovem e deseja escalar montanhas mais altas. Como todos nós fizemos um dia. – María lançou um olhar para José. – É *ela* que o público quer ver, que fornece o nosso pão de cada dia. E, independentemente de como nós nos sentimos a respeito disso, acho que devemos satisfazer o apetite dela por conquistar outros países.

María deu de ombros, se desculpando, e voltou os olhos de novo para sua costura.

– Você fala com bom senso, esposa – disse José, depois de alguns segundos. – Você não acha, Agustín?

– Sim – respondeu ele, aliviado por María ter concordado, mas sofrendo com o comentário sincero, porém doloroso, de que era Lucía que o público queria ver. – E, se descobrirmos que eu estava errado, existem navios de volta para Portugal. Ou, se tivermos sorte um dia, para a Espanha.

– Então, sou minoria. – José suspirou. – Embora eu não tenha certeza de que o restante do *cuadro* vá nos seguir.

– É claro que vai. – A agulha de María fez uma pausa e José a encarou. – Eles sabem que não são nada sem Lucía.

Mas será que ela sabe que não é nada sem nós?, pensou Meñique.

❋ ❋ ❋

– *¡Dios mío!* Por que fizemos isso? – gemeu Lucía, inclinando-se para o lado na cama para vomitar dentro do balde que Meñique havia colocado lá. – Por que o oceano tem tanta água?

– Tenho certeza de que você vai melhorar logo, *pequeña*.

– Não. – Lucía arrastou o corpo de volta para a cama e segurou nas laterais do leito quando o navio adernou para a direita. – Vou morrer antes de chegar à costa, sem dúvida. E os tubarões vão comer o meu corpo, e será minha culpa, porque eu quis vir.

– Bem, se você não comer nada, eles não terão uma boa ceia – afirmou Meñique, que era o único do *cuadro* que não estava com enjoo desde que o *Monte Pascoal* deixou o porto de Lisboa, uma semana antes. – Agora vou procurar alguém para limpar aqui. Trago mais alguma coisa para você? – perguntou ele, abrindo a porta.

– Um anel de noivado seria maravilhoso! – gritou ela quando a porta se fechou atrás de Meñique.

＊ ＊ ＊

– Vamos jantar com o capitão hoje à noite – declarou Lucía três dias depois, enquanto prendia os cabelos e passava ruge no rosto, que ainda traía a palidez do enjoo.

– Você está bem para isso, *pequeña*? – perguntou Meñique.

– É claro! O capitão convidou especialmente a mim, e não posso recusar, senão ele pode resolver encalhar o navio – disse ela, com uma pitada de ironia. – Agora venha.

O jantar com o capitão foi agradável. Ele ofereceu a todos bons vinhos e os garçons trouxeram pratos e mais pratos, que apenas Meñique conseguiu comer. José sentou-se ao lado dele, conversando acaloradamente com o capitão, que era um grande aficionado de música flamenca.

– Vocês devem ter ouvido as notícias da Inglaterra – comentou o capitão. – O primeiro-ministro, Chamberlain, prometeu "paz para o nosso tempo". Sem dúvida, ele vai manter Hitler na linha.

– Está vendo, *hombre*? – disse José, batendo no ombro de Meñique. – Paz! Não precisávamos nos aventurar neste mar miserável, afinal! Ah, que saudade da Espanha...

– Ah, meu amigo... – falou o capitão, inclinando-se para a frente e derramando conhaque no copo de José. – Quando você vir o esplendor de Buenos Aires e da Argentina, nunca mais vai querer partir.

＊ ＊ ＊

– Acabei de passar na cabine de Mamá, mas estava vazia! – declarou Lucía, exultante, no dia seguinte.

– E daí? Ela pode estar em qualquer lugar do navio.

– Não às seis da manhã. Então fui quietinha à cabine de Papá. E adivinha o que aconteceu?

– Me conte.

– Abri a porta e vi os dois na cama juntos, nos braços um do outro. Não é maravilhoso? – Lucía realizou um rápido *zapateado* em torno da cama. – Eu sabia! Eu simplesmente sabia.

– Sim, é uma boa notícia que eles tenham deixado o passado para trás, pelo menos por enquanto.

– Meñique! – Lucía enfrentou o violonista, com as mãos nos quadris. – O verdadeiro amor é para sempre, *sí*?

– É claro. Agora, vou praticar uma nova canção com Pepe.

Antes que a frase dela também o deixasse enjoado e ele vomitasse no balde, Meñique saiu da cabine.

Enquanto o *Monte Pascoal* navegava pela costa do Brasil, o clima pelo menos animou os espíritos de seus passageiros. O *cuadro* subiu ao convés, deleitando-se no calor, como os tubarões que tanto temiam. Agora, toda a energia deles estava focada na preparação para a chegada à Argentina. Até mesmo Lucía, que estivera ausente devido aos enjoos, dignou-se a ensaiar com eles.

– Meñique? – disse ela, uma noite antes de atracarem em Buenos Aires.

– Sim, *pequeña*?

– Você acha que podemos fazer sucesso na Argentina?

– Se tem alguém que pode, esse alguém é você, Lucía.

A mão pequenina de Lucía tocou a dele.

– Eu posso ser melhor do que La Argentinita?

– Isso eu não sei responder. Aqui é a pátria dela.

– Eu serei – afirmou Lucía, convicta. – *Buenas noches,* querido.

Ela deu um beijo no rosto de Meñique e se virou para o outro lado.

Na manhã seguinte, o navio logo chegou ao porto de Buenos Aires. O *cuadro* estava no convés, todos vestidos para a ocasião, em suas melhores roupas, os cabelos engomados com gel.

– Mesmo se não houver ninguém aqui para nos saudar, vamos agir como se esperássemos que houvesse – sussurrou Lucía para Meñique, enquanto observavam a prancha de desembarque ser baixada.

Lucía ficou na ponta dos pés para enxergar, por cima da amurada, a multidão no cais.

– Eles se parecem e falam como nós! – exclamou ela, com alegria.

– Lucía! La Candela! – gritou uma voz abaixo deles.

– Alguém acabou de gritar meu nome!

Lucía olhou para Meñique, surpresa e feliz. Então virou-se para trás e acenou.

– Estou aqui! – gritou, o som das gaivotas atuando como um coro improvisado.

O *cuadro* Albaycín caminhou pela prancha, suas malas de papelão enfeitadas com ramos de ervas amarrados com lenços para afastar a má sorte.

– ¡*Hola, Buenos Aires!* – gritou Lucía quando pisou em solo argentino pela primeira vez. – Eu não morri!

Ela abraçou o resto do clã. Uma barreira de flashes foi disparada em seus rostos e um homem andou em direção a eles.

– Onde está Lucía Albaycín? – perguntou ele.

– Estou aqui. – Lucía abriu caminho através da multidão.

– É a senhorita?

O homem olhou para a mulher pequenina, cuja cabeça não chegava a seu ombro.

– *Sí*, e quem é você?

– Sou Santiago Rodríguez, o empresário que a trouxe aqui, senhorita.

– *Bueno*, você paga e nós dançamos para Buenos Aires!

Gritos e aplausos vieram dos presentes.

– Qual é a sensação de estar em solo argentino?

– Maravilhosa! Meus pais, meu irmão e até a minha mala ficaram enjoados no mar! – respondeu ela, sorrindo. – Mas agora estamos aqui, e seguros.

Os flashes pipocaram mais uma vez quando o *Señor* Rodríguez abraçou a forma minúscula de Lucía, e mais gritos e aplausos encheram o ar.

– Então – murmurou Meñique –, que comece um novo circo...

Tiggy

Sacromonte, Granada
Espanha
Fevereiro de 2008

27

— gora estou com sono – anunciou Angelina, trazen-do-me de volta do passado. – Sem mais histórias até eu ter descansado.

Fitei Angelina e vi que seus olhos estavam fechados. Ela estava falando havia cerca de uma hora e meia.

Minha vontade era correr de volta ao hotel, pegar papel e caneta e anotar tudo o que Angelina havia contado, para não esquecer nem uma palavra. A maioria das crianças tinha o luxo de ter seu passado ligado a seu presente e seu futuro. Foram educadas em um ambiente que aceitavam e compreendiam. No meu caso, era como se eu estivesse assistindo a um curso intensivo sobre a minha linhagem, que não poderia ser mais diferente da vida que levei desde que fora tirada dali por Pa. De alguma maneira, eu precisava colar as duas Tiggys em uma só, e sabia que isso levaria algum tempo. Em primeiro lugar, era preciso chegar a um acordo com essa nova Tiggy do *presente* que eu estava descobrindo.

– Hora do almoço.

Pepe levantou-se e foi até a entrada da gruta.

– Posso ajudá-lo? – perguntei, seguindo-o até uma cozinha antiga.

– *Sí*, Erizo. Os pratos estão ali.

Ele apontou para um armário de madeira esculpida, que se parecia muito com o que eu imaginava que Carlos, o filho de María, havia feito tantos anos atrás.

Peguei os pratos enquanto ele tirava comida de uma geladeira velha, que apitava e fazia outros sons estranhos.

– Você se importaria se eu desse uma olhada rápida no lugar? Gostaria de ver onde eu realmente nasci.

– *Sí*, é por ali. – Pepe indicou a parte de trás da gruta. – Angelina dorme lá agora. O interruptor fica à esquerda.

Atravessei a cozinha e abri uma cortina esfarrapada. Eu me atrapalhei na escuridão até encontrar o interruptor e, de repente, o quarto foi iluminado por uma única lâmpada. Vi uma cama velha de ferro forjado, coberta com uma manta colorida de crochê. Olhei para o teto oval caiado de branco e soltei um suspiro de admiração. Como era possível que, sendo então apenas um bebê, eu me lembrasse tão vivamente de ser levantada em direção àquele teto por braços fortes e seguros?

Ao sair do quarto, de repente me senti tonta e pedi a Pepe um copo de água.

– Vá se sentar com Angelina.

Pepe me entregou o copo e eu lhe obedeci, movendo a cadeira para a sombra de um arbusto perfumado.

Pepe chegou com uma bandeja transbordando e, enquanto Angelina acordava, eu o ajudei a colocar tudo na mesa.

– Nós comemos comida simples aqui – declarou ele, antes que eu torcesse o nariz para o pão fresco, o prato de azeite de oliva e a tigela de tomates bem redondos.

– Isso é perfeito para mim. Eu sou vegana.

– O que quer dizer essa palavra? – indagou Pepe.

– Que não como carne, peixe, leite, manteiga nem queijo.

– ¡Dios mío! – Os olhos de Pepe varreram meu corpo de cima a baixo com surpresa. – Não é à toa que está tão magra!

Apesar da simplicidade da comida, eu sabia que jamais esqueceria o sabor daquele pão mergulhado em azeite caseiro e tomates frescos. Olhei para Angelina e Pepe no outro lado da mesa e fiquei impressionada ao ver como eram diferentes um do outro, embora fossem tio e sobrinha. Entretanto, se alguém duvidasse de que pertenciam à mesma família, a maneira fluida como se moviam e a inflexão de suas falas denunciavam o parentesco. Eu me perguntei o que teria herdado deles.

– Em breve, precisamos apresentar você ao resto de sua família em Sacromonte – comentou Angelina.

– Eu toco meu violão – disse Pepe, estalando os dedos e usando-os para enrolar o imenso bigode.

– Pensei que todos tivessem partido – observei.

– Eles deixaram Sacromonte, mas não estão tão longe da cidade. Precisamos fazer uma *fiesta*! – Angelina bateu palmas de prazer. – Agora, vou fazer uma *siesta*, e você também, Erizo, pois precisa descansar. Volte às seis horas e conversaremos um pouco mais.

– E eu vou preparar mais comida. Vamos deixar você forte, querida – disse Pepe.

Reunimos as tigelas e os pratos na bandeja e eu carreguei o jarro de água e os copos de volta para a cozinha. Com um aceno, Angelina desapareceu atrás da cortina.

– Durma, Erizo – repetiu ela –, pois hoje é lua cheia, as poucas horas mais poderosas do mês lunar.

Assenti para Pepe e caminhei de volta até meu hotel.

✳ ✳ ✳

Depois de dormir como uma pedra, acordei dez minutos antes das seis, respinguei água fria no rosto para despertar e voltei correndo para a porta azul logo adiante, no caminho estreito.

– *Hola*, Erizo. – Angelina já estava me esperando ali. Ela tomou meu pulso e o segurou, assentindo. – Você está melhor, mas vai tomar outra *poción* antes de sair. Venha.

Ela me guiou por um caminho em declive, passando diante de sua gruta.

Caminhamos lado a lado enquanto o crepúsculo descia depressa. Quando olhei mais para cima da colina, vi trilhas de fumaça vindo de quatro ou cinco chaminés, e cruzamos com uma mulher velha, fumando do lado de fora de sua casa, que chamou Angelina. Ela fez uma pausa para conversar e eu me senti um pouco melhor por saber que Sacromonte não fora completamente abandonada. Então prosseguimos até uma área densamente arborizada à esquerda da aldeia.

Angelina apontou para a lua pendurada no céu acima de nós.

– É uma Lua de Neve. Ela traz um novo amanhecer, o nascimento da primavera, o momento de limpar o passado e recomeçar.

– É curioso, porque eu nunca consigo dormir quando há lua cheia. E, se eu pego no sono, tenho sonhos realmente estranhos – comentei.

– Isso acontece com todas nós, mulheres, especialmente aquelas que possuem o dom. Na cultura *gitana*, o sol é o deus dos homens, e a lua, a deusa das mulheres.

– É mesmo?

– *Sí*. – Angelina sorriu diante de minha surpresa. – Como poderia ser diferente? Sem o sol e a lua, não haveria humanidade. Eles nos dão nossa força vital. Da mesma maneira que, sem homens e mulheres, não haveria humanos. Entende? Somos igualmente poderosos, mas cada um com seus dons especiais, seu próprio papel a desempenhar no universo. Agora, vamos em frente.

Angelina abriu caminho entre as árvores até chegarmos a uma clareira. Vi que estava cheia de sepulturas, o chão coberto de cruzes de madeira esculpidas de forma grosseira. Ela me conduziu entre as filas de cruzes, até que encontrou o que estava procurando.

Ela apontou para três cruzes, uma de cada vez.

– María, *tu bisabuela*. Lucía, *tu abuela*. E Isadora, *tu madre*.

Eu me ajoelhei diante do túmulo de minha mãe, procurando a data de sua morte, mas apenas seu nome estava inscrito na cruz simples.

– Como ela morreu?

– Em outro momento, Erizo. Por ora, diga olá para ela.

– Olá – sussurrei para o montículo de terra coberto de grama. – Queria ter conhecido você.

– Ela era boa demais para este mundo. – Angelina suspirou. – Gentil e amável, como você.

Fiquei ali por um tempo, pensando que deveria estar mais comovida do que de fato estava, porque aquele era um momento edificante, mas talvez meu cérebro ainda estivesse processando as informações, e tudo o que eu sentia era um estranho torpor.

Depois de algum tempo, eu me levantei e continuamos a percorrer a fila de cruzes. Vi os nomes dos bebês que María havia perdido e depois os de seus três filhos e de seus netos.

– Os corpos de Eduardo e Carlos não estão aqui, mas Ramón fez as cruzes em memória deles.

Angelina me levou ao longo de mais uma ou duas fileiras.

– Amaya, Amaya, Amaya... – repetia.

As cruzes eram intermináveis – toda a minha família no lado da minha bisavó parecia estar enterrada ou homenageada ali.

Em seguida, fomos ver os Albaycíns – a família de meu bisavô José –, que eram igualmente abundantes. E, finalmente, compreendendo que minhas raízes se estendiam até mais de quinhentos anos antes, algo despertou em meu coração e comecei a sentir o fio invisível que conectava todos nós.

Angelina continuou caminhando através do mar de cruzes até deixarmos a clareira e entrarmos num trecho de floresta densa.

Ela estava olhando para baixo, batendo os pés no chão.

– Está bem – disse ela, assentindo –, primeira lição. Deite-se, Erizo.

Eu me virei para Angelina, que já estava de joelhos. Então, ela se deitou de costas no chão rico e terroso, e eu a imitei.

– Escute, Erizo.

Num gesto exagerado, Angelina fez uma concha com a mão perto de um de seus ouvidos, assentindo para mim.

Observei Angelina colocar suas pequenas mãos atrás da cabeça, como um travesseiro, e fechar os olhos. Fiz o mesmo, embora não tivesse certeza do que devia estar escutando.

– Sinta a terra – sussurrou ela, o que não ajudou muito, mas fechei os olhos e inspirei e expirei lentamente, na esperança de sentir e ouvir o que quer que fosse.

Por um longo tempo, só ouvi os pássaros dando boa-noite uns aos outros, o zumbido dos insetos e o farfalhar de pequenos animais na vegetação rasteira. Eu me concentrei naquele som – o som da natureza – e, depois de algum tempo, o ruído tornou-se mais alto, até se transformar numa cacofonia em meus ouvidos. Então, tive a mais estranha das sensações – era como uma pulsação embaixo de mim, batendo suavemente de início, depois cada vez mais forte. Por fim, a pulsação da terra uniu-se à minha, e senti que estava em perfeita sintonia com ela...

Não sei quanto tempo fiquei ali, porém, quanto mais eu me entregava ao fluxo, em vez de ficar assustada, melhor eu ouvia, sentia e via. O som do rio muito abaixo de nós parecia derramar sua água fresca e purificadora sobre mim, e então eu vi as belíssimas cores de todos os peixes que nadavam nela. Abri os olhos e a árvore acima de mim havia se metamorfoseado em um homem velho, cujos braços-galhos balançavam lentamente na brisa, os longos cabelos brancos e a barba feitos de milhares de pequenas teias de aranha espalhadas pelo tronco, coberto de musgo, que era seu corpo. Suas mãos-galhos se cruzavam sobre os ramos menores, como se a árvore--homem estivesse protegendo seus filhos.

E as estrelas... Eu nunca tinha visto tantas nem sabia que podiam brilhar tanto... Enquanto eu olhava para cima, o céu começou a se mover e a mudar de forma, até que percebi que ele era composto de bilhões de minúsculos espíritos – cada um com a sua própria energia – e entendi, perplexa, que, na realidade, os céus eram muito mais densamente povoados do que a terra...

Então, vi algo que pensei ser uma estrela cadente, mas, quando pairou acima das copas das árvores, entendi que não era. Depois de parar por alguns segundos, a coisa de repente *subiu* e ficou pendurada diretamente acima de mim, tendo encontrado seu lugar no céu.

Fui imediatamente transportada para a cabana de Chilly e o vi deitado em sua cama, ou pelo menos o corpo que ele uma vez habitara, pele e ossos, descartado como uma roupa velha no frio congelante de sua casa. Eu sabia o que isso significava.

– Nosso primo, Chilly... – disse uma voz ao meu lado.

Eu me sentei, assustada, e olhei bem nos olhos de Angelina.

– Ele está morto – falei.

– Ele acabou de passar para o mundo superior.

Uma lágrima desceu pelo meu rosto e Angelina estendeu o braço para enxugá-la, com suavidade.

– Não, não, não. Não chore, Erizo. – Ela apontou para cima. – Chilly está feliz. Você pode senti-lo. Aqui.

Ela colocou a mão em meu coração antes de me puxar para um abraço.

– Eu vi a alma dele, a... energia dele voando para o alto também – contei a ela, ainda espantada por tudo o que vira e sentira.

– Vamos enviar a ele o nosso amor e rezar por sua alma agora.

Abaixei a cabeça, como fez Angelina, pensando em como era estranho que os *gitanos* espanhóis tivessem uma fé católica tão forte, junto a seus próprios caminhos espirituais. Supus que – apesar de suas práticas mundanas diferentes – as duas fés não se contradiziam, pois ambas acreditavam em um poder superior, acreditavam que havia uma força maior do que nós no universo. Os humanos apenas a interpretam de maneiras diferentes, de acordo com seus pontos de vista culturais. Os *gitanos* viviam em meio à natureza e, por conseguinte, os espíritos que adoravam faziam parte dela. Os hindus consideram vacas e elefantes sagrados, e o cristianismo celebra o divino em forma humana...

Angelina indicou que devíamos nos levantar, e assim eu fiz, experimentando a sensação de que meus sentidos haviam sido efetivamente limpos e renovados. Quando Angelina tomou minha mão na dela e ziguezagueamos, confiantes, por entre as árvores até vermos as luzes fracas da aldeia à nossa frente, tive uma sensação de euforia por, de alguma forma, me sentir unificada e fazer parte do fantástico universo em que habitamos. Lembrei-me das palavras de Pa:

Mantenha os pés no tapete fresco da terra, mas eleve sua mente para as janelas do universo...

Chegamos à porta azul e Angelina tomou meu pulso novamente.

– Cada vez melhor. Vou lhe dar a *poción* agora e logo você estará bem.

Depois que bebi o tônico asqueroso, sob o olhar de Angelina, ela colocou a mão em meu rosto e falou:

– Você é sangue do meu sangue. Estou feliz. *Buenas noches.*

Deitada na cama, em meu quarto-gruta no hotel, meu coração se acalmou, como se a pulsação estável da terra tivesse desacelerado e acalmado a minha. Voei mentalmente de volta para o momento em que vi a alma de Chilly deixar a terra e enviei a ele uma mensagem silenciosa. O fato de Angelina ter sentido a mesma coisa significava que todas as vezes anteriores, quando tive uma sensação semelhante de uma alma em movimento, não foram apenas fruto de minha imaginação hiperativa. Por sua vez, isso significava que a minha "outra parte" era tão real quanto as robustas paredes da gruta que me cercavam.

E eu fiquei extremamente feliz por ter decidido fazer aquela viagem ao meu passado.

28

*D*epois de uma semana, eu sentia como se tivesse vivido outra vida desde que chegara a Sacromonte. Angelina não estava brincando quando disse que me ensinaria tudo o que sabia no tempo de que dispúnhamos. Antes de começarmos, ela me fez jurar nunca gravar em um computador nada do que ela dissesse.

– Nossos caminhos secretos devem permanecer secretos para que as pessoas erradas não tomem posse de nossa magia naquela máquina em rede...

Eu havia descido a colina até uma pequena loja do outro lado do muro da cidade. O estabelecimento parecia vender de tudo, desde comida para gatos até aparelhos eletrônicos, e eu comprara um bloco de notas grosso e algumas canetas esferográficas. O bloco já estava mais de dois terços preenchido. Eu não conseguia entender como Angelina era capaz de se lembrar das infinitas variações de ervas que compunham diferentes remédios, sem falar das quantidades exatas de cada uma. Mas eu estava fazendo um curso intensivo, ao passo que ela fora ensinada desde o berço por Micaela, sua *bruja*-guia. Ela também começou a me ensinar a usar as mãos para curar.

– Chilly me disse que eu tinha poder nas mãos. Mas os animais são a minha paixão. Elas funcionam neles também? – indaguei.

– É claro. Todas as criaturas na terra são carne e sangue. É a mesma coisa.

Embora eu às vezes me frustrasse, sob a orientação dela comecei a aprender a "sentir" a energia que corria através de cada ser vivo, deixar minhas mãos formigantes serem atraídas como um ímã para a origem de um problema e, em seguida, liberar qualquer energia ruim e dispersá-la. Angelina me incentivou a praticar no velho gato artrítico de Pepe, mas decidi também cuidar de cães vadios que cruzavam o meu caminho nos becos de Sacromonte. Quando eu me aproximava deles, torcia para que os transeuntes não pensassem que eu estava tentando vendê-los para algum restaurante como se fossem galinhas.

Com o passar do tempo, percebi que meus ouvidos estavam se adaptando ao espanhol que Pepe e Angelina falavam entre si e comecei a reconhecer mais e mais palavras.

– Se eu passar mais uma semana aqui, serei fluente pelo menos nos nomes das ervas em espanhol.

Ri sozinha enquanto caminhava em direção à porta azul.

Era mais um lindo dia ensolarado, então eu sabia que encontraria Angelina sentada no jardim, bebendo café. O tônico usual de sabor repugnante estaria esperando por mim, porque, aparentemente, café não me fazia bem.

– Como você está hoje? – perguntou-me Angelina quando cheguei.

– Muito bem, *gracias*.

Peguei minha poção – com seu estranhíssimo aroma de anis misturado com esterco de carneiro – e tomei um gole com certa relutância. Eu sabia que ela me obrigaria a ingerir tudo.

Depois de duas horas de aulas e de nosso almoço simples, Angelina e Pepe se retiravam para suas *siestas* e eu voltava para o hotel, me sentava no terraço por um tempo e organizava minhas anotações, enquanto tudo ainda estava fresco em minha mente. Quando terminava, também costumava tirar um cochilo, sabendo que o cérebro de Angelina estaria em seu estado mais ágil à noite, portanto o meu tinha que estar em alerta total para, mais tarde, computar e anotar o fluxo de conhecimento que ela compartilharia comigo.

Mas naquela tarde eu não consegui dormir, porque sabia que estava na hora de fazer contato com o mundo exterior. A semana passara num piscar de olhos e as pessoas deviam estar preocupadas comigo. Por mais que eu quisesse permanecer em meu universo paralelo, não era justo com elas, e eu precisava lhes dizer que estava bem e em segurança.

– Marcella, você tem um telefone que eu possa usar para ligar para casa? – perguntei.

– Aqui em cima?! Você está brincando! O sinal de celular é muito ruim. Há um telefone na loja, dentro das muralhas da cidade. Por uma taxa, o proprietário nos deixa usá-lo. Minha máquina de fax fica lá também, para as reservas do hotel. Eu vou todos os dias pegá-las. Na verdade, estou indo agora. Quer vir comigo?

– Obrigada.

Na pequena loja, Marcella explicou ao dono o que eu precisava fazer e fui levada a um telefone antiquado num depósito na parte de trás.

Assim que fiquei sozinha, me perguntei para quem deveria ligar primeiro e decidi que seria para o celular de Cal. Ele raramente o atendia, porque quase sempre estava sem sinal, o que significava que eu poderia deixar uma mensagem sem sofrer nenhuma pressão.

Disquei o número e, como esperado, foi direto para a caixa postal.

– Oi, Cal, é Tiggy. Só para dizer que estou bem. Peço desculpas por fugir de você, mas eu... precisava me afastar um pouco. Entrarei em contato em breve, mas não se preocupe comigo. Estou muito feliz aqui. Envie meu amor a todos. Tchau.

Coloquei o pesado fone no gancho, sentindo-me melhor por ter feito contato. Então, peguei-o novamente, concluindo que deveria falar com Ma também. Não custava nada avisar onde eu estava. Disquei o número e a secretária eletrônica de Atlantis respondeu. Senti um nó na garganta ao ouvir a voz de Pa Salt na mensagem de voz, pensando que deveria dizer a Ma que ela precisava mudar aquilo.

– Oi, Ma, é Tiggy. Eu estou muito bem, na Espanha. Precisava de um pouco de calor depois de todo aquele frio, e está sendo muito bom. Deixei meu celular em Kinnaird, mas vou tentar ligar novamente em breve. Não se preocupe comigo, de verdade. Meu amor para você, tchau.

Coloquei o fone de novo no gancho, mas minha mão ficou pairando sobre ele, enquanto eu experimentava o desejo de deixar uma mensagem no celular de Charlie.

– Não, Tiggy, ele é o seu antigo patrão! – disse a mim mesma, com firmeza.

Você quer falar com ele, não é? Porque você se importa com ele...

– Não, não quero – falei em voz alta.

Quer, sim, Tiggy...

Então, suspirei. Um dos efeitos colaterais do meu curso recente com Angelina era que minha intuição, também chamada de voz interior, havia florescido como uma versão feminina do Grilo Falante. De fato, nos últimos tempos ela mal fechava a boca, obrigando-me a enfrentar qualquer mentira que tentasse dizer a mim mesma.

Está bem, respondi à voz interior, enquanto pagava pelas chamadas e saía da loja. Marcella tinha ido à cidade e eu voltei sozinha.

– Eu gostava... quero dizer, ainda gosto dele – afirmei –, mas ele é casado e tem uma filha, além de uma propriedade enorme com grandes possibilidades de falir. A vida dele é uma completa bagunça! Portanto, seja lá o que você disser, vou ignorá-la neste caso!

Olhei para cima e vi duas mulheres que passavam me lançarem olhares muito estranhos.

– Eu tenho um amigo invisível! – disse, em voz alta, em inglês, antes de acenar para elas e continuar a subir a colina em direção a Sacromonte.

❀ ❀ ❀

Naquela noite, Angelina declarou-me pronta para cursar a "universidade", como ela mesma disse. Quando cheguei, Pepe estava saindo para organizar a minha *fiesta*, prevista para dali a dois dias.

– Todos vão estar lá – afirmou ele antes de sair, e senti sua animação. – Será como nos velhos tempos!

Angelina e eu nos sentamos juntas, e ela começou a compartilhar comigo algumas de suas magias mais potentes, envolvendo talismãs, amuletos de proteção e moedas. Na gruta escura, iluminada apenas por uma vela – ela preferia a vela à luz fria de uma lâmpada –, ela me mostrou objetos sagrados que haviam pertencido aos meus antepassados e, quando os segurei com minhas mãos, que formigavam, ela me instruiu sobre como chegar ao "Outro Mundo" – um mundo onde espíritos vagavam e sussurravam em meu ouvido, e era dessa forma que eu aparentemente "sabia" das coisas.

Quando chegamos às maldições, primeiro eu disse não.

– Pensei que fôssemos curandeiras, mulheres que curam. Por que iríamos querer machucar alguém?

Angelina me encarou com seriedade.

– Erizo, o mundo está cheio de luz e escuridão. E, durante a minha vida, presenciei muitas trevas. – Ela fechou os olhos, e eu sabia que estava pensando no passado que ainda assombrava tanto ela quanto aquele belo país. – Em tempos de escuridão, você faz o que pode para sobreviver, para proteger aqueles que ama e a si mesma. Então, agora nós vamos para a floresta e eu vou lhe ensinar as palavras da mais poderosa maldição.

Quinze minutos depois, ela me fez ficar de pé, no meio de uma clareira, e memorizar as palavras que sussurrava em espanhol, depois de colocar um talismã em volta do meu pescoço para me proteger. Talvez o fato de eu não entender o que ela dizia fosse bom. Eu jamais iria dizer aquelas palavras em voz alta, muito menos escrevê-las, mas as repeti em minha mente até ficarem inscritas com tinta indelével em minha psique.

– Quantas vezes você já usou a maldição? – perguntei, no caminho de volta para casa.

– Apenas duas. Uma vez para mim, outra para alguém que precisava da minha ajuda.

– O que aconteceu com as pessoas que você amaldiçoou?

– Morreram – respondeu ela, dando de ombros.

– Certo.

Respirei, ao mesmo tempo impressionada e horrorizada com o poder daquela mulher, esperando não o carregar dentro de mim. Era uma habilidade que eu não queria ter.

❋ ❋ ❋

– Você se saiu bem, Erizo – declarou Angelina dois dias depois. – E Pepe e eu temos uma surpresa para você. Vá ver Marcella agora. – Ela me expulsou para que pudesse tirar uma *siesta* e eu fui para o hotel, onde encontrei Marcella sorrindo para mim como quem esconde alguma coisa.

– Venha comigo, Tiggy – disse ela, levando-me até sua área privativa na gruta, decorada com tecidos e mantas tradicionais. Num canto, havia uma enorme televisão antiga.

– Ali – disse ela, apontando para o sofá.

Sobre ele havia um belo vestido de flamenco branco, com muitos babados roxos descendo pela cauda.

– Experimente – pediu Marcella. – Era meu, de quando eu era criança, mas deve servir em você. Vamos transformá-la em uma verdadeira *bailaora*, uma dançarina de flamenco, para a *fiesta* de hoje à noite.

– Eu vou usar isso? – perguntei, surpresa.

– Claro, é uma *fiesta*.

Ela me entregou a pilha de tecido macio e me conduziu até o pequeno banheiro, onde tirei meu vestido e deslizei o traje pelo corpo. Aproximei-me de Marcella para que ela fechasse os inúmeros botões, alisei a saia e ajeitei o profundo decote em V.

– Aqui, Tiggy, veja como ficou.

Marcella virou-me para o espelho.

Olhei para meu reflexo e fiquei perplexa com o que vi. Aquela Tiggy era morena do sol da Espanha, seus olhos brilhavam, e o vestido acentuava sua cintura fina e seu busto delicado.

– Que linda! – declarou Marcella. – Lindíssima! Agora, você precisa de sapatos. Angelina me deu estes para você. Duvidei que fossem servir, mas, agora que vi seus pezinhos, acho que ela estava certa.

Ela me estendeu um par de sapatos de couro vermelho com uma tira fina presa com uma fivela. Os robustos saltos cubanos tinham apenas 5 centímetros de altura, mas, como eu não costumava usar salto, eram o bastante para mim. Eu os peguei e experimentei, sentindo-me um pouco como Cinderela. Quando eles deslizaram perfeitamente em meus pés, senti uma pontada na parte de trás do pescoço.

– Marcella, de quem são estes sapatos? – indaguei.

– De sua avó Lucía, é claro – respondeu ela.

❖ ❖ ❖

Às nove da noite, Marcella me guiou colina abaixo para uma das maiores grutas da região, embora eu pudesse encontrá-la sem ajuda, pois a música ecoava por toda a cidade de Sacromonte e o ar parecia se agitar ao som de seu ritmo. Ajeitei meus cabelos sem me dar conta enquanto Marcella me puxava para dentro da gruta já lotada. Ela havia passado óleo nos meus cachos para domá-los, deixando um solto no meio da testa, igual ao das fotografias que eu vira de Lucía.

Quando entrei, um mar de gente começou a bater palmas e gritar. Fui levada de uma pessoa para outra por Angelina e Pepe, que sorriam, usando suas melhores roupas de flamenco, como todos os demais.

– Erizo, essa é a neta da prima de sua mãe, Pilar, e aqui estão Vicente e Gael... Camila... Luis...

Com a cabeça girando, deixei-me conduzir através da multidão, desnorteada pelos abraços calorosos de todos. Vicente – ou teria sido Gael? – entregou-me um copo de vinho Manzanilla, e vi Pepe no fundo da gruta, empoleirado em uma cadeira, com o violão no colo, ao lado de um homem sentado em uma caixa.

– *¡Empezamos!* – gritou ele. – Vamos começar!

– ¡Olé! – gritou o público, enquanto duas jovens bailarinas andavam com afetação.

Eles começaram a dançar o que Angelina me disse serem *chufla bulerías*, simples danças, mas, quando observei as mulheres sapateando em um ritmo acelerado, as mãos guiando as saias, inundando a gruta de cores vivas, os queixos apontados orgulhosamente para cima em absoluta sintonia, fiquei admirada com tamanha habilidade.

E eu era parte de tudo aquilo. A cultura *gitana* estava em meu sangue e em minha alma. Quando um jovem se aproximou e segurou minha mão, não resisti e deixei meu corpo relaxar, levado pelo ritmo do violão de Pepe e pelo que todos ali chamavam de o *duende* dentro de mim.

Não sei por quanto tempo dancei, mas os sapatos de Lucía pareciam me guiar, e não me importei de parecer tola enquanto imitava meu parceiro e batia os pés no piso antigo da gruta, com o restante de minha nova família ao redor. O chão vibrava enquanto todos os homens, mulheres e crianças dançavam por pura alegria ao som da irresistível batida da música.

– ¡Olé! – gritou Pepe.

– ¡Olé! – gritei junto com todos, deixando de lado o meu parceiro e saindo para beber um pouco de água.

– Tiggy!

Senti uma mão firme em meu ombro. E tinha certeza de que o álcool que havia bebido, combinado com todos os giros, havia deixado meu cérebro confuso, pois, quando me virei, pensei ter ouvido uma voz idêntica à de Charlie Kinnaird.

– Olá, Tiggy – disse Charlie, agarrando meu braço e me puxando, sem cerimônia, através da multidão de dançarinos que sapateavam e batiam palmas.

– O que é que você está fazendo? – gritei, tentando me fazer ouvir por cima do barulho. – Me solte!

Mas ele não me soltava e, por mais que eu me contorcesse e reclamasse, estava presa até que ele resolvesse me largar.

Ninguém parecia prestar atenção em nós dois – havia aprendido naquela noite que os *gitanos* eram uma raça veemente e emocional, e nosso comportamento devia ser normal para eles.

– Eu preciso levar você para fora, não consigo ouvir nem meus pensamentos aqui dentro – disse Charlie, tirando seu casaco e colocando-o sobre meus ombros nus.

Uma vez do lado de fora, ele olhou ao redor, viu o muro em frente e me levou até lá. Só quando chegamos ele soltou o meu braço, colocou as mãos em minha cintura, levantou-me e me sentou em cima do muro.

– Charlie, o que você está fazendo aqui?!

– Você precisa se sentar, Tiggy.

Ele me soltou e checou a minha pulsação.

– Charlie, chega! – falei, afastando-o com a outra mão.

– Seu pulso está acelerado, Tiggy!

– Sim, porque acabei de passar a última hora dançando até acabar com meus pés. Por que você está aqui?

– Porque eu e o resto do mundo estamos tentando encontrar você.

– Como assim, o resto do mundo? – indaguei, franzindo a testa.

– Cal encontrou seu celular em seu quarto e ligamos para todos em sua lista de contatos para ver se alguém tinha notícias de você. Ninguém tinha. Foi só quando você deixou aquela mensagem para ele e sua Ma que ficamos sabendo que estava na Espanha.

– Desculpe, Charlie. – Eu suspirei. – Pode se sentar, por favor? O que aconteceu? Alguém se machucou?

– Não, Tiggy, ninguém mais se machucou – disse ele. – É você.

– Como assim?

– Eu comparei e analisei os resultados de seus exames na manhã em que você decidiu fugir do hospital. Olha, Tiggy, em resumo, eu suspeito que você tenha um problema cardíaco grave chamado miocardite. Você precisa de atenção médica imediata.

– Um problema cardíaco grave? – repeti, com a voz fraca. – Eu?

– Sim. Pelo menos potencialmente grave, se não for tratado.

– Mas eu me sinto bem. Desde que cheguei aqui, as palpitações pararam. – Olhei nos olhos dele pela primeira vez. – Você está dizendo que veio de tão longe só para me contar isso?

– Sim, é claro que sim. Eu não conseguia entrar contato com você, então não tive escolha. Sério, Tiggy, como se não bastasse você quase morrer trabalhando na propriedade, eu não poderia carregar esse peso na consciência.

– Bem, não teria sido culpa sua, Charlie. Fui eu que "fugi" do hospital, como você mesmo disse.

– Sim, mas, além de minhas obrigações profissionais, eu me senti no dever de ajudá-la, como seu empregador. Eu não tinha ideia de como as coisas estavam difíceis para você em Kinnaird. Agora entendo por que você teve que sair.

Fiquei em silêncio, imaginando se ele se referia à minha conversa com sua esposa.

– Beryl e Cal me contaram sobre o comportamento de Zed Eszu – prosseguiu ele. – Eles acham que foi Zed quem a fez fugir. Eu sinto muito, Tiggy, você deveria ter conversado comigo. Esse tipo de comportamento é simplesmente... inaceitável.

– Não é culpa sua, de verdade, Charlie.

– Ah, é, sim. Eu deveria ter passado mais tempo em Kinnaird, administrando a propriedade, e então teria dado um basta na situação. Foi assédio sexual. Se eu vir aquele cara de novo, juro, vou socar a cara dele.

– Ninguém disse a Zed para onde eu vim, não é? – perguntei, nervosa.

– Claro que não – respondeu Charlie. – Eu dirigi até Kinnaird quando ouvi de Cal o que tinha acontecido e mandei Zed sair de lá na mesma hora. Ele fez as malas e desapareceu em seu Range Rover naquela tarde. Ele se foi, Tiggy, juro. – Charlie percebeu meu medo e segurou minha mão, fazendo meu corpo formigar. – Espero que você se sinta à vontade para retornar a Kinnaird agora.

– Obrigada.

Naquele momento, eu estava muito feliz em deixar Charlie pensar que Zed fora o único motivo de minha partida.

– Além disso, a polícia tem tentado falar com você sobre o tiro. Eles encontraram o cartucho e fizeram a perícia.

– Eles descobriram quem fez aquilo? – perguntei, pensando no pobre Pégaso.

– Não sei, mas eles querem falar com você novamente, em algum momento. Quanto ao seu problema médico, reservei um leito para você num hospital aqui em Granada, para amanhã. Vamos fazer mais alguns exames para ter certeza de que você está apta a voltar para casa.

Olhei para ele, surpresa. Embora estivesse apenas tentando cuidar de mim, de repente ele soou estranhamente parecido com Zed, ou seja, outro homem tentando controlar minha vida.

– Desculpe, Charlie, mas eu me sinto perfeitamente bem e não vou sair de Granada de jeito nenhum.

– Eu sei que você pode estar se sentindo bem no momento, mas aquela angiografia, junto com seu raio X de tórax e o eletrocardiograma, mostra que você não está. Isso é grave, Tiggy. Pode até... bem, matar você.

– Charlie, eu fiz toneladas de exames no coração quando era pequena. Tudo estava bem naquela época, então por que não estaria agora?

– Tudo bem. – Charlie suspirou e se apoiou no muro ao meu lado. – Você pode me ouvir? Sem me interromper? Eu só quero fazer algumas perguntas.

– Pode perguntar – respondi, relutante, enquanto ouvia a batia do *cajón* e os gritos de *¡Olé!* vindos de dentro da gruta. Pensei que, principalmente naquela noite, eu não queria estar ali, sentada num muro, discutindo uma doença imaginária no coração.

– Quando você notou pela primeira vez as palpitações?

– Hum... eu tenho palpitações de vez em quando, mas acho que tendem a piorar quando passo por um surto forte de bronquite. E eu fiquei bem gripada há pouco tempo.

– Muito bem. Agora, você lembra se há alguns anos ficou realmente doente, de cama, com febre alta?

– Essa é fácil. Aos 17, no último ano do colégio interno. Tive uma febre bem alta e me levaram para o hospital. O médico diagnosticou faringite estreptocócica e me deu alguns antibióticos. Melhorei depois de algum tempo, mas demorou um pouco. Isso foi anos atrás, Charlie, e eu não tive nada grave desde então.

– E você fez algum tipo de exame do coração entre esse episódio e a sua estada no hospital em Inverness?

– Não.

– Tiggy. – Charlie deu um suspiro. – A miocardite é bastante rara e nem sempre se sabe a causa, mas geralmente ela é desencadeada por uma infecção viral. Que deve ter sido o problema que você teve aos 17 anos e que foi erroneamente diagnosticado como infecção na garganta.

– Ah, entendo – afirmei, atenta.

– De qualquer forma – continuou Charlie –, o vírus, por razões que ainda não compreendemos por completo, causa uma inflamação no músculo do coração. Outras doenças tendem a colocar um estresse extra sobre ele, o que pode explicar por que você começou a ter palpitações depois de ter ficado doente há pouco tempo. E o choque do tiro, é claro.

Fiquei em silêncio, recuperando-me da atmosfera e do álcool e começando a entender por que Charlie estava ali.

– Eu posso... morrer?

– Sem o tratamento adequado, pode, sim. É grave, Tiggy.

– E, tomando a medicação, posso me curar?

– Talvez, mas não é um prognóstico simples. Algumas vezes, o coração pode se curar sozinho com o repouso. Às vezes, pode ser curado com a ajuda de betabloqueadores e inibidores de ECA, e ocasionalmente... bem, o resultado não é positivo.

Eu tremi, em parte de medo, mas também porque, agora que eu estava mais calma, percebi que a noite esfriara.

– Vamos, temos que colocar você num lugar aquecido.

Ele estendeu a mão para me ajudar a descer do muro, mas eu pulei sozinha.

– Aliás, você e todas aquelas pessoas parecem muito autênticas – comentou Charlie, notando minha roupa. – Festa à fantasia, certo?

– Não. – A pergunta pelo menos trouxe um sorriso aos meus lábios. – Eles são ciganos de verdade e, mais do que isso, todos têm algum parentesco comigo! Agora... – Olhei para o rosto espantado dele. – Mesmo que eu caia morta, temo que preciso ir dar boa-noite para a minha nova família.

– É claro. Vou esperar aqui.

Entrei e vi a multidão ainda sapateando, cantando e dançando, como se o amanhã talvez nunca chegasse.

E talvez não chegue para você, Tiggy.

Encontrei Angelina sentada ao lado de Pepe, que havia colocado o violão de lado e estava enxugando o rosto com um grande lenço.

– Vou para a cama agora. Espero que vocês não se importem, mas estou me sentindo muito cansada. *Muchas gracias* por tudo isto.

Os dois me deram abraços e beijos suados no rosto.

– Agora você é verdadeiramente uma de nós, Erizo. Vá para o seu namorado – disse Angelina, com um sorriso.

– Ele não é meu namorado, é meu chefe – esclareci, com firmeza.

Angelina ergueu uma sobrancelha e deu de ombros.

– *Buenas noches*, Erizo.

✻ ✻ ✻

– Que lugar é este? – perguntou Charlie, enquanto seguíamos pelo caminho sinuoso. – Parecia deserto quando saí do táxi e andei até a recepção. As pessoas ainda vivem aqui?

– Sim, mas não muitas. Elas costumavam morar nas grutas, mas começaram a se mudar para apartamentos modernos na cidade.

– É extraordinário – disse ele, tomando fôlego, enquanto seguíamos colina acima. – Deve estar praticamente inalterado há centenas de anos. – Ele olhou para mim, enquanto eu subia ao lado dele. – Por favor, Tiggy, vá devagar, pelo menos até que tenhamos cuidado de você.

– Pode acreditar, eu me sinto bem. Deve ser o ar daqui. Meu coração quase não palpitou esta noite enquanto eu estava dançando – comentei quando chegamos ao topo e começamos a percorrer o caminho que serpenteava pela montanha, entre as fileiras de grutas. – E como você conseguiu me encontrar aqui?

– Como eu disse, a partir de seu telefonema para Ma, soubemos que você estava na Espanha, então Cal remexeu em suas gavetas à procura de pistas sobre aonde exatamente na Espanha você poderia ter ido. Ele encontrou alguns artigos da Wikipédia, páginas impressas sobre uma dançarina espanhola. Elas mencionavam Granada e Sacromonte, portanto concluímos que havia uma boa chance de você ter vindo para cá. Uau, Tiggy. – Charlie parou quando viramos a curva e ele viu a Alhambra flutuando acima de nós, no céu da noite. – Não é uma vista incrível?

– É.

– Você já foi lá?

– Não, eu estive muito ocupada. Onde você está hospedado?

– No único hotel daqui, de acordo com as informações da senhora no aeroporto: o Cuevas El Abanico. Então, nós ficamos lá.

– "Nós"?

– Sim – respondeu ele, enquanto nos aproximávamos do hotel. – Não achei que seria... correto eu vir sozinho, então trouxe uma acompanhante. Venha ver. – Charlie me conduziu pelo portão. – Talvez ela já esteja dormindo, mas...

Mal entrei e uma figura de pijama correu até mim e me abraçou.

– Tiggy! Que bom ver você.

– Bom ver você também, Ally – respondi, abismada, enquanto me afastava e a analisava. – Uau, você está incrível. – Observei os olhos azuis vívidos dela, seus cabelos fartos, ruivos e brilhantes e o grande volume de sua barriga, que esticava os botões do pijama. – Meu Deus, você está enorme! Parece prestes a explodir. Tem certeza de que deveria ter voado?

– Eu estou bem. Ainda tenho cerca de um mês pela frente, mas estava ficando louca sentada em casa, em Bergen, então Thom teve pena de mim e me convidou para viajar com ele para assistir a um concerto que ele estava dando em Londres. Convenci meu médico de que era uma boa ideia mudar de ares. Então, quando Charlie me telefonou e me contou o que tinha acontecido com você, dizendo que achava que você estava aqui, mudei a passagem e vim direto para Granada com ele.

– Meu Deus, Ally! Eu estou bem, juro! – resmunguei. – Você devia estar em segurança em Bergen, e não correndo pela Europa atrás de mim.

– Tiggy, estávamos todos preocupados com você. Agora, se me dão licença, senhoras, vou deixá-las conversando – disse Charlie, estendendo a mão para sentir meu pulso outra vez e então assentindo. – Está normal agora.

– Charlie explicou a você como sua condição é grave? – indagou Ally.

– Expliquei, sim – afirmou Charlie. – E, ainda que eu precise arrastá-la até o hospital amanhã, você vai, Tiggy, entendeu?

– Ela vai – respondeu Ally por mim.

– Qualquer problema durante a noite, você sabe onde estou.

– Certo. Boa noite, Charlie, e obrigada – disse Ally quando ele se retirou para seu quarto, nos fundos do hotel.

Nenhuma das duas disse nada até ouvirmos a porta dele se fechar.

– Você prefere ir direto para a cama, Tiggy?

– Não, estou agitada demais para dormir e quero ouvir todas as suas novidades. Vamos nos sentar ali – pedi a ela, indicando uma pequena sala com sofás de couro.

– Não por muito tempo, pois o Dr. Charlie não vai gostar – sussurrou Ally, enquanto eu a guiava e ela se sentava num dos sofás.

– Você estava explicando como me encontrou...

– Charlie estava fora de si quando me ligou. Que homem adorável. – Ally sorriu. – E, obviamente, gosta muito de você.

– Desculpe ter dado tanto trabalho a vocês dois.

– Honestamente, Tiggy, como eu disse, fiquei agradecida por ter uma desculpa para não voltar a Bergen. Você me conhece, não fico parada. – Ela sorriu. – Além disso, eu estava realmente preocupada com você, todos nós estávamos. E tenho que dizer: você parece bem melhor do que eu esperava.

– É verdade. Estou me sentindo muito melhor. Quando cheguei aqui, ainda estava com palpitações, mas meu coração se acalmou bastante desde então.

– Ótimo. Charlie também mencionou que o tal do Cal tinha encontrado uns papéis em sua gaveta sobre uma dançarina de flamenco. – Ally indicou meu vestido. – Então foi por isso que você veio para cá? Para encontrar sua família biológica?

– Isso mesmo.

– Certo, mas o que fez você sair de sua cama de hospital e fugir sem dizer a ninguém para onde ia?

– Eu... É complicado, Ally, mas eu precisava me afastar.

– Eu entendo. Charlie acha que, além de você ter levado um tiro, as causas têm algo a ver com um veado branco e com Zed Eszu.

– Sim, tudo isso definitivamente influenciou na minha partida.

– Ouvi dizer que você falou com Maia – disse Ally.

– Sim. Ela confirmou tudo o que eu estava sentindo. Eu disse não à oferta de trabalho, é claro.

– Theo diz que ele é um idiota – comentou Ally, com um sorriso triste.

A maneira como Ally falou do pai de seu filho, no tempo presente, trouxe um nó à minha garganta. Olhei para ela, sentindo a mesma admiração por minha irmã mais velha que eu tinha quando criança. Como costumava ficar confinada no sótão devido às doenças regulares, eu passava muitas horas na janela, observando Ally percorrer o lago Léman em seu pequeno veleiro. Eu a observara virar, depois se levantar e sair da água e começar tudo de novo. Eu, mais do que ninguém, sabia que a coragem e a determinação de Ally a levariam aonde ela quisesse. Sem dúvida, minha irmã forte e capaz sempre foi minha fonte de inspiração. E a sua presença ali, naquela noite – especialmente agora que faltava tão pouco para o bebê nascer –, me comoveu muito.

– Zed foi tão sedutor, Ally. É como... – Procurei as palavras certas. – Bem, você se sente a pessoa mais importante do mundo. Ele concentra toda a atenção em você e faz com que se sinta um coelho focalizado por faróis. Ele a hipnotiza... e não aceita um não como resposta.

– Se ele quer alguma coisa, ninguém consegue impedi-lo. E, por alguma razão que ninguém é capaz de compreender, ele parece querer as irmãs D'Aplièse. Talvez seja coincidência, mas é muito estranho, que eu tenha visto o barco do Kreeg Eszu perto do barco de Pa durante o funeral. Você é boa com os instintos, Tiggy. O que acha?

– Não sei, Ally, realmente não sei.

– Sei que no passado eu zombava de você por suas crenças estranhas, mas... – Ally mordeu o lábio. – Às vezes, eu juro que posso ouvir Theo falando comigo. Zangando-se comigo por algum motivo, ou dizendo algo engraçado para me fazer rir quando sinto saudades dele.

Eu vi como os olhos de minha irmã brilharam com lágrimas contidas.

– Tenho certeza de que ele *está* aqui, Ally – afirmei, enquanto um súbito formigamento percorria meu corpo e eu sentia os pelos dos braços se arrepiarem.

Eu sempre me perguntei o que isso significava, e Angelina me explicou que era um indício da presença de um espírito. Então, abri um sorriso e ouvi Theo fazer uma pergunta a Ally.

– Ele quer saber por que você não está usando o olho – declarei.

O rosto de Ally perdeu a cor e sua mão correu automaticamente para o pescoço.

– Eu... Tiggy, como você pode saber disso? Ele comprou esse colar para mim logo depois que me pediu em casamento. Era uma coisa barata e, há algumas semanas, a corrente se partiu e eu ainda não mandei consertar... Ai, meu Deus, Tiggy, meu Deus.

Ally parecia tão apavorada que me senti culpada, mas eu estava nas grutas sagradas de Sacromonte, que guardavam todo o poder de meus antepassados há séculos, e não podia interromper o que ouvia.

– Ele também diz que gosta do nome "Bear".

– Uma vez, estávamos falando sobre os nomes de filhos, eu disse que gostava de Teddy, e ele disse... ele disse... – Ally engoliu em seco – ... que preferia "Bear", um ursinho.

– Ele ama você, Ally, e quer que você... – Ouvi com cuidado, pois podia sentir que a energia diminuía – ... que você esteja preparada.

Ela me olhou, confusa.

– O que quer dizer isso?

– Honestamente, Ally, não tenho ideia. Sinto muito.

– Eu... – Ally enxugou os olhos. – Estou simplesmente... chocada com o que acabou de acontecer. Meu Deus, Tiggy, que dom você tem. Quero dizer, não tinha como você saber dessas coisas. De verdade. Era impossível.

– Algo aconteceu comigo aqui – falei, em voz baixa. – É difícil explicar, mas, aparentemente, eu venho de uma longa linhagem de médiuns ciganos. Eu sempre senti as coisas, mas, desde que conheci Angelina e tive contato com seus ensinamentos, tudo começou a fazer sentido.

– Então você encontrou um parente? – perguntou Ally, visivelmente mais calma.

– Ah, sim. Como Charlie disse, eu realmente tenho dezenas deles. Todos estavam na *fiesta* esta noite, mas eu tenho passado mais tempo com Angelina e seu tio Pepe, meu tio-avô.

– Então... Bom, isso faz muito sentido mesmo, você ser descendente de uma linhagem de ciganos. Todos nós conhecemos seus talentos para prever o futuro.

Ally sorriu.

– Bem, não vi nenhuma bola de cristal ou um pedaço de urze até agora – respondi, de repente me sentindo irritada e na defensiva. – Angelina é o que eles chamam de *bruja*, em outras palavras, uma curandeira, que sabe mais sobre ervas e plantas e suas propriedades medicinais do que qualquer um que já conheci. Ela passou a vida cuidando não apenas dos ciganos, mas também dos *payos*, os não ciganos. Ela é uma força do bem, e o que ela faz é verdadeiro, Ally, juro.

– Depois do que você me disse sobre Theo, acredito em qualquer coisa – disse Ally, estremecendo. – Enfim, antes que você me assuste mais, é hora de nós duas irmos para cama. Você me ajuda?

Ally estendeu a mão e eu a puxei para cima.

Ela se contraiu um pouco, apertou a barriga e olhou para mim.

– Quer sentir sua sobrinha ou seu sobrinho chutar?

– Eu adoraria – respondi.

Ally guiou minha mão para a esquerda de seu umbigo. Depois de alguns segundos, senti um forte impulso na palma da mão. Era a primeira vez que eu sentia o chute de um bebê, e isso trouxe lágrimas aos meus olhos.

Nós nos abraçamos e seguimos pelo corredor estreito até nossos quartos.

– Boa noite, Tiggy querida. Durma bem.

– Você também, Ally. E eu realmente sinto muito se...

– Shh. – Ally colocou um dedo sobre os lábios. – Assim que eu conseguir assimilar o que acabou de acontecer, isso com certeza vai virar um dos momentos mais especiais da minha vida. Ah...

– O quê?

– Você lembra que ele disse que gostava do nome "Bear"?

– Sim.

– Não é um bom nome para uma menina, é?

– Não, não é – respondi com uma piscadela. – Boa noite, Ally.

❂ ❂ ❂

No dia seguinte, cambaleei para fora da escuridão de meu quarto-gruta e mergulhei no brilho do sol. Sentada a uma das mesas no pátio estava a improvável combinação de meu chefe, minha irmã e minha recém-descoberta família *gitana*.

– Olá, Bela Adormecida – brincou Ally. – Eu estava prestes a acordá-la. Já é meio-dia.

– Sinto muito, nunca dormi até tão tarde em toda a minha vida.

Angelina murmurou algo e encolheu os ombros de maneira expressiva.

– Ela disse que você precisa dormir – disse Charlie.

– Você fala espanhol? – perguntei, surpresa.

– Passei um ano trabalhando em Sevilha. Angelina e eu tivemos uma conversa muito interessante. Ela me disse que também pratica medicina.

– É verdade.

– Ela também me disse que estava tratando do seu problema de coração desde você que chegou aqui.

– Sério? – Eu olhei para Angelina. – Isso é verdade? – perguntei. – Aquelas coisas que você tem me feito beber...

– *Sí.*

Angelina deu de ombros. Então falou de novo em espanhol com Charlie, gesticulando para mim, o que realmente me irritou, pois não entendi quase nada do que diziam.

– Ela disse que seus "antepassados" vieram ajudá-la quando você foi à floresta. E que continuam ajudando.

– Eles vieram? Continuam? Bem, nesse caso, fico muito feliz. Especialmente se isso significar que não precisarei ir ao hospital...

– Desculpe, Tiggy, embora eu tenha a mente aberta quando se trata de tratamentos alternativos, ainda precisamos fazer esses exames. E precisamos sair agora, se você não se importa.

– Está bem. – Suspirei e me rendi.

– Marcella disse que vai nos levar até lá. Volto num instante.

Charlie foi para seu quarto, enquanto Angelina, Ally e eu nos sentamos ao calor do sol e comemos pão com geleia, regado a mais uma dose da poção.

– Isso deve ser bom para mim – comentei, com um olhar vesgo exagerado quando bebi a última gota pelo canudo. – Angelina, por que você não me disse que viu minha doença?

– Doença cria medo, e o medo se torna outra doença. É melhor você não saber. Então você melhora mais depressa.

– Sua aparência está ótima, de verdade – comentou Ally. – Eu contei a ela e a Charlie as coisas que você me disse ontem à noite, que você jamais teria como saber. Honestamente, Tiggy... – Ally colocou uma das mãos sobre a minha. – Eu ainda estou me recuperando do choque.

– Ah, Deus. – Fiquei completamente corada. – Então Charlie também sabe dessa história?

– Sim, mas você não deveria ficar constrangida, Tiggy. Sua habilidade é absolutamente incrível.

– *Sí*. – Angelina bateu no peito com orgulho. – Ela tem meu sangue.

– Certo, é melhor irmos – disse Charlie, reaparecendo no terraço.

Marcella nos levou pelas ruas estreitas que conduziam à cidade e, se alguma coisa fosse me causar um ataque cardíaco, certamente seria a maneira como ela dirigia, pensei. Sem o mínimo cuidado com seu pequeno Punto, Marcella fazia curvas a toda velocidade e quase perdeu um dos retrovisores ao se enfiar nos minúsculos becos. Charlie, Ally e eu só conseguimos respirar com tranquilidade quando ela atravessou os portões da cidade, na parte baixa da colina, e nós mergulhamos na relativa segurança do trânsito pesado de Granada.

Olhei para o meu relógio e vi que já era quase uma hora.

– Vamos levar séculos para ser atendidos, tenho certeza.

– Não vamos ter que esperar – disse Charlie. – Telefonei para um amigo que tem uma amiga que trabalha na clínica cardiológica daqui. Eu já vou avisá-la para que ela saiba que estamos aqui.

Cinco minutos depois, saímos do carro de Marcella, e eu dei a mão a Ally para ajudá-la a se levantar do banco da frente. No caminho até a recepção do hospital, vi uma mulher muito atraente, com cabelos encaracolados, escuros e brilhosos, abordar Charlie. Os dois conversaram durante algum tempo, enquanto Ally e eu ficamos afastadas, por educação.

– Essa é Tiggy – disse Charlie em inglês, finalmente nos apresentando. – Esta é Rosa, que muito gentilmente se ofereceu para nos passar à frente da fila.

– *Hola*, Tiggy. – Rosa estendeu a mão e apertou a minha. – Agora, vamos.

Rosa e Charlie foram na frente, ainda conversando, enquanto eu seguia atrás deles com Ally, sentindo-me como uma criança arrastada para o dentista. Entramos no elevador e saímos numa pequena recepção, onde Rosa conversou com a mulher atrás do balcão.

– Por favor, sentem-se – disse ela.

Nós obedecemos e eu me virei para Charlie.

– Então, o que exatamente vão fazer comigo?

– Primeiro você vai fazer outro eletrocardiograma e alguns exames de sangue. Angelina concordou que alguns exames seriam recomendáveis.

– Ela está preocupada comigo?

– Na verdade, acho que é o contrário. Ela acredita que você está no caminho da cura e quer me provar isso. De qualquer forma, não custa nada se certificar.

Uma enfermeira com uma prancheta chegou e me pediu que a seguisse. Quase dava para sentir a irritação dos outros pacientes, que deviam estar sentados lá havia horas e estavam muito mais doentes do que eu...

Três horas mais tarde, depois de ter feito todos os exames de sangue e imagem, eu me vesti e fui me sentar de novo na sala de espera, com Ally ao meu lado.

– Charlie foi embora?

– Não. Ele desapareceu com a belíssima Rosa e não voltou desde então. – Ally riu. – Talvez ela o tenha seduzido na tomografia. A mulher o estava comendo com os olhos.

– Sério?

– Você não percebeu? Não é nenhuma surpresa, é? Ele é um homem muito atraente.

– Ele é muito velho, Ally – respondi, esfregando o nariz, apenas para o caso de estar corando.

– Velho?! Honestamente, Tiggy, ele só tem 38 anos, e pessoas depois dos 30, como eu, ainda têm energia, sabe...

– Desculpe, eu sempre esqueço que temos uma diferença de sete anos. Enfim, lá está ele, então é claro que sobreviveu à sedução.

Charlie segurava um envelope grande.

– Você está bem, Tiggy? – perguntou ele ao se sentar.

– Melhor do que nunca...

– Sim. – Charlie deu um tapinha no envelope –, parece que está mesmo. Está melhor, quero dizer. Vou precisar fazer mais algumas análises dos exames, mas o músculo cardíaco parece ter se recuperado um pouco. Seu eletrocardiograma está normal, mas, quando você voltar à Escócia, eu gostaria de colocá-la em um holter por uns dois dias só para me certificar de que o problema está estabilizado.

– O que é um holter?

– É um aparelho que monitora o coração e nos dá uma visão geral de como ele está funcionando.

– Você acha mesmo que houve uma melhora, Charlie? – interrompeu Ally. Ela sempre gostava de ir direto ao ponto.

– Ouso dizer que sim, mas, é claro, pode ser porque Tiggy tem descansado. Ou, quem sabe, o coração começou a se curar...

– O quê? Corações podem realmente se curar em dez dias? – indagou Ally.

– Não, não normalmente, mas...

– Eu disse que estava me sentindo melhor – observei, com um pouco de arrogância.

– Você acha que os tratamentos de Angelina podem ter surtido algum efeito? – perguntou Ally.

– Alguma coisa surtiu– admitiu Charlie. – Mas não seja muito pretensiosa, senhorita – acrescentou ele, apontando para mim. – Ainda há uma ligeira inflamação, mas você já pode voar para casa amanhã e, em seguida, ser monitorada por um tempo.

– Eu realmente sinto muito, Charlie, mas não vou voltar para a Escócia. Quero ficar em Granada. Tenho Angelina e Pepe para cuidar de mim, aqui está quente e eu me sinto mais relaxada do que nunca. Se eu me sentir mal, posso vir me consultar com a sua querida Rosa.

Ally e Charlie se entreolharam, de um jeito parecido como faziam Ma e o velho Dr. Gerber quando eu era criança. Nove em cada dez vezes, aquele olhar significava uma má notícia para mim.

– Tiggy, nós achamos que você deve voltar para casa o mais rápido possível. Eu não posso ficar com você, você sabe por causa de quem. – Ally apontou para a própria barriga. – Mas Charlie me disse que o que você precisa é de descanso.

– Tiggy, a miocardite é... – Charlie procurou a melhor palavra – ... imprevisível. Eu quero que você descanse por enquanto, em vez de passar as noites no bosque falando com os mortos.

– Não fale desse jeito, Charlie. Eu melhorei aqui... Até você disse que melhorei.

– Charlie não falou por mal, Tiggy. – Ally veio em socorro dele. – Mas não achamos que você vai conseguir descansar se ficar aqui sozinha.

– Não mesmo, e a Beryl já disse que ficaria feliz em cuidar de você na Pousada. Ela poderá entrar em contato comigo a qualquer instante, e estarei pronto para despachar correndo uma ambulância em qualquer emergência. Então, por enquanto, por que vocês duas não voltam para o hotel? Vou ficar aqui por um tempo. Rosa vai me levar ao seu laboratório, que parece muito moderno.

– É claro que ela vai – murmurou Ally. – Vejo você mais tarde, Charlie. – Ela se levantou. – Não sei quanto a você, Tiggy, mas eu estou morrendo de fome. Vamos comer alguma coisa na cidade antes de subirmos?

Ainda chateada por Charlie ter nos trocado pelos encantos de Rosa, pedi orientação e fomos até a animada Plaza Nueva. A cada passo que eu dava, captava a história confusa da cidade, desde gravuras de romãs espanholas até os coloridos azulejos mouriscos. A praça era contornada por grandes edifícios de arenito, repleta de cafés e lojas, e uma multidão havia se formado em torno de dois dançarinos de flamenco que se apresentavam à luz do sol brilhante. Acima de nós, as muralhas fortificadas da Alhambra eram ladeadas por árvores, como se estivessem guardando a cidade há mil anos.

Encontramos uma bodega aconchegante em uma das ruas de pedestres que saíam da praça, com cadeiras e mesas desencontradas, espremida em um pequeno salão, de onde podíamos sentir o calor da cozinha. O cardápio tinha uma excelente variedade de *tapas*, e Ally devorou chouriço e *empanadillas*, enquanto eu pedi *patatas bravas* e alcachofras grelhadas, as únicas opções veganas no menu.

– Bem, Tiggy... – Ally me encarou por cima de sua xícara de café. – Espero que você obedeça às ordens do médico e volte à Escócia amanhã.

– Não volto a Kinnaird de jeito nenhum. Está decidido.

– Tiggy, qual é o problema? Sou eu, Ally, falando com você. Sabe que não vou contar nada a ninguém, prometo.

– Eu... O problema, Ally, é que não há nada acontecendo entre mim e Charlie, mas...

– Eu imaginei que pudesse ser algo assim. Quero dizer, ficou bastante óbvio para mim, desde a primeira chamada telefônica, como Charlie se sente a seu respeito.

– Ally! Nós somos apenas amigos, sério. Ele é o meu patrão...

– Theo era o meu. E daí? – retrucou Ally.

– E, mesmo se não fosse, você não vai acreditar como a vida dele é complicada. Para começar, ele é casado com uma mulher assustadora... e muito alta.

– Está bem, mas agora me responda com honestidade, Tiggy: você tem ou não tem um caso com Charlie Kinnaird?

– Não! – insisti. – Não mesmo, mas... Olha, eu vou contar, mas você precisa jurar que não vai falar para ninguém.

– Não acho que alguém em Bergen esteja interessado em sua vida amorosa, Tiggy.

– É verdade, mas eu realmente não quero que Ma ou nossas irmãs saibam. A Valquíria... esse é o apelido que dei à mulher de Charlie... acha que tem algo acontecendo entre nós. Ela veio me ver no hospital e basicamente me disse para sumir da vida deles.

– Certo. Imagino que Charlie não saiba nada sobre isso.

– Não.

– Mas você... gosta dele, não é, Tiggy? Está na cara.

– É claro que gosto! Foi por isso que eu fui embora. Mesmo não tendo feito nada de que devesse me envergonhar, eu... ora... – Senti o rubor em meu rosto – Eu queria, Ally. E isso não é correto. Charlie é um homem casado e eu não quero ser uma destruidora de lares. Eles têm uma filha de 16 anos! Além disso, você viu como a Rosa se comportou ao lado dele. Eu não quero ser mais uma dessas mulheres que se jogam nos braços dele. Isso seria triste, muito triste.

– Tiggy, quantos namorados você teve de verdade?

– Um ou dois, mas nenhum sério.

– Você já fez... você sabe?

– Sim – respondi, baixando os olhos, envergonhada –, mas apenas algumas vezes. Acho que sou uma dessas moças antiquadas que associam sexo a amor.

– Eu entendo perfeitamente, e não tem por que se envergonhar disso.

– Não? Muitas vezes eu me sinto realmente patética e antiquada. Todas as minhas amigas na universidade não pensavam duas vezes antes de ir para a cama com um homem que tinham acabado de conhecer numa festa. E por que não deveriam? Os homens fazem isso direto.

– Porque elas não são homens... – Ally revirou os olhos. – Eu não entendo as feministas que parecem ter como modelo o *sexo masculino*, em vez de aproveitar suas habilidades *femininas*, que considero muito superiores. Eu juro, Tiggy, se usássemos esse conjunto de habilidades, em vez de tentar imitar os homens, governaríamos o mundo daqui a uma ou duas décadas. Mas estou divagando. O que quero dizer é que você não é muito experiente com homens, é?

– Não.

– Bem, eu estou aqui para lhe dizer que a pessoa que acabou de sair do hospital duas horas atrás não é apenas decente, mas é também incrivelmente atraente. – Ally piscou para mim. – E que ele gosta de você do mesmo jeito que você gosta dele. Por que você acha que ele se daria a todo esse trabalho?

– Por razões profissionais, Ally. Ele mesmo me disse.

– Mentira. Charlie veio até aqui porque se preocupa muito com você. Eu diria, com quase toda a certeza, que ele está apaixonado por você...

– Por favor, não diga isso, Ally – implorei. – Você só vai me deixar mais confusa.

– Lamento, mas, depois do que passei nos últimos meses, percebi que o momento presente é tudo o que temos. A vida é muito curta, Tiggy. Decida como quiser, mas eu só queria lhe dizer que o que ele sente por você está estampado em tudo o que faz, por isso não admira que a esposa esteja se sentindo insegura.

– Então é melhor eu desaparecer? É tudo muito complicado.

– A vida em geral é complicada, pelo menos se quisermos algo que valha a pena. De qualquer forma, a questão principal é que você não pode ficar aqui sozinha. Se não quer voltar à Escócia, por que não vai para Atlantis? Ma adoraria cuidar de você, e os hospitais de Genebra são excelentes. O que você acha?

– Eu só não entendo por que não posso ficar aqui.

– Você está começando a soar como uma criança mimada. – Ally suspirou. – Eu sei que você confia em Angelina para cuidar de você, mas nem ela poderá salvá-la de um ataque cardíaco repentino. E não é justo pedir a Marcella que cuide de você. Além disso, o hotel na gruta é muito bonito, mas, como você precisa descansar, seria muito deprimente ficar deitada ali o dia todo. Então por que não considera a hipótese de voltar para Genebra e deixar Ma liberar todo o seu instinto materno reprimido?

Olhei para Ally, refleti sobre o que ela tinha acabado de dizer e suspirei.

– Está bem, mas só estou fazendo isso por você, Ally.

– Não me importa por quem você faça isso, Tiggy. Quero apenas que você fique bem.

– Ah, Ally... – Meus olhos se encheram de lágrimas.

– O que foi? – Ally pegou minha mão.

– É só que... eu passei tanto tempo da minha infância vendo a vida se desenrolar da janela do meu quarto em Atlantis. Eu realmente pensei que aqueles dias haviam ficado para trás. Eu tenho tantas ideias, tantos planos para o futuro, e todos eles dependem da minha saúde. E se essa coisa... – coloquei a mão no coração – se essa coisa não melhorar, então não vou poder realizar nenhum deles. Eu só tenho 26 anos, pelo amor de Deus. Sou muito jovem para ser uma inválida.

– Bem, vamos torcer para você não virar uma, Tiggy. É claro que você percebe que garantir seu bem-estar no futuro vale o sacrifício de algumas semanas. E isso pode lhe dar algum tempo para respirar e refletir se deve voltar para a Escócia ou não.

– Eu não vou voltar para a Escócia, Ally. Não posso.

– Está bem. – Ela suspirou, sinalizando para que o garçom trouxesse a conta. – Mas pelo menos temos um plano. Vamos procurar um agente de viagens na cidade para reservar seu voo para Genebra. Depois disso, vamos visitar a Catedral de Granada, o local de descanso da minha heroína de todos os tempos, a rainha Isabel I de Castela.

– Ela está enterrada aqui?

– Sim, ao lado de seu amado marido, Fernando. Pronta? – perguntou ela, com um sorriso.

– Pronta.

❖ ❖ ❖

A mulher na agência de viagens franzia a testa diante da tela do computador.

– Não é uma viagem fácil de Granada para Genebra, *señorita*.

– Quanto tempo leva? – perguntei.

– Pelo menos doze horas, talvez mais, dependendo da conexão, em Barcelona ou Madri.

– Ah, entendo, não me dei conta de que...

– Isso é ridículo, Tiggy – interrompeu-me Ally. – Você não está em condições de passar tanto tempo viajando.

– Mas você veio aqui de Londres, e está grávida de quase oito meses! – protestei.

– É diferente, Tiggy. Gravidez não é doença, ao contrário de sua condição cardíaca. Esqueça tudo isso, eu vou ligar para Ma. Espere aqui.

Ela saiu da loja, decidida como sempre, já pegando o celular na bolsa.

Dei de ombros, desculpando-me com a mulher atrás do balcão, e comecei a examinar folhetos de viagens para esconder meu constrangimento enquanto esperava minha irmã.

Cinco minutos mais tarde, Ally estava de volta com um sorriso satisfeito no rosto.

– Ma disse que vai ligar para Georg Hoffman e arranjar um avião particular para levá-la diretamente para Genebra amanhã à noite. Ela vai me mandar uma mensagem em breve com os detalhes.

– Mas isso é ridículo, Ally! Não é necessário. Além disso, não tenho dinheiro para esse tipo de coisa, nem de longe!

– Ma insistiu. Ela quer você de volta o mais rápido possível. E não se preocupe com o custo. Lembre-se, todas nós somos filhas de um homem muito rico, que nos deixou tudo. De vez em quando essa herança vem a calhar, especialmente em casos de vida ou morte – acrescentou ela, com tristeza. – Agora, não quero ouvir nem mais um pio sobre esse assunto. Vamos visitar a catedral.

Estava frio e escuro no interior da Capela Real, e eu olhei para o alto, para os arcos góticos, imaginando se a *minha* família já vivia ali no tempo da rainha Isabel. Ally pegou minha mão e, juntas, caminhamos até o túmulo de mármore branco, onde os perfis de Isabel e Fernando haviam sido esculpidos com expressões serenas. Eu me virei para Ally, que imaginei que estaria olhando, perplexa, para o túmulo de Isabel, mas ela já estava descendo uma escada. Chegamos a uma cripta sob a catedral imponente. O ar era frio, as paredes, úmidas e, à nossa frente, atrás de uma parede de vidro, vimos alguns caixões de chumbo na cripta de teto baixo.

– Lá está ela, ao lado de Fernando, por toda a eternidade – sussurrou Ally. – Ali está a filha dela, a quem chamavam de Joana, a Louca, e seu marido. O netinho de Isabel também está aqui... Ele morreu nos braços dela quando tinha apenas 2 anos.

Apertei a mão de Ally.

– Fale-me sobre ela. Agora que sei que *sou* espanhola, preciso saber de minha história.

– Lembro-me de ter visto uma pintura dela num livro de história na escola e ter achado que eu me parecia um pouco com ela. Então, li mais sobre a vida dela e fiquei obcecada. Ela realmente foi uma das primeiras feministas: participava das batalhas ao lado do marido, mesmo tendo cinco filhos. Trouxe uma enorme riqueza para a Espanha e, sem ela, Cristóvão Colombo jamais teria chegado ao Novo Mundo. Mas, quando ele trouxe índios americanos como escravos, ela ordenou que os libertasse. Embora ela tenha dado início à Inquisição espanhola, mas isso é outra história. De qualquer forma – prosseguiu Ally, contraindo-se e colocando a mão sobre a barriga –, acho melhor voltar para o hotel para me deitar. Desculpe, mas deve ser uma combinação do final da gravidez e os passeios.

Quando atravessamos a praça, que cintilava à forte luz do sol, ouvi uma voz rouca gritar:

– Erizo!

Surpresa, eu me virei e vi uma cigana idosa olhando diretamente para mim.

– Erizo – repetiu ela.

– *Sí*. – Respirei fundo. – Como você sabe quem eu sou?

Sem dizer nada, ela me estendeu um ramo que tirou de uma cesta cheia de ramos de alecrim amarrados por um fio.

Peguei o ramo, abrindo um sorriso, e lhe dei 5 euros. Então ela colocou minha mão na dela, de pele áspera, e murmurou algo em espanhol, antes de se afastar.

– O que foi isso? Você a conhece? – perguntou Ally.

– Não – respondi, esfregando o alecrim entre os dedos, o perfume da erva fresca invadindo minhas narinas. – Mas, de alguma forma, ela *me* conhecia...

Voltamos para Sacromonte quando o sol já estava se pondo e encontramos Charlie, Pepe e Angelina no pequeno jardim do terraço.

– O cheiro está maravilhoso – comentou Ally.

– Essa é uma das ervas que você usa no seu trabalho? – perguntou Charlie a Angelina.

– *Sí* – respondeu ela.

Observei que Ally acariciava sua barriga enorme, parecendo um pouco agitada.

– Você está bem, querida? – sussurrei.

– Acho que sim. Eu só... preciso ir ao banheiro.

Ajudei minha irmã a ficar de pé e Angelina nos observou, seus olhos escuros se estreitando um pouco.

– Está tudo bem?

– Sim, só vou ajudar Ally no banheiro – respondi.

A meio caminho do interior da gruta, Ally parou de repente e se contraiu, colocando uma das mãos nas costas e na outra na barriga.

Naquele instante, um súbito jorro de líquido claro se espalhou no chão de pedra.

– Meu Deus, Ally, acho que sua bolsa estourou!

Ajudei-a a se sentar numa cadeira no canto e gritei por Angelina. Ela apareceu na cozinha dois segundos depois, seguida por Charlie.

– O bebê está querendo chegar mais cedo. Eu já fiz centenas de partos, não tem problema, querida. – Os olhos de Angelina estavam acesos de empolgação. – E temos também o bom médico inglês aqui. O que poderia ser melhor? – Ela sorriu, e eu vi o rosto de Ally relaxar.

– Faz muito tempo que não faço um parto – afirmou Charlie, em voz baixa. – Não é melhor eu chamar uma ambulância?

– Elas não sobem até aqui, mas... Vamos ver quantos dedos você já tem, querida.

– O bebê só deveria chegar daqui a um mês... E se...

Ally se calou quando uma contração tomou conta de seu corpo e ela agarrou minha mão com ferocidade.

Angelina se levantou e ajudou Ally a se levantar também. Então tomou o rosto de minha irmã nas mãos, olhando fixamente para seus olhos cheios de dor.

– Não há tempo para ter medo – disse ela com firmeza. – Você precisa usar suas energias para ajudar o bebê. Agora, vamos levá-la para o meu quarto. É mais confortável.

Angelina praticamente carregou Ally até o quarto na parte de trás da gruta.

– Já são quatro dedos! – declarou Angelina, depois de mandar todos nós para fora, de modo a dar a Ally alguma privacidade. – Tarde demais para levá-la ao hospital, mas vá, Charlie, e chame a ambulância para o caso de haver algum problema. Venha comigo, Erizo. Vamos levantar sua irmã e ajudá-la a caminhar. É a melhor maneira de deixá-la pronta.

Eu lhe obedeci e, no limitado espaço do quarto onde eu havia nascido, andei com minha irmã de um lado para outro, até sentir que meu braço ia cair. Charlie e Angelina enfiavam a cabeça pela cortina a todo instante: ele, para verificar a pressão de Ally e monitorar os batimentos cardíacos do bebê; ela, para lhe dar um tônico para aumentar suas forças e verificar a dilatação cervical.

– Sinto vontade de fazer força! – gritou Ally, depois do que pareceriam dias, mas foram apenas algumas horas.

Nós a ajudamos a deitar na cama e eu apoiei seu corpo em travesseiros e almofadas enquanto Angelina a examinava.

– O bebê vem depressa. Isso é bom, Sr. Charlie! – gritou Angelina para ele. – Ela está quase toda aberta. Muito bem, querida, está bem perto agora. Mais dez minutos e você pode empurrar.

– Mas eu quero *agora*! – gritou Ally.

Tudo o que eu podia fazer era ficar sentada, segurar a mão de Ally e acariciar seus cabelos suados e emaranhados enquanto os minutos passavam.

Angelina verificou a dilatação de Ally mais uma vez e assentiu.

– Está bem, agora sem choro. Respire fundo e aperte a mão de sua irmã. Empurre na próxima contração.

Alguns minutos depois, segurando minha mão com força, Ally soltou um grande berro. Alguns empurrões a mais e, finalmente, o bebê chegou ao mundo.

Houve lágrimas, parabéns e largos sorrisos no quarto quando Angelina levantou a criança chorando do meio das pernas da mãe para que Ally visse pela primeira vez o pequenino milagre que havia gerado.

– É um menino – anunciou Angelina. – De bom tamanho.

Charlie apareceu pela cortina e se aproximou de Angelina para fazer uma rápida verificação dos sinais vitais do bebê.

– Pela aparência, ele é perfeitamente saudável, apesar de ter decidido chegar ligeiramente à frente do cronograma. – Ele deu um sorriso, aliviado. – A ambulância está à espera na entrada da cidade.

Os olhos de Ally brilhavam com lágrimas de alegria quando ela pediu para segurar o filho.

– Ally, precisamos apenas dar um jeito na placenta e cortar o cordão umbilical – tranquilizou-a Charlie, andando até a cabeceira da cama para verificar o pulso da mãe. – Só mais alguns minutos, e ele vai estar em seus braços, prometo.

No entanto, enquanto ele falava, Angelina já havia resolvido a situação, cortando o cordão umbilical com os próprios dentes. Havia vestígios de sangue ainda visíveis neles quando ela abriu um largo sorriso e, com habilidade, enrolou o bebê num cobertor. Por algum motivo, nada disso pareceu macabro ou bárbaro, simplesmente natural.

Angelina entregou o pacotinho que se contorcia para Ally. O bebê abriu a boca como se fosse chorar de novo, mas emitiu apenas um suave ruído, que soou mais como um leve rosnado. Angelina sorriu e murmurou algo em espanhol.

– Ela disse que acha que ele é um bebê *oso* – traduziu Charlie.

– *Oso*? – questionou Ally ao segurar o filho.

– Significa "urso" – disse Angelina.

– É perfeito – disse Ally. – Além disso, com toda essa cabeleira, ele parece mesmo um urso.

Lágrimas brotaram em meus olhos enquanto eu observava aquela cena comovente. E, mais uma vez, senti meus pelos se arrepiarem e *soube* – mesmo sem vê-lo – que Theo estava presente, observando os primeiros momentos de vida do seu filho aqui na Terra.

– Quer segurar seu sobrinho? – perguntou-me Ally.

– Seria uma honra.

Peguei a trouxinha que Ally me ofereceu e, por instinto, levantei aquele ser humano em miniatura que tinha nos braços, voltando o olhar para o teto caiado da gruta e agradecendo, em silêncio, aos poderes superiores – quem e o que quer que fossem – pelo milagroso ciclo da vida.

Depois que Ally bebeu um pouco de água e Angelina terminou de limpar mãe e filho da melhor maneira possível, sentei-me na cama com minha irmã.

– Estou tão orgulhosa de você, querida – afirmei. – E sei que Theo também está.

– Obrigada – disse ela, os olhos cheios de lágrimas. – Foi realmente bom, muito mais fácil do que pensei que seria.

Fiel ao seu estilo, minha corajosa irmã havia lidado bem com o trauma do parto prematuro.

– Pelo que posso avaliar, ele é perfeito. A única coisa que não podemos fazer é pesá-lo – disse Charlie. – Calculo que tenha cerca de três quilos.

– Nós podemos pesá-lo! Tenho uma balança na cozinha – lembrou-se Angelina.

E, assim, o pequeno Bear foi colocado, sem cerimônia, sobre uma balança grande e enferrujada que normalmente pesava batatas, cenouras e farinha.

– Três quilos e cem gramas – anunciou Angelina. – Ally, você quer ir ao hospital com os *hombres* da ambulância? – perguntou Angelina, enquanto minha irmã colocava o bebê em seu seio.

– Não, acho que, se vocês dois estão satisfeitos, prefiro ficar aqui, por favor.

– Tudo bem. Está satisfeito, Sr. Charlie?

– Estou, sim – confirmou Charlie, depois de examinar Ally e declarar que ela e o bebê estavam bem. – Vou dispensá-los.

Depois de ajeitar Ally da maneira mais confortável possível, nós a deixamos descansar e conhecer seu pequeno urso. Então nos sentamos lá fora, ao ar fresco da noite, e brindamos o nascimento com um copo de vinho Manzanilla.

– Cuidado com o álcool, Tiggy – advertiu-me Charlie. – Vou permitir apenas esse, uma vez que se trata de uma ocasião especial.

– Obrigada, doutor.

Levantei uma sobrancelha para ele.

Ficou então combinado que Angelina dormiria na cama de Pepe para cuidar de Ally, e Pepe se mudaria para o quarto de Ally no hotel.

– Amanhã você pode ligar para o Thom? Não consigo sinal. O número dele está aqui – falou Ally, apontando para seu celular ao lado da cama. – E Ma, é claro. Vamos precisar de um passaporte para o pequenino. Diga a Thom que minha certidão de nascimento está numa caixa em minha gaveta, onde está escrito "documentos".

– Vai ser a primeira coisa que vou fazer. Agora – acrescentei, beijando suavemente a mãe e o bebê –, durmam bem, vocês dois. – Eu estava prestes a sair do quarto quando me virei para Ally e sorri. – Acho que nós duas sabemos agora o que Theo quis dizer com "estar preparada". Durma bem, querida.

No caminho de volta para o hotel, parei e olhei para a Alhambra. Estava ali havia quase mil anos, sólida como a terra sobre a qual foi construída. Assistiu às provações e complicações de muitos seres humanos – desde os mouros de um milênio atrás, passando por Isabel de Castela, tão admirada por Ally, e chegando a mim – e, de repente, percebi que Ally tinha razão, nossas vidas são muito fugazes, se comparadas a qualquer coisa tirada da terra. No vale abaixo de mim, havia árvores de centenas de anos que, mesmo depois de arrancadas da terra, forneceriam móveis feitos de seus corpos resistentes, que perdurariam muito tempo depois de as pessoas que os utilizaram terem perecido.

Era uma ideia de humildade, e sua veracidade desmentia o poder que os seres humanos acreditavam ter sobre a terra. A verdade era que a terra estava no comando e duraria mais que todos e cada um de nós. E tudo o que eu podia fazer era aceitar meu lugar nela, entender que eu era um mero instante do tempo, que poderia ser bom, desde que eu o usasse aqui com sabedoria.

Quantas coisas aprendi desde que cheguei aqui, pensei, no caminho para o hotel.

Meu plano era ir direto para a cama, mas minha mente estava agitada diante da enormidade dos acontecimentos. Então, depois de dar boa-noite a Marcella, fui ao terraço observar as estrelas.

Não sei quanto tempo fiquei ali, perdida em meus pensamentos, mas levei um susto quando senti um toque suave em meu ombro. Eu me virei e encontrei Charlie atrás de mim, segurando um copo de conhaque.

– Olá – disse ele, baixinho. – Você deveria estar na cama.

– Não estou cansada – murmurei, percebendo, de repente, como ele estava perto de mim. – Não foi surpreendente estar ali no instante do nascer de uma vida?

– Foi *mesmo* incrível. Isso me dá a esperança de que novos começos são possíveis, de várias formas diferentes...

Antes que eu pudesse entender o que estava acontecendo, a cabeça dele se aproximou da minha. O toque de seus lábios irradiou ondas de emoção pelo meu corpo, mas, depois que o beijo continuou e se aprofundou e eu me senti derreter colada a ele, um alarme começou a soar em minha cabeça.

Ele é casado! A esposa dele já suspeita de algo... Tiggy, o que você está fazendo?!

Interrompi o beijo abruptamente.

– Charlie, isto é errado. Sua mulher... Sua filha... Eu... não posso fazer isso.

Charlie se recompôs com evidente esforço, desapontado com a própria atitude.

– Sinto muito. Não deveria ter feito isso. Mas se você apenas ficar e conversar comigo...

– Não! Eu tenho que ir. Boa noite, Charlie.

Então eu corri pelo terraço até a segurança do meu quarto.

❁ ❁ ❁

Na manhã seguinte, acordei bem cedo. Os acontecimentos da noite anterior voltaram à minha mente como se tivessem sido um sonho, mas não foram, e eu ainda podia sentir os lábios de Charlie nos meus...

Soltei um suspiro e me levantei da cama para me vestir, tentando tirá-lo da cabeça. Saí para procurar um lugar em que o celular de Ally pegasse, e, assim, ligar para Thom e Ma. No caminho até os portões da cidade, senti o cheiro das flores da primavera, que brotavam nos cactos e nas árvores, e, com o coração pesado, tentei me imaginar na nevada Genebra, e não ali.

Quando finalmente encontrei sinal, liguei para Thom, o irmão gêmeo de Ally. Sorri ao me lembrar de como ele era igual à minha irmã – prático e pronto para agir.

– Certo, vou pegar o próximo voo – anunciou Thom, a alegria evidente em sua voz. – O Pequeno Urso, ou *Bjørn*, devo dizer, não tem passaporte, por isso vou ter que ir até aí ajudar Ally a conseguir um. Também vamos ter que registar o nascimento. Vou procurar o consulado norueguês mais próximo e tomar as providências:

– Traga algumas roupas de bebê também – aconselhei, explicando onde estavam os documentos de Ally.

Depois de dar as instruções de como chegar a Sacromonte, liguei para Ma e senti uma profunda emoção em sua voz. Afinal, em essência, era seu primeiro neto.

– Mal posso esperar para vê-lo e para ver Ally – disse ela. – Por favor, envie a eles todo o meu amor e minhas felicitações.

– Pode deixar. E, Ma, você tem certeza de que está tudo bem se eu for para casa e ficar com você?

– É claro que sim, Tiggy. Nada poderia me deixar mais feliz do que cuidar de você. Só espero que esteja bem o suficiente para fazer a viagem.

– Estou, Ma, juro.

– Você tem que pegar o jato particular no terminal do aeroporto de Granada às quatro e meia. Nos vemos mais tarde, ainda esta noite. Boa viagem, *chérie*.

Voltei pelo mesmo caminho, banhada pelo sol, ainda me sentindo culpada por causa do avião particular, mas também pensando em como o meu passado e o meu presente pareciam ter colidido naquele lugar.

– O velho mundo e o novo mundo – murmurei, enquanto me aproximava do hotel.

O fato de o bebê de Ally ter nascido na mesma cama em que eu nascera tornava tudo muito mais comovente. Quanto a Charlie...

– Tiggy, posso conversar com você antes de ir embora?

Falando no diabo...

– Sim, é claro.

Fiz um rápido sinal com a cabeça enquanto entrava pelo portão de ferro. Vi Marcella nos observando com interesse.

Charlie levantou-se de onde estava tomando seu café da manhã.

– Podemos sair e sentar no muro? Assim eu posso apreciar a vista pela última vez.

Ele cruzou o portão e me levou até a passagem estreita, de modo que ficamos livres de olhares curiosos.

Pulei e me sentei no muro, minhas pernas balançando como as de uma criança, enquanto ele simplesmente se sentou, seus pés tocando o chão.

– Tenho que partir em dez minutos, mas... – Ele suspirou. – Preciso deixar as coisas claras com você, Tiggy.

– Sobre o quê?

– O futuro. O seu, o meu, o de Kinnaird... Simplesmente não seria justo para você se eu não o fizesse. Com seus instintos, você provavelmente já deve ter adivinhado que há alguma coisa.

– Sim, você parecia tão entusiasmado no Natal, depois foi embora e... Para ser sincera, Charlie, senti que estava me evitando, ou algo assim.

– Estava, mas não você, Tiggy, e sim a situação. Eu só não sabia o que dizer. Vamos colocar da seguinte forma: esta é uma conversa que preciso ter com Cal e os outros membros da equipe quando voltar. Eu estava esperando para ver se surgiria outra saída, mas, depois de ter pensado em todas as possibilidades, realmente não acho que exista alguma. É muito triste.

– Você quer dizer que a propriedade está falida?

– Eu não diria tanto, para ser justo. – Ele deu um sorriso amarelo. – Quero dizer, não há dinheiro em caixa. Entretanto, mais de 18 mil hectares de terra e uma casa muito bem reformada, apesar do empréstimo para pagar, valem alguma coisa.

– Ah, sinto muito, Charlie. Zed me disse que a propriedade estava falida.

– Sim, ele mencionou isso para mim também quando me ligou e disse que queria comprá-la.

– Meu Deus! Ele me falou que estava pensando em fazer isso. Você não aceitou, não é? Não que eu tenha alguma coisa a ver com isso – acrescentei depressa.

– Não. – Charlie riu. – Embora a oferta que ele me fez fosse tentadora. De certa maneira, eu gostaria de poder levar em consideração as ofertas, mas é justamente esse o problema. No momento, não posso fazer nada.

– Por que não?

– É uma longa história. Em resumo, o meu direito de herdar a Propriedade Kinnaird está sendo questionado. Portanto, até que isso seja resolvido nos tribunais, a propriedade não é minha, então não posso vendê-la.

– *O quê?!* Mas isso é ridículo! Você é o legítimo herdeiro... o único herdeiro...

– Bem, foi o que pensei, mas parece que eu estava errado.

Charlie olhou para o vale pacífico e depois para a Alhambra, acima de nós. Soltou um longo suspiro, que revelou todo o cansaço que sentia.

– Mas quem está questionando seu direito? – indaguei.

– Você se importaria se eu não entrasse em detalhes? Como eu disse, é uma longa história, e tenho que sair para o aeroporto em cinco minutos. Eu estou lhe contando isso porque, até que a situação seja resolvida, minhas mãos estão atadas. Não posso fazer outra coisa senão manter Kinnaird funcionando, o que significa que todos os planos que tínhamos estão em compasso de espera. E, sabendo quanto tempo leva para esse tipo de coisa chegar ao tribunal, sei que muitos anos podem se passar até haver uma resolução.

Depois de um momento, ele continuou a falar apressadamente:

– Tiggy, por favor, não tome o que estou dizendo como uma demissão. Ainda há trabalho para você em Kinnaird pelo tempo que quiser, e eu adoraria que você ficasse, é claro, mas não seria justo de minha parte fingir que seu espectro de trabalho seria estendido no futuro próximo. Sei muito bem que você é capaz de muito mais do que tomar conta de quatro gatos-selvagens. Não foi para isso que você dedicou cinco anos de estudos. O que estou tentando dizer, Tiggy, é que, uma vez que você melhore, embora me doa dizer isso, se você quiser, pode ir em busca de outros projetos. Eu jamais me perdoaria se a impedisse de retomar o que promete ser uma carreira brilhante.

Olhei para aquele belo rosto e tive que me controlar ao máximo para não segurar a mão dele.

– Sinto muito, Charlie. É um pesadelo.

– Não tem sido fácil, mas, apesar de tudo, não vou sentir pena de mim mesmo. Ninguém morreu e eu e minha família não estamos passando fome. São apenas trezentos anos de história dos Kinnairds, afinal. – Ele se virou para mim e sorriu com tristeza. – De qualquer forma, é melhor eu ir. Marcella me ofereceu carona até o aeroporto. Agora, o mais importante de tudo é que você me prometa que vai descansar quando chegar a Atlantis. Eu vou dar instruções à sua Ma sobre os cuidados necessários.

– Eu prometo, Charlie, e por favor não se preocupe comigo. Você já tem muitos problemas para resolver.

– Eu vou me preocupar, Tiggy, mas, aconteça o que acontecer, espero que você esteja de volta a Kinnaird em breve, mesmo que seja para dizer adeus.

Eu o observei se levantar e senti lágrimas brotando em meus olhos.

– Eu prometo.

– Eu realmente sinto muito sobre ontem à noite. Não é do meu feitio. Na verdade, nunca beijei outra mulher que não fosse minha esposa nos últimos dezessete anos. Fui completamente inadequado, e espero não ter ofendido você, especialmente depois de tudo o que eu disse sobre Zed e a maneira como ele se comportou.

– Você não me ofendeu, Charlie – respondi, temendo que ele pensasse que sua aproximação era indesejada, quando na verdade *não* era nem um pouco.

Caminhamos de volta para o hotel, em silêncio, e ele pegou sua maleta, que estava no terraço.

Naquele momento, Angelina surgiu ao nosso lado, como se tivesse saído de lugar nenhum.

– Vim para dizer adeus, Sr. Charlie. Venha nos visitar de novo para conversarmos um pouco mais.

Ela o beijou nas bochechas.

– Vou vir – respondeu ele.

– *Ay*, você deve saber que ela – continuou Angelina, apontando para mim – tem a resposta para o seu problema. Tchau.

Charlie e eu trocamos olhares confusos quando a velha senhora deixou o terraço tão depressa quanto havia surgido.

– Certo. Pois bem, mantenha-se em contato e me informe como você está se sentindo, combinado?

– Está bem – respondi, enquanto Marcella se juntava a nós.

– Pronto para a corrida de sua vida, Charlie? – Marcella riu.

– Mal posso esperar – respondeu Charlie, revirando os olhos para mim enquanto a seguia. – Até logo, Tiggy.

Depois que os dois saíram, bebi, sedenta, um copo d'água e pensei que não era de surpreender que Ulrika se sentisse insegura em relação ao marido. Era óbvio que ele tinha um magnetismo que mexia com o sexo oposto. Entretanto, na maior parte do tempo, ele parecia não perceber.

– E talvez isso seja parte de seu encanto – murmurei, saindo do hotel para ir à outra gruta verificar como estavam a mãe novata e seu bebê.

Encontrei Ally sentada em uma cadeira em frente à gruta de Pepe e Angelina, com Bear adormecido em seus braços. Vi que estava com olheiras, sem dúvida devido às exigências da primeira noite de amamentação, mas os olhos brilhavam de felicidade.

– Como está se sentindo?

– Cansada, mas, fora isso, absolutamente maravilhosa!

– Você *está* maravilhosa, Ally, e estou muito feliz por você. A propósito, liguei para Thom e ele já está cuidando dos trâmites no consulado neste exato momento.

– Típico do meu irmão – observou ela, com um sorriso.

– Duvido que ele chegue a Sacromonte ainda hoje. Você quer que eu fique mais uma noite, caso ele não venha até amanhã?

– Não, eu estou bem, Tiggy, de verdade. Não se esqueça de que tenho outras pessoas aqui para cuidar de mim. Vá para Atlantis e deixe Ma cuidar de você por um tempo. Por falar em Ma, conseguiu ligar para ela?

– Sim, e ela ficou muito feliz com a notícia, como você pode imaginar. Mandou muitos beijos e abraços.

– Bem, diga a ela que vou levar Bear a Atlantis em breve.

– Vou dizer. Agora, acho melhor acordar Pepe.

– Está bem. Eu ia mesmo descansar um pouco, enquanto o pequenino está dormindo.

– Vejo você mais tarde para me despedir, querida Ally.

Subi para o hotel e bati à porta de Pepe.

– Que horas são? – ouvi Pepe resmungar, irritado, do outro lado da porta, enquanto a abria. Era óbvio que tinha acabado de acordar. Mas, quando viu meu rosto, ele simplesmente me tomou em seus braços. – Certo, querida, preciso descer e preparar um café da manhã para Angelina, e você e eu também precisamos de alguma comida...

Depois que Pepe se vestiu, fomos até a porta azul, e ele me fez sentar no pequeno jardim e foi se ocupar na cozinha. Voltou trazendo uma bandeja com pão quente e café, seguido por Angelina.

– Então você vai voltar para casa? – perguntou ela.

Eu assenti.

– Sim, em poucas horas. Mas volto assim que puder. Ainda tenho muito a aprender com você...

– *Sí*, e ainda estaremos aqui quando você voltar. Mesmo Pepe sendo velho e gordo... eu sou forte como um boi. – Angelina piscou para mim.

– Eu queria ficar aqui com vocês dois – afirmei –, mas Ally e Charlie acham que é melhor eu voltar para Genebra...

– Às vezes, você deve confiar nas pessoas para saber o que é melhor para você. E para elas. – Angelina deu uma risada. – Não negue aos que a amam a chance de cuidar de você. Entendeu?

– Mais ou menos, mas eu realmente não quero ir embora.

– Eu sei. É porque este lugar está em seu coração. Você é bem-vinda aqui sempre que desejar.

– Obrigada.

Mastiguei o pão delicioso e tentei saborear ao máximo os momentos de despedida da minha nova família. Reunindo toda a minha coragem, perguntei a eles sobre o assunto que, eu sabia, estava sendo adiado durante meu tempo em Granada, simplesmente porque devia ser bem triste.

– Antes que eu me vá, vocês podem... vocês podem, por favor, me contar sobre minha mãe e meu pai? Tenho tantas perguntas e não posso partir sem saber...

– Sim, Erizo, é claro que temos que lhe contar – respondeu Angelina, respirando pesadamente. – Nem toda a história é alegre, e talvez tenhamos sido egoístas em não contá-la antes para você. Mas Pepe e eu nem sempre gostamos de nos lembrar disso...

Pepe tomou a mão dela e nós nos sentamos em silêncio por um instante. Então Pepe pareceu despertar e levantou os olhos para encontrar os meus.

– Agora vou começar, porque eu estava lá. Era 1944 e, enquanto o mundo ainda estava se destruindo numa guerra, Lucía estava na América do Sul, no auge de sua carreira...

Lucía

Mendoza, Argentina
Setembro de 1944

29

Meñique foi para o terraço, estreitando os olhos diante da brilhante luz do sol de setembro. Ele se inclinou sobre a balaustrada, que dava para os vinhedos que se espalhavam vale abaixo e, mais adiante, para os picos cobertos de neve da Cordilheira dos Andes. Nunca em sua vida ele havia respirado um ar tão puro e, mesmo em uma altitude elevada, o sol aquecia sua pele. Meñique amava aquele lugar.

Ele se envergonhava de admitir que o recente azar de Lucía tinha sido uma dádiva de Deus para ele: após anos de uma ferrenha turnê pela América do Sul, o *cuadro* estava se apresentando em um teatro em Buenos Aires quando, durante uma *farruca* particularmente intensa, Lucía bateu os pés no palco com tanta força que quebrou um taco do piso.

Seu tornozelo sofreu uma torção tão grande que o médico avisou que, se ela não se desse algum tempo para se recuperar, nunca mais poderia dançar. Por isso, Lucía fora finalmente obrigada a ceder e a fazer uma pausa. O restante do *cuadro* havia se dividido durante a temporada, viajando para apresentações próprias por toda a Argentina e pelo Chile.

Era a primeira vez em todos os seus anos com Lucía que Meñique a tinha toda para si, e estava sendo maravilhoso. Talvez fossem os fortes analgésicos que ela tomava, ou simplesmente o estresse inacreditável a que submetia seu corpo, mas Lucía estava calma como ele nunca tinha visto. Se pudessem ficar assim para sempre, Meñique se casaria com ela no dia seguinte.

– Telegrama, *señor*.

Renata, a empregada, foi ao terraço para lhe entregar a mensagem.

– *Gracias*.

Ele viu que era dirigido a Lucía, que estava cochilando em sua espreguiçadeira. Meñique abriu o telegrama, afinal, de qualquer maneira, ela teria pedido que o lesse. Estava em inglês, e Meñique se sentou à mesa e começou a decifrá-lo.

TODOS OS TERMOS ACEITOS PT PASSAGEM RESERVADA DE BA
PARA NY 11 SET PT ANSIOSO ENCONTRAR VCS TODOS AQUI PT
SOL

– *¡Mierda!* – xingou Meñique, seu coração pulsando de raiva.

Ele se levantou e marchou até Lucía.

– Chegou um telegrama para você – disse ele em voz alta, vendo-a despertar num sobressalto.

Ele o atirou na direção dela e o papel flutuou ao sabor da brisa morna do terraço.

– Para mim?

Lucía sentou-se e estendeu a mão para pegar o papel. Vendo que era em inglês, ela o ofereceu de volta a Meñique, que o recusou.

– O que diz?

– Acho que você sabe muito bem, Lucía.

– Ah. – Ela olhou de volta para o telegrama, procurando uma palavra que conseguisse reconhecer. – Sol.

– Sim, Sol. Sol Hurok. Aparentemente, você vai para Nova York.

– Não, *nós* vamos para Nova York. Como se eu fosse deixar você para trás! Você vai ficar orgulhoso de mim. Negociei muito bem.

Meñique se deu um tempo para respirar.

– Você alguma vez pensou que seria uma boa ideia me contar seus planos?

– Não até ele aceitar os meus termos. Todas as vezes que ele me chamou antes, esnobou você e o *cuadro*, e só queria a mim. Então... – Lucía levantou os braços para ele e abriu um largo sorriso. – Agora eu *posso* lhe contar.

Como Lucía não conseguia ler o que o telegrama dizia, Meñique supôs que os "termos" haviam sido "aceitos" durante alguns telefonemas de fim de noite, quando Lucía pensava que ele dormia.

Meñique afundou lentamente em uma poltrona. Depois da sensação de paz anterior, agora estava desesperado por tantas razões que levaria muito tempo para listá-las.

– Você não está feliz, Meñique? – perguntou Lucía. – É o meu sonho.

Lucía se levantou, agora um feixe de energia nervosa e excitação. Seus pequenos pés começaram a bater no terraço.

– Já imaginou? Finalmente, a América do Norte! A América do Sul é nossa, mas agora precisamos roubar de La Argentinita o verdadeiro prêmio!

– Então tudo isso tem a ver com ela, não é? – disse Meñique, evitando encará-la.

– Não tem a ver com nada nem ninguém, mas com um lugar novo para mostrar minha dança para os *payos*. E os *payos* de Nova York são os mais ricos do mundo. – Lucía caminhou até ele e colocou os braços em seus ombros. – Isso não excita você? – sussurrou ela em seu ouvido. – O *Señor* Hurok disse que talvez nos consiga o Carnegie Hall! Já imaginou? Um punhado de *gitanos* espanhóis no palco mais importante do mundo!

– Eu gosto da vida aqui em Mendoza, Lucía. Ficaria feliz em viver na América do Sul pelo resto da vida.

– Mas nós já vimos tudo o que há para ver aqui, já fizemos tudo o que há para fazer! – Lucía o soltou e caminhou de um lado para outro no amplo terraço cheio de vasos de plantas com flores de um vermelho dramático, espelhando a cor do cachecol ao redor de seu pescoço. – Já estivemos no Uruguai, no Brasil, no Chile, na Colômbia... – Ela contou os países nos dedos. – Depois Equador, Venezuela, Santo Domingo, México, Cuba, Peru...

– Da próxima vez, Lucía, quando você fizer um plano que me inclua, peço que tenha a decência de me avisar.

– Mas eu estava guardando isso como uma surpresa especial! Pensei que você fosse ficar tão feliz quanto eu!

Lucía parecia tão desamparada que a ira de Meñique diminuiu um pouco. Era óbvio que ela imaginara que ele ficaria feliz.

– Eu amo estar aqui com você, e eu só... – Ele balançou a cabeça. – Só me pergunto se algum dia vamos parar em algum lugar. E ter uma vida juntos.

– Nós não paramos, mas *temos* uma vida juntos, e ela é emocionante. E vou ganhar 14 mil dólares por semana!

– Nós não precisamos de mais dinheiro, Lucía, já temos o bastante.

– Nunca é o suficiente. Nós somos *gitanos*. A vida é uma busca constante, nunca podemos ficar parados, você sabe disso. – Lucía o analisou. – Talvez você esteja ficando velho.

– Talvez eu esteja apenas cansado de viajar o tempo todo. Talvez eu queira uma casa. Com você, Lucía... E, um dia, filhos.

– Podemos ter tudo isso, mas primeiro vamos completar nossa aventura e ir para Nova York. – Lucía foi até Meñique e se ajoelhou, segurando as mãos dele. – Eu lhe imploro. Eu tenho que conquistar a América. Não me negue isso.

– *Pequeña...* – Meñique respirou fundo. – Alguma vez eu lhe neguei alguma coisa?

❁ ❁ ❁

Dessa vez, quando partiram para Nova York, o mar calmo não deixou enjoado ninguém da companhia, que tinha aumentado para dezesseis pessoas durante os seis anos na América do Sul. Lucía recebera a melhor suíte do navio, e alguns passageiros faziam reverência ou a saudavam cada vez que ela se dignava a aparecer no convés.

– Como está se sentindo?

María se aproximou de Meñique. Ele estava inclinado sobre o parapeito, usando um grosso casaco e um cachecol, generosamente emprestados por um passageiro que o vira tremendo no convés à brisa outonal.

– É triste deixarmos a América do Sul para trás. O calor, a cor...

– Sim. Eu compreendo. Sinto o mesmo. Mas o que podemos fazer?

– Nada, María.

Meñique colocou um braço sobre os ombros dela. Ao longo dos anos, os dois haviam ficado amigos, dando conforto e força um ao outro quando José ou Lucía se tornavam difíceis.

– Eu queria... – Meñique começou a dizer.

– O que você queria?

– Um fim e um começo – sussurrou ele. – Que a viagem terminasse. Queria ter um lar.

– *Sí*, eu compreendo. Dizem que a guerra na Europa terminará logo. Preciso saber o que aconteceu com meus filhos. Também quero ir para casa.

María apertou a mão dele antes de sair, uma figura solitária sobre o deque congelado.

❁ ❁ ❁

– Você sabia que foi Antonio Triana quem me recomendou ao *Señor* Hurok? – disse Lucía, enquanto se preparava para jantar na mesa do capitão, colocando seus pesados brincos de diamantes e ajeitando a estola de pele em volta dos ombros.

– Não, você nunca mencionou isso. Achei que ele fosse parceiro de La Argentinita.

– Era, mas ouvi dizer que a saúde dela não está muito boa. Ele está procurando uma nova parceira. E me escolheu!

Lucía deu uma risadinha de prazer quando enrolou com o dedo o cacho preto que ficava no meio de sua testa.

Meñique olhou para ela.

– Eu pensei que você preferisse dançar sozinha.

– E prefiro, mas, na última vez que dancei com Triana, em Buenos Aires, senti algo maior do que eu mesma, *e* ele já é famoso na América.

– Por favor, Lucía, diga-me que não estamos fazendo todo esse trajeto até Nova York só para roubar o parceiro de La Argentinita.

– É claro que não, mas eu posso aprender com Triana. Ele é um gênio.

– Sério? – Meñique se moveu para ficar atrás dela e encarou o reflexo da amada no espelho. – Você sempre afirmou que cada dança vem instintivamente de sua alma.

– Eu estou mais velha agora, e pretendo melhorar ainda mais. Se Triana puder me ensinar o que fez La Argentinita tão famosa na América, eu vou ouvir. Você sabe como as coisas mudaram. Não é suficiente apenas dançar em um palco com uma orquestra. Precisamos de um verdadeiro espetáculo!

– Não é o que temos oferecido às plateias da América do Sul por todos esses anos? – disse Meñique, cansado. – Estou morrendo de fome. Você já terminou ou devo ir para o salão sozinho?

Lucía prendeu uma pulseira de diamantes no pulso e, em seguida, levantou-se e estendeu a mão para ele.

– Estou pronta, e louca por sardinhas.

✹ ✹ ✹

Dois dias depois, o *cuadro* Albaycín chegou a Nova York. Meñique nunca tinha visto Lucía tão animada, enquanto admirava os arranha-céus tão altos que desapareciam entre as nuvens. Quando se aproximaram de uma pequena ilha, na foz de um grande rio, passaram pelo símbolo da América, a Estátua da Liberdade, trajando suas vestes verde-acinzentadas e carregando a tocha.

Até que chegaram a Ellis Island, seu porto de desembarque. Lucía estava pronta para uma chegada triunfal quando marchou pela prancha, mas foi recebida apenas pelos funcionários da imigração, que insistiram em que a trupe os acompanhasse até um edifício onde deveriam preencher os formulários necessários.

– Eu não sei escrever! Nem minha mãe, nem meu pai! – disse Lucía em espanhol, olhando, exasperada, para os funcionários. – Vocês devem saber quem eu sou!

– Não, senhora, não sabemos – disse um homem, depois que Meñique, relutante, traduziu. – Tudo o que sei é que vocês são imigrantes espanhóis que precisam preencher os formulários necessários para entrar nos Estados Unidos da América.

Apesar dos protestos de Lucía, nenhum deles recebeu permissão para entrar. Depois de contactar Sol Hurok para avisá-lo do atraso, seguiu-se outra longa viagem de barco de volta a Havana. Durante esse tempo, Meñique e os poucos membros do *cuadro* que sabiam escrever passaram horas ensinando Lucía e o restante da companhia a assinar os próprios nomes.

Quando chegaram a Nova York de novo, vinte dias depois, Meñique ficou feliz por se ver em terra firme.

Dessa vez, as formalidades na Ellis Island foram concluídas sem problemas, e assim o *cuadro* fez a travessia de balsa até Manhattan e, em seguida, acotovelou-se em vários táxis amarelos e pretos. No meio do caminho, Meñique surpreendeu-se com os prédios enormes, a luz fraca de inverno refletida em centenas de janelas de vidro. Saindo do carro, com a respiração visível no ar congelado, Meñique fez o melhor que pôde para esconder de Lucía sua infelicidade, pois ela estava claramente adorando as suntuosas vitrines que exibiam manequins envoltos em peles e diamantes.

Eles ficariam no hotel Waldorf Astoria, onde Sol Hurok reservara quartos para todo o *cuadro*. No saguão, Lucía assinou o registro com garranchos desafiadores. Seu pai e os outros seguiram o exemplo, enquanto os funcionários e hóspedes que passavam olhavam com desagrado para o bando de ciganos barulhentos.

Uma recepcionista entregou as chaves da suíte de Lucía, e ela seguiu, majestosa, em direção aos elevadores.

Quando o mensageiro pressionou o botão, Lucía se virou para encarar o saguão.

– *Hola*, Nova York! Logo, logo todo mundo aqui conhecerá o meu nome!

– A senhorita fará sua estreia americana no Beachcomber! – anunciou Antonio Triana.

– E que lugar é esse?

Lucía olhou, desconfiada, para o homem esbelto, de olhos escuros, sentado à sua frente na suíte. Sua calça e seu colete eram peças obviamente caras, os cabelos perfeitamente no lugar, penteados com óleo.

– É um clube. Muito sofisticado, com várias estrelas de cinema de Hollywood na plateia. Eu dancei lá com La Argentinita – tranquilizou-a Antonio.

– Então não é nenhuma espelunca na praia?

– Eu lhe asseguro que não, *Señorita* Albaycín. As entradas para a sua estreia estão sendo vendidas a 20 dólares! Agora, preciso deixá-la, mas, a partir de amanhã, vamos ensaiar. Nove horas em ponto.

Lucía ficou horrorizada.

– *Señor* Triana, nós nunca nos levantamos antes do meio-dia!

– Vocês estão em Nova York, *Señorita* Albaycín. Aqui, as regras são diferentes. Então encontro a senhorita, junto com o *cuadro*, no saguão às nove da manhã e os levo até nossa sala de ensaio.

Com uma elegante mesura, Antonio saiu do quarto.

– Nove horas? – Lucía virou-se para Meñique. – Isso ainda é madrugada!

– Temos que fazer o que ele pede. Ele conhece as regras aqui, Lucía.

– Você tem razão. – Ela suspirou. – Mas, esta noite, vamos festejar e beber vinho! – declarou Lucía.

❀ ❀ ❀

– Pronta para sua estreia em Nova York? – sussurrou Antonio Triana ao ouvido de Lucía enquanto esperavam juntos o início do espetáculo, duas semanas mais tarde.

Ela viu as luzes coloridas piscando pela fresta nas cortinas e ouviu o murmúrio de vozes da elegante casa noturna. O Beachcomber era vibrante à noite e, mais cedo, a caminho dos bastidores, ela se sentira exultante ao ver uma grande multidão que se esforçava para entrar.

– Depois de todos esses ensaios matinais, nunca estive tão pronta – declarou ela a Antonio.

– Ótimo, mas preciso lhe dizer que na plateia esta noite estão Frank Sinatra, Boris Karloff e Dorothy Lamour.

– Boris Karloff? O homem-monstro? Por que ele está aqui? Para me assustar?

– Para ver você dançar, Lucía. – Antonio sorriu. – Garanto que, na vida real, ele não é um monstro. Ele apenas os interpreta muito bem na tela. Agora – ele tomou as mãos de Lucía –, vamos dar a essas celebridades americanas ricas um sabor da Espanha. Boa sorte, La Candela. – Ele beijou de leve a ponta dos dedos dela. – Aqui vamos nós.

Meñique observava de sua cadeira na lateral do palco quando Lucía apareceu e foi guiada até o centro por Antonio. Como em todas as suas estreias, Lucía vestia calça de cetim preto impecável, um corpete que abraçava seu quadril fino e um bolero com ombros acentuados. Antonio curvou-se para ela e, em seguida, saiu do palco, soprando-lhe um beijo. Meñique sentiu pontadas de ciúme atravessarem seu corpo, mas as desprezou, para que não afetassem seus dedos.

Ele fez um sinal com a cabeça para Pepe, e os três violonistas começaram a tocar, enquanto Lucía se colocava na posição inicial de uma *farruca*, os braços acima da cabeça, os dedos esticados.

– Boa sorte, meu amor – sussurrou Meñique, sabendo que Lucía jamais tivera que encantar uma plateia tão sofisticada e exigente.

Uma hora mais tarde, com os dedos doendo, Meñique tocou o acorde final e viu Lucía terminar suas *bulerías*, agora trajando um suntuoso vestido de flamenco violeta. Ele sorriu para si mesmo, sabendo que, apesar dos ensaios cuidadosos de Antonio, Lucía ignorara os passos ensaiados e improvisara, como sempre.

Essa é a sua magia, mi amor. *Você é completamente imprevisível, e devo tentar amá-la por isso.*

Meñique levantou-se com José e Pepe para receber os aplausos entusiasmados. Ele viu que até Frank Sinatra estava de pé e, embora tivesse resistido tanto à ideia de irem a Nova York, sentiu lágrimas em seus olhos quando Lucía agradeceu fazendo inúmeras reverências.

Como você chegou longe, pensou ele. *E só me resta rezar para que, finalmente, seja o bastante.*

❋ ❋ ❋

Depois dos entusiásticos comentários na imprensa sobre a estreia de Lucía, uma apresentação no Carnegie Hall se tornou uma possibilidade. Lucía acordava às oito horas todas as manhãs, e Meñique nunca a tinha visto tão cheia de energia. O *cuadro* ensaiava todos os dias, sob a orientação habilidosa e paciente de Antonio. Meñique surpreendeu-se por Lucía aceitar, como um cordeirinho, as críticas que seu parceiro de dança lhe fazia.

– Eu já disse, eu quero melhorar. Preciso saber o que eles desejam aqui na América.

Uma noite, Meñique acordou de madrugada para beber água e encontrou María ainda costurando trajes na sala da suíte.

– São duas da manhã, María. Por que ainda está acordada?

– E você? Por que está acordado?

– Não consigo dormir.

– Nem eu. – María esticou os dedos. – José ainda não voltou.

– Eu entendo que você não durma.

– Não acho que você entenda. Eu *sei* que ele está se afastando novamente. Na semana passada, só chegou de madrugada, muitas horas depois do fim dos ensaios.

– Ele me disse que ia ficar para praticar os novos números do espetáculo – respondeu Meñique, com sinceridade.

– Com quem?

– Com algumas das jovens dançarinas que se juntaram ao *cuadro* aqui.

– Exatamente. Lola Montes em especial. – María baixou os olhos. – E Martina. Elas são muito bonitas, não são?

– María, compreendo a sua preocupação, mas Lola não é uma ameaça. Qualquer um pode ver que ela está apaixonada por Antonio.

– Então sobra Martina.

– Eu realmente não acho que...

– Pois eu acho – interrompeu María, com firmeza. – Confie em mim, conheço os sinais. E não posso, simplesmente *não posso* passar por isso novamente. Ele me prometeu, Meñique, quando concordei em aceitá-lo de volta. Ele me fez um juramento, pela vida de nossos filhos. Se for verdade, terei que me afastar, talvez voltar para casa, na Espanha.

– Você não pode voltar para casa, María. A Europa inteira ainda está um caos. Talvez sua experiência no passado a tenha deixado paranoica.

– Espero que você esteja certo, mas eu passo o dia inteiro aqui no hotel e não vejo o que ele faz quando está lá fora. Você poderia ser meus olhos e ouvidos? Você é o único em quem posso confiar.

– Você quer que eu espione José?

– Infelizmente, sim. Agora, está na hora de ir dormir na minha cama vazia. Boa noite, Meñique.

Enquanto observava o corpo elegante e orgulhoso de María deixar a sala, ele balançou a cabeça em desespero.

O amor faz de todos nós uns tolos, pensou.

❋ ❋ ❋

– Eles não gostaram de mim!

Lucía se jogou no sofá e começou a soluçar alto, enquanto Meñique se martirizava por não ter dado uma olhada no *New York Times* antes que Lucía insistisse em que ele o lesse em voz alta. No entanto, os aplausos que ela e sua companhia haviam recebido no Carnegie Hall na noite anterior foram tão entusiasmados que não havia dúvida em sua mente de que a crítica seria positiva.

– Isso não é verdade – insistiu Meñique, procurando no artigo as partes positivas, que eram muitas.

– *Um corpo maravilhosamente flexível e maleável, associado a um tom alto e nervoso, mas sempre com controle.*

"Rápido, intenso e cheio de excitação física, ela faz uso de sua dinâmica de maneira completa e legítima, com admirável talento artístico.

"Nas alegrías, que ela dança com perfeição, cada fibra de seu corpo tinha consciência de linha, massa e dinâmica."

– Sim! Mas eles disseram que foi uma noite de dança "medíocre" e que eu não deveria dançar a *Cordoba*. Eu detestei aquele vestido branco de renda! Eu sabia que estava ridícula.

– *Pequeña*, tudo o que puderam dizer de negativo era que seu estilo de dança era mais adequado a um ambiente mais intimista que o Carnegie Hall, para que o público pudesse vê-la e se conectar com sua paixão.

– Então agora eles insultam o meu tamanho, porque sou um pequeno ponto para os olhos no topo do teatro! Lola Montes não foi insultada quando dançou suas *bulerías*. Até Papá a felicitou mais vezes do que a mim – disse ela, aos prantos.

– O público amou você, Lucía – argumentou Meñique, exausto. – E isso é tudo o que importa.

– Quando sairmos em turnê na próxima semana, vou fazer questão de abrir o espetáculo com *soleares*. Antonio foi o culpado! Eu não posso ser moldada em outra coisa. Eu sou quem sou e devo dançar o que sinto.

Lucía estava agora de pé, caminhando de um lado para outro.

– Eu sei, Lucía. – Ele se aproximou e a abraçou. – Você é quem você é. E o público a ama por isso.

– Espere para ver, quando fizermos nossa turnê americana e tocarmos para um público de verdade! Ninguém vai deixar de me ver e de assistir ao que eu trouxe para as cidades deles. Detroit, Chicago, Seattle... Vou conquistar toda elas! – Lucía se desvencilhou do abraço e tornou a caminhar de um lado para outro. – Eu juro, vou jogar uma maldição sobre esse jornal! Agora vou ver minha mãe.

Ela bateu a porta da suíte e o quarto inteiro estremeceu.

Eles já estavam se apresentado em Nova York havia quatro meses. Lucía adorava toda a eletricidade, mas Meñique sentia que aquela cidade frenética estava, aos poucos, minando sua energia. Ele sofria de resfriados constantes, o clima congelante lhe deixando raras oportunidades de escapar e vagar pelo verde do Central Park, uma versão inofensiva e artificial de sua amada Mendoza.

Ao pegar o jornal mais uma vez, ele leu uma linha no último parágrafo da crítica do *New York Times*: cinco palavras, mas que o animaram e edificaram.

Meñique foi definitivamente um sucesso. Ele repetiu cada uma delas para si mesmo.

Ele nunca precisara tanto delas.

❀ ❀ ❀

Um mês depois, eles partiram em turnê. Meñique perdeu a conta dos dias, semanas e meses que passaram viajando de trem de um extremo a outro do país, onde a comida, as pessoas e a língua eram totalmente insossas.

Fiel à sua promessa e inspirada pela crítica negativa, Lucía dançava com toda a sua alma.

Pepe também havia amadurecido, tornando-se muito mais confiante em seu desempenho. Os dois muitas vezes passavam noites debruçados sobre os jornais *payos*, lendo notícias da guerra, Meñique ajudando o rapaz com seu inglês.

Depois de outra apresentação de sucesso em São Francisco, onde Meñique sentia o nevoeiro interminável penetrar em seus ossos, a companhia ocupou a maioria das cabines de um restaurante para um jantar de fim de noite.

– Os soviéticos estão se aproximando de Berlim – disse Meñique, lendo rapidamente a primeira página de um jornal que fora deixado sobre a mesa arranhada.

Pepe se sentou ao seu lado e esticou o pescoço para ler o artigo.

– Será que isso quer dizer que a guerra está no fim? – perguntou. – Conheci um marinheiro no bar esta noite que está se preparando para ir a Okinawa. Aparentemente, a guerra está violenta no Japão.

– Só nos resta rezar – comentou Meñique.

Ele deu de ombros e ambos pediram mais um hambúrguer sem sabor. Meñique olhou para Pepe lendo os artigos e pensou em como a genética fora engenhosa, dando a Pepe o temperamento da mãe e a aparência do pai. Apesar dos muitos olhares de admiração do público feminino, Pepe parecia não notá-los. O mesmo não poderia ser dito a respeito de José...

María veio até a mesa deles.

– Pepe, querido, Juana quer saber quantos compassos você vai tocar na introdução das *bulerías*.

– *Sí*, Mamá.

Pepe levantou-se e saiu, enquanto María deslizou pelo assento e ficou de frente para Meñique.

– Você tocou maravilhosamente bem esta noite. – María sorriu. – Seu solo foi mais longo do que o habitual.

– Eu tive que implorar para fazer isso – respondeu Meñique, acendendo um cigarro.

– Não sabia que você fumava.

– Normalmente não fumo, é apenas mais um péssimo hábito que peguei de Lucía. Ela está fumando dois maços por dia, pelo menos.

María se apoiou no encosto do banco de plástico vermelho, seus olhos procurando pelo marido no salão. Meñique viu que ele estava sentado ao lado de Martina em uma cabine próxima, um braço despreocupadamente descansando no assento atrás dela.

– María, desde que começamos esta turnê, juro que não vi nada além de conversas e bebidas.

– Talvez. – María sorriu com tristeza. – Mas você não vê tudo. Ele tem algum truque. Em muitas noites durante nossa longa turnê eu dormi sozinha. José é um homem rico agora. Famoso também, e talentoso.

– E você, María, ainda é uma mulher muito bonita. José a ama, tenho certeza.

– Não como eu o amo. Não tente ser gentil, Meñique. Você não percebe quanto isso me tortura? Estar com ele, mas sabendo, com absoluta certeza, que nunca serei suficiente.

– Percebo, e acho que esta turnê se tornou interminável. Era emocionante quando estávamos na América do Sul. Havia tanto para se ver, a comida e a bebida eram maravilhosas. Eles falavam a nossa língua, eles nos entendiam... Mas aqui... – Meñique olhou com infinita tristeza pela janela para a escuridão. – O melhor que eles podem nos oferecer é um cachorro-quente.

– É verdade. Eu também tenho saudades da América do Sul, mas Lucía está feliz. Ela conquistou a América. Venceu La Argentinita em seu próprio terreno. Talvez agora ela possa desacelerar e relaxar um pouco.

– Não, María. – Meñique balançou a cabeça. – Ambos sabemos que isso jamais vai acontecer. Haverá outra La Argentinita, outro país para conquistar... Posso lhe contar um segredo?

– É claro que sim.

– Fui convidado para me apresentar no México como artista solo em um conhecido café de flamenco. Eles leram os comentários no *New York Times* e em outros jornais.

– Entendo. O que você vai fazer?

– Ainda não sei. Temos apenas mais algumas semanas de turnê. Quem sabe o que virá depois? Talvez Lucía queira ir comigo.

– E quanto aos outros no *cuadro*?

– Eles não foram convidados.

Meñique pegou seu copo de cerveja e tomou um gole.

– Ela não vai, Meñique. Você sabe disso. Ela não pode deixar para trás tudo o que conhece.

– Bem... – Ele esvaziou o copo. – A escolha é dela.

– E sua – retrucou María.

❖ ❖ ❖

De volta a Nova York, a companhia foi convidada para se apresentar no 46th Street Theatre, mas, ao chegarem ao Waldorf Astoria, lhes informaram que o hotel estava lotado.

– Lotado! – gritou Lucía, enquanto eram conduzidos até a saída por funcionários ao longo do saguão de mármore. – *¡Ay!* Metade desses quartos está vazia! Vocês deviam agradecer por nos terem aqui.

Enquanto esperavam por táxis lá fora, sob um mísero guarda-chuva para protegê-los da chuva forte, Meñique passou um braço ao redor dos ombros dela para acalmá-la.

– Lucía, eles podem não ter gostado muito do que você fez com os caríssimos armários de madeira da suíte que ocupamos na última vez que estivemos aqui.

– Ora, como eles queriam que eu grelhasse minhas sardinhas? Eu precisava de lenha para o fogo! – insistiu ela.

O *cuadro* mudou-se para um amplo e confortável conjunto de apartamentos na Quinta Avenida de Manhattan.

– Estou feliz por estar de volta aqui. Parece que estamos em casa, não é? – comentou Lucía, enquanto abria os inúmeros baús e empilhava o conteúdo do chão.

– Não, não parece. Eu odeio Nova York. Aqui não é o meu lugar.

– Mas eles amam você aqui!

– Lucía, preciso falar com você.

– *Sí*, claro. Você compôs algo novo para o nosso espetáculo? Vi você escrevendo no trem, no caminho de volta. – Lucía fez uma pose na frente do espelho usando um luxuoso casaco branco de pele que acabara de tirar de um dos baús. – O que você acha disto?

– Acho que o preço disso poderia alimentar a Andaluzia inteira por um mês, mas é muito bonito, *mi amor*. Por favor... – Meñique sentia que estava prestes a explodir – Venha cá e sente-se.

Percebendo a tensão de Meñique, Lucía tirou o casaco e correu para se acomodar ao lado dele.

– O que foi?

– Fui convidado para me apresentar em um famoso bar de flamenco no México. Como artista solo.

– Quanto tempo você ficaria longe?

– Talvez um mês, talvez um ano, talvez para sempre...

Meñique levantou-se e caminhou até a janela, olhando para o fluxo interminável de automóveis ao longo da Quinta Avenida. Ele ouvia o som das buzinas até mesmo ali, no trigésimo andar.

– Lucía, eu... eu não posso continuar com isso.

– Com o quê?

– A correr atrás de você. Eu também tenho talento e habilidade. Devo usá-los antes que seja tarde demais.

– É claro! Nós vamos lhe dar mais solos no espetáculo. Vou falar com Papá e vamos mudar tudo, sem problemas – disse ela, acendendo um cigarro.

– Não, Lucía. Acho que você não entendeu.

– O que eu não entendi? Estou dizendo que posso lhe dar o que quiser.

– E eu estou lhe dizendo que o que você pode me dar não é mais o que eu preciso. Ou o que desejo. Não é só sobre o meu futuro musical, Lucía. É sobre o *nosso* futuro.

– *Sí*, e é para o futuro que eu sempre olho. Você sabe há quanto tempo eu quero ser sua esposa e, mesmo assim, depois de todos esses anos, você ainda não me concedeu esse prazer. Por que você não se casa comigo?

– Pensei nisso muitas vezes. – Meñique virou-se para ela. – E acho que, finalmente, tenho a resposta.

– E qual é? Você tem outra mulher? – Os olhos de Lucía ardiam.

– Não, mas, de alguma maneira, eu desejaria que tivesse. Lucía... – Ele caiu de joelhos na frente dela e agarrou suas mãos. – Você não vê que eu quero me casar com *você*? Mas não quero me casar com sua família, seu *cuadro*, sua carreira.

– Não entendo – admitiu ela. – Você não gosta de minha família? É esse o problema?

– Eu acho que todos em sua família são pessoas muito boas, mas eu fui e sempre serei um estranho, mesmo como seu marido. Seu pai gerencia as finanças, organiza as turnês, dirige a sua vida, mas nem isso teria importância se outras coisas estivessem bem. Tenho 35 anos e quero me casar com você, quero que tenhamos uma casa juntos na América do Sul e que talvez, um dia, voltemos à nossa amada Espanha.

"Quero poder fechar a porta sabendo que ninguém vai entrar por ela, a não ser que permitamos. Eu quero que tenhamos filhos, que os eduquemos, não na estrada, mas da maneira adequada, onde eles sejam parte de uma comunidade, como eu, e até você, quando criança. Quero que nos apresentemos *juntos*, que encontremos um local, em algum lugar, onde seja possível sair da nossa casa no final da tarde e voltar para dormir em nossa cama à noite. Lucía, quero que você seja minha esposa da maneira correta. Quero constituir nossa própria família. Eu quero... desacelerar, desfrutar do sucesso que alcançamos, antes de partir de novo em outra viagem de incertezas. Você entende, *mi amor*?"

Lucía, cujos olhos escuros não desviaram de Meñique enquanto ele falava, se afastou. Ela se levantou e cruzou os braços.

– Não, não entendo. Você está pedindo que eu deixe minha família para trás e vá embora com você.

– Isso é parte do que eu estou lhe pedindo, sim.

– Como é que eu posso fazer isso? O que seria do *cuadro* sem mim?

– Há Martina e Antonio, Juana, Lola, seu pai, seu irmão...

– Você está me dizendo que eu não sou necessária?! Que eles vão se sair bem sem mim?

– Eu não estou dizendo isso, Lucía, é claro que não. – Ele suspirou. – Estou tentando explicar que, algumas vezes na vida, as pessoas chegam a um ponto a partir do qual não podem mais seguir e precisam atravessar uma ponte para o outro lado. E é onde eu estou agora. – Ele caminhou na direção de Lucía e a abraçou. – Lucía, venha comigo. Vamos começar uma nova vida juntos. E eu prometo que, se você disser sim, vou levá-la à igreja mais próxima e me casar com você amanhã. Seremos marido e mulher na mesma hora.

– Você está me chantageando? Você disse o mesmo muitas vezes antes, e isso nunca aconteceu. – Lucía empurrou os braços dele. – Não estou tão desesperada assim! E quanto à minha carreira? Você vai me mandar parar de dançar?

– É claro que não. Eu já disse que quero que nos apresentemos juntos, mas não na escala gigantesca de agora.

– Você quer me esconder? Me aposentar à força?

– Não, Lucía, e não verei o menor problema se você desejar de vez em quando retomar o *cuadro* para se apresentar em locais bem grandes. Mas não todos os dias de todas as semanas. Como eu disse, eu quero uma casa.

– Isso confirma que você é mais *payo* do que *gitano*! Qual é o seu problema?

– Provavelmente muitas coisas – respondeu ele, dando de ombros. – Nós dois somos quem somos, mas eu lhe peço, do fundo do meu coração, que pense no que eu disse. Eu não anseio por fama e glória da mesma maneira que você, mas, ao mesmo tempo, meu pequeno ego deseja ser reconhecido separadamente do clã Albaycín. Você não pode me culpar por isso, não é?

– Como sempre, você não tem culpa de nada e o problema sou eu. A diva! Você não vê que fui *eu* que nos trouxe até onde estamos agora? Eu! – Lucía bateu no peito. – Fui eu que salvei Mamá e Pepe da Guerra Civil, que nunca desisti, que nunca me rendi.

– Eu gostaria de acreditar que também fiz algo para ajudar – murmurou Meñique.

– Então você está pedindo que eu escolha, *sí*? Entre minha carreira e minha família, e você.

– Sim, Lucía, finalmente, após todos esses anos, eu estou pedindo que você escolha. Se você me ama, venha comigo. Vamos nos casar e construir uma nova vida juntos.

Lucía ficou calada, com raramente ficava, enquanto pensava nas palavras de Meñique.

– Mas você não me ama o suficiente para ficar? – disse ela, por fim.

A expressão de angústia nos olhos dele era uma resposta suficiente para Lucía.

30

A guerra na Europa acabou!
— María entrou correndo no apartamento da filha. Lucía estava encolhida no sofá, envolta na escuridão. María abriu as cortinas e a luz brilhante espalhou-se pelo quarto.

– Querida, a cidade toda está comemorando na Times Square. Todos no *cuadro* foram para lá. Venha também.

Não houve resposta. O prato de comida que María havia trazido na noite anterior permanecia intocado, ao lado de um cinzeiro transbordante.

– Nenhuma notícia dele ainda? – indagou María, caminhando em direção à filha.

– Não.

– Tenho certeza de que ele vai voltar.

– Não, ele não vai voltar, não desta vez. Ele disse que não me amava o suficiente para ficar. Ele queria que eu abandonasse minha família, desistisse da minha carreira. Como eu poderia fazer isso?

Lucía se sentou e, antes de acender um cigarro, bebeu o café frio que havia horas estava no chão.

– Lembre-se, querida, a vida é sua. Todos entenderiam se você seguisse Meñique. Muitos de nós temos que fazer coisas que não desejamos por amor.

– Como você fez com Papá? E aquela nova puta que ele arrumou? – disse Lucía. – Eu *odeio* o amor. Não acredito mais nele.

María permaneceu em silêncio, chocada com a revelação da filha. Mesmo que soubesse há meses que era verdade, a confirmação amarga de Lucía a perfurou como uma faca.

As duas mulheres se sentaram em silêncio, ambas perdidas na própria dor.

María foi a primeira a falar.

– Eu sei quanto você sente falta dele. Você não tem comido nada desde que ele partiu.

– Meu estômago não anda muito bem, estou enjoada! É só isso.

– Você vai desaparecer se não tomar cuidado, querida. Não deixe que ele faça isso com você.

– Ele não está fazendo nada, Mamá! Ele fez sua escolha e desapareceu. É o fim de tudo. Ele escolheu a *si mesmo*, não a mim, como todos os homens acabam fazendo.

– Pelo menos tente comer um pouquinho.

María colocou um pouco de sardinha na colher e ofereceu à filha.

– Não consigo. Toda vez que olho para sardinhas eu me lembro de Meñique e isso só me faz querer vomitar.

– Está bem, querida. Vou lá para fora agora, mas estarei aqui se precisar de mim. Não vou à Times Square com os outros – disse María, dirigindo-se à porta.

María saiu da sala, deixando Lucía sozinha. Ela se levantou e olhou pela fechadura da porta. Enfiou a chave nela, girou-a e ouviu o som do metal deslizar suavemente na tranca.

Lucía deu alguns passos para trás, apontando para a porta como se fosse uma cobra venenosa.

– Era *isso* que ele queria para mim! Me trancar longe da minha família, fechar a nossa porta para eles e minha carreira. Foi bom ele ter ido embora – disse ela ao sofá e às duas cadeiras. – Estou melhor sem ele, sim! Estou!

Ninguém respondeu e ela andou pela ampla sala vazia, pensando em como tudo estava tranquilo agora, sem o eterno fundo musical de Meñique dedilhando seu violão, sem seus jornais *payos* espalhados pelo chão e pela mesa.

Incapaz de se acalmar, ela foi até a janela, olhou para baixo e viu a multidão eufórica andando pela Quinta Avenida em direção à Times Square. O trânsito estava parado. Ela abriu a janela e foi imediatamente invadida por uma torrente de buzinas, gritos e assobios. Parecia que toda Nova York estava comemorando abaixo dela, e ela se contraiu quando viu casais trocando abraços e beijos na rua.

Ela fechou a janela com força e cerrou as cortinas. Então, fechou os olhos com força e abraçou o próprio corpo magro. O silêncio na sala era ensurdecedor e interminável, e ela mal podia suportá-lo. Deixou-se cair no sofá e enfiou o rosto na almofada, sentindo que as lágrimas queriam descer.

– Não vou chorar! Não devo chorar por ele!

Ela bateu na almofada com o punho, perguntando a si mesma se já se sentira tão desolada como naquele momento.

Talvez ele volte. Ele já voltou outras vezes...

Não, ele não vai voltar, ele lhe ofereceu uma escolha...

Ele ama você...

Ele não a ama o suficiente...

Eu o amo...

– Não!

Lucía se sentou e respirou fundo.

– Eu passei a vida inteira trabalhando para conseguir tudo isso! Se não é o suficiente, então...

Ela balançou a cabeça com violência.

– Eu sinto falta dele... – sussurrou. – Eu preciso dele, eu o amo...

Cedendo à tristeza, ela finalmente enterrou o rosto na almofada do sofá e chorou até esvaziar seu coração.

❂ ❂ ❂

– O que há de errado com ela? – perguntou José à esposa enquanto o *cuadro* comia no apartamento de Lucía após outro show com lotação esgotada no 46th Street Theatre.

María fez uma pausa, percebendo que seu marido ainda não havia perguntado a ela por que estava dormindo em outro quarto.

– Você sabe o que há de errado, José. Ela sente falta de Meñique.

– E como podemos trazê-lo de volta?

– A vida não é tão simples assim. Ele foi embora para sempre desta vez.

– Ninguém vai embora para sempre, como você bem sabe, María – observou ele, bebendo conhaque direto da garrafa.

Antes de dar um tapa bem forte na cara dele, vermelha de tanto álcool, ou antes de pegar uma faca e enfiar em seu coração traiçoeiro, María se levantou.

– Às vezes, sim, José, e Meñique desapareceu há dois meses. Agora, estou cansada e vou dormir. Boa noite.

María saiu do quarto, sabendo que era inútil continuar qualquer tipo de conversa quando ele estava bêbado. Na manhã seguinte, ele não se lembraria de nada do que dissera. Ela foi para seu próprio quartinho e trancou a porta. Respirando com dificuldade na escuridão, tentando acalmar as batidas do coração, ela caminhou até a cama.

– Mamá? – Uma voz veio de baixo das cobertas.

– Lucía? O que você está fazendo aqui? – María procurou o interruptor e viu a filha encolhida em posição fetal, como fazia ao dormir quando era criança, no estrado de palha ao seu lado, na gruta. – Você está doente, querida?

– Sim, não... Ai, Mamá, o que eu vou fazer?

– Em relação a Meñique?

– Não, isso *não* diz respeito a Meñique! Ele tomou a decisão dele e me deixou porque não me amava o suficiente. E eu nunca mais quero respirar o mesmo ar que ele.

– Então o que é?

– É... – Lucía virou o corpo, seus olhos escuros assustados em seu rosto fino. Ela respirou fundo e suspirou, como se estivesse criando coragem para dizer as palavras. – É o presente que ele me deixou.

– O presente? Não compreendo.

– Isto!

Lucía puxou as cobertas e apontou para a própria barriga. Para outros, a leve curva de seu ventre teria sido imperceptível, mas María sabia que sua filha não tinha um grama de carne sobrando. Quando ela se deitava, sua barriga costumava desaparecer.

– *¡Dios mío!*

María fez o sinal da cruz e levou uma das mãos à boca.

– Você está esperando um filho?

– *Sí*, estou gerando a cria do diabo!

– Não diga isso, Lucía. Essa criança é inocente, como todos os bebês são, não importa quem sejam seus pais e o que eles tenham feito. Quantos meses?

– Não sei. – Lucía suspirou. – Há alguns meses eu não sangro. Talvez três ou quatro... Não consigo me lembrar.

– Então por que não disse nada a ele? A nós?! Meu Deus, Lucía, você deveria estar descansando, comendo, dormindo...

– Eu não sabia, Mamá. – Lucía sentou-se ereta, apoiou-se nos travesseiros e espetou um dedo na barriga. – Até que isto começou a se parecer com uma meia-lua há duas semanas.

– Você não teve enjoo? Não teve a impressão de que ia desmaiar?

– *Sí*, mas tudo isso parou há algum tempo.

– Você não tem comido e até seu pai me perguntou hoje à noite o que havia de errado com você... – María examinou a saliência. – Posso tocá-la, Lucía? Sentir o tamanho do bebê?

– Parece que tem um balão crescendo diariamente lá embaixo. Eu quero tirá-lo daí! Ai, Mamá, como isso pode ter acontecido comigo? – lamentou-se Lucía enquanto María sentia a barriga da filha.

– Ui! Acabei de senti-lo se mover! Ele está vivo, *gracias a Dios*.

– Ah, sim, ele me chuta de noite algumas vezes.

– Então tem pelo menos quatro meses! Levante-se, Lucía, relaxe esses músculos fortes e me deixe vê-la de lado.

Lucía obedeceu e María a olhou, admirada.

– Estou pensando agora em uns cinco meses. Como você conseguiu esconder isso é um mistério para mim.

– Você deve ter notado que eu já não uso minhas calças. Não consigo fechá-las, mas pelo menos o espartilho empurra a barriga para dentro.

– Não! – María balançou a cabeça, horrorizada. – Você não pode usar espartilho, Lucía! A criança precisa de espaço para crescer. E você tem que parar de dançar agora mesmo.

– Mamá, como posso fazer isso? Nós temos outra turnê, que está se aproximando, e...

– Vou falar com seu pai e ele vai cancelar tudo amanhã mesmo.

– Não! Eu tenho esperanças de que, se continuar dançando, o bebê vai escorregar para fora de mim. Estou espantada por ele ter sobrevivido até agora, porque eu não tenho lhe dado nenhuma comida, só cigarros e café...

– *Chega!* – María fez o sinal da cruz. – Não diga essas coisas terríveis, Lucía. Você vai jogar uma maldição sobre si mesma. Uma criança é a dádiva mais preciosa que nos é ofertada!

– Mas eu não quero essa dádiva! Eu quero mandá-la de volta para o lugar de onde veio, eu...

María correu até a filha e colocou a mão em sua boca, para impedi-la de continuar falando.

– Lucía, pelo menos uma vez na vida você vai me ouvir. Não importa se você está feliz ou não; o bebê tem que vir em primeiro lugar. Não é só o bebê que pode ficar doente, a mãe também. Entendeu?

María baixou a mão, esperando que, ao fazer Lucía temer pela própria vida, ela recuperasse o bom senso.

– Você quer dizer que eu posso morrer no parto?

– Se você cuidar de si mesma agora, as chances são bem menores.

Lucía olhou lentamente para a mãe e, em seguida, jogou-se em seus braços estendidos.

– O que será de todos nós se eu não puder dançar? – sussurrou Lucía.

– Ter um bebê não é uma prisão perpétua. Em poucos meses você estará de volta batendo seus pezinhos até mais rápido do que agora!

– O que vamos dizer a Papá? – Lucía afundou na cama. – Ele vai ficar tão chocado. É uma vergonha ter um filho sem estar casada.

– Lucía. – María sentou-se na cama ao lado da filha, abraçando-a. – Você sabe tão bem quanto eu que não é com isso que você tem que se preocupar. Você precisa contar o que aconteceu a Meñique...

– Nunca! Eu nunca vou contar a ele! E você também não! – Lucía se libertou do abraço da mãe e a encarou. – Você precisa me prometer. Prometa agora! Jure pela vida de Pepe!

– Mas eu não entendo. Você o ama, ele ama você. Ele me disse que queria filhos...

– Se ele quisesse, teria ficado comigo! Eu o amaldiçoo, Mamá. Enquanto eu viver nunca mais quero vê-lo.

– Isso é a voz da raiva e do orgulho ferido. Se ele soubesse disso – María apontou para a barriga de Lucía –, tenho certeza de que voltaria.

– Eu *não quero* que ele volte! E eu juro – Lucía levantou-se –, se você contar a ele, vou fugir para nunca mais voltar. Você me ouviu?

– Ouvi. – María suspirou. – Mas eu imploro a você que pense nisso. Não compreendo por que você ignora uma solução que seria feliz para todos.

– Você pode ser capaz de passar a vida toda com um homem que a desrespeita, mas eu não. Eu o odeio, Mamá, você consegue entender isso?

María sabia que era inútil continuar a discussão. Assim como José, sua filha tinha uma gigantesca teimosia e era orgulhosa demais para, mesmo naquelas circunstâncias, pedir a Meñique que voltasse.

– Então o que você quer fazer? Quero dizer... – María mudou a pergunta. – Onde você gostaria de ter o bebê?

– Não sei. Eu preciso pensar. Talvez eu fique aqui e me esconda no apartamento.

– Se você quiser que seja um segredo, pelo menos por enquanto, acho que seria sensato deixar Nova York.

– Porque o *New York Times* poderia ver minha barriga quando eu estivesse caminhando e criticar minha moral, assim como criticou minha dança? – rebateu Lucía, amargamente.

– Se sair no jornal, tenho certeza de que não levaria muito tempo para Meñique ficar sabendo. Se você está determinada a não contar, então...

Lucía começou a andar lentamente de um lado para outro.

– Deixe-me pensar... Preciso pensar. Para onde eu devo ir? Para onde você iria?

– Eu voltaria para a Espanha... – As palavras saíram da boca de María antes que ela pudesse contê-las.

– É muito longe, Mamá. – Lucía sorriu. – Mas pelo menos eles falam a nossa língua.

Ela foi até a janela, colocou as mãos pequeninas sobre o peitoril e pressionou o nariz na vidraça.

– Talvez você deva refletir mais um pouco. Conversamos de novo amanhã. – María se levantou, tentando não influenciar a filha com os próprios desejos e necessidades. – Pelo menos a guerra já acabou e estamos livres para viajar para qualquer lugar que você escolher. Boa noite, querida.

❋ ❋ ❋

– Eu decidi, Mamá, e espero que você concorde que é a coisa certa a fazer.

María olhou para a filha, que permanecia deitada na cama. Lucía ainda vestia a mesma roupa que usava na noite anterior, os olhos manchados pela forte sombra roxa.

– Eu irei aonde você quiser, querida.

– Bem, eu acho que é melhor irmos para casa.

– Para casa?

María olhou para a filha, tentando avaliar qual lugar Lucía considerava sua "casa". Afinal, ela estava sempre viajando, desde que tinha 10 anos.

– Ora, Granada, é claro! Você está certa, Mamá. Temos que voltar para a Espanha. É também onde estão minhas origens e onde sempre estarão. – Lucía olhou para o céu. – Quero acordar de manhã e ver a Alhambra acima de mim, sentir o cheiro do perfume do olival e das flores, comer suas *magdalenas* no café da manhã, no almoço e no jantar e ficar muito, muito gorda... – Lucía riu enquanto olhava para baixo, para a pequena saliência na barriga. – Não é isso o que todas as *mamás* fazem?

Por mais que o coração de María pulasse de felicidade, ela sabia que precisava ter certeza de que Lucía não estava romantizando suas memórias de infância.

– Querida, você deve se lembrar de que nada está igual ao que era na Espanha. Tanto a Guerra Civil quanto o regime de Franco destruíram muito do que o país era. Nem sei se sobraram alguns de nós em Sacromonte, ou se seus irmãos e suas famílias sobreviveram. Eu...

A voz de María falhou pela emoção.

– *Ay*, Mamá. – Lucía foi até ela. – Agora que a guerra acabou, certamente precisamos ir lá e descobrir. E, claro, não precisamos morar em Sacromonte. Tenho certeza de que vamos encontrar uma bela *finca* para alugar, bem escondida. Ninguém vai me procurar na Andaluzia, não é mesmo? Além disso, quero que meu bebê nasça em sua terra natal.

– Você tem certeza de que não quer contar a Meñique, Lucía?

– Tenho, Mamá! Você ainda não entendeu?! Eu quero viajar para o mais longe possível dele! E ele nunca vai pensar em me procurar em Granada. Talvez eu não queira mais dançar. – Lucía suspirou. – Talvez o tempo de minha vida com Meñique tenha se encerrado. Então preciso começar de novo. Talvez ser mãe me faça mudar, acalme meus pés inquietos para sempre. Você mudou, não foi, Mamá? Você quase não dançou mais depois que teve seus filhos.

– O meu caso foi bem diferente – disse María, percebendo que a decisão de Lucía era baseada em nada mais do que no desejo de se afastar o máximo possível de Meñique e do que ela via como traição e abandono. – Eu não era como você, uma dançarina famosa em todo o mundo, adorada por milhares de pessoas, mas uma simples *gitana*, que dançava por prazer.

– Eu também danço por prazer, Mamá, e talvez possa ensinar meu bebê como você me ensinou. Talvez eu possa aprender a cozinhar, fazer *magdalenas* e o ensopado de salsichas do jeito que você faz. Então? Temos que partir o mais depressa possível. Não quero ter meu filho no meio do mar – disse Lucía, estremecendo. – Você vai contar a Papá?

– *Ay*, Lucía.

María reprovou-se pelo arrepio de prazer que sentiu ao pensar na cara de desespero de seu marido errante quando ouvisse a notícia.

– Não diga a ele para onde vamos. Diga que vamos para Buenos Aires, Colômbia... qualquer lugar. Não confio em Papá para guardar segredo de Meñique.

– Bem, com a sua permissão, vou contar a Pepe. Alguém na família precisa saber, caso tenham que entrar em contato conosco.

– Eu confio em Pepe – concordou Lucía e, de repente, sorriu. – Espanha, Mamá. Você consegue acreditar que vamos voltar?

– Não, Lucía, não consigo.

Lucía estendeu a mão para a mãe.

– Tudo o que tivermos que enfrentar, nós vamos enfrentar juntas. *¿Sí?*

– *Sí.*

María apertou com força a mão da filha.

❋ ❋ ❋

Antes de saírem de Nova York, Lucía e María foram à Bloomingdale's, na esquina da 59th Street com a Lexington, e compraram muitos brinquedos, tecidos para as roupas do bebê, um carrinho de bebê da Silver Cross e todas as coisas que María jamais pudera dar aos próprios filhos. Lucía insistiu, então, em que fossem ao departamento feminino, onde compraram roupas elegantes e vestidos floridos. Lucía também comprou um chapéu de aba bem larga, com uma longa fita presa ao redor da copa.

– Perfeito para o sol da Andaluzia!

Ela tirou maços de dólares de sua enorme bolsa e surpreendeu a vendedora ao pedir que suas compras fossem embaladas em baús e guardadas em sua cabine no navio que as levaria à Espanha.

– Não queremos que Papá tenha nenhuma pista, não é? Agora, Mamá, só mais uma última parada em nossa transformação e estaremos prontas!

María ficou horrorizada quando Lucía a arrastou para um salão de cabeleireiro e pediu que os cabelos das duas fossem cortados e penteados no estilo da moda, o Victory Rolls, com grandes rolos no topo da cabeça. Quando seus longos cabelos negros foram cortados até os ombros, María fez o sinal da cruz. Os cabelos de Lucía – que passavam da cintura – ficaram ainda mais curtos.

– Não quero que ninguém me reconheça na viagem ou em Granada. Então vamos fingir por um tempo que não somos *gitanas*, mas sofisticadas *payos*. *Sí*, Mamá?

– *Sí*, Lucía, como você quiser.

María suspirou.

31

aría e Lucía chegaram a Granada num dia gloriosamente ensolarado de maio, depois de uma semana no mar. Elas se hospedaram no Hotel Alhambra Palace com o nome de solteira de María e com Lucía escondendo sua verdadeira identidade atrás de imensos óculos de sol e seu novo chapéu de palha. Quando caminharam pelo belo saguão de entrada, decorado com coloridos azulejos mouriscos e cheios de sofás macios e vasos de palmeiras, María se sentiu como se penetrasse numa era diferente – um tempo intocado pela guerra e pela devastação, suavizado pela riqueza e distante da realidade.

Descer do navio no porto de Barcelona fora um choque para María, que logo percebeu no ar uma pobreza palpável. Ela e Lucía tomaram o trem para Granada e a viagem atrasara bastante, já que foram obrigadas a mudar de composição várias vezes devido aos danos nos trilhos.

María ficou aliviada ao ver que os belos edifícios de Granada pareciam relativamente intocados. Pelos cinejornais que vira em Nova York, que mostravam a Europa sendo consumida em chamas, ela esperava encontrar uma pilha de cinzas em combustão lenta. Mas era o contrário: novos prédios estavam sendo construídos, homens carregavam tijolos sob o sol quente, suas costelas aparecendo sob camisas esfarrapadas. Quando ela comentou esse fato com o motorista do táxi, ele levantou uma sobrancelha condescendente.

– Eles são prisioneiros, *señora*, pagando sua dívida a Franco e a seu país – explicou ele.

Abrigada no hotel – pela primeira vez, Lucía não insistira numa suíte –, María estava preocupada em não chamar nenhuma atenção *ou* gastar qualquer dinheiro extra do montante que tiveram que mendigar a José antes de partirem. A primeira quantia que José lhes oferecera fora tão irrelevante que Lucía ameaçou nunca mais permitir que o pai controlasse suas finanças. José cedeu e quadruplicou a oferta, mas, ainda assim, Lucía teve que roubar outro montante do mesmo valor no dia em que embarcaram. Ela também vendeu dois de seus preciosos casacos de pele, além de algumas joias com diamantes, que recebera de presente de um rico admirador argentino.

– O fato de eu ter sido obrigada a roubar o que era meu e vender meus pertences para que a esposa, a filha e o neto de Papá possam sobreviver me faz querer vomitar – dissera Lucía com raiva, quando elas se acomodaram na cabine do navio.

María imaginou que a rixa entre pai e filha seria solucionada algum dia, mas, enquanto navegavam para o leste, em direção à sua amada pátria, ela deixou de se preocupar com essa possibilidade. A liberdade e o alívio que sentia à medida que o navio se aproximava da Espanha eram esmagadores.

– Quaisquer que sejam os planos de Lucía, eu jamais voltarei para ele, *jamais* – dissera ela aos golfinhos que nadavam ao lado do navio enquanto atravessavam o Atlântico.

Apesar de saber tudo o que estava para enfrentar na Espanha, ironicamente, María havia apreciado a viagem. Como quase todos os passageiros eram nativos que retornavam, havia um clima de festa a bordo.

E, com suas novas roupas e os cabelos penteados como os das outras mulheres a bordo, María se regozijava no anonimato de ser apenas uma pessoa comum. Ela até conversou no jantar com outros hóspedes, sentados em torno de grandes mesas redondas belamente arrumadas. No entanto, enquanto María saía de sua concha usual, Lucía se enfiava dentro da própria concha. Ela passou a maior parte do tempo na cabine, dormindo ou fumando, recusando-se a se juntar ao restante dos passageiros para o jantar, alegando enjoo do mar e medo de ser reconhecida. Aos poucos, seu alto-astral foi se perdendo sob um véu palpável de desânimo e desespero.

María esperava que a chegada em solo espanhol a animaria, mas não foi o que aconteceu. Lucía permanecia deitada na cama, indiferente, fumando seus intermináveis cigarros, enquanto María desfazia as malas no quarto do hotel, onde havia duas camas de solteiro.

– Agora estou com fome – anunciou María. – Vamos descer e saborear a nossa primeira sardinha espanhola em nove anos?

– Não estou com fome, Mamá – disse Lucía, mas María fez o pedido ao serviço de quarto assim mesmo.

Fazer Lucía comer qualquer coisa se tornara uma tarefa impossível, e María estava sempre preocupada, tanto pela saúde da filha quanto pela saúde da criança dentro dela.

Na manhã seguinte, María desceu e procurou a recepção.

– Senhor, eu e minha filha somos recém-chegadas de Nova York e desejamos alugar uma *finca* no campo. Talvez o senhor possa me indicar uma empresa que lide com essas coisas.

– Não tenho certeza se conheço alguma, *señora*. Por quase dez anos, as pessoas estiveram desesperadas para sair de Granada, e não para encontrar um lugar que pudessem alugar.

– Mas deve haver um bom número de propriedades vazias, não? – insistiu María, eufórica pelo fato de que, pela primeira vez em anos, podia conversar fluentemente com um desconhecido.

– *Sí*, estou certo de que há muitas, embora não possa dizer em que estado se encontram. – O recepcionista a estudou mais de perto, como se refletisse sobre alguma coisa. – Quantas pessoas?

– Só eu e minha filha. Somos viúvas e acabamos de chegar de Nova York – mentiu María. – E temos dólares para pagar.

– Meus pêsames, *señora*. Muitas pessoas estão na sua situação. Deixe-me ver o que posso fazer.

– *Gracias, señor* – disse ela.

No dia seguinte, Alejandro – como ele insistiu em ser chamado por ela – trouxe novidades.

– Tenho uma possível sugestão para a senhora visitar. Eu mesmo vou levá-la até lá.

– Você vai ver a *finca* comigo? – perguntou María a Lucía, que mal havia saído da cama desde que chegara a Granada.

– Não, Mamá, vá você. Tenho certeza de que vai escolher algo bom para nós.

Assim, María e Alejandro atravessaram Granada de carro. Quase não havia veículos nas ruas, já que quase todo mundo estava a pé ou obrigava mulas magricelas a puxar suas carroças. À medida que se afastavam do hotel, os edifícios se transformavam em favelas. Onde María se lembrava de haver restaurantes e bares de flamenco, as janelas estavam fechadas com tábuas, e mendigos se sentavam nas entradas dos prédios abandonados, seus olhos seguindo o carro de Alejandro. Três ou quatro quilômetros fora da cidade, a estrada começou a cruzar uma vasta planície verdejante, repleta de oliveiras florescentes.

– O lugar pode não servir, porque é muito isolado e as senhoras vão precisar de transporte para chegar à cidade – comentou ele, quando entrou num caminho empoeirado, que atravessava um laranjal.

Poucos segundos depois, eles pararam diante de uma construção de um só pavimento, feita de tijolos, as janelas fechadas com tábuas para protegê--la dos invasores.

– Esta é a casa dos meus avós, que morreram na Guerra Civil. Minha irmã e eu tentamos vendê-la, mas, evidentemente, não há compradores – explicou Alejandro, enquanto a conduzia pelos degraus de madeira oca até um terraço coberto por uma videira malcuidada que protegia a frente da casa do brilho do pôr do sol.

No interior, a casa cheirava a mofo e María observou que o bolor crescia nas paredes. Com as janelas fechadas, o recepcionista usou uma vela para levá-la até a sala, onde havia móveis pesados de madeira, uma cozinha pequena, porém útil, e três quartos, situados à sombra fria do sopé das montanhas da Sierra Nevada.

– Provavelmente não é adequado para alguém que tenha vivido num lugar tão sofisticado como Nova York, mas...

– *Señor*, acho que é perfeita, mesmo precisando de uma boa faxina. Ah, e vou ter que aprender a dirigir! – Ela riu. – As duas coisas são possíveis.

Ela assentia enquanto saía para o terraço e, com o canto do olho, percebeu, acima dela, uma forma que lhe era familiar. Esticando o pescoço para a esquerda, vislumbrou a Alhambra ao longe. Isso a fez tomar a decisão.

– Vamos alugá-la. Quanto é?

❀ ❀ ❀

– A *finca* é perfeita, Lucía! E, como se encontra em mau estado de conservação e Alejandro está obviamente desesperado, consegui alugá-la por quase nada! Você precisa ir lá amanhã para conhecer.

– Talvez.

Lucía suspirou. Estava encolhida em sua cama, o rosto virado para a parede.

– Dá até mesmo para ver a Alhambra, se você olhar para a esquerda, Lucía – afirmou María, satisfeita por ter conseguido encontrar uma casa tão depressa e negociar um acordo sozinha. – Alejandro me tratou com tanto respeito que acho que ele nem suspeitou de que sou *gitana* – observou María, olhando com orgulho para o próprio reflexo no espelho. – Como o jogo virou! Um *payo* querendo o *nosso* dinheiro!

– Estou feliz por você, Mamá.

– Bem, espero que você também fique feliz por si mesma quando vir o local. E não pode ser tão difícil aprender a dirigir, não é? Não há praticamente mais ninguém dirigindo esses dias, com a falta de combustível. Alejandro disse que pode me conseguir um carro barato por intermédio de um amigo que tem uma oficina.

– Parece que você tem um novo admirador.

Lucía estudou a aparência da mãe: seus olhos escuros brilhavam e o vestido que usava mostrava seu corpo voluptuoso, as curvas nos lugares certos. Havia uma nova confiança nela, que, Lucía concluíra, se devia a ela finalmente ter abandonado José. Lucía desejava sentir o mesmo em relação à sua separação de Meñique, mas fora *ele* quem *a* deixara...

– Alejandro é um homem casado, com cinco filhos, Lucía. Ele está apenas grato por ele e a irmã receberem alguma renda extra. Disse que podemos pegar quantas laranjas quisermos antes da colheita. Já imaginou? Nosso próprio laranjal?! – María terminou de contar o maço de dólares, amarrou-os todos juntos e os colocou na bolsa. – Agora, preciso levar o depósito lá no térreo e entregar a Alejandro antes que ele mude de ideia. Ele falou que o amigo dele, o caixa, vai lhe conseguir uma boa taxa de câmbio. Aparentemente, dólares aqui são como ouro em pó!

María lançou um sorriso para a filha e saiu do quarto.

Lucía ficou feliz por ela ter ido embora. Mesmo se sentindo cruel e egoísta, o bom humor de María só servia para realçar sua tristeza.

– O que está acontecendo comigo? – sussurrou Lucía para si mesma, enquanto olhava para uma grande teia de aranha no canto do teto. – Aonde eu fui? Eu desapareci, como a aranha que uma vez fez essa teia... Só sobrou uma casca.

Lucía fechou os olhos, e lágrimas de autocomiseração desceram pelo rosto.

Onde está você, Meñique? Você pensa em mim como eu penso em você? Você sente a minha falta?

Esqueça o seu orgulho e conte a ele o que aconteceu... Diga a ele que você não sabia antes que ele era mais importante do que qualquer coisa... que você não é nada sem ele...

Lucía se sentou, assim como fizera um milhão de vezes desde que ele partira. Estendeu a mão para o telefone ao lado da cama e a deixou pairar sobre o aparelho.

Você sabe onde ele está, tem o número do telefone do bar onde ele está tocando... Ligue para ele e diga que você precisa dele, que seu filho precisa dele, que você o ama...

– Sim, sim, sim!

Lucía segurou o telefone. Tudo o que ela precisava fazer era dar o número para a telefonista e, em poucos minutos, ouviria a voz dele e esse pesadelo chegaria ao fim.

Ele a abandonou! A voz do diabo começou a revirar o ódio que ela sentia por Meñique, como areia num mar tempestuoso. *Ele não a amava o suficiente... Nem gostava tanto assim de você... Ele estava sempre criticando a sua estupidez...*

Lucía largou o telefone.

– Nunca! Eu nunca vou rastejar de volta para ele, implorar para ficar com ele. Ele não nos quer mais, caso contrário não teria nos deixado.

Ela afundou nos travesseiros, esgotada pelo turbilhão mental do qual parecia incapaz de escapar.

– Ele até roubou vocês dois de mim – disse ela, olhando para os próprios pés, que pareciam estar completamente desconectados dela, como entidades separadas que um dia a levaram em uma viagem de euforia até os céus, mas que agora estavam pendurados na extremidade de suas pequenas pernas como um par de sardinhas mortas. – Eu nem quero mais dançar! Ele tomou tudo de mim, tudo. E me deu você em troca – disse ela para a própria barriga.

Procurando nas gavetas ao lado da cama, Lucía tirou um tablete de um pacote metade vazio e o engoliu com um copo de água. O médico *payo* que ela visitara antes de partir de Nova York havia prescrito esse medicamento quando ela disse que não estava conseguindo dormir.

Dez minutos depois, mergulhou numa bem-aventurada inconsciência.

❈ ❈ ❈

– Lucía, você precisa se levantar! – suplicou María, desesperada. – Você está deitada neste quarto há quase duas semanas! Está tão magra quanto nossa velha mula e parece que já se juntou aos seus antepassados lá em cima! É isso que você quer? Morrer?

Ela estava no limite da paciência com a filha. Nada que fizesse ou dissesse era capaz de tirá-la da cama. Enquanto ela passava os dias removendo os anos de negligência acumulados em seu novo lar, Lucía permanecia deitada, inerte e cada vez mais indiferente. Então, era hora de dar a última cartada.

– Estou indo para a *finca* agora e, quando eu voltar, quero você fora da cama. Você não tomou banho desde que chegamos e o quarto está fedendo a suor. Se você não estiver em pé e vestida, não terei escolha a não ser ligar para Meñique, dizer a ele onde estamos e o que aconteceu.

– Não, Mamá! – Lucía arregalou os olhos e María pôde perceber neles medo e horror. – Você não ousaria!

– Ah, ousaria, sim! Não vou mais deixar você ficar deitada aqui. É minha obrigação proteger meu precioso neto. – María pegou sua bolsa e caminhou em direção à porta. – Lembre-se de quanto já perdi, Lucía. Não vou ver outra morte sem sentido acontecer bem debaixo do meu nariz. Estarei de volta ao meio-dia. Combinado?

Não houve resposta, então María bateu a porta, feliz em respirar o ar relativamente puro do corredor. Ela não estava exagerando quando disse que a filha cheirava mal. Caminhando em direção ao elevador, ela viu que suas mãos estavam tremendo e torceu para que sua ameaça tivesse o efeito desejado.

Para seu alívio, quando voltou, logo depois do almoço, encontrou Lucía pelo menos sentada, de pernas cruzadas na cama, enrolada numa toalha.

– Estou pronta, como você mandou. Pedi à camareira que trocasse minha roupa de cama, tudo bem?

– Sim, já é um começo. Agora, vamos encontrar algumas roupas.

Enquanto remexia no guarda-roupa de Lucía, María percebeu que uma parte dela estava decepcionada por não ser obrigada a cumprir a ameaça. Talvez a melhor coisa fosse contar tudo a Meñique.

– Está quente lá fora, então use isto. – María colocou um vestido de algodão nos braços de Lucía. – Quero que você venha comigo para a *finca* hoje à tarde e veja onde o seu bebê virá ao mundo. Quero que olhe para a Alhambra e se lembre de quem você é, Lucía.

– Eu tenho opção?

– Tem. Você pode começar a assumir a responsabilidade por si mesma, mas, se insistir em agir como criança, vou ter que tratá-la como uma.

Naquela tarde, María colocou Lucía ao seu lado no banco do passageiro do antigo Lancia que Alejandro conseguira para ela por meio de um amigo. Embora tenha sido um carro elegante e poderoso, anos de abandono e negligência haviam deixado bastante enferrujada a lataria, que, no passado, exibira um tom de azul-escuro, e o motor não parecia estar em seu melhor estado quando mãe e filha entraram e partiram para a *finca*.

– Se Papá visse você agora...

Lucía deu uma risada quando María pisou no freio em vez da embreagem, dando uma guinada em direção a uma vala.

– Não sei por que você está rindo. – María fingiu irritação enquanto colocava o carro de volta na estrada. – Seu pai tem que lutar até para manter o nariz de uma mula na direção certa.

Enquanto chacoalhavam pela estrada empoeirada, María rezava para que Lucía aprovasse o lugar no qual trabalhara com tanto afinco para transformar em um lar para as duas.

– Ali está ela! A Villa Elsa, assim nomeada em homenagem à bisavó de Alejandro. Não é bonita?

– Não tanto quanto minha casa em Mendoza, mas, sim, é bonita – acrescentou Lucía em seguida, percebendo que a negatividade não tinha mais efeito sobre a mãe.

María levou a filha para um passeio pela casa, orgulhosa de seu trabalho. Agora tudo cheirava a limpeza e os quartos eram banhados pela suave luz de verão, pois as tábuas da janela haviam sido removidas.

– Aqui será o quarto do bebê, Lucía – disse ela, quando pararam à entrada do pequeno quarto situado entre o dela e o de Lucía. – Só de pensar que você dormia em um estrado de palha entre mim e seu pai quando era pequena... Veja como melhoramos de vida, e tudo graças a você e a seu incrível talento. Os quartos não são de bom tamanho?

Lucía abriu a boca para dizer que a *finca* estava longe de ser o Waldorf Astoria, mas ficou quieta, com medo da ameaça da chamada telefônica.

– E olhe – continuou María, abrindo uma porta e exibindo, com orgulho, o vaso sanitário e a pequena banheira. – Está tudo ligado ao poço, que se enche com a água que flui da montanha. Alejandro me disse que ele nunca ficou seco em quarenta anos. Quer um pouco de suco de laranja? – perguntou, quando chegaram à cozinha. – Preparei hoje de manhã.

– Obrigada.

María serviu um copo para cada uma e elas foram se sentar na deliciosa sombra do terraço na frente da *finca*.

– Está vendo? – María apontou para a sua esquerda, acima delas. – A Alhambra fica ali. A noite do concurso foi o começo de tudo para você, querida.

– Sim, foi. Para o bem e para o mal – concordou Lucía.

– Estou feliz por termos comprado tudo para nós e o bebê em Nova York. É impossível conseguir qualquer coisa em Granada, a menos que se compre no mercado negro. E os preços... – María balançou a cabeça enquanto tomava um gole de suco de laranja. – Dá para acreditar que o pequenino estará conosco daqui a três meses?

– Não. Sinto que tudo em minha vida mudou nos últimos meses, *Mamá*.

– Essa é a maior mudança de todas, Lucía. Ter meus filhos foi a maior conquista da minha vida. Estou tão orgulhosa... de todos vocês.

Foi a vez de María conter uma lágrima.

– Você... já perguntou a alguém sobre Carlos e Eduardo? – indagou Lucía, insegura.

– Perguntei a Alejandro por onde eu deveria começar. Ele me disse que... María hesitou. Tinha acabado de conseguir, depois da ameaça, convencer Lucía a lutar contra a depressão e não queria jogá-la de volta no mesmo cenário.

– Tudo bem, Mamá, eu posso suportar.

– Alejandro disse... Ele disse que é difícil rastrear quem está ausente. Existem – María engoliu em seco – muitas valas comuns em torno da cidade, onde a Guarda Civil jogou os corpos de homens, mulheres e crianças no auge do conflito. Ele disse que os registros são poucos. Eu estava pensando...

– Sim?

– Eu estava pensando em ir até Sacromonte para ver se alguém sabe de alguma coisa. Na verdade, penso nisso todos os dias desde que chegamos, mas tenho medo do que posso encontrar. Ou não encontrar. – María colocou a mão na testa. – Durante todos esses anos, pude acreditar que um dia reencontraria meus queridos filhos e netos vivos, mas aqui estamos nós, há duas semanas em Granada, e não me atrevo a ir até lá.

– Eu vou com você, Mamá – disse Lucía, colocando sua mão sobre a de María. – Vamos enfrentar isso juntas, como prometemos uma à outra, *sí*?

– *Gracias*, filha.

Lucía perguntou a si mesma se aquele lugar lindo e tranquilo, no qual sua mãe havia trabalhado tão arduamente para transformar em sua nova casa, seria o responsável por melhorar seu humor. Além disso, apesar de toda a destruição e a devastação que a guerra havia trazido à Espanha, ela estava viva, com uma nova vida dentro dela. Enquanto seus irmãos e suas famílias...

– Mamá?

– *Sí*, Lucía?

– Sinto muito por ter sido tão... difícil desde que chegamos.

– Você sempre foi difícil, querida, mas entendo por quê. Você estava de luto.

– Você está certa, eu estava de luto. Por tudo o que fui. Mas, como dissemos, este é o início de uma nova vida e devo tentar abraçá-la. Quantas pessoas não puderam fazer o mesmo...

❀ ❀ ❀

María e Lucía mudaram-se para a Villa Elsa alguns dias depois. María pegou a máquina de costura Singer, que havia trazido com ela, e se sentou no terraço, diante da mesa de madeira áspera, para fazer cortinas e toalhas de mesa com o belo tecido de algodão florido que comprara em Nova York. Lucía se divertia em dirigir o carro velho para cima e para baixo até a estrada empoeirada e voltar e, em algumas horas, já dirigia muito melhor do que a mãe jamais conseguiria fazer. María também costurou alguns vestidos simples de grávida com o mesmo tecido. Com seu grande chapéu e sua barriga saliente, em uma cidade habitada por pessoas que se pareciam com ela, Lucía começou a se aventurar a ir ao mercado. E, provando a comida caseira da mãe, começou a sentir fome e passou a dormir sem o auxílio de comprimidos.

– Mamá?

– *Sí*, Lucía? – respondeu María enquanto tomavam café da manhã com pão fresco e experimentavam o sabor da geleia de laranja que María vinha tentando preparar.

– Acho que devemos ir a Sacromonte antes que eu fique gorda demais para sair além do terraço. Você está pronta?

– Nunca estarei pronta, mas, sim, você tem razão. Temos que ir.

– E não há dia melhor do que hoje. – Lucía pegou a mão da mãe. – Vou verificar a gasolina.

Meia hora mais tarde, com a barriga pressionada contra o volante do carro, Lucía dirigiu até Granada e subiu pelas vielas sinuosas que levavam a Sacromonte. Deixando o carro no portão da cidade, as duas mulheres deram as mãos e o atravessaram, penetrando num mundo que um dia fora tudo o que conheciam.

– Não parece diferente – comentou Lucía, aliviada, enquanto caminhavam pelo acesso principal. – A não ser... olhe. A velha gruta de Chorrojumo está vedada com tábuas. Sua família deve ter ido embora.

– Ou foi assassinada... – observou María, com o coração pesado, apertando a mão da filha em busca de conforto. – Olhe para cima, Lucía. Não vejo fumaça saindo das chaminés. O lugar está abandonado.

– É alto verão, Mamá, a ausência de fumaça não quer dizer nada.

– Quer dizer tudo, Lucía. Nos dias em que estava quente demais para respirar, meu fogo ainda queimava para preparar a comida da minha família. Você está ouvindo? – sussurrou María, parando de repente.

– Ouvindo o quê?

– O silêncio, Lucía. Sacromonte nunca foi silenciosa. Dia e noite, você ouvia as pessoas rindo, discutindo, gritando... – María deu um sorriso triste. – Não era à toa que todo mundo sabia da vida de todos. As grutas ecoavam os nossos segredos. Não havia privacidade aqui. – María respirou fundo. – Vamos até a gruta de seus avós.

As duas mulheres desceram pelo caminho sinuoso da montanha até chegarem às grutas logo acima do rio Darro, onde os pais de María um dia já tiveram uma bem-sucedida empresa de ferraria. Olhando para dentro, María viu que a bonita casa da mãe – que sua alma descanse em paz – não existia mais. Tudo o que sobrou foi a carcaça – as janelas de vidro, as belas cortinas e os móveis haviam desaparecido havia tempo.

– Fico feliz por eles não terem vivido para ver o que fizeram à sua amada Espanha – comentou María, parada no meio do que um dia fora a sala, mas que agora era um espaço vazio e sujo, com cheiro de podridão, o chão cheio de escombros, pacotes de cigarro vazios e garrafas de cerveja descartadas. – Pois é isso.

María engoliu em seco.

– Agora, vamos às grutas de seus irmãos.

As duas mulheres subiram um pouco mais e encontraram as grutas de Eduardo e Carlos, que um dia foram lares bem cuidados, no mesmo estado que a gruta de Paola e Pedro.

– Não sobrou nada... – María enxugou as lágrimas com raiva. – É como se eles nunca tivessem estado aqui – sussurrou ela, a voz tremendo de emoção. – Como se o passado nunca tivesse acontecido. Onde estão Susana, Elena e meus lindos netos?

– Eles podem ter sido presos, Mamá. Você sabe que muitos *gitanos* foram presos durante a guerra. Meñique me disse que leu isso nos jornais *payos*.

– Bem, não vamos encontrar mais nada aqui. Venha, Lucía, vamos voltar. Eu...

– Mamá, sei que isso é difícil de suportar, mas, já que estamos aqui, precisamos tentar encontrar alguém com quem conversar, alguém que possa nos dizer o que aconteceu com Eduardo e Carlos. Vamos encontrar alguém, garanto. Vamos subir a colina até a gruta de nossa família e ver se tem gente por lá.

– Você tem razão. Se eu não fizer isso agora, nunca mais vou ter coragem de voltar.

– Meu Deus, nós realmente andávamos tanto, todos os dias, para buscar água? – Lucía ofegava ao lado da mãe enquanto subiam com esforço a colina.

– Você está grávida, Lucía, por isso é mais difícil agora.

– E você também esteve quando vivia aqui, Mamá, muitas vezes! Não sei como conseguia fazer isso.

– Todos nós fazemos o que precisamos quando não há alternativa. E então, quando conhecemos algo melhor, percebemos como nossa vida era difícil. Lucía... – María agarrou o braço da filha quando a curva arredondada de sua antiga gruta surgiu na paisagem. – Olhe! – María apontou para cima. – Há fumaça saindo da chaminé. *¡Dios mío!* Alguém está morando lá! Eu...

– Calma, Mamá – disse Lucía, vendo que as pernas da mãe vacilavam e que ela colocava a mão na boca, em choque.

Lucía recostou María suavemente no muro que servia como barreira de segurança entre os olivais que cresciam abaixo da gruta.

– Sente-se aqui um pouquinho, tome um pouco de água. Está muito quente hoje.

Lucía ofereceu uma garrafa que tirou da cesta que carregava e sua mãe bebeu longamente.

– Quem pode ser...? O que vamos encontrar atrás daquela porta fechada?

– Talvez sejam apenas invasores que tomaram o lugar e não tenham nada a ver com a nossa família. – Lucía deu de ombros. – Não podemos nos encher de esperanças.

– Eu sei, eu sei, mas...

– Mamá, você quer ficar aqui enquanto vou até lá descobrir?

– Não. Quem quer que esteja em nossa gruta, preciso ver por mim mesma. – María abanou o leque na frente do rosto. – Está bem, então vamos.

Poucos segundos depois, elas estavam paradas diante de sua antiga porta, a tinta azul agora rachada e desbotada.

– Eu bato ou você bate, Mamá?

– Eu.

María fez o melhor que pôde para se recompor, sabendo que atrás daquele resistente pedaço de madeira estavam as respostas às perguntas que ela havia feito a si mesma um milhão de vezes desde que deixara Sacromonte. Ela levantou a mão, que tremia violentamente, e bateu na madeira.

– Você vai ter que bater com mais força, Mamá. Nem um cachorro com as orelhas levantadas conseguiria ouvir.

María bateu com mais força, prendendo a respiração para escutar se alguém do outro lado vinha em direção à porta. Não ouviu nada.

– Talvez tenham saído – sugeriu Lucía.

– Não, nenhum *gitano* deixaria um fogo aceso numa gruta vazia – disse María, com firmeza. – Há alguém aí, eu sei que há.

Ela bateu outra vez, mas não obteve resposta. Então foi até a pequena janela de vidro para tentar ver alguma coisa, mas o vidro estava coberto pela grossa cortina que ela mesma havia costurado e fixado para evitar olhares curiosos, como o dela.

– *¡Hola!* – disse ela, batendo na vidraça. – É María Amaya Albaycín. Eu morava aqui. Voltei para encontrar minha família. Por favor, deixe-me entrar!

– Meu nome é Lucía, sou a filha dela. Não queremos causar nenhum dano. Por favor.

Algo que Lucía dissera obviamente funcionou. Escutaram o som de passos pesados se aproximando de dentro da gruta, o trinco sendo puxado para cima e a porta se abrindo não mais que alguns centímetros.

Um olho verde espiou por trás da porta. Lucía encontrou esse olhar.

– Sou Lucía – disse ela, indicando a si mesma e, em seguida, puxando sua mãe, para que a pessoa lá dentro pudesse vê-la –, e esta é minha mãe. Quem é você?

Finalmente, a porta se abriu. E ali, diante delas, estava um rosto conhecido – um rosto agora marcado pela idade, os cabelos brancos como a neve que caía sobre os picos da Sierra Nevada, o corpo tão grande que preenchia todo o vão da porta.

– ¡Dios mío! – sussurrou a mulher em choque quando olhou para as duas recém-chegadas. – María... e a pequena Lucía, que ajudei a vir ao mundo na noite do casamento da neta de Chorrojumo! Não posso acreditar! Simplesmente não posso acreditar!

– Micaela?! É você! – exclamou María quando a *bruja* da aldeia abriu os braços para as duas mulheres se jogarem contra seu peito enorme.

– Entrem, entrem... – convidou Micaela, os olhos fitando nervosamente o caminho de terra enquanto ela dava um passo para o lado a fim de permitir a entrada das duas.

Fechando a porta com firmeza, María viu as cadeiras de balanço de pinho que Carlos fizera para ela. Essa imagem trouxe lágrimas aos seus olhos. E alguma esperança.

– De todas as pessoas do mundo... nunca imaginei que colocaria os olhos em vocês novamente. – A risada de Micaela ecoou nas paredes da gruta. – O que estão fazendo aqui?

– Viemos em parte por causa de Lucía. – María apontou a barriga da filha. – E em parte para descobrir o que aconteceu com meus filhos e a família deles.

– Então... – Micaela colocou a mão sobre a barriga de Lucía. – Você tem uma menina aqui, um tesouro, uma guerreira. Ela é muito parecida com você, María – comentou. – Quem é o feliz *papá*?

Como nenhuma das duas respondeu, Micaela assentiu.

– *Ay*, entendo. Bem, fiquemos felizes porque pelo menos parte de uma nova geração de *gitanos* vai chegar em breve ao nosso terrível mundo. Tantos foram perdidos...

– Você sabe alguma coisa sobre o destino de meus filhos, Micaela? Qualquer coisa, qualquer informação!

María balançou a cabeça e, instintivamente, tomou a mão de Lucía.

– Não posso afirmar que sei, María. Se bem me lembro, você ainda estava aqui quando ambos desapareceram da cidade.

– Sim, estava. E eles não foram mais vistos desde então?

– Não, sinto muito, María, mas poucos de nossos homens que foram levados à força, ou que simplesmente não retornaram da cidade, foram enviados de volta para nós...

Micaela pegou a outra mão de María.

Lucía observou, fascinada, os olhos de Micaela se revirarem, como os de Chilly faziam quando ele tinha alguma visão do mundo superior.

– Estão me dizendo que se encontram lá. Estão lá em cima, olhando para baixo, para nós, agora. Eles estão bem e seguros.

– Eu... – A garganta de María estava tão seca que ela não conseguia engolir. – Eu sabia disso aqui, no meu coração, é claro. – Ela bateu no peito. – Mas, ainda assim, tinha esperança.

– O que somos nós, seres humanos, sem esperança? – Micaela suspirou. – Não há uma só família que tenha permanecido intocada em Sacromonte, e até mesmo em Granada. Gerações destruídas... homens, mulheres, crianças assassinados por crimes que nunca cometeram. *Payos* e *gitanos*. Bem... você viu como era antes de partir, María. E só piorou.

– Mas... – María mal podia falar, sua garganta ainda apertada de emoção. – E quanto às esposas e aos filhos de Eduardo e Carlos?

– Depois que você partiu, a Guarda Civil subiu até aqui para acabar com o resto da comunidade *gitana*. María, sinto muito, mas Susana e Elena foram levadas, e seus filhos...

– Não! – María começou a soluçar. – Eles também estão mortos? Como suportar uma coisa dessas? E eu os deixei aqui para morrer, enquanto salvava minha própria pele...

– *Não*, Mamá! Isso não é verdade! – interrompeu Lucía. – Você fez isso para salvar Pepe, para dar a pelo menos um de seus filhos a oportunidade de viver. Lembre-se, você implorou que as esposas de Carlos e Eduardo fossem com você.

– Não se culpe, María, você lhes ofereceu uma escolha. Lembro-me de Elena me contar isso pouco antes de ser levada – disse Micaela.

– Elena estava grávida... Ela era a esposa de Eduardo, Lucía. Você não poderia imaginar uma menina mais doce. Ela teve o bebê antes de...? – María não conseguiu pronunciar as palavras.

– *Sí*, María, teve. – Pela primeira vez, um sorriso surgiu nos lábios cheios de Micaela. – E foi *aí* que o milagre aconteceu.

– O que você quer dizer? – perguntou Lucía.

Micaela sentou seu corpo enorme à mesa e indicou para mãe e filha que fizessem o mesmo.

– Na vida há sempre um equilíbrio. Mesmo quando o mal está por toda parte, existem coisas boas, até bonitas, que acontecem para proporcionar a harmonia natural. Apenas algumas semanas antes de ser levada, Elena deu à luz uma menina. Eu estava lá com ela, ajudando-a, tal como ajudei sua *mamá* a trazer você ao mundo, Lucía. E, ao que parece, María, você é abençoada. Não apenas tem a sua Lucía, que é, de muitas formas, especial, mas também tem sua neta, filha de Eduardo... No instante em que a vi, eu soube...

– Soube o quê? – indagou Lucía.

– Que foi ela quem herdou da bisavó o dom da visão. Os espíritos no mundo superior me disseram que ela seria a próxima *bruja* e que eu devia protegê-la.

– A filha de Eduardo tinha o dom? – sussurrou María.

– Sim. E a profecia se concretizou. Na manhã em que Elena e o restante foram levados, ela veio a mim com seu bebê. Ela a chamou de Angelina, pois tinha o rosto de um anjo. E me pediu que cuidasse dela por algumas horas, enquanto descia para o mercado. Fiquei feliz por fazer isso. Elena e eu já sabíamos que eu seria parte do futuro de Angelina. Amarrei o bebê em mim e saímos para a floresta, para procurar ervas e frutas silvestres. Ficamos fora por muitas horas porque eu já estava começando a ensinar Angelina a ouvir o ritmo do universo através da terra, dos rios e das estrelas. Eu não sabia que, enquanto estávamos lá, a Guarda Civil tinha vindo até Sacromonte e levado Elena, Susana e seus filhos, que foram pegos a caminho do mercado.

Lucía percebeu que estava ouvindo a velha *bruja* como se ela estivesse contando uma de suas histórias dos antepassados. No entanto, aquela era real e... Lucía não conseguia nem imaginar qual seria o fim.

– Quase toda a aldeia tinha sido levada. Somente aqueles que não estavam em suas grutas quando a Guarda Civil apareceu conseguiram escapar. Eu soube então que o mundo superior tinha me enviado até a floresta para proteger Angelina. A partir daquele momento, María, cuidei de sua neta como se fosse minha própria filha.

Houve silêncio na gruta enquanto María e Lucía tentavam entender o que Micaela estava dizendo. E o que isso significava.

– Eu... Você está me dizendo que ela está viva? – perguntou María, num sussurro, temendo ter ouvido errado.

– Ah, sim, mais viva do que nunca. Que menina bonita e inteligente é sua neta, María. Ela já tem poderes muito além dos meus.

– Então onde ela está?

– Saiu para explorar a floresta, como ensinei.

– Eu... não acredito! No meio de tanta tragédia, a filha de Eduardo sobreviveu! É realmente um milagre, não é, Lucía?

– *Ay*, Mamá, é, sim!

– Muitas vezes, achei que seríamos descobertas – prosseguiu Micaela. – Mas Angelina, com seu sexto sentido, nos colocava um passo à frente da Guarda Civil. Ela me avisava quando deveríamos deixar a gruta e nos esconder na floresta até os "homens do diabo", como ela os chamava, irem embora. Ela não se enganou uma única vez e aprendi a confiar em seus instintos mais do que nos meus.

– Você saiu de sua casa e se mudou para cá? – perguntou María.

– Era melhor que a minha gruta permanecesse vazia. Fica perto demais dos portões da cidade e eu não sou alguém que consegue se esconder com facilidade. – Micaela deu uma risada. – Ao passo que a sua gruta fica longe dos portões *e* perto da floresta, o que nos permitiria fugir para lá sem problemas.

María olhou para o tamanho da mulher e concordou que seria difícil para Micaela desaparecer. Mas, de alguma forma, ela havia conseguido. Conseguira salvar a filha de Eduardo, Angelina. Sua neta...

– Ela vai voltar logo? – perguntou Lucía. – Mal posso esperar para conhecer minha sobrinha!

– Ela deve voltar depois que conversar com as árvores para descobrir exatamente onde colher as ervas mágicas que usa para preparar suas poções. Ela é como o vento, um espírito que não escuta nada, apenas seu próprio instinto infalível.

– Como posso lhe agradecer, Micaela? O que você fez por mim, por minha família...

– Não. Eu não fiz nada. Fui salva graças a Angelina. Eu sei disso.

– E agora, as pessoas estão voltando para cá, para viver em Sacromonte? – perguntou Lucía.

– A comunidade que tivemos um dia não existe mais. Estão todos mortos ou dispersos pelo mundo. Sacromonte nunca voltará a ser como era – respondeu Micaela, com pessimismo.

– Talvez com o tempo – contrapôs María.

– Agora que vocês estão aqui, meu trabalho está terminado. – Micaela deu de ombros. – Estou grata, pois estava preocupada com o futuro de Angelina quando eu não estivesse mais aqui. Me disseram que alguém viria buscar Angelina quando eu precisasse. Meu coração... não vai conseguir me manter por muito mais tempo. – Ela se levantou, o rosto arroxeado pelo esforço. – Tenho aqui uma sopa para o almoço. Vocês estão com fome?

María e Lucía aceitaram a oferta de Micaela, menos por estarem com fome do que para terem algo em que se concentrar enquanto esperavam que a criança milagrosa voltasse para casa. María contou a Micaela um pouco de sua vida nos últimos nove anos e revelou que agora estavam vivendo em um laranjal, no sopé da Sierra Nevada.

– *Hola, maestra* – disse uma voz quando a porta da frente se abriu e uma criatura magra entrou na gruta, com uma cesta cheia do que devia ser um monte de ervas.

María prendeu a respiração, pois aquela menina não poderia parecer menos *gitana* do que se tivesse sido trazida pela miríade de anjos que seu nome homenageava. Com cabelos acobreados e olhos azuis, Angelina parecia ser uma *payo* dos pés à cabeça.

Os olhos sábios e calmos da menina pousaram nas duas mulheres sentadas à mesa.

– Vocês têm algo a ver comigo, não têm? – disse ela, com a voz calma, enquanto se aproximava. – Vocês são minha família?

– Sim – respondeu María, mais uma vez segurando as lágrimas. – Sou sua avó, e essa é a sua tia, Lucía.

– Eles me disseram que algo especial chegaria hoje. – Angelina assentiu, não aparentando nenhuma surpresa. – É com elas que vou viver quando você viajar para o mundo superior, *maestra*?

– Sim. – Com certa altivez, Micaela percebeu a expressão de espanto no rosto de María. – Eu estava contando a sua avó e sua tia tudo sobre você.

Angelina colocou a cesta no chão, abriu bem os braços e abraçou María e, em seguida, Lucía.

– Estou feliz por vocês terem vindo. A *maestra* estava temendo que seu tempo se esgotasse. Agora, ela pode se preparar para sua jornada sem medo. Temos sopa? – perguntou Angelina.

– *Sí.*

Micaela fez menção de se levantar, mas Angelina usou a mão para impedi-la.

– Deixe que eu pego. Ela tenta fazer tudo para mim, mas sempre digo que ela precisa descansar. Seu bebê será uma menina, e vamos ser grandes amigas – declarou Angelina, fazendo um sinal para Lucía enquanto se servia de sopa numa pequena tigela.

– Micaela já disse isso a ela – comentou María.

Pela primeira vez na vida, Lucía estava em silêncio, diante daquela menina extraordinária, e María não conseguia parar de olhar para ela, maravilhada.

A filha de Eduardo... Ela será dada a mim...

Angelina sentou-se à mesa e tomou a sopa, fazendo uma centena de perguntas sobre María, Lucía e os outros membros da família.

– Além de uma tia, eu também tenho um tio, *sí*?

– Tem, Angelina, e o nome dele é Pepe. Talvez um dia ele venha nos visitar.

– Vamos conviver por muito tempo. As profecias estão se realizando, *maestra* – afirmou Angelina, satisfeita. – Eu sabia que não nos decepcionariam.

– Ela vai à escola? – perguntou María a Micaela.

– O que eu preciso da escola? – rebateu Angelina. – Aprendo tudo de que preciso com a *maestra* e a floresta.

– Talvez você deva aprender a ler e a escrever – observou Lucía, procurando um cigarro na cesta e o acendendo. – É algo que eu desejaria ter aprendido.

– Ah, eu sei ler e escrever, Lucía. A *maestra* chamou uma *payo* aqui para me ensinar. – Ela encarou Lucía, que tragava seu cigarro. – Você sabe que isso é ruim para o seu coração. Isso vai ajudar a matá-la. Você devia parar.

– Eu faço o que eu quero – respondeu Lucía, agora irritada com aquela criança angelical que parecia ter respostas para tudo.

– Nosso destino está em nossas mãos. Às vezes. – Ela riu enquanto lançava um olhar cheio de significado para Micaela. – Quando eu posso ir visitá-las? – perguntou ela a María. – Sua casa parece ser bonita.

– Você precisa ir logo – respondeu María, agora tomada por uma onda de cansaço.

Havia muito que assimilar. A pura energia e a força vital daquela menina eram quase esmagadoras, e María ainda precisava processar a confirmação da perda de seus filhos e suas famílias.

– Micaela e eu vamos providenciar para virmos buscá-la e levá-la de carro até lá – acrescentou.

– Obrigada – disse Angelina, educadamente. – Agora, tenho que fazer uma poção antes que a energia de minhas ervas se vá. É para o coração da *maestra*. Vou fazer uma para o seu bebê também – anunciou Angelina, colocando o cesto sobre a mesa de trabalho e pegando uma grande faca e uma tábua de corte.

Emocionadas, elas se despediram e combinaram que buscariam Angelina alguns dias depois.

– Obrigada por terem vindo, vó, tia – disse Angelina, abraçando-as. – Fiquei muito feliz. Adeus.

Do lado de fora, María e Lucía caminharam de volta para o carro em silêncio.

– Ela é... extraordinária – disse María, em voz baixa, mais para si mesma do que para a filha.

– É, sim, mesmo eu achando irritante uma menina de 9 anos me dizer que devo parar de fumar. – Lucía fez uma careta quando ligou o motor. – Bem, pelo menos sabemos de que cor devemos fazer o cobertor do bebê – acrescentou, com uma risada gutural. – Ela me lembra Chilly quando era criança. Ele sempre foi precoce. Meu Deus, sinto saudades dele. Outro ente querido que, quase certamente, perdemos para essa Guerra Civil nojenta.

– Será que devo enviar um telegrama ao seu pai para contar sobre a morte de seus filhos e sobre sua neta? Acho que ele precisa saber.

– Por que não? Talvez a puta mais nova dele possa ler para ele – disse Lucía, com a voz arrastada, enquanto dirigia o carro com cuidado pelas ruas calçadas de pedra.

– Por favor. – María suspirou. – Já houve ódio e perdas suficientes em nossas vidas por um dia. Seja como for, José é seu pai e meu marido.

– Você ao menos sabe onde ele está?

– Pepe me enviou um telegrama para avisar que iam fazer outra turnê nos Estados Unidos na semana que vem.

– Como você o leu, Mamá?

– Alejandro leu para mim – admitiu María. – Ele se ofereceu para me ajudar a ler melhor.

– Eu disse que você tinha um namorado. – Lucía riu. – Que é mais do que eu tenho... ou jamais terei – disse ela, olhando para a própria barriga.

– Você ainda é jovem, Lucía! Sua vida está apenas começando.

– Não, Mamá. Acho que a sua é que está começando, mas... – Lucía fez uma pausa. – Alejandro sabe que vocês são *gitanos*?

– Não.

– Se ele soubesse, isso mudaria as coisas?

– Não sei, mas certamente será mais seguro para você e o bebê se ele não souber.

– Pelo que estou ouvindo, será melhor para você também. – Lucía sorriu com ironia. – Muitos diriam que estamos traindo nossa cultura, agindo como *payos*. Vivendo como eles, também, em uma casa normal...

– Talvez estejamos. – María suspirou. – Mas, quando penso naqueles anos lá em cima, em Sacromonte, quando erámos mais maltratados do que cachorros, vejo que é mais agradável viver sem sofrer preconceito. E, por dentro, ainda somos quem somos, Lucía, não importa se nossos cabelos estão curtos ou compridos, a roupa que vestimos ou onde vivemos. É mais... fácil – reconheceu María.

– Você não deseja voltar a viver em sua gruta, Mamá?

– Não posso jogar Micaela na rua depois de tudo o que ela fez para cuidar de Angelina. Acho que esse acordo atende a todos nós.

– Sim, Mamá. Por enquanto, acho que sim.

32

Angelina foi visitá-las na Villa Elsa na semana seguinte. Exatamente como Lucía quando era mais jovem e ia até as casas dos *payos* com o pai, Angelina ficou impressionada com as comodidades modernas. O banheiro a fascinou, e Lucía a observou admirando o vaso, enquanto puxava a longa corda que acionava a descarga.

– Quer tomar banho? – perguntou Lucía. – A água é bem quente.

– Tenho muito medo! Essa banheira é funda demais. Não sei nadar e posso me afogar.

– Posso ficar com você para garantir que não se afogue. E olhe... – Lucía pegou alguns sais de banho que havia roubado quando se hospedara no Waldorf Astoria. – Isso é pura magia.

A menina riu com surpresa e prazer ao ver as bolhas grandes e cremosas na água.

– Que alquimia faz isso? – perguntou ela, enquanto Lucía a encorajava a entrar e encostar algumas bolhas no nariz.

– Alquimia americana. Você já viu algum filme, Angelina?

– Não, o que é isso?

– Imagens que se movem em uma tela. Eu participei de um. Talvez um dia eu mostre a você.

❀ ❀ ❀

– Angelina é uma mistura tão estranha – comentou Lucía quando voltou de Sacromonte, após deixar a sobrinha na gruta. – Ela tem a sabedoria de um adulto, mas é uma criança que cresceu na natureza, e sua inocência é de tirar o fôlego.

– Você também cresceu na natureza, Lucía, na mesma gruta que Angelina.

– Eu não estava escondida do mundo, Mamá. Eu o entendia muito bem desde cedo. Perguntei a ela se queria ficar conosco por um tempo. Ela se recusou, dizendo que não deixaria Micaela sozinha, porque ela está muito doente, mas também porque sentiria falta de sua floresta.

– Bem, um dia ela não terá escolha – disse María. – Pelo que elas dizem, Micaela não tem muito tempo.

– É quase como se isso fosse planejado por uma mão invisível – ponderou Lucía. – Se não tivéssemos retornado, o que teria sido da menina?

– Ah, estou certa de que ela teria sobrevivido. – María sorriu. – Esse é o destino dela.

Lucía levantou-se da mesa onde estavam jantando e bocejou.

– Vou dormir, Mamá. Estou cansada esta noite.

– Durma bem, querida.

– Você também. Boa noite, Mamá.

María ficou sentada ali por um tempo antes de tirar a mesa e lavar a louça, pensando em como sua filha havia mudado. Mal passava das dez horas – horário em que a antiga Lucía estaria apenas começando a se apresentar diante de uma plateia de centenas, às vezes milhares de pessoas –, mas ali Lucía deitava-se cedo e dormia tranquilamente a noite toda. A maneira como Lucía se esforçava cada vez mais ao longo dos anos era assustadora – muitas vezes, ela temia que a filha dançasse até a morte –, mas a nova Lucía estava calma. E era muito agradável estar ao lado dela. Pelo menos por enquanto...

❀ ❀ ❀

Três semanas depois, quando o sol estava se pondo, María viu uma figura desamparada caminhando pela estrada que levava à casa.

– Lucía! – gritou María quando viu a luz pálida iluminando a pequena cabeça louro-avermelhada. – Angelina está aqui.

María desceu os degraus e foi até Angelina. Quando se aproximou, viu que a menina estava à beira de um colapso.

– Por favor, posso beber um pouco de água? – Ela ofegava e María a ajudou a alcançar o terraço. – Foi uma longa caminhada para chegar aqui.

– O que aconteceu? – disse María, sentando a neta em uma cadeira e servindo a ela um pouco da água do jarro que estava sobre a mesa.

– Micaela foi para o mundo superior, *abuela* – avisou a menina à avó. –

Ela partiu hoje ao amanhecer. Ela me disse para vir direto até você se isso acontecesse.

– Você quer dizer...

– Sim – confirmou Angelina. – Ela não está mais aqui conosco na terra.

– *¡Ay! Pequeña*, se soubéssemos, teríamos ido até você. Não admira que esteja exausta, você andou demais.

– Um homem me ofereceu uma carona de carro, mas ele começou a fazer perguntas estranhas, então pulei fora. – Sedenta, Angelina bebeu a água. – Temos que voltar logo, porque a *maestra* precisa ser sepultada o mais depressa possível, ou sua alma não vai se acalmar.

– É claro, vamos amanhã de manhã. Onde ela...?

– Eu a deixei em sua cama.

– Você está triste? – indagou Lucía quando apareceu no terraço.

– Sim, porque vou sentir muita saudade dela, mas sei que estava na hora de sua partida, então estou feliz por ela. Micaela não estava mais confortável em seu corpo. Ele se desgastou e a alma precisava seguir em frente para ser livre.

– Sinto muito, Angelina. – Lucía a abraçou. – Mas agora você está segura aqui conosco.

– *Gracias*, mas vocês sabem que eu preciso voltar à floresta para ver meus amigos e colher minhas ervas – afirmou Angelina, o pânico visível nos lindos olhos azuis.

– Sabemos, sim. Agora, vou lhe dar alguma coisa para comer.

– Não, eu não posso comer enquanto a *maestra* estiver na terra.

– Amanhã, iremos cedo para Sacromonte – prometeu María.

– Muito obrigada. Acho que vou dormir um pouco agora, por favor.

– Vamos colocar você no quarto do bebê. Há uma pequena cama ali, pronta para você – disse María quando a garota se levantou, seu rosto demonstrando uma fadiga extrema. – Venha comigo.

– Ela já está acomodada? – perguntou Lucía à mãe quando ela voltou ao terraço.

– Ela se cobriu e adormeceu em vinte segundos. Pobre criança. Parece tão calma, mas deve estar em estado de choque. Micaela é tudo o que ela já conheceu.

– Não parece – comentou Lucía –, porém ela é a menina mais estranha que eu já vi. – Lucía apagou um cigarro e acendeu outro. – Estou aqui me perguntando como vamos carregar Angelina e cavar um buraco grande o suficiente para enterrá-la.

– Tem razão – concordou María. – Não vamos conseguir. Precisamos encontrar alguns homens que possam nos ajudar. Está vendo, Lucía? Eles são úteis para algumas coisas, não são? – acrescentou María, com um meio sorriso.

❂ ❂ ❂

Angelina acordou María e Lucía pouco depois do amanhecer, parecendo descansada e radiante como um girassol.

– Temos que ir – disse ela. – A *maestra* está ansiosa para começar sua jornada para o mundo superior.

Quando o sol se levantou sobre a Alhambra, as três já se aproximavam da gruta.

Morta na cama onde me ajudou a dar à luz, pensou María, enquanto Angelina abria a porta da frente. O cheiro de carne já apodrecendo ao calor era palpável no interior da gruta. Lucía balançou a cabeça.

– Lamento, mas vou vomitar – disse ela, virando-se para trás, ainda à porta. – Angelina, você conhece alguma família aqui perto que tenha jovens que possam nos ajudar a enterrar a *maestra*?

– *Sí*, Lucía. Vamos tentar na porta ao lado.

María viu Angelina subir a colina para a gruta de cima.

– Não está deserta? Ramón foi levado pela Guarda Civil dez anos atrás... – disse ela, enquanto Angelina batia à porta, entrando logo em seguida.

– Ele voltou três semanas atrás... Ramón? – gritou ela em direção ao quarto situado além da cozinha onde estavam. – Sou eu, Angelina. Precisamos de sua ajuda.

Ouviram-se alguns grunhidos atrás da cortina, e então um homem esquelético, com uma longa barba grisalha, apareceu.

– *¡Dios mío!* – María cobriu a boca com a mão, enquanto lágrimas surgiram em seus olhos. – Ramón, é você mesmo?

– Eu... María! Você voltou! Como? Por quê?

– Pensei que você estivesse morto! A Guarda Civil, eles vieram...

– Sim, eles me jogaram na prisão e me deixaram lá para morrer, mas, como você pode ver, eu não morri. – Ele tossiu, fazendo um barulho semelhante ao que María ouvira antes da morte de Felipe. – Passei muitos meses no hospital *payo*, que não era muito melhor do que a prisão. Mas você, María, você está mais linda do que nunca!

– Ramón, nem acredito que você está vivo. Eu...

– Venha, deixe-me abraçá-la, querida.

Lucía engoliu em seco quando sua mãe foi para os braços frágeis e descarnados de Ramón.

– Eles se conhecem bem?

Angelina virou-se para Lucía com os olhos arregalados.

– Sim. Há muito tempo.

– Eles se amam – decretou Angelina. – Isso é uma coisa linda, não é?

– É – concordou Lucía.

Tomado pela emoção, Ramón foi ajudado a se sentar num banquinho antes de perder as forças.

– Onde está a mobília? – perguntou María.

– Foi levada por saqueadores. – Ramón deu um suspiro. – Tudo o que tenho é um estrado de palha, mas pelo menos estou livre, e é isso que importa. Agora me diga: por que você está aqui, na minha cozinha?

– Micaela passou para o mundo superior e precisamos enterrá-la. Você conhece alguns homens que tenham sobrado aqui em Sacromonte que possam nos ajudar? – perguntou María.

– Não conheço, mas podemos descobrir. Eu apenas... não posso acreditar que você voltou, minha María.

Ramón olhou para ela em total êxtase.

– Outro milagre – sussurrou Angelina para Lucía.

❋ ❋ ❋

As duas mulheres, a menina e o homem, frágil como se tivesse 80 anos, procuraram ajuda pelos caminhos poeirentos de Sacromonte para enterrar sua reverenciada *bruja*. Muitas portas não se abriram de imediato. O peso do medo que assolara a comunidade destruída era palpável. Muitas casas estavam vazias, mas, quando os que eram convencidos a sair ouviam a notícia, ficavam felizes em oferecer seus serviços. Os poucos homens fortes o bastante foram despachados com pás para cavar a sepultura de Micaela, enquanto as mulheres juntaram seus parcos recursos e prepararam alimentos para a reunião que aconteceria depois.

Uma das mulheres emprestou sua mula, que foi presa, junto à de outro vizinho, a uma carroça e, depois de depositarem nela os restos mortais de Micaela, todos seguiram numa procissão irregular até a floresta, onde colocaram sua *bruja* para descansar.

A reunião depois do enterro foi realizada na gruta de María, e um velho *gitano*, que comandava um dos negócios ilegais de bebidas em sua própria gruta, trouxe conhaque para brindar a passagem de Micaela. Dos quatrocentos antigos moradores, apenas uns trinta haviam sobrado. María e Lucía ouviram muitas provocações por causa de seus novos penteados, mas, para além do horror e da destruição dos últimos dez anos, a chama da comunidade ainda cintilava. Alguns homens trouxeram seus violões e, pela primeira vez em anos, o som de música flamenca encheu o ar de Sacromonte.

– Lucía! Você tem que dançar para nós! – gritou um dos homens, a barriga vazia enviando o conhaque direto para sua cabeça.

– Eu tenho uma bola de canhão na barriga. – Lucía revirou os olhos. – Talvez Mamá queira dançar. Ela me ensinou tudo o que sei.

– Não – disse María, corando, enquanto outras mulheres a empurravam para a frente.

– ¡Sí! ¡Sí! ¡Sí! – repetia a multidão, batendo palmas ao ritmo da música.

María não teve escolha senão concordar e, temendo que seus pés e suas mãos não se lembrassem do que fazer, ela dançou sua primeira *alegría por rosas* em vinte anos. Os demais – ou, pelo menos, aqueles que tinham forças – acabaram se juntando a ela, e a pequena Angelina assistia ao espetáculo de olhos arregalados.

– Você nunca participou de uma *fiesta*? – Lucía se inclinou para perguntar a ela.

– Não, mas é a coisa mais linda que eu já vi – respondeu a menina, com os olhos brilhando. – Lucía, isto não é um fim, é um novo começo!

E, quando María incentivou Ramón a dançar, ajudando-o a se manter de pé, Lucía achou que era mesmo.

❂ ❂ ❂

– Lucía, eu quero lhe perguntar algo.

María apareceu ao lado da rede improvisada que as duas haviam amarrado entre duas laranjeiras para Lucía descansar do lado de fora, à tarde.

– O que é, Mamá?

– Eu estava me perguntando se você se importaria se eu convidasse Ramón para vir morar conosco por um tempo. Ele está muito doente e não possui nada. Precisa de alguém para cuidar dele.

– É claro que não me importo. Agora que Angelina se mudou para cá e o bebê está a caminho, estamos iniciando nossa própria comunidade *gitana* aqui mesmo. – Lucía riu.

– Obrigada, querida. Embora Ramón esteja doente agora, Angelina acredita que ele poderá se recuperar completamente e que nos será útil.

– Útil ou não, você o quer aqui, é isso que importa. Portanto... – disse Lucía, com ironia – ele vai dormir no sofá da sala?

– Eu... não. Pensei que seria mais fácil se ele...

– Mamá, estou brincando! Eu sei exatamente onde ele vai dormir, e será em seus braços. Que diabos Alejandro vai pensar quando souber que a namorada encontrou outro? – indagou Lucía, sem esperar por uma resposta. Saiu imediatamente da rede e subiu até o terraço para beber um copo d'água. – *Dios mío*, é uma situação muito triste quando a vida amorosa da minha mãe é mais agitada que a minha – disse Lucía a seu bebê.

❀ ❀ ❀

No sétimo dia de setembro, Lucía acordou no meio da noite suada e desconfortável. Ela se levantou para fazer xixi pela quinta vez naquela noite, mas, antes que pudesse dar mais que dois passos, sentiu um líquido quente escorrendo pelas pernas.

– Socorro! Mamá! Estou sangrando! – gritou ela para a escuridão.

María e Angelina saíram correndo de seus quartos e acenderam a luz.

María olhou para a poça de líquido claro entre as pernas da filha e suspirou, aliviada.

– Lucía, você não está sangrando. Foi a bolsa que rompeu. Isso significa que seu bebê está a caminho.

– Vou correndo para a cozinha preparar uma poção – disse Angelina. – O bebê vai estar aqui ao nascer do sol – anunciou ela antes de sair.

Apesar dos gritos de Lucía, que ecoavam por todos os cômodos da casa com velocidade suficiente para assustar os lobos que estivessem à espreita no topo das montanhas, os músculos de sua barriga, devido aos seus longos anos de dança, a mantiveram em bom estado enquanto o bebê começava sua jornada para a vida. Angelina assumiu o comando da situação, como se soubesse, por instinto, tudo de que Lucía precisava. Ela caminhou com a tia, a fez se sentar, a fez se levantar, esfregou suas costas e, durante todo esse tempo, sussurrou palavras de conforto, afirmando que o bebê estava bem e que em breve estaria ali.

María e Angelina ajudaram Lucía a deitar na cama quando ela disse que queria empurrar, e a menina veio ao mundo às cinco da manhã, junto com o amanhecer.

– Nunca mais! – Lucía ofegou, aliviada. – Essa foi a *bulería* mais difícil que já dancei. Onde está meu bebê?

– Ela está aqui – anunciou Angelina, que havia cortado o cordão umbilical com os dentes, como vira Micaela fazer. – Ela é forte e saudável.

– Como vai chamá-la? – indagou María, olhando para o milagre de uma segunda neta concedida a ela desde que voltara à Espanha.

– Isadora, em homenagem à dançarina americana.

– É inusitado – comentou María.

– Sim.

Lucía não disse mais nada, mas, quando carregou a recém-nascida em seus braços, sua mente traiçoeira a transportou de volta ao seu aniversário de 30 anos, quando Meñique a levou a uma exposição de fotografias de uma bailarina chamada Isadora Duncan. Ela não queria ir, mas, ao chegar lá, viu-se envolvida pelas fotos e pela história de vida de Duncan.

– Ela foi uma pioneira. Quebrou barreiras, assim como você, *pequeña* – dissera Meñique.

– Eu acho que ela se parece com a avó – disse Angelina.

– *¡Gracias a Dios!* Fico feliz, pois não ia querer que uma criança se parecesse comigo. Oi, meu bebê – disse Lucía, olhando para o rosto pequenino da filha. – Sim, você é, sem dúvida, muito mais bonita do que a sua Mamá. Eu...

Quando o bebê olhou para ela, Lucía prendeu a respiração diante dos traços tão pequenos que, mesmo em miniatura, lhe eram tão familiares. Mas ela *nunca* admitiria para ninguém com quem a criança realmente se parecia.

✺ ✺ ✺

O outono se transformou em inverno, e a pequena e estranha família que María e Lucía haviam formado estava sentada dentro de casa, ao redor da lareira na sala de estar. María a usava para cozinhar, preferindo o sabor da comida feita no fogo àquela preparada no grande fogão de ferro que ficava na cozinha. Isadora florescia sob os cuidados e a atenção de María e Angelina, embora Lucía tivesse se recusado a amamentá-la após a primeira tentativa.

– Por que me preocupar quando nós três podemos nos revezar e lhe dar uma mamadeira? Além disso, achei que ela fosse arrancar meus pobres mamilos de tão forte que suga. Uma verdadeira agonia!

Secretamente, María achava que essa decisão tinha muito mais a ver com o desejo de Lucía de dormir bem à noite. Com outras mãos dispostas a se levantarem, felizes por cuidar de Isadora, ela se aproveitava da situação. O fato de a criança dormir com Angelina no quarto do bebê também não ajudava em nada. Mas María ficou mais tranquila quando viu a menina trocar fraldas e alimentar a criança com todo o cuidado e dedicação. Enquanto Lucía ficava fumando no terraço, Angelina entoava canções de ninar para Isadora, balançando-a para fazê-la dormir. Algumas mulheres simplesmente não haviam sido feitas para a maternidade, e Lucía era uma delas.

E, enquanto Angelina cuidava de Isadora, María usava suas próprias mãos delicadas, com a ajuda das poções de Angelina, para cuidar de Ramón, que continuava a recuperar as forças a cada dia. A tosse, que lembrava a ambos a terrível prisão, cedeu, e logo Ramón já era capaz de caminhar pelo laranjal, reprovando a falta de cuidados com o pomar.

– Talvez eu devesse perguntar a Alejandro se ele quer que cuidemos das árvores – sugeriu María em uma noite fria, quando se sentaram em frente ao calor do fogo.

– *Ay*, María, vou fazer isso de graça, porque é o que eu amo e sei fazer. – Ramón deu de ombros. – Esta casa... e você... me salvaram. O mínimo que posso fazer é cuidar das árvores que crescem nesta terra.

Logo começou um fluxo constante de visitas vindas de Sacromonte, que encontravam seu caminho montanha abaixo para tomar café com María em sua casa *payo*, além de consultar a pequena *bruja* e pedir suas poções. María ficou animada ao ouvir que, aos poucos, mais moradores de Sacromonte regressavam à aldeia depois de anos de exílio em outros países. A comida ainda era cara, as iguarias ainda eram vendidas no mercado negro, mas, de vez em quando, Angelina era paga com uma barra de chocolate ou uma garrafa de conhaque, de proveniência incerta, para Ramón.

No Natal, María fez uma peregrinação à Abadia de Sacromonte e agradeceu de joelhos a Deus pelo nascimento seguro de sua neta e por sua maravilhosa vida nova, agora de volta à terra natal. No entanto, algo lhe dizia que aquela vida era um hiato temporário – uma sensação que era agravada por um som que ela não ouvia havia muitos meses: o bater contínuo dos pés de Lucía lá fora, no piso do terraço.

– Mamá – anunciou Lucía certa manhã –, estou pronta para voltar a dançar agora. Pepe enviou um telegrama dizendo que o *cuadro* recebeu uma proposta de mais uma temporada no 46th Street Theatre. E eles vão triplicar o dinheiro se eu fizer meu retorno ao palco. Mamá, é o momento perfeito para voltar.

– Não acha que é cedo demais? Sua filha só tem 4 meses.

– Se eu não voltar, vou perder tudo pelo que trabalhei.

– Lucía, isso não é verdade. Você é a dançarina de flamenco mais famosa na América do Norte e na América do Sul. Não há pressa, querida.

– O público tem memória muito curta e, especialmente agora que La Argentinita morreu, a cada dia uma dançarina nova e jovem surge para me desafiar e tomar minha coroa. Além disso, eu sinto saudades. – Lucía suspirou.

– De que parte você sente saudades?

– Da dança, é claro! É quem eu sou.

– Você também é mãe agora – lembrou-lhe María, olhando para Isadora, que dormia serenamente à sombra, em seu carrinho Silver Cross.

– Sim, e por que não posso ser os dois?

– Você pode, é claro que pode. Então, você quer que eu faça planos para nós três voltarmos para Nova York?

– Mamá. – Lucía sentou-se na cadeira de vime em frente à mãe. – Eu me lembro de como era ser uma criança que vivia sempre viajando, indo com Papá de cidade em cidade, dormindo em vagões ou no campo, sem receber nenhuma educação, sem ter uma casa para chamar de lar.

– Eu pensei que você adorasse a vida de viajante, Lucía. Você sempre disse que gostava de nunca saber o que o dia seguinte lhe traria.

– Sim, é verdade, mas eu não tinha escolha. Isadora tem. – Lucía fez uma pausa e olhou para a mãe. – Eu sei que você ama isto aqui, Mamá, e sei quanto você gosta de Isadora. Então... – Lucía fez uma pausa antes de continuar. – O que você acha de ficar aqui com ela?

María fez o melhor que pôde para não deixar escapar um suspiro de alívio e concentrou-se em colocar as necessidades da neta em primeiro lugar.

– E você vai para Nova York sozinha?

– *Sí*, mas vou voltar sempre que puder para ver vocês duas.

– Mas, Lucía... ela é tão pequena... Precisa da mãe. Eu não posso substituir você.

– Sim, você pode, Mamá. Você é muito mais paciente e maternal do que eu jamais serei. Você sabe como eu fico perturbada quando ela chora. Além disso – acrescentou Lucía –, o dinheiro está acabando. Preciso sair e ganhar algum. Ou pelo menos encontrar Papá e lhe pedir um pouco mais.

– Por quanto tempo você vai ficar fora?

– O contrato é de seis meses e vou ganhar o suficiente para *comprar* esta casa. – Lucía riu. – Então estaremos em segurança para sempre. Imagine só, Mamá!

– Sim, seria ótimo, Lucía – concordou María, sabendo que, quando a filha colocava alguma coisa na cabeça, nada no mundo a dissuadia, então não havia nenhum sentido em argumentar em nome de Isadora.

– O que você achar melhor, querida.

– Muito bem. Então está resolvido.

Quando Lucía se levantou, María viu a expressão de alívio nos olhos dela também.

❁ ❁ ❁

– E como eu poderia esperar que ela desistisse da dança? É quem ela é – explicou María a Ramón mais tarde naquela noite.

– Mas ela é mãe agora, María. E a filha precisa dela.

– Suas meninas se saíram bem sem mãe – lembrou María. – Desde que os bebês sejam amados por alguém, acho que não importa quem seja.

– E onde estão as minhas meninas agora? – observou Ramón, seu rosto a imagem da tristeza. – Jogadas em uma vala comum, em algum lugar da cidade.

– Com meus meninos, suas esposas e meus netos – completou ela, tomando a mão de Ramón.

– Por que nós sobrevivemos quando eles tinham um mundo pela frente a conquistar?

Essa era uma pergunta que ambos faziam aos céus todos os dias.

– Eu não sei, e nenhum de nós saberá até que chegue a nossa vez de ir lá para cima, mas pelo menos podemos cuidar da próxima geração.

– Aqui estamos nós, chorando por nossos filhos e netos perdidos, enquanto uma mãe planeja abandonar a filha dela. – Ramón balançou a cabeça. – Lucía não percebe que Isadora foi um presente que ela recebeu?

María sabia que ele não aceitava o que considerava egoísmo de Lucía.

– Todos nós temos pontos fortes e fracos, e tudo o que podemos fazer é aceitar as pessoas como elas são. Além disso, Lucía tem razão, um de nós nesta casa precisa encontrar trabalho antes que o dinheiro acabe.

– Espero que, quando o verão chegar, eu possa voltar a trabalhar como operário – comentou Ramón. – Sou eu que devo ganhar dinheiro.

– Ramón, você sabe tão bem quanto eu que milhares de pessoas estão regressando à Espanha desesperadas por trabalho. Você não vai lutar para recuperar o seu laranjal? – perguntou María mais uma vez. – É tão injusto, você pagou pela terra, ela é sua por direito.

– E o que eu tenho como prova além de uma folha de papel do vendedor dizendo quanto paguei? Não é um documento jurídico, María... Eu contra o governo de Franco, exatamente quem me roubou. – Ramón balançou a cabeça e riu. – Acho que não.

– Mas, se ninguém começar a lutar, nada vai mudar.

– María, acho que nós temos batalhas suficientes para lutar apenas para sobreviver. Talvez você tenha ficado fora por tanto tempo que esqueceu quem somos. Nós somos *gitanos*, os mais baixos de todos. Ninguém nos ouve.

– Porque nós nunca *falamos*! – María balançou a cabeça. – Desculpe, Ramón, mas na América é muito diferente. Veja o que Lucía alcançou, apesar de ser uma *gitana*. Ela era festejada em toda parte.

– Sim, por seu talento, pois ela é única e especial. E eu? Sou um simples operário.

– Sim. – María tomou a mão dele. – O operário que eu amo de todo o meu coração.

❀ ❀ ❀

– Aqui você tem dinheiro suficiente para os próximos seis meses de aluguel, comida e uma quantidade extra para todo o leite que Isadora consome.

Lucía sorriu quando olhou para seu bebê, debatendo-se no chão, usando apenas fraldas. Foi até ela, ajoelhou-se e beijou os pés, as mãos e as bochechas da filha.

– Ah, meu amor, *mi pequeña*. Fique bem até nos encontrarmos de novo.

– O táxi chegou, Lucía! – gritou Ramón.

– Então preciso ir. Adeus, Ramón, Angelina... – Lucía deu-lhe dois beijos no rosto. – Até logo, Mamá. Cuide de você e de minha querida Isadora.

– Pode deixar, e boa sorte em sua viagem, querida. Cuide-se.

Lucía jogou um beijo, enquanto seus pezinhos batiam nos ladrilhos com seus novos sapatos de couro. Com um último aceno, ela entrou no táxi e foi embora.

Sozinha no terraço, Angelina viu a cena com lágrimas nos olhos.

Elas nunca mais vão se encontrar, pensou, em silêncio.

33

Nos meses seguintes, apesar do baque da partida de Lucía, a casa tornou-se um lugar mais calmo sem a constante inquietude da dançarina. Ramón – sempre desconfortável na frente de Lucía por causa de José – relaxou e deu vazão a todo o seu instinto paternal com Isadora.

A fama de Angelina só aumentava, e o fluxo de visitantes também, todos desejando consultar a criança angelical que havia construído a reputação de ser a maior *bruja* que o mundo *gitano* tinha visto nos últimos tempos. Os clientes começaram a vir de tão longe quanto Barcelona e, uma noite, Angelina se sentou com María e Ramón.

– Queria pedir um conselho a vocês – disse ela, calmamente, as mãos cruzadas no colo. – Como sou muito jovem e ainda estou aprendendo, não peço que me paguem. Muitas vezes, as pessoas me deixam leite de cabra, ou ovos, como vocês sabem, mas estou pensando...

– Se você deve estipular um preço por diferentes tratamentos e remédios? – Ramón terminou a frase por ela. – O que você acha, María? Afinal, estamos usando nosso dinheiro para botar gasolina no carro e ir até Sacromonte três vezes por semana, a fim de que Angelina busque suas ervas. Deveríamos pelo menos cobrir esse custo.

– Você sabe quanto Micaela cobrava, *abuela*? – perguntou Angelina a María.

– Não exatamente. Ela nunca se recusava a tratar um paciente se ele não tivesse recursos para pagar, mas, se tivesse, então, sim, ela aceitava seu dinheiro. Especialmente os *payos* ricos que vinham consultá-la.

– Não sei se os *payos* têm interesse em consultar uma criança como Angelina e ainda pagar – disse Ramón, rindo.

– Talvez não ainda – concordou María –, mas foi assim que Micaela garantiu seu sustento.

– Daqui a pouco você vai sugerir que Angelina fique na Plaza de las Pasiegas, perto da catedral! Ela pode vender alecrim e ler a sorte por algumas pesetas. – Ramón levantou as sobrancelhas.

– Sabe... – comentou María mais tarde naquela noite, quando pegou sob o assoalho a caixa onde guardavam o dinheiro. – Embora você tenha brincado quando falou em mandarmos Angelina à praça para atrair os *payos* ricos, talvez isso logo seja necessário. Só temos dinheiro suficiente para os próximos três meses.

– Lucía prometeu enviar alguma coisa, não foi?

– Sim, mas ainda não chegou nada. E se o dinheiro foi roubado no caminho? É uma longa distância da América até a Espanha, e muitas mãos terão tocado naquele pacote. Quantas pessoas famintas ficam lá nos correios de Granada?

– Lucía não é boba, querida. Ela disfarçaria bem o pacote. O que está acontecendo, María? Você está estranha.

– É verdade. – María suspirou. – Eu posso não ser uma *bruja*, mas tenho um mau pressentimento de que algo vai dar errado.

– Você não é assim. – Ramón franziu a testa e tomou-a em seus braços. – Lembre-se de tudo pelo que nós dois já passamos. Juntos, podemos enfrentar qualquer coisa. Eu juro.

– Espero que sim, Ramón, eu realmente espero que sim.

❀ ❀ ❀

Uma semana mais tarde, um carro que María não reconheceu veio subindo pela estrada. Estacionou na frente da casa e dele saiu uma mulher *payo*, com cabelos curtos, pretos e brilhosos e óculos de sol enormes.

– *Hola, señora.* – María sorriu para a mulher, que subiu os degraus que levaram ao terraço. – Como posso ajudá-la?

– *Señora* Albaycín? – perguntou a mulher.

– *Sí*, sou eu. E a senhora é...?

– *Señora* Velez.

– Ah! A irmã de Alejandro. Por favor, entre. Fico muito feliz em conhecê-la. Aceita algo para beber?

– Não, senhora. Eu vim aqui porque houve reclamações da vizinhança sobre a senhora e sua família.

– Reclamações? – María olhou ao redor, para as oliveiras e laranjeiras que ladeavam a *finca*. – Mas nós não temos vizinhos.

– Ouvi dizer que um de seus familiares está usando esta casa como local de trabalho.

– Desculpe, senhora, mas não estou entendendo.

– Ela lê a sorte e prepara poções de ervas, que depois vende. Isso é verdade?

– Eu... Sim, quero dizer, minha neta de 10 anos ajuda pessoas que estão doentes ou que precisam de aconselhamento. Ela é uma *bruja*, senhora.

– A senhora está me dizendo que quem faz esse trabalho é uma criança?

A mulher tirou os óculos escuros, revelando olhos verdes com maquiagem pesada.

– Sim, é isso mesmo. Realmente, nos últimos tempos, muitas pessoas souberam dos dons dela e a têm procurado.

– A senhora sabe que é ilegal crianças trabalharem, certo?

– Não é trabalho, ela não recebe nada por isso...

– *Señora* Albaycín, tenho certeza de que entende que meu irmão e eu alugamos esta casa de boa-fé. Meu irmão me garantiu que a senhora e a sua filha eram mulheres respeitáveis. Ele não percebeu que tinham contato com... o tipo de gente que agora vem visitá-las. Nem meu irmão percebeu que nossa casa agora abriga um negócio, que faz uso de trabalho infantil.

– *Señora*, eu lhe disse que minha neta não recebe dinheiro por seus serviços, e as pessoas que vêm aqui são...

– *Gitanos.* Suponho que devemos nos considerar afortunados por não terem trazido todo o seu clã!

Naquele momento, Angelina apareceu, segurando Isadora nos braços.

– *Hola, señora.* – Angelina sorriu para a mulher. – Como podemos ajudá-la?

– É essa a criança que lê a sorte?

– *Sí, señora* – respondeu Angelina. – Quer que eu leia a sua?

– Não.

A mulher estremeceu visivelmente quando Ramón apareceu no terraço para ver quem era a visitante.

– E quem é *esse*?

– Meu nome é Ramón, senhora. Seja bem-vinda à nossa casa.

Ele sorriu, estendendo a mão para ela.

– Para sua informação, esta é a *minha* casa. Então ele mora aqui também?

– Sim, senhora – confirmou María.

– Alejandro não mencionou nem a criança nem o homem. Eu acho que no contrato de locação só estão o seu nome e o de sua filha. Então quantos estão escondidos aqui dentro?

– Por favor, somos apenas nós. Minha filha viajou de volta para os Estados Unidos e...

María seguiu a mulher, que entrou na casa e foi abrindo cada porta com hesitação, como se temesse ser atacada por um grupo selvagem de pessoas indesejadas. Quando se certificou de que não havia mais ninguém, os olhos da mulher percorreram a cozinha e a sala de estar.

– Como pode ver, senhora, eu deixei a sua casa bonita – disse María.

A mulher tirou uma formiga de cima da mesa da cozinha.

– Além de descobrir que a senhora trouxe outros membros de sua família para nossa casa sem permissão e que uma menor de idade está trabalhando aqui, eu vim avisar que vamos subir o preço do aluguel no próximo mês. Meu irmão sempre foi muito mole. E até ele percebe que o preço está baixo demais para esta propriedade.

– Quanto pretende cobrar, senhora?

A mulher disse a quantia, e Ramón e María se entreolharam, horrorizados.

– Mas, senhora, isso é quatro vezes o que estamos pagando agora! Nós não temos dinheiro e...

– Talvez possa dizer a ela para aumentar seus preços.

A mulher olhou para Angelina.

– Mas nós fizemos um acordo...

– Sim, para *duas* pessoas. Agora, são quatro e, além disso, estou certa de que a *policía* nos daria todo o apoio se contássemos que a amada casa de nossos avós foi tomada por invasores *gitanos*. Então, se não puderem pagar o que desejamos, terão que sair da casa até o final do mês, que, devo lembrá-la, é daqui a três dias. – A mulher se virou para sair do terraço, recolocando os óculos. – Ah, e não pensem em levar nada da casa. Nós sabemos exatamente o que há nela. Adeus, senhora.

Enquanto a mulher andava até seu carro, Angelina desceu os degraus do terraço e apontou para ela.

– Eu a amaldiçoo, senhora – murmurou, bem baixinho. – Que apodreça nas profundezas do inferno.

– Shh! – disse María, quando a mulher olhou para elas, deu partida e saiu, o carro guinchando pela estrada. – Isso não vai ajudar em nada.

– Vamos ter que sair desta casa? – perguntou Angelina.

– Vamos. – María tomou Isadora dos braços pequenos de Angelina e olhou, impotente, para Ramón. – E o que vai ser de nós agora?

– Por enquanto, pensei em voltarmos para Sacromonte.

– Que bom! – Angelina bateu palmas. – Finalmente, vou ser feliz. Vou estar perto da floresta, mesmo que sinta falta da banheira.

– E pelo menos a gruta é nossa e ninguém poderá tomá-la de nós – disse María. – Eu sabia que alguma coisa estava para acontecer, que isso tudo era bom demais para durar.

– É verdade. – Ramón estendeu a mão para ela. – Lembre-se de que já fomos felizes lá, querida. Espero que possamos ser felizes outra vez.

– E se Lucía já enviou o dinheiro para cá e ele só chegar depois que tivermos ido embora? – perguntou María, em pânico.

– Vamos enviar um telegrama para Pepe e contar o que aconteceu. E, nos correios, vamos pedir que guardem qualquer correspondência que chegar para nós. Está vendo, María? – Ramón apertou a mão dela suavemente. – Há sempre uma solução para todos os problemas.

– Por que você está tão otimista?

– Porque é a nossa única opção.

❂ ❂ ❂

Três dias depois, com uma mula emprestada puxando a carroça de Ramón, eles partiram com todos os seus pertences. María o seguia no carro, que esperava poder vender – eles não precisariam dele lá em cima, em Sacromonte. Embora soubesse que ser *gitana* significava que todas as casas eram temporárias, ela não pôde deixar de chorar a perda de sua amada *finca* e seu tempo como *payo*.

Ramón fez o possível para melhorar a gruta. Pintou todas as paredes de branco e criou um pequeno pátio lateral, onde eles poderiam se sentar durante os longos dias quentes. Ele até sugeriu a María que transformassem o antigo depósito na parte de trás num banheiro.

– Não tenho como conseguir água corrente – disse ele, enquanto María e Angelina encaravam a maltratada banheira de latão e o vaso sanitário que haviam trazido do ferro-velho da cidade –, mas podemos nos virar com essas peças.

– *Gracias*, Ramón. – Angelina colocou os braços ao redor dele. – Elas são boas também.

Quando eles se sentaram juntos do lado de fora, assistindo ao pôr do sol sobre a Alhambra, María percebeu que, de muitas maneiras, o retorno fora menos doloroso do que ela temia. Sua velha casa a acolhera de volta e era reconfortante estar entre amigos.

O telegrama fora enviado a Pepe e, todas as manhãs, Ramón ia aos correios para saber se algum pacote chegara da América. A resposta era negativa.

– Pelo menos temos o dinheiro do carro, querida, e talvez eu possa encontrar algum trabalho como operário em breve – lembrou Ramón.

María olhou para ele – seu corpo magro ainda lutando para se recuperar dos terríveis danos que a prisão lhe causara.

– Tomara que o pacote chegue nas próximas semanas – disse ela, com um suspiro.

❀ ❀ ❀

Quatro meses depois, ainda não havia chegado pacote ou mensagem de Pepe. María recomeçou a fazer cestos, mas poucas pessoas na cidade tinham dinheiro para comprá-los.

– Posso ir com você, *abuela*? – perguntou Angelina quando María pendurou os cestos em um longo pedaço de pau, pronta para levá-los à praça central. – Ramón pode cuidar de Isadora por algumas horas. Você parece precisar de ajuda.

– Obrigada. – María sorriu. – E, sim, talvez o seu rosto bonito possa atrair alguns clientes.

Quando partiram para a longa caminhada, María ficou contente com a chegada do verão. A primavera fora particularmente chuvosa – a lama descendo como um córrego montanha abaixo, criando o cheiro ruim do qual ela se lembrava muito bem. Agora, havia um brilhante sol de julho e, com Angelina conversando ao seu lado, ela se sentiu um pouco mais animada.

– Não se preocupe, *abuela*, o dinheiro vai chegar, eu juro.

Angelina sorriu para a neta ao chegarem à Plaza de las Pasiegas, em frente à grande catedral de Granada.

– Vamos começar. – Angelina olhou ao redor e apontou para um ponto ao lado das escadas da catedral. – A missa termina daqui a pouco – observou ela, depois de ler a placa na porta da frente. – Muitas pessoas virão e talvez elas comprem seus cestos. *Señora* – disse ela, aproximando-se de uma mulher *payo* que atravessava a praça –, minha avó fez estes belos cestos com suas próprias mãos. Se interessa em comprar um? Eles são muito resistentes – acrescentou a menina.

A mulher balançou a cabeça, mas Angelina a seguiu.

– Então que tal ler a sua sorte?

Novamente, a mulher balançou a cabeça e começou a andar mais depressa.

– Mas com certeza quer saber se sua filha vai se casar com o homem rico que ela está namorando, não quer? – insistiu. – Ou se o seu marido vai conseguir a promoção no escritório que ele tanto deseja?

Ao ouvir isso, a mulher parou na mesma hora e virou-se para Angelina, o choque estampado no rosto.

– Como você sabe disso?

– *Señora*, por 1 peseta, posso saber muito mais. Agora, deixe-me ler a sua mão e ver...

María observou de longe Angelina analisar a palma da mulher com seus dedos pequeninos e ficar na ponta dos pés para sussurrar algo no ouvido dela. Depois de cerca de dez minutos, a mulher assentiu, abriu a bolsa e pegou sua carteira. Ela viu quando a mulher tirou dali uma nota de 5 pesetas.

– Você tem troco? – perguntou a mulher a Angelina.

– Infelizmente, *señora*, eu não tenho, mas o que acha de levar um dos cestos da minha avó?

A mulher assentiu, parecendo atordoada, enquanto Angelina corria até María e pegava um cesto.

– *Gracias,* e desejo à senhora e à sua família uma vida longa e feliz.

– Está vendo? – disse Angelina, quando a mulher se afastou. Ela sacudiu a nota enquanto voltava para perto de María. – Eu disse para você não se preocupar com dinheiro.

Quando voltaram para as vielas sinuosas de Sacromonte, María não tinha mais cestos para transportar. Em seu lugar, ela trazia o bolso da saia cheio de moedas e notas.

– Eu nunca vi nada parecido – relatou María a Ramón naquela noite, enquanto se deliciavam com a morcilha que ela havia comprado. – Ela conseguiu atrair um cliente após outro para ler a sorte. E ela não tinha sequer alecrim para lhes dar – disse María, com um sorriso.

– Talvez o fato de ela ser uma criança e se parecer com uma *payo* tenha ajudado – observou Ramón, dando de ombros.

– Sim, mas também porque ela falava um pouco sobre eles mesmos, algo em que cada um se reconhecia e que os atraía. – María balançou a cabeça. – O dom dela é assustador, Ramón. Eu me assustei ao vê-la. Ela disse que quer ir novamente na próxima semana, mas não sei se é certo usar os poderes dela para ganhar dinheiro. Foi o que aconteceu com Lucía.

– E, como Lucía, Angelina tem ideias próprias. Acredite em mim, essa menina nunca vai fazer nada que não queira fazer. Além disso...

– O quê?

– Angelina fez o que fez hoje para tranquilizar *você*. Porque ela ama você, ela queria lhe mostrar que não precisa se preocupar. O que há de tão errado nisso?

– É que eu sempre sinto que dependo dos outros – explicou ela, suspirando.

– Não, María, todos nós é que dependemos de você. – Ele acariciou a mão dela com delicadeza. – Agora, vamos dormir.

Isadora

Junho de 1951
Cinco anos depois

34

– stá acordada, Isadora?

– Não – respondeu ela, enfiando a cara no travesseiro. – Estou dormindo.

– Bem, eu sei que você não está dormindo porque está falando comigo e, se não sair da cama, vou lhe fazer cócegas até se levantar...

Os dedos de Angelina se enfiaram sob o cobertor e foram até a barriga de Isadora, onde ela era mais sensível às cócegas. Então se moveram como pequenas aranhas, até Isadora começar a rir.

– Para! Para com isso! – A menina riu, afastou as cobertas e saiu da cama. – Pronto, já levantei! O que você quer?

– Que você venha comigo para a cidade antes que a *abuela* e Ramón acordem.

– Mas eles falaram para você não ir ler a sorte dos *payos* – argumentou Isadora, afastando o sono dos olhos com suas mãos pequeninas.

– Eu olhei na lata de dinheiro e, se eu não for, eles também vão dizer que não há nada para jantar – retrucou Angelina. – Você vem? Por favor! Eu sempre consigo mais clientes quando você está comigo – implorou ela.

– Está bem. – Isadora suspirou. – Tenho que usar aquele vestido idiota? Ele é pequeno demais para mim e coça.

– Tem, sim, porque você fica fofa nele.

Angelina ergueu o vestido florido de algodão, com mangas bufantes. Isadora deixou Angelina tirar sua camisola e colocar o vestido nela.

– Isso é roupa de bebê – comentou ela, fazendo beicinho. – E eu já disse que não gosto de vestidos. Ai! – reclamou ela quando a prima passou uma escova dura pelos seus cachos longos e escuros.

– Mais tarde, prometo que compro um sorvete para você – disse Angelina para convencê-la, enquanto prendia uma fita cor-de-rosa no cabelo da prima. – Agora, coloque os sapatos e vamos sair.

Ao passarem, na ponta dos pés, pela cortina do quarto de sua avó e de Ramón, Angelina fez uma pausa para despejar um pouco de água da jarra em uma garrafa. Quando saíram, Isadora sentiu o calor do dia, embora fosse pouco mais de oito da manhã.

– Você está linda com esse vestido – comentou Isadora, olhando para a prima.

Ela achava Angelina a coisa mais bela que já vira, e sabia que todos os meninos em Sacromonte também achavam. Com seus longos cabelos dourados, grandes olhos azuis e uma pele que nunca ficava bronzeada, Angelina parecia uma princesa do livro de contos de fadas que Ramón havia comprado quando ensinou Isadora a ler.

– Você nunca vai se casar? Tem quase 16 anos.

– Jamais, *pequeña*. – Angelina balançou a cabeça com firmeza. – Não está em meu destino.

– Como você pode dizer isso? Todas as princesas encontram seus príncipes. Até a *abuela* encontrou Ramón. – Isadora riu.

– Eu sei. – Angelina deu de ombros. – Tenho muito trabalho a fazer. Enquanto você... – Angelina deu a mão a Isadora e elas balançaram as mãos unidas – ... já encontrou o seu.

– Espero que não. Todos os meninos que conheço são feios e chatos. Tem certeza?

– Tenho, sim.

– Como você sabe de todas essas coisas? – perguntou Isadora, quando elas atravessaram o portão da cidade e começaram a caminhar pelos becos íngremes da cidade em direção ao centro.

– Não sei como, eu apenas sei. E, às vezes, desejaria não saber. Especialmente quando são coisas horríveis.

– Como monstros, ou cobras enormes?

– Sim, isso também.

Angelina sorriu.

– Eu queria ter o seu dom. Aí eu poderia ver se a *abuela* vai fazer *magdalenas* para o chá quando eu chegar da escola.

– Continue a caminhar, *pequeña*, e pare de enrolar!

Isadora tirou os olhos de uma lagarta verde que estava subindo um muro, bem devagar, e desceu a colina saltitando em direção à prima.

Na *plaza*, ela sorria com doçura, enquanto Angelina convencia o primeiro cliente a ter a sorte revelada. Seja lá o que Angelina dizia às pessoas sobre seu futuro, Isadora sabia que era confidencial, por isso, enquanto aguardava, ela se divertia observando o que acontecia nas ruelas estreitas que davam na praça. Seu lugar favorito era o café com uma abertura na lateral, que vendia sorvetes aos turistas que passavam. As cores eram muitas, e ela já experimentara a maioria dos sabores.

– Hoje, vou querer o verde, com pedaços de chocolate – disse ela a si mesma, com água na boca. – Está tão quente – comentou, enquanto limpava a testa e olhava por cima do balcão para ver se seu amigo Andrés estava no café.

Andrés era o filho do mal-humorado vendedor de sorvetes. Ele tinha 7 anos, um a mais que ela. Nos fins de semana e feriados, trabalhava com sua *mamá* e seu *papá*, mas ele sempre deixava os pratos caírem e não conseguia colocar o sorvete direito nas casquinhas, então os pais o mandavam sair e ir brincar na praça.

Eles se conheceram na rua ao lado do café, ambos agachados para se esconderem do brilho do sol do meio-dia. Andrés lhe oferecera um gole de sua limonada – cujas bolhas haviam feito cócegas na boca de Isadora. E, a partir daquele momento, ela passou a amá-lo – e amar limonada – imensamente.

É claro que ele era um *payo*, então, quando Angelina disse que ela já havia conhecido o seu príncipe, Isadora soube que Andrés não poderia ser levado em consideração. Ele era muito bonito, tinha olhos castanho-claros e cabelos castanhos, cheios e cacheados. Era gentil e também inteligente – sabia ler e escrever muito melhor do que ela. Ao contrário de outros *payos*, ele não parecia odiá-la. Na verdade, achava fascinante a amiga morar em uma gruta e ter uma prima que lia o futuro.

Às vezes, ele a olhava como se quisesse beijá-la, seus lábios perto dos dela, mas então corava, limpava a boca na mão e sugeria que fossem jogar bola na *plaza*.

Isadora não havia comentado com ninguém sobre seu amigo. Ela sabia que sua família odiava os *payos*, que só serviam para pagar pelos cestos e pelas leituras de mão. Mas Andrés era diferente, e a menina sentia que o amigo gostava dela. Ele disse que um dia se casaria com ela e que administrariam juntos um olival só deles.

– Mas eu não gosto de azeitonas – respondera ela, com teimosia, mas no fundo emocionada com as palavras dele.

– Podemos fazer outras coisas também – acrescentara ele, depressa. – Qualquer coisa que você quiser.

– Podemos tomar sorvete todos os dias?

– Sim, claro.

– E podemos ter um gatinho, ou um bebê, e uma banheira? – perguntou ela, chutando a bola de volta para ele.

– Vamos ter essas coisas e muitos mais. Quando nos casarmos, vamos fazer uma grande *fiesta* em sua gruta, como aquelas que você me descreveu. Vamos dançar juntos e todos vão tomar sorvete.

Ele sorrira e chutara a bola de volta para ela.

– Quer um, *señorita*? – disse o pai de Andrés atrás do enorme congelador onde ficavam os sorvetes.

Isadora saiu de seu devaneio.

– *Sí*, mas não tenho dinheiro, *señor*.

– Então vá embora! – gritou ele. – Você está afastando os outros clientes.

Isadora deu de ombros e decidiu que *ele* não seria convidado para nenhuma *fiesta*. Andrés não estava no café, mas ainda era muito cedo.

– Ela não está me afastando – disse uma voz grave atrás dela. – Gostaria de dois desses – disse o homem, apontando para o sorvete verde.

– *Sí, señor*.

Isadora se virou e viu uma multidão saindo da catedral. A missa da manhã havia terminado. Ela viu Enrico, o pai de Andrés, mudar de expressão e tornar-se todo sorrisos para o *payo*. Enquanto as duas casquinhas eram montadas, Isadora olhou para o homem, que era muito alto e queimado de sol, e tinha profundos olhos castanhos. Ele parecia gentil, pensou ela, e um pouco triste.

– Aqui, *señorita* – disse ele, entregando-lhe uma das casquinhas.

Surpresa, ela o encarou.

– Para mim?

– *Sí* – assentiu o homem.

– *Gracias a Dios* – disse ela, ao dar uma lambida no sorvete que já estava derretendo ao sol e transbordando. Tendo identificado um potencial cliente, ela sorriu com doçura. – Gostaria de saber seu futuro? – perguntou a ele, em espanhol.

– *No comprendo. Hablo inglés* – disse ele.

– Quer ler futuro? – perguntou ela, em inglês. As palavras lhe haviam sido ensinadas por Angelina, como se ela fosse um papagaio, para o caso de ela conversar com algum turista na praça.

– Você pode prever o meu futuro? – indagou o homem, encarando-a.

Foi a vez de Isadora dizer que não entendeu.

– *Mi prima*, Angelina. – Isadora apontou para a *plaza*. – Ela muito boa – disse, estendendo a palma e fingindo que a lia.

– Por que não?

O homem deu de ombros, lambeu o sorvete e indicou a Isadora que ela deveria guiá-lo até a prima.

Angelina estava terminando a leitura de uma cliente e Isadora só se aproximou depois que a prima recebeu o dinheiro.

– Aqui – chamou ela quando a mulher se afastou. – Tenho um homem para você. O espanhol dele não é bom – sussurrou ela, sem perder tempo.

– *Hola, señor*. – Angelina abriu seu sorriso mais brilhante. – Ler a mão? – perguntou em inglês. – Então conto sobre sua filha.

– Minha filha?

Vendo a expressão de espanto do homem, como acontecia a todos os clientes de Angelina quando ela lhes revelava um segredo que, de alguma forma, sabia, Isadora se afastou e foi terminar seu sorvete na sombra de um toldo do outro lado da *plaza*. Ela torcia para receber algum trocado de comissão de Angelina por levar o homem até ela. Talvez ela comprasse um presente para sua avó. Quando estava pensando nisso, triste por Andrés não ter aparecido no café, um gatinho preto e branco surgiu no beco ao seu lado e começou a esfregar o corpo magro em suas pernas.

– Ah! Você é tão fofo! – exclamou Isadora quando pegou o gatinho nos braços e ele começou a ronronar. – Talvez eu possa levá-lo para casa como um presente para a *abuela* – disse ela, beijando a cabeça do animal.

Ao olhar para o outro lado da *plaza*, Isadora viu que o homem já estava se afastando. Ela atravessou, ainda segurando o gatinho.

– Olha o que eu achei. – Isadora olhou para a prima com esperança, mas os olhos de Angelina ainda estavam seguindo seu cliente. – Olhe! – insistiu. – Podemos levá-lo para casa, Angelina? *Por favor!* – implorou a menina.

– Não, você sabe que não podemos. Mal podemos alimentar nossas próprias bocas, muito menos animais. Agora, estou com calor e muito cansada para mais clientes. Temos que ir para casa.

– E o meu sorvete?

– Você já ganhou um, não foi, menina levada? Aquele homem comprou um para você. Há tanta tristeza no mundo... *Ay*. – Angelina passou a mão nos olhos. – Agora, coloque esse gatinho de volta onde você o encontrou e vamos embora.

Isadora obedeceu, emburrada. Era uma caminhada longa e quente de volta para casa, ela não vira Andrés e, por mais que implorasse, não podia ter seu próprio animal de estimação.

– Ganhou um bom dinheiro esta manhã? – perguntou ela a Angelina.

Ela estava acostumada aos silêncios da prima quando voltavam para casa. A *abuela* havia explicado que ler a sorte sugava as forças de Angelina, então Isadora sempre tentava animá-la no caminho.

– Sim, aquele homem me deu 10 pesetas.

– Dez pesetas! – Isadora bateu palmas. – Por que você não está feliz?

– Porque, mesmo que sejam *payos*, eu gostaria de não ter que tomar o dinheiro deles e poder atendê-los de graça.

– Você não toma dinheiro dos *gitanos*, não é?

– Não, mas é porque eles não têm nenhum. – Angelina sorriu com melancolia, bagunçando os cabelos da criança. – Você é uma boa menina, Isadora. Desculpe se fico zangada às vezes.

– Eu entendo. – Isadora afagou a mão de Angelina. – É um grande fardo que você carrega – disse ela, solenemente, repetindo as palavras que ouvira María dizer três noites antes, quando uma vizinha fora à sua gruta implorando por uma poção para salvar sua velha mãe, de 70 anos.

Angelina lhe deu a poção, mas, quando a mulher partiu, ela sacudiu a cabeça e falou: "Ela estará morta pela manhã, e não há nada que eu possa fazer."

– Bem, é gentil de sua parte dizer isso, mas meu dom também é um grande privilégio. E eu não deveria reclamar. – Ela parou de repente e abraçou Isadora. – Eu amo você, querida, e devemos usar com alegria o tempo que nos foi concedido para ficarmos juntas.

❖ ❖ ❖

Um mês depois, quando o calor de junho se converteu em um mês de julho ainda mais quente, Isadora voltou para casa e encontrou um estranho sentado na cozinha da avó. Ela olhou para María, que estava sentada em sua cadeira de balanço de madeira, os olhos vermelhos de tanto chorar.

– O que foi? O que aconteceu, *abuela*? – disse ela, ignorando o homem e atravessando a cozinha para se abrigar no colo da avó.

– *Ay*, Isadora, eu... – María fez o melhor que pôde para se recompor ao abraçar a neta. – Eu sinto muito, querida, sinto muito...

– O que foi? O que aconteceu? Por que está todo mundo triste? – Isadora encarou o homem sentado à mesa, que segurava um copo do conhaque especial de Ramón. – Quem é ele?

– Bem, essa é a boa notícia. – María conseguiu esboçar um débil sorriso. – Este é o seu tio Pepe.

– Pepe! É o seu filho que mora na América? – Os olhos expressivos de Isadora se viraram para María. – Meu tio?

– Isso mesmo.

– E ele veio aqui?

– Sim, veio – respondeu María com um sorriso.

– Mas... – Isadora colocou o dedo na boca, como fazia sempre que estava raciocinando. – Por que você não está feliz, *abuela*? Você disse tantas vezes que tinha saudades dele, e agora ele está aqui.

– Eu disse... – María assentiu. – E estou muito feliz em vê-lo.

Isadora desceu do colo da avó e se aproximou do tio.

– *Hola*, meu nome é Isadora e é um enorme prazer conhecê-lo – disse ela, estendendo a mão formalmente.

Pepe riu quando ofereceu a sua em retribuição e a menina a apertou.

– Vejo que minha sobrinha aprendeu excelentes modos.

– Aprendeu, sim. Isso é obra da Angelina. De vez em quando, ela a leva à cidade quando vai ler a sorte dos *payos*. Ela fala um pouco de inglês também.

– Bem, pequenina, eu não sou um *payo*, portanto, venha aqui e dê um grande abraço em seu tio Pepe.

Isadora se permitiu ser abraçada pelo tio. Quando o homem a beijou, ela sentiu o enorme bigode arranhar sua bochecha.

– Veja, eu lhe trouxe um presente lá da América – disse ele, pegando uma caixa que estava no chão e entregando a ela.

– Um presente? Para mim? Olhe! É uma caixa embrulhada em um lindo papel, *abuela*! Obrigada, Pepe.

– Não, Isadora – explicou Pepe, com um sorriso. – Você deve tirar o papel e ver o que está dentro da caixa. Esse é o presente.

– Mas o papel é lindo e eu vou estragá-lo se tirar.

Isadora franziu a testa.

– Venha cá, eu vou lhe mostrar. – Pepe pegou a caixa e a colocou na mesa da cozinha. Ele começou a desamarrar a fita cor-de-rosa e, em seguida, soltou o papel em uma das extremidades. – Está vendo? Continue a abrir.

Isadora obedeceu e, com a orientação de Pepe, removeu a tampa da caixa. A menina levou um susto quando viu o que havia lá dentro.

– É uma boneca! E se parece com a Angelina! Ela é tão bonita... É minha de verdade?

– É, sim, e espero que você cuide bem dela. O nome dela é Gloria – disse Pepe quando Isadora ergueu a boneca e a tirou da caixa, totalmente fascinada.

– Eu já vi bonecas nas lojas dos *payos*, mas elas custam muitas pesetas. Obrigada, *tío* – disse ela, segurando a sua Gloria. – Prometo que vou cuidar dela. – Ela se virou para María. – Você estava chorando de felicidade, *abuela*? – perguntou ela, cheia de esperanças.

Pepe e María se entreolharam.

– Nós dois estamos tristes porque Pepe me contou que sua *mamá*, Lucía, subiu aos céus para viver com os anjos.

– Ela foi para o mundo superior? – indagou Isadora, enquanto movia os braços de Gloria para cima e para baixo e mexia nos minúsculos sapatos e meias em seus pezinhos.

– Sim.

– Eu nunca vou me encontrar com ela na terra?

– Não, não vai, Isadora.

– Eu queria ter conhecido minha mãe, mas tenho certeza de que ela está feliz onde está. Angelina disse que o mundo superior é um lugar muito bonito. Posso mostrar Gloria para ela agora?

– É claro que pode. Ela está no pátio, cuidando das ervas.

Quando Isadora saiu da sala, Pepe sorriu para a mãe.

– Ela é uma bela criança, Mamá. Tão natural, ao contrário das crianças da América.

– É, sim. E, em muitos aspectos, estou feliz que ela seja jovem demais para se lembrar da mãe. A morte de Lucía não vai feri-la tanto. Continue me contando o que aconteceu, Pepe.

– Nós estávamos em Baltimore e, sim, Lucía estava exausta, bebendo e fumando muito, mas não diferente do normal. Ela subiu ao palco, como sempre fazia, e começou sua *farruca*. No final da dança, gritou *¡Olé!* e, em seguida, caiu no chão. O público pensou que fosse parte do espetáculo, e nós também, mas, como ela não se levantou, percebemos que havia algo errado. Uma ambulância foi chamada, mas Lucía estava morta quando chegamos ao hospital. Disseram que ela teve um ataque cardíaco. Não deve ter sentido nada, Mamá.

María fez o sinal da cruz.

– Lucía dançou até morrer.

– *Sí*, Mamá. Pelo menos ela morreu fazendo o que amava.

– Mas era tão jovem! Não tinha nem 40 anos! E é tão triste que ela nunca tenha podido retornar a Sacromonte para ver a filha...

– Sim. Muitas vezes eu perguntei a ela se viria aqui, mas ela sempre encontrava uma desculpa. Depois de ver Isadora, entendo por quê. Ela é a imagem viva do pai!

– É mesmo – concordou María. – E tem o jeito dele também. Gentil, amável e muito, muito paciente. Ela segue Angelina para todo lado, como se fosse um cachorrinho.

– Mamá, você acha que deveríamos contar a Meñique que ele tem uma filha? – indagou Pepe.

– Lucía sempre me fazia prometer que eu não contaria, mas agora ela não está mais aqui... O que você acha?

– Ouvi dizer que Meñique está casado, vivendo na Argentina com a esposa e os dois filhos.

– Você quer dizer que ele finalmente esqueceu Lucía?

– Sim. Seria justo perturbar sua nova família com essa notícia? Mas, ao mesmo tempo, seria justo para Isadora jamais conhecer o pai?

– Ela tem Ramón aqui, Pepe, e a mim, além de Angelina. Uma pergunta que preciso lhe fazer: eu nunca recebi nem um centavo de Lucía depois que ela partiu. Mesmo eu tendo enviado um telegrama dizendo que havíamos nos mudado e que o dinheiro deveria ser enviado aos cuidados dos correios.

– Sim, Mamá, eu recebi o telegrama e juro que estava com Lucía quando ela enviava dinheiro regularmente. Você não recebeu nada?

– Não. Embora Ramón tenha ido aos correios na cidade uma vez por semana durante os últimos cinco anos. Eles diziam que nada tinha chegado.

– Bem, então podemos concluir que há um homem muito rico nos correios, andando por aí num carro bem potente. Por que não me disse que precisava de ajuda?

– Eu não ia mendigar para minha própria família. – María balançou a cabeça. – Nós demos um jeito, Pepe, de alguma forma.

– Mamá. – Pepe se levantou e andou até ela. – Sinto muito. Se eu imaginasse que precisavam, teria ajudado, mas eu não sabia. De qualquer forma, agora estou de volta e posso cuidar de você. Eu trouxe todas as minhas economias e, se tivermos cuidado, a quantia será suficiente para nos manter alimentados por muitos anos. Além disso...

Pepe cofiou o bigode.

– Sim?

– Eu contei a Papá sobre Isadora antes de voltar. Então pedi a ele algum dinheiro para a neta. Afinal, Lucía era a *mamá* dela e a menina tem direito a tudo o que ela ganhou e que possuía.

– Você tem razão. E ele deu?

– Ele disse que tinha sido um ano difícil, que o salário do *cuadro* havia sido gasto com os novos trajes para o espetáculo. Ele me deu alguma coisa, mas nada parecido com o que devia a Lucía.

– Ele não muda mesmo – comentou María, com um suspiro profundo.

– Não, Mamá, não muda. Mas, antes de sair, tomei a liberdade de vender as peles de Lucía e todas as suas joias. Não consegui o que valiam, mas pelo menos agora Isadora tem uma boa quantia para o futuro. Amanhã, vou ao banco na cidade abrir uma conta para ela. Com sorte, se o destino da Espanha melhorar, a herança dela deve crescer. Acho melhor não contar a ela agora, e só lhe entregar o dinheiro quando fizer 18 anos.

– Sim. – Pela primeira vez, María sorriu. – Então pelo menos ela terá algo para começar sua vida adulta. Melhor esquecer esse assunto até lá. Por quanto tempo você vai ficar, Pepe?

– Bem, não há mais *cuadro*. Após a morte de Lucía, cada um seguiu seu caminho e eu estou farto de viver na estrada. – Ele tomou as mãos da mãe. – Eu voltei para ficar, Mamá.

– Que ótima notícia! Você pode ficar na gruta de Ramón.

– Ele mora aqui com você?

– Sim. – María assentiu, não querendo mais esconder seu amor pelo homem que tinha sido tudo o que seu marido jamais fora para ela. – Espero que você entenda, Pepe.

– Mamá, eu entendo. Posso ter idolatrado meu pai quando era criança, mas não levei muito tempo para descobrir quem ele realmente é.

– Sem Ramón eu não teria sobrevivido. – María deu de ombros. – E seu pai? Onde ele está?

– Eu o deixei em São Francisco. Ele gosta da Califórnia por causa da temperatura. Trabalha tocando num bar na cidade.

– Ele está sozinho? – perguntou María, percebendo que a resposta não machucaria o seu coração.

– Ele... não está, não. Sua última namorada se chama Juanita, mas tenho certeza de que não vai durar.

– Eu não me importo se vai durar ou não – comentou María, com firmeza, descobrindo que não se importava mesmo. – E quanto a você, Pepe? Tem namorada?

– Não, Mamá. Quem iria me querer? – perguntou ele, rindo.

– Muitas mulheres! Olhe para você. É bonito, talentoso e ainda jovem.

– Talvez eu não seja do tipo que se casa.

– Espere até as meninas aqui de Sacromonte verem você. Elas vão fazer fila à sua porta – disse María ao se levantar. – Agora, tenho que entrar e preparar nosso jantar. Vá ver se Ramón já trouxe a água, por favor.

– Sim, Mamá.

Quando deixou a gruta para descer a colina, Pepe suspirou, perguntando-se se deveria dizer a verdade e evitar que a mãe tentasse casá-lo. Mas havia algumas coisas que nem mesmo uma mãe que amasse o filho até o fundo da alma poderia saber. O choque de descobrir quem ele era poderia matá-la. Ele sabia que era um segredo que teria que guardar consigo pelo resto da vida.

✻ ✻ ✻

As notícias se espalharam rapidamente pela montanha e, no dia seguinte, parecia que cada *gitano* que ficara em Granada resolvera visitar a gruta de María para prestar condolências por La Candela, a maior dançarina de flamenco nascida em Sacromonte, e assistir ao enterro das cinzas que Pepe trouxera com ele. Ao anoitecer, María e Angelina guiaram a peregrinação até a floresta, as mulheres lamentando e entoando canções de luto, enquanto Angelina murmurava as magias que guiariam Lucía ao mundo superior.

Pepe segurava em uma das mãos a caixa de madeira que continha as cinzas de Lucía, e na outra, a mão pequenina da filha dela. Ele olhou para Isadora, que estava atenta ao caminho à frente, os olhos secos, a tristeza no rosto. Ele sentiu seu coração se despedaçar ao pensar que a menina jamais conheceria a mãe, jamais seria abraçada por ela, jamais dançaria com ela...

Quando chegaram à clareira na floresta, todos fizeram silêncio. Na fileira de cruzes, onde gerações de Albaycíns descansavam, um pequeno lote fora preparado perto dos irmãos de Lucía. Enquanto Angelina entoava uma oração, Pepe e María colocaram a caixa com as cinzas no chão e usaram as próprias mãos para cobri-la com a rica terra marrom, banhada pelas lágrimas de María.

Pepe levantou-se e fez o sinal da cruz quando olhou para o túmulo de Lucía. *Minha querida irmã*, pensou ele, *você salvou a minha vida de tantas formas que jamais saberá.* Enquanto caminhava de volta para Isadora e a erguia nos braços para a longa caminhada de volta até as grutas, ele fez uma oração silenciosa aos céus. *Eu juro para você, Lucía, que vou cuidar de sua filha até o dia de minha morte.*

Tiggy

Sacromonte, Granada
Espanha
Fevereiro de 2008

35

*P*epe bocejou e assoou o nariz.

— Acho que já falei bastante – disse ele, balançando a cabeça. – Angelina vai assumir, tudo bem?

Pepe se levantou e saiu do terraço.

— Pobre Lucía – comentei, arrastando-me para fora do "outro mundo" onde estivera durante a última hora. – Era tão jovem.

— Sim, muito jovem, mas também egoísta. Vivia apenas para dançar. Como muitas artistas verdadeiramente excepcionais, que não costumam ser boas esposas ou mães – comentou Angelina.

— Acho que sei qual é o segredo que Pepe escondia de María – afirmei, em voz baixa.

— Sim, eu percebi no instante em que o vi. Hoje em dia, não há problema em ser quem você é, gostar de homens, mulheres, ou às vezes de ambos, mas, naquela época, não era assim. Especialmente na comunidade *gitana*. Pobre Pepe, ele nasceu no século errado.

— Então ele ficou com você, María, Ramón e minha mãe em Sacromonte, certo?

— Isso. Ele ganhava a vida como violonista. Todos nós, de alguma forma, conseguimos sobreviver. Era uma vida pobre, mas não infeliz. Como já contei, Pepe trouxe um pouco de dinheiro da América. Além disso, graças a ele, Isadora recebeu a herança da mãe quando completou 18 anos. Foi o que ajudou a família a prosperar.

— Como assim?

— Ela usou o dinheiro para ajudar o marido a abrir um negócio. Seu pai, Erizo.

— Quem era ele? Como ele era? – perguntei, ansiosa.

— Você já ouviu o nome dele. É Andrés, o menino que ela conheceu quando criança, cujos pais eram donos da sorveteria da *plaza*. Naturalmente, eles não queriam que o filho se casasse com uma *gitana*, mas Andrés não ligava para isso e, quando se casaram, ele se mudou para cá. Ramón, María, Pepe e eu nos mudamos de volta para a antiga gruta de Ramón e deixamos espaço para que Isadora constituísse uma família com Andrés, a sós. Isadora usou seu dinheiro para ajudar Andrés e Ramón a estabelecerem seus negócios. Depois que Pepe contou a ele sobre os carrinhos de bebidas que vira nas ruas de Nova York, Andrés decidiu comprar o laranjal. Ramón plantava laranjas e fazia o suco, Andrés o vendia na cidade. Seu pai e Pepe projetaram uma geringonça refrigerada, que ficava atrelada à motocicleta e mantinha o suco fresco. Ele não fez fortuna, mas ganhou o suficiente vendendo suco na *plaza*. Havia muitos *payos* ricos e turistas para fazer o negócio dar certo. Depois de algum tempo, ele construiu mais duas máquinas e, no verão, empregou outras pessoas para vender tanto suco de laranja quanto Coca-Cola, que tinha se tornado muito popular. Andrés era, como vocês dizem, empreendedor.

– E quando os meus pais se casaram?

– Quando sua mãe tinha 18 anos.

– Mas isso quer dizer... – fiz os cálculos – ... que demoraram quase vinte anos para engravidar de mim! Por que levaram tanto tempo?

– Eles não demoraram, querida. Mais do que qualquer outra coisa, eles sonhavam com uma família, e não havia nenhum casal que merecesse mais do que eles. Eles se amavam muito. – Angelina suspirou. – Eu tentei ajudar, é claro, mas parece que sua pobre mãe não conseguia engravidar e eles já haviam desistido muito antes de você chegar. Então, como às vezes acontece, quando pararam de tentar e relaxaram, você decidiu vir.

– Mas, se eles estavam felizes no casamento, por que acabaram me entregando a Pa Salt?

– *Ay*, Erizo, lembre-se de que, embora a Guerra Civil tivesse terminado muito antes, Franco tinha transformado a Espanha num lugar bem ruim. Os anos que se seguiram foram, para muitos, quase tão maus quanto antes. O país passava por uma séria crise econômica e, como sempre, nossa comunidade foi a mais duramente atingida. Mas nada disso teria acontecido se...

– O quê, Angelina?

Vi lágrimas brotarem nos olhos da mulher idosa. Ela tentou se recompor e eu me preparei para, finalmente, ouvir o que tinha acontecido.

– Eu presenciei maus momentos em minha vida, mas a tragédia de sua mãe e seu pai foi a pior, eu acho. Sim – ela assentiu –, a pior.

– Entendo, mas você precisa me dizer o que aconteceu, Angelina.

– Bem, primeiro devo dizer que nunca vi tanta alegria num ser humano quanto no dia em que minha amada Isadora veio me contar que estava grávida. Em seguida, seu pai chegou em sua moto velha, os braços cheios de flores para ela. Nunca vi um homem tão feliz. Mas eu disse à sua mãe que ela já tinha idade e precisava descansar. Andrés a tratava como se fosse uma preciosa boneca de porcelana. Ele trabalhava horas extras para conseguir mais dinheiro para quando você chegasse. Cada semana que passava e você continuava na barriga dela era um verdadeiro milagre para os dois, depois de perderem tantos bebês, como você pode imaginar.

Angelina balançou a cabeça, desolada, e prosseguiu.

– Então, uma noite, quando o tempo estava muito ruim e as estradas molhadas por causa das chuvas, seu pai não voltou para casa. Pepe foi à *policía* naquela noite e disseram que, bem, um homem havia sido encontrado morto numa vala, a moto em cima dele. Era Andrés... A geringonça que ele fixara na moto para vender o suco de laranja era pesada e a *policía* disse que isso deixou a moto instável no mau tempo. Eu...

Vi Angelina pegar um grande lenço rosa e assoar o nariz. Torci as mãos, tentando não chorar.

Angelina balançou a cabeça e estremeceu.

– Durante todos aqueles anos eles tentaram ter um filho, mas ele não viveu para ver você nascer. Sua mãe sofreu demais com a morte dele. Não comia nem bebia, embora eu dissesse a ela que precisava se alimentar, por causa do bebê. Você chegou um mês adiantada e, acredite, eu tentei de tudo para salvar sua mãe, mas não havia nada que eu pudesse fazer. Não consegui estancar o sangramento, Erizo, e quando os homens da ambulância chamada por Pepe chegaram, também não conseguiram. Ela morreu um dia depois que você nasceu.

– Entendo.

Não havia mais nada a dizer. Nós duas ficamos sentadas em silêncio por um instante, e pensei em como a vida pode ser cruel.

– Por que eles? – sussurrei, mais para mim mesma do que para Angelina.

– Depois de todos aqueles anos de tentativas, certamente eles mereciam ter algum tempo com seu bebê, quero dizer, *comigo*.

– Sim. É uma história terrível, e imagine como me dói contar o que aconteceu. Ainda assim, embora as vidas deles tenham sido curtas e você não tenha tido o privilégio de ser cuidada por eles, eu conheço muitas pessoas que viveram muito tempo e nunca encontram o amor que seus pais tiveram. Isso pode reconfortar você, querida, ter sido tão desejada. Muitas vezes, eu sinto a sua mãe perto de mim. Eu sinto a felicidade dela. Ela era sempre tão feliz... esse era o seu dom. Eu... adorava sua mãe, sim, adorava. – Angelina assoou o nariz mais uma vez e balançou a cabeça. – Quanto a Pepe, acho que a morte dela partiu o coração dele para sempre. Foi por isso que ele saiu agora... Não consegue nem ouvir falar sobre isso.

– Então... – Eu me controlei, ciente de que meu tempo ali estava se esgotando e eu precisava saber de tudo antes de partir. – Como eu fui adotada por Pa Salt?

– Ele veio me visitar para que eu lesse a mão dele logo depois da morte de sua mãe. Você estava lá, com apenas alguns dias de idade. Ele ouviu sua história e se ofereceu para adotar você. Entenda, Erizo, eu e Pepe éramos velhos e pobres. Não podíamos lhe dar a vida que você merecia.

– Você confiou nele?

– Ah, sim, eu confiei nele – garantiu Angelina. – Consultei o mundo superior e eles me disseram que isso era certo. Seu pai é... era um homem muito especial. Ele iria lhe dar a vida que nós não poderíamos oferecer. Mas eu o fiz me prometer que a mandaria de volta quando ficasse mais velha. E veja! – Ela esboçou um sorriso fraco. – Ele cumpriu a promessa.

– E quanto a María? Ela ainda estava viva quando eu nasci?

– Ramón morreu um ano antes de María. Eles viveram o suficiente para ver Isadora se casar com seu pai, mas, infelizmente, não o suficiente para ver você nascer, Erizo.

– Minha mãe deu meu nome antes de morrer?

– Não exatamente, mas... Quando você nasceu todos nós achamos que você parecia um ouriço, por causa do cabelo arrepiado. Ela... e nós... a chamávamos de "Erizo" enquanto você ainda estava aqui.

– Depois, eu ganhei o apelido de "Tiggy", que é o nome de um ouriço de um livro infantil, Tiggy-Winkle. – Refleti sobre a coincidência, se é que era coincidência. – Você sabe que o meu nome na verdade é Taígeta?

– Sim, seu pai nos disse que daria a você o nome de uma das Sete Irmãs. Ele adotou mais alguém depois?

– Sim, mais uma. Minha irmã Electra chegou um ano depois de mim.

– E a sétima irmã?

– Não, ele disse que não a encontrou. Somos apenas seis.

– Estou surpresa – comentou Angelina.

– Por quê?

– Eu... – Angelina abriu a boca para dizer algo, mas a fechou novamente, dando de ombros. – Às vezes, as mensagens são confusas. Agora, Erizo, você gostaria de ver uma foto de sua *mamá* e seu *papá*?

– Sim, claro.

Observei-a mexer no espaçoso bolso de seu cafetã. Ela sacou dali uma imagem colorida.

Quando a entregou a mim, senti um arrepio na nuca. Olhei com espanto para a imagem.

– São eles no dia do casamento? – murmurei.

– *Sí*. Isso foi em 1963.

O casal da foto se entreolhava, amor e adoração brilhando em seus rostos jovens e inocentes. Ao longo dos anos, as cores haviam desbotado e se tornado meras imitações do que representavam, mas vi que o homem tinha cabelos castanhos ondulados, olhos castanhos e afetuosos, e a mulher...

– Como pode ver, você se parece com ela – arriscou Angelina.

E, sim, eu *podia* ver. Seus cabelos eram mais escuros que os meus, mas o formato dos olhos e os ângulos do rosto eram muito familiares.

– *Mi madre* – sussurrei. – Te amo.

❀ ❀ ❀

Já passava das duas horas e eu tinha que estar no aeroporto antes das quatro e meia. Havia muito que refletir, mas não naquele momento. Deixei Angelina cochilando sob o sol, fui ao hotel buscar minha mochila e depois voltei para a casa de porta azul. Afastei a cortina para dizer adeus a ela e ao mais recente membro de nossa família. Bear estava mamando com avidez no peito de Ally.

– Vim me despedir, querida Ally. Cuide-se e cuide do pequeno, está bem? E muito obrigada por ter vindo aqui me encontrar – falei, beijando os dois.

– Sou eu que agradeço por *você* e sua maravilhosa família estarem aqui comigo. Que presente estou levando para casa! – Ally sorriu. – Vejo você em Atlantis muito em breve, assim espero.

– Tenho certeza que sim.

– Você está bem? – perguntou Ally. – Está muito pálida.

– Angelina acabou de me contar sobre minha mãe e meu pai. E sobre como eles morreram.

– Ah, Tiggy... – Ally estendeu a mão para mim. – Lamento muito.

– Bem, suponho que não ter conhecido os dois ajude um pouco. Para ser sincera, só estou meio entorpecida.

– Imagino que sim. Bem, um dia, se você quiser, conto para você sobre a minha família biológica e você me conta sobre a sua. Mas por ora, querida Tiggy, volte para Atlantis e fique bem.

– Vou ficar. Até logo, Ally. Até logo, Bear.

No jardim, acordei Angelina e avisei que estava de partida.

– Volte em breve, Erizo, está bem? E traga aquele agradável Sr. Charlie com você – acrescentou ela, piscando para mim e me fazendo corar.

Pepe veio de dentro da gruta, segurando uma pilha de CDs.

– Aqui, Erizo – disse ele, entregando-os a mim. – Embora você não tenha conhecido o seu *abuelo* Meñique, pode ouvir a música que ele fez. Você ouve, você sente o *duende* aqui. – Ele colocou a mão sobre o coração e sorriu para mim, com um brilho nos olhos castanhos. – *Vaya con Dios.* Cuide-se, querida.

Angelina e Pepe me abraçaram e me beijaram no rosto, que estava banhado em lágrimas.

Marcella me esperava perto de seu Punto para me levar ao aeroporto.

– Pronta, Tiggy?

Acenei pela última vez e sorri para minha família.

– Pronta.

❋ ❋ ❋

Mais tarde, naquela mesma noite, voei para Atlantis no avião particular que Ma havia providenciado, minha cabeça ainda repleta de pensamentos sobre meu passado, mas também sobre meu presente. Diante disso, decidi que não iria me preocupar com o futuro. Quando Ma me encontrou no cais e Christian me tirou da lancha e me deu um abraço reconfortante e afetuoso, eu me lembrei do que Angelina dissera sobre aqueles que nos amam e querem apenas cuidar de nós. Eu estava ali para descansar por algumas semanas e era isso que eu iria fazer.

Então eu me rendi ao reconfortante casulo de minha convalescença em Atlantis. Minha cama ficava no meio do quarto, para que eu pudesse aproveitar a maravilhosa vista do lago Léman. Deitei-me como uma princesa em meu arejado retiro no sótão e descobri que estava muito mais cansada do que imaginara, tanto mental quanto fisicamente. Lembrando-me das semanas anteriores, considerei normal minha exaustão, então resolvi escutar meu corpo e atender às suas exigências. Muitas vezes, ao som da voz suave de Meñique e de seu violão em meu velho CD player portátil, eu acabava adormecendo depois do almoço, acordando uma hora ou mais depois. Claudia, nossa maravilhosa governanta, insistiu em me levar café da manhã, almoço e jantar no quarto, além de uma caneca de leite com aveia e biscoitos caseiros à noite.

Entretanto, no final da primeira semana, eu já estava ficando inquieta.

– Por favor, Claudia, deixe-me jantar lá embaixo hoje – eu implorava, quando ela subia com mais uma bandeja de comida. – Você deve estar cansada de subir as escadas dez vezes por dia! E eu realmente estou me sentindo mais forte...

– *Nein, liebling.* Você deve permanecer na cama e descansar.

Era óbvio que Charlie mantinha contato com Ma, e minhas duas cuidadoras insistiam, de maneira irritante, em seguir as instruções dele ao pé da letra. Eu estava proibida de sair do meu quarto e tive que impedir que Ma me escoltasse ao banheiro logo que cheguei. Mas, quando a semana seguinte chegou ao fim e ficou claro que eu travava uma batalha perdida, desisti de reclamar e comecei a pensar em como poderia usar de maneira produtiva o tempo de que dispunha. Angelina sempre dizia que tudo acontecia por uma razão e, quando tirei da mochila todas as anotações que havia feito em Sacromonte e comecei a decorá-las, percebi que ela estava certa. O processo me fez refletir sobre como exatamente eu deveria usar minhas novas habilidades. Será que deveria mudar de carreira completamente e me estabelecer como uma herborista e espiritualista em tempo integral, como meus antepassados? Hoje em dia, praticar esse tipo de atividade profissionalmente – seja prescrevendo poderosos remédios de ervas, seja impondo as mãos sobre corpos feridos, humanos ou animais – demanda qualificações que demonstrem que você sabe o que está fazendo. Passar dez dias com uma velha cigana espanhola não era algo que seria aceito pelo mundo burocrático. As *brujas* do passado tratavam clientes que confiavam plenamente em seus dons. Elas não tinham necessidade de certificados para comprovar seu dom de cura.

Passei muitas horas olhando pela janela, para as montanhas do outro lado do lago, perguntando-me como poderia incorporar ao meu trabalho tudo o que aprendera. E, quanto mais eu pensava nisso, mais percebia que Chilly estava certo quando declarou que eu havia escolhido o caminho errado. Trabalhar com conservação animal era maravilhoso, mas eu sabia, agora com toda a certeza, que gostaria de usar minhas habilidades nos próprios animais.

– O seu poder *está* nas suas mãos, Tiggy – murmurei com convicção, olhando para elas.

Então pensei em Fiona, na maneira como sua medicina humana havia recuperado Thistle em dois dias. E em Charlie e Angelina, usando métodos modernos e holísticos para cuidar de mim e de Ally, e imaginei se haveria alguma maneira de combinar os dois...

– Ah, eu não sei.

Suspirei, frustrada, pois tudo era simples quando eu trabalhava para Margaret. Os animais, o ar fresco das Terras Altas, minha rotina ocupada do amanhecer ao anoitecer. Entrei na internet para pesquisar cursos que poderiam me qualificar para cuidar de animais do modo "normal". E, para minha surpresa, encontrei vários que tinham uma visão holística, inclusive com o uso de Reiki. E, como Fiona mencionara, havia uma lista de clínicas veterinárias que já trabalhavam dessa forma.

– Será que quero mesmo voltar para a universidade e estudar veterinária durante vários anos? – perguntei a mim mesma enquanto mastigava a ponta da caneta. – Não! – Balancei a cabeça, frustrada. – Eu seria uma velha quando terminasse e, além disso, não quero cortar os animais e estudar o funcionamento de seu sistema linfático. Tem que haver outra maneira...

À medida que fui me fortalecendo fisicamente, comecei a dormir menos à noite. Então, depois que Ma media a minha pressão arterial e me dava boa-noite, eu ouvia seus passos suaves pelo corredor se dirigindo a seu quarto, esperava meia hora até ela adormecer e me levantava para fazer uma ronda pela casa. Na primeira vez que senti o desejo de fazer isso, achei que fosse apenas devido a uma crise de claustrofobia, mas, depois que passei a acordar noite após noite para retomar minhas caminhadas noturnas, percebi que estava procurando por algo – ou, mais precisamente, alguém...

Senti a presença de Pa na casa, uma presença tão forte como se ele tivesse se levantado de sua escrivaninha para ir até a cozinha beber um copo d'água, ou como se subisse a escada para ir dormir.

Eu me vi vasculhando suas gavetas, procurando qualquer evidência de sua presença ali recentemente, ou quaisquer indícios que pudessem explicar o enigma de meu amado pai.

– Quem era você? – refleti, pegando um pequeno ícone de Nossa Senhora e me perguntando se Pa era religioso.

Pa Salt nos levava à igreja quando éramos pequenas, mas nos permitia escolher se queríamos continuar frequentando à medida que ficávamos mais velhas.

Então encontrei um molho de ervas abandonado, amarrado com um frágil pedaço de barbante. Tirei-o com cuidado da prateleira, enxergando, com os olhos da mente, a cigana que me abordara na *plaza* em Granada e que, não sei como, conhecia o meu apelido.

– Você ganhou isso quando esteve lá? – sussurrei para o ar, fechando meus olhos e pedindo a meu espírito-guia uma resposta.

O problema era que eu não sabia se Pa agora *era* um desses espíritos ou não.

– Se você estiver lá em cima, por favor, fale comigo – sussurrei.

Mas não obtive nenhuma resposta.

❀ ❀ ❀

– Ma, eu imploro a você. Não posso ficar na cama por mais tempo! Por favor... O dia está lindo. – Apontei pela janela para o sol fraco de março, que derretia o gelo do lado de fora. – Depois de duas semanas e meia dentro de casa, tenho certeza de que Charlie aprovaria se eu fosse tomar um pouco de ar fresco.

– Não sei. – Ma suspirou. – Além do risco de você pegar uma friagem, há todos aqueles lances de escada para voltar ao quarto.

– Se você realmente fizer questão, eu peço a Christian que me carregue de volta aqui para cima – sugeri.

– Christian não está aqui hoje, mas... – Percebi que Ma estava refletindo sobre algo. – Vou falar com Claudia e Charlie, *chérie*. Ah, quase me esqueci: chegou uma carta para você.

– Obrigada.

Ma saiu do quarto e eu abri o envelope fino, notando que tinha vindo do exterior.

26 de fevereiro de 2008
Reserva da Vida Selvagem Majete
Chikhwawa, Malaui

Prezada Srta. D'Aplièse,

Obrigado pelo seu interesse em assumir o cargo de diretora de conservação da Reserva da Vida Selvagem Majete. Nós lhe enviamos um e-mail com um convite para uma entrevista em Londres, às 13h, na sexta-feira, dia 7 de março, mas não recebemos nenhuma resposta. Por favor, informe-nos até a próxima quarta-feira, 5 de março, se ainda está interessada no cargo mencionado e nos avise se estará presente à entrevista, cujos detalhes podem ser encontrados no documento em anexo.

Atenciosamente,
Kitwell Ngwira
Diretor do Parque Majete

Engoli em seco e saí da cama para pegar o antigo laptop que eu usava na universidade e que estava guardado na minha gaveta. Eu havia me esquecido completamente do e-mail que enviara movida pela frustração e, desde que voltei para casa, nem me passou pela cabeça checar minha caixa de entrada.

Não somente encontrei dois e-mails pedindo que eu comparecesse à entrevista dentro de uma semana, mas também mensagens de Maia, Estrela e Ceci, além de três de Charlie.

Deixando as de Charlie para mais tarde, li as de minhas irmãs. A de Ceci era a mais surpreendente:

Oi, Tiggy

Ally me contou que você se machucou e está em casa, em Atlantis. Espero que melhore logo. Eu sei que você sempre ODIOU ficar doente. Talvez já saiba que me mudei para a Austrália. Estou adorando e voltei a pintar. Estou morando com meu avô e minha amiga Chrissy. Há muitos animais aqui, caso você queira nos visitar.

Com amor,

Ceci

– Uau, Ceci – murmurei para mim mesma. – Você conseguiu. Você encontrou o seu lar.

Tomei fôlego e abri as mensagens de Charlie. Cada uma delas continha algumas frases gentis, perguntando como eu estava, e a última pedia minha permissão para marcar vários exames para mim no hospital de Inverness, no meio de março, depois de minha estada em Atlantis.

Em outras palavras, Charlie achava que eu voltaria à Escócia.

– É melhor você não voltar, Tiggy – disse a mim mesma. – Tenho certeza de que Cal não vai se importar de adotar Alice, embalar minhas coisas e enviá-las...

Então, não querendo parecer rude e ingrata por tudo o que ele tinha feito por mim, digitei uma resposta rápida antes que eu mudasse de ideia.

Querido Charlie,

Agradeço por seus e-mails. Estou bem e descansando muito. Obrigada por se oferecer para marcar os exames, mas provavelmente seria mais fácil se eu os fizesse aqui mesmo, em Genebra. Como você sabe, o atendimento aqui é excelente.

Espero que esteja tudo bem com você,

Tiggy

– Ótimo – murmurei quando apertei ENVIAR, odiando-me por soar tão fria e formal, mas qualquer outra coisa abriria uma estrada para o nada e, pelo menos pelo bem de Zara, eu não seria uma destruidora de lares.

– Está bem, Tiggy – disse Ma, aparecendo em meu quarto. – Acabei de falar com Charlie, e ele acha que é uma boa ideia você fazer um passeio lá fora.

– Ah. – Eu estremeci novamente por causa do e-mail que acabara de enviar. – Que bom.

– Mas ele ainda não quer que você suba todos aqueles degraus. Então Claudia e eu decidimos que você deve usar o elevador.

– Elevador? Eu não sabia que havia um!

– Seu pai mandou instalar pouco tempo antes de... nos deixar, porque estava tendo dificuldade para subir as escadas. Portanto, *chérie*, vamos colocar algumas roupas quentes em você e eu vou levá-la até lá embaixo.

Assim que fui empacotada sob a supervisão de Ma, segui-a pelo corredor, ansiosa para ver onde o elevador havia sido instalado. Fui até a escada que levava ao andar de cima, onde ficava o quarto de Pa, mas Ma me fez parar.

– O elevador está aqui, *chérie*.

Ela tirou uma chave prateada do bolso da saia e seguiu em direção à parede do corredor. Inseriu a chave em um painel de madeira, virou-a e puxou a pequena trava sob a fechadura. O painel deslizou para trás, revelando uma porta de madeira teca, e Ma apertou um botão de cobre brilhante, o que gerou um zumbido.

– Não acredito que nunca percebi que isso foi instalado aqui no verão – comentei enquanto esperávamos o elevador chegar. – E por que Pa tinha que vir ao sótão, se o quarto dele era no andar de baixo?

– Ele queria poder acessar todos os andares da casa. Antes da última primavera, isso era um antigo vão de serviço – respondeu Ma.

O elevador anunciou sua presença com um som metálico e ela puxou a porta para abri-lo.

Ma e eu éramos magras, mas, ainda assim, ficou apertado. Assim como a porta externa, a interna era feita de madeira polida. Parecia o tipo de elevador que existia antigamente em hotéis imponentes.

Ma fechou a porta e apertou um dos botões de cobre. Quando o elevador começou a descer, observei que havia quatro botões no interior, embora, que eu soubesse, a casa só tivesse três andares.

– Aonde leva aquele ali, Ma? – perguntei, indicando o último botão.

– Ao porão. Seu pai mantinha uma adega lá.

– Eu nem sabia que tínhamos uma. Estou impressionada por eu e minhas irmãs nunca termos visto nada disso quando explorávamos a casa. Como se faz para entrar lá?

– Pelo elevador, é claro – respondeu Ma, quando o elevador parou sem solavancos.

Saímos e demos de cara com outro painel semelhante ao anterior, escondido no corredor que levava à cozinha.

– Agora, Tiggy, vou pegar meu casaco e minhas botas e vamos sair.

Assim que Ma se afastou, caminhei até o saguão de entrada, intrigada com o que ela dissera no elevador, algo que soara como um sinal de alerta para mim, como se tivesse detectado uma mentira. Abrindo a ampla porta da frente, inspirei o aroma glorioso de ar puro e fresco para nutrir meu cérebro.

Deve ter funcionado, porque, de repente, concluí que, se o elevador era a única forma de acesso à adega, ele devia ter sido instalado muito antes da última primavera – como afirmara Ma –, pois de que outra forma Pa teria acesso ao porão antes disso?

Ma se juntou a mim e nós saímos para a tarde revigorante, mas gloriosamente fria. Decidi não mencionar o enigma do elevador, pelo menos por enquanto.

– É estranho – comentei, enquanto percorríamos o caminho que levava aos lagos. – Embora o terreno e o clima sejam semelhantes aos de Kinnaird, o cheiro daqui é tão diferente...

– Você vai voltar para a Escócia quando estiver completamente recuperada? – indagou Ma.

– Acho que não. O trabalho não é o que pensei que seria.

– Pensei que você estivesse feliz lá, *chérie*. Foi o tiro que a assustou?

– Não, aquilo foi apenas azar. Tenho certeza de que o caçador estava mirando Pégaso, não me mirando. Por falar nisso, Ma, aquela carta que você me entregou era de uma reserva selvagem no Malaui, convidando-me para uma entrevista de emprego em Londres, na próxima semana, para o cargo de diretora de conservação.

– Malaui? Londres na semana que vem? – Ma olhou para mim, tensa. – Espero que você não esteja pensando em ir.

– Eu gostaria de ir à entrevista. A África é um sonho antigo, Ma, você sabe disso.

– Tiggy, você está se recuperando de uma grave doença cardíaca. Ir para a África é... pura loucura! O que Charlie acha disso?

– Charlie não é meu guardião, Ma.

– Ele é seu médico, Tiggy, e você deve ouvi-lo.

– Na verdade, acabei de escrever para ele dizendo que vou transferir meus cuidados para Genebra. É muito mais fácil do que ir para a Escócia.

– Mas você quer ir para Londres e, em seguida, possivelmente para o Malaui?! – Ma estreitou os olhos. – Tiggy, o que está acontecendo?

– Nada, Ma. De qualquer maneira, vamos discutir isso mais tarde. Como está Maia?

Ma captou a mensagem.

– Está muito bem. É tão maravilhoso que ela tenha encontrado a felicidade. Espero ouvir sinos de casamento em breve.

– Ela vai se casar com Floriano?

– Ela não disse isso claramente, mas sinto que está ansiosa para ter filhos enquanto ainda é jovem o suficiente.

– Uau, Ma, a próxima geração...

– Por falar nisso, fiquei sabendo esta manhã que Ally pensa em vir para cá daqui a umas duas semanas, com o pequeno Bear. Mal posso esperar. Ela está torcendo para que você ainda esteja aqui – acrescentou Ma, de maneira incisiva.

– Bem, mesmo se eu for à entrevista em Londres, tentarei estar de volta para encontrar os dois. Se não conseguir, pelo menos você não vai sentir a minha falta tendo um bebê para mimar. Meu Deus, parece que foi ontem que eu era uma menininha doente na cama, aqui, com a Electra gritando pela casa! – comentei, com um sorriso.

– Bem, tomara que você se recupere. Está esfriando, Tiggy. É melhor nós entrarmos.

Assim que entramos em casa, Ma sugeriu que eu subisse para meu quarto.

– Vou colocá-la na cama agora e levo um pouco de chá.

– Na verdade, como tenho o elevador, gostaria de me sentar na cozinha com você e Claudia por um tempo. Eu me sinto sozinha lá em cima – acrescentei, melancólica.

– D'accord – respondeu Ma. – Me dê o seu casaco, para eu pendurar junto com o meu.

Entreguei o casaco e segui pelo corredor até a cozinha arejada – meu lugar favorito na infância. Quando eu ficava doente, era um grande deleite ter permissão para ficar no térreo. Claudia cuidava de mim e me deixava ajudá-la na cozinha, enquanto Ma fazia outras tarefas.

– Sabe, Claudia, se um perfumista pudesse engarrafar o cheiro de sua cozinha, eu compraria – falei, e fui dar um beijo no rosto dela.

Ela estava atenta à panela de sopa que preparava. Virou-se para mim, sua pele enrugada vincando-se de alegria com minhas palavras.

– Então seria necessário um buquê de diferentes aromas, pois o cheiro dela muda diversas vezes durante o dia.

Claudia encheu a chaleira e a ligou.

– Você não percebeu, Claudia? Estou no andar de baixo. Acabei de fazer uma caminhada lá fora com Ma.

– Percebi e fiquei feliz. Eu também acho que você precisa de ar fresco. Como a maioria dos parisienses, Marina parece ter medo do ar.

Eu estava acostumada com os comentários depreciativos de Claudia sobre os franceses – sendo ela alemã, e já de certa idade, a inimizade era *de rigueur.*

– Você acha... difícil trabalhar aqui sem Pa? – perguntei.

– Claro que sim, Tiggy, todos nós achamos. A casa perdeu sua alma... Eu...

Foi a primeira vez que vi Claudia à beira das lágrimas. Embora eu tenha criado com ela um relacionamento mais íntimo do que qualquer uma das minhas irmãs, eu nunca a tinha visto demonstrar suas emoções antes.

– Eu só gostaria que as coisas fossem diferentes – prosseguiu ela, indicando uma cadeira para eu me sentar e colocando diante de mim dois biscoitos folhados e um pequeno pote de geleia.

– Você quer dizer que queria que Pa Salt ainda estivesse vivo?

– Sim, é claro que foi isso o que eu quis dizer. – Quando Ma apareceu na cozinha, observei o a brusquidão usual de Claudia envolvê-la como se fosse um manto. – Chá?

Quinze minutos depois, Ma insistiu em que eu voltasse lá para cima a fim de descansar. Enquanto a observava pegar a chave do elevador na caixa ao lado da porta da cozinha, eu me senti como uma prisioneira sendo escoltada de volta à cela. Fiquei atrás de Ma enquanto ela desbloqueava o painel e o deslizava de volta. Anotei mentalmente a técnica usada para puxá-lo e abri-lo.

– Por que Pa decidiu esconder o elevador, Ma? – perguntei a ela enquanto subíamos.

– Não me pergunte, *chérie.* Talvez ele não quisesse que vocês, meninas, ficassem subindo e descendo o tempo todo. – Ela sorriu. – Ou talvez fosse por orgulho, para que vocês não soubessem a gravidade da doença dele.

– Então o ataque cardíaco não foi inesperado?

– Eu... Não, não foi, o que só mostra como qualquer problema cardíaco pode ser grave – acrescentou ela, de maneira incisiva, ao chegarmos ao último piso. – Agora descanse, Tiggy, e então talvez eu possa até pensar em deixá-la descer de novo para o jantar.

Ela me deixou na porta do meu quarto e eu fui me sentar no parapeito da janela, tentando organizar os pensamentos. Embora eu já tivesse visto muitos pores de sol espetaculares em Atlantis, eles nunca deixavam de me emocionar, cobrindo as montanhas com uma luz vermelha e dourada como fogo. O que era diferente agora era o silêncio interior. No passado, alguma música estaria retumbando no quarto de alguma de minhas irmãs, haveria risadas ou brigas – o zumbido de lanchas passando pelo cais, ou o cortador de grama deslizando suavemente sobre o gramado.

Agora, embora Ma e Claudia estivessem na casa, parecia que Atlantis fora abandonada – como se toda a energia de minhas irmãs e de Pa tivesse desaparecido, deixando para trás apenas o fantasma de memórias passadas. Era deprimente, e eu me perguntei como Ma e Claudia lidavam com o vazio todos os dias. Que objetivo elas tinham agora? Claudia cozinhava apenas para Ma, que mantinha uma casa aonde nós, irmãs, raramente íamos, e que agora era um enorme ninho vazio. Atlantis fora a vida delas. O atual panorama devia lhes causar uma enorme angústia.

– Eu não gosto de estar aqui sem minhas irmãs e Pa... – murmurei, saindo da janela e percebendo como eu estava melhor agora. Duas semanas e meia ali me mostraram que eu havia superado minha casa da infância, eu amadurecera. – Quero voltar para a minha vida – disse a mim mesma, em voz baixa. – Ou melhor, eu preciso *encontrar* uma vida.

Abri meu laptop e reli o e-mail da reserva no Malaui. Sem pensar, respondi que estaria presente à entrevista em Londres.

Aliviada por ter feito alguma coisa – qualquer coisa – para mover minha vida adiante, voltei minha atenção para Atlantis. Eu havia feito planos para mais tarde, naquela mesma noite...

❀ ❀ ❀

Para minha irritação, já passava da meia-noite quando ouvi a porta do quarto de Ma se fechar. Esperei vinte minutos. Mantive-me acordada recitando receitas de alguns remédios de Angelina e me lembrando das palavras da maldição proibida. Eu não tinha ideia do motivo para meu cérebro estar determinado a não esquecê-las, fazendo-me repeti-las todos os dias.

Finalmente, depois de colocar meu velho par de botas de pele de carneiro e um suéter de lã grossa, peguei a lanterna que Ma sempre deixava sobre a mesa de cabeceira. Saí do quarto na ponta dos pés, cruzei o corredor e, em seguida, liguei a lanterna para conseguir descer as escadas até o térreo. Fui até a caixa de chaves na cozinha, tirei a que Ma usara para desbloquear o elevador e, em seguida, localizei o painel no corredor. Depois que consegui desbloqueá-lo e abri-lo, apontei a lanterna para a porta do elevador. Torci para que Ma não ouvisse os barulhos no piso superior. Pelo menos sua suíte ficava no final do corredor.

Apertei o botão e o elevador chegou. Entrei, iluminando os botões de metal. Pressionei o botão para baixo, senti o elevador dar um pequeno solavanco e começar a descer, parando alguns segundos depois. Puxei a porta e a abri, não vendo nada além da mais completa escuridão. Mudei a direção da lanterna, dei um passo para a frente, mas, quando meu pé tocou o concreto abaixo de mim, o espaço foi subitamente inundado de luz.

Olhei ao redor e vi que Ma estava dizendo a verdade sobre o que o cômodo abrigava. Tratava-se de uma adega das mais modernas, não um porão úmido. O teto era baixo, mas o local era espaçoso – talvez do tamanho da cozinha acima dele. As paredes estavam revestidas com prateleiras cobertas de garrafas de vinho e pensei em como era estranho que Pa, que só bebia vinho em datas importantes e feriados, mantivesse uma coleção tão vasta. Perambulei pelo local, tirando a poeira de algumas das garrafas mais antigas e me sentindo ao mesmo tempo aliviada e decepcionada. O que quer que eu esperasse encontrar, não parecia estar lá.

Então meus olhos se moveram para uma traça que voava perto de um dos focos de luz do teto. Quando meu olhar desceu outra vez, notei uma fenda em uma das paredes logo abaixo, que desaparecia atrás de uma prateleira. Eu me aproximei.

– Você não consegue levantar isso, Tiggy – disse a mim mesma, mas consegui remover as duas fileiras de garrafas que estavam no meio e voltei a lanterna para a parede à frente, iluminando um painel igual ao que escondia tão bem o elevador.

Então tirei a fileira de garrafas da prateleira inferior e vi uma pequena fechadura redonda instalada na parede.

Meu coração se acelerou quando peguei a chave do elevador e a enfiei na fechadura, para ver se encaixava. Deu certo e ouvi um clique metálico. Apertei a trava e tentei empurrá-la para o lado, como eu tinha feito com o painel no andar de cima. Ela cedeu de imediato. Infelizmente, a prateleira fora colocada perto demais para permitir qualquer outro movimento.

– Droga! – exclamei, e minhas palavras ecoaram pelo porão.

Nesse momento, a fadiga estava quase me vencendo e precisei de minha última gota de energia para colocar o painel de volta no lugar e repor as garrafas de vinho.

– Não que eu precise me preocupar por estar fazendo o que quero em uma casa que também me pertence – confortei a mim mesma enquanto voltava, ofegante, para o elevador.

Quando o alcancei, vi que a porta estava rodeada por uma estrutura de aço e que havia outro par de portas, que eu não havia notado antes porque estavam escondidas dentro da estrutura de aço. Na parede um pouco adiante, havia um botão que eu podia jurar que as fechava.

– Uau, isso é como um banco ou algo assim – murmurei, tentando apertar o botão, mas percebendo que, se as portas de aço se fechassem, eu poderia ficar presa ali, sem ter como entrar em contato com o mundo exterior.

Dez minutos depois, quando deitei na cama, exausta, fiquei tramando uma forma de investigar aquilo mais a fundo.

36

Na manhã seguinte, Ma entrou em meu quarto com a bandeja de café da manhã.

– *Bon matin, chérie* – disse, enquanto eu me sentava na cama e ela acomodava a bandeja diante de mim. – Dormiu bem?

Talvez fosse apenas coisa da minha imaginação, mas percebi um sinal de suspeita em seus vívidos olhos verdes.

– Estou me sentindo muito bem, obrigada. Hoje é folga da Claudia?

– Ela vai passar três dias fora, visitando um parente. Por isso, seremos somente eu e você. Como confessei a Ceci quando estive com ela em Londres, eu cozinho muito mal, mas Claudia deixou sua comida especial no congelador, então só preciso esquentá-la.

– Não tem problema, Ma. Se o pior acontecer, posso preparar um assado de nozes – falei, sorrindo.

– Espero que não cheguemos a esse ponto – disse Ma, fazendo uma careta. Como a maioria dos parisienses, ela era muito exigente em relação à comida e considerava uma farsa qualquer prato que não contivesse carne. – Quando terminar seu café da manhã, vou medir sua pressão. Você me parece um pouco pálida hoje, *chérie*. – Ela me analisou e fiz toda a força do mundo para não corar. – Não dormiu?

– Dormi muito bem, Ma, juro. Na verdade, eu estava me perguntando se você poderia entrar em contato com o Dr. Gerber para pedir a ele a indicação de um cardiologista aqui em Genebra.

– Ah, Tiggy, o Dr. Gerber morreu alguns meses atrás, mas vou ligar para a clínica dele. Tem certeza de que não deseja permanecer sob os cuidados de Charlie?

– Tenho. Eu gostaria de consultar o médico que eles recomendarem o mais rápido possível. Vou a Londres para a entrevista e, é claro, preciso de um atestado, caso me ofereçam o trabalho.

– Você já sabe minha opinião sobre isso, Tiggy. Mas você é uma mulher adulta, não uma criança. Então, sim, vou pedir o contato do médico. Agora, por favor, tome o seu café da manhã. Volto mais tarde.

Enquanto eu comia, pensei no porão e em suas impenetráveis portas de aço e decidi só perguntar a Ma quando ela voltasse. Então ouvi o telefone tocar e, alguns minutos mais tarde, Ma apareceu novamente e estendeu o fone para mim.

– É para você. Uma amiga sua.

– Obrigada. – Peguei o telefone. – Alô?

– Oi, Tiggy. É Zara. Como você está?

– Oi, Zara. Que bom ouvir a sua voz. – Eu sorri. – Estou muito melhor, obrigada. E você?

– Tudo bem. Estou no aeroporto de Genebra.

– O quê?!

– Você pode me dizer como chegar à sua casa?

– Eu... Zara, como você conseguiu meu número?

– Olhei no celular do papai.

– Certo. Seus pais sabem onde você está?

– Hum... Eu explico tudo quando chegar aí.

– Espere um momento... Ela está em Genebra – falei baixinho para Ma. – Onde está Christian?

– Ele acabou de deixar Claudia no aeroporto, então ainda deve estar lá por perto.

Eu disse a Zara para aguardar no terminal de desembarque, ao lado do balcão de informações para turistas. Christian foi devidamente convocado para buscá-la.

– O que ela está fazendo aqui, Tiggy? Os pais dela sabem? – perguntou Ma.

– Duvido. Ela é expert em fugas.

– Bem, temos que ligar para Charlie imediatamente.

– Você pode fazer isso por mim, Ma?

– Posso, mas... Não é melhor você mesma falar com ele?

– Diga a ele que vou mandar Zara ligar assim que chegar.

– *D'accord*, mas... Charlie tem sido tão gentil com você, Tiggy. Por que não quer falar com ele?

– Eu apenas... não quero.

– Entendo. – Ma não insistiu. – Bem, se ela vai ficar aqui, acho que vou colocá-la no quarto da Ally, no mesmo corredor que você, *chérie*.

– Obrigada.

– Essa menina é problemática?

– Zara é um doce, mas, sim, ela tem uma situação familiar difícil.

– Bem, espero que a chegada dela não atrapalhe sua recuperação. Ela é responsabilidade dos pais, não sua. Vou ligar para o pai dela agora.

Elegante como sempre, Ma se virou e saiu do quarto.

❈ ❈ ❈

– Tiggy! – Zara apareceu em meu quarto e correu para me dar um abraço. – Como você está se sentindo? – perguntou ela, sentando-se na minha cama.

– Estou ótima, Zara, mas Ma insiste em me manter aqui a maior parte do tempo.

– É para o seu próprio bem, Tiggy. Todos nós queremos muito que você fique bem.

– Eu estou bem – repeti, sentindo um toque de petulância em minha voz. – E você? O que está fazendo aqui? Ma já avisou ao seu pai. Ele mandou você ligar para ele assim que chegasse.

– Estou surpresa por ele ter percebido que saí, para falar a verdade. Eu mal o vi em casa nas minhas férias.

– E sua mãe?

– Isso é o mais estranho. Ela está em Kinnaird, Tiggy. Tipo, porque ela mesma quis. Não sei o que está acontecendo. – Zara suspirou. – Só sei que essa história está mal contada. Você sabe que mamãe sempre odiou aquele lugar e agora, de repente, ela disse a meu pai que vai assumir a propriedade porque ele está ocupado demais para fazer isso.

– Então isso é bom, não é? Significa que você também pode passar mais tempo lá.

– Sim, seria, se eu tivesse sido convidada! – esbravejou Zara. – Mamãe falou que eu não podia ir com ela, que eu tinha que ficar em casa e fazer todos os trabalhos que perdi quando faltei à escola.

– É compreensível, Zara. Você teria distrações em Kinnaird.

– É, pode ser. – Zara olhou pela janela e contemplou o lago Léman. –

Uau, Tiggy, este lugar parece um castelo de conto de fadas. É tão bonito, e sua Ma é realmente boazinha. Christian disse que pode me ensinar a conduzir a lancha, se eu quiser. Ele é bonitão, não é? Mesmo sendo velho.

– Suponho que sim. – Sorri diante do comentário. – Ele está aqui desde que eu era criança, então nunca reparei muito bem.

– Sua irmã Electra bem ligou para ele quando estávamos vindo para cá. Ele nunca vai prestar atenção em mim se pode ficar conversando com uma supermodelo ao celular, não é? – disse Zara, dando de ombros com indiferença.

– Electra ligou para Christian?

Fiquei surpresa. Não tinha notícias de minha irmã havia meses.

– Ligou. Como ela é?

– Uma força da natureza – respondi, sem me alongar no assunto. Tínhamos uma regra de jamais discutir a vida de nossa irmã famosa com "gente de fora". – Agora vou lhe mostrar o seu quarto e você vai poder descansar um pouco da viagem, está bem?

– Tudo bem.

Conduzi Zara pelo corredor das irmãs até a porta de Ally.

– Deve ter sido muito legal crescer com outras cinco meninas aqui – comentou Zara assim que entramos no quarto. – É como viver o tempo todo em um internato divertido. Aposto que você sempre tinha com quem brincar – comentou ela, sonhadora. – E nunca se sentia sozinha.

– Eu ficava muito doente quando era criança, então passei muito tempo sozinha. Mas você tem razão, foi bom ter minhas irmãs ao meu redor. Agora você precisa telefonar para o seu pai.

– Está bem – disse Zara, e percebi em seus olhos que ela estava receosa.

Descemos pela escada e fomos até a cozinha.

– *Chérie*, o que você está fazendo? Sabe que não deve...

– De verdade, Ma, estou me sentindo muito bem, juro. E vou almoçar aqui com vocês duas depois que Zara telefonar para o pai.

Peguei o telefone e o entreguei à menina.

– Obrigada – disse Zara, saindo da cozinha enquanto discava.

– Espero que ela realmente esteja ligando para ele – afirmou Ma, que estava agachada ao lado do forno, olhando ansiosamente para o que estava lá dentro.

– Quanto tempo um assado de nozes leva para aquecer, Tiggy?

– Pode deixar que eu vejo isso, Ma.

– *Merci* – respondeu Ma, aliviada, enquanto Zara voltava à cozinha.

– Consegui deixar um recado no celular de papai avisando que estou aqui com você e que estou bem.

– Você também vai comer o assado de nozes, Zara? – perguntou Ma enquanto botava a mesa.

– Vou, sim, obrigada. Desde que conheci a Tiggy, venho tentando parar de comer carne, mas às vezes não consigo resistir a um sanduíche de bacon.

– Não se preocupe, acho que é assim com todo mundo. – Sorri para ela. – No meu caso, eu não tenho nenhuma ideia do motivo, porque eu realmente não ingeria porco na época em que comia carne vermelha. Certo, Ma, posso descascar alguns legumes para acompanhar?

Depois de algum tempo, nós nos sentamos para almoçar e Zara bombardeou Ma com perguntas sobre Atlantis e todas as minhas irmãs. Notei que Ma começava a relaxar, entregando-se às suas lembranças favoritas de nossa infância.

– Eu queria ter sido criada assim – disse Zara com um suspiro. Fui pegar a torta de limão que Claudia havia deixado para a sobremesa e servi a Ma o habitual café expresso pós-almoço.

– Quer torta, Zara? – perguntei.

– Não, obrigada. Vou ao banheiro.

– Tiggy – disse Ma quando Zara saiu –, ainda que ela seja uma menina muito doce, você não precisa disso no momento. Você está sempre acolhendo desamparados e...

– Eles me encontram, Ma. E eu os encontro. Além disso, eu gosto de Zara. Agora quero tomar um pouco de ar fresco, antes que escureça – falei quando Zara reapareceu. – Quer vir comigo?

– Eu adoraria.

Zara e eu saímos antes que Ma começasse a reclamar.

– É tão tranquilo aqui – comentou Zara, ao atravessarmos o gramado.

As pontas da grama já estavam cobertas com pequenas gotículas de água, que logo iriam endurecer e se transformar em uma forte geada durante a noite.

– Não era assim quando eu era criança e tinha cinco irmãs. Alguém estava sempre gritando com alguém. Este aqui é o jardim especial de Pa. É uma pena que estejamos em março e só haja campânulas-brancas e amores-perfeitos, mas, no verão, todas as rosas em torno dessa treliça entram em plena floração.

Sentei-me no banco, enquanto Zara vagou ao redor até parar diante da esfera armilar no centro do jardim. Ela me chamou para que eu explicasse o que era aquilo e o que diziam as inscrições.

– Então falta uma irmã? Uau, Tiggy, você não quer encontrá-la?

– Eu nem sei se ela existe. Se existisse, tenho certeza de que Pa a teria encontrado.

– A menos que ela não queira ser encontrada – observou Zara, juntando-se a mim no banco. – Eu teria amado se tivesse um irmão ou uma irmã – acrescentou ela, em um tom melancólico.

Como estava escurecendo e esfriando, logo voltamos para dentro e encontramos Ma no corredor, estendendo o telefone para Zara.

– Seu pai está na linha, *chérie*.

Enquanto a menina falava com o pai, abri a porta da sala de estar, um lugar que eu sempre associava com o Natal. Três sofás confortáveis ficavam dispostos em forma de U ao redor da lareira, que estava sempre pronta para ser acesa. Joguei um fósforo na madeira, que logo pegou fogo, seca como estava depois de tantas semanas dentro de casa.

– Como esta sala é linda – comentou Zara assim que entrou e se sentou comigo em frente ao fogo.

– O que seu pai disse?

– Que eu tenho que voltar para casa. Reservou um voo para amanhã e disse que vai me pegar no aeroporto de Inverness, para que eu não fuja de novo.

– Bem, isso é provavelmente a melhor coisa a ser feita. Mas acho que você devia falar com ele sobre o que está acontecendo em casa, com sua mãe fora e ele no hospital o tempo todo.

– Por favor, venha comigo – implorou Zara, seus olhos azuis suplicantes. – Estou tão preocupada com papai. Ele está horrível, Tiggy, com uma cara de quem não dorme há meses. E se recusa a ir até Kinnaird. Ele confia em você. Ele precisa de você...

– Zara, eu...

– *Por favor*, Tiggy, venha comigo. Eu preciso de você também, você é a única pessoa com quem posso realmente conversar.

Eu me levantei para atiçar o fogo e, assim, evitar o olhar suplicante de

Zara. Minha teimosa voz interior me dizia que seria uma boa ideia voltar para Kinnaird, pelo menos para pegar meus pertences e me despedir de Cal, Thistle e Beryl. Além disso, eu tinha que estar na Inglaterra na semana seguinte para a tal entrevista...

– Está bem. – Eu me rendi. – Eu vou.

Enquanto Zara soltava gritinhos de felicidade e me dava um abraço, eu me odiei pela onda de emoção que tomava conta de mim só de pensar em rever Charlie.

37

— Novidade... – comentou Zara ao sairmos da área de desembarque do aeroporto de Inverness, depois de checar o celular. – Papai me mandou uma mensagem dizendo que não está aqui. Ele precisou ir a Kinnaird. Vamos ter que pegar um táxi.

– Sem problemas – comentei, seguindo com Zara para fora, até a fila de táxis.

Durante o percurso de uma hora e meia que nos levaria a Kinnaird, vi que os primeiros sinais da primavera surgiam. Os riachos estavam caudalosos devido à neve derretida, que descia das montanhas à medida que a temperatura subia. O lago parecia azul sob o claro céu ensolarado, e os primeiros narcisos começavam a florescer, de maneira indisciplinada, ao longo das margens. Quando o táxi subiu a estradinha íngreme até a Pousada, o gramado verde já despontava com o derretimento da neve.

Zara insistiu em carregar minha mochila até o chalé, onde Cal estava de pé à porta nos esperando.

– Oi, forasteira – disse ele, me envolvendo com seus grandes braços.

Alguns segundos depois, ele foi interrompido por um borrão de pelos cinza que se lançou sobre nós. Thistle levantou-se sobre as duas patas sem esforço, colocando as dianteiras em meus ombros e, em seguida, encharcando o meu rosto com suas lambidas eufóricas.

– Está na cara que ele ficou feliz em ver você de novo. – Cal riu. – Mas acho melhor colocar um GPS em você e Zara para localizar as duas quando desaparecerem. Como você está, Tig? – perguntou Cal quando Thistle, depois de se certificar de que eu era real, soltou-me para saudar Zara.

– Estou melhor, obrigada. Me desculpe por lhe causar tanto transtorno, Cal.

– *Aye*, você causou mesmo, isso eu não posso negar. O senhorio ficou fora de si quando você sumiu como num passe de mágica, mas tudo está bem quando acaba bem. Só não posso dizer o mesmo a respeito do que tem acontecido por aqui desde que você foi embora. Está uma confusão só, Tig. – Ele baixou a voz para que Zara, que estava brincando com Thistle no pátio, não ouvisse: – Charlie chegou a contar alguma coisa a você?

– Ele comentou por alto na Espanha, sim. Alguma coisa sobre um problema jurídico.

– E isso é só o começo – sussurrou ele, enquanto Zara caminhava em direção à entrada da casa.

– Certo, vamos ver os gatos-selvagens antes que escureça. – Sorri para ele. – Como eles estão, Cal?

– Ah, estão ótimos, os quatro. Continuam antissociais, como sempre, mas eu fiz o melhor que pude.

Como era esperado, os gatos demonstraram seu descontentamento por minha ausência recusando-se a aparecer. Zara, no entanto, acabou encontrando Posy sentada em seu canto favorito, e eu tentei convencê-la a sair.

– Não é muito gratificante cuidar deles, é? – disse Zara quando chegamos à Pousada.

Tão logo a porta foi aberta, ouvimos claramente o som de uma mulher chorando em seu interior.

– Não mesmo. É sua mãe? – perguntei, já me preparando para dar meia--volta e ir embora.

– Não, não é – disse Zara, entrando e acenando para mim, para que eu a acompanhasse com urgência.

– Na verdade, é melhor eu voltar para o chalé...

– *Por favor*, Tiggy, vamos descobrir quem é.

Relutante, segui alguns passos atrás de Zara pelo corredor até a cozinha.

– Ah, Beryl, o que aconteceu? – ouvi Zara perguntar enquanto esperava no corredor, sem ser vista.

– Nada, minha querida, nada.

– Mas vejo que você está realmente chateada com alguma coisa. Tiggy também está aqui.

Ela me chamou assim que entrou na cozinha.

– É só um resfriado, que fez meus olhos se encherem de água, nada de mais. Oi, Tiggy.

– Oi, Beryl.

Percebi que ela lutava para se recompor.

– Zara querida... – Ela enxugou os olhos – Será que você pode pegar alguns ovos na despensa para mim?

– Está bem.

Zara entendeu a dica e me lançou um olhar intrigado antes de sair.

– Beryl, o que foi? O que aconteceu?

– Ah, Tiggy, que bagunça, que bagunça... Eu nunca deveria ter dito a ele. Então ele não teria voltado e eu não teria colocado o pobre senhorio nessa situação. Eu me arrependo do dia em que o pari! Ele não vale o ar que respira. Eu só vim aqui entregar minha carta de demissão. Vou embalar minhas coisas e partirei assim que puder. – Ela me entregou um envelope. – Você poderia dar um jeito de entregar isso ao senhorio? Ele já deve estar esperando, de qualquer maneira.

– Eu realmente não sei do que você está falando, Beryl – comentei, enquanto a seguia pelo corredor até o vestiário, onde ela calçou as resistentes botas de neve, vestiu a grossa parca e pôs o chapéu e as luvas que usava para ir para casa.

– Infelizmente, você vai saber em breve!

– Eu... Você não acha que devia ficar e falar com Charlie? Seja o que for, ele vai ficar perdido sem você aqui.

– Depois do que aconteceu, ele vai ficar bem feliz em me ver pelas costas, Tiggy, isso é fato. Eu arruinei a família Kinnaird e não há como desfazer essa situação.

Com um último olhar angustiado, ela saiu pela porta dos fundos.

– Nossa, ela está muito mal, não está, Tiggy? – observou Zara quando surgiu ao meu lado com os ovos.

– Está. Ela disse que vai embora.

– Mas ela não pode fazer isso. Kinnaird sem Beryl é como, bem, papai sem o estetoscópio. – Zara deu de ombros. – Aqui é a casa dela, sempre foi. Bem... – Ela olhou para os ovos. – Parece que eu vou fazer o jantar para mim e para papai hoje à noite, a menos que minha mãe apareça, é claro...

Enquanto voltávamos para a cozinha, ouvimos a porta da sala se abrir. Fomos espiar e vimos Charlie acompanhado de um homem em um terno de tweed atravessando o corredor.

– Obrigado por ter vindo tão rápido, James. Pelo menos agora eu sei quais são as opções – disse Charlie ao passarem pela porta.

– Bem, a situação em que o senhor se encontra não é nada boa, mas certamente vamos achar uma solução. Tenha um bom dia, senhor.

Ouvimos a porta da frente se fechar e, em seguida, um longo suspiro de Charlie, antes que ele andasse pelo corredor. Zara saltou de trás da porta da cozinha.

– Oi, pai! Estamos aqui. Quem era aquele homem?

– Meu advogado, Zara. Ah, olá, Tiggy – disse ele, surpreso ao me ver escondida atrás da filha. – Eu não sabia que você vinha.

– O que está acontecendo, papai? Acabamos de ver Beryl, que estava se desfazendo em lágrimas. Ela disse que está indo embora.

– Ai, meu Deus, onde ela está agora? Vou falar com ela.

Charlie estava claramente exausto.

– Não vai dar. Ela acabou de sair – disse Zara.

– Ela deixou isto – falei, entregando a ele o envelope.

– Posso adivinhar o que é – disse ele, pegando a carta de minhas mãos.

– Papai, por favor, você vai me contar ou não? Esqueça Beryl por um segundo. Cadê a mamãe?

– Eu...

Charlie olhou para a filha, em seguida para mim, e balançou a cabeça em desespero.

– Papai, pare de me tratar como se eu tivesse 2 anos. Eu sou uma mulher adulta agora e quero saber o que está acontecendo!

– Está bem, então. Que tal irmos para o salão principal e nos sentarmos? Eu bem que estou precisando de um uísque.

– Por que não vão você e Zara? – sugeri. – Eu tenho mesmo que voltar ao chalé.

– Por favor, fique, Tiggy – implorou Zara. – Você não se importa, não é, papai?

– Não. – Charlie deu um débil sorriso. – Você foi incrível, Tiggy, e, sim, talvez você deva ouvir isso, pois diz respeito a seu futuro também.

No salão principal, Zara e eu nos sentamos no sofá, enquanto Charlie se servia de dois dedos de uísque da garrafa no armário de bebidas. Ele se sentou na cadeira ao lado da lareira e tomou um gole.

– Certo, você pediu para ser tratada como adulta, Zara, e é exatamente o que pretendo fazer. Vou começar pelo mais importante. Sinto muito, querida, mas sua mãe pediu o divórcio.

– Certo. – Zara assentiu calmamente. – Isso não me surpreende, papai. Eu teria que ser surda e cega para achar que vocês eram felizes juntos.

– Sinto muito, Zara.

– Onde está a mamãe?

– Ela está hospedada... em outro lugar.

– Papai, eu perguntei onde ela está. "Em outro lugar" não é resposta. Ela me disse que estava aqui em Kinnaird. É verdade?

– Ela está com Fraser no chalé dele, logo depois do portão principal. Foi ele quem a encontrou na beira da estrada com um pneu furado, na última vez que você tentou fugir.

– Ah, ele! – Zara revirou os olhos. – Mamãe mencionou que tinha saído a cavalo com ele algumas vezes, porque ele estava lhe dando aulas de montaria.

– Talvez estivesse, Zara. É lá que ela está.

– E Fraser é tipo... o namorado dela?

– Sim.

– Papai – disse Zara, levantando-se e indo até ele. – Sinto muito.
Ela abraçou o pai.

– Não se preocupe, Zara. Essa situação não tem nada a ver com você. É um problema meu e de sua mãe.

– Uma vez, quando estava muito irritada, mamãe disse que vocês só se casaram porque ela estava grávida. É verdade?

– Não vou mentir, Zara. Foi por esse motivo que nos casamos tão depressa, mas não me arrependo de nada. – Ele apertou a mão da filha. – Eu tenho você, e isso faz com que tudo tenha valido a pena.

Percebi que Charlie estava segurando o choro e achei que deveria sair da sala e deixá-los a sós.

– Bem, não sei se faz você se sentir melhor, há anos eu *queria* que vocês se separassem. E, se você ficou com a mamãe por minha causa, não deveria ter feito isso. Mesmo que doa agora, papai, você será muito mais feliz longe dela, tenho certeza.

– Sabe de uma coisa, Zara? – Os olhos de Charlie cintilaram e ele deu um débil sorriso. – Você é incrível.

– Puxei ao meu pai – disse Zara, dando de ombros. – Agora, vamos voltar para a Beryl e os motivos para *ela* querer ir embora.

– Acho que preciso de mais uma dose de uísque antes de conseguir lhe contar.

– Eu vou pegar – ofereci-me, levantando-me e tomando o copo de Charlie. – Você tem mesmo certeza de que não quer que eu saia? – perguntei a ele quando lhe entreguei o copo.

– Não, Tiggy, porque esta é a parte que afeta você e os demais funcionários de Kinnaird. Eu mencionei isso na Espanha, mas quero que você saiba exatamente por que o futuro é tão incerto.

– O que é, papai? Conte logo!

– Certo, aqui vai: quando eu era criança, meu melhor amigo era Fraser. Ele é filho da Beryl, Zara.

– Caramba! – O rosto de Zara era a personificação do choque. – Então é por isso que ela está se sentindo mal, por mamãe ficar com ele e tal.

– Sim, eu tenho certeza de que ela se sente mal por isso, mas temo que haja mais. – Charlie hesitou por alguns segundos antes de continuar: – Enfim, você sabe que há poucas crianças morando aqui ou nas proximidades, então, por sermos da mesma idade, como eu disse, Fraser e eu éramos inseparáveis. Fazíamos tudo juntos. Meu pai até se ofereceu para pagar o internato para ele, para que fôssemos juntos, quando eu tinha 10 anos. – Charlie balançou a cabeça. – Eu pensei que ele estivesse apenas sendo gentil, mas...

– Isso é tudo muito bonito, papai – interrompeu Zara –, mas o que realmente aconteceu?

– Fraser e eu tivemos uma briga feia quando estudávamos juntos na Universidade de Edimburgo. Ele roubou Jessie, minha namorada... Na verdade, na época, ela era minha noiva. Os dois saíram de lá e foram para o Canadá, de onde Jessie viera. Depois, conheci sua mãe e me casei com ela. Durante anos não pensei em Fraser. Então, quando ele apareceu de repente, no Natal, fiquei espantado.

– Eu me lembro – murmurei para mim mesma.

– E agora... ele atacou de novo e roubou minha mãe – observou Zara. – Que desgraçado! Eu sei que você disse que ele era seu amigo, mas ele parece querer tudo o que pertence a você.

– Você tem razão. – Charlie suspirou. – E, como eu era idiota, sempre ficava feliz em lhe dar. O verdadeiro problema é que ninguém jamais me disse a verdade sobre Fraser, embora, pensando bem, fosse bastante óbvia.

– Qual é a verdade, papai?

Eu vi Charlie fazer uma pausa, hesitante, uma veia pulsando em sua têmpora.

– Vamos lá, papai, eu posso aguentar. A situação não pode piorar muito mais.

– Pode, sim, querida. Está bem... Meu pai, seu avô, não era muito feliz com sua avó. E acontece que ele e Beryl, bem, eles foram amantes durante anos.

– Vovô e Beryl?!

– Sim. Ele a conheceu muitos anos antes de conhecer minha mãe, mas Beryl não vinha do tipo de família que os pais do meu pai achavam adequada para o papel de noiva do senhorio. Então ele se casou com minha mãe, mas, logo em seguida, Beryl o seguiu até Kinnaird. E aqui está o final surpreendente, Zara: Beryl ficou grávida e teve Fraser dois meses antes de minha mãe me dar à luz.

O silêncio caiu sobre a sala, enquanto assimilávamos as palavras de Charlie.

– Meu Deus, papai! – Zara finalmente quebrou o silêncio. – Então você e Fraser na verdade são irmãos?

– Meios-irmãos, sim. E agora percebo que vivi numa redoma durante grande parte de minha vida. Se você olhar as fotos do meu pai... Fraser, com sua altura, seu amor pela caça e pelo uísque, é igualzinho a ele, em todos os sentidos. Provavelmente todo mundo via isso, menos eu. Que idiota completo eu fui.

– Meu Deus, papai, isso é chocante. Sinto muito.

Zara lhe deu outro abraço apertado.

– Fraser sempre soube que era seu meio-irmão? – perguntei a Charlie.

– Não, ele disse que Beryl lhe deu essa notícia pouco antes de ele e Jessie fugirem para o Canadá. Ela me falou há pouco tempo que pensou que poderia impedi-lo de continuar fazendo coisas terríveis contra mim, mas obviamente não funcionou. Isso também não teria impedido meu pai. Ele fez exatamente o que quis durante toda a sua vida.

– E a vovó? Ela sabia do caso de Beryl com o marido?

– Não sei, Zara. Lembre-se, ela morreu num acidente quando eu tinha 7 anos. Muito conveniente para meu pai. – Charlie suspirou. – Não admira que Beryl sempre se sentisse tão apegada a esta casa. Ela deve ter se tornado a patroa aqui depois que minha mãe morreu, e eu fui para o internato com Fraser.

– Você odeia seu pai? – indagou Zara. – Tipo, por fazer o que fez com a sua mãe? Eu odiaria. Quero dizer, eu odeio a mamãe agora por fazer isso com você.

– Não, Zara, eu não o odeio. Meu pai era quem era, assim como Fraser é quem é. Mas, para ser honesto, não sei se algum dia o amei, ou ele a mim. Afinal, família a gente não escolhe.

Charlie lançou um olhar triste em minha direção.

– E quanto a Beryl e o que ela fez?

– Eu acho que ela *amava* meu pai. E o fato de ter estado aqui para cuidar dele quando ele envelheceu tornou minha vida muito mais fácil. Mais do que ninguém, ela ficou arrasada, e ainda está, com a perda dele. Agora, ela está completamente sozinha.

– Bem, a boa notícia é que você *não* está sozinho, porque eu estou aqui, papai, e amo você demais – disse Zara, com convicção. – Vou cuidar de você, eu prometo.

Eu queria abraçá-la por ser tão madura. De tantas maneiras, *ela* era a verdadeira vítima da situação.

– Obrigado, querida. – Charlie beijou a cabeça dourada da filha, claramente comovido. – Mas, infelizmente, a situação é ainda pior.

– Ainda pior? – Zara revirou os olhos. – Meu Deus! Fale então, papai, enquanto você não muda de ideia.

Charlie prosseguiu, a voz trêmula.

– No início, eu não entendi por que Fraser, de repente, voltara para cá no Natal, mas é claro que ele veio para verificar se o nome dele estava no testamento de meu pai.

– E estava? – perguntou Zara.

– Bem, meu pai não se deu ao trabalho de fazer um, portanto, no papel, não havia nada. Embora eu tenha descoberto há pouco tempo, através do advogado da família, que meu pai havia doado o chalé onde Fraser vive agora. Imagino que tenha feito isso para aliviar sua consciência pesada, porque ele nunca seria capaz de reconhecer formalmente Fraser. Todos presumiram que a propriedade seria automaticamente passada para mim, como seu único herdeiro. Ou pelo menos... – Charlie respirou fundo. – Era o que todos pensavam.

– Como assim? – perguntou Zara, franzindo a testa.

Meu Deus, não..., pensei. Pelo que Charlie me dissera na Espanha, eu tinha uma ideia do que estava por vir.

– O problema, Zara, é que, como eu disse, Fraser é o filho mais velho de meu pai e, como meu pai não fez um testamento deixando a propriedade para mim, por direito ele pode reivindicá-la na justiça.

Zara xingou baixinho, e eu também precisei respirar fundo.

– O que vai acontecer agora?

Os traços delicados de Zara demonstravam o horror que sentia.

– Bem, você lembra que ele veio à Pousada para me ver pouco antes do ano-novo?

– Sim, eu ouvi toda aquela gritaria, e então você disse que estava voltando para Inverness e eu fiquei muito p... zangada – recordou Zara. – Eu fui ao chalé me queixar com você, Tiggy.

– Isso mesmo – confirmou Charlie. – Naquele dia, Fraser me disse que tinha consultado um advogado e que pretendia ir ao tribunal reivindicar o que ele achava que era a parte dele do patrimônio.

– *Não!* – Zara se levantou e começou a andar pela sala. – Você simplesmente não pode permitir que isso aconteça, papai. Não pode! Fraser não vinha aqui desde só Deus sabe quando!

– Tal pai, tal filho... – Charlie suspirou. – Ele é o herdeiro natural. Eu...

– Pare, papai! Você não pode deixar que isso aconteça! Kinnaird é sua. *Nossa!* E, só porque ele compartilha algum DNA com você, isso não significa que ele tem direito a alguma coisa.

– Num tribunal, eu temo que signifique, sim, Zara. Na verdade, acabei de receber uma carta do advogado de Fraser pedindo que eu forneça uma amostra de saliva e um folículo piloso, mas, pelo que a Beryl me disse, não há dúvida de que será confirmado que Fraser é meu meio-irmão.

– Fraser é um desgraçado! – Zara se enfureceu, caminhando cada vez mais depressa de um lado para outro da sala. – Você é o verdadeiro herdeiro, porque vovô e vovó eram casados!

– É verdade que, várias décadas atrás, um herdeiro ilegítimo não teria direitos, mas, no mundo de hoje, não é assim que funciona. Acredite, consultei os melhores advogados, já pensei em todas as hipóteses possíveis, mas fatos são fatos. Fraser é meu irmão mais velho, filho de meu pai, o senhorio, e, ilegítimo ou não, deve herdar pelo menos metade da propriedade. Se isso acontecer, Kinnaird terá de ser vendida para que os ativos sejam divididos, porque, infelizmente, a partilha de Kinnaird com Fraser não é uma opção. Eu teria que me afastar. Sinto muito, Zara. Eu sei o que

Kinnaird significa para você, mas, no momento, não consigo ver uma maneira de resolver isso.

– Mamãe sabe? – perguntou Zara, depois de alguns segundos.

– Sim, ela estava lá no dia em que ele me contou.

– *Ai, meu Deus!* – gritou Zara. – O que mais me irrita é que ela, obviamente, está do lado *dele*! Ou seja... – Ela recomeçou a caminhar de um lado para outro. – Ela sabe o que Kinnaird significa para mim! Mesmo assim, vai ficar com um homem que pode me tirar a herança!

– Para ser justo com sua mãe, ela disse que Fraser concordou que, se não tiverem filhos, ele nomearia você como herdeira.

– Meu Deus, papai! – exclamou Zara novamente. – Como você pode estar tão calmo?

Zara explodiu mais uma vez diante de toda a injustiça daquela situação. Embora meu próprio sangue também estivesse em ebulição, permaneci em silêncio. Aquele não era o momento para adicionar meus próprios pensamentos à discussão.

– Além disso, mamãe ainda é jovem o suficiente para ter filhos, se ela ficar com Fraser. Essa oferta é simplesmente patética. Patética! – berrou Zara, lágrimas de raiva começando a descer pelo seu rosto.

– Zara, você pediu para ser tratada como adulta e é o que eu estou fazendo – disse Charlie, com voz calma. – Eu entendo como você está chateada, mas as coisas são assim.

– Ora, papai. Tenha colhões. Lute! – Zara chutou com força o espaldar de uma cadeira. – Preciso de um pouco de ar, vou lá para fora.

Nós a observamos marchar até a porta, abri-la e batê-la com força atrás de si.

– O problema é que venho lutando desde janeiro e não cheguei a lugar algum. – Charlie balançou a cabeça. – No fim das contas, isso vai depender da decisão de um juiz, mas é muito improvável que Fraser saia de mãos vazias.

– Devo ir atrás de Zara? – perguntei.

– Não, ela só precisa de algum tempo para se acalmar. Ela pode não admitir, mas sem dúvida herdou o temperamento da mãe. – Charlie fez uma careta. – Que situação horrível!

– É verdade.

– O pior é que Kinnaird já estava praticamente quebrada muitos anos antes de eu nascer. O que a propriedade precisa é de milhões para salvar sua beleza para as futuras gerações. E não importa quem vença, nem eu nem Fraser temos capital para fazer o que é necessário.

– E os subsídios que você pediu, Charlie?

– Tiggy, não quero soar condescendente, mas qualquer valor que eu conseguisse seria apenas uma gota no oceano. Por falar nisso, conversei com uma pessoa do Scottish National Trust algumas semanas atrás. Se, por algum milagre, eu conseguir ficar com Kinnaird, esse poderia ser o caminho a seguir.

– Como?

– Bem, eu poderia "doar" a propriedade à nação. Em outras palavras, dar as terras sem receber nada, em troca da permanência de minha família na propriedade, ou seja, na Pousada, para sempre. É bastante comum pessoas na minha situação fazerem isso. De qualquer forma, não vale a pena pensar nessa possibilidade agora. Pode levar meses, ou anos, para o caso chegar ao tribunal.

– Sinto muito, Charlie, de verdade. Especialmente em relação a Ulrika. Você deve estar arrasado.

– Eu sei como parece ruim e entendo por que Zara odeia a mãe, mas ela... e você... não conhecem toda a história. A verdade é que eu nunca deveria ter me casado com Ulrika. Eu estava me recuperando da perda de Jessie, Ulrika era muito bonita e decidida e... bem, eu a desejava. Quando tudo isso morreu e Ulrika viu que, embora tivesse se casado com um senhor de terras, na realidade eu era apenas um homem comum, ganhando a minha vida como médico, ela ficou muito... – Charlie procurou a melhor palavra – ... decepcionada.

– Entendo.

Fiquei pensando em como ele era fiel, mas tive que reprimir um arrepio quando ele mencionou o desejo pela esposa.

– Nós nos casamos pelos motivos errados, simples assim – prosseguiu Charlie. – É curioso... Eu devia dar uma boa surra em Fraser por roubar minha esposa, mas o irônico é que estou na verdade aliviado. Espero que eles sejam felizes juntos, de coração. Aguardei durante anos que ela encontrasse alguém.

– Você nunca teria se divorciado dela?

– Não. Acho que sou um covarde, ou um pai que desejava pelo menos tentar dar à filha uma família estável. O pior de tudo é que falhei.

– Você fez o que julgou ser o melhor, Charlie, e ninguém pode fazer mais do que isso.

– Eu também conheço as minhas falhas, Tiggy. Quando Zara me disse para ter colhões, ela não estava errada. Prefiro uma vida simples, sem dramas. Infelizmente, consegui o oposto, pelo menos em minha vida pessoal.

– Bem, eu acho que é preciso ter uma força enorme para fazer seu trabalho todos os dias, Charlie.

– Enfim... – Ele suspirou. – Nada disso é problema seu, Tiggy, e eu sinto muito que você tenha se envolvido nessa história.

– Por favor, não se desculpe. Pelo que disse, você não tem culpa do que aconteceu. Vou procurar Zara.

Eu me levantei e ele fez o mesmo, se aproximando e segurando minha mão.

– Obrigado por estar aqui, ao lado dela.

Nesse momento, a porta do salão principal se abriu e entrou Ulrika, com Fraser logo atrás.

– Desculpe me intrometer em seu pequeno ninho de amor, Charlie – disse Ulrika, caminhando até nós.

Charlie soltou imediatamente a minha mão.

– Tiggy é minha amiga, Ulrika, como eu já lhe disse várias vezes. O que você quer?

– Ouvi dizer que Zara está em Kinnaird. Quero vê-la. Onde ela está?

– Ela saiu para respirar um pouco de ar fresco.

– Então você contou a ela?

– Sim.

– Eu pensei que tivéssemos combinado que faríamos isso juntos.

– De fato, mas ela percebeu que havia algo acontecendo e exigiu saber o que era.

– Por que você não me chamou? – Os encantadores olhos azuis de Ulrika ardiam de raiva. – Eu chegaria aqui em dez minutos, como você bem sabe! Por favor, não minta para mim, Charlie. Na verdade, você quis se certificar de que ela ouvisse a sua versão da história primeiro, para que assim sentisse pena de você!

– De quem eu sentiria pena?

Todos nos sobressaltamos quando o rosto pálido de Zara surgiu à entrada do salão principal. Ela cruzou os braços numa postura desafiadora.

– Olá, mãe, olá, Fraser. Que prazer em vê-los.

– Zara querida, eu sinto tanto... – afirmou Ulrika, aproximando-se da filha, tentando tomá-la nos braços, mas Zara se desvencilhou.

– Me deixe em paz, mãe! Eu não acredito que você trouxe esse *cara* com você.

– Ah, isso é simplesmente perfeito – vociferou Ulrika, apontando para mim –, enquanto *ela* está parada ali, segurando a mão de seu pai, com a maior cara de pau, na *minha* casa. Você sabe, Zara, que ela e seu pai tiveram um caso durante meses, não sabe?

– Não seja ridícula, Ulrika – retrucou Charlie. Ele se colocou na minha frente, como se quisesse me proteger. – Tiggy não fez nada de errado. Na verdade, nós dois devemos ser gratos a ela por apoiar Zara durante toda essa história.

– Lógico, eu tenho certeza de que ela é um anjo, e não espero que você admita o que fez – acusou Ulrika, com ódio. – A culpa de tudo é sempre minha. Bem, desta vez não vou aceitá-la!

– Acho melhor eu sair – murmurei, sentindo meu rosto esquentar.

– Não, Tiggy, eu quero que você fique – disse Zara, andando até mim e tomando a minha mão. – Mesmo que papai e você tenham transado como coelhos, eu não me importo!

Eu abri a boca para protestar, mas a fechei de novo quando Charlie intercedeu por mim.

– Pelo amor de Deus! Pela última vez, Tiggy e eu não temos nenhum caso. Agora, por favor, podemos sair do jardim de infância e agir como os adultos que somos?

– Ele está mentindo, Zara. – Ulrika suspirou. – Mas não faz mal. É claro que ela colocou você contra mim, e depois de tudo que fiz por você, eu... – Ela olhou para Fraser, que ainda não havia acrescentado nada à conversa, e enterrou o rosto em seu peito. – Eu só quero a minha menininha de volta – disse Ulrika, chorosa.

– Ah, está bem, mãe. O problema é que a menininha desapareceu há anos. Eu sou adulta agora, lembra?

– Está bem, está bem – interferiu Charlie. – Podemos, por favor, nos acalmar? Zara, eu tenho certeza de que sua mãe quer falar com você e explicar tudo. Por que nós todos não saímos e as deixamos sozinhas por um tempo?

– Não vou falar com mamãe enquanto *ele* estiver por perto – retrucou Zara, apontando para a figura silenciosa de Fraser.

– Então eu vou deixar vocês conversarem. – Fraser fez um sinal para

Charlie, se afastou de Ulrika e colocou seu chapéu, virando-se em direção à porta. – Espero você no carro, tudo bem?

Naquele momento, um raio de sol incidiu sobre ele, projetando sua sombra no chão. E eu vi o contorno bem nítido de seu chapéu no tapete novo que Ulrika havia comprado.

Ai, meu Deus, murmurei internamente, um pouco tonta, em choque, enquanto Charlie me levava até a porta.

– Não saiam da casa, por favor – pediu Zara.

– Estaremos na cozinha, tudo bem? – respondeu Charlie.

– Está bem.

Observei Fraser marchar pelo corredor, batendo a porta com força, e então segui Charlie até a cozinha e fechei a porta com firmeza.

Só então percebi que estivera prendendo a respiração.

– Você está bem, Tiggy? Parece que viu um fantasma.

Charlie ligou a chaleira e se virou para mim, enquanto eu desabava, ofegante, numa cadeira.

– Talvez eu tenha visto.

– Quem?

– É ele, é Fraser. Ai, meu Deus! – Balancei a cabeça. – É *ele*!

– Me desculpe, Tiggy, não estou entendendo.

– Aquele chapéu, o que eu descrevi à polícia como do tipo de feltro. Era ele! – repeti.

– Eu realmente sinto muito, mas não estou entendendo. Tente me explicar com calma o que está querendo dizer.

– Eu estou tentando dizer, Charlie, que era Fraser a pessoa que eu vi à noite no vale. Foi ele quem atirou em Pégaso e quase me matou!

– Mas... Como você pode ter certeza?

– Eu já lhe disse. Por causa do chapéu que ele estava usando agora mesmo. Eu vi a sombra dele no tapete e era exatamente igual à que vi na neve. Estou cem por cento certa disso, Charlie.

– É um chapéu da Polícia Montada do Canadá e, sim, sua forma é similar à de um chapéu de feltro. Bem, eu não ficaria surpreso.

Charlie se aproximou para colocar uma xícara de chá em minha mão trêmula, depois pensou melhor e a deixou perto de mim, no balcão principal.

– Tem certeza de que está bem, Tiggy?

– Sim! Mas o que vamos fazer? Quero dizer, você sabe que eu sou pacifista, mas não posso deixá-lo se safar do assassinato de Pégaso! O investigador que me procurou no hospital disse que a pessoa que fez aquilo poderia ter me matado também. Por isso, pode ser acusada não apenas de caça ilegal de uma espécie rara, mas também de tentativa de homicídio.

– Então vamos telefonar para a polícia imediatamente.

Charlie fez menção de se levantar, mas eu ergui um braço para impedi-lo.

– Espere um pouco enquanto pensamos na melhor alternativa. Quero dizer, se a polícia interrogá-lo, Fraser vai negar e, conhecendo Ulrika, ela provavelmente vai lhe fornecer um álibi. Você se lembra de onde ela estava na noite em que fui baleada?

– Acho que ela estava em Kinnaird... Estava, sim, porque, no dia seguinte, precisaria dirigir até North Yorkshire para buscar Zara, que passaria o fim de semana fora da escola. Não é de admirar que, de repente, ela tenha tomado gosto por ficar aqui em cima o tempo todo – comentou Charlie, levantando uma sobrancelha.

– Droga. Bem, é claro que ela vai mentir para protegê-lo. Ainda assim, eu sei que a polícia tem a bala que me atingiu, além do cartucho, e podem rastreá-los até chegar à arma...

– Que provavelmente está escondida no celeiro de Fraser neste exato momento.

– Fraser pode ser preso por isso.

– Ou não, na verdade, se Ulrika lhe fornecer um álibi e ele tiver uma excelente equipe de advogados. Essas coisas são imprevisíveis. Eu testemunhei em alguns julgamentos de assassinatos nos quais era óbvio para mim que a vítima não morrera de causas naturais, mas os réus ficaram impunes.

– Ai, Deus! – exclamei, desanimada. – Mas com certeza as coisas não ficariam muito boas para o lado dele se o juiz soubesse que ele é processado por atirar em uma espécie rara na propriedade que reivindica.

– Sinto muito, Tiggy, mas acho que não é assim que funciona. A acusação não seria considerada prova num processo legal, embora eu concorde que não seria muito bom para a reputação de Fraser.

Houve uma pausa na conversa, enquanto tomávamos fôlego.

– Charlie – falei, finalmente –, estou pensando...

– Em quê?

– Bem, eu estava me perguntando se poderia ajudar você agora que sei que foi Fraser quem atirou em mim.

Charlie me encarou.

– Você está pensando em chantageá-lo?

– Hum... Sim, suponho que sim. E se eu contasse a ele que o reconheci, que sei que ele é o homem que atirou em mim e em Pégaso naquela noite? E dissesse que iria chamar a polícia imediatamente? A menos que... Como ele *é* da família e você não quer nenhum escândalo, eu estaria disposta a *não* ir à polícia, desde que ele desistisse de reivindicar Kinnaird, deixasse o país e voltasse para o mesmo buraco de onde saiu. A pergunta é: como você acha que ele reagiria? Acha que me enfrentaria ou entraria no próximo avião de volta para o Canadá com Ulrika a reboque?

– Quem sabe? Todos esses pilantras no fundo são uns covardes. Mas, Tiggy, isso é pedir muito. Você não quer vê-lo na cadeia pelo que ele lhe fez?

– Eu não morri, certo? É a morte de Pégaso que eu quero vingar e, se o que sei pode salvar Kinnaird de ser destruída pelo homem que o assassinou, eu diria que está de bom tamanho para mim... *e* para ele.

– Na verdade, depende de sabermos se ele guardou ou não aquela arma – calculou Charlie.

– Cal sabe onde ele mora?

– Claro que sim. Por quê?

Olhei pela janela da cozinha e estiquei o pescoço para ver se o carro de Fraser ainda estava estacionado no pátio dos fundos. Estava.

– Enquanto Fraser está aqui, por que você não liga para Cal e pede que vá ao chalé de Fraser? Diga a ele para ir ao celeiro procurar...

– Procurar a espingarda.

Charlie já estava indo para o escritório telefonar.

– E peça que nos avise caso a encontre – acrescentei, enquanto um plano se formava em minha mente.

– Está bem. – Charlie voltou à cozinha dois minutos depois. – Cal já foi até lá e vai ligar para o telefone fixo para nos dizer se a espingarda de caça de Fraser está lá. Graças a Deus há um sinal de celular mais ou menos decente perto dali. Tiggy – Charlie pegou minha mão –, você não quer pensar melhor? Talvez o certo seja deixar a polícia cuidar da questão...

– Este é o melhor momento para prendermos Fraser, não é? Eu preciso fazer isso agora, antes de perder a coragem e antes que ele saiba que eu o reconheci e fuja. Assim que Cal nos avisar, você precisa chamar Fraser aqui. Você não tem um gravador à mão, tem? – perguntei casualmente.

– Tenho o meu ditafone no carro. Eu o uso para a minha secretária digitar cartas. Por quê?

– Apenas no caso de ele confessar – respondi, lembrando-me dos livros de detetive bobinhos que li na adolescência. – Então teremos provas.

– Que provavelmente não serão aceitas em um tribunal, mas, sim, quero ver o que vai acontecer. Vou pegá-lo. Meu carro está lá na frente. Você cuida do telefone.

Trocamos um sorriso pueril quando ele saiu. Apesar da gravidade da situação, ela era um tanto surreal. E talvez o mais surreal de tudo fosse eu me lembrar, de repente, das palavras de Angelina quando se despediu de Charlie em Granada:

Ela tem a resposta para o seu problema...

Só me restava torcer para que a previsão se confirmasse.

O telefone tocou no escritório alguns segundos mais tarde e eu corri para atender.

– É Cal, Tig. Estou aqui, no celeiro do Fraser. Estou com a espingarda de caça em minhas mãos agora.

– Meu Deus, Cal! Espero que você esteja usando luvas, ou eles podem encontrar as suas digitais nela!

– Charlie já tinha me pedido para fazer isso. Que diabos está acontecendo aí?

– Mais tarde eu conto, mas fique exatamente onde está até nós telefonarmos para você, combinado?

– Certo. Tchau, então.

Desliguei o telefone e ouvi a porta do salão principal se fechar com um estrondo. Dei uma olhada e vi Zara marchando pelo corredor em minha direção, gritando impropérios para a mãe, que ainda estava na sala.

– Zara! – chamei, correndo para arrastá-la até a cozinha. – Preste atenção: não importa como você se sente em relação à sua mãe. Há uma chance de eu e seu pai salvarmos Kinnaird se você voltar agora para lá e continuar conversando com ela.

– Está brincando, Tiggy? Eu *odeio* aquela mulher. Não quero nem respirar o mesmo ar que ela! Argh!

– Zara. – Charlie entrou com o ditafone na mão. – Volte para o salão principal *agora*! Está me ouvindo? Fique lá com sua mãe até que eu diga que você pode sair!

– Está bem, papai – obedeceu Zara, chateada com a agressividade incomum do pai.

– Bem, foi ela mesma quem disse para eu ter colhões – comentou Charlie, dando de ombros quando vimos Zara se virar, com o rabo entre as pernas, e voltar para o salão principal.

– Certo. Esconda o ditafone em algum lugar bem depressa e então... – Engoli em seco. – Então vá chamá-lo.

– Está bem – disse Charlie, ligando e colocando o ditafone atrás do compartimento de pão. – Tem certeza de que está pronta, Tiggy?

– Sim, desde que você fique comigo.

– Sempre.

Charlie sorriu e, em seguida, saiu para buscar Fraser.

Meu coração estava acelerado, então olhei para o céu e pedi a Pégaso que me desse forças enquanto eu fizesse a atuação da minha vida. Para salvar Kinnaird, Zara e meu amado Charlie...

Eu ouvi a porta se abrir e se fechar, e Charlie e Fraser se dirigiram à cozinha.

– Fique sabendo que nada que você possa dizer ou fazer vai mudar minha decisão – falava Fraser enquanto se aproximavam. – Eu quero o que é meu por direito e ponto final. – Então ele se deu conta de minha presença, sentada no meio da cozinha, e lançou um olhar de desdém em minha direção. – O que *ela* está fazendo aqui?

– Tiggy só queria dar uma palavrinha com você, Fraser.

– É mesmo? Então fale logo o que tem a dizer.

Ele se sentou à minha frente. O fato de ele estar tão seguro de si que sequer se preocupou em tirar o chapéu diante de sua vítima me forneceu a raiva de que eu precisava para dizer o que tinha planejado.

– É sobre a noite em que Pégaso foi baleado – falei, decidindo que não havia tempo para rodeios. – Eu contei à polícia que vi a sombra do invasor que me atacou na neve e que ele estava usando um chapéu inusitado, do tipo de feltro. Quando vi a sua sombra no tapete do salão principal, percebi que foi você quem atirou em Pégaso e quase me matou.

– O quê?! – Fraser levantou-se imediatamente. – Meu Deus, Charlie, eu não acredito que vocês chegaram a um nível tão baixo. Vou embora agora.

– Muito bem – respondi, com muita calma. – Não tem problema. Cal está em seu chalé com a espingarda de caça que, suponho, você usou para atirar em mim e em Pégaso. Os policiais me disseram que estão com a bala e o cartucho, e tudo o que precisam fazer é associá-los à sua espingarda. Vamos ligar para eles e pedir que encontrem você lá, está bem?

– Eu... Você está falando besteira e sabe muito bem disso. Ulrika estava comigo naquela noite. Pergunte a ela.

– Nós não estamos realmente interessados, estamos, Charlie? Cabe à polícia fazer perguntas a você e Ulrika. Ligue para eles, Charlie. Então até logo, Fraser.

Eu me levantei e levei minha xícara até a pia para lavá-la, dando a mim mesma um tempo para respirar, e a Fraser para pensar.

Charlie foi até a porta da cozinha.

– Nós dois sabemos que foi você, Fraser – comentei calmamente, colocando a xícara no secador. – E, pensando bem, agora estou me lembrando bem que a espingarda foi apontada para mim naquela noite. Tenho certeza de que a polícia ficará muito interessada em ouvir isso. Eles me disseram que aquilo poderia ser classificado como tentativa de assassinato. Se o veado não tivesse se colocado entre nós, eu é que estaria morta.

– Está bem, está bem, vamos conversar – decidiu Fraser. Charlie parou com a mão ainda na maçaneta. – O que é que você quer?

– Justiça, é claro, para Pégaso e para mim – respondi, virando-me de frente para ele bem devagar, satisfeita ao constatar que ele fizera a gentileza de tirar o chapéu. – Mas eu também quero isso para Charlie. Você só quer um pedaço da propriedade porque ela pertence a ele, não porque você a ama. Provavelmente, ela teria que ser vendida para você receber a sua parte e, então, as centenas de anos de história de Kinnaird iriam pelo ralo. Seria uma grande pena, você não acha?

– Garota maldita! – resmungou Fraser, enquanto eu observava Charlie se aproximar dele.

– Chega, Fraser!

– Tudo bem, Charlie, ele pode me chamar do que quiser – afirmei, sem alterar o tom de voz. – Especialmente porque está tudo gravado. E ele já admitiu que foi ele.

– Eu não fiz nada disso!

– Eu acho que fez, sim. – Eu dei de ombros. – De qualquer forma, Fraser, só depende de você. Afinal, Charlie e você têm o mesmo sangue e, a despeito de tudo o que você já fez, ele não gostaria de ver o meio-irmão preso, não é, Charlie?

– Claro que não, Tiggy.

– Então, Fraser, estou pronta para *não* revelar à polícia que foi você quem atirou em Pégaso e em mim naquela noite se você estiver disposto a desistir de suas pretensões em relação à Propriedade Kinnaird e deixar o país.

– Isso é pura chantagem! – exclamou Fraser, furioso, mas sem sair de onde estava.

– Sim, eu sou moralmente corrupta, mas o que posso fazer? Então como vai ser? A escolha é sua.

Charlie e eu ficamos observando uma gama de emoções, que iam de raiva a medo, passar pelos frios olhos azuis de Fraser. Depois de algum tempo, ele se levantou.

– Você vai se arrepender por ter feito isso! – berrou Fraser, apontando para mim. – Ele é patético. Pergunte à esposa dele, ou à minha ex-mulher. Elas vão lhe contar.

Ele andou em direção à porta.

– Imagino que você tenha decidido deixar o país – falei.

– Vou precisar de algumas horas para arrumar minhas coisas. Vocês vão me conceder isso, não vão?

– Vamos. Ah, e Cal vai ficar com a sua espingarda apenas para o caso de você mudar de ideia. Certo?

Fraser olhou ao redor, o corpo inteiro tremendo de raiva. Então lançou para nós dois um olhar de tanto ódio que eu estremeci. O homem era pura maldade e, pela primeira vez, fiquei feliz por saber as palavras da maldição que Angelina me ensinara.

Sem dizer mais nada, Fraser se virou e saiu.

Charlie e eu ouvimos seus passos se afastarem até a porta dos fundos e observamos, escondidos atrás da janela da cozinha, quando ele entrou em seu jipe e, cantando pneus, foi embora.

– Vou ligar para Cal e dizer a ele para fugir do celeiro com a espingarda. Vou pedir que ele fique no sítio dos pais de Lochie por enquanto, apenas para o caso de Fraser decidir ir atrás dele. Ele jamais o encontraria lá em cima – afirmou Charlie, indo para o escritório.

Ulrika apareceu na cozinha alguns segundos mais tarde, com Zara atrás dela, revirando os olhos.

– Foi o carro de Fraser que acabou de sair? – perguntou Ulrika.

– Sim – respondi, em voz baixa.

– Mas era para ele ter me esperado!

Eu me joguei em uma cadeira, enquanto a adrenalina, ou o que quer que tenha invadido meu corpo nos últimos quinze minutos, era drenada para fora de mim.

– Você está bem, Tiggy? Está com uma cor esquisita – disse Zara, aproximando-se de mim, quando Charlie reapareceu e me fez um sinal com o polegar para cima.

Ulrika ficou ali, sem entender nada.

– Você e Zara conversaram? – perguntou Charlie.

– Conversamos. – Ulrika assentiu. – Ela concordou que é melhor assim.

– Sim, claro – disse Zara.

Em seguida, ela moveu os lábios, sem som, atrás da mãe: "Mas o que diabos está acontecendo?"

– Você tem certeza absoluta de que deseja o divórcio, Ulrika? – indagou Charlie, os olhos fixos na esposa.

– Absoluta. Não volto atrás de jeito nenhum. – Ulrika olhou para mim. – Ele é todo seu, se você quiser. Muito bem, vou embora. Fraser e eu vamos sair para jantar hoje à noite.

– Divirtam-se – falei, quando ela saiu da cozinha e foi até seu carro.

O telefone tocou e Charlie correu para atender.

Zara esperou até ouvirmos as portas dos fundos e do escritório se fecharem e então se virou para mim.

– Você pode me dizer agora o que está acontecendo, afinal? Eu tive que, tipo, fingir que achava a coisa mais normal do mundo minha mãe ajudar aquele namorado idiota dela a roubar a minha herança bem debaixo do meu nariz! E concordar em passar metade dos feriados naquele chalé nojento quando tudo o que eu queria era dar um murro na cara dele!

– Não seja tão dura com sua mãe, Zara. Você sabe como o amor pode deixar a pessoa cega, não é?

– O quê? Você agora está do lado dela?

– Não, Zara, mas... Vamos esperar aqui até seu pai voltar, e nós vamos lhe contar o que aconteceu. Por ora, você poderia me preparar uma xícara de chá com bastante açúcar?

Quando Charlie voltou, ele se aproximou de mim e verificou minha pulsação.

– Era Cal outra vez. Ele está no sítio, são e salvo. Não estou surpreso, mas seu pulso está acelerado. Cama para você, senhorita – disse ele, passando o braço ao redor da minha cintura e ajudando a me levantar da cadeira.

Não resisti. Eu me sentia totalmente esgotada.

– Será que alguém poderia me dizer o que está acontecendo?! – queixou-se Zara.

– Vou lhe contar tudo assim que colocar Tiggy na cama. Mas, em resumo, Zara, parece que esta mulher extraordinária acabou de salvar a sua herança.

38

Na manhã seguinte, acordei com uma luz suave entrando pela janela. Olhei para o despertador e vi que eram 8h20. Eu dormira a noite inteira. Despertei lentamente, minha mente juntando aos poucos os fatos do dia anterior.

– Aquela era mesmo você? – murmurei, enquanto lembrava de mim mesma, na cozinha fria, dizendo a Fraser que sabia que foi ele quem atirou em mim.

Não fazia ideia de onde havia tirado coragem para enfrentá-lo, pois eu era a pessoa menos combativa do mundo.

Depois de lavar meu rosto com água fria, ouvi uma suave batida à minha porta.

– Entre – falei, enquanto voltava para a cama.

Charlie entrou com uma bandeja de café da manhã contendo um bule de chá, torradas e um monitor de pressão arterial. Ele também trazia um estetoscópio no pescoço.

– Como está se sentindo, Tiggy? Estive aqui algumas vezes durante a noite para sentir seu pulso, mas quero verificar sua pressão agora e auscultar seu coração.

– Eu realmente estou bem, Charlie. Dormi bem.

– Eu não – comentou ele, colocando a bandeja na cama. – Quero lhe pedir desculpas por colocá-la naquela situação terrível ontem à noite. Foi totalmente egoísta de minha parte. Todo aquele estresse era a última coisa de que você precisava.

– Honestamente, eu me sinto bem – afirmei, enquanto Charlie colocava o estetoscópio nos ouvidos e examinava meu coração e meu peito e, em seguida, verificava minha pressão arterial.

– Agora, diga-me, você fez seus exames em Genebra antes de vir?

– Não, eu vim para cá direto com a Zara, mas...

– Sem desculpas. Vou marcar os exames para amanhã, em Inverness.

Surpreendentemente, porém, seus sinais clínicos estão todos normais – informou Charlie, removendo o aparelho do meu braço e me servindo um pouco de chá.

– Bem, eu acabei de passar quase três semanas em repouso. Além disso, ontem à noite foi uma espécie de experiência extracorpórea. Não consigo me lembrar do que eu disse. Era como se outra pessoa estivesse pronunciando as palavras que eu tinha que dizer.

– Bem, *foi* você, e você foi magnífica. De verdade, Tiggy. Jamais poderei lhe agradecer o bastante. Você não está arrependida, está? Achando que deveria ter chamado a polícia?

– Claro que não! Por que eu estaria, se nos livramos de Fraser? Não poder tomar Kinnaird de você é um castigo tão ruim para ele quanto ir para a prisão. Ele foi embora, não foi? – perguntei, meu coração dando um pequeno salto.

– Foi, sim, mas Ulrika esteve aqui às sete da manhã. Estava histérica. Queria saber o que eu tinha dito para obrigar Fraser a pegar suas coisas e partir bem cedo, sem ela.

– Ele não a levou?

– Não. Na verdade, ele disse a ela que estava tudo acabado e que voltaria para o Canadá sozinho. Ulrika deve ter imaginado que eu contei a Fraser alguma sujeira dela que o fez abandoná-la. Estou espantado que você não tenha escutado os berros.

– Não ouvi nada. Ela ainda está aqui? – perguntei, nervosa.

– Não, ela foi embora correndo, dizendo que me veria no tribunal. Kinnaird ainda não está a salvo. – Charlie suspirou. – Tenho certeza de que Ulrika exigirá seu quinhão no divórcio.

– Ai, eu não tinha pensado nisso.

– Só preciso encontrar uma maneira de pagar a parte dela. Talvez vendendo alguns hectares para o dono da propriedade ao lado. Ele quer algumas terras de Kinnaird há anos e, graças a você, Tiggy, pelo menos conseguimos manter a maior parte. Agora, coma alguma coisa.

– Obrigada pelo café da manhã. – Sorri para ele, feliz ao constatar que, embora seu rosto mostrasse que ele não dormira quase nada, seus olhos haviam perdido aquele brilho de desespero e o azul adquirira outra luz. – O que Zara disse quando você contou o que tínhamos feito? – perguntei, enquanto comia uma torrada.

– Os termos que ela usou não podem ser repetidos diante de uma dama... mas, em *outras* palavras, ela ficou em êxtase.

– Ela disse mais alguma coisa sobre você e Ulrika se divorciarem? Eu sei que ela foi valente na noite passada, mas a notícia deve tê-la afetado.

– Se ela está triste por isso, então está fazendo um trabalho muito bom em não demonstrar, Tiggy. E talvez nos ver separadamente *seja* mais saudável para Zara. Ela sempre foi a menina do papai, desde bebê, e Ulrika provavelmente pensa que a culpa é minha, que eu enveneno Zara contra ela, algo que jamais fiz. Eu sempre quis que as duas se dessem bem, mas elas não conseguem. Zara já está falando em se mudar para Kinnaird comigo, acredita? Lochie contou a ela sobre a faculdade que ele fez. Talvez eu *deva* pensar nisso. Quero dizer, só porque eu e todos os meus antepassados estudamos em internatos, não significa que funcione para Zara, não é? Além do mais, vou precisar de toda a ajuda que conseguir se quiser salvar Kinnaird.

– Você vai se mudar para cá? – indaguei, imaginando se eu teria entendido errado.

– Sim, Tiggy. Depois que eu a coloquei na cama na noite passada, pensei muito, e a boa notícia é que, com a ajuda de algumas doses de uísque, as coisas ficaram mais claras.

– Como assim?

– Para começar, Kinnaird está no meu sangue e nada pode mudar isso. É só quando você está prestes a perder algo que percebe quanto significa para você. Pelo menos posso agradecer a Fraser por essa constatação. Decidi que vou tirar um período sabático do hospital. Assim, vou ter tempo para me concentrar de verdade na propriedade e entender bem o que pode ser feito para recuperá-la. E também para saber como me sinto ficando aqui em tempo integral. Devo pelo menos isso aos meus antepassados... e a Zara... E eu posso voltar para a medicina a qualquer momento, se não der certo. Ou talvez até mesmo seguir o sonho que revelamos um ao outro e me mudar para a África. – Charlie sorriu.

– Por falar nisso – confessei, sentindo-me culpada por alguma razão –, tenho uma entrevista na próxima semana para o cargo de diretora de conservação de uma reserva no Malaui.

– Malaui, na África?

– Sim.

– Ah, certo. – Percebi a preocupação e uma sombra de pânico em seus olhos. – Entendo. – Ele engoliu em seco. – Bem, eu disse a você que seu futuro em Kinnaird era incerto, e longe de mim tentar dissuadi-la. Mas devo dizer que eu ficaria muito preocupado com sua saúde. Duvido que haja um hospital decente nas proximidades de Malaui. Além disso...

– O quê?

– Bem, eu estava obviamente esperando que você ficasse aqui e me ajudasse a recuperar Kinnaird.

Um silêncio longo e significativo, repleto de coisas que nós dois queríamos dizer, mas não sabíamos como, pairou entre nós. Tomei um gole de chá e olhei pela janela, sentindo-me terrivelmente desconfortável. Vi Charlie se levantar e caminhar pelo quarto, as mãos enfiadas nos bolsos.

– Ontem à noite, quando você e eu estávamos tramando o que vou chamar de "Frasergate", pensei que... bem, que nós éramos uma equipe. E a sensação foi realmente fantástica, Tiggy.

– Foi, sim – admiti.

– E... Eu sei que ainda é cedo, e... Embora você tenha conseguido resgatar Kinnaird para mim, a propriedade ainda tem que ser transformada em algo viável e sustentável no futuro, o que talvez seja impossível. Além disso, sei que tenho pela frente um divórcio muito difícil, mas eu tinha esperanças de que você... bem, ficasse comigo.

– Como sua funcionária? – esclareci, sabendo que estava me fazendo de boba, mas precisava que ele realmente dissesse as palavras.

– Sim, também, mas não é só isso. Quero dizer, queria que você ficasse... *comigo.*

Charlie foi até a cama e se sentou. Aproximou a mão da minha, seus dedos longos e elegantes implorando por contato. Vi a palma de minha mão se abrir por iniciativa própria e segurar a dele com força. Sorrimos timidamente um para o outro. Não precisávamos de qualquer palavra, porque nós dois *sabíamos.*

Na alegria e na tristeza, na saúde e na doença, na riqueza e na pobreza...

Charlie tirou a bandeja de café da manhã dos meus joelhos, estendeu os braços e me abraçou com força. Deitei a cabeça em seu peito enquanto ele acariciava meus cabelos.

– Quero cuidar de você pelo resto da vida – sussurrou Charlie. – Quero construir Kinnaird junto com você, formar uma família... uma família feliz. Eu quis isso desde o primeiro momento em que a vi no hospital. Sonhei com isso durante meses, mas nunca imaginei uma maneira de acontecer. Só que agora é possível.

– Eu também sonhei com isso.

Meu rosto ficou vermelho quando ele puxou meu queixo para cima, para olhar bem nos meus olhos.

– É mesmo? Que surpreendente. Eu sou muito mais velho do que você, e carrego um fardo que vai levar um longo tempo para ser resolvido... Não vai ser fácil, Tiggy, e a última coisa que eu quero é que você se ressinta de mim, como Ulrika.

– Eu não sou Ulrika – apressei-me em dizer. – Eu sou quem eu sou, e não guardo ressentimentos.

– Não, você faz mágica... Você *é* mágica – disse ele, os olhos se enchendo de lágrimas. – Meu Deus, eu sou patético. Olhe para mim! Estou chorando. Você vai ficar?

– Eu...

Por mais que quisesse dizer sim, eu sabia que devia a mim mesma algum tempo para refletir. Porque aquele homem tão amado havia passado por problemas suficientes e, se eu concordasse, teria que ser para sempre.

– Me dê algumas horas, está bem? Preciso ver uma pessoa primeiro.

– É claro. Posso perguntar quem?

– Não, porque, se eu disser, você vai achar que sou louca.

– Eu já acho que você é louca, Tiggy. – Charlie me beijou na testa. – E amo você mesmo assim – acrescentou ele, com um sorriso.

Ele me ama...

– Está bem, então você pode me dizer onde enterrou Chilly?

– Claro. – Charlie assentiu, tentando não deixar um sorriso aflorar em seus lábios. – No cemitério de nossa família, é claro. Afinal, ele *era* da família. Fica nos fundos da capela. – Ele se levantou. – Vejo você mais tarde. Vou à casa de Beryl contar o que aconteceu e pedir que ela volte.

❀ ❀ ❀

– Olá, querido Chilly – falei, me agachando.

Observei a cruz, que era igual às que havia no cemitério de Sacromonte. Tinha apenas seu primeiro nome nela, já que ninguém ali sabia seu sobrenome ou a data de seu nascimento.

– Sinto muito por não estar aqui para lhe dizer adeus, mas quero lhe agradecer por fazer uma parada em seu caminho naquela noite.

Eu afaguei a neve que cobria a sepultura com minha mão enluvada e, em seguida, levantei-me e olhei para cima, porque era ali que ele realmente estava.

– Você me disse que eu deixaria Kinnaird no primeiro dia em que o vi. Bem, estou de volta agora, e Charlie me pediu para ficar. Isso significaria desistir de meus sonhos de ir para a África, mas... Você poderia perguntar aos outros lá em cima o que eles acham?

Não houve resposta, e eu não esperava que houvesse, pois, apesar das inúmeras dificuldades que enxergava no futuro, eu já sabia. Cada átomo de mim estava formigando de felicidade e certeza.

– Diga a Angelina que vou voltar a vê-la em breve, com o Sr. Charlie – falei, enquanto caminhava por entre os túmulos dos últimos trezentos anos dos Kinnairds até o Land Rover.

É aqui que você vai repousar um dia, Hotchiwitchi, disse uma voz em minha mente quando entrei no carro. Eu ri, porque era algo típico de Chilly. E significava que, não importava o tempo que eu tivesse sobre a Terra, Charlie e eu éramos para sempre. E isso era tudo o que eu precisava saber.

❀ ❀ ❀

– Então a heroína do dia voltou – disse Cal quando entrei no chalé, ainda emocionada pelas poucas horas que passei visitando Chilly. – Como está se sentindo, Tig?

– Um pouco atordoada, para ser honesta – confessei, sentando-me no sofá.

– Zara esteve aqui e me contou. Segundo ela, você arrebentou. E, graças a você, estamos todos salvos. Também já correu a notícia de que o senhorio está se divorciando. É verdade?

– Não confirmo nem nego – respondi, alegremente.

– Bem, já passou da hora de os dois seguirem caminhos diferentes. Agora – disse ele, levantando-se –, preciso lhe mostrar uma coisa que vai abalar seu mundo. Quer ver, Tig?

– Não é nada ruim, é?

– Não, de jeito nenhum. É um milagre inacreditável! Você vem?

– Sim, desde que seja uma coisa boa – respondi, embora estivesse exausta devido ao estresse emocional e mental.

Poucos minutos depois, descemos a colina em direção ao celeiro onde as novilhas prenhes ficavam alojadas.

– Por aqui. – Cal indicou outro pequeno celeiro à esquerda. Tirou uma chave do bolso do casaco e abriu o cadeado. – Pronta?

– Pronta.

Cal abriu a porta e eu o segui para dentro. Ouvi um suave farfalhar vindo do canto e, quando a luz entrou pela porta, vi um veado fêmea bem magro deitado sobre uma cama de palha. Pelo jeito como tentava inutilmente se levantar, desesperada, percebi que estava bem fraca.

– O que aconteceu com ela?

– Eu a encontrei ontem à noite entre as bétulas, Tig. Ela estava nervosa, de joelhos, com uma barriga inchada que me fez perceber que estava em trabalho de parto. Eu e Lochie conseguimos colocá-la na traseira do Beryl e a trouxemos para cá – disse Cal, em voz baixa. – O filhote não está em boa forma. Nasceu nas primeiras horas, provavelmente antes do tempo, mas, na última vez que verifiquei, ainda estava vivo. A mãe é que está lutando agora. – Ele deu um suspiro.

Ela havia se deitado de novo na palha, incapaz de se movimentar.

– Vá ver o bebê – disse Cal.

– Você chamou Fiona?

– Não, e você vai ver por que num instante – disse ele, empurrando-me suavemente em direção ao animal.

Sussurrando palavras de conforto, tanto em voz alta quanto em minha mente, aproximei-me dela aos poucos, alguns centímetros de cada vez. Parei na borda da cama de palha e me ajoelhei com cuidado.

– Olá – sussurrei. – Meu nome é Tiggy, e estou aqui para ajudá-la.

Fiquei ali, os joelhos sentindo a umidade e o frio do piso do celeiro, sem tirar os olhos dela.

Confie em mim, eu sou sua amiga, repetia minha voz interior ao animal.

Depois de algum tempo, ela desviou os lindos olhos úmidos dos meus e permitiu que seu corpo magro finalmente relaxasse e eu pudesse me aproximar um pouco mais.

– Olhe na palha ao lado – sussurrou Cal atrás de mim. – Pegue esta lanterna.

Ele me entregou a lanterna e eu vislumbrei um par de pernas fininhas saindo do meio das pernas da mãe. Iluminei o corpo do animal enquanto ele permanecia com a barriga para baixo e assustadoramente imóvel. De repente, quando desci o feixe de luz, arfei, espantada, imaginando se seria uma ilusão de ótica.

– Ai, meu Deus! – sussurrei, virando-me para Cal.

– Eu sei, Tig. Eu disse que era um milagre.

Lágrimas incontroláveis vieram aos meus olhos quando me movimentei sobre a palha. Observei o corpo deitado da fêmea para ver mais de perto o seu filhote.

– É branco, Cal, branco puro! Eu...

Cal assentiu e percebi que seus olhos também estavam marejados.

– O problema, Tig, é que a mãe pode estar morrendo e o filhote mal se mexeu desde que nasceu. Ele precisa mamar.

– Vou tentar me aproximar mais – falei, chegando um pouco mais para a frente e colocando a mão sob o focinho do animal, para que ele me cheirasse.

Permaneci ali o maior tempo possível. Em seguida, ergui a mão e a pousei atrás do pescoço do animal. Ao meu toque, ela olhou para mim e eu li todo o medo e a dor que ela sentia. E percebi que seu tempo na terra estava se esgotando.

Fiquei numa posição mais confortável e dei mais uma olhada no filhote, deitado ao lado da mãe exausta. Deixei minha mão percorrer os pelos macios de seu flanco e comecei a acariciá-lo suavemente, movendo a mão pelo seu corpo enquanto o examinava. Com cuidado, peguei uma de suas pernas traseiras para verificar os ossos e observei que, mesmo fraco, ele não tinha nenhuma deficiência.

– Como ele está? – indagou Cal.

– Simplesmente perfeito, mas muito frágil. Não sei se vai sobreviver, mas...

Você tem que salvá-lo, Tiggy, disse a minha voz interior.

– Está bem, eu vou tentar.

Fechei os olhos e pedi a ajuda de que precisava.

Como Angelina me ensinara, imaginei toda a energia vital do universo fluindo em minhas mãos, enquanto as movimentava para cima e para baixo pelo corpo do animalzinho. Repeti esse processo umas cinco ou seis vezes, tirando dele a energia ruim e jogando-a para fora, para o éter. Não sei quanto tempo fiquei ali, mas, quando tomei consciência, vi que seus olhinhos estavam abertos e ele me encarava com bastante interesse.

– Olá – falei.

Em resposta, o filhote estendeu as pernas para longe da mãe e descansou a cabeça em meus joelhos.

– Mas que menino lindo – comentei, dobrando o corpo para plantar um beijo em sua pelagem branca recém-criada.

Vi a mãe lutar para levantar a cabeça da palha. Ela abriu os grandes olhos novamente e me encarou.

– Você também é linda – murmurei, olhando para seus longos cílios e a estrela branca no centro da testa. – Pégaso escolheu especialmente você, não foi?

Coloquei a outra mão sobre a cabeça dela e ela levantou uma de suas pernas esqueléticas na minha direção, como se estivesse tentando me tocar. Percebi que suas forças – ou seu tempo – estavam no fim.

– Não se preocupe – sussurrei, acariciando a cabeça dela e me inclinando para beijá-la. – Você estará em segurança no lugar para onde está indo e não deve se preocupar com seu bebê. Garanto que ele vai ser bem cuidado.

Acreditei ter visto uma lágrima se formando em um dos olhos dela antes de se deitar sobre a palha e dormir para sempre.

Minhas próprias lágrimas se espalharam pelo tépido manto do filhote órfão, a imagem de meu próprio nascimento se reproduzindo diante de meus olhos na forma animal. Fiquei ali, no celeiro, com o filhote descansando no meu joelho, e, juntos, nós dois lamentamos as mães que perdemos antes mesmo de conhecê-las.

– Você está bem, Tig? – perguntou Cal um instante depois.

– Sim. Triste porque a mãe se foi, mas acho que o filhote vai sobreviver. Olhe!

O animal estava enfiando o nariz na minha mão, obviamente em busca de leite.

– Que droga, Tig. – Cal suspirou. – Isso significa que vamos ter que alimentá-lo.

– Você tem alguma mamadeira nos galpões?

– Vou pegar umas mamadeiras e um pouco de leite, mas ele provavelmente vai rejeitá-lo. Vou trazer o aquecedor a gás também. Você vai morrer se ficar aqui.

– Obrigada, Cal – respondi, percebendo só agora que meu corpo tremia, embora talvez mais pela emoção do que pelo frio.

– O que vamos fazer com você? – sussurrei, tentando acalmar o bebê, que agora estava inteiramente acordado e frenético de fome. – Quem sabe pintar você de marrom, assim só nós saberíamos...

Cal chegou vinte minutos depois e fiquei feliz ao ver o aquecedor a gás. Lochie e Zara estavam com ele e fiz um sinal para que vissem o filhote de Pégaso.

– Encontrei estes dois fumando do lado de fora da Pousada – disse Cal, olhando para Zara com severidade. – Imaginei que gostariam de dizer alô.

– Ah, Tiggy... – Zara respirou fundo e se aproximou de mim. – Ele é adorável.

– Não posso acreditar, Tiggy – comentou Lochie, ajoelhando-se ao lado de Zara. – Quem poderia imaginar? Posso tocar nele?

– Sim, ele precisa se acostumar a ser manuseado por seres humanos se quiser sobreviver – respondi, observando Lochie e Zara acariciarem com cautela o recém-nascido.

– Cal disse que você soprou a vida de volta para ele, Tiggy. Você tem jeito com animais, como minha mãe – observou Lochie, descansando a mão timidamente sobre o pelo branco.

– Aqui está a mamadeira, Tig – disse Cal, entregando-a a mim antes de empurrar o aquecedor pelo piso irregular em nossa direção.

Com cuidado, coloquei o bico da mamadeira entre os lábios do filhote, mas ele se recusou a abrir a boca. Então, tentei jorrar um pouco de leite morno em sua gengiva, rezando para que ele aceitasse.

– Vamos, meu bem – sussurrei –, você precisa beber, ficar forte para sua mamãe e seu papai.

Depois de algumas tentativas, para o alívio geral, ele finalmente abriu a boca e começou a mamar.

– Ele acha que você é a mãe dele, Tig. – Cal sorriu quando o filhote terminou a mamadeira e começou a empurrar minha mão para ganhar mais.

– A questão é: o que vamos fazer com o órfão agora? Porque ninguém pode passar a noite aqui. Não vou deixar vocês ficarem doentes. Porém, ninguém pode saber da existência dele, ou sua linda cabecinha vai estar dependurada em um pedestal antes que possamos dizer "carne de veado"!

– Você pode levá-lo para a minha casa – sugeriu Lochie. – Minha mãe ficaria feliz em ter um novo animal de estimação, especialmente um tão especial quanto esse.

Cal e eu nos entreolhamos, vendo aí uma possível solução.

– Tem certeza, Lochie? – perguntei. – Quero dizer, eu iria à sua casa todos os dias, mas a criação de um filhote de veado é um trabalho em tempo integral.

– Eu também vou ajudar – acrescentou Zara.

– Não seria nenhum incômodo, Tiggy – tranquilizou-me Lochie. – Podemos nos revezar, cada um cuidando um pouco dele. Nosso sítio fica fora do alcance de olhares curiosos, portanto ele estaria seguro conosco.

– É a coisa certa a fazer, Tig – disse Cal. – Desta vez, não vamos arriscar. Agora, por que não carregamos o pequenino para o Beryl e Lochie o leva para o sítio? Quanto mais cedo o tirarmos daqui, melhor.

Levantei-me e carreguei o filhote – suas longas pernas finas dependuradas de meus braços. Cal me ajudou a sentar no banco do carona e Zara subiu na traseira, enquanto Lochie assumiu o volante.

– Vou ficar aqui e cuidar da mãe dele – disse Cal.

– Por favor, não tire a pele dela – implorei.

– Claro que não, Tig. Vou enterrá-la na floresta, perto da Pousada, e marcar o lugar com dois galhos.

– Obrigada.

Segurei com firmeza minha preciosa carga e partimos pela estrada esburacada. Na entrada da propriedade, viramos à esquerda em direção à capela e continuamos por mais alguns quilômetros até as colinas. Depois de algum tempo, uma casa baixa de pedra cinza surgiu. Havia fumaça subindo pela chaminé, e a terra circundante estava cheia de pontos brancos lanosos, ainda visíveis no crepúsculo que se aproximava.

– Logo será o tempo das ovelhas parirem – comentou Lochie, quando parou o Beryl e deu a volta no carro para abrir a porta do carona e me ajudar a sair com o filhote.

Fiquei parada por alguns segundos com minha preciosa carga. Olhei para cima e vi o fragmento pálido de uma lua nova dando as boas-vindas ao recém-nascido neste mundo. Então, Zara e eu seguimos Lochie até uma cozinha de teto baixo.

Fiona estava ao fogão, mexendo uma sopa em uma grande caçarola.

– Olá, Tiggy, Zara. – Ela nos cumprimentou com um sorriso. – Que surpresa! Que bom ver vocês duas! E o que vocês têm aí? – perguntou ela, aproximando-se para ver melhor.

– É algo muito especial, mamãe, e você e papai têm que jurar que não vão contar a ninguém – respondeu Lochie.

– Como se você tivesse que pedir... – Fiona levantou uma sobrancelha para o filho quando olhou para o pequeno veado. – Meu Deus, Tiggy, ele é o que eu acho que é?

– Sim. Venha aqui para segurá-lo.

– Eu adoraria – respondeu Fiona, claramente impressionada.

Entreguei a ela, com muito cuidado, aquele pacotinho desengonçado e me afastei para ver como ele reagia a um novo par de braços. No entanto, quando Fiona o abraçou e lhe sussurrou palavras de carinho, ele mal se mexeu. Respirei, aliviada, pois todos os meus instintos me diziam que Fiona era a mãe substituta ideal, e o sítio, o esconderijo perfeito.

– Lochie, tire a panela do fogo e coloque a chaleira para aquecer água. – Fiona orientou o filho e sinalizou para que eu e Zara fôssemos até a velha mesa da cozinha, indicando que eu deveria me sentar ao lado dela. – Presumo que a mãe esteja morta.

– Infelizmente, sim. Mas foi por causas naturais.

– Lochie me disse que você levou um tiro quando tentava salvar o veado branco da mira de um caçador.

– Sim.

– Esse é...? Quero dizer, ele deve ser o filhote do veado morto. O gene do leucismo, em geral, é hereditário.

– Temos que concluir que sim. Cal disse que ele nasceu hoje de manhã. Consegui alimentá-lo com uma mamadeira, mas ele obviamente ainda está fraco.

– Mas parece bem alerta, o que é um bom sinal. Vou examiná-lo, se você não se importar.

– Por favor. Ele não estava alerta quando o vi pela primeira vez – expliquei, enquanto Fiona pegava sua maleta veterinária no chão, perto da porta dos fundos, e tirava dela o estetoscópio.

– Cal disse que Tiggy colocou as mãos sobre a barriga do filhote e soprou a vida de volta para ele – comentou Zara, enquanto Fiona auscultava o coração do animal.

– Sim, ouvi dizer que você tem mãos que curam, Tiggy. É verdade? – perguntou Fiona.

– Cal disse que sim – respondeu Lochie à mãe.

– Lochie, por que você não leva Zara para ver os novos gatinhos no celeiro? Vamos dar algum espaço para este pequenino – sugeriu Fiona.

– Está bem.

Depois que Lochie guiou Zara pela porta dos fundos, Fiona continuou a examinar o filhote.

– Você gostaria de vir trabalhar comigo? Acho que mencionei isso na última vez que nos vimos. Eu acredito muito na medicina holística operando em conjunto com a tradicional.

– Ai, meu Deus, eu adoraria, Fiona, mas não tenho nenhuma formação ou qualificação formal.

– Bem, as qualificações podem ser arranjadas. O que importa em primeiro lugar é ter o dom.

– Você está falando sério? – perguntei, incrédula.

– Sem dúvida. Vamos marcar uma hora para discutir o assunto, de preferência bebendo uma boa taça de vinho. – Fiona guardou de volta na maleta o seu equipamento. – Ele está em ótimas condições. Agora, você pode ficar com ele enquanto eu mexo a sopa? O pai de Lochie vai chegar a qualquer instante querendo jantar.

Decidi naquele instante que Fiona McDougal era a mulher que eu aspirava ser um dia: esposa, mãe, dona de casa, veterinária em tempo integral e um ser humano simplesmente adorável.

– Você sabe, o Pégaso da mitologia foi um órfão criado por Atena e as Musas...

– Então, acho que devemos dar a ele o nome do pai – sussurrei em meio aos pelos do animal, meu instinto materno ativo de uma maneira que quase me assustava.

– Você fica para jantar, Tiggy? Então poderemos falar sobre os cuidados ao Pégaso – indagou Fiona.

Um homem que me lembrava Cal, com um físico robusto e o rosto marcado pelo tempo, atravessou a porta.

– Olá, querido. – Fiona sorriu quando ele a beijou antes de tirar o casaco. – Você pode ir chamar Lochie e Zara no celeiro? Eles estão com os gatinhos.

– É claro, mas quem é essa? E... – ele se aproximou para ver Pégaso de perto – *aquilo*?

– Hamish, essa é Tiggy, que trabalha em Kinnaird como especialista em vida selvagem.

– Oi, prazer em conhecê-la. – Hamish sorriu para mim, com um olhar caloroso.

– E "aquilo" – prosseguiu Fiona – é o Pégaso, que nasceu hoje de manhã. Ele vai ficar aqui conosco por um tempo, fora de perigo. Agora, amor, poderia ir buscar os meninos antes que a sopa esfrie? – pediu Fiona, enquanto servia a comida em tigelas.

Cinco minutos mais tarde, estávamos todos sentados ao redor da antiga mesa de carvalho da cozinha, tomando uma deliciosa sopa de legumes, acompanhada de grossas fatias de pão branco quente.

– Você também é vegetariana, como Fiona? – perguntou Hamish.

– Ah, eu sou ainda pior. Sou vegana – respondi, com um sorriso.

Um miado súbito e leve veio de onde Zara estava sentada, e a atenção da mesa voltou-se para ela.

– Não pude deixá-lo no celeiro. – Zara teve a delicadeza de corar quando abriu o casaco e tirou um gatinho cor de gengibre, listrado como um pequeno tigre, de aparência feroz. – Mamãe odeia gatos, mas, agora que papai vai se mudar para Kinnaird, poderemos ter um, ou até mesmo dois na Pousada. Ele não é lindo? – disse ela, acariciando a cabeça do animal.

– É, sim, Zara, mas não à mesa de jantar – disse Fiona, com firmeza. – Agora, coloque-o no chão. Ele pode ir dizer "olá" a Pégaso.

Zara obedeceu e todos nós vimos o gatinho saltar pela cozinha com suas pequenas pernas antes de se aventurar na direção de Pégaso, que dormia sobre um cobertor.

– É muito fofo – disse Zara, quando o gatinho cheirou em volta do pequeno veado, ronronou e se aconchegou nos pelos brancos e macios. – Um dia, a minha casa vai ser assim – declarou ela, virando-se para Lochie, que sorriu com devoção.

Ela está tão bonita esta noite, pensei, *simplesmente porque está brilhando de felicidade.*

– Então o senhorio vai se mudar para cá de vez? – perguntou Fiona a Zara.

– Sim, e espero que eu também, se papai não mudar de ideia. Vamos visitar a faculdade de North Highland em Dornoch na semana que vem para ver quais cursos eles oferecem. Estou muito interessada em gestão da vida selvagem. Se eu estudar lá, poderei morar em Kinnaird com meu pai.

– É bom que o senhorio venha para cá e assuma o comando – comentou Hamish.

– E quanto à sua mãe, Zara? – quis saber Fiona. – Ela está feliz com a mudança?

– Mamãe e papai estão se separando. – Zara deu de ombros. – Então ela não tem nada a ver com isso.

– Certo. E você está bem?

– Estou ótima! Eu deveria começar uma campanha para meninas como eu, que vivem com casais infelizes. Pode acreditar, os pais nunca devem ficar juntos por nossa causa. Mas a grande notícia é que eu vou fazer 17 anos daqui a poucos dias e já me inscrevi no exame de direção. Se eu passar, posso dirigir até aqui e ajudar a tomar conta de Pégaso quando você estiver trabalhando, Fiona. Até lá, você me trará aqui, certo, Lochie? – perguntou ela timidamente, e eu percebi, pelo olhar dela, que Johnnie North tinha ficado no passado.

– A qualquer hora – respondeu ele, sem hesitar.

– Agora, o mais importante é que nenhum de nós jamais mencione nem uma palavra sobre o nosso recém-nascido – alertou Fiona, indicando Pégaso, que havia despertado e observava o gatinho dançar pela cozinha, perseguindo moscas imaginárias.

– Nós podemos fazer um revezamento para alimentá-lo – sugeri. – Não é justo que você faça o turno da noite, Fiona.

– Eu faço – ofereceu-se Lochie.

– E eu venho até aqui durante o dia, quando você estiver na clínica – ofereci-me. – Têm certeza de que não se importam que ele fique aqui?

– De jeito nenhum. – Hamish olhou para o filhote. – Ele pode sair pelas colinas com os cordeiros quando eles nascerem. São da mesma cor – acrescentou ele, com um sorriso.

– É com o futuro dele que estou preocupada – falei. – Ele precisa ser reintroduzido no hábitat da floresta assim que for possível, mas estaremos assinando sua sentença de morte se fizermos isso. Veja o que aconteceu com o pai.

– Eu sei, Tiggy, e pode ser que ele precise ficar aqui pelo resto da vida –

comentou Fiona. – Vamos ter que dançar conforme a música. Nós temos matas em abundância ao redor. Talvez possamos introduzir outros filhotes para que ele não fique sozinho, e Cal poderia ajudar Lochie a cercar um trecho...

– Onde é que Cal poderia colocar uma cerca?

Levamos um susto quando a porta de trás se abriu e a enorme figura de Cal encheu a soleira.

– Boa noite a todos. – Ele entrou e vi que Charlie vinha logo atrás. – O senhorio e eu estávamos nos sentindo abandonados em Kinnaird, então viemos nos juntar à festa.

– Saiam desse frio e entrem, por favor, vocês dois – convidou Fiona.

– Lamento chegar sem avisar, mas Cal me contou sobre o recém-nascido. Eu queria vê-lo – disse Charlie. – Onde ele está?

– Seja bem-vindo. – Hamish se levantou para apertar a mão de Charlie. – É uma honra tê-lo aqui.

– Ele está aqui, papai – disse Zara, pegando no colo o gatinho cor de gengibre antes que ele escapasse pela porta aberta. – O nome dele é o mesmo do pai: Pégaso. Ele é um milagre.

Charlie foi até o fogão e se inclinou para o pequeno veado, que estava tentando se equilibrar e aprender a andar.

– Olá – sussurrou Charlie, estendendo a mão para acariciá-lo.

Pégaso imediatamente enfiou o nariz na mão de Charlie e percebi que estava com fome.

– Vou aquecer uma mamadeira no fogão – falei, levantando-me.

– Aqui está a panela, Tiggy – ofereceu Fiona, pegando uma caçarola da prateleira. – Muito bem, meninos, vocês podem tirar a mesa?

– Vou abrir alguma coisa especial para comemorarmos – anunciou Hamish, saindo da cozinha.

– Ele *é* um milagre. – Charlie respirou fundo, olhando para mim. – Ele está saudável?

– Muito – respondeu Fiona. – E, pelo que você disse, Cal, graças a Tiggy e suas mãos mágicas. Vou ter que roubá-la de vocês algumas vezes para trabalhar comigo. Olhe, ele está quase de pé! – observou Fiona. – Pode ajudá-lo, Charlie?

Nós todos vimos quando Charlie colocou as mãos suavemente em volta do filhote e o ajudou a se levantar.

Suas pernas falharam nas primeiras vezes, mas, finalmente, na quarta tentativa, elas entenderam o que precisavam fazer e suportaram seu peso. E o filhote de Pégaso deu seus primeiros passos hesitantes antes de desabar no joelho de Charlie.

Nós todos aplaudimos quando Hamish chegou de volta à cozinha com uma garrafa de uísque.

– Santo Deus, você vai mesmo abrir essa garrafa depois de todos esses anos? – perguntou Fiona, provocando o marido.

– *Aye*, claro que vou. – Hamish abriu o selo e derramou o líquido em sete copos, que distribuiu para todos. – O antigo senhorio me deu isso há anos, depois que o ajudei a salvar uns cordeiros recém-nascidos após uma forte nevasca... Eu diria que agora é o momento perfeito para bebê-lo. Um brinde a novos começos.

– A novos começos – brindamos.

Depois de engolir seu uísque, Cal pegou o casaco e tirou do bolso um objeto redondo, do tamanho de uma laranja grande, envolto em musselina.

– Que diabos é isso? – perguntei, enquanto ele colocava o objeto sobre a mesa e todos os olhos se voltaram para ele.

– Isso é *haggis*, bucho de carneiro, menina. Mas eu acho que vou precisar de mais um trago antes do que vem a seguir.

Ele estendeu o copo para Hamish, que o encheu de novo.

– Uma vez, prometi a Tig que, se um veado branco fosse visto na propriedade, eu correria por aí nu, somente com um *haggis* cobrindo minhas partes. E eu não sou homem de faltar com a palavra – explicou Cal para o grupo, enquanto seus dedos grossos mexiam nos botões de sua camisa.

– Cal, acho melhor não cobrar de você essa promessa – eu o interrompi, enquanto todos riam. – Além disso, você já fez o suficiente para os dois Pégasos, não acha?

– Eu acho que este aqui está com fome.

Charlie indicou o filhote, que se contorcia em seu colo, em busca de leite.

– Leve-o para a sala ao lado, onde é mais silencioso – sugeriu Fiona, enquanto eu tirava a mamadeira do banho-maria e testava a temperatura na mão.

– Obrigada. – Fiz menção de pegar Pégaso no colo de Charlie.

– Eu o levo até lá – disse ele.

Quando chegamos à sala, ele apoiou Pégaso em meus joelhos e o filhote mamou com avidez.

Charlie ficou me observando. Percebi que seus olhos estavam marejados, assim como os meus.

– Você falou com Beryl? – perguntei, quebrando o silêncio.

– Sim. Depois de muitas lágrimas e infinitas desculpas da parte dela, consegui convencê-la a voltar.

– Graças a Deus! Ela é a única que sabe como funcionam aqueles fornos.

– Na verdade, nós dois chegamos à conclusão de que devemos nos livrar deles e colocar um fogão em seu lugar. – Charlie levantou uma sobrancelha. – A mesma coisa quanto àquelas luzes industriais e àquela peça central. Eu guardei a mesa de pinho original no celeiro, que será reinstalada.

– A cozinha é definitivamente o coração de uma casa, como acabamos de ver – concordei.

– Eu também bati um papo com Cal no caminho até aqui. Estava pensando sobre isso antes de Fraser aparecer no Natal. Depois de tantos anos de serviços da família de Cal, já está na hora de ele ter seu próprio pedaço de terra. Assim, como presente de casamento, eu já disse a Cal que vou dar a ele e Caitlin 40 hectares perto da entrada da propriedade. Há uma velha choupana que está vazia há anos. Com um pouco de trabalho, ela pode se tornar uma habitação digna para ele e Caitlin.

– Isso é adorável da sua parte, Charlie. Aposto que ele ficou emocionado.

– Ficou, sim, mas ele realmente merece. Eu lhe disse que ia vender algumas terras para os meus vizinhos, o que, além de financiar o divórcio, vai pagar por alguns funcionários extras, além de um novo "Beryl".

– Uau, você tem estado ocupado – comentei, com um sorriso.

– Sim, eu precisava me ocupar para não ficar imaginando sem parar qual seria sua resposta.

– Certo.

– Quero dizer, se você precisar de mais algum tempo...

– Não preciso, Charlie.

– Então você vai ficar ou vai fugir para a África, com seus leões e tigres?

Olhei para Pégaso, que já engolira tudo o que estava na mamadeira e cochilava, satisfeito, em meu colo. Em seguida, olhei para Charlie.

– Eu acho que tenho vida selvagem suficiente para conservar aqui, você não acha?

– Quer dizer que vai ficar?

– Sim. Embora eu tenha vontade de ver os leões e os tigres um dia.

– Eu também.

Charlie estendeu a mão para mim pela segunda vez naquele dia, e eu a aceitei sem hesitar.

Ele a beijou com ternura e moveu os lábios em direção aos meus.

– Estou muito feliz, Tiggy. De verdade.

– Eu também.

– Não vai ser fácil...

– Eu sei.

– Mas, juntos, podemos pelo menos tentar, não podemos? Quero dizer, a propriedade, os animais, nós...?

– Sim.

– Então está certo. – Charlie se levantou e me puxou delicadamente, ajudando Pégaso a ficar em pé. – Hora de ir.

– Para onde?

– Para Kinnaird, claro. – Ele sorriu. – Temos trabalho a fazer.

Electra

Nova York
Fevereiro de 2008

39

O lhei para cima e vi que a neve estava caindo e se acumulando no parapeito da janela. Talvez isso ajudasse a abafar o som do tráfego incessante. Embora o cara da imobiliária tivesse dito que as janelas tinham vidros triplos, nada detinha o ronco dos motores, intercalado pelas buzinas dos motoristas irritados, 33 andares abaixo do meu apartamento.

– Silêncio! – exclamei, percebendo que estava me concentrando no som, o que só o deixava mais alto.

Tomei um bom gole da garrafa, mas, sabendo que a vodca não ajudaria a abafar o som, levantei-me com dificuldade do chão da cozinha e cambaleei até a sala para ligar o som. "Born in the USA" retumbou dos alto-falantes.

– Ei, fico feliz em saber onde você nasceu, amigo... Nos Estados Unidos! – gritei para Bruce Springsteen, enquanto eu e a garrafa de vodca balançávamos por toda a sala ao som da música. – Porque eu não sei!

Apesar da música no volume máximo, as buzinas continuavam a reverberar em meus ouvidos e eu verifiquei, duas vezes para ter certeza, a tigela de porcelana onde escondia meu remédio especial. Além de uma leve poeira nas bordas, que limpei com o dedo e passei nas gengivas, não havia mais nada.

Ted, meu fornecedor, deveria ter chegado havia uma hora trazendo mais um pouco, mas, até agora, ele não tinha dado as caras. Seria fácil pegar o elevador até o saguão e entregar para Bill, o porteiro, uma nota de 100 dólares, como eu sabia que outros moradores do meu prédio faziam. E, como que por magia, dez minutos depois, um "pacote" me seria entregue em mãos na porta do meu apartamento. Porém, por mais desesperada que estivesse, eu sabia que não podia correr esse risco. Se um mero rumor vazasse para a imprensa, eu seria manchete em todo o mundo. Especialmente porque eu era embaixadora de uma marca de produtos cosméticos "naturais" que eram vendidos para adolescentes e porque, recentemente, eu havia feito uma reportagem para a revista *Elle* descrevendo minha rotina de vida "saudável".

– Natural? Sei... – resmunguei, enquanto cambaleava até o telefone para verificar com Bill se meu visitante havia chegado.

Na filmagem, o maquiador me dissera que era tudo uma farsa, que os ingredientes originais até podiam ser buscados na natureza, mas os produtos químicos que eles usavam para substituir a gordura animal na produção do batom deixavam o produto mais tóxico que o inferno.

– Por que tudo é uma mentira? – Balancei a cabeça de maneira patética, o movimento me reconfortando e me deixando tonta ao mesmo tempo, fazendo-me afundar no chão onde eu estava. – A vida é apenas um monte delas. Até o amor...

Então eu chorei, lágrimas pesadas escorrendo de meus olhos e pingando do meu nariz, perguntando, pela milésima vez, por que Mitch havia me deixado apenas três semanas depois de me pedir em casamento. Certo, a proposta fora feita na cama, mas eu acreditei nele. Eu disse "SIM!". Quando ele partiu para Los Angeles no dia seguinte, fui idiota o suficiente para ficar ali, deitada, pensando em qual estilista escolheria para fazer o meu vestido e em possíveis locais para a cerimônia. Pensei na Itália – algum grande *palazzo* nas colinas da Toscana. Então... silêncio. Enviei mensagens e e-mails e deixei recados no correio de voz pedindo que ele retornasse minha chamada, mas não recebi resposta alguma. Está bem, ele estava tocando no Hollywood Bowl, mas, meu Deus, não poderia dedicar um tempo para ligar para a própria noiva?!

Eu finalmente recebi uma mensagem – uma mensagem! – dele dizendo que provavelmente era hora de esfriar a cabeça, "meu bem", acrescentando que nós dois éramos pessoas muito ocupadas e não seria o momento de levar a relação a esse ponto. Talvez daqui a alguns meses, quando sua turnê mundial terminasse...

– Meu Deus! – gritei, atirando a garrafa de vodca vazia do outro lado da sala. – Por que todo mundo me decepciona?

Talvez ele tenha pensado que, porque sou Electra, eu poderia simplesmente dar uma volta por aí e transar com outro cara. Na teoria, eu podia mesmo, mas esse não era o problema. Eu estava apaixonada. Ele não poderia ser mais perfeito para mim. Era quinze anos mais velho, porém superatlético, e um astro internacional, acostumado a estar no centro das atenções. Já passara da fase de ser festeiro, preferindo ficar em sua casa de praia em Malibu. Ele sabia até cozinhar – *gostava* de cozinhar –, não bebia nem usava drogas, e era uma ótima influência para mim. Eu amava sua calma e sua praticidade – estava cansada de me meter em encrenca. Cheguei a diminuir meu consumo de drogas e nem senti falta, decidindo que estava preparada para me mudar com ele para a Califórnia.

– Ele cuidava de mim – lamentei–, sabia como lidar comigo...

Sim, ele era uma figura paterna, um substituto de Pa Salt...

– Cale a boca! – ordenei à minha voz interior, porque essa ideia não fazia nenhum sentido.

Além disso, eu não senti nada quando Pa morreu – nada mesmo. Olhando para minhas irmãs, perdidas de tanta dor, eu me senti uma aberração. Tentei a vodca, que me fez chorar como sempre, mas ela não gerou em mim nenhuma emoção verdadeira. Pelo menos desde aquele dia. Tudo o que eu tinha quando pensava na morte dele era uma sensação de entorpecimento.

– E talvez um pouco de culpa – sussurrei, levantando-me, trêmula, e pegando outra garrafa de vodca cheia no armário da cozinha. Verifiquei a hora e constatei que já passava das onze.

Peguei meu celular e liguei para Ted outra vez, mas, nesse instante, o porteiro tocou para dizer que meu "convidado" havia chegado.

– Diga a ele para subir agora mesmo – falei, uma sensação de alívio tomando conta de mim.

Fui pegar o dinheiro de que precisaria e esperei, impaciente, no hall de entrada do apartamento.

– Oi, boneca – disse um cara que não era Ted quando abri a porta. – Ted me enviou. Ele está ocupado hoje à noite.

Fiquei furiosa por Ted ter enviado alguém que eu não sabia se era confiável, mas eu estava tão desesperada que não inventaria que ele tinha errado de apartamento.

– Obrigada. Tchau.

Eu estava prestes a fechar a porta quando ele colocou a mão e me impediu.

– Você está com problemas para dormir? – perguntou ele.

– Às vezes, por quê?

– Acabei de conseguir alguns remédios tarja preta que vão fazer você sossegar e dormir como um anjo.

Isso era bem interessante. O meu médico ali em Nova York se recusara a me prescrever mais Valium ou comprimidos para dormir. Eu vinha usando vodca como alternativa, especialmente desde que Mitch me dera o fora.

– Quais são?

– Consegui com um médico de verdade. São de primeira linha.

Ele tirou a caixa do bolso e me mostrou.

– Quanto?

O cara deu o preço de uma cartela de Temazepam. Era um absurdo, e daí? Se eu tinha alguma coisa, era dinheiro para gastar.

Quando ele saiu, fui para a sala e, com os dedos tremendo de fissura, cheirei uma carreira.

"Nunca use drogas ou ande de moto" era o mantra de Pa Salt quando éramos jovens. Eu tinha feito os dois e muito mais coisas que sabia que ele não iria aprovar. No instante em que estava desabando no sofá, sentindo-me mais calma, meu celular tocou. Por instinto, eu o peguei para ver se era Mitch, pensando que ele podia ter mudado de ideia e estar me implorando para voltar...

Era Zed Eszu. Esperei um pouco até o celular me avisar que havia uma mensagem de voz e a escutei:

"Oi, sou eu. Voltei à cidade e queria saber se você quer ir ao balé amanhã à noite. Tenho duas entradas para ver a Maria Kowroski na estreia de *O colar azul...*"

Embora fosse o espetáculo mais badalado da cidade, no momento eu não estava no clima para duas horas de corpos flexíveis e um montão de repórteres me perguntando por que eu não estivera em nenhum dos shows lotados de Mitch. Eu sabia que Zed me usava para turbinar sua própria imagem midiática, o que, ocasionalmente, podia ser proveitoso para mim também. Além disso, ele era muito bom de cama – embora não fosse meu tipo, havia alguma estranha forma de alquimia sexual entre nós, mas nossas noitadas ocasionais haviam parado depois que conheci Mitch, no verão passado.

Nosso afastamento pelo menos alegrou Pa, que havia me ligado quando uma foto minha com Zed no Baile de Gala do Met virara manchete no ano anterior.

– Electra, não quero me meter na sua vida, mas, por favor, fique longe daquele sujeito. Ele é... perigoso. Ele não é o que parece. Eu...

– Você tem razão. Não tem nada que se meter na minha vida – respondi, meus pelos se arrepiando como acontecia toda vez que Pa tentava me dizer que eu deveria fazer isso ou aquilo.

Minhas irmãs obedeciam a cada palavra que ele dizia. Eu o achava controlador.

Apesar de Zed saber que eu e Mitch estávamos juntos, assim como o restante do mundo, ele insistia em telefonar, e eu havia ignorado todas as ligações. Até agora...

– Talvez eu *devesse* sair amanhã à noite com ele – resmunguei, enquanto cheirava outra carreira, imaginando que aqueles comprimidos me fariam dormir mais tarde, quando acabasse o efeito do pó. – Minha cara na primeira página. Isso daria uma lição em Mitch.

Acendi um cigarro, o efeito da cocaína tomando conta de mim e fazendo eu me sentir como a Electra arrasadora que eu geralmente era. Aumentei de novo o volume do som, tomei mais um gole da garrafa e dancei em direção ao meu closet no quarto. Revirando as intermináveis prateleiras, concluí que não tinha nada impressionante o bastante para usar. Decidi que, de manhã, ligaria para Amy, minha estilista, e a mandaria combinar com a Chanel para me enviar alguma coisa da nova coleção – eu estaria na passarela dali a um mês para o desfile da nova temporada em Paris.

Enviei uma mensagem para Zed dizendo que aceitava o convite e resolvi também avisar Imelda, minha assessora de imprensa, e mandá-la alertar os jornalistas sobre minha aparição no teatro naquela noite. Eu não saía havia tempos, tinha até mesmo cancelado dois trabalhos, pois não suportava que alguém mencionasse o nome de Mitch. Pensar que a vida que poderíamos ter compartilhado – com a qual eu sonhara no instante em que o conheci – havia desaparecido para sempre partia meu coração. Gostava de ele ser ainda mais famoso do que eu e não precisar de mim para impulsionar sua imagem. Mitch fora para a cama com mais modelos e atrizes famosas do que poderia contar, e eu realmente acreditei que ele me queria por eu ser quem eu era.

Eu o admirava... Eu o amava.

– Que se foda! Ninguém dispensa Electra! – gritei para minhas quatro paredes lindamente pintadas de bege, que ostentavam telas de valor inestimável, pintadas com cores fortes, mas que, para mim, pareciam estar cobertas de vômito.

Com aquela terrível sensação de um calmante começando a passar pelo estômago, tirei a blusa e a calça de moletom e entrei na sala nua para pegar o Temazepam que o cara havia deixado, antes que a sensação se espalhasse ainda mais. Tomei dois com um pouco de vodca e, em seguida, deitei na cama.

– Eu só preciso dormir agora – implorei ao teto.

Não dormia naturalmente desde que Mitch dissera adeus. Fiquei deitada, mas o teto começou a girar de maneira desconfortável, e fechar os olhos só piorava a situação.

– Sobreviva a esta noite e amanhã você vai voltar a ser você mesma – sussurrei, sentindo que mais lágrimas surgiam.

Por que nada mais funcionava comigo? Dois Temazepans e vodca deveriam ser suficientes para abater um urso-polar.

– Você já pensou em desintoxicação? – perguntara minha terapeuta na última vez que me viu.

Não respondi, apenas me levantei e saí do consultório, indignada com a sugestão. Eu a dispensei ali mesmo, através da recepcionista. Não conhecia ninguém além de Mitch que estivesse limpo – cocaína e álcool, era assim que todos nós sobrevivíamos...

Cheguei ao banheiro um segundo antes de vomitar, xingando o cara que tinha me vendido o Temazepam. Era obviamente feito de pó de giz e só Deus sabia o que mais, e eu nunca deveria ter confiado nele. Depois de vomitar mais uma vez, devo ter desmaiado, pois tive um estranho sonho no qual Pa estava ao meu lado, segurando a minha mão e acariciando a minha testa.

– Estou aqui, minha querida, Pa está aqui – disse a voz familiar. – Nós vamos procurar a ajuda de que você precisa, prometo...

– Sim, eu preciso de ajuda – choraminguei. – Me ajude, Pa, estou tão sozinha...

Adormeci de novo, sentindo-me reconfortada, mas fui acordada de repente por outro surto de enjoo. Dessa vez, não consegui chegar ao banheiro – estava exausta demais para alcançá-lo. Tentei me sentar, olhando ao redor, procurando Pa, mas estava sozinha de novo e sabia que ele havia partido.

Nota da Autora e Agradecimentos

*S*empre que eu me sento para escrever os agradecimentos de um livro, já se passaram alguns meses desde que terminei o manuscrito, e sinto que a história simplesmente se escreveu por si mesma. Talvez seja um pouco como o parto – pelo menos para mim, a dor do processo já foi toda esquecida devido à maravilhosa integridade do produto final, seja um bebê ou um livro. Mas, é claro, cada livro significa nove meses de um trabalho muito difícil, em parte devido à enorme quantidade de pesquisa necessária para torná-lo tão factualmente correto quanto possível. No entanto, cada livro é também um trabalho de ficção baseado em fatos e, muito ocasionalmente, tenho que usar licença artística para amarrar a trama. Por exemplo, em *A irmã da lua*, a lua cheia de 2008, que Tiggy vê quando se aventura na floresta com Angelina, na verdade aconteceu três semanas depois. E é importante lembrar que a história de Tiggy acontece *em 2008*. Houve incontáveis e importantes mudanças nos dez anos seguintes devido aos avanços tecnológicos e, especialmente no ano corrente, na questão da igualdade feminina.

Pesquisar a rica cultura *gitana* também foi um desafio, uma vez que muito pouco foi realmente escrito; os diversos mistérios são transmitidos oralmente, não pela caneta, mas sou grata a Oscar González por me ciceronear por Sacromonte. Agradeço também a Sarah, Innes MacNeill, Ryan Munro e Julie Rutherford, que me receberam tão bem na incrível Propriedade Alladale, na Escócia, na qual Kinnaird foi baseada. Ambas as viagens foram igualmente surpreendentes e esclarecedoras; como em todas as histórias das irmãs, sinto que trilhei os caminhos que Tiggy percorre.

Devido a problemas de saúde, o ano que passou foi um enorme desafio, e este livro não poderia ter sido escrito sem o apoio de minhas incríveis equipes, tanto a editorial quanto a doméstica: Ella Micheler, minha assistente de pesquisa, e Susan Moss, minha editora e melhor amiga para sempre, trabalharam muito além das expectativas para que este livro fosse entregue à editora a tempo. Olivia Riley, que coordena toda a parte administrativa, e Jacquelyn Heslop também me ampararam pessoal e profissionalmente, e serei eternamente grata por todo o seu amor e apoio.

Agradeço a meus *publishers* ao redor do mundo, em especial Jeremy Trevathan, Claudia Negele, Georg Reuchlein, Nana Vaz de Castro e Annalisa Lottini, que, além de serem profissionais fantásticos, me ofereceram amizade e me ajudaram a confiar em mim mesma, como escritora e como ser humano. Agradeço também a Tracy Allebach-Dugan, Thila Bartolomeu, Fernando Mercadante, Loen Fragoso, Julia Brahm, Bibi Marino, Tracy Blackwell, Stefano Guisler, Kathleen Doonan, Cathal Dineen, Tracy Rees, MJ Rose, Dan Booker, Ricky Burns, Juliette Hohnen e Tarquin Gorst – todos vocês estiveram ao meu lado de muitas maneiras diferentes.

Agradeço a todos os funcionários do Royal Marsden Hospital, onde passei grande parte do ano passado, e onde partes deste livro foram escritas, particularmente Asif Chaudry e sua equipe, John Williams e suas adoráveis meninas, Joyce Twene-Dove e todos os enfermeiros que cuidaram de mim com tanta competência. Acreditem ou não, tenho saudades de todos vocês!

Agradeço também ao Dr. Mark Westwood e a Rebecca Westwood, uma especialista em Reiki, cuja maravilhosa prática de medicina veterinária holística inspirou partes da história de Tiggy.

Finalmente, agradeço a meu marido e agente, Stephen, e meus filhos, Harry, Isabella, Leonora e Kit. Todos nós passamos por uma jornada assustadora e cheia de acontecimentos durante este ano, e todos vocês estiveram lá para me dar coragem e força para vencer. Estou muito orgulhosa e, sinceramente, não sei o que faria sem vocês.

E agradeço a todos os meus fantásticos leitores; se aprendi alguma coisa no ano passado foi que o presente *é* mesmo tudo o que temos. Tentem, se puderem, saboreá-lo em qualquer circunstância em que se encontrarem e nunca percam a esperança – ela é a chama fundamental que mantém os seres humanos vivos.

Lucinda Riley
Junho de 2018

Bibliografia

Andrews, Munya. *The Seven Sisters of the Pleiades*: Stories from Around the World. North Melbourne, Victoria: Spinifex Press, 2004.

Beevor, Antony. *The Battle for Spain*: The Spanish Civil War, 1936-1939. Londres: Phoenix, 2006.

Bowen, Wayne H. *Spain during World War II*. Columbia e Londres: University of Missouri Press, 2006.

Dublin, Anne. *Dynamic Women Dancers*. Toronto: Second Story Press, 2009.

Fletcher, John. *Deer*. Londres: Reaktion Books, 2014.

Leblon, Bernard. *Gypsies and Flamenco*. Hertfordshire: University of Hertfordshire Press, 1994.

Lee, Patrick Jasper. *We Borrow the Earth*: An Intimate Portrait of the Gypsy Folk Tradition and Culture. Cardigan: Ravine Press, 2000.

Preston, Paul. *The Spanish Holocaust*: Inquisition and Extermination in Twentieth-Century Spain. Londres: HarperPress, 2013.

Sevilla, Paco. *Queen of the Gypsies*: The Life and Legend of Carmen Amaya. San Diego: Sevilla Press, 1999.

Triana, Rita Vega de. *Antonio Triana and the Spanish Dance*: A Personal Recollection. Amsterdam: Harwood Academic Publishers, 1993.

Whitehead, G. Kenneth. *Deer and their Management in the Deer Parks of Great Britain and Ireland*. Londres: Country Life Limited, 1950.